周 新 民 自 选 集

当代小说批评的维度

周新民 　著

中国社会科学出版社

图书在版编目（CIP）数据

当代小说批评的维度：周新民自选集／周新民著 . —北京：中国社会科学
出版社，2016.6

ISBN 978 – 7 – 5161 – 7972 – 7

Ⅰ.①当…　Ⅱ.①周…　Ⅲ.①小说研究—中国—当代　Ⅳ.①I207.42

中国版本图书馆 CIP 数据核字（2016）第 074853 号

出 版 人	赵剑英
责任编辑	刘志兵
特约编辑	张翠萍等
责任校对	芦　苇
责任印制	李寡寡

出　　版	中国社会科学出版社
社　　址	北京鼓楼西大街甲 158 号
邮　　编	100720
网　　址	http://www.csspw.cn
发 行 部	010 – 84083685
门 市 部	010 – 84029450
经　　销	新华书店及其他书店

印　　装	北京君升印刷有限公司
版　　次	2016 年 6 月第 1 版
印　　次	2016 年 6 月第 1 次印刷

开　　本	710 × 1000　1/16
印　　张	24.5
插　　页	2
字　　数	415 千字
定　　价	86.00 元

目　录

第二辑　长篇小说纵横谈

第三辑　聚焦"文学鄂军"

第四辑　对话的诗学

附　录

我的文学批评之路与思考（代前言）

如果从攻读硕士研究生期间在《湖北日报》发表文学批评文章算起，我已有近二十年的文学批评从业历史。在这段不算太长也不算太短的时间里，我对于文学批评有些个人的想法，现清理出来，以求教方家。

一

从事文学批评的机缘和我的求学经历以及实际从事的工作密切相关。在这里我恐怕还得说些我从事文学批评的"史前史"。1988年，我很"委屈"地上了家乡的一所师范学校。家里的想法是想我早点跳出农门，早点出来工作，解决家里的经济窘境。然而，上师范学校显然不是我的本意。上师范学校的三年是我人生中最失意的三年。我沉溺于文学之中，做着诗人梦，以此麻痹自己的心灵。然而，我不知怎么的开始读起了美学与哲学著作。这些著作我也许不一定能读懂，但是，把充沛的青春岁月交付给哲理与玄思，的确让我骚动不安的心灵获得了洗礼和净化。我至今还记得阅读克罗齐、苏珊·朗格著作的情景。这段囫囵吞枣的阅读经历应该算作我从事文学批评最早的知识储备。1992年夏天，我考上了华中师范大学中文专业专科起点本科，开始系统地修读中文专业的课程。专科起点的本科阶段的课程主要是些理论课。语言学理论、文学理论、文学批评是主要课程。而当时华中师范大学发给我们的参考资料主要是文学理论和文学批评方面的。我记得当时发给我的学习资料中就有胡亚敏老师的《叙事学》。在乡下中学的寂寞和忐忑的生活中，我除了教学工作，就把自己关在那间向北的房间中，刻苦攻读这些难得的学习资料。师范学校的阅读体验和中文本科的学习经历，影响了我的专业倾向。1995年秋天报考硕士研究生时，我毫不犹豫地选择了文艺学专业，大概就是这些学习经历的直接影响吧。事实上，那一年的研究生考试，除了英语成绩不是很理想外，专业课成绩基本在 90 分以上。在攻读硕士研究生期间，我随涂怀章先生研习创作美学，专业是文艺学。这是我系统学习文学理论的重要时期。在这段宝贵的学习时间中，我把精力投放在后现代主义文化理论的系统学习和阅读之中。当时所能收集到的丹尼尔·贝尔、利奥塔、福柯、德里达等翻译过来的著作，我基本上都阅读过。这是我系统的理论学习的第一板块。通过这些理论著作的阅读，我基本上确立起了富有自身特点的理论资源，也极大地开阔了视野。后现代主义文化理论所显示出的颠覆与批评锋芒，构成了理解中国 20 世纪 90 年代以来社会文化、文学的重要理论资源。90 年代以来的文学现象和创作潮流，可以置放在后现代主义文化理论视野中得到比较好的阐释。正是后现代主义文化理论这种强大的理论穿透力，吸引了我去阅读 90 年代以来的文学作品，观察 90 年代以来的文学现象。我所写的文学批评论文，基本上有着后现代文化理论的痕迹。

作为文艺学专业的硕士生，除了自主学习与自主阅读外，课堂学习也很重要。课堂学习之中，给我影响最深的是马克思的《1844 经济学哲学手稿》的研读。至今我还清晰地记得，为了读通这本经典著作，我们扎扎实实地花费了一个学期的时间。以《1844 经济学哲学手稿》为源头，我们还学习了西方马克思主义文学理论。而《1844 经济学哲学手稿》是迄今为止我学习次数最多的理论著作。每隔一段时间，我都要重新学习它，从中汲取灵感，寻找理论滋养。《1844 经济学哲学手稿》从人的全面发展入手，对资本主义社会制度展开了深入而细腻的思考。其思考问题的方式训练了我的思维能力，也提升了我思考问题的理论穿透力。硕士研究生后期和博士研究生期间的一部分时间里，我依然很沉迷于理论的玄思之中。沿着后现代主义文化理论的发展，现代性的理论研习成了我重点关注对象。

上述所谈及的文学理论包括文化理论构成了我从事文学批评的重要理论资源。我写作的文学批评，基本上和上述理论资源有着紧密的关系。像《现实主义新探索》《激进主义文化的反思》《自然：人类的自我救赎》《叶兆言小说的历史意识》等批评文章，均有比较强的理论思辨色彩。我知道这种学院气息，尤其这种偏重理论演绎与阐释的文学批评，难免招致诟病。但是，每个人的文学批评都会和他的学习经历包括人生经历联系在一起。文学批评是否需要强大的理论支持，仁者见仁，智者见智。但是，针对特定个人就会不一样。尤其对我来说，能学习和接触到种种文化、文学理论乃是我生命中自然发生的事情。我的求学经历包括生命经历决定了文学理论作为自我生命体验的一部分镶嵌进了我的人生。为什么在师范学校的那段时间爱上了文学和诗歌呢？为什么在那段寂寞而又不甘寂寞的青春期能沉浸在文学理论之中呢？为什么华中师范大学本科阶段的学习偏偏又是以文学理论和文学批评理论的学习为重点呢？种种人生的机缘，铸就了文学理论和我之间的生命联系。我始终确信，文学批评是一种科学活动。这种科学活动和社会学包括自然科学活动一样，都需要理论作为支持。只不过作为文学批评的科学活动，是无法还原和实证的科学活动，带有批评者的个人生命体验而已。

二

1998 年秋冬之际，我决定继续攻读博士学位。当时，我在中国人民大学有过短暂的停留，了解了文艺学专业的报考事宜，并且报考了西方文论方向的博士研究生。在中国人民大学停留期间，参加了相关的专业活动。这个时候我突然对我的专业产生了严重的怀疑。自改革开放以来，中国的学术话语一直是面向西方的，中国文学理论研究也是以介绍、研究西方文学理论为学术前沿。在这样的学术语境中，中国文论患上了"失语症"。在中国人民大学的短暂停留期间，我对我要报考的文艺学专业产生了怀疑。在这个时候，我萌生了作为一个中国人，要以研究中国本土的问题为旨要的想法。然而，我自身的古典文学修养毕竟有限，从事中国古代文论研究，对于我来说显然不是很适宜。在我看来，中国现当代文学无论受到西方文学与文化的影响有多深，要面对的最终还是中国自身的问题。用西方学术资源解决中国本土的文学问题，是我在这个时候结合我自身的专业背景作出来的选择。正是抱着这样的决心，我决心报考著名学者、批评家武汉大学於可训先生的博士生。1999 年 9 月，我考入武汉大学，跟随於可训先生攻读文学博士学位。在人们心目中，有理论基础从事现当代文学研究，是占了先机的。这话也不错，但是得看从什么层面来讲。文学研究一般分为三个领域：文学理论、文学批评和文学史。从根本上讲，文学理论和文学史研究应该是两个完全不同的研究领域。具备文学理论素养对于从事文学史研究而言应该说有一定的基础，但是并不能说具备了理论优势就一定具备了从事中国现当代文学研究的优势。事实上，自从转投中国现当代文学专业，用业师於可训先生的话说，我是吃尽了苦头。好在於老师也是从文艺学专业转研中国现当代文学专业的，在於老师的指导下，我加快了从文艺学到文学史研究的转型步伐。

学术转型无疑是痛苦的。在博士研究生期间，我开始了艰苦的文学史方面的学术训练。恶补文学经典，勤奋爬梳文学史料。我非常感谢这段学术时光，让我日后的文学批评渐渐走出了理论阐释的简单思维，具备了文学史维度。其实，文学批评并非和文学史是绝然体。韦勒克认为，文学批评是沟通文学理论和文学史的桥梁。这就意味着，文学批评应该具备文学史视野，借鉴文学史的方法，运用史料开展批评工作。在理论观照基础上，充分注意文学史维度，是我在从事文学批评时格外的追求。我以为，文学批评虽然和文学史研究属于两个不同的学术领域，但是，正如韦勒克所言，文学批评不能脱离文学史。现在很多的媒体批评，包括一些所谓的酷评，就是建立在忽视文学史基础上的浮夸之言。只见树木不见森林是这类文学批评的共性，在这样的思想指导下，当下中国频繁出现"伟大的作品"和"伟大的作家"。在这些批评家眼里，当今中国文学是一个伟大作品和伟大作家频繁出现的伟大时代。这样的判断显然不符合当下创作实际，也与文学史实际背道而驰。

一部文学作品除了与作家个人精神气质、个体生活紧密联系在一起外，还和前代作家的文学创作有着不可或缺的关系。布鲁姆曾认为，当今诗人就像一个具有俄狄浦斯情结的儿子，必须面对"诗歌父亲"的强大形象。其实，任何一个作家必须面对文学上的"父亲"形象，他是超越、复制、修正了"父亲"，还是躲在"父亲"的阴影之中偷得余生？作为一个文学批评的从业者，必须从文学史的角度解读出这些文学"孝子贤孙"面对"父亲"时的种种表现。文学作品，或者在主题上，或者在母题上，或者在具体的表现方法上与前代作家的文学创作发生种种联系。这是无法否认的文学事实。没有《金瓶梅》，何来《红楼梦》？没有前代有关唐玄奘种种西天取经的故事，何来《西游记》？我以为，一名批评家，尤其是一名学院批评家必须有文学史视野。我甚至认为，文学批评离开了文学史观照维度，文学批评几乎没有存在的必要。即使是偏重作家创作感受和创作经验的作家批评，也离不开文学史的观照。作家的创作体会、经验的意义，绝不是建立在孤岛上的，必须建立在和作家个人的创作历史、和其他作家的网络化的关联之中。只有这样，才能确立起文学作品的价值。文学批评要心怀文学史的信念，这些年一直支撑着我。我撰写的《〈红旗谱〉〈播火记〉与〈水浒传〉的传承关系》《〈人生〉与"八十年代"文学的历史叙述》，即是典型的从文学史的角度来观照文学作品的尝试。而那种从作家自身创作流变，或者从作家的文学创作的横向关系出发来探讨文学创作的文学批评，我写得就更多了。

三

文学批评与文学理论、文学史之间有着紧密的关联。但是，文学批评毕竟不是对文学理论和文学史的直接表现。文学作品的本质属性是文学性，不是文学理论和文学史的观念性材料。因此，文学批评所要针对的对象是文学作品的文学性，当然也包含文学观念。20世纪90年代兴起的文化批评和中国文学批评史上的社会学批评一样，眼中只有抽象观念而没有文学性。在这些批评家眼里，文学作品只不过是社会学观念和文化观念的容器而已。在这样的思想支配下，文学批评成了纯粹的观念演绎。批评家把文学的社会价值看成压倒一切的终极价值。于是，我们看到的文学批评，像社会学论文、调查报告，像文化报告，唯独不像"文学"批评。在这样的文学批评家眼里，文学批评的价值就在于承担社会学和文化学的功能。而在我看来，这样的文学批评自然忽视了文学作品的"文学性"的属性。

我认为，文学批评的重要对象是文学性。文学作品不同于社会学、文化学和哲学等其他学科的根本属性在于，作家是通过语言的形式来表现思想情感和对社会的看法的。文体不同，其文学性体现的重点不同。诗歌、散文、戏剧自有其"质"的规定性。小说也自有小说的"质"的规定性。小说发展到今天已经形成了非常明确的三种类型。第一种类型是人物小说，也被称为"正格"小说，也就是最典型的小说类型，其基本要素是人物、环境、情节。第二种类型则是抒情小说，它和第一类小说最根本的区别是没有完整的情节要素。第三种类型则是形式主义小说，也就是那种不关心讲述了什么样的故事，只是关心怎样讲故事的小说。第一类小说比较注重社会学价值，张扬的是小说的认知功能。但是，其社会价值、认知功能仍然是依附于人物形象的刻画和情节的展开以及环境的描绘上，离开了这些文学性特质，小说的社会学价值与认知功能显然是不存在的。抒情小说固然是对作家主体精神与情思的表现，但是，同样离不开人物形象的刻画、环境的表现和语言的运用。而第三类小说则是纯粹的形式表现了。无论哪种类型的小说，都有其特别的文学性要素。文学批评自然无法回避"文学性"。至于诗歌、散文、戏剧，也同样如此。

我主要从事小说批评。对小说文体特征，更是关心和留意。还在读硕士研究生时期，我就格外留意国内外小说理论。对小说理论的钻研是我多年的爱好。不同历史阶段的小说理论自然有其不同的关注点。小说这种文体发展到今天，已经出现了诸多变化，作为从事小说批评的文学批评工作者，显然要对这种变化了如指掌。即使在今天，很多从事小说批评的批评家比较多地强调文学的社会担当，而我依然看重小说的文学属性。我更看重小说如何通过文学的方式实现社会担当。我的小说批评常常关注小说的内在结构、叙事方式、形式规范等文学性层面。我坚信，对于文学而言，形式即是内容。伊格尔顿不是从各种各样的形式美学中发现了各式各样的意识形态的吗？同样，对小说结构、形式、叙事方式、语言的分析，同样也是发现小说社会学价值的重要方式。正是基于上述思考，我在小说理论研究上投入了不少精力。西方小说理论包括叙事学、小说修辞学，我都有所涉猎。我企图通过这样的努力，能透彻理解小说这个特定文体的秘密。《由"角色"向"叙述者"的偏移——十七年第一人称叙事小说论》《论先锋小说叙事模式的形式化》《近二十年长篇小说乡村现代性叙事规范的拆解》等，鲜明地体现了我的文学批评注重文学作品的"文学性"的特色。有读者曾给我写信，说是我的文学批评有浓郁的艺术气息，大概是指我的文学批评比较贴近作品的"文学性"吧。

任何一个人的文学批评都不能脱离历史语境。我们的先辈文学批评实践，为我们的文学批评提供了强大的历史资源。我们的文学批评同样是一个历史行为，既有历史背景，也有历史语境的限定性。怎样在文学批评发展的历史活动中寻找到自己的文学批评的位置？这是我在从事文学批评时时常思考的问题。结合我主要从事小说批评的实际，近些年我把目光投向小说理论史、批评史的研究。在我看来，小说理论史、批评史既是从事文学批评的历史观照，也是洞悉小说自我历史发展的呈现。近几年，我在探讨小说文体理论的过程中，萌发了研究中国当代小说理论史、批评史的想法。其初衷是要通过历史研究，凸显小说文体观念的演变，为当下的小说批评寻找到一种历史观照。围绕这一设想，我成功申报了教育部人文社科基金和国家社科基金，也发表了《文学现代性的时间形式和空间形式》《新时期中国式形式批评的创建》等论文，主编了《中国新时期小说理论资料汇编》。我希望通过这样的历史回溯与观照，能为我的小说批评寻找到新的道路。

今天的文学批评分化明显，形成了作家批评、媒体批评和学院批评三分天下的格局。而学院批评在当下屡受诟病，这种现象的产生既是学院批评自身特性决定的，也是对学院批评抱有过高期望产生的效应。客观地说，学院批评是一种学术研究，它所面向的是"科学"活动，首先是对学术史负责。学院批评的这种特点决定了它难以为大众所接受，也难以为作家所喜欢。我想，上帝的归上帝，撒旦的归撒旦。既然文学批评已经形成了三分天下的格局，我们就遵从各自的特征吧。作为一名高校从业人员，我的文学批评自然属于学院批评阵营。因此，我的文学批评自然有学院批评的色彩和特征。文学批评的对象选择、写作模式和关注焦点，自然打上了学院特有的烙印。我希望能得到朋友的理解与支持、批评。我还清楚地记得，多年前，我的博士生导师、著名文学批评家於可训先生教诲我说，你要记住你就是一高校教师，你的文学批评就是为你的教学科研服务的。多年后，再仔细品味这句话，可谓至理名言。

第一辑

文学史视野

由"角色"向"叙述者"的偏移

——"十七年"第一人称叙事小说论

人们习惯性地按人称把小说分为第一人称小说与第三人称小说。这种分类曾遭到许多叙事学专家的诘难。但是把人称作为小说分类的标准也有一定的道理,热拉尔·热奈特曾经提出一个简洁的观点:"'人称'转换其实就是叙述者与其故事之间关系的变化。"① 第一人称与第三人称意味着两种不同的叙事方式。很明显,第一人称是以"我"的口吻来叙述故事的。但是第一人称仅仅是一个叙述者吗?"我"除了是故事绵绵不断的源头,还意味着什么?我们不难看到,第一人称同时还表明"我"是故事中的一个角色,无论这个角色重要与否。因而第一人称既是叙述者、又是角色。一般来说,第一人称叙事的小说是叙述者"我"讲述角色"我"的故事,角色"我"的行动、性格、心理活动是叙述者"我"叙述的中心。

一

这些关于第一人称叙事的理论研究自然来自西方,因为第一人称叙事小说是西方文学的传统形式。而在中国小说史上,具有现代意味的第一人称小说迟至晚清才出现。晚清对域外小说的接受与选择的眼光也很特别,早年西方对中国作家影响最深的三篇翻译小说《百年一觉》(1894)、《华生笔记》(二篇)(1896)、《巴黎茶花女遗事》(1899)都是第一人称叙

---

① [法]热拉尔·热奈特:《叙事话语 新叙事话语》,中国社会科学出版社 1987 年版,第 170 页。

事小说。在这种小说形态选择的视野里，吴趼人的《二十年目睹之怪现状》开了中国现代第一人称小说的先河。《二十年目睹之怪现状》叙述的大都是角色"我"的见闻，而角色"我"的主体性体验则不是叙述者关注的重点。在小说中，角色"我"的情感常常被叙述者忽略。五四时期的第一人称叙事小说则与之不同。这些小说的叙述者"我"大都叙述的是角色"我"的心灵的探险。正因为五四第一人称叙事小说的叙述者偏重对角色的生命体验的叙事，20世纪30年代，当写实主义、现实主义成为时代文学的正宗形式时，第一人称叙事小说是否是现实主义文学形式就不可避免地引起了一场争论。

　　20世纪30年代，写实小说或者是现实主义小说成为时代文学的象征，革命文学出于对新价值观的张扬而倡导写实小说。自由派作家如梁实秋也把写实作为时代的先锋形式，他说："小说是没有法事能脱离写实主义的范围，'罗曼司'已是小说的遗蜕了。"① 在这样的文学价值取向下，人们对第一人称叙事小说是否是写实小说发生了一场争论。穆木天认为："有些青年作家，在本心上要现实主义描写社会的，但因为他们用第一人称的写法，便减少了那些小说作品的真实味。"穆木天担忧第一人称小说会失去作品写实的真实性品格，因为在他看来："第一人称是个人主义的抒情主义的形式，现在的现实主义所需要写的是民族解放斗争中的工农大众的情绪。"② 在当时的理论家、作家看来，第一人称叙事是个人抒情的产物，是个性解放的浪漫主义文学独有的。而冷静的观察态度和忠实客观的手法应该是中国现实主义的一个质的规定。在现实主义成为时代文学徽征的20世纪30年代，第一人称叙事小说锐减。王任叔对1935年七八月份的小说创作进行考察时发现："第一人称写法绝对减少。在这53篇中，仅有7篇用第一人称写法。……这里的第一人称，却大都为描写的方便，将事象的发展，用第一人称为连贯一下的。"③ 从当时理论探讨和创作实践来看，人们普遍认为，在现实主义成为正格的时代，第一人称叙事小说会或者说正在退出历史的舞台。

---

① 梁实秋：《现代小说》，载吴福辉《二十世纪中国小说理论资料》第3卷，北京大学出版社1997年版，第259页。

② 穆木天：《写实小说第一人称写法》，《申报·自由谈》1934年1月10日。

③ 王任叔：《中国现代小说发展的动向的蠡测》，《创造月刊》1935年第1期，第3页。

但是在"十七年"（1949—1966 年）这样一个标榜现实主义的时代里，第一人称叙事的小说再次浮出历史的地表。在《中国新文学大系（1949—1966）·短篇小说卷》上下卷共计 143 篇短篇小说中，第一人称叙事小说占 58 篇，这应该不是一个偶然的现实，也绝不是某一两位作家率性而为。但是在这些小说里，第一人称"我"的角色功能远远弱于叙述者的功能。在这些小说中，普遍存在角色"我"向叙述者"我"偏移的现象。按热拉尔·热奈特的观点，叙述者在小说中一般具有如下五种功能：叙述功能、组织功能、评价功能、见证功能和交流功能①。而角色在小说中是一个有行动、有生命的个体。在"十七年"第一人称的小说中，角色"我"常常停止行动，终止内心活动，而充当另一个故事的见证人，从而使角色"我"的功能被弱化，叙述者"我"的功能被加强了。

进入 20 世纪 80 年代以来，第一人称叙事小说犹如雨后春笋般地涌现。有人曾抽查了 1988 年的《小说选刊》《小说月报》《作品与争鸣》《作家》。据统计，《小说选刊》约有 33% 的小说是第一人称叙事小说，《小说月报》约为 40%，《作品与争鸣》与《作家》竟高达 50% 与 48%②。这些第一人称叙事小说大都恢复了五四第一人称小说的传统，叙述者"我"叙述的是角色"我"的内心情感与生命体验。

通过回溯 20 世纪中国小说史，我们发现，十七年的第一人称小说具有一个突出的特征：第一人称由角色"我"向叙述者"我"偏移。这些小说叙述的不是角色"我"的故事，而是"我"见证的故事。这个特征显然是五四及新时期第一人称叙事小说所不具备的，它有其政治、文化原因。"十七年"第一人称叙事的小说中，"我"作为角色的功能被削弱，而作为叙述者的功能被加强，这是十七年文化对文学的诉求在文学形式层面的反映。"十七年"是一个十分强调政治意识形态的年代，在这个时代，对政治主体合法性的绝对遵从遮蔽了生命主体的内在体验，对集体价值的信仰压抑了个体选择的可能。这样的意识形态自然会影响到文学。意识形态对文学的召唤不仅体现在小说内容的应对上，也体现在小说叙述形式上。

---

① 参见热拉尔·热奈特《叙事话语　新叙事话语》，中国社会科学出版社 1987 年版，第 255—257 页。

② 参见黄浩《角色紧张：一个说得太多和太累的"我"》，《作家》1990 年第 3 期。

"十七年"第一人称叙事小说的角色向叙述者偏移，表明创作主体——作家——的旨趣由对自身的关注转向对外在客观世界的关注，创作主体尝试去把握外在客观世界，以外在的力量来填充主体性。"十七年"第一人称叙事小说的角色"我"向叙述者"我"偏移，体现了作家对意识形态的规范力量的认同；主体性的生命体验的价值远远低于外在客观世界的价值与意义。对"十七年"的作家来说，认同、理解外在世界的诉求成为压倒体验个体生命的无法抗拒的力量。从创作主体的角度来看，这是这一代人的悲哀。但是从 20 世纪中国小说史的角度来看，在"十七年"作家创造力被阉割的同时，却为小说史留下了具有意味的一笔。在我们面对十七年文学时，应该作出客观的评价，以及相应的研究。本文将从"十七年"第一人称叙事小说的角色"我"向叙述者"我"偏移的类型入手，对此作初步的探讨。

二

一般说来，第一人称叙事小说中，第一人称既是叙述者又是角色，但也有例外。有些第一人称小说的第一人称只是个叙述者，这可以看作角色"我"向叙述者"我"偏移的极端化倾向。"十七年"徐怀中的《卖酒女》就是这样的一篇第一人称叙事的小说。在这篇小说中，第一人称只是叙述者而不是角色，它是一个角色向叙述者偏移的极端化个案。在这种偏移的类型中，叙述者"我"对故事的真实性、客观性及其意义与价值深信不疑。通过这种偏移，叙述者"我"实质上创造了对外在世界认同的规范化力量。这种规范化力量力图制约故事的接受者的接受心理，召唤接受者认同这种规范力量。在与其他不同时期的同类作品的比较中，《卖酒女》中第一人称由角色向叙述者偏移的功能、意义可以看得更清晰。

在《卖酒女》中，"我"只是小说的叙事者，而不是小说中的一个角色。在介绍了刀梦含的一些个人情况后，叙述者才出现："现在我应该对你们讲到另一个人的故事。"全文也只有这一句话表明小说的叙事者是"我"。从这句话里，我们可以看到整个故事是"我"讲述的。由于"我"不是小说中的角色，因而小说中也没有"我"的思想、情感，故事只是"我"讲的而不是"我"的，整个故事也就在冷静、客观中展开。在这篇小说中，作为角色的"我"的动作、性格、心理活动根本就没有出现在小说中，这是一个角色"我"向叙述者"我"偏移的极端化的个案。

莫言的《红高粱》也是一篇第一人称叙事的小说，故事讲述的是"我"的爷爷、奶奶年轻时候的故事。很明显，其爷爷、奶奶年轻时的故事，"我"无法参与，也无法亲见，因而与《卖酒女》一样，"我"不可能是小说中的一个角色，只能是小说的叙述者。《红高粱》以"我"充当这段历史的叙述者，显示了晚辈对祖辈精神上的敬仰，在"我"的叙述中，祖父、祖母的精神气质需要叙述者仰视才能见到。《红高粱》里叙述者"我"经常出现，与祖父、祖母的故事相随，总是在表达着对故事的理解。因而，《红高粱》中叙述者"我"便体现为一种主观的价值尺度。而在《卖酒女》中，叙述者"我"仅出现一次后便销声匿迹，故事呈现为全知全能的叙述视角，叙述者"我"追求的是客观性。

与莫言相同，苏童的一些小说的叙述者"我"，在故事发生的时间里，不可能以角色的身份在场。"我"纯粹是故事的叙述者。在《一九三四年的逃亡》中，叙述者"我"讲述的是1934年家族上一辈的命运。在这个历史的时间点上发生的事，叙述者"我"只能依靠想象来进入。在小说中，叙述者说："有一段时间我的历史书上标满了一九三四年这个年份。一九三四年迸发出强壮的紫色光芒圈住了我的思绪。那是不复存在的遥远的年代。对于我也是一棵古树的年轮……我可以端坐其上，首先会看见我的祖母蒋氏浮出历史。"这段话表明了故事是叙述者虚构的，苏童强制性地把这个故事的叙述者定义为"我"，只不过意欲表明，叙述者在小说文本中有首屈一指的重要性：它是整个故事的发源地。整个《一九三四年的逃亡》就是在叙述者强有力的介入下才完成故事叙述的。小说中叙述者"我"为完成故事的叙述，再三出面推动情节的发展。叙述者"我"常常借助一些干预情节的句子，如"我需要陈文治再次浮出""关于我祖父和小瞎子的交往留下许多逸闻供我参考"等。在《一九三四年的逃亡》中，苏童通过叙述者暗示，故事只不过是叙述者虚构的。而《卖酒女》则不同，对于这个"我"不可能在场的故事，叙述者"我"显得信心十足，对于刀梦含和赵启明的故事，叙述者了如指掌，而不是像《一九三四年的逃亡》的叙述者"我"需要借助想象来实现，因而叙述者"我"相信，"我"叙述的故事是真实的。

在与《红高粱》《一九三四年的逃亡》的对比分析中，我们发现，

《卖酒女》中的叙述者"我"尽力保持故事的客观性、真实性。叙述者对自己讲述的故事充满信心，对故事本身的意义也深信不疑，这一点与鲁迅的《阿Q正传》里叙述者"我"与"我"所叙述的故事关系明显不同。"我"是《阿Q正传》的叙述者，而不是这篇小说中的一个人物，这在"序言"里有过清楚的表述。但是叙述者"我"对"我"所叙述的故事是不自信的，"我"不知道阿Q的姓名、籍贯甚至生平，对"我"是否有能力、有资格作传也深表怀疑。而《卖酒女》就不同，叙述者自始至终对故事充满信心。《卖酒女》虽然是一篇第一人称叙事的小说，但是"我"不是故事中的人物，而只是故事的叙述者，角色"我"向叙述者"我"偏移，只不过表明叙述者对外在客观世界的信任，对外在于主体的价值深信不疑。这种价值取向与《红高粱》《一九三四年的逃亡》《阿Q正传》中角色"我"的缺失后，叙述者"我"所体现的意味不同。《卖酒女》中第一人称的凸显只是为了突出叙述者与故事间的关系，叙述者对故事真实性、客观性、意义与价值深信不疑。从叙述行为的整个过程来看，叙述者与故事的这种关系，实质上暗含了叙述者对叙述接受者的接受心理的诉求：相信故事的客观性、真实性及意义。

三

第一人称叙事小说中，次要的角色"我"偏移为叙述者"我"，是角色"我"向叙述者"我"偏移最常见的形式。这种偏移类型常出现在以"我"的经历、见闻来贯穿小说的第一人称叙事小说中。"十七年"许多第一人称叙事的小说属于此类。这类小说大都由两部分构成，一部分是叙述角色"我"的经历，一部分是角色"我"转化为叙述者的讲述。后一部分才是小说的重心与中心，前一部分只是为后一部分角色的转化提供"机会"。这类小说着重的并不是作为角色"我"的行为、性格，而是"我"见到、听到的故事。"我"作为角色，其功能也只是为"我"听到、见到的故事构造一个真实的生活场景，从而保证故事的真实性。

马烽的《我的第一个上级》是一篇典型记载"我"的见闻的第一人称叙事小说。小说中，角色"我"从水文学校毕业，分配到老田头身边工作。其间"我"的见闻即是小说的叙述内容，其中夹杂着角色"我"的思考、行动。但是在小说的高潮部分，在抢险一线，老田头奋力抢险的这一情节中，角色"我"明显地没有参与，叙述者以"我从来没看见这样的阵势，简直吓得不知如何是好了"一句让角色"我"脱身而出。接下来，老田头抢险这一重要情节便在"我"眼中发生，这样"我"从角色中抽身，滑向叙述者。

鲁迅的《孔乙己》也是写叙述者"我"的见闻的一篇第一人称小说。在小说中，作为角色，"我"是一名伙计，孔乙己的故事是"我"看见、听到的。在小说中，每当孔乙己出现，角色"我"的行动、心理活动便停止，而转向对孔乙己事迹的叙述。在这时，角色"我"便退出，叙述者"我"的功能得到强化。这与马烽的《我的第一个上级》有些相同。不同的是，《孔乙己》中角色"我"的偏移本身具有修辞意义。当孔乙己出现时，角色"我"向叙述者"我"移动，这时角色"我"的思想活动便停止，叙述者以客观的态度叙述孔乙己出现的场景。小说中角色"我"是一名不起眼的小伙计，也是一个生命的弱者。但是，面对同是弱者的孔乙己，角色"我"的态度是冷漠的，委身为叙述者，漠不关心地叙述另一个弱者的故事。在《孔乙己》中，角色"我"向叙述者"我"偏移，寄寓着鲁迅对"看客"般麻木的心态的批判。

而《我的第一个上级》角色"我"滑向叙述者"我"之后，老田抢险的场面是"我"关注的重点，角色"我"偏移为叙述者"我"本身的目的，是叙述一个相对完整的场景。

这种偏移形式追求的是"我"所见证的故事的真实性，因此在一定程度上，角色"我"的行动可以减少到最低限度，"我"的性格可以模糊不清，故事才是叙述者关心的部分。陈登科的《大闹七星宴》便具有这种特征。小说的开头很简约地写到角色"我"。小说的开头是这样的：

> 我小时候，就爱听人讲故事，如今仍然爱听故事。去年二月里，省文联组织一批人，到大别山去写革命回忆录，我也就趁着这个机会，到大别山里作了一次访问。
>
> 一天在南溪小镇上，遇到一位老红军战斗，他向我讲了这样一个故事。

角色"我"的性格很模糊，唯一的信息就是"爱听人讲故事"；"我"的动作也只有两个：访问大别山及遇到一位老红军。小说花大篇幅讲述了一段革命英雄传奇，这段传奇中，"我"不是角色，而只是叙事者。而结尾，故事讲完之后，只有叙述者的评头论足，角色"我"再也没有露面。

在第一人称叙事小说的次要角色"我"偏移为叙述者的类型中，角色"我"的经历不是最重要的，"我"的经历只是为故事的对象提供一个自然化发生的背景。在这几篇小说中，"我"与"我"见证的故事的对象之间都存在一个自然化的相遇过程。在《我的第一个上级》中，是"我"骑车撞上了老田；在《大闹七星宴》中，"我"是在一个小镇上遇见老红军的。通过这些"偶遇"，小说抹平了人为编码的痕迹，从而保证了角色"我"见证的故事的真实性。

四

在叙述分层中，角色"我"偏移为叙述者"我"，也是"十七年"第一人称叙事小说角色"我"向叙述者"我"偏移的常见形式。"十七年"小说对故事的真实性保持着相当的热情，真实性成为这时期小说美学的根本和唯一。在上一节中，通过角色"我"的自然化活动来保持故事的真实性；在本节中，我们将看到，"十七年"第一人称小说通过叙述分层使角色"我"转化为叙述者"我"，从而维持了故事的真实性。

上一叙述类型中，如果《大闹七星宴》中的故事不通过叙述者来转述，而是由老红军直接讲述，那么小说就有两个叙述者，从而引起小说叙述分层。由于叙述分层，角色"我"常常转化为叙述接受者。例如，《惠娘——故事中的故事》中，在"我"和李婉丽相遇的叙述层面上，"我"是叙事者同时又是这个故事中的一个角色。但是，在惠娘的故事这个叙述层面上，"我"就是叙述接受者，因为叙事者是李婉丽，她是这个故事的叙事者。巴金的《军长的心》中，在"我"和军长相遇并一同乘车返回军部的叙述层面上，"我"既是叙述者又是角色，但是在军长讲述的抗战时期的一段故事时，角色"我"即转化为叙述接受者，因为这个故事的叙述者是军长。

"十七年"小说中，叙述分层是一个比较普遍的叙述技巧。为了考察方便，在此，我把叙事者是"我"的叙述层称为叙述的主层面，由"我"充当叙述接受者的叙述层面称为叙述的次层面。由于叙述分层，叙述次层面的叙事者是叙述主层面的一个具体的人，也就是说，叙述分层使叙述次层面的叙事者和叙述接受者都具体化、肉身化。例如《惠娘——故事中的故事》中，惠娘的故事叙事者李婉丽就是一个具体存在的人。叙事者在小说的开头这样介绍李婉丽：

> 柴达木盆地青年社会主义积极分子大会上，我认识了一位名叫李婉丽的上海姑娘。她来青藏高原三年多了，虽然面貌上还带着江南女孩子那种秀婉的风度，可是言谈举止中，已添了不少"高原人"的豪放和剽悍了。她是代表一个女子勘探组出席这次会议的——她们共有四个人，和基地失去了联系，在唐古拉山区经历了极艰苦的七天七夜，出色地完成了一个大矿区的实探工作。她是这个组的组长。

叙述分层也是鲁迅小说常用的技巧。《在酒楼上》就是一篇典型的叙述分层的小说。第一个层面是，"我"在酒楼上喝酒，并遇见吕纬甫；第二个层次是吕纬甫向"我"讲述他"无聊"的生活。在叙述的第一层面即叙述主层面，"我"更多地体现为一个角色。"我"是一个旅行者，在这里旅行者本身象征着对自我的追求，"我"来到 S 城寻旧，这意味着对过去的新式知识分子生活的重温。在叙述的第二层面即叙述次层面，"我"成为叙述接受者，吕纬甫是叙述者。

在《惠娘——故事中的故事》的叙述分层使叙述次层面的叙述者肉身化、具体化后，角色"我"便安然地当起了李婉丽讲述的故事的叙述接受者；而《在酒楼上》则与之不同，"我"并非是吕纬甫故事的被动接受者，"我"常常又转化为角色，多次向他发问。在这种叙述接受者与角色的转化中，角色"我"面临了一次又一次心灵的拷问，"我"在吕纬甫这一叙述分层的讲述中落入被审视的境地，"我"不可能只是讲述故事，更重要的是，对心灵深度的开掘已成为叙述者"我"无法摆脱的纠缠。

在《惠娘——故事中的故事》这篇小说中，由于叙述分层，在叙述主层次中的角色"我"转化为叙述次层次的叙述接受者。由于整篇小说的叙述者是"我"，李婉丽叙述的故事只有经过"我"的叙述才能为读者所知。在小说叙述的次层面，角色"我"转化为叙述接受者，对于整篇小说来讲，其实就是角色"我"转化为叙述者。通过叙述分层，小说的叙述次层面的叙述者是一个具体的、有血有肉的生命体，这样叙述，次层面的故事真实性得到保障。这个故事，是角色"我"亲耳所闻，由"我"来讲述这个故事，其真实性自然是不必怀疑的。

五

在上文角色"我"向叙述者"我"偏移的三种类型中，角色"我"向叙述者"我"偏移的目的是保证叙述的故事的完整性、客观性和真实性，从而显示出作者对外在世界的信任，对其意义深信不疑。

第一人称回顾性叙事也是第一人称小说常用的形式，"十七年"第一人称叙事小说中不乏这类小说。这类小说中角色"我"的主观心理活动较多，但是这些心理活动也只是显示角色"我"转化为叙述者对所见证故事的理解，这也是角色"我"向叙述者"我"偏移的重要形式。角色"我"转化为叙述者"我"，意味着这些小说显示出作家把客观的世界内置于个体的生命体验中的尝试。在这些小说中，角色"我"与描写对象之间存在差距。王愿坚的《党费》中，在敌人来搜查时，是黄新掩护"我"。峻青的《黎明的河边》中，"我"要到河东开展工作，"我"既不熟悉地形，也不会游泳，是小陈及他父亲帮助了"我"。叙述者"我"在叙述故事时，在叙述角色"我"的动作、性格的同时，看重的是角色"我"的见闻。在最能体现对象性格的时候，角色"我"常常弱化。《党费》中，在黄新把"我"送上阁楼后，为把敌人引走，他被敌人逮捕，这一最能体现黄新性格的场景，是"我"目击的。在叙述者叙述这一场景时，角色"我"的行动、思想已停止，"我"从角色遁身叙述者中。《黎明的河边》中，写到小陈一家的壮烈行为的场面时，角色"我"也向叙述者转化。

这与五四时期的第一人称回顾性叙事明显的不同。例如冯沅君的《旅行》，叙述者所叙述的是角色"我"的行动、内心体验。内心的主观感受是小说的叙述重点，角色"我"不存在向叙述者转化的问题。鲁迅的《伤逝》也是一篇典型的第一人称回顾性叙事的小说，"我"的情感历程是小说叙述的内容，角色"我"没有向叙述者转化。

"十七年"第一人称回顾性叙事小说中，也有许多小说关注角色"我"的心理体验。如《我们夫妇之间》，所叙写的是作为角色"我"的情感体验。在这篇小说中，角色"我"本身是革命者，所反映的主题也并没有超出当时意识形态规定的范围。《我们夫妇之间》写的是知识分子转变的主题。知识分子的"我"开始有些不喜欢农民出身的妻子,后来"我"发现了妻子的许多优点,思想开始有转变。从叙述的主题来看,《我们夫妇之间》是不会受到批评的,但是从叙述的角度来看,情况就会发生变化。我们看丁玲对这篇小说的一段批评:

> 李克实际上是很讨厌的知识分子。他最讨厌的地方,倒不是他有一些知识分子爱吃点好的,好抽烟,或喜欢听爵士音乐的坏习气,或是其他一般知识分子的缺点。最使人讨厌的是:他高高在上地欣赏他老婆的优点哪,缺点哪,或者假装出来的什么诚恳的流泪了哪,感动了啦,或者硬着脖子,吊着嗓门向老婆歌颂几句在政治上我是远不如你哪,或者就像一个高贵的人儿一样,在讽刺完了以后,又俯下头去,吻着她的脸啦……李克最使人讨厌的地方,就是他装出高明的样子,嬉皮笑脸地玩弄他的老婆——一个工农出身的革命干部。[①]

丁玲的这段批评落实在叙述层面就是,作者在使用第一人称叙事时,叙述者"我"所叙述的是角色"我"的事,而不是角色"我"作为见证人所看到的事,由于角色"我"没有转化叙述者,叙述者"我"所叙述的也只是角色"我"的世界,而不是外在的客观、关乎他人的世界。

在第一人称叙述的小说中,角色"我"是否淡化、弱化,甚至转化为叙述者,关涉到"十七年"小说叙事是否合法。即使是主观性最强的日记体小说,角色"我"也存在偏移向叙述者的倾向。《达吉和她的父亲》虽然是一篇日记体的小说,但是,日记里所记不是个人的生活阅历、生命体验。在小说中,"我"的角色功能常常受到冲击,达吉的故事才是日记的主要内容。小说里角色"我"的功能主要体现为"发现"达吉的故事,这里"发现"要么是目击,要么是听。因而《达吉和她的父亲》与同是日记体的丁玲的《莎菲女士日记》差别较大。《莎菲女士日记》中叙述者所叙述的只是角色"我"的体验。角色"我"身边发生的事,只能引起角色"我"对人生的探讨,叙述者"我"所叙述的也只是角色

---

① 丁玲:《作为一种倾向来看——给萧也牧同志的一封信》,《文艺报》1951年第4期,第8页。

"我"的人生探讨的历程，而不是角色"我"所"发现"的事。

由角色"我"向叙述者"我"偏移是"十七年"第一人称叙事小说普遍存在的现象，本文分析了"十七年"第一人称叙事小说四种角色"我"向叙述者"我"偏移情况及其功能。对"十七年"文学的研究，论者常常抓住这一时期的意识形态特征，从小说的内容及主题上一棍子打死整个"十七年"小说，将其从小说史中驱除。但是从"十七年"小说创作实际来看，特别在小说的形式上，仍有值得我们研究的地方。本文所论及的"十七年"第一人称叙事小说由角色"我"向叙述者"我"偏移即是其中一个十分重要的话题。

原载《华中科技大学学报》（社会科学版）2001 年第 3 期

《红旗谱》《播火记》与《水浒传》的
传承关系

　　《水浒传》① 被称为中国四大古典名著之一，对中国作家产生了深远的影响。作家梁斌非常喜欢《水浒传》，他曾在《谈文学写作》《我与图书》《一个小说家的自述》等自传性著述里多次提及阅读《水浒传》的情景。十四五岁时，为了陪伴病重的母亲，梁斌四处找书，最终觅到《水浒传》："无意中看到四哥大橱子里有《水浒传》、《三国演义》、《儒林外史》……我心里非常高兴，就一直伴着母亲读书。"② 因为母亲病重，按照乡村旧俗，为了"冲喜"，梁斌仓促成婚。在家的这段时间里，梁斌阅读了许多优秀古典小说，他又重新阅读了《水浒传》。③ 梁斌坦承《红旗谱》《播火记》受到了《水浒传》的影响："有人说我是学《水浒传》，《水浒传》我倒是借鉴了。"④ 梁斌甚至还一一指出《红旗谱》《播火记》受到《水浒传》影响之处。他曾坦言《红旗谱》"在英雄人物的描写手法上，借鉴《水浒传》"⑤。在《漫谈〈红旗谱〉的创作》一文中，他又坦诚相告："关于写人物，我想古典小说偏重于通过人物的行动来写人物的性格，尤其通过人物的对话来写人物的性格，也是古典小说的传统手法，从《水浒传》等作品中可以明显地看出这一特点。"⑥ 其实，《红旗谱》《播火记》受到《水浒传》的影响远不止如此。

---

① 《水浒传》的版本众多，本文所谈的《水浒传》是指金圣叹评点的《水浒传》。
② 梁斌：《一个小说家的自述》，中国青年出版社1991年版，第63页。
③ 参见唐文斌《梁斌年谱》，载梁斌《笔耕余录》，中国青年出版社1984年版。
④ 梁斌：《一个小说家的自述》，中国青年出版社1991年版，第514页。
⑤ 同上书，第525页。
⑥ 同上书，第506页。

一

　　《水浒传》成书于明代中叶。20世纪50年代，《水浒传》的主题被统一为"农民起义"。50年代初，杨绍萱的《论水浒传与水浒戏》①、王利器的《水浒与农民革命》② 等文相继提出了《水浒传》的主题是"农民起义"。后来冯雪峰的长篇论文《回答关于〈水浒〉的几个问题》，肯定了《水浒传》的主题是"农民起义"："我们根据历史去判断，就会觉得《水浒》所描写的北宋末年的社会生活是非常真实的。它作为一部描写北宋末年一次农民起义的书来看，从它的根本精神上说，有其极高度的真实性。"③ 冯雪峰肯定了《水浒传》在表现农民革命上的重要价值，并把《水浒传》的主题定位为"农民起义"。冯雪峰对《水浒传》的评价，显然代表了主流文学规范。事实上，此后相当长的一段时间里，批评界普遍依据冯雪峰的观点来评定《水浒传》。

　　梁斌创作《红旗谱》《播火记》的目的，就是要写出中国农民在中国共产党的领导下由自发反抗走上自觉斗争的革命道路的故事。但是，如何叙述中国传统农民走上反抗的革命道路，梁斌又面临不小的难题。其中，最主要的问题就是梁斌的农村生活经验和主流意识形态要求之间存在一定差距，"按照意识形态的说法：中国农民参加共产党领导的革命应当是自愿的。但是中国农民却是沉重地被压迫在统治阶级的权势、禁令森严的习俗、儒家道德的规范下。他们被压迫禁锢得那样厉害，以至于向权威造反几乎就是违反他们的全部思想方式。"④ 而在此时期，《水浒传》被阐释成是一部反映了中国农民起义的长篇小说，它合理地阐释中国农民起来革命的原因：反抗压迫，反对社会不平等。因此，《水浒传》也就顺理成章地成为梁斌在创作《红旗谱》《播火记》时的学习对象："《水浒传》一类里的那些造反的英雄经常是一个受迫害的人，他不但想自己报仇，还要在

---

　　① 参见杨绍萱《论水浒传与水浒戏》，《人民戏剧》1950年第5期。
　　② 参见王利器《水浒与农民革命》，《光明日报·文学遗产》1953年5月27、28日。
　　③ 冯雪峰：《回答关于〈水浒〉的几个问题》，载冯雪峰《冯雪峰论文集》下册，人民文学出版社1981年版，第111—112页。
　　④ 乔·C.黄：《论〈红族谱〉、〈播火记〉的人物塑造》，载刘云涛等编《梁斌研究专集》，海峡文艺出版社1986年版，第352页。

社会上打抱不平。梁山泊的一百零八条好汉，大多是被逼造反，或被狠心的地主，或被贪官污吏所迫。《红旗谱》里的英雄朱老忠出来和恶霸地主冯兰池斗争，正是类似的情况。"① 20 世纪 50 年代受到高度赞扬的《水浒传》，给《红旗谱》《播火记》叙述中国农民的革命精神和革命方式以巨大的启发。

二

打抱不平、锄强扶弱、仗义疏财是"侠"最基本的内涵。它体现了对于社会不平等状况的抗争、对强权的反抗，也表现了对于弱小者的扶助。中国侠文化源远流长。"侠"这一概念，最早见于《韩非子·五蠹》"儒以文乱法，侠以武犯禁"。《水浒传》是"对中国侠文化有重大影响的集大成作品"②。

在中国现代思想史上，侠文化遭受过激烈的批判。新中国成立后，侠文化继续受到批判，武侠小说也遭禁。但是，侠文化与革命并非是天敌。在价值观层面，侠文化与革命还是有着一定的相通性。例如，侠文化主张"劫富济贫""打抱不平"，敢于反抗不平等的社会秩序。这与革命所倡导的反抗压迫反抗剥削的价值观念有一定程度的接近。也正因为如此，在革命文化语境里，《水浒传》这部中国侠文化集大成的作品，才能被阐释为反映了"农民起义"的革命主题。《水浒传》中的"在社会上打抱不平"的侠义精神也顺理成章地被阐释为革命精神："（《水浒传》）具体地集中地描写了封建社会里农民的革命斗争，因而也就是向人民宣传了反封建压迫的革命思想，鼓舞了人民的斗争意志和反抗情绪。……同时还给我们塑造了一系列富于反抗性的革命英雄形象。"③

《水浒传》刻画了宋江、林冲、鲁智深、武松等侠义英雄形象，典型地表现了中国侠文化。受《水浒传》的影响，《红旗谱》《播火记》刻画了像朱老巩、朱老忠、朱老明、李霜泗等具有侠义精神的人物形象。不

---

① 乔·C. 黄：《论〈红族谱〉、〈播火记〉的人物塑造》，载刘云涛等编《梁斌研究专集》，海峡文艺出版社 1986 年版，第 353 页。

② 韩云波：《中国侠文化：沉淀与承传》，重庆出版社 2004 年版，第 82 页。

③ 张侠生：《〈水浒传〉、〈西游记〉和武侠神怪小说有什么区别》，《文艺学习》1955 年第 6 期。

过，就像 20 世纪 50 年代批评家解读《水浒传》的侠义精神一样，朱老
巩、朱老忠等人物身上的"侠义"精神是作为革命精神来表现的。朱老
巩为了和自己毫不相干的滹沱河下梢四十八村的利益，坚决抵制冯老兰砸
掉铜钟独占四十八村田产的霸道行径。朱老巩反抗冯老兰的斗争行为，本
是侠义精神的一种体现。但是，梁斌却把它阐释为阶级斗争的革命精神：
"我写这部书，一开始就明确主题思想是写阶级斗争，因此前面的楔子也
应该以阶级斗争概括全书。考虑了很长时间，最后决定把朱老忠回叙朱老
巩大闹柳树林的那一段挑出来，搁在第一章。"① 由此，我们可以发现梁
斌的思想深处，把朱老巩的侠义精神理解为革命精神。

　　《红旗谱》《播火记》中最能体现侠义精神的是李霜泗。与众多梁山
好汉一样，李霜泗是奉行杀富济贫的绿林好汉。李霜泗在白洋淀落草，专
找一二百里外的大地主、大恶霸、大官宦这些有权有势的人家，打家劫
舍。而打劫来的财物常常施舍给那些缺少钱粮的穷人。李霜泗奉行的理念
是"杀富济贫，扶危济困，有钱大家花，有饭大家吃，有衣大家穿。所
有世界上的人，大家都享福，都自由，谁也管不着谁，一律平等"。他还
把这种"一律平等"的精神理解为"共产主义"②。李霜泗所理解的革命
就是实现均贫富、人人平等的理想。这样来理解革命，自然是比较肤浅、
片面的。但是也没有偏离革命理想。事实上，这样一位绿林侠客，也是梁
斌塑造的一位革命者形象。③

　　朱老忠是小说塑造的主要人物形象。这位历经艰辛的农民，在残酷的
现实生活教育下，一步步走向革命。在接触革命理论后，历经革命实践的
历练，渐渐成长为革命者。但是，这位成长了的革命者身上仍时常表现出
传统侠义精神。例如，朱老忠率领红军打下冯家大院后，即开仓分粮，一
个类似《水浒传》里三打祝家庄后，宋江们给老百姓分粮食的狂欢场面

---

① 梁斌：《漫谈〈红旗谱〉的创作》，《人民文学》1959 年第 6 期。

② 梁斌：《播火记》，人民文学出版社 2009 年第 2 版，第 124 页。

③ 关于李霜泗的身份，梁斌有过交代："有人问李霜泗当过土匪，按阶级成分划分是属于
流氓无产者，他为什么能参加共产党呢？在实际生活中，李霜泗是共产党员是不成问题的。我在
《播火记》里写他参加共产党有什么根据呢？我看了党的各个历史时期的文件，发现在中国共产
党第三次全国代表大会的文献中有明确的决定：出于中国农民深受三大敌人的残酷压迫与剥削，
灾难深重，因而被迫铤而走险，或当土匪或当民团是完全可能的。所以我们党决定在民团、土匪
中建立党的支部。"参见刘云涛等编《梁斌研究专集》，海峡文艺出版社 1986 年版，第 48 页。

出现了：

> 　　朱老忠愤怒地说："怪不得穷人没有粮食吃。同志们，来分粮食，大称分粮食小称分金银。"伍老拔走上去说："这些个粮食，还分得过来？我看发动群众亲自下手吧！"
> 　　朱老忠一时高兴，走出来登上扶梯，到屋顶上敲起铜盆，大喊："街坊四邻！穷苦的乡亲们！红军打开了冯家大院，没收了他的粮食财物，分给贫苦农民。东西可多哩，谁愿拿多少，就拿多少，快快来吧！"①

　　革命自然不同于传统侠客们的打抱不平与杀富济贫，开仓济困也自然不是革命者的终极目标。但是，打土豪、分粮食、均贫富的行为既是革命行为，也符合侠义精神。

　　"燕赵多慷慨悲歌之士"，梁斌生活于有着浓厚侠义精神传统的燕赵之地，从小就浸润在这种文化传统之中。朱老巩、朱老忠、朱老明、李霜泗这些侠义之士就是梁斌家乡人民侠义精神的再现。这些觉醒的中国农民，和运涛、江涛、贾湘农那些接触过革命理论的知识分子不同，他们对革命的理解以及革命行为深深打上了自身经验的烙印。从侠文化切入对这些革命英雄人物形象的塑造，显然是对燕赵大地中国农民觉醒者的历史状况的真实反映。《水浒传》在新中国成立后得到高度评价，让梁斌得以发现侠义精神的"革命"性。这发现激发了梁斌的创作灵感，也取得了很好的效果。《红旗谱》《播火记》中侠义精神被看作"阶级关系深刻认识基础上所表现出来的阶级觉悟的自觉与明确性"，因此也就具有"分明的阶级界限与斗争方向"②，侠义精神在现代性叙事视野里也就具有了阶级斗争的革命合理性。《红旗谱》《播火记》承接《水浒传》的侠义精神，把革命的时代主题和传统主题有机地融合在一起，丰富了审美意蕴。

---

　　①　梁斌：《播火记》，人民文学出版社 1957 年第 2 版，第 273 页。
　　②　严云绶：《继承·革新·创造——试谈〈红旗谱〉在民族化方面的成就》，《合肥师范学院学报》1962 年第 2 期。

三

韩非子认为，"侠以武犯禁"。"武打"和"侠"是一对孪生兄弟。表现侠义精神的《水浒传》，也是一部以武打为主要内容的长篇小说。据统计，《水浒传》"全书共描写有名目的武打约 250 次，约分陆战 219 次（①步战 96 次，96 次中有 23 次出现了射击或抛击，有 5 次写了人与兽斗，②马战 101 次，③马步混战 7 次，④比较突出的个人飞射或飞抛型武打 15 次），水战 13 次；火战 6 次；个人单练单打的 7 次；荒诞的神怪法战 5 次"①。《水浒传》中的武打在表现中国古代人民反抗压迫的主题和塑造英雄人物等方面具有积极意义。

马克思主义经典作家都力主以暴力的方式来推翻统治阶级的政权。马克思、恩格斯在《共产党宣言》中明确指出："无产阶级用暴力推翻资产阶级而建立自己的统治。"② 根据马克思主义经典作家的观点，作为暴力革命、武装斗争表现形式的武打，是阶级矛盾的表现，它是社会矛盾发展到一定阶段的产物，也是实现革命理想的必要方式。

不过，为了体现武打的革命性质，现代性革命叙事对叙述武打有着较为严格的要求。最基本的规范是：首先，武打的对象必须是阶级敌人，武打的最终目的是推翻统治阶级；其次，与传统文学中的武打局限于宣扬个人英雄主义的目的不同，现代性文学中的武打必须体现政党的集体领导和依靠群众的路线方针；最后，要避免传统武打叙事常常为写武打而写武打的形式主义倾向。

以现代性革命叙事对于武打的要求来看，《水浒传》中的武打虽然有其"进步"的一面，但是，其局限性也很明显。《水浒传》中的武打的确反映了阶级矛盾，但是，无法否认的是，《水浒传》中武打的对象直指贪官而不是皇帝，它的目的显然不是推翻封建统治，也不是要建立无产阶级政权。同时，《水浒传》中的武打，更多的是停留在表现个人英雄主义层面上。小说中的林冲、武松、鲁智深等，无不是以一身武艺而闻名天下。《水浒传》中的武打描写给予《红旗谱》《播火记》的影响，既有符合现

---

① 王资鑫：《〈水浒〉与武打艺术》，江苏古籍出版社 1986 年版，第 7 页。

② ［德］卡尔·马克思：《共产党宣言》，人民出版社 1964 年第 6 版，第 35 页。

代性革命叙事的部分，也有"溢出"现代革命叙事规范的地方。

总体上看，《红旗谱》《播火记》中的武打，具有现代革命叙事的特征，它体现了中国农民在走向革命的道路上，以武装暴力的方式去推翻统治阶级的革命行动。不过，由于受到《水浒传》的影响，《红旗谱》《播火记》中的武打叙事也时常"溢出"了武打的现代性叙事规范。其中，过分看重武力，依赖武力，对于革命理念贯彻不够，是《红旗谱》《播火记》在描写武打时的主要问题。例如，《播火记》有这样一段描写，红军准备暴动，可是缺乏武器，恰好冯老锡手里有枪。于是，朱老忠率领红军前去夺枪：

> 朱老忠坐在椅子上，镇静了一下心情，镇着脸微微点头说："唔！告诉你说，今天红军要起手了，请你把那支枪借给我们使使。值钱多少，将来抗日政权照价还你。看来你和冯贵堂为敌，我们也不伤害你性命。如有二话，就同这桌子一样命运！"他说着，扬起菜刀，咯嚓一声，砍下一只角。又啪的一声，把菜刀插在桌子上，声音震得屋子里的铜器嗡嗡乱响。[1]

朱老忠夺枪的整个过程，就是张扬武力的过程。冯老锡交枪的原因，就不是对于革命理论的接受，而是屈服于武力了。因此，当初听到朱老忠以武力夺枪的计划时，朱老星失声叫道："不行，这不成了土匪吗？和明火、路劫有什么两样？"[2]

凭借个人武艺化解危机，也是《水浒传》塑造英雄人物的常见手法。《红旗谱》《播火记》中有多处朱老忠以武制敌的描写。这些描写和现代性革命叙事规范之间存在着缝隙。毕竟现代性革命叙事解决危机的方法，是要依靠党的思想和个人的超强意志品质。当过分张扬武力化解危机的功能时，武打描写也就不自觉地陷入为写武打而写武打的叙述陷阱中，落入传统武侠小说的窠臼。例如：在二师学潮中江涛被警察追赶，江涛、严萍以铜元退敌的描写："才说扭转弯向西跑，门洞里跑出两个人来，吹起警笛，要逮捕他们，江涛掏出一把铜元，对准那个人的脸，唰地一家伙打过

---

① 梁斌：《播火记》，人民文学出版社 1957 年第 2 版，206 页。
② 同上书，第 204 页。

去。那人迎头开了满面花，流出血来。严萍见又有人赶上来，照样打过一把铜元，江涛紧接着把第二把铜元也打过去，好像是打酸了那个人的眼眶，再也没有人赶来了。"① 这段武打描写显然具有形式主义倾向。朱老忠走南闯北，曾经习过武，以武制敌，还具有一定的合理性。而江涛、严萍从未习武，能抛出如此有此威力的铜元，显然有些为写武打而写武打的形式主义色彩，也不符合生活逻辑。

20 世纪 50 年代，中国言情、武侠、侦探等"通俗小说"传统在革命化的文学语境中受到排斥。这些通俗小说被看作迎合了人们的低级趣味。但是，对于描写工农兵的文学作品，普通读者又心生腹诽："不喜欢过度描写工农兵的书"，"这些书单调、粗糙、缺乏艺术性"。相反，他们仍然喜欢"'刀光剑影'的连环画"②。梁斌以《水浒传》为学习对象，反映了中国农民走上武装革命道路的历史状貌。而"溢出"革命文学审美规范的"武打"，恰恰给读者以无穷的审美愉悦，有效地缝合了文学作品的政治功能与审美功能之间的裂痕。

四

"成长小说"是现代小说的经典类型，《红旗谱》《播火记》也是一部"成长小说"。按照巴赫金的说法，"成长小说"表现的是主人公"与世界一同成长，他自身反映着世界本身的历史成长"③。《红旗谱》《播火记》作为"成长小说"，其价值就在于从"人"与"历史"的关系中去表现历史的变动。李希凡认为，朱老忠形象"提供了一幅旧中国农民的性格发展史"④。在李希凡看来，就朱老忠个人而言，他的人生是变化的、发展的，而引起朱老忠人生发展变化的根本原因，就是中国共产党的教育、领导。李希凡的"发现"，表明了《红旗谱》是在"人和历史关系"的变动中来刻画人物形象的特点。正是紧扣朱老忠性格发展变化，《红旗谱》《播火记》才能表现出中国农民群众在中国共产党的领导下从自发革

---

① 梁斌：《红旗谱》，人民文学出版社 1957 年版，第 326 页。
② 丁玲：《跨到新的时代来——谈知识分子的旧兴趣与工农兵文艺》，《文艺报》1950 年第 2 卷第 11 期。
③ 钱中文主编：《巴赫金全集》第 3 卷，河北教育出版社 1998 年版，第 233 页。
④ 李希凡：《革命英雄典型的巡礼》，《文学评论》1961 年第 1 期。

命走向自觉革命的主题，也完成了在历史关系的变动中来刻画人物的使命。

"历史关系的变动"显然是现代性体验的表述。现代性视阈中的历史遵从自然时间线性排列的次序。但是，线性的自然时间有着现代表征：处于自然时间序列后面的时间，往往在价值上优于排在自然时间序列前面的时间。人类的历史，于是被表述为由低级阶段到高级阶段的步步前进的线性价值系列。这是"成长小说"的基本价值基础。这样的价值观念决定了成长小说的叙事时间必须"顺从"故事时间，以便提取自然时间的价值意义。《红旗谱》《播火记》的叙事时间就遵从了自然时间序列。这样的叙事时间安排，合理地体现了在中国共产党的领导下中国农民一步一步地觉醒，从自发革命走向自觉革命的主题。

然而，作为体现"历史关系变动"的《红旗谱》叙事时间安排，主要源于《水浒传》"从头说起"的叙事时间的启发。《红旗谱》原稿和定稿有较大差异，其中最明显的是，原稿采用了倒叙的叙述方式。据梁斌回忆，《红旗谱》的叙述原本是这样的：

> 第一部开头写的是这样一个故事。朱老星的儿子庆儿和二贵在高蠡暴动后都被冯贵堂霸为人质，在冯贵堂家扛长工，由于过去积下的阶级仇恨，冯贵堂诬害庆儿偷了他瓜园的瓜，指挥狗腿子吊起庆儿毒打，要他招出是跟朱老忠和朱老明同伙偷瓜。有人把这件事告诉朱老忠，朱老忠便出头干涉，要拉冯贵堂进城打官司。冯贵堂因为证据不确，没有立时跟他一块去。朱老忠和朱老明便进城找江涛（这时江涛已回县做代理县委书记的工作）商量对策。江涛见到两位老人非常高兴，在一个晚上请老人们吃饭，在商量事情的过程中，朱老忠追述了当年朱老巩大闹柳树林的英勇故事，追述了他下关东受尽辛苦，为了报仇又从关东跑回来，哪知回来后仍受着冯兰池的欺压……所以朱老忠谈到大革命失败，大贵的死，高蠡暴动的失败，二贵的死……朱老明也谈到连告三状的问题，江涛也谈了二师学潮的斗争，朱老忠又谈了上保定探望的经过。这是一个倒叙的写法，这个倒叙写了十万多字。[①]

---

① 梁斌：《漫谈〈红旗谱〉的创作》，《人民文学》1959 年第 6 期。

梁斌把按照上述思路写成的初稿给老友孙犁看后，孙犁高度赞扬了书稿的内容，同时也给他提出了一些批评意见，其中最为尖锐的意见是《红旗谱》"（有个）大窝脖，倒卷帘太长了，不符合中国的民族风格，不符合读者的习惯"。孙犁建议："你铺直了写，写一部《水浒传》!"①

孙犁以《水浒传》作为样板启发梁斌后，梁斌觉察到了"倒叙部分太多，与全部小说不相称，而且写得不够周密，考虑结果，决定把倒叙部分分割出来写成第一部，这样原来第一部就成了第二部。第一部一写起来故事就充分展开了"②。

于是，梁斌以《水浒传》为模本，一改倒叙的叙事方式，采用顺叙，从头说起，从而完成了《红旗谱》叙事时间的安排。《红旗谱》的叙事时间有力地表现了中国农民在中国共产党的领导下一步步成长的主题。而"从头说起"的结构安排，显然是传统小说《水浒传》的结构特点。于是，具有现代性的文学结构和传统文学结构之间达到了高度的契合。

结　　语

梁斌曾说："我在酝酿、创作《红旗谱》和《播火记》的整个过程中，反复学习了毛主席的《湖南农民运动考察报告》、《中国革命战争的战略问题》、《新民主主义论》、《论持久战》、《论联合政府》等著作，认真学习了党的各个历史时期的政策和文件。"③ 可以说，党的基本理论和方针政策是梁斌创作《红旗谱》和《播火记》的理性主导力量。《红旗谱》《播火记》作为一部具有现代性文学文本，自然和时代之间有着较高的契合性。但是，并不能因此就可以否定传统文学对梁斌创作的影响。正如索莱尔斯断言"每一篇文本都联系着若干篇文本，并且对这些文本起着复读、强调、浓缩、转移和深化的作用"④。《红旗谱》《播火记》较多地复制、转移了《水浒传》，这是现代文本与传统文本之间"血缘"关系

---

① 梁斌：《一个小说家的自述》，中国青年出版社 1991 年版，第 506 页。

② 梁斌：《漫谈〈红旗谱〉的创作》，《人民文学》1959 年第 6 期。

③ 梁斌：《谈创作准备》，载刘云涛等《梁斌研究专集》，海峡文艺出版社 1986 年版，第 48 页。

④ ［法］菲力普·索莱尔斯：《理论全览》，Seuil 出版社 1971 年版，第 75 页。

的正常表现。《红旗谱》《播火记》出版半个世纪后，在经典革命历史叙事遭到解构的今天，仍然散发出艺术魅力，和作品中所弥漫的传统文学气息密不可分。

原载《中国现代文学研究丛刊》2013 年第 8 期

历史意识的镜像：20 世纪 80 年代初小说中的"理想"叙事

　　20 世纪 80 年代是一个充满激情的时代，20 世纪 80 年代也是个梦想的时代。一段梦魇的岁月结束后，人人都憧憬着未来，充满着希望，怀有激情。在这股时代思绪的激荡下，进入新的历史时期的中国当代文学也充满着理想情怀。新时期文学沉浸在激情激荡之中，这时期的文学作品充斥着理想的书写。《公开的情书》《寻找》《南方的岸》《爱，是不能忘记的》《哦，香雪》等许多作品，无论是对社会生活的叙述还是对个人情感的描绘，都洋溢着理想的氛围与激情的情感，这些作品所构成的对理想的叙述形成了这一时期文学最为重要的特征，直到今天，我们还为这些作品中的理想叙事所激励。

　　如果分析当时对这些作品的评论，我们就会发现一个有趣的现象，这些批评关注的小说的"理想"叙事，存在巨大的有意义的缝隙。就以对张洁的作品《爱，是不能忘记的》为例来考察这种有趣的现象，一些评论认为这些作品散发出理想的气息，从人的精神角度出发来探讨小说中的"理想"叙事。王蒙对《爱，是不能忘记的》的评价是其中的代表。他认为："小说写的是人，人的心灵。难道人的精神不应该是自由驰骋的吗？难道爱情不应该比常见的和人人都有的更坚强、更热烈、更崇高、更理想吗？难道一个崇高的、有觉悟的、文明的人不应该终其一生去追求去寻找去靠拢那分明是存在着的、又明明是不可能完全得到、不可能完全实现的更上一层楼的精神境界吗？难道人生的意义，在某个方面，不也正在于这样一个灵魂的不断升华和不断突破吗？"① 王蒙对《爱，是不能忘记的》的阐释，

---

　　① 王蒙：《〈北京文艺〉短篇小说选（1979）序言》，《北京文艺》1980 年第 7 期。

切合了那个时代对"人"的乌托邦的构想，这是"人"的启蒙的命题。它显示了一个时代对"人"的构想。而在另一方面的解读中我们看到了人类社会的启蒙的命题："这篇小说并不是一般的爱情故事，它所写的是人类在感情生活上多种难以弥补的缺陷，作者企图探讨和提出的，并不是什么恋爱观的问题，而是社会学的问题，假如某些读者读了这篇小说而感到大惑不解，甚至引起某种不愉快的感觉，我希望他不要去责怪作者，最好还是认真思索一下为什么我们的道德、法律、舆论、社会风气等加于我们身上和心灵上的精神枷锁是那么多，把我们自己束缚得那么痛苦？而这当中又究竟有多少有趣的成分？什么时候，人们才有可能按照自己的理想和意愿去安排自己的生活呢？"① 这种对"理想"的阐释明显是从"人"和社会、历史的角度入手的。即使对同一文学作品，文学批评者完全可以作出截然不同的解释。我们关心的是，上述两种对小说的"理想"叙事解读，恰恰蕴含着社会文化独特的意义。从中我们可以窥见人们对小说"理想"叙事的态度。

这些小说的"理想"叙事，到底是对个体生命的自由抒写还是对"人"和历史之间关系的探讨？这个问题的提出和这些小说所叙述的"理想"的独特性相关：它不是关于"个人"的纯粹精神和生命状态的征询，也不是关于单一的社会历史问题。它其实隐藏着更多的复杂意味，其实这些小说的"理想"叙事，在个人生存、个人的精神与社会历史之间建立起了复杂的联系。但是，在当时的历史文化语境中，王蒙们的解读有意无意中忽视了这些文学作品更为深层的意义：在这些作品中，理想是如何与社会历史意义缝合的？它们之间的关系是如何建立起来的？只有在今天，20 世纪 80 年代文学成为"历史"之后，这些被遮蔽的意义才有可能被人们洞悉。

怀旧之绪与历史之根

1976 年，"文化大革命"虽然结束了，但是，人们心头的伤痛并没有立即痊愈。自中华人民共和国成立以来所倡导的理想主义价值观念也受到了冲击。在"文化大革命"后，人们面临抚慰心灵的伤痛和确立价值目

---

① 黄秋耘：《关于张洁作品的断想》，《文艺报》1980 年第 1 期。

标的双重责任。当时发表《人生的路呵，为什么越走越窄……》① 能引起强大的社会反响的主要原因在于，它适时地提出了我们如何面对历史和现实的问题：作为新中国成立之后占据着社会思想的主导价值观念——理想主义还有意义吗？

20 世纪 80 年代小说中的"理想"叙事仍然坚持着理想情怀，虽然经历了错误的历史摧残，理想主义价值观念仍然是我们这一代人坚守的价值标准。

"理想"叙事其实具有特别的意义。它具有明显的代际意味，也就具有鲜明的历史含义。小说《寻找》② 也许不被大多数人所注意，但是它确实是一个具有 80 年代"理想"叙事典范意义的文本。它体现了"理想"的代际含义，也表现出了"理想"的历史氛围。在《寻找》中，"我"是一位年近 30 岁的返城知青。"我"讨厌工厂里的一些无价值的劳动，也拒绝父亲为"我"介绍的男朋友。"我"有着自己的理想与追求。在"我"看来，父辈只是沉浸于对当年的革命经历的回忆中，他们所关心的是在"文化大革命"中受到打击后，在新的历史时期所恢复的政治待遇，或者沉浸于年老所带来的身体疾病的伤感之中。而"我"与妹妹这一个时代"宠儿"也不同。她们作为年青的一代，处于好时光中，生活道路平坦，接受着良好的教育。但是她们却更多地沉溺于世俗生活的享受中，留长发，穿奇装异服，听外国音乐。"我"追求有信仰的生活，坚持理想、信仰是"我"这一代人最可宝贵的品质。《寻找》这种把理想局限于一个特别的群体的叙述，让我们看到了理想的代际意义。同时由于特殊的时代原因，这一代人的"理想"无法和"文化大革命"脱离干系。在对错误历史的反思中，"理想"获得了充分的历史合法性。

小说认为，虽然在动乱中，"我们"犯有错误，做了错事、蠢事，但"我"坚持认为，这并不是"我"的理想、信仰本身的错误，错误的只是"我们"的理想和信仰被坏人利用了。正是对错误年代的反省，对理想、信仰的坚持，"我"才在心中始终不倦地寻找"我"心目中的理想——乔晓阳，并把他当作我的爱人。乔晓阳是南京最早的一批红卫兵，在狂热的年代干过一些狂热的事。在监狱中，乔晓阳开始重新研读马克思主义著

---

① 参见潘晓《人生的路呵，为什么越走越窄……》，《中国青年》1980 年第 5 期。
② 参见董会平《寻找》，《青春》1980 年第 2 期。

作，重新思考时代与个人的命运。出狱后，他立即参加了对越自卫反击战。乔晓阳正是有理想、勇于超越历史的误区、勇于正视历史、投身现实的理想的一代人的形象。

与《寻找》一样叙写理想价值的标准的小说，基本上都肯定了一代人的理想精神，并把它和错误的历史区别开来。

在史铁生、梁晓声等人的作品中，这种"理想"的叙述仍然是和那一段错误历史相区别的，而且这种理想价值在现实生活中仍然显得弥足珍贵。知青作家回城后，反思当年的那一段经历时，他们的目光超越了插队之地的贫穷、闭塞、落后、物质的匮乏等现实问题，而深情地怀念曾经拥有过的理想与信仰。正是这种对理想的不悔，史铁生回城之后，把目光又投向当年插队之地。在理想之光的照耀下，在《遥远的清平湾》中，史铁生笔下的陕北山村，不再破旧与丑陋，而是充满生活的温馨与诗意。后来他在回忆那一段生活时说：

> 我不觉得一说苦难就是悲观。胆小的人走夜路，一般都喜欢唱高调。我也不觉得铺排几件走运的故事就是乐观……不如用背运来锤炼自己的信心。我总记得一个冬天的夜晚，下着雪，几个外乡来的吹手坐在窑前的篝火旁，窑门上贴着喜字，他们穿着开花的棉袄，随意地吹响着唢呐，也凄婉，也欢乐，祝福着窑里的一对新人。似乎是在告诉那对新人，世上有苦也有乐，有苦也要往前走，有乐就尽情地乐……雪花飞舞，火光跳跃，自打人类保留了火种，寒冷就不再可怕。我总记得，那是生命的礼赞，那是生活。①

《这是一片神奇的土地》《今夜有暴风雪》等小说中，当年的插队之地产生的精神创伤乃至死亡的记忆，都被转化成插队生活充满诗情的回忆。这种诗情也来源于梁晓声对当年理想的眷恋，因而他对知青生活作回顾性的评价时，他的批判性反思并不指向理想本身，而是指向把理想引入歧途的极"左"政策。他这样看待当年的上山下乡运动："（它）是一场狂热的运动，不负责的运动，极'左'政策利用了、驾驭着极'左'思潮发动的一场运动。因而也必定是一场荒谬的运动。……他们（知青）身上，

---

① 史铁生：《几回回梦里回延安》，《小说选刊》1983年第7期。

既有那个特定的历史时期内鲜明的可悲的时代烙印，也具有闪光的可贵的应充分肯定的一面。"① 梁晓声充满激情地回忆着知青的理想主义精神，在他看来，即使历史已翻开了新的一页，这理想的光芒也是弥足珍贵的。

史铁生们对"理想"的叙述，对"理想"的历史之根的描述，在许多描写当下生活的作品中仍得到了体现。在这些小说中，"理想"仍然穿过现实的帷幔，面向历史。王安忆的《本次列车终点》中的陈信认为，城市生活是现实的、琐碎的，而乡村则是理想的、乌托邦的。对乡村的回忆，甚至返回乡村，绝不仅仅是对旧时插队生活的重温，而是对人生价值的塑造、对理想的追寻。孔捷生的《南方的岸》中，"我"和暮珍返城开了一家小铺，但是现实生活是那样让"我"失望，在现今社会风气下，街道办屡次向我们小铺加人。"我"记忆中的青春老师也变了，青春气息不再。在"我"眼里，知青生活却充满理想，而现实生活中，理想失落了，所以"我"和暮珍决定重回插队之地——海南。因为在那里有"我"的青春、理想与乌托邦。在小说中，重回海南，其实是对当年理想的延续。

80 年代的这些小说中的"理想"叙述显示了理想的历史性，它和那一段的错误历史相联系，但是又和它相区别，并表明了理想主义情怀仍是现实所缺乏的价值观念。这些小说中的"理想"叙事在抽空了错误历史之后，就成了一个空洞能指。毕竟，这些理想精神和错误的历史之间是无法分开的，二者天然一体，难以剥离。当小说作这样叙述的时候，我们期待，这个空洞的能指将沿着怎样的路径，指向哪里，并最终获得所指。

纯粹性精神与虚幻性的观念

从 20 世纪 80 年代小说的"理想"叙述的根源来看，它具有历史性，但是"理想"的形态却具有精神的纯粹性和观念的虚幻性。它所追求的是超越时空与具体物质性。小说的"理想"叙事这一特征在这期间的一些小说中的对爱情的描述中表现得最为充分。靳凡的《公开的情书》和张洁的《爱，是不能忘记的》尤为如此。

《公开的情书》通过爱情描写鲜明地展示了理想的纯粹性、精神性与

---

① 梁晓声：《我加了一块砖》，《中篇小说选刊》1984 年第 2 期，第 54 页。

虚幻性。《公开的情书》叙述了四个青年（真真、老久、老嘎、老邪门）半年时间（1970 年 2 月—8 月）的四十封书信。老嘎是真真的大学同学，他把真真介绍给朋友老久通信，真真与老久在通信过程中产生了爱情。老久和真真从来没有见面，只见过真真的肖像画。老久和真真之间的爱情排除了任何身体的接触，甚至任何有关身体的想象。当老久接到了真真的画像时，他这样叙述真真："她的画像收到了。脸部质感还可以，很浪漫。整个形象还是美的。眼睛是热情深沉的，闪耀着思想的光辉。"在这里，对爱情对象的身体想象只是涉及表现灵魂的眼睛，对脸部缺乏任何具体的描写。而且，对眼睛的刻画，也只是着重在精神气质上：它只是美的、热情的、深沉的，引起"我"兴致的是它闪耀着思想的光辉，在这里，眼睛不是作为物质的身体的一部分，而是作为思想的载体，引起我的兴趣的。当二人热恋后，老久与真真也只是在梦中相见。

真真这样描写梦中的老久：

> 我在梦想，你就坐在我床边的椅子上，离我那么近，只要伸手就可以摸到你，甚至我都听到了你那急促的呼吸声。我感到你在看着我，又慢慢拉住我的手，你的手是这么温暖有力，好几滴烫人的泪水滴在了我的手上。
>
> 突然，有急促的敲门声，我跳起来拉开门，你就站在我的面前，像门口那株年轻的梧桐树一般。你绿色的短发被雨淋湿了。滴着晶莹的水珠。你黑亮亮的眼睛盯着我。我多么心疼你呵，一下子扑到你的怀里，哭了起来。你吻我了。不！我推开了你。一阵痛苦使我清醒。我不能这样靠近新鲜的生命。"你应该休息！"我把你按在椅子上，用毛巾擦干你的头发，你痛苦地望着我："为什么？"我笑了："也许你来了就不会失望。"①

小说中，真真只在梦中与老久相会，而梦中的相会更多地体现在情感的交流上，没有涉及对方的身体的描写。换而言之，真真与老久的爱情是建立在虚幻的精神之上的，只有这样，真真与老久的爱情才能产生、

---

① 靳凡：《公开的情书》，《十月》1980 年第 1 期。本文中《公开的情书》的引文都来源于此，不再注明出处。

发展。

因而真真与老久之间的爱情产生的条件不是世俗意义上的性格与兴趣，他们之间产生爱情的原因是他们有着共同的精神和理想。老邪门曾这样分析过真真与他及老久之间的情感产生的条件：

> 她和我们走到一起来了。我们是因为追求真理而来的。她是为了追求精神的解放而来的。她将从我们的思想能给她多少光明来判断我们工作的价值。她追求的那种精神生活，在现在的条件下，只有和我们这种人在一起时才能得到的。从这个观点看来，我们当中的某一个和她结合将不是没有可能的。

正是因为在老久、老邪门看来，爱情是建立在精神与理想的基础之上的，所以当老邪门对老久坦言也爱上了真真时，老久鼓励老邪门去爱真真。在这里，爱情皈依于精神与理想，而超越了个人的情感，正是这样，老邪门才下"我们当中的某一个和她结合将不是没有可能的"这样的断语。如此看来，在《公开的情书》中，爱情超越了人与人之间差异、时间与空间，甚至物质性条件，它成为精神、理想的这些虚幻精神品格的化身与代名词。

与《公开的情书》相类似，《爱，是不能忘记的》中的爱情，同样是建立在纯精神层面之上的。小说叙述了老干部与钟雨之间一段美丽的爱情。虽然，钟雨和老干部之间不存在时空距离，但是他们的爱情仍停留在精神层面上。钟雨年轻时并不曾理解爱的含义，稀里糊涂地和一位花花公子结了婚，而后又离了婚。老干部也有过一段痛苦的爱情，他出于道义、责任、阶级情谊而结婚，但是他和妻子之间并没有爱情，虽然他们几十年生活和睦。由于老干部的家庭现实，钟雨和他之间的爱情只能铭记心中。几十年过去了，他们没有握过一次手，在一起的时间没有超过二十四小时。钟雨把日记当作老干部的替身，每日每月每年对它倾诉自己的感情。他们真正爱情意义上的精神与肉体的交融，只有在天国里才能实现。钟雨在她的日记本的最后一页对他说："我是一个信仰唯物主义的人。现在我却希冀着天国，倘若真有所谓的天国，我知道，你一定在那里等待我。我就要到那里去和你相会，我们将永远在一起，再也不会分离，再也不必怕影响另一个人的生活而割舍我们自己。亲爱的，等着我，我就要来了——"① 理想的爱情在现实中不可能实现，只有在天国那超乎世俗的、纯粹的精神世界里，才可能实现。正像有论者批评的那样："《爱，是不能忘记的》的作者显然忽视了这一点（性爱才可能成为夫妻关系的常规——笔者注），把高尚的爱情看成纯精神的活动，这就不能不削弱作品的思想性，特别是在'四人帮'十几年灭绝人性的思想禁锢之后，迫切需要重新认识人性之时，这种缺憾尤其令人遗憾。同时，也影响了作品普遍的社会意义"②。

上述两篇小说的"理想"叙事，超越了对个人生存体验，也超越了个人性格志趣、气质，超越了具体的时空，超越了物质性存在，成了一个纯粹的精神和虚幻的观念的符号。80 年代的小说的"理想"叙事的这种特征，注定了可以填充一切巨型的含义。因此，超越个人的公共性和社会历史含义将会填满"理想"。从而完成 80 年代小说"理想"的意义的寻找。

公共性想象的指涉

在这一时期，对理想化的"人"的探讨诚然是在精神性层面上展开的，小说虽然注重对"理想"的纯粹性和观念化精神的叙述，但是小说所表现的还不是"人"的终极性问题，由于对"理想"的虚幻精神的表达，实际上"理想"也渐渐远离了个人的人生体验，而走向公共性。它预示着小说所表征的"理想"实质上不是个人的，而是社会的。或者说，这些小说并不是在精神层面上对人的价值作形而上的思考，而是指向时代问题的形象化、观念化的解答，公共性社会话题掩盖了小说对"理想"的个人精神探讨。

《爱，是不能忘记的》绝对不是一篇仅满足于探讨爱情问题的小说，它关注的是一个在现实生活中人所面临的社会学问题。因此，作者借小说

---

① 张洁：《爱，是不能忘记的》，《北京文艺》1979 年第 11 期。本文中《爱，是不能忘记的》的引文都源于此，不再注明出处。

② 禾子：《爱情、婚姻及其它——谈〈爱，是不能忘记的〉的思想意义》，《读书》1980 年第 8 期。

探讨的不是爱情问题，而是社会问题。对此张洁有过十分明晰的表述：
"这不是爱情小说，而是一篇探索社会学问题的小说，是我学习马克思、
恩格斯的《共产主义原理》、《家庭、私有制和国家的起源》之后，试图
用文学形式写的读书笔记。"小说中钟雨和老干部之间的爱情是"我"从
妈妈的笔记本中的相关记叙，加之"我"的联想而构成的。"我"之所以
要想象钟雨和老干部之间的爱情，是因为"我"在爱情方面、婚姻道路
上遇到了现实问题。"我"与男友乔林相恋多年，"我"尚拿不定主意是
否要嫁给他，"我"从与他的相处中萌发了一个问题："当他成为我的丈
夫，我也成为他的妻子时，我们能不能把妻子和丈夫的责任和义务承担到
底？也许能够。因为法律和道义已经紧紧地把我们拴在一起。而如果我们
仅是遵从法律和道义来承担彼此的责任和义务，那又是多么悲哀啊！那
么，有没有比法律和道义更牢固、更坚实的东西把我们联系在一起呢？"
在"我"看来，钟雨和老干部的爱情虽然是理想的爱情，但它却与婚姻
相分离，是一桩悲剧性的爱情。由于超出了法律和道义，他们之间的爱情
虽然理想、浪漫，但却又是那样让人扼腕叹息。"我"由马克思、恩格斯
关于爱情婚姻的相关论断中明白，婚姻与爱情的和谐、统一只有在共产主
义社会才能实现。在到达共产主义社会之前的漫长时间里，像"我"这
样执着追求理想的婚姻与爱情的人只能等待。而这样的等待在社会上又会
引起不少的议论和猜疑。这些舆论压力让人不得不把不堪忍受的婚姻与爱
情分离的枷锁戴在自己的脖子上。因而"我"大声疾呼，让社会给"我"
这样等待婚姻与爱情和谐的人有足够的空间和时间来等待自己的梦想。这
样，钟雨和老干部之间浪漫美丽的爱情，最后就归纳为一个严峻的社会学
问题。他们之间的爱情不是人性的标准，而是社会进化的标杆。爱情由人
的问题变为一个冷峻的社会学问题。

　　如果说《爱，是不能忘记的》，把爱情作为一个具体的社会学问题来
探讨，那么在《公开的情书》中，爱情则是一个时代的侧影，它是一个
抽象的、宏大的时代精神具体化的表现，而绝对不是人的生存境遇的表
达。在《公开的情书》中，老久认为爱情与事业是无法分开的，并与时
代是一体的。老久的父亲年轻时，与邬叔叔一起爱上了一名叫青玉的女
子，父亲认为爱青玉是对朋友的感情的背叛，因而迅速与他人结婚，青玉
为此心生自杀之念。老久认为父亲把个人的恋爱悲剧仅仅归罪于个人的观
念是错误的。这样的爱情悲剧应归罪于时代、社会。老久把个人的爱情甚

至个人的理想完全归于时代与社会原因，因而，时代、社会成为个人爱情、理想能否实现的最终的，甚至是唯一的原因。老久在坦白与真真间超时空的、超物质性的、纯精神性的、理想化的恋爱时，有过一段自白，这段自白鲜明洞穿了个人与时代之间，爱情、理想、事业与时代之间的一切可能的界限与帷幕。关于他与真真的爱情，老久认为，他对真真的爱与他追求的理想，是和谐地统一在一起的，甚至是无法分开的。他这样陈述他对真真的爱：

> 我的爱情完全是和事业融汇在一起。我分不出我是在爱事业还是在爱爱人。一个热爱我的人，一定爱我的理想和事业；而一个爱上我的理想、事业的人，她必将是我所爱的人。
>
> 如果有些朋友对这件事不理解，认为象我这样还没见过你的面就爱上了你，未免有点太轻浮了；认为这种爱是没有基础的，不慎重的。这时候，我会提醒他们，这种分析对很多人可能是适用的，但对我是不适宜的。既然我勇敢地追求自己的理想，勇敢地为事业献身，那么，由于感情和性格的彻底性，为什么我不能勇敢地追求自己理想的爱人呢？我早就说过，如果现实世界中有我理想的人物，那么我会不顾一切地用我全部的热情去爱她，永远向她表示忠诚。因为，爱这样的人，就是爱自己的理想，就是爱自己为之奋斗的事业！对于这样的爱人，我是不顾一切的，甚至不顾她是否爱我。
>
> 我曾经梦想过，你是我的生活理想，你爱上了我，我梦想过我们今后的一切……①

在老久看来，在个人精神与时代使命之间，时代是个人最终的裁决者；在爱情、理想、事业、真理与时代之间，时代是爱情、理想、事业唯一的评判价值尺度。时代成了凌驾于个人之上的最高的价值之源。所以，时代、真理成为个人肉身与精神的唯一、最高的仲裁者与合法者。因而老久在信中屡次宣告自己是一个战士，是一个斗士，要为真理而战，为时代为事业而战，为真理为时代而献身。但是老久从未思考过，时代与真理的内涵是什么，时代与真理的合法性是什么。当然，他曾把知识作为时代、

---

① 靳凡：《公开的情书》，《十月》1980 年第 11 期。

真理的合法性仲裁者。但是这里知识本身也只是作为价值判断的尺度。在这里，时代、真理对老久等人来说只是一个空洞的能指，老久的殉道精神本身也就具有狂热的意味。这倒真是具有那个年代的特色。

20 世纪 80 年代小说中的"理想"叙事，就这样越过了个人的障碍，萎缩于时代、社会这样的巨型话语。在社会、时代的笼罩下，个人生命的呻吟声被掩盖。在历史的铿锵前行的呼啸声中，和个人紧密联系的"理想"叙事被历史反复涂抹，最终，"理想"叙事指向了历史意识内核。

社会历史意识的书写

当 80 年代的小说所叙述的"理想"最终洞穿了个人和社会、历史间的间隙后，我们就会发现，小说中的"理想"从历史意识出发，越过现实的障碍，发扬起来之后，并没有继续走向个人终极性的价值的探讨，而是脱离了个人完整的生存体验，最终又回落到了历史意识的疆域。经过这样一圈旅行之后，"理想"叙述终于找到了自己的落脚点，完成了全部的旅程。

"理想"在 80 年代的小说中，最终被历史意识所填充。当人们从历史的伤痛中走出来，当人们从精神思考中把目光指向现实时，"理想"最终获得了现实的历史意义。即使是对爱情的憧憬，在高加林那里，也获得了现代化的新的历史含义。在《人生》中，是选择刘巧珍还是选择黄亚萍做人生伴侣时，高加林有过这样一段心理活动："他想，巧珍将来除了是个优秀的农村家庭妇女，再也没有什么发展了。如果他一辈子当农民，他和巧珍结合也就心满意足了。可是现在他已经是'公家人'，将来要和巧珍结婚，很少共同生活；而且也很难再有共同语言；他考虑的是写文章，巧珍还是只能说些农村里婆婆妈妈的事。上次她来看他，他已经明显地感到了苦恼。再说，他要是和巧珍结婚了，他实际上也就被拴在这个县城了；而他的向往又很高远。一到县城工作以后，他就想将来决不能在这里呆一辈子；要远走高飞，到大地方去发展自己的前途……"①

客观地讲，决定高加林选择人生伴侣的倾向性，是他的"到大地方

---

① 路遥：《人生》，《收获》1982 年第 3 期。本文中《人生》的引文都来源于此，不再注明出处。

发展自己前途"的心理诉求，这也是解开高加林人生之谜的钥匙。由乡村到县城，由县城到大地方，这是高加林的人生理想，这种理想寄予的是他对城市的浪漫向往。在小说中，有三段文字，分别是他由乡下到县城卖馒头、刚到县城工作以及由省城学习回到县城，对同一县城的不同观感的文字：

> 当他走到大马河与县河交汇的地方，县城的全貌已出现在视野之内了。一片平房和楼房交织的建筑物，高低错落，从半山坡一直延伸到河岸上。亲爱的县城，还象往日一样，灰蓬蓬地显示出了它那诱人的魅力……
>
> 高加林坐在一棵大槐树下，透过树林的缝隙可以看见县城的全貌。……西边的太阳正在下沉，落日的红晖抹在一片瓦蓝色的建筑物上，城市在这一刻给人一种异常辉煌的景象。城外黄土高原无边无际的山岭，象起伏不平的浪涛，涌向了遥远的地平线……
>
> 他下了公共汽车，出了车站，猛一下觉得县城变化很大：变得让人感到很陌生。城廓是这么小！街道是这么狭窄！好象经过一番不幸的大变迁，人稀稀拉拉，四处静悄悄的，似乎没有什么声响。

在乡下人高加林看来，县城无疑具有诱人的魅力；而刚刚由乡下调到城里的高加林，无疑觉得县城是亲切而有生机的；在由省城开阔了视野的高加林眼里，几天以来，县城自然"变化很大"，变得是那样的狭小和萧条。城市还是那座城市，变化的只是他的心理、身份和处境。在对城市的心理变化中，随着眼界的开阔，他所在的这座城市渐渐地消退着它的魅力。

对爱情伴侣的选择和对现代化物质世界的憧憬，获得了统一。高加林的"理想"因此获得了"现代化"的崭新内涵。

其实，在这一时期，还有许多小说把理想作为时代的现代化历史意识的转喻来表现。对理想与时代一体的象征化叙述在《哦！香雪》中得到最为鲜明的表达。在《哦！香雪》中，理想转喻为现代化，它的象征物是铁轨、火车、铅笔盒；乡土中国对现代化的憧憬转化为乡村学生香雪对铅笔盒的向往。对乡土中国现代化憧憬的象征化的叙述是这个时期小说"理想"叙事的深化和延伸。它把时代、社会的内涵具体化为现代化，而其理想则转化为具体的现代化事物。对于高加林来说，理想是城市；对于香雪来说，理想是铅笔盒；对于深居老林的盘青青（《爬满青藤的木屋》，《十月》1981 年第 2 期）来说，是"一把手"的管林知识与黑匣子。在这里，理想表现为，乡村对文明程度上高于自己的城市、城市文明的向往。

当现代化的憧憬由时间纬度转向空间纬度时，这个时代的理想也就转化为对已现代化的"他者"的追慕上。理想的急切，换而言之，现代化的焦虑，表现为对与"他者"间的巨大差距的意识。蒋子龙在《乔厂长上任记》中，以下列这样一段话作为小说的题记，其目的不言而喻：

> 时间和数字是冷酷无情的，象两条辫子，悬在我们的背上。
> 先讲时间。如果说国家实现现代化的时间是二十三年，那么咱们这个给国家提供机电设备的厂子，自身的现代化必须在八到十年内完成。否则，炊事员和职工一同进食堂，是不能按时开饭的。
> 再看数字。日本日立公司电机厂，五千五百人，年产一千二百万千瓦；咱们厂，八千九百人，年产一百二十万千瓦。这说明什么？要求我们干什么？[1]

现代化，具体地讲，是物质层面的现代化，成为这个时代理想的代名词，而精神层面的现代化，或者说精神、思想层面的现代化作为理想的对象，在这一时期的小说叙述中尚是稀有资源。张抗抗的《夏》罕见地表现了对于精神层面理想化的社会环境的呼吁。小说刻画了一个对个人精神、思想有自己追求的姑娘岑朗。岑朗对现代化的理解超出了现代化的物质层面，她说："你说的四个现代化意味着什么？我说意味着创造一种新的生活，在这种新的生活中，人们将从传统的旧思想、旧观念中解放出来。我总以为，一个现代化的社会应该为人的个性的全面发展创造条件，改造社会的目的全为了人。马克思的哲学就曾对西方的工业化的发展使人失去个性及把人变成自动机器的现象提出了抗议……"[2] 岑朗的理想是现代化的思想观念：对个性发展的宽容，对人的尊重。

---

① 蒋子龙：《乔厂长上任记》，《人民文学》1979 年第 7 期。
② 张抗抗：《夏》，《人民文学》1980 年第 5 期。

　　这一时期小说所显示的理想与时代具有同质性，精神层面的理想最终回归到物质层面的社会问题。时代对个人的超越，物质追求最终取代个人精神，成为这个时期的小说对理想叙事的逻辑力量与叙事机制。正是这一时期的小说理想叙事所体现出对个人精神存在与生存状态的漠视，对现代化历史趋势的自觉回应，在随后的 80 年代中后期，当作家回归到对个人生存体验的关注时，被历史意识所包裹着的理想及理想叙事便一路溃败。直到 90 年代以后，在张承志、北村、史铁生的小说那里，理想叙事才关乎个人生存，成为个人精神存在的重要维度。

原载《长江学术》2007 年第 1 期

走向神话——新时期初期小说中的"知识"话语

从新中国成立后直至"文化大革命"结束前的绝大部分时间里，对知识分子价值的评价，不是依仗他们的专业水准和专业上的贡献，而是看他们在思想上和工农大众结合的程度。陈伯达认为，"不论是哲学的、经济的、政治的、历史的、文艺的以及各种自然科学的"知识分子，要"用马克思列宁主义，毛泽东思想的新观点，新方法，用辩证唯物论与历史唯物论的新观点，新方法"，"去对于自己来一个'重新估定一切价值'，进行批判与自我批判"①。这也成了以后屡次社会运动中知识分子人生道路的真实写照。在"反右斗争"和稍后的"反右扩大化"中，一些专业知识分子被纷纷下放，接受劳动人民的改造。"文化大革命"中，更有大批知识青年上山下乡，走上了和劳动人民相结合的道路。知识分子专业上的价值，被思想价值所取代，成为那个时期知识分子浴火重生的必由之路。

对知识分子的价值重估，发生在"文化大革命"结束后。20世纪七八十年代之交，社会发生转型，知识分子的命运出现转机。周恩来在1962年关于知识分子的讲话以及陈毅为知识分子"脱帽加冕"的讲话重新发表。与原来被下放的命运形成鲜明对比的是，知识分子纷纷落实政策回城，下放的知识青年也通过高考重新寻找到了人生的价值。知识分子重新回到社会的中心，知识的价值也得到了广泛的认可。时隔30年，与陈伯达的评价标准不同，人们对知识分子价值的认可尺度已经发生了转移。在1979年的五四运动60周年纪念活动中，就有人认为，"过去我们……把反动政权下从事工业、科学教育、卫生等等工作看作是改良主义道路，

---

① 陈伯达：《五四运动与知识分子的道路》，《人民日报》1949年5月4日。

批评他们对反动政权存有幻想，对他们所作的工作一笔抹杀。现在看来，这种批评显然缺少分析……他们所专心致志地从事的实际工作，从长远来看，却为国家所需要的"①。显然，与以前人们注重知识分子的思想改造不同的是，知识分子的专业价值现在得到了更大的肯定。

知识分子价值的重新认定，形成了推崇知识的思想潮流，并影响到文学创作。有研究者从这个时期小说中的人物形象出现的变化上，注意到了知识分子受到重视的现象："小说正面人物的构成发生了质的变化，有知识、有文化、有思想、有良知的人们，负载着作家们的主要审美理想。知识分子的形象在作品中占压倒优势。新的理想主义在萌动，大都寄予在动乱中成长起来、命运坎坷而又思想大胆、富于献身精神的青年身上。这种审美理想表达了人们对极左政治下思想文化专制的反拨。尊重科学，尊重文化，尊重理性，尊重人，成为作家们普遍的呼声。一直发展到一些作品中的主人公似乎无所不知、无所不晓，动辄大谈科学艺术，趣味也格外高雅，似乎不如此便不足以证明有思想，成为一种时尚。"② 这种概括贴近文学史的实际情况，20 世纪 70 年代末到 80 年代初期的小说，不仅塑造了一些崇尚知识的人物形象，还叙述了知识的强大功能。

叙述"知识"成为20 世纪 70 年代末到 80 年代初期小说创作的一种风尚。当"知识"成为小说的表现对象时，它就不只是简单地、客观地陈述知识的功能和意义，而浸染了复杂的社会文化心理意义。借助福柯的话语理论，我们可以把小说中出现的知识称作知识话语。透过对小说中的知识话语分析，可以发现，这时候的小说创作已经参与到了社会文化价值的重新构造中。

这一时期小说中的知识话语，有着非常明显的特点。从知识类型来看，这些小说所涉及的知识，大都是偏重于应用型和技术型的知识。更为重要的是，这些应用型、技术型知识的功能被推向极致。它们的功能不再是简单地体现在物质领域的作用上。它们的功用远远超越了它们的专业领域，在个人情感、社会伦理、价值标准等方面，也发挥出了超常的神话功能。

---

① 黎澍：《关于五四运动的几个问题——在五四运动六十周年学术讨论会上的发言》，《近代史研究》1979 年第 1 期。

② 季红真：《文明与愚昧的冲突》，浙江文艺出版社 1986 年版，第 159 页。

一

　　70 年代末到 80 年代初小说所叙述的"知识"，从知识的类型来看，主要是应用性的社会科学知识和偏重于技术性的自然科学知识。而人文科学知识在这一时期的小说中很少得到正面的表现。《人生》（《收获》1982年第 3 期）中的高加林能写作，但是，小说也只是偏重表现他的写作技能。《北方的河》（《十月》1984 年第 1 期）中的"研究生"对人文地理的了解，更多地停留在自然地理的形态层面上。这些作品并不注重表现这些人文知识分子的本质特征：对生命存在的思考。相反，在这一时期，具有人文学科知识的知识分子，在小说中往往都是一些与社会现实格格不入的、孤独的人。如在《在同一地平线上》（《收获》1981 年第 6 期）中的"我们"夫妇，受到了西方非理性文化思潮的影响，而表现出与一般人不同的行为特征。他们处在社会的边缘，并不为人所注重。

　　与人文知识没有得到叙述的重视不同，偏重应用型的社会科学知识却受到了注目。小说中所叙述的社会科学知识，比较多地侧重于管理类及外语等工具性知识。《龙种》（《当代》1981 年第 5 期）中的龙种、《乔厂长上任记》（《人民文学》1979 年第 7 期）中的乔厂长，以及《赤橙黄绿青蓝紫》（《当代》1981 年第 4 期）中的解净，都是运用管理知识的成功者。

　　自然科学知识，尤其是那些具有实用性、功利性的技术，是这一时期小说中知识话语的主要类型。如《窗口》（《人民文学》1978 年第 1 期）中，售票员的知识明显是一种技能、技巧；《独特的旋律》（《上海文学》1979 年第 2 期）中表现的是建筑工艺；《无反馈快速跟踪》（《十月》1982 年第 4 期）中表现的是航天技术；《赤橙黄绿青蓝紫》（《当代》1981 年第 4 期）中表现的是驾驶技术。同样，在表现知识的人格化形式——知识分子上，也侧重于以自然科学技术知识分子为主角。《眼镜》（《人民文学》1978 年第 2 期）中的陈昆是工厂技工；《罗浮山血泪祭》（《十月》1979 年第 2 期）中的知识分子都是生物学工作者；《南湖月》（《人民文学》1980 年第 7 期）中的知识分子柯亭是工厂技术员；《盼》中的陈志先是从事计算机研究的科研人员；《人到中年》（《收获》1980年第 1 期）中的陆文婷是眼科大夫；《最后一篓春茶》（《芳草》1981 年第 3 期）中的评茶员是技术员。

这一时期小说对知识的叙述，侧重于应用型和技术型的知识，因此，叙述知识的目的是直接为现代化建设鼓号，而那些与现代化建设直接关系不大的知识就难以受到小说的重视。

二

知识话语构造了个人情感上的神话。知识常常成为小说中男女爱情不可或缺的因素。有时，知识甚至是爱情产生的直接源泉和诱因，它甚至能超越时间和空间的距离将两颗年轻的心连接在一起。《公开的情书》就显露了这一思想倾向。老久并没有见过真真本人，也从没同真真有过直接的接触和了解，但是老久却对真真产生了爱情。时间和空间距离并不重要，知识是产生爱情的唯一源泉，是爱情唯一的价值尺度和维系情感联系的重要方式。老久这样表达他对真真产生爱情的起因：“当我知道你开始看量子力学、仿生学、控制论等和你的教学工作无关的书籍时（老嘎在一封信中讲的），我高兴极了。从那时起，我就爱上了你。”知识成为产生爱情的动力，它克服了时间和空间的障碍。即使男女两性从未谋面，也不要紧。知识，这个巨大的媒介可以让两个不熟悉的人找到共同的话语和想象，对知识的共同崇尚也可以让两个年轻人感到不再孤独。知识带来了爱情，构成了这些小说的隐在叙述逻辑。

同样，《人生》中的高加林，因为有知识，于是，无论乡村少女还是城市姑娘都倾心于他。乡村姑娘刘巧珍外表漂亮，“可惜她自己又没文化”，无法接近她认为“更有意思的人，她在有文化的人面前，有一种深刻的自卑感”。“但她决心要选择有文化，而又在精神方面很丰富的男人做自己的伴侣。”高加林这个乡村知识青年，于是就成了她爱慕的对象。她非常喜欢高加林的一身本事：“吹拉弹唱，样样在行；会装电灯，会开拖拉机，还会给报纸写文章哩！”对县城的姑娘黄亚萍来说，高加林也是她爱慕的对象，吸引她的是高加林对于国际问题的了解，具有广阔的知识，还会写诗，显得比她的前男友有知识得多了。

这一时期小说在表现男女爱情时，出现了一个有趣的现象，男性知识分子大都木讷、老实、本分；相反，爱恋他们的女性几乎都是那样聪明、伶俐、漂亮。这种美丽和可爱构成女性魅力的极致，它和男性知识分子在外貌和气质上的不甚出众，形成了鲜明的对比。即使是这样，男性知识分子仍然成为这些女性青年爱恋的对象。正是在这种强烈而富有意味的对比中，这些小说有力地凸显了知识的无穷魅力。这一点在《南湖月》（《人民文学》1980 年第 7 期）中表现得最为突出。小说中的知识分子柯亭在专业上很有一套，但是人太老实，嘴也很笨拙。按照常理，他很难得到女性的爱恋。而苑霞是个非常漂亮的女青年，人见人爱。但是，因为柯亭有技术有知识，苑霞却主动爱上了柯亭。

个人气质、魅力上不甚出众的男性知识分子也能得到美丽女性的爱情的主要原因，自然是知识弥补了男性知识分子魅力的不足。因而，知识是男性获得爱情最重要的资本。《眼镜》中的魏荣，即小说中的"我"，被许大姐介绍给厂里的知识分子陈昆做女朋友。陈昆是个 30 岁左右的知识分子，是"我"的师傅，他刻苦钻研技术，专心于工厂的技术革新，他浇铸的铸件提高了工厂的工作效率。刚开始，"我"心里根本没有对他萌生爱情。因为陈昆太缺乏个人魅力，"那瘦长的身条，不修边幅的模样，叫一副眼镜损坏了的仪表"，而且"又丢三落四，表现出惊人的迷糊"。对于这样的人，"我"产生不了爱意和热情。但是随着对他身世的了解，尤其是他刻苦学习、钻研技术的精神，使"我"的心深深被打动。"我"捧着陈昆的眼镜——眼镜是知识的象征，思想开始发生转化，并爱上陈昆。这些小说无非要表明：男性的木讷、形象的欠佳以及其他的遗憾，相对于所拥有的知识来说，都算不上什么，知识能够弥补一切。知识就像一双有魔力的手，通过它的装扮，那些并不具有魅力的男性焕发了新的价值，并最终都获得了美满的爱情。这无疑是爱情的神话，当然，这更是知识在个人生活中的神话功能的建构。

三

20 世纪 70 年代末到 80 年代初小说中知识话语的神话功能，还表现在知识是伦理秩序的修补者和制造者上。小说所叙述的知识，不仅在社会生活和个人世俗生活中发挥出神话功能，而且在社会伦理层面上，同样发挥出神话功能，它修补了在"文化大革命"中被破坏的伦理秩序，制造了新伦理秩序。

在通常意义上，知识具有的伦理功能表现在两个方面：一是在对自然的改造过程中，表现出人与自然关系的改变；二是技术拓宽了人的生活空间，改善了人的生活条件，增加了个人的选择自由，给个人的交往带来方便，等等。这一时期的小说知识话语，也表现出了强烈的伦理意义。不过，这种伦理意义并不是一般意义上的技术所应该具备的伦理意义，而是突出表现出个人与个人之间，尤其是个人和国家之间的新伦理价值的建构。

这一时期小说在叙述知识的伦理功能时，主要是通过知识的人格化形式——知识分子来体现的。知识叙事的本意不在于叙述知识本身，而在于叙述与知识相关的"人"。正如利奥塔所说："知识不能在自身找到有效性，它的有效性不在一个通过实现自己的认识可能性来获得发展的主体中，而在一个实践主体中，这个实践主体就是人类。"① 通过突出知识分子的人格精神来表现知识的伦理意义和功能，也是这一时期小说中的知识话语的突出特点。

在 70 年代末开始的"伤痕文学"的潮流中，就有些作品开始叙写知识分子在"文化大革命"中的不幸遭遇以及他们的优秀品格。《诗人之死》（福建人民出版社 1982 年版）、《人啊！人》、《罗浮山血泪祭》、《盼》等作品，都把知识分子优秀的品质作为小说表现的重点。这些小说大都叙写受到不公正待遇的知识分子，在那个错误的历史年代里坚守个人的品格，追求知识、正义和真理。随着"文化大革命"后现代化口号的提出，以及现实生活中知识分子政策的落实，在一些小说中，对知识分子的描写渐渐从政治伦理层面延扩到其他层面。虽然这一时期小说所表现的知识分子大多是自然科学知识分子，但是小说并没有注重对他们所从事的实证性的认知活动、改造自然界的活动作细致的描写，甚至也没有着重表现这些知识分子在从事科学研究时的伦理品格。小说极力要表现的是这些知识分子处理个人与他人之间、个人与国家之间的伦理态度。如陈冲的《无反馈快速跟踪》（《十月》1982 年第 4 期）和谌容的《人到中年》都是这样的代表作。

在《无反馈快速跟踪》一文中，"无反馈快速跟踪"只是一种假定的理论，这种理论假定打破了以往航天科技中的常规跟踪技术。作品并没有仔细介绍无反馈快速跟踪技术在航天科学中的具体应用。小说的重心放在

---

① ［法］利奥塔：《后现代状况》，北京三联书店 1997 年版，第 3 页。

了方亮为验证这一科学理论而孜孜不倦的探索精神及奉献精神上。《人到中年》也并没有花过多的笔墨描写陆文婷精湛的医术，而是细致刻画了陆文婷是如何对待事业、丈夫和儿女的，展现了工作与生活中陆文婷的人格魅力。陆文婷对待自己所从事的事业，兢兢业业；在做学生时就是一名非常用功的学生。刚分到医院工作时，她更是严格遵守医院规定，认真当好住院医生。在此期间，她认真研读了相关的眼科知识，成为眼科大夫后，仍然不放弃专业上的学习，每晚在家里学习，翻译国外眼科资料至深夜。陆文婷对待病人的态度认真和蔼，病人的安危在她心中始终是第一位的，无论是对待焦部长还是一般老百姓，她都以他们的健康为出发点。与此同时，陆文婷还是一位重视家庭责任的好妻子。她与丈夫感情深厚，为了丈夫的科研事业，在繁重的工作之余，还要承担家庭责任。她也是一位好母亲，即使在病重期间，也不忘做母亲的责任。更重要的是，陆文婷身上还具有一股深沉的爱国精神。虽经她也经历了"文化大革命"的磨难，也遭受过人身冲击，但是她并没有因此而对祖国及祖国的医学事业丧失信心。在处理与事业、同事、亲人和国家的关系时，陆文婷处处以自己的利益为轻，以他者的利益为重，甚至不惜牺牲自我来换取他人的幸福。《人到中年》中的陆文婷是一个知识人，更重要的是，她还是一个人格神。

　　《无反馈快速跟踪》和《人到中年》的深层叙述逻辑是：有知识就意味着品格高尚。这样，小说从对知识功能的叙述转移到伦理层面的表述，这种转换的目的在于把知识的神话功能扩散到人与人、人与国家的关系方面，从而表现了知识在伦理层面的神话功能。应该说，对知识的这种伦理意识的铸造，是人文社会科学知识的责任。在哈贝马斯看来，人通过劳动、使用工具来改造世界，以满足其生活的日常需要；通过相互作用，使用语言与同伴联系在一起，它导致社会秩序的产生。这两类劳动所涉及的知识是不同的，前者涉及自然科学技术知识，后者涉及人文社会科学知识。在哈贝马斯那里，自然科学知识和人文科学知识是并列的，但泾渭分明。而这一时期的小说叙述中两类知识出现了位移，自然科学知识却发挥着人文科学知识的伦理作用，这使得科学技术知识的功能越出了自身的疆界，得到扩展和神化。科学技术知识神话功能的拓展，并没有因此而停止前进的脚步，它甚至最终成为超越哲学的新型宗教。

四

20 世纪 70 年代末到 80 年代初小说中知识话语的神话功能，还表现为：在一个更为深层次的意义上，知识成为十分重要的新意识形态，它是旧意识形态的不合法性的甄别者、替代者。知识成为判断一个时代是否具有合法性的价值尺度。

《班主任》（《人民文学》1977 年第 11 期）就鲜明地体现出知识成为"文化大革命"合法性危机的裁决者的主题。谢惠敏之所以成为批判性的审视对象，在很大程度上，是因为她缺乏知识。她对《牛虻》这本小说的无知，其实就宣判了她所代表的价值趋向及其时代的合法性的丧失。与《班主任》十分相似的是，《公开的情书》也把知识作为一个时代是否进步与落后的判断标准。小说作者十分肯定地把科学知识（范畴）作为衡量社会进步与落后的标尺。对于"文化大革命"时的社会现状，作者借用老久的话，质问道："在世界上许多地方，科学是荣誉，为什么在我们可爱的祖国，知识成了罪恶？在世界上许多地方，科学突飞猛进，为什么我们这里科学象罪犯一样横遭囚禁？"

并且，知识话语还显现出这样的逻辑：知识不仅仅是时代进步的代名词，是一个时代的价值判断的标尺，更重要的是，这些小说在叙述时，不经意间把知识、科学看成是一种信仰，或者说时代哲学的表征。至此，知识已经不再仅仅是指认知自然界的方法和认知过程，而具有精神信仰的意味。

《公开的情书》中的老久认为，"文化大革命"造成的人人认罪的局面，与当时许多人的科学观有着密切的关系。他谈道："他们掌握的科学武器只能破除对自然界的迷信，却不能破除对社会、对人的迷信。"老久认为，在许多人那里，科学与信仰是分裂的，信仰只是一种安慰剂。老久写道："我们信仰科学，信仰辩证法，是因为我们认为生活应该进步，进步只有依靠科学。信仰对于我们是战斗的武器，是人类发展和进步的准则。它必须在前进的实践中受到检验，必须抛弃陈旧的信条，不断在现实中吸取新鲜血液。"在老久看来：科学＝信仰＝进步＝哲学。他说：

我们终于理解了我们生活的时代，理解了二十世纪开始的科学技术革命的伟大意义。我们必须用科学来改造我们的哲学。……

真真，你问我为什么比你坚强，那是因为我相信科学，只有科学才能使人坚强。去年夏天，我决定用现代科学对我过去的哲学思想作一番清算，在一个狂风暴雨的天气里，我一个人伏在桌子上写一篇对黑格尔哲学体系的清算总结。天空发出了闪光和轰响。伟大的自然把雷电的力灌注到我的笔端。我越写越有劲，任凭疯狂的思想和乌云一起在高空翻卷，让觉醒的热情和急雨一同在大地上奔驰。我要和旧的世界观决裂，把自己交给未来和大自然。

在这里，科学、知识超越了自然科学与社会科学的界限，也超出了知识的范畴，科学、信仰、哲学表现为同一特性；知识实际成了包容宇宙、超越人间一切万象之上的，高驻于"人"之上的一个超宗教。当科学超出了一切知识范畴时，它实际上又成为一个空洞的宗教，成为人追求而又永远无法追求到的形而上的价值尺度。甚至，老久确信可以用科学来改造哲学，他说："我们必须投入到这股强大的科学技术革命的洪流中去。我们必须用科学来改造我们的哲学。学校尽管停课了，但我们却一分钟也没有停止学习。从立志学科学，到文化革命中思考现实，又由现实思考到理论，探索到哲学，最后又回到科学，我们走过了一条多么痛苦的、思想斗争的路呵。一旦取得了明确的认识，我们发现许多人在运动中表现的盲目性和精神上的巨大痛苦，都是因为他们不了解我们生活的时代。归根结底，他们还是被宗教般的狂热所左右。"在这里，科学又成为居于哲学之上的知识范畴，成为迷信、宗教的解毒剂。老久宣称，他要用科学评价超越那个错误的年代，但是实际上，他必然又要重复这样的时代错误。因为他所追求的是一个无法用信仰、实践来证实、来完成的思想怪圈。《公开的情书》把知识的功能过分地泛化了。不错，对于一个时代来说，知识具有价值标杆的作用，但是，隐藏在知识背后，确认知识、叙述知识的文化与思想的元话语，又无法简单地用知识来概括。老久的思想非常清晰地显示了在那样的一个时代人们对知识的认识。

20 世纪 70 年代末到 80 年代初的小说中知识话语透露了一个时代在把知识推向神坛。知识的神话功能被叙述到了极致。不仅仅体现在国家、时代的宏大话语层面，就连个人的情感世界也被组织进来了。更重要的是，这一时期小说叙述的知识，虽然普遍是技能性、应用性的知识，但是，它常常越过边界，承担人文知识的功能，它不仅散发出道德的光晕，而且表现出哲学的智慧。我们认可知识、科学是社会前进的重要推进力量，但是我们必须认识到，知识也有它自身的局限性。它无法成为一个时代全部的精神思想。尤其应该引起我们重视的是，这些小说中被推到神坛位置的，是自然科学知识和应用型的社会科学知识，它们全面取代了人文社会科学知识的功能。哈贝马斯曾说过，作为生产力的科学技术，只有为作为解放力的人文社会科学服务时，才是人类的福音。70 年代末到 80 年代初的小说中的知识话语，忽视对人文科学知识的意义和功能的叙述，片面地用技术型、应用型的知识取代人文科学知识，并把它们的功能推向神坛，这正是把知识简单地等同于技术的结果。当人们为现代化鼓号时，在人们狂热地追求现代化时，是否也意味着人们将失去人自身的解放？70 年代末到 80 年代初的小说中的知识话语留给我们的意味，是深远的。

原载《学术论坛》2008 年第 11 期

《人生》与"八十年代"①文学的历史叙述

　　《人生》发表于 1982 年第 3 期的《收获》杂志（本文的所有引文均出自此处，不再一一标注——笔者注），是 80 年代文学史上极其重要的一部作品。面对这样一部文学经典，"80 年代"文学的历史叙述遭遇了尴尬。由"伤痕文学""反思文学""改革文学"组成的"80 年代"初期文学的历史叙述，成为文学史陈规。这样叙述《人生》，固然揭示了《人生》一些意蕴，但是，并没有完整地揭示出《人生》的丰富性与复杂性。为了还原《人生》的"真实面目"，本文拟从清理 80 年代文学历史叙述的特性与机制入手，呈现出一部意蕴丰富、复杂的《人生》。

一

　　"伤痕文学""反思文学""改革文学"是 20 世纪 70 年代末至 80 年代初期的三股文学创作潮流。这三股文学创作潮流之间其实并不存在明确的时间先后顺序："'伤痕文学''反思文学'这两个概念的出现略有先后，各自指称的作品，大体上也可以按时间加以排列。但是，在特征上两者的界限并非十分清晰，有的作品，也很难明确它们的归属。即使那些具有鲜明的类属特征的作品，也并不一律按时间的先后呈现。"② 但是，80年代文学历史叙述把"伤痕文学""反思文学"和"改革文学"命名为"80 年代"文学史的不同阶段，且赋予特定规范："伤痕文学"是"80年代"文学史的肇始，"反思文学"发生的时间在"改革文学"发生之前。这是以线性的时间演进方式来描述"80 年代"文学的一种叙述策略。这

---

① 本文所指的 80 年代文学是指"文化大革命"结束后至 1989 年间的文学，特此说明。
② 洪子诚：《中国当代文学史》，北京大学出版社 1999 年版，第 256—257 页。

种文学史描述方式表明，"80 年代"文学"先后递嬗、依次推进"，"先
有暴露'伤痕'的文学，再有'反思'、'伤痕'成因的文学；先有'向
后看'的'伤痕'文学、'反思'文学，再有向前看的'改革文学'；
'改革文学'是直面现实，'寻根文学'是反观历史，'伤痕'、'反思'、
'改革'文学奉行的是传统的现实主义，'寻根'和'现代派'文学实验
的则是外来的现代主义，最后是'新写实'文学在思想和艺术上总其成，
实现历史和现实，现实主义和现代主义的交汇、融合。"①

依照 80 年代文学历史的线性叙述，《人生》只能属于"80 年代"文
学历史叙述链条中的一个特定的环节，是"伤痕文学"，或者是"反思文
学"，抑或是"改革文学"。事实上，现在通行的 80 年代文学历史叙述也
是这样来叙述《人生》的。孟繁华、程光炜所著《中国当代文学发展史》
把《人生》归为"伤痕文学"范畴，认为《人生》与这个时期的其他作
品一起，"开始触及到大量的社会悲剧"，对"'反右'、'大跃进'、'文
革'的认识，明显朝着更有深度和广度的方面发展"②。朱栋霖等认为
《人生》是"反思文学"："小说在反思高加林个人人生悲剧的同时，深刻
批判了固有社会经济体制下巨大的城乡差距给人的尊严和价值带来的戕
害。"③ 陈思和认为，《人生》是"改革文学"："以城乡交叉地带为瞭望
社会人生的窗口，从一个年轻人的视角切入社会，既敏锐地捕捉着嬗递着
的时代脉搏，真切地感受生活中朴素深沉的美，又把对社会变迁的观察融
入个人人生选择中的矛盾和思考当中。"④ 洪子诚也把《人生》列为"改
革文学"的代表作。⑤

这种拘囿于线性目的论的文学史叙述，过分强调了"伤痕文学""反
思文学""改革文学"之间的差异性，忽视了三股文学思潮之间的共性：
"伤痕文学""反思文学""揭露、思考'文革'对现代化（尤其是人的
现代化）的阻滞和压抑"；"改革文学"则面对"'文革'的'伤痕'和

---

① 於可训：《论八十年代文学的若干叙述视角》，《文学评论》2000 年第 5 期。
② 孟繁华、程光炜：《中国当代文学发展史》，北京大学出版社 2011 年版，第 229 页。
③ 朱栋霖、朱晓进主编：《中国现代文学史（1917—2000）下》，北京大学出版社 2007 年
版，第 151 页。
④ 陈思和主编：《中国当代文学史教程》，复旦大学出版社 2006 年版，第 240 页。
⑤ 参见洪子诚《中国当代文学史》，北京大学出版社 1999 年版，第 258 页。

'废墟'，呼唤、表现在城市和乡村的改革"①。"伤痕文学""反思文学""改革文学"其实有着共时性特征：呼唤现代化。

如果忽视 80 年代文学历史叙述的线性规范，我们可以发现《人生》在"呼唤现代化"这一主题上的丰富性：《人生》通过高加林悲剧性命运的书写，引起读者对于不合理的政策对人的压制的思考；《人生》既具有"反思文学"对于城乡二元体制的反思和批判的内涵，也具有"改革文学"对于现代文明、城市憧憬的主题。显然，《人生》的内涵不属于"伤痕文学"，或者是"反思文学"，或者是"改革文学"中的某一类文学潮流，而是综合了"伤痕文学""反思文学""改革文学"的特征，从三个层面展开了"呼唤现代化"的主题。

高加林曾是一名优秀的民办教师，因为被村支书的儿子顶替而成为农民。后来，通过"走后门"的方式，高加林当上了县委通讯组的干事，工作非常出色，因被人告发而回乡。作为一名志向远大的青年，高加林先后两次被迫回到乡村，他的命运无疑是悲剧性的。这也是 80 年代文学历史叙述把《人生》归为"伤痕文学"的重要原因。

展示高加林悲剧性的命运，只是《人生》"呼唤现代化"主题的第一个层面。《人生》并没有停留在简单地"暴露伤痕"上，而是进一步思考了造成高加林"伤痕"的原因。不少读者指责路遥"造成"了高加林的悲剧，路遥曾这样回应：

> 首先应该弄清楚，是谁让高加林们经历那么多折磨或自我折磨走了一个圆圈后不得不又回到了起点？
> 是生活的历史原因和现实原因，而不是路遥。作者只是力图真实地记录特定社会历史环境中发生了什么，根本就没打算（也不可能）按自己的想象去解决高加林们以后应该怎么办。②

路遥在这里明确指出造成高加林悲剧性的是社会原因。具体而言，是中国的城乡二元体制。对于中国城乡二元体制给人带来的伤害，路遥深有体会。路遥出身农村，通过个人努力成为一名城里人，其中艰辛自有体

①　洪子诚：《中国当代文学史》，北京大学出版社 1999 年版，第 258 页。
②　路遥：《早晨从中午开始》，《路遥全集》，十月文艺出版社 2010 年版，第 133 页。

会。路遥还有众多弟妹生活在农村，条件艰苦，其中高中毕业的弟弟王天乐能力最强，最有可能跳出农门。为此，路遥决定帮助王天乐跳出农门。《人生》的创作过程，和路遥帮助弟弟王天乐跳出农门的经历密切相关："路遥从 1979 年就开始创作中篇小说《人生》，三起炉灶，三易其稿，反复折腾三年才在 1981 年创作完成。路遥在创作这部小说的过程中，因帮助其三弟王天乐改变命运，故他对我国城乡二元对立的社会形态有更深入的思考，这些思考后来均在小说中得到体现。也就是说，帮助王天乐跳出农门的事情催熟了路遥创作的《人生》。"①

为了帮助弟弟王天乐跳出农门，路遥和朋友谷溪先后六次通信。这些信件主要是和谷溪沟通、交流并催促谷溪帮助王天乐跳出农门的事情，也流露出了路遥对于中国城乡二元结构的思考，尤其是路遥写给谷溪的第三封信。在这封信中，路遥对中国城乡二元体制有着比较深入的批判和反思："关于明年招工一事，看来大概只招收吃国库粮的，农村户口是否没有指标？详细情况我不太了解，国家现在对农民的政策具有严重的两重性，在经济上扶助，在文化上抑制（广义的文化，即精神文明）。最起码可以说顾不得关切农村户口对于目前更高文明的追求。这造成了千百万苦恼的年轻人，从长远的观点看，这构成了国家潜在的危险。这些苦恼的人，同时也是愤愤不平的人。大量有文化的人将限制在土地上，这是不平衡中的最大不平衡。如果说调整经济的目的不是最后达到逐渐消除这种不平衡，情况将会无比严重，这个状况也许在不久的将来就会显示出。"②于是，路遥"从王天乐这样有志有为的农村青年的苦闷与奋斗的无望而获得创作灵感，以此来思考一个更深刻的人生话题，思考重新创作数易其稿的中篇小说《人生》"③。

路遥把王天乐的遭际投射到高加林身上，考察了城乡二元体制制约下中国农村青年的苦闷与奋斗。高加林高中毕业后，"他们班一个也没有考上大学。农村户口的同学都回了农村，城市户口的纷纷寻门路找工作"。虽然，高加林的同学黄亚萍、张克南也没有考上大学，但是，他们有城镇

---

① 梁向阳：《新近发现的路遥 1980 年前后致谷溪的六封信》，《新文学史料》2013 年第 3 期。

② 同上。

③ 同上。

户籍，所以他们都在县城安排了工作。没能上大学的高加林只能回到农村去。最初，高加林当上了民办教师，这是回乡知识青年有可能脱离"农籍"的唯一一条道路。然而，这唯一的可能性，由于村支书的私心，最终也成为泡影。在中国现代化进程中，农民为城市的发展作出了巨大的牺牲。然而，城乡二元体制把农民彻底捆绑在土地上。面对城市只有羡慕、痛恨的情感："他（高加林——引者注）把粪车子拉在路边停下来，眼里转着泪花子，望着悄然寂静的城市，心里说：我非要到这里来不可！我有文化，有知识，我比这里生活的年轻人哪一点差？我为什么要受这样的屈辱呢？"县劳动局局长为了巴结高加林任地区劳动局局长的叔父，私自通过"走后门"的方式，让高加林成为县城通讯组干事。高加林在担任通讯组干事期间所表现出来的才华，证明了他完全胜任这一工作。但是，由于城乡二元体制的桎梏，高加林最终不得不重新回到农村。路遥通过高加林命运的浮沉反思了中国城乡二元体制的弊端。这是《人生》表现"呼唤现代化"主题的第二个层面。

路遥有着执着的文学理想，立志要"彻底改变我国广大农村落后的生产方式和生活方式，改变落后的生活观念和陈旧的习俗"①，这一文学理想契合了"改革文学"要表现"民族现代化的历史要求和这个要求不相适应的政治经济体制之间的矛盾"②的诉求。与众多"改革文学"一样，《人生》也构筑了一个文明与愚昧的二元对立结构。乡村人是愚昧的，他们不刷牙，喝的是浑浊的井水。而高加林则代表着文明的一面。他眼界开阔，思想开放，他富有文化和学识，"吹拉弹唱，样样在行；会装电灯，会开拖拉机，还会给报纸写文章哩！"高加林被视为"一个崭新的青年农民形象"，"作为一个农村新人，高加林表现出对现代化生活图景的巨大热情"，"他已不满足于仅靠双手做土地上的主人。他盼望汽车、火车、飞机来到家乡，盼望现代物质文明所提供的一切。同时他不满足于乡村文化生活的贫乏，向往着五彩缤纷的现代文明"③。《人生》通过高加林这一文学形象的塑造，表现了乡村对于现代文明的渴望。《人生》还以

---

①　路遥：《早晨从中午开始》，《路遥全集》，十月文艺出版社 2010 年版，第 3、109、133 页。

②　季红真：《文明与愚昧的冲突——新时期小说的基本主题》，《中国社会科学》1985 年第 3 期。

③　梁永安：《可喜的农村新人形象——也谈高加林》，《文汇报》1982 年 10 月 7 日。

高加林的爱情生活为主线，叙述了他和刘巧珍、黄亚萍之间的爱情纠葛。
"到大地方去发展自己的前途"是高加林选择人生伴侣的基本标准。面临
是选择刘巧珍还是选择黄亚萍做人生伴侣时，高加林有过这样一段心理活
动："巧珍将来除了是个优秀的农村家庭妇女，再也没有什么发展了。如
果他一辈子当农民，他和巧珍结合也就心满意足了。可是现在他已经是
'公家人'，将来要和巧珍结婚，很少共同生活；而且也很难再有共同语
言：他考虑的是写文章，巧珍还是只能说些农村里婆婆妈妈的事。上次她
来看他，他已经明显地感到了苦恼。再说，他要是和巧珍结婚了，他实际
上也就被拴在这个县城了；而他的向往又很高远。一到县城工作以后，他
就想将来决不能在这里呆一辈子；要远走高飞，到大地方去发展自己的前
途……"由乡村到县城，由县城到大地方，这是高加林的人生理想。这
种理想寄予了《人生》对城市的浪漫向往。连同书写"乡村对于现代文
明的渴望"的意蕴，二者共同构成了《人生》"呼唤现代化"主题的第三
个层面。

　　《人生》从不同的角度表现了"呼唤现代化"的主题。高加林的悲剧
性命运是《人生》的艺术效果，也是催人思考的艺术触媒。而对城乡二
元体制的反思，则是把高加林的悲剧性命运引向深入思考的必然结果。通
过改革城乡二元体制，让乡村融入现代文明，则是彻底改变高加林等一代
乡村青年命运的根本路径。《人生》的三个层次意蕴，一步步深化，有机
地结合在一起，构成了《人生》的深刻内涵。

二

　　"文化大革命"结束后，政治思想领域开始清除思想的流毒。随着政
治反思的深入，有关个人价值的思考，也成为中国社会开始关心的话题。
1980 年第 5 期的《中国青年》发表了署名为潘晓的文章《人生的路啊，
怎么越走越窄……》。这篇文章，连同随之展开的关于人生价值的社会大
讨论表明，人生的价值、个人价值已经成为广大青年思考的话题。这场被
誉为中国当代青年重要的思想启蒙运动，显示出了个体价值开始冲击集体
主义价值的思想倾向。这场发轫于年轻人的思想讨论也对中国当代文学产
生了重要影响。此前，中国当代文学所关注的是个人的历史价值。文学形
象的个人思想、性格、言行所包含的社会历史内容，成为衡量文学形象美

学价值的重要基础。潘晓讨论之后，一些反映个人自身价值的文学作品开始陆续发表。1980 年《人民文学》第 5 期发表张抗抗的《夏》。1981 年《长江》第 1 期发表了《波动》，《十月》1981 年第 1 期发表了《晚霞消失的时候》。这些小说的主题无一例外地彰显了个体的价值，显然和此前中国"十七年"文学作品的主题完全不同，也和此时正盛行的"伤痕文学""反思文学""改革文学"的主题有较大差异。这些作品在 80 年代初期形成了类似西方存在主义文学的文学潮流。为什么会形成这股文学潮流呢？有论者作出了这样的分析："正如在第二次世界大战后，法国资产阶级知识分子的精神世界为消沉颓废、悲观失望的气氛所笼罩，形成了一种由于苦闷、孤独、被遗弃、找不到出路，从而出现了玩世不恭的风尚。标榜个人生活、自由、存在等放在第一位的萨特等人的存在主义就受到人们的欢迎一样，在'文化大革命'以后，青年们处于精神苦闷之中找不到出路，为一种被欺骗、被遗弃感所笼罩，对社会主义失去了信心，存在主义思潮就同他们的心情非常合拍。"① 这个论断显然符合潘晓来信的基本内容，也契合《波动》《晚霞消失的时候》的创作实际，同样也和《人生》的题旨有相近之处。

事实上，刚从"文化大革命"中走出来的广大民众，更多地把在《人生》作为一部人生的教科书来阅读。《人生》发表后所引起的社会反响，也证明了这一点。路遥曾这样叙述《人生》发表后的一些个人生活状况："我的生活完全乱了套。无数的信件从全国四面八方蜂拥而来，来信的内容五花八门。除了谈论阅读小说后的感想和种种生活问题文学问题，许多人还把我当成了掌握人生奥妙的'导师'，纷纷向我求教：'人应该怎样生活'，叫我哭笑不得。更有一些遭受挫折的失意青年，规定我必须赶在几月几日前写信开导他们，否则就要死给你看。与此同时，陌生的登门拜访者接踵而来，要和我讨论或'切磋'各种问题。"② 不能"责怪"读者的"误读"，《人生》的确是一部探讨个人价值的小说。《人生》引用了柳青的一段话作为题记：

---

① 易言：《〈波动〉及其他》，《文艺报》1982 年第 4 期。

② 路遥：《早晨从中午开始》，《路遥全集》，十月文艺出版社 2010 年版，第 3、109、133 页。

　　人生的道路虽然漫长，但紧要处常常只有几步，特别是当人年轻的时候。

　　没有一个人的生活道路是笔直的，没有岔道的。有些岔道口，譬如政治上的岔道口，事业上的岔道口，个人生活上的岔道口，你走错一步，可以影响人生的一时期，也可以影响一生。

《人生》题记的指向非常明确，它要探讨的就是个人人生道路的问题。高加林的人生历程也十分契合题记的内容。高加林的人生理想就是脱离农村，过与父母完全不一样的生活。高考落榜，回农村小学当民办教师是迫不得已，但还保留了通过考试成为一名正式教师的希望。然而，这希望随着被辞退而破灭。虽然受到刘巧珍的爱情感染，高加林暂时忘却了被辞退的痛苦，但是他始终不甘心在农村当一辈子农民。当高加林进城之后，面对黄亚萍的爱情攻势，高加林很快选择了黄亚萍。其中最重要的原因是，黄亚萍能把他带到南京，融入城市，成为一名真正的城里人。

　　如何处理社会利益、他人利益是区分个人主义的重要尺度。在边沁看来：“社会利益只是一种抽象，它不是个人利益的总和。”“……如果承认为了增进他人幸福而牺牲一个人的幸福是一件好事，那么为此而牺牲第二个人，第三个人，以至于无数人的幸福，就更是好事了……”“个人利益是唯一现实的利益。”① 施蒂纳则更加极端地看待个人，他认为“每一个单独的个人都是一种极完善的独特性”，在他看来，个人，这个“唯一者”是世界的核心、万物的尺度、真理的标准：“我的事业不是神的事业，也不是人的事业，也不是真、善、正义和自由等等，而仅仅只是我自己的事，我的事业并非是普通的，而是唯一的，就如同我是唯一的那样。”② 在个人主义看来，个体价值是唯一的，也是至高无上的。有人认为，高加林“为了个人目的而把恋爱当做工具”，从而“暴露出了心灵深处的利己主义倾向”③。高加林也因此被定义为“孤独”的个人主义者：“（高加林）从来就没有当农民的精神准备，在他看来作一个普通农民，

---

　　① ［德］马克思、恩格斯：《神圣家族》，《马克思、恩格斯全集》第 2 卷，人民出版社 1962 年版，第 170 页。

　　② ［德］麦克斯·施蒂纳：《唯一者及其所有物》，商务印书馆 1989 年版，第 5 页。

　　③ 曹锦清：《一个孤独的奋斗者形象——谈〈人生〉中的高加林形象》，《文汇报》1982 年 10 月 7 日。

便意味着理想的破灭。我们知道，在社会主义社会，还存在着社会分工，存在着城乡之间、工农之间、脑力劳动与体力劳动之间的差别。社会应当尽可能地考虑到青年人的具体愿望，但社会不可能满足社会每个成员的要求。当个人愿望与社会分工发生矛盾时，青年应当愉快地服从社会分工，在规定的工作岗位上发挥自己的创造性才能。在小说中，高加林却并非如此。他尽管在农村民办小学已经担任了三年教师，并以出色的工作受到人们的尊重，但他始终没有把改造落后的农村任务当作终生的光荣使命。这就使他不可能建立与广大农民的深厚感情，把生活建筑在想入非非的幻想之上，造成自己在生活信念方面的软弱。"①

同高加林一样，黄亚萍也是把实现个人价值作为人生的目标。黄亚萍上学时就和高加林比较亲近，对高加林抱有好感，只是因为高加林回乡当农民才和高加林没有联系。但是，她仍然关注着高加林。同学张克南爱上了黄亚萍，尽管她内心并不爱张克南，但是，也不讨厌他，加上两家父母亲的热心，她也慢慢地接受了张克南。当高加林成为县通讯组干事后，她情感的天平很快发生了倾斜："不管怎样，她想来想去，还是决定非和克南断绝关系不可。不管父母亲和社会舆论怎样看，她对这事有她自己的看法。在这个县城里，黄亚萍可以算得上少数几个'现代青年'之一。在她看来，追求个人幸福是一个人的权利和自由，'我是我自己的'，谁也没权利干涉她的追求，包括至亲至爱的父亲；他们只是从岳父岳母的角度看女婿，而她应该是从爱情的角度看爱人。别说是她和克南现在还是恋爱关系；就是已经结婚了，她发现她实际上爱另外一个人，她也要和他离婚！"与高加林一样，黄亚萍也认为"追求个人幸福是一个人的权利和自由"。高加林和黄亚萍，是《人生》塑造出来的两个具有现代个人价值观的文学形象，也承载了《人生》对现代个人主义的思考。不过，"80 年代"文学历史叙述从来也没有把《人生》当作体现个人价值的文学作品来看待，而是拘囿于以"伤痕文学""反思文学""改革文学"来叙述《人生》。这自有其深刻原因。

按照"80 年代"文学历史叙述，"伤痕文学"一般聚焦"文化大革

---

① 曹锦清：《一个孤独的奋斗者形象——谈〈人生〉中的高加林形象》，《文汇报》1982年 10 月 7 日。

命"对于中国人的肉体和精神伤害，揭露"文化大革命"的"历史创伤"①。"反思文学"则表明，文化大革命"并非突发事件，其思想动机、行动方式、心理基础，已存在于'当代'历史之中，与中国当代社会的基本矛盾，与民族文化、心理的'封建主义'的积习相关。"②"伤痕文学""反思文学"明显和揭露、批判、反思"文化大革命"紧密相连。"改革文学"顾名思义是对正在进行的中国农村和城市的历史变革的表现。至于"寻根文学"兴起的原因，文学史家作出如下判断："在经历了80年代前期政治社会层面的批判之后，产生了将'反思'深入到属于事物'本原'意义的趋向，探索历史失误与民族文化心理'积淀'之间的关系。"③"改革文学"呼应着中国正在展开的改革开放的社会现实。"寻根文学"则从文化层面清理不适应改革开放的文化心理与民族意识，落足点仍然是中国社会变革。纵观上文分析，我们可以断定，"伤痕文学""反思文学""改革文学""寻根文学"的命名和正在展开的中国社会变革密切相关。而在社会力量支配下的文学命名显然遮蔽了当时客观存在的另外一股文学力量。有学者指出，以《波动》《公开的情书》和《晚霞消失的时候》等为代表的文学作品构成了另外一种文学秩序。这些作品"比起当年名重一时的《伤痕》、《枫》、《班主任》、《乔厂长上任记》、《苦恋》等"，"从来没有大红大紫"，但是，"在岁月的延伸中，它们却日渐显示出经得起时光筛洗的文学成就和文学史意义，为当代文学发展提供了重要的可能性"④。

　　"80 年代"文学历史叙述把《班主任》《伤痕》《乔厂长上任记》界定为文学经典，显然是和 80 年代初期的意识形态联系在一起的。像《公开的情书》《波动》《晚霞消失的时候》等作品自然被"正统"的文学史叙述所排斥。对此学术界已有较多讨论⑤，在此，不再赘述。因而，《人

---

① 洪子诚：《中国当代文学史》，北京大学出版社 1999 年版，第 257 页。

② 同上书，第 258 页。

③ 同上书，第 323 页。

④ 张志忠：《有待展开的当代文学可能性》，《文学评论》2010 年第 4 期。

⑤ 参考下列代表性论文：程光炜：《文学的紧张——〈公开的情书〉、〈飞天〉与八十年代"主流文学"》，《南方文坛》2006 年第 6 期；陶东风：《一部发育不全的哲理小说——重读礼平〈晚霞消失的时候〉》，《文艺理论研究》2013 年第 4 期；程光炜：《文学"成规"的建立——对〈班主任〉和〈晚霞消失的时候〉的"再评论"》，《当代作家评论》2006 年第 2 期。

生》张扬个人主义价值观显然也是"不合时宜"的。有论者就认为《人生》"基本上肯定了个人理想的合理性","这样正面发泄的结果，只能引起有类似情绪的青年的共鸣和不满：重则埋怨国家，移情于社会主义制度；轻则郁郁不平，抱恨终生"，"除了给社会增添不安定的分子外，别无好处"①。正是基于上述考量，80 年代文学历史叙述规避了《人生》所具有的"不合时宜"的内容，从被社会所接收的"伤痕文学""反思文学""改革文学"的角度来界定《人生》的文学史位置。

值得注意的是，高加林的个人主义价值观，其实是中国新时期向现代化进军的历史意识的投影，和西方个人主义思想还是有所区别的。这一问题笔者曾有专门论述，不再赘述。②

三

1980 年，汪曾祺的《受戒》问世，随后汪曾祺陆续发表了《大淖记事》《岁寒三友》等作品。1983 年，贾平凹发表了《商州初录》。同年，陆文夫发表了《美食家》，李杭育发表了《最后一个渔佬儿》《沙灶遗风》。《受戒》《商州初录》等作品与其时正盛行的"伤痕文学""反思文学""改革文学"迥然不同，它们关注山川风物、民俗风情、歌谣俚曲，"不再纠缠于现实的政治问题和道德批判，而从生活的纵深方面抠出几分世事沧桑的意境。这使人感到，越过现实的表层倒更容易看清世道人心的本来面目。在这种风格意识的召唤下，一部分小说家的艺术情趣很快转向民间生活和市井文化方面"③。

其实，与《受戒》《最后一个渔佬儿》《商州初录》等作品一样，《人生》也关注山川风物、民俗风情、歌谣俚曲。

《人生》饱含深情地叙述陕北山川与地貌：

　　黄土高原八月的田野是极其迷人的，远方的千山万岭，只有在这

---

① 方直：《评〈人生〉的社会效果》，《当代文学研究参考资料》1984 年第 9 期。

② 参见周新民《"人"的出场与嬗变——近三十年中国小说中的人的话语研究》，中国社会科学出版社 2008 年版，第 34—39 页。

③ 李庆西：《寻根：回到事物本身》，《文学评论》1988 年第 4 期。

个时候才用惹眼的绿色装扮起来。大川道里,玉米已经一人多高,每
一株都怀了一个到两个可爱的小绿棒;绿棒的顶端,都吐出了粉红的
缨丝。山坡上,蔓豆、小豆、黄豆、土豆都在开花,红、白、黄、
蓝,点缀在无边无涯的绿色之间。庄稼大部分都刚锄过二遍,又因为
不久前下了饱墒雨,因此地里没有显出旱象,湿润润,水淋淋,绿蓁
蓁,看了真叫人愉快和舒坦。高加林轻快地走着,烦恼暂时放到了一
边,年轻人那种热烈的血液又在他身上欢畅地激荡起来。他折了一朵
粉红色的打碗碗花,两个指头捻动着花茎,从一片灰白的包心菜地里
穿过,接连跳过了几个土塄坎,来到了河道里。

　　《人生》不乏这样充溢着田园诗般的叙述。这些有关乡村景物的叙
述,充分地表现了陕北乡村的地域特色。《人生》还有较多关于陕北风俗
的叙述。尤其是刘巧珍出嫁的程序、饮食、打扮等描写,把陕北乡村出嫁
的风俗刻画得十分细腻。值得注意的是,自《人生》开头伊始,一直到
小说的结尾,始终贯穿着信天游:"上河里(哪个)鸭子下河里鹅,一对
对(哪个)毛眼眼望哥哥……"信天游不仅体现了小说人物的思想情感
与性格,还充分地表现陕北地域风情。《人生》还大量运用了陕北方言,
强化了小说的地域风味。

　　如此不厌其烦地罗列《人生》有关山川风物、民俗风情、歌谣俚曲
的描写,是为了表明《人生》其实可以和20世纪80年代初期李杭育的
"葛川江小说"、郑万隆的"异乡异闻系列"小说、乌热尔图的"狩猎文
化系列"小说、贾平凹的"商州系列"小说等置放在一起,是80年代各
种各样的地域文化小说中的重要作品。

　　文学史习惯沿用"伤痕文学""反思文学""改革文学"等概念来叙
述80年代初期的文学。而"伤痕文学""反思文学""改革文学"本属于
文学创作潮流概念,是对当时文学潮流的认定和评价。例如,何为"伤
痕文学"?朱寨经过考证认为:"'伤痕文学'的提法,始于一九七八年八
月十一日《文汇报》发表短篇小说《伤痕》后引起的讨论中。之后,人
们通常习惯地把揭露林彪、'四人帮'罪行及其给人民带来的严重内外创
伤的文学作品,称之为'伤痕文学'。"① 同样,有关"反思文学""改革

---

① 朱寨主编:《中国当代文学思潮史》,人民文学出版社1987年版,第540页。

文学"等命名，也基本上是以当时文学创作的"新"的变化为参照而提出的。不过，时隔三十多年，回过头来看，这些基于文学创作潮流命名的概念，无法对当时文学创作作出准确的描述。例如，王蒙从 1979 年到 1980 年所创作的小说，显然无法归入"伤痕文学""反思文学""改革文学"的类型之中："在七八十年代之交的'伤痕'、'反思'小说时期，王蒙的涉及'文革'的作品（如《最宝贵的》、《表姐》、《布礼》、《蝴蝶》、《杂色》、《春之声》、《海的梦》、《相见时难》等），很快就离开那种揭露、控诉的题材和情感方式，也离开当时普遍采用的历史事件的结构框架。它们表现出更关注人的心灵现实和对历史理念、逻辑所作的哲理思辨倾向。"① 因此，"伤痕文学""反思文学""改革文学"等文学史叙述，并不能完全涵盖此时期有价值的文学作品。与王蒙同时期发表的《布礼》《杂色》等作品一样，《受戒》《大淖记事》《商州初录》等，也没有被整合进"伤痕文学""反思文学""改革文学"的文学史叙述中。同样，《人生》丰富的地域文化意蕴也被 80 年代文学历史叙述"遗漏"了。

《人生》虽然叙述了"农村生活城市化的追求意识"，但是，思考传统道德与现代文明之间的关系也是小说应有之义。如果说高加林代表的是现代意识，那么刘巧珍和德顺爷爷就是传统道德的化身。刘巧珍是乡村姑娘，她爱高加林爱得那样质朴，那样毫无保留和无所顾忌。在传统保守的乡村，她和高加林的爱情遭受父亲的责难，但是她丝毫没有动摇爱高加林的决心。她构思着和高家林的未来，她对高加林说："你在家里盛着，我给咱上山劳动！不会叫你受苦的……"刘巧珍对高加林的爱是无私的。当高加林决定和她断绝关系时，她却为高加林考虑，接受高加林无情的分手决定，还对高加林千叮咛万嘱咐："你……去吧！我决不会连累你！加林哥，你参加工作后，我就想过不知多少次了，我尽管爱你爱得要命，但知道我配不上你了。我一个字不识，给你帮不上忙，还要拖累你的工作……你走你的，到外面找个更好的对象……到外面你多操心，人生地疏，不像咱本乡田地……"当高加林被举报，被清退回乡，刘巧珍并没有对高加林落井下石，反而劝阻姐姐不要去为难高加林，甚至央求姐姐和她一道，去求她公公给高加林安排民办教师的工作。总之，刘巧珍是一位纯朴、善良的中国传统女性。德顺爷爷也是一位体现了乡村传统美德的

① 洪子诚：《中国当代文学史》，北京大学出版社 1999 年版，第 261—262 页。

人。在高加林民办教师被顶下、心情沮丧时,德顺爷爷开导高加林。为了减轻高加林的体力劳动重负,也为了撮合高加林和刘巧珍,他出面找村支书,为高加林找到了到城里拉粪的轻松工作。然而,他一心呵护的高加林最终背离了传统道德,抛弃了刘巧珍,德顺爷爷以乡村道德守护人的形象出面,训诫高加林:

> "你把良心卖了!加林啊……"德顺老汉先开口说,"巧珍那么个好娃娃,你把人家撂在了半路上!你作孽哩!加林啊,我从小亲你,看着你长大的,我掏出心给人说句实话吧!归根结底,你是咱土里长出来的一棵苗,你的根应该扎在咱的土里啊!你现在是个豆芽菜!根上一点土也没有了,轻飘飘的,不知你上天呀还是入地呀!你……我什么话都是敢对你说哩!你苦了巧珍,到头来也把你自己害了……"老汉说不下去了,闭住眼,一口一口长送气。

德顺爷爷,包括刘巧珍,体现了劳动人民纯朴、善良的传统美德。这两个人物形象身上也寄予着路遥对于传统美德与现代生活之间关系的思考:"这两个人物(指刘巧珍和德顺爷爷——引者注),表现了我们这个国家、这个民族的一种传统的美德,一种在生活中的牺牲精神。我觉得,不管社会前进到怎样的地步,这种东西对我们永远是宝贵的,如果我们把这些东西简单地看作带有封建色彩的,现在已经不需要了,那么人类还有什么希望呢?不管发展到什么阶段,这样一种美好的品德,都是需要的,它是我们人类社会向前发展最基本的保证。"[1] 肯定刘巧珍、德顺爷爷所代表的传统美德,是路遥对传统与现代两种文明比较后得出的结论。路遥认为,在现代文明日益发展的今天,传统道德依然有着不可或缺的价值,"在当代的现实生活中,我们常常看到这样一种现象:物质财富增加了,人们的精神境界和道德水平却下降了;拜金主义和人们之间表现出来的冷漠态度,在我们生活中大量存在着。造成这种现象的客观原因当然是很多的。如果我们不能在全社会范围内克服这种不幸的现象,那么我们就很难

---

① 王愚、路遥:《关于〈人生〉的对话》,《星火》1983 年第 6 期。

完成一切具有崇高意义的使命。"①

《人生》这部小说并没有停留在伦理道德的层面来思考传统文化在现代化建设历史进程中的价值，还进一步思考了人与土地的关系。高加林出生于农村，成长于农村，在农村度过了快乐的童年。随着年龄的增长和眼界的开阔，这位出身农村的青年，渴望走出农村，随之身上的泥土味也越来越淡。眼见民办教师当不成了，逃离农村的机会幻灭，高加林对生于斯、长于斯的土地充满了厌恶，以自虐的方式惩罚自己。是刘巧珍的爱情抚平了高加林的心灵创伤。但是，他并不甘心娶刘巧珍这位乡村姑娘为妻。即使和刘巧珍沉浸在爱河之中，高加林仍心有不甘，为自己可能在农村待一辈子而感到悲伤。当成为县通讯组干事后，高加林以为脱离了农村。为此他与刘巧珍分手，和城市姑娘黄亚萍相恋。随着高加林走后门的事情败露后，高加林再次回到了农村。德顺爷爷，这位乡村代言人再次出面引导高加林：

> 德顺爷爷用缀补丁的袖口揩了一下脸上的汗水，说："听说你今上午要回来，我就专门在这等你，想给你说几句话。你的心可千万不能倒了！你也再不要看不起咱这山乡圪了。"他用枯瘦的手指头把四周围的大地山川指了一圈，说："就是这山，这水，这土地，一代一代养活了我们。没有这土地，世界上就什么也不会有！是的，不会有！"

历经逃离土地再次重归土地的高加林，扑倒在德顺爷爷的脚下，认同了德顺爷爷的指引：

> 高加林一下子扑倒在德顺爷爷的脚下，两只手紧紧抓着两把黄土，沉痛地呻吟着，喊叫了一声：
> "我的亲人啦……"

随着高加林扑倒在德顺爷爷脚下，《人生》最终完成了"逃离土地—

---

① 路遥：《关于〈在困难的日子里〉》，《路遥文集》（散文·随笔·书信），广州出版社、太白文艺出版社 2000 年版，第 154 页。

皈依土地"的叙述结构。敏锐的读者从中发现了端倪，批评路遥隐藏在
《人生》中的"恋土情结"①。"恋土情结"其实就是土地崇拜，是发生在
农业文明时期的精神信仰："靠种地谋生的人才明白泥土的可贵。城里人
可以用土气来蔑视乡下人，但是乡下，'土'是他们的命根。在数量上占
着最高地位的神，无疑是'土地'。'土地'这位最近于人性的神。"② 这
种对土地的依赖，是"恋土"情结形成的根本原因。随着现代化历史进
程的展开，人和土地之间的关系变得相对松散，但是"恋土情结"作为
一种精神信仰，成为现代人的精神家园。从这个角度来讲，"恋土情结"
在现代社会仍然有着重要的价值。

　　《人生》发表后的 20 世纪 80 年代中期，出现了"寻根文学"的理论
探讨，韩少功的《文学的根》、李杭育的《理一理我们的根》、阿城的
《文化制约着人类》、郑义的《跨越文化的断裂带》、郑万隆的《我的根》
相继发表。文学为何要把笔触伸进文化岩层？韩少功曾作出了这样的解
答："文学有根，文学之根应深植于民族传统文化的土壤里，根不深，则
叶难茂。"③ "寻根文学"对于中国传统文化思考的目的，并非仅仅是回归
到中国传统文化之中。正如有学者所言："'寻根'当然不是简单的复古，
不是保守的，它站立在现代性的高度，在世界文化的格局中来思考中国文
化的命运，来解决现代化进程中的精神价值标向。它比那单纯的现代意识
显得更加高瞻远瞩，更加符合中国国情和现实需要，对于文学来说，已有
拉美魔幻现实主义作出示范，它们恰恰是在回归本土，在重新思考现代化
给发展中国家带来的诸多难题的前题下，而写出了令西方第一世界惊叹的
不朽之作，他们甚至因此摘走诺贝尔文学奖的桂冠。在某种意义上，这是
真正'现代'的文学意识。"④ 因此，我们可以肯定，"寻根文学"以现
代思想为参照，旨在思考传统文化的价值。1982 年《人生》发表之时，
路遥就对中国传统文化的价值有着先觉者般的思考："现代生活方式和古
朴生活方式的冲突，文明与落后、资产阶级意识和传统美德的冲突，等

---

① 路遥：《早晨从中午开始》，《路遥全集》，十月文艺出版社 2010 年版，第 3 页。
② 费孝通：《乡土中国》，北京出版社 2004 年版，第 2 页。
③ 韩少功：《文学的根》，《作家》1985 年第 4 期。
④ 陈晓明：《个人记忆与历史布景——关于韩少功和寻根的断想》，《文艺争鸣》1994 年第
5 期。

等，构成了现代生活的重要内容。"① 路遥清醒地意识到，在现代化的道路上，传统道德依然具有重要的价值。《人生》对于中国传统文化的价值的思考，从发表时间上看，早于"寻根文学"的理论倡导与创作实践。虽然，拘囿于发表时间，《人生》没有被纳入"寻根文学"的阐释视野，但是，它对于传统文化思想价值的思考不应该被"80 年代"文学历史叙述所"遗漏"。

　　《人生》所表现的是"交叉地带"的社会生活。路遥曾对《人生》"交叉地带"的特殊生活领域有过比较系统的陈述。为了深切地了解路遥的思想，更好地理解《人生》，特照录路遥关于"交叉地带"的论述："我国当代社会如同北京新建的立体交叉桥，层层叠叠，复杂万端。而在农村和城市'交叉地带'"，"可以说是立体交叉桥上的立体交叉桥。我在另一篇文章中已经说过，由于现代生产力的发展，又由于从本世纪六十年代中期开始，在我国广阔的土地上发生了持续时间很长的、触及每一个角落和每一个人的社会大动荡，使得城市之间，农村之间，尤其是城市与农村之间相互交往日渐广泛，加之全社会文化水平的提高，尤其是农村的初级教育的普及以及由于大量初、高中毕业生插队和返乡加入农民行列，城乡之间在各个方面相互渗透的现象非常普遍。这样，随着城市和农村本身的变化与发展，城市生活对农村生活的冲击，农村生活对城市生活的影响，农村生活城市化的追求倾向；现代生活方式和古老生活方式的冲突，文明与落后，现代思想意识和传统道德观念的冲突等等，构成了当代生活的一些极其重要的方面。这一切矛盾在我们社会的政治、经济、文化、思想意识、精神道德方面都表现了出来，又是那么突出和复杂。"② 农村与城市之间的相互交流，使农村渐渐摆脱了传统农村的生活方式，出现了向往城市的心理倾向。但是，作为传统的价值观和精神，并没有完全消失，仍然影响着农村人的生活。城乡之间这种复杂的生活方式以及对于传统与现代价值观的复杂情感，造就了《人生》这部小说的丰富性与复杂性：《人生》这部小说的内涵，既有传统乡村渴望融入城市的内容，也有作为农村人祈求拥有现代价值观的心理动因，也还有渐渐迈上现代化征程的中

---

① 路遥：《面对新生活》，《中篇小说选刊》1982 年第 5 期。
② 同上。

国人，对于传统文化的回望与思考；《人生》既是对现代化社会图景的热切盼望，也有新的历史期个人价值蓬发的写照。上述内容相互交叉、相互熔铸，成为一个有机的整体。这种丰富性与复杂性的内涵无法在 80 年代文学历史叙述中得以展现，不过，我们借助 80 年代文学历史叙述作为参照，仍能窥见《人生》的丰富性、复杂性与作为 80 年代文学的经典性。

原载《文学评论》2015 年第 3 期

论先锋小说叙事模式的形式化

从 20 世纪 80 年代开始，西方后现代主义文学思潮开始传入中国。80 年代初，约翰·巴斯、马丁·艾斯林、阿兴·罗德威、罗兰·巴特等著名批评家对西方后现代主义的评说和介绍的论文、书籍就被翻译到了中国，特别是陈锟、袁可嘉等中国学者对西方后现代主义的介绍更是对中国文学产生了广泛的影响。陈锟的《黑色幽默——当代美国文学奇观》，书中收入的作家几乎全都是典型的后现代派。例如品钦、赫勒、纳博科夫、西蒙斯、里奇、巴斯、冯内古特、巴勒斯、巴塞尔姆、梅勒等，这个名单几乎囊括了后现代派所有的作家。袁可嘉选编的《外国现代派作品选》，第三、第四册选入的大都是后现代主义作品。到了 80 年代中期以后，对西方后现代主义的介绍和研究更成为文学研究中的一门显学。中国的批评家和作家都不约而同地从西方后现代主义理论和创作中寻找可供中国文学借鉴与发展的资源。

后现代主义文学思潮在中国的传播，使中国文学发生了裂变，其中最重要的一点是：中国小说叙事美学发生了根本性的变革。本文以中国先锋小说为个案来分析这一问题。

考察小说美学有多种切入点，叙事美学是其中最有效且最重要的切入点之一。小说美学观念的嬗变必然引起叙事各要素的变革，而其中，叙事模式——叙事视角、叙事时间、叙事结构——的变化最具有革命性意义①。中国传统小说大都采用全知全能的叙事视角、顺叙的叙事时间，以故事为结构中心的叙事结构。在"五四"小说中叙事模式才得以完成现代转型：限制视角代替全知全能的视角，倒叙大量出现，取代顺叙一统天

---

① 参见陈平原《中国小说叙事模式的变迁》，北京大学出版社 1989 年版。

下的局面，人物成为小说的叙事结构中心。20世纪相当长的一段时间内，具有现代意味的叙事模式因和主流意识形态及精英文化具有亲和力而成为小说叙事美学中一片常见的风景林。80年代后期，由于后现代文化思潮的涌入，中国小说的叙事模式又有了一次革命性的变更，从对意义的负载中挣脱出来，走向形式化。

一 边缘人物叙事视角

后现代写作从根本上讲是颠倒等级的写作。其哲学根基源于德里达对说话／等级的颠倒。德里达认为，逻各斯中心主义通过对在场的维护而确定说话的优先性。通过对哲学史的考察，德里达发现，自柏拉图以来的哲学家都贬抑写作，而说话亲临了现场，作为在场的直接交流，说话被认为更加切近实在真理；写作剥夺了声音的优先性，活的声音（在场）变成死的（不在场）。哲学贬抑写作并不是简单地表达对写作的失望或不信任，贬抑写作是一种对在场肯定的有效方式。笛卡儿的"我思"，胡塞尔的"意向性还原"，海德格尔的"神学本体"，以及伽达默尔的活动现时的"对话"都是对在场的肯定。说话／写作这一等级其实是人为设置的，服务于真理、形而上学意义的传达。德里达认为，写作与说话是平等的，它们之间不存在等级。德里达对说话／写作的颠倒引发了一系列相关等级的颠倒，如中心／边缘、成人／儿童、男人／女人等。由于写作在哲学本体意味上具有颠倒等级意味，原来小说叙事视角承担者的含义也发生了变更。

视角指叙述者或人物与叙事文本中的事件相对应的位置或状态，或者说，叙述者或人物从什么角度观察故事。视角在叙述中占有重要地位。美国小说理论家路伯克指出："小说技巧中整个错综复杂的方法问题，我认为都要受观察点问题——叙述者所站位置对故事的关系问题——支配。"[1]

在中国小说美学演变历程中，从清末开始中国传统小说的全知全能视角嬗变为限制叙述，由此而引起中国小说美学的一次十分重要的革命。但是，限制视角的承担者毫无疑问是与主流文化呈同质关系的。郁达夫的《沉沦》中的"他"显然是受压抑民族的文化符码，鲁迅的《狂人日记》

---

① ［美］路伯克：《小说技巧》，伦敦，1966年版，第251页。

中的"狂人"是反封建战士，也显然与反封建的主流文化合拍。"他"和"狂人"居当时文化背景的中心位置。叙事者从意识形态或国家权力话语中心位置来观察故事，成为中国现当代小说美学中一个十分重要的文化现象。

中心划定，边缘也即出现。在中心的话语场中，边缘只能沉默。

后现代写作颠覆了中心／边缘等级秩序，边缘打破沉默，边缘人叙事视角成为新的美学因子。先锋小说中的边缘人叙事视角主要有以下几种。

儿童视角。儿童是"子"，其身份含义由处于中心位置的"父"来定义。处于边缘位置的儿童一向受到作家的忽视：毫无疑问，儿童是不成熟的，他无法承担"父"所担负的责任。新时期较早使用儿童视角的作家是莫言，在《透明的红萝卜》中黑孩以自己的无声的世界反抗外部的世界的侵入。而真正开始比较自觉地运用儿童视角的是苏童和余华。苏童在早期作品中大量运用了儿童视角，以儿童的眼光讲述家族历史和长辈的历史。在小说中儿童具有了与成人一样的对世界、人生、历史的阐释权。在余华那里，如《十八岁出门远行》，借十八岁的"我"一次远游的经历，挑战了"父"的无理及神秘，展示了"父"与"子"的冲突，挖掘出"父"凭据其威力定义"子"的文化内涵。

平民视角。在一个意识形态禁锢的历史时期，没有平民，每个人都成为国家机器中的一个零件，成为一个意识形态符码。国家话语转移、播撒策略时，平民意识被强大的权力力量所整合。

50年代萧也牧的《我们夫妇之间》、路翎的《洼地上的战役》初露平民意识，但迅速被否定。《我们夫妇之间》讲述了"我"的平民心态：不喜欢妻子的一些生活习惯。但是在被批评阐释的过程中，"我"与"妻子"最基本的民间关系——夫妻关系——的冲突被认定为意识形态上的冲突：小资产阶级知识分子同国家主人农民阶级的冲突。《我们夫妇之间》遭批评的事实表明，企图以平民的眼光来观察生活、反映生活在那时是不允许的。

到了80年代后期，商业文化异军突起冲击着坚硬的意识形态，多元化的社会给了平民广阔的生存空间，平民视角才成为80年代新文化中最具美学意义的置换。《狗日的粮食》显示出了普通人生的欲望及其合理性。《伏羲伏羲》在原始本能与社会理性规范的冲突中彰示原始本能的价值。平民视角运用得比较出色的是池莉和刘震云。池莉在《烦恼人生》

中第一次显示了平民人生烦恼的美学意义。而刘震云的《单位》和《一地鸡毛》把官民对立的现实展现无遗，在"民"的愤懑不平和躁动的日常生活中，展示了"官"对民的倾轧。

女性视角。男／女等级由来已久，女性一直被忽视、被压抑在男性文化的边缘。在男性文化之网中，女性找不到自己的位置。20 世纪初，女性写作成为一种不可低估的现实。但在男权文化森严的历史时期，女性只能"女扮男装"。如张洁、谌容、铁凝等的早期创作和张贤亮等男性作家的创作一样，他们笔下的"性爱"都承担着社会历史和国家意识形态内容。但是真正的女性写作要求返回女性自身，应"从一个女性个体生命感官，心灵出发，写个人对世界的感受，寻找与世界的对话"①。王安忆的"三恋"，即运用了富有典型意味的女性视角。其中《小城之恋》突出地强调了女人仅是一个生命体，并揭示性心理活动仅是女人自身的生命体验而与社会历史无关。

边缘视角还有其他几种情况：如苏童的《大红灯笼高高挂》以一个"妾"的眼睛来观察生活。在小说中"妾"不再是社会角色中的次等级人物，她和其他人一样具有生命的欲求与体验。苏童的《红粉》则以妓女为视角，写妓女在新旧交替的历史时期的生命体验——充满了个人化的生命欲求的痛苦，这是一种不同于以往文学中所宣扬的新人形象。另外，80年代后期土匪视角的出现也是一个十分突出的文化现象。

边缘人叙事视角使作家能从主流文化、精英文化之外的空间透视生活。边缘人视角是先锋小说远离深度意义、走向形式化的第一步。

二　叙事时间的能指化

"叙事是一组有两个时间的序列……被讲述事情时间和叙事时间（所指时间和能指时间）。这种双重性不仅使一切时间畸变成为可能……更为根本的是，它要求我们确认叙事功能正是把一种时间呈现为另一种时

---

①　荒林：《世纪之交的中国文学——"回顾与重建"：中国当代女性文学第二届学术研讨会综述》，《文艺争鸣》1997 年第 1 期。

间。"① 叙事从方法论角度讲，是把故事时间转化为能指时间的技术，而从最根本的意义上讲，它是对生命体验的一种方式，因为时间是生命的抽象形式。

先锋小说由叙事时间而引发叙事方法的革命是毫不奇怪的。因为叙事时间是小说叙述最原始的层面，又是小说形式最尖端的操作规程。传统写实主义小说为了追求故事的真实性，而把叙事时间全部压制到故事时间中去，压抑在最原始的层面，叙事时间与故事时间是完全一致的。

而在先锋小说那里，叙事时间拆解了故事时间，故事时间受到压抑，叙事时间浮出，能指时间消解了所指时间。先锋小说叙事时间能指化是先锋叙事美学最核心的内容。它有以下几种表现形态。

叙事时间向人物主观意识转化。在叙事时，先锋小说作家总是以人物主观意识来中断、转换、随意结合故事时间，以致小说故事时间无法沿线形状态前进。小说文本中叙事时间上的这种变化的标志可表现为"许多年以前""许多年之后"的运用。这种表达方式可在先锋小说里大量找到。格非的《褐色鸟群》、叶兆言的《枣树的故事》、余华的《在劫难逃》、刘恒的《虚证》等，都可以读出这道语式作为叙述的动机和转折直接出现，它或是经过伪装潜伏于故事的圈套中，或者作为总体叙述的叙述结构的策略起到作用，或者作为阶段性的关联语境起到作用。总之，"许多年以前"或"许多年之后"的使用使故事时间无法直行。

这道对先锋小说来说具有"母题"意义的语式来自马尔克斯的《百年孤独》的开头：

> 许多年之后，面对着行刑队，奥雷良诺·布思地亚上校会想起那久远的一天下午，他父亲带他去见识冰块。②

这道叙事语式确立了叙事时间与故事时间之间的循环回返的圆周轨迹，叙事时间从久远的过去跨进现在，又从现在回到过去。"许多年之后"这个时间状语超出了故事的自然时间，在马尔克斯那里被赋予了循

---

① ［法］热拉尔·热奈特：《叙事话语　新叙事话语》，中国社会科学出版社1990年版，第9页。

② ［哥伦比亚］加西亚·马尔克斯：《百年孤独》，浙江文艺出版社1991年版，第1页。

环轮回的历史观。

先锋文学借用这道语式，消除了小说的内在深度。叙事作为一种独立的声音——人物主观心理体验——与故事分离，故事不再是自然主义的延续，叙事借助这道语式促使故事转换、中断、随意结合和突然短路。叶兆言的《枣树的故事》就是利用这道时间语式给叙述提供任意转折的自由，故事一环扣一环地在这道语式上绞合或拆解，叙事时间改变了故事的自然秩序，叙事变成拆解故事结果的逆反时间运动。《枣树》开头就推出故事的结果局面：尔勇围歼白脸的最后时刻。叙事在这里发生转折：

> 选择这样的洞穴作为藏匿逃避之处，尔勇多少年以后回想起来，都觉得曾经辉煌一时的白脸，实在愚不可及。①

故事在这里突然中断，插入"多年以后"，"故事"变成"叙事"。叙事作为独立力量介入故事。"多年以后"使"现在"局面与"未来"局面联系起来，"现在"迅速变成为"过去"。叙事对故事的"打断"，是借助"多年之后"才存在的。

叙事时间成为故事时间的生长点。在苏童那里，故事的独立性被取消，文本只是捕捉诗意的感悟及对人生之思的编织，其故事作为主观情感的敞开，生长在叙事时间的支点上，叙事时间展开，才有故事时间存在的可能。

在《一九三四年的逃亡》的开头部分，苏童写道：

> 有一段时间我的历史书上标满了一九三四这个年份。一九三四年迸出强壮的紫色光芒圈起我的思绪。那是不复存在的遥远的年代，对于我也是一棵古树的年轮，我可以端坐其上，重温一九三四的人间沧桑。我端坐其上，首先会看见我的祖母蒋氏浮出历史。②

对于苏童来说1934年作为故事时间的独立性并不存在，它只是一个符码，毫无故事生殖力。相反，从叙事时间角度讲，它活跃在"我"的

---

① 叶兆言：《去影》，长江文艺出版社1992年版，第69页。
② 苏童：《苏童文集·世界两侧》，江苏文艺出版社1997年版，第97页。

诗性感悟中（"迸发出强壮的紫色光芒圈起我的思绪"）。在叙事时间的催促下，苏童"首先会看见我的祖母蒋氏浮出历史"，"我需要陈文治的再次浮出"。在主观情感的催发下，在叙事时间流中，故事时间悄悄地走动着，然而当"我"的感受发生了变化，故事时间的坚固性即受到打击。在苏童看来，并不存在单纯的、固定的故事时间，小说最重要的只是主观情感在叙事层面的流动，故事时间是虚伪的。

预叙。预叙即是将未来要发生的事件提前叙述出来。在故事时间序列上，结果总是后于原因、过程发生的。在线形逻辑顺序中，结果显出极为重要的寓言教化作用。然而在先锋小说中，在叙事时间序列上发生了转化，叙事时间序列上结果出现在先于原因、过程的位置，于是线形的故事时间的寓言性被消解了，线形的历史观变成了宿命的无法扭转的循环历史观：不管故事以后如何发展，宿命的结论已无法改变。预叙其实是叙事时间对故事时间介入的一种方式，它从根本上瓦解了小说的意义深度。

在莫言的小说《白棉花》中，女主人公方碧玉的死发生在故事的末尾，第三十小节。而在第十小节，却有这样一段叙述：

> 十五年以后，我与成了一级厨师的冯结巴冯飞扬在火车站邂逅相逢，这小子现在是头发乌黑，像在油里浸过一样，说起当日苦难就像说旧社会，我们忆着苦思着甜，话题自然转到方碧玉身上。
>
> "她死得好惨……"我说，"那好一个人，落了个粉身碎骨的下场。"
>
> "她死在什么时候，你还记得吗？"
>
> "永远不会忘记，"我说，"她死在那一年的一月二十五号，那天正好是阴历腊月二十三，'辞灶日'。"①

而在这一段叙述之后，小说中女主人公还好好地活了很长一段时间。

故事时间内部的相互拆解。在先锋小说中，故事时间的统一性被支解，各个单元故事时间互相拆解，或者故事时间的有序性被弄得杂乱无章。故事时间的线形特征被取消，叙事时间作为独立的成分游离于故事时间之外，故事所负载的含义因而被取消。

---

① 莫言：《莫言文集》卷4《鲜女人》，作家出版社1996年版，第535页。

马原的《冈底斯的诱惑》作为一篇小说，没有连贯的故事时间。全文是由三个单独成立的故事组成，其中很少有内在联系。而在文章结尾，第十六节，则是姚亮、陆高的两首诗。整个《冈底斯的诱惑》作为叙事文本而存在的故事时间消融在叙事时间中了。

余华的《此文献给少女杨柳》中故事时间的线形关系也被分裂。原文按故事时间顺序是 1、2、3、4、5、6、7、8、9、10、11、12、13 小节，但是作者采用 1234 1234 123 12 的小节排列，线形时间分裂为四节，四节共时并置，故事时间呈交错状而最终被瓦解。

中国先锋小说的美学成就中，叙事时间的能指化是最具意义的探索成果，其具体方法除了上述几种之外还有叙事循环及停顿等，限于篇幅本文不作具体分析。从以上论述中我们可以发现，在先锋叙事文本中，线形、整一的故事时间被弄得支离破碎，叙事时间能指化倾向十分明显。这种美学效果可以用以下一段话作总结：

> 如果我们的目光一直专注于单向度时间结构的历史，许多的生存体验就可能被遗忘。小说家则以真诚的感受瓦解了线形时间的链条，在格非、余华等人的近期创作中……任何一种乌托邦的意识，在时间的体验中都会瓦解。这种瓦解未必都是消极的，一旦人们从乌托邦的梦中苏醒过来，对存在本身的注意力往往能更充分地焕发。而这种注意力本身就预示着某种新的问题，它可能会激发出某种希望与创造的激情，新的渴望与新的发现。[1]

三　叙事结构：人物的符号化

塑造人物形象，尤其是典型环境中的典型性格一直是中国现当代小说的美学追求。人物不仅是一个自为的血肉丰满的个体，而且在他身上沉淀着深广的社会历史文化内涵，是有着独特意味的"这一个"。然而后现代写作者认为："人物完全不是故事必不可少的所属。故事作为母题的集合，可以完全不需要人物以及对人物的刻画。人物是材料情节加工成型的结果。并且，从一方面来说，是串联各个母题的手段，另一方面，也是对

---

① 王晓明：《人文精神启示录》，文汇出版社 1996 年版，第 13 页。

诸母题联系的形象化和拟人化的说明。"① 由于人物的深度内涵被取消了，人物只是作为一个形式符号而存在，因此人物符号化是先锋叙事文本又一重要特征。其表现形式有如下几种。

叙述人"我"与小说中人物互为解构，以至使小说中人物符号化。在先锋小说中，叙述人"我"的无度、肆无忌惮已成为一个十分重要的现象。叙述人"我"与其所述人物之间关系在文本中互相拆解，从而使小说中人物成了一个可以任意游动的符号。

马原1985年的《冈底斯的诱惑》即是最鲜明的一例，因叙述人"我"频频变换，而使作品中人物成为变换不定、悬浮的能指符号。小说第一部分是"我"的一段话，从中可推断"我"不是姚亮，也不是陆高、陆二，只知道"我"是探险队的队长，而听话者则是陆高。第二部分也是"我"的一段话，讲"我"的经历，从中可以推知"我"是一个老十八军，作家，50多岁了。这一部分的结尾处说："姚亮是队长。"但第一部分已经申明："也许你认为我也是姚亮吧，是又怎么样呢？虽然我不是。"这似乎又表明"我"不是姚亮。第三部分的"我"是一个身份不明的叙述人，"我"在向"你"——穷布——讲"你"与父亲的故事，以及"他"（一个老猎人）向"你"渲染一头熊的巨大和凶猛。但是我们知道"我"也是一个作家。第四部分的"我"似乎又变成了本篇小说的作者，"我"在讲述时用了"读者已经知道……"之类话语，但这个作者似乎不应等于第二部分中的那个戏剧作家"我"。在第五部分"我"又回到那个写剧本的老年作家。

由于"我"的所指不确定，小说中人物马原、陆高、姚亮的确切身份无法确定。在小说中"我"一分为二，一个是作为纯粹的叙述人，另一个是小说文本内部的一个人物。从小说内部人物与人物之间的关系来讲，"我"显然挖空了其他人物内涵，成为一个飘浮的符号，和作为叙述人的"我"一起，成为故事材料情节的组织功能，成为一个语法上的一个语码。

这种情况在马原的《虚构》、洪峰的《极地之侧》《瀚海》、苏童的《罂粟之家》《青石与河流》等中也存在着。

---

① ［俄］巴赫金：《巴赫金全集·文艺学中的形式方法》，河北教育出版社1998年版，第201页。

在余华作品《世事如烟》中，人物及人物关系数码化，从而使人物符号化。在文中人物及人物关系可如下表述：

T：男人。T 的妻子。4：16 岁少女，6 的女儿。3：女，60 多岁。3 的孙子：17 岁（与 3 有乱伦关系）。瞎子：算命先生。算命先生的儿子。灰衣人。6：男人。2：男人，4 的父亲。

在余华笔下，人物符号化以后，人所具有的一切神话，如人性、自由、美德都化解了，人就是人即是物，仅此而已。

同一人名被不同人所拥有，从而使人物符号化。在这里人物性格及其社会历史内涵都不重要，人物只是作为一个连接故事的符号而已。扎西达娃的《西藏，隐秘的岁月》即具有这样的特征。文中次仁吉姆这个名字在作品中被几代人重复使用。而且在小说最后，1985 年，一个叫次仁吉姆的年轻医生在为老次仁吉姆送葬，同一时空背景下，有两个人物在使用同一人名。对于人物而言，姓名的社会历史内容不再重要，重要的是它只是一个符号，一个空的符号。人名作为一个符号存在，即是"在理论上把人物看作一种符号"，也就是把人物"当作语言符号的组成因素纳入确定的信息本身（而不是把它当作传统批评和注意力集中在人类的'人'这个概念之上的文化已知因素来接受）"[1]。

人物符号化使人物失去了他们的特权及中心地位，而被文本化了，成为一个语法学上的符码，"人物是一个形容词，一个定语，一个谓语"[2]。

后现代主义文学并不注重拥有意义和传达意义，而是注重追求意义和创造意义。后现代派作家强调以形式的特定构成力量去组织乃至形成人在社会历史文化中的境况。他们认为只有描绘出世界的具体的实在的物质性存在——形式，才能显示意义，因为："只有人创造的形式，才可能赋予世界以意义。"[3] 后现代主义文学强调以形式创造属于自己的人生体验的意义，以此来抗拒在文本中表达形而上的意义。先锋小说借鉴后现代文学的形式化特征，旨在拒载国家意识形态及伦理道德意识，而注重对个体生

---

① 张寅德：《叙述学研究》，中国社会科学出版社 1989 年版，第 309 页。

② ［法］罗兰·巴尔特：《S/Z》，纽约，1974 年版，第 190 页。

③ ［法］雅克·里拉尔：《"新小说"与社会》，转引自柳鸣九《新小说派研究》，中国社会科学出版社 1986 年版，第 401 页。

命体验的传达。从小说美学史上考察，先锋小说叙事模式形式化无疑是中国小说美学的一次重大革命，其意义深远。

原载《湖北师范学院学报》（哲学社会科学版）2003 年第 3 期

"知识暴力"的叙事

——解读《现实一种》《河边的错误》《一九八六》

　　在 20 世纪 80 年代到 90 年代的作家中，余华独树一帜。他写作的独特意义并不仅体现在叙事文本语法的探讨上，在这一点上，马原、洪峰与之相比毫不逊色；也不是在描写对象的选择上，他后期的小说《活着》《许三观卖血记》所体现出的对生命的承受力量，在其他作家那里也能找到替代者。然而在对"知识的暴力"分析这个问题上，在这一历史时期，余华是其他作家无法替代的。余华在作品中分析了知识如何以暴力的本质，对人构成了伤害。80 年代前期的小说中，知识以神话面目出现，成为合法的意识形态符码。在对知识的崇拜与盲从中，人们不知不觉地臣服于权力。而余华 80 年代后期的一些小说，则尖锐地指出了知识如何与权力合谋，制造暴力，对人的身体构成伤害。由此出发，余华暴露了知识与权力的关系，瓦解了知识意识形态的神话功能。

　　自启蒙以来，知识就是构成人的本体性的最具有意义的一维。对知识的拥有使主体的人具有超出其他自然个体、社会规律的无限威力。在启蒙文化语境中，知识在两个向度上为人的主体意义的确立带来威力：法律和医学。法律建立在天赋人权的基础上，它保证人人生而平等，是现代社会与社会个体的人之间的契约。医学、医术则是人对自然规律的挑战，是人的主体性确立的一个重要表现。

　　但是，在相当长的历史时期里，无论法律还是医术，最终不可避免地成为权力对社会个体人的规范与禁忌。福柯在《疯癫与文明》《规范与禁忌》等一系列作品中详细地分析法律、医术作为知识如何成为权力的中介最终作用于个人的。福柯认为，现代与古典的权力的表现形式有着根本的区别。在古典时期，权力的表现以古典强权为中心，自上而下。它是公开的、明显的，常常需要大量围观的人群作为表现形式中的一个重要部分。而现代权力是局部的、持续的、生产性的，以零碎的方式发展起来的。各种各样的"微型技术"被无名的医生、典狱官、教师，运用于无名的医院、监狱和学校中而得以完善。现代社会中的权力，常常以服务于主体的知识的面目出现。在表面上，它是改善了主体的生存状况，其实质是对主体的控制。如启蒙时期，人们觉得封建刑罚方式是不人道的，因此建立了现代刑罚。但是福柯认为，刑罚的改革不是基于更公正的原则建立的一种新的处罚方式，而是建立的一种新的权力经济。这种新的权力经济在经济和政治两个方面都分布更好，效率更高，以及代价更低。另外，福柯认为，医学知识也不是按照启蒙实证主义来发展的，而是作为一种可视性和空间化关系的变化来发展的。这种可视性和空间关系的变化指的是医生对病人的"注视"发生了改变。与古典时代的医生的"注视"不同，现代医生的"注视"不再是消极地描绘一种预定的疾病，而是主动地由疾病症状来探明疾病的意义。福柯这样看待现代医学中的注视，他说："注视既不忠诚于真理，也不服从它，同时也没有为一种终极力量提供证明：观看的注视是一种统治的注视。"[1] 现代医学在"注视"的变化中就和权力联系在一起。现代社会的这种零碎的、以知识为中介的权力形式最终——对权力主体来说——是以身体为生产力的。福柯这样看待作为权力生产力的身体：

> 身体……直接牵涉到一种政治领域；权力关系对它拥有一种直接的控制；权力关系对它进行投入，标示它，训练它，折磨它……依据复杂的相互关系，这种对身体的政治投入与它的经济用途紧密相关；身体充满了权力关系和统治关系……[2]

---

[1] ［法］福柯：《临床医学的诞生：医学感知的考古学》，第39页，中译文参见［英］路易丝·麦克尼《福柯》，黑龙江人民出版社1999年版，第46页。

[2] ［法］福柯：《事物的秩序》，第48页，中译文参照［英］路易丝·麦克尼《福柯》，黑龙江人民出版社1999年版，第99页。

福柯的关于知识与权力的关系，在余华的小说中得到了淋漓尽致的表现。余华以其小说家的敏锐眼光，将"知识暴力"叙事推演得栩栩如生。他的小说《现实一种》《河边的错误》《一九八六》，从不同的逻辑层面展示了知识如何与权力合媾，沦为身体的暴力。

《现实一种》中4岁的皮皮打堂弟耳光，这是源于人的自然本性，不具有伦理、法律上的意义。他打堂弟耳光，只不过是堂弟的哭声"嘹亮悦耳"，使他"异常激动"；用手卡堂弟的喉管，也不过是为了能"一次次地享受着那爆破似的哭声"。堂弟的死也不是皮皮有意识的谋杀，"他只是感到抱在身上的孩子越来越沉重，他感到这沉重来自手中抱着的东西，所以他就松开了手"，孩子就摔死了。

按照法律规定，4岁的皮皮对堂弟的死不承担法律的责任。山峰打死杀害儿子的皮皮，山岗（皮皮的父亲）可以诉诸法律，但是山岗没有这样做，而是把山峰绑在树上，以骨汤泡脚，在狗的舔舐中，让山峰在笑声中窒息而死。虽然山峰杀死了皮皮，但由于山岗对山峰的施暴没有取得法律的支持，因而其行为陷入知识合法性的危机。

山峰杀死皮皮、为儿子报仇的山岗杀死了山峰，这些都在知识的范畴内不具有合法性。他们最终会受到法律的制裁。这一系列的不合法律规约的行为，必然要受到法律的制裁。但是法律是暴力的最终制止者吗？不是，因为它又为另一些施暴者提供了合法性。在山岗被行刑时，由于武警是行刑者，他具有法律赋予的合法性。因此，山岗在第一枪没打死而惊喜时，挨了武警的一脚，山岗挨了第二枪仍没有死。在受了第三枪时，山岗的腹部又挨了一脚。法律只是规定山岗的死刑，但是，并没有规定这些死刑之外的暴力。由于武警是法律的执行者，尽管山岗在行刑时遭受暴力，施暴者也不会受到法律的制裁。就这样，法律为另一种暴力提供了合法性。因此，从根本上讲，法律并没有最终消除暴力。

在《现实一种》的结尾，我们可以看到余华在另一个层面上展示了医学作为科学如何对人的身体构成暴力。山岗被枪毙后，尸体被用于医学解剖。医生们利用各种医疗器械，解剖山岗的身体，各取所需。在山岗的身体上，医生们表演了医术的精妙。医学解剖的目的在于了解人体，而器官移植又在一定程度上呈示了现代人对自然、自然规律的胜利。然而我们可以看到，在小说中，医学解剖、器官移植又在"科学"的神圣外衣下对身体又一次地施暴。山岗的皮肤被剥下，移植到一个大面积烧伤的患者身上，可是没过三天被液化坏死。山岗的心脏、肾脏都被做了移植，心脏移植没有成功，患者死在手术台上，只是肾脏移植还算成功。山岗的睾丸移植最为成功。他的睾丸植在一个因车祸而睾丸被碾碎的年轻人身上，年轻人结婚后，妻子怀孕而生下了一个十分壮实的儿子，而这一点又对法律构成极大的嘲讽：行刑的目的是剥夺山岗的生命，而医术却又使山岗的生命得以延续。是刑罚的无能，还是医术的荒诞？抑或是知识谱系本身无法掩盖的漏洞？的确让人深思。

《河边的错误》深入地展示了在知识系谱中法律的荒诞与错误。刑警队长在侦查河边的一起凶杀案中，发现凶手是一名疯子。在知识谱系中，疯子不是理性的主体，他并不能受到法律规定的惩戒。但是，在法律谱系中逃避责任的疯子，并不能逃脱科学神话的裁决，他被送往精神病院，由相信科学的医术能手拯救疯子，使之成为正常人。为此，他接受电疗的次数远远超出了他的生理负荷的限度，承受着巨大暴力的疯子，差一点儿为此送命。两年后，疯子出院了。但他仍然疯癫，接受过科学治疗的他，仍然举起柴刀犯下命案。疯子的遭际，让我们明白，科学并不一定拯救人，相反，它可能成为伤害人的暴力。小说的这一主题随着情节的展开逐渐清晰。

围绕么四婆婆被杀的原因，刑侦队开展了一系列的侦查。根据调查，么四婆婆有些积蓄，而她身上和住处却没有发现钱。依照刑侦技术知识，窃财成为凶杀案的最大可能。但是，后来的事实却证明，么四婆婆的钱搓成绳子悬在梁上。看来凶手的动因并不是为了钱。于是，么四婆婆的死因，就成为这起凶杀案的最初嘲弄对象。知识的窘境开始暴露，知识的局限性并没有就此打住。随着事件的进一步发展，知识的窘迫状况逐渐呈现。当查明疯子是这起凶杀案的凶手时，许宽也卷入这起案子。因为许宽在疯子作案时，离现场不远，而且两次都是如此。在刑侦知识的推绎下，许宽当然被认定为疯子杀人案的帮凶，或是主谋，因为他们相信，疯子不会无缘无故杀人，而最重要的是，依据因果关系，许宽的许多作为、迹象都符合案情的推理分析。事实上，许宽的行为、行迹与凶杀案之间，却只是偶然性关系。刑侦赖以建立的必然性因果知识基础动摇了。案件的侦查并没有遏制暴力，相反，却催生了暴力。许宽无法忍受嫌疑犯的压力，以死相抗争，给依赖必然性知识基础的刑侦以莫大的讽刺。这是作为知识的又一尴尬境况。

虽然最后终于查清杀害么四婆婆的是疯子，但是，人们却无法阻止疯子继续犯下命案。疯子继续杀人。疯子一再杀人，理性精神体现的法律，却对无理性主体的疯子束手无策。在河边，马哲对疯子举起了枪。疯子的暴力行为，最终以暴力结束。马哲枪杀疯子，无疑要承担法律责任。但是法律知识告诉马哲，只要他承认自己是疯子，他就会逃脱法律的制裁，马哲后来也正是这样做的。看来，法律无法阻遏暴力，在一定意义上却为暴力提供了合法性的温床。如果说疯子杀人是非理性的行为，这一行为是体现理性精神的法律所要防范的，而马哲杀人，确实是理性的行为，他最终却又逃脱了法律的制裁，这无疑跟现代法律知识开了一个天大的玩笑：暴力的防范者与暴力的主体竟然可以天衣无缝地结合在一起。知识的局限由面对问题无法解决的困境升级为暴力，这无疑是对启蒙语境中的知识最大的打击。

余华在《现实一种》《河边的错误》中，对作为知识的法律和医学的暴力本质做了深入而又细致的分析。经过分析，我们逐渐发觉了知识中深藏的暴力因素。我们看到，与其说法律、医学是对人幸福的承诺，不如说是权力对人的身体的控制。前者是表象，而后者才是根本的。余华关于知识与暴力关系的思考，在一定意义上与福柯有相通之处。但是余华的小说并不是着意在表现一个具有普遍意义的现代性主题，他考虑得更多的是中国本土的文化问题，在这些具有普遍意义上的现代性主题的表象下，沉淀着具有中国本土意义的文化思考。

余华在他的自传性文章《我最初的现实》中谈到了大字报对他的文学启蒙意义。他在文中写道："我迷恋上了街道上的大字报。那时候我应该在念中学了，每天放学回家的路上，我都要去那些大字报前消磨一个来小时。到了70年代中期，所有的大字报说穿了都是人身的攻击，我看着这些我都认识都知道的人，怎样用恶毒的语言互相谩骂，互相造谣中伤对方。"[1] 文学启蒙初期的余华，最初也许只是大字报对人的想象力以及诸如虚构、夸张、比喻、讽刺等文学手段，吸引了他。充斥了人身攻击的大字报，对成年后写作的余华的影响不可低估。我们可以很肯定地说，余华对医学、法律知识的暴力的叙述，与他在童年时，从充满暴力的大字报上吸取文学的夸张、比喻、讽刺这些文学知识是分不开的。于是，法律、医

---

[1]　余华：《我最初的现实》，《我能否相信自己》，人民日报出版社1999年版，第210页。

学这些现代知识与暴力的关系，统一在余华的童年生活体验中。

在余华看来，《现实一种》《河边的错误》所体现的暴力，是现实中存在的暴力，这种暴力是显层的，是历史暴力的显在表现。而知识所体现的深层次暴力，则体现在历史中。在余华那里，历史与现实是相通的。在他看来，历史并未过去，历史就是现在。他在《虚伪的作品》中，对此有过非常明确的表述："当我越来越接近三十岁的时候（这个年龄在老人回顾里具有少年的形象，然而对于我却预示着与日俱增的回想），在我规范的日常生活里，每日都有多次的事与物触发我回首过去，而我过去的经验为这样的回想提供了足够的事例。我开始意识到那些即将来到的事物，其实是为了打开我的过去之门。因此现实时间里，从过去走向将来便丧失了其内在的说服力。似乎可以这样认为，时间将来只是时间过去的表象。如果我此刻反过来认为时间过去只是时间将来的表象时，确立的可能也同样存在。我完全有理由认为过去的经验是为将来的事物存在的，因为过去的经验只有通过将来的事物的指引才会出现新的意义。"[①]

在现代知识谱系中，人类历史是进步与发展的，在由野蛮走向文明的线性序列中，它允诺人类明天的幸福，放逐昨天的野蛮。但在余华看来，历史只不过是暴力变幻的舞台，昨天、今天、未来只不过是贴在历史上的分时标签，其真实的暴力本质，并不能改变。

在《一九八六》中，余华分析了知识视野中的历史的暴力本质。在小说中，余华认为，历史所承诺的幸福是表面的，而在此之下则深藏着可怕的暴力。《一九八六》中的疯子曾经是历史系的学生，他对刑罚非常感兴趣，他曾对历史上的刑罚做过知识考古，并作出过这样的分析与归纳：

> 五刑：墨、劓、宫、大辟。
> 先秦：炮烙、剖腹、斩、焚……
> 战国：抽肋、车裂、腰斩……
> 辽初：活埋、炮掷、悬崖……
> 金：击脑、棒杀、剥皮……
> 车裂：将人头和四肢分别拴在五辆车上，以五马驾车，同时分

---

① 余华：《虚伪的作品》，《我能否相信自己》，人民日报出版社1999年版，第165—166页。

驰，撕裂躯体。

凌迟：执刑时零刀碎割。

剖腹：剖腹观心。①

在对历史知识进行分类后，疯子发现历史的本质就是刑罚，是暴力。在历史的长河里，绵绵不绝的是暴力的旋涡。疯子体验到的"文化大革命"，暴力仍频频上演，到处是流血和暴力，乃至死亡。革命理性曾叙述了人类美好前景，给人以无上的幸福承诺。但当"文化大革命"以革命的面目出现时，它在舞台上演出的革命剧目仍是被它所宣判成为垃圾的、旧王朝的暴力事件。时间的流逝与事件的结束，并不能改变以历史名义、历史的高度来命名任何事物的暴力面目。

疯子曾是一位历史教师，是一位知识者，他对历史的知识考古所得出历史的暴力本质的理解与记忆，使他与一般人的心理、行为有着本质的区别。疯子在一个春天来到小镇，在这个小镇的街道上，他上演了一幕幕令人惊骇的场面：

> 他感到自己手中挥舞着一把砍刀，砍刀正把他四周的空气削成碎块。他挥舞了一阵子后就向那些人的鼻子削去，于是他看到一个个鼻子从刀刃里飞了出来，飞向空中。而那些没有了鼻子的鼻孔仰起后喷射出一股股鲜血，在半空中飞舞的鼻子纷纷被击落下来。于是满街的鼻子乱哄哄地翻滚起来。"劓"他有力地喊了一声，然后一瘸一拐走开了。②

在这个大街上，他以自己的身体，演绎了各个历史时期的刑罚：墨、劓、宫、五马分尸等。疯子以对暴力的深刻记忆提醒着那些只沉溺于生活事件的人，历史的诡计在于，它以现实的生活表象掩盖了暴力本质。历史的暴力不在现实所呈现的事件中，而是隐藏在事件背后。对现实事件的关注，对历史暴力给人们心理带来的创伤的忘却，是历史暴力最重要的特点。

---

① 余华：《一九八六》，《现实一种》，新世界出版社1999年版，第120页。

② 同上书，第145页。

　　余华击碎了历史理性的承诺，他认为一切都离不开过去，现实、未来都是空洞的能指，它们其实都有一个共同的所指：历史，一个充满暴力的历史。鲁迅在 20 世纪初，曾发出过礼教吃人的呼声。在这个呼声中，鲁迅焦虑地发现，一部中国的历史竟是一部吃人的历史。鲁迅惊人地发现处在由封建社会向现代社会转型时期，正是一个历史大裂变时期。而在 20 世纪末，余华从知识考古的角度又发现了历史的暴力本质。在鲁迅与余华近八十年间，历史曾发生过多少变更，又给予人多少承诺，但其中的本质又有多少变迁呢？余华在《现实一种》中的忧虑绝不是空洞的。《一九八六》中的疯子与《狂人日记》中的狂人，虽跨越了八十年的时空，八十年的风雨，其面目又是何其相似。

原载《文学教育》2012 年第 1 期

个人历史性维度的书写

——王安忆近期小说中的"个人"

在 20 世纪 50—70 年代的中国当代文学中，个人并没有取得自身的独立地位与价值。个人的价值仰仗历史意义与价值的播撒。因而，从根本上讲，个人只是历史的载体，作为生命意识存在的个人，并没有受到关注和重视。这种现象一直延续到了新时期。虽然个人话语是新时期以来的文学最为重要的主题话语，由"伤痕文学"始，个人一直是文学关注的中心问题。但是，在作家们的想象与叙述中，个人价值的源头仍然在历史价值那里，当新的历史时期来临后，个人所体现出来的人生感受与新的历史价值趋向保持着相当的一致。在"伤痕文学""反思文学"里，个人建立在所经历的痛苦记忆上对过去的历史时期的否定，与国家意识形态站在新历史的基点上对旧历史的否定，是一致的；同样，个人对新历史的幸福体验同国家意识形态对新历史的幸福许诺也是一致的。在小说叙述中，个人由痛苦到幸福的情感体验的决定性力量，仍然是历史。在个人与历史的一致性中，个人依然难以摆脱历史的摆布。这种个人与历史的关系一直延续到"改革文学"。在"改革文学"叙述中，个人所表现出来的新的价值与新历史所倡导的价值仍然是一致的。由"伤痕文学"到"改革文学"，个人价值叙述法则最终仍归依于历史叙述法则，因而，从根本上讲，个人的生命体验最终被历史碾得粉碎，成为历史随意捏搓的稀泥。而稍后的"新历史小说"则常常把个人当作解构历史的锐利刀刃。在这里，历史成为不关乎个人生存体验的外在力量与背景，个人冷漠地面对历史，并成为击碎历史铁律的绝对力量。由于历史与个人的绝对分离，在这些小说中，个人成为一个没有历史记忆与历史体验的超离生命意识的个体。总之，在新时期的文学中，个人与历史之间的这种绝对的同构与绝然的分离关系，抹杀了个人作为生命意识的个体在面对历史时的独特体验。

　　与"伤痕文学""反思文学""新历史小说"所表现出的历史与个人的关系不同，王安忆的小说则从另一个层面表现了个人与历史间的关系。在她的小说里，当个人与历史相遇时，历史成为个人生命存在的一个重要维度，它镀亮了个人复杂褶皱的每一个角落，与个人生命体验浑然一体。而当历史以事件、时间的名义发生变更时，与历史相联系的个人的生命体验，并不因为时间的消逝而消失，也并不因为事件的变更而更替。这样，在王安忆小说里，个人不再只是纯粹的现实的物体，而是交融着历史体验与历史记忆的生命个体。她的小说《叔叔的故事》《纪实和虚构》《长恨歌》表现了个人的生命中历史性体验的存在及意义，从不同层面汇聚成个人的历史性维度的书写的主题。这些小说描述了历史与个人的纠葛，并由此出发，展示了生命的独特性，昭示了生命的意义。分析这些小说中蕴藏的个人的历史性维度的状态，我们可以对王安忆的小说有一个全面深入的了解，同时，也可以看到在中国文学中个人话语的崭新特质。

　　《叔叔的故事》是由叙述者"我"讲述的一个饱经历史沧桑的上辈人的故事。叔叔在反右斗争中被打成右派，在"文化大革命"中被下放到农村。这是一个在"伤痕文学""反思文学"中常见的故事。这些故事的主要情节，无非是书写右派在错误的历史时期里，遭受不公正的待遇；而在新的历史时期，右派的冤案被平反，命运得到根本性的改变。小说在对右派沉浮命运的描绘中，其实暗含着一个这样的观念：历史是外在于个人的。但是，在《叔叔的故事》中，王安忆并没有去叙述一个右派的命运沉浮史，也没有去讨论在个体生命与历史的紧张关系中，二者的合法性问题。她所关注的是这样的一段历史对个体生命的掣肘：历史不是外在于个体生命的，而是个体生命内在的一维。《叔叔的故事》要探讨的不是个人在历史事件中的命运，它所关注的是历史由生命体验作为中介，开始镶嵌在叔叔的人生历程里。在小说叙述中，我们可以看到，在"文化大革命"之后，成名的叔叔无论是和异性在一起，还是面对自己的孩子，他所表现出来的生命体验，都和那一段当右派的历史有着不可分割的联系。叔叔年轻的时候，因一篇小说而获罪，"文化大革命"中被下放到农村改造。身在农村的叔叔的人生呈现特殊的生命状态：他的肉身与灵魂相分离，肉身在现实中得到安息，并且最大限度地获得满足；而灵魂却呈现虚无。这段历史造就了叔叔特定的人生体验。在他平反昭雪之后相当长的一段历史时期里，叔叔的人生都与这段历史所造就的生命状态休戚相关。进城之后，他为了斩断与旧历史的联系，迅速地和妻子离了婚。作为旧历史时期的象征物——婚姻——是解除了，但是那段历史所造就的生命体验却并没有消逝。他和大姐、小米的关系，呈现了历史刻下的清晰的痕迹。在大姐那里，他表现出灵魂的需要，肉身则寄托在小米那里。他对待儿子大宝，也鲜明地体现出了灵魂与肉体分离的倾向。他十分不喜欢大宝，因为大宝不是叔叔内心幻想的、寄托着灵魂的女儿，而只是一个具有血缘关系的肉身。灵魂与肉身分离的生存状态，使叔叔常常沉浸于肉身的欢娱，灵魂则虚妄为谋求肉身的手段。即使时间和空间大幅度的变换之后，历史刻下的印记也没有消除。在德国，当他以惯用的手段接近一个女孩而遭到拒绝后，他彻底地暴露出了镶嵌在自己生命深处的历史体验，他的作态完全回到了小镇上曾经的岁月。时间和空间，对象和方式都无从改变深深嵌入他生命的历史之维。《叔叔的故事》彻底地改写了新时期以来小说中个人与历史之间的关系。在这里，历史不再是外在于个人的事件，而是和个人纠葛在一起，成为个人生命体验中无法消除的一部分。个人生命的物质空间的变更，并不能抹去个人生命中那重重的历史划痕。在个人的生存中，历史成为个人无法剔除的部件，顽固地参与个人的生命活动。

王安忆在《叔叔的故事》里，开始注视历史与个人间的独特关系。在这里，历史不再是外在于个人的事件，它成为个人生存的境遇。在这独特的个体生存的境遇里所形成的生命体验，蛰伏在个人生命的深处，成为个人生命的历史性维度，随着个人的存在而存在，无法消失。在《纪实和虚构》里，这种个人生命的历史性维度，被提高到一个更加抽象的高度。如果说在《叔叔的故事》里，个人生命的历史存在境遇所造就的特定的生命状态，与具体的历史事件相联系，那么，在《纪实和虚构》里，王安忆则通过对家族神话的编造，显示了个人生命历史性存在的深广度。诚然，《纪实和虚构》是对家族历史的书写，但它与80年代后期家族小说有着根本性的区别。80年代后期的家族历史小说——如莫言的《红高粱》、苏童的"枫杨树"系列中，个人以局外人的角色参与小说的叙事，家族的历史并没有构成个人的生存体验的维度，它只是叙述者个人的叙述对象而已。而《纪实和虚构》则不同，在这里，家族的历史是个人生命的一翼。把"我"和家族联系在一起的血缘，成为个人生命的历史性维度的物质化形式。在王安忆看来，个人的人生和生命存在具有纵向和横向两个维度。在谈到《纪实和虚构》的写作时，王安忆这样说："我虚构我的历史，将此视为我的纵向关系，这是一种生命性质的关系，是一个浩瀚的工程"，"我还虚构我的社会，将此视做我的横向关系，这是一种人生性质的关系"。从王安忆对个人生命的理解中，我们可以看到，她虚构家族史的目的，其实是展示个人生命的历史性维度的深广。在这里，家族史是作为个人生命存在的一个维度，也是个人生命存在的昭示，它延伸的深度与广度，其实是对个人生命深度与广度的形象性隐喻。

《纪实和虚构》中的母亲是一个忘却历史、只认同生命横向关系的人，母亲用一切可能的方法消除与家族的历史纠葛。在上海这座移民城市里，母亲总是坚持讲普通话，从来不讲方言，虽然她的上海话讲得比普通话还要标准；母亲只和同志往来，她从不承认在这座城市里有亲戚，虽然她至少还有一位嫁入大户人家的姑母。她把亲戚看成只是纯粹的物质化关系，她说："亲戚算什么？过年的时候我奶奶带我到姨母家去，我在楼梯下磕三个响头，上面就扔下一块钱，这就是亲戚。"她甚至对自己母亲的记忆也十分模糊，感情十分疏远，连去上坟也被当成节日旅游。母亲就这样斩断了同家族的任何联系，表现出强烈的"孤儿"习气。母亲对家族、对家族史的漠视代表了一种生命观，这种生命观拒绝历史，只认同现世及现实社会关系，并把它作为生命的全部内容。但是，在"我"看来，生命无法避开历史维度。母亲对亲戚对血缘的否定与抛弃，让"我"的生命感到压抑、自卑和孤独。因为，血缘、家族、亲戚，以及家族的神话传说，从根本上讲，都与我们的生命息息相关。在"我"看来，"没有家族神话，我们都成了孤儿，恓恓惶惶，我们生命的一头隐藏在伸手不见五指的黑里"。同时，在"我"看来，家族神话传递的过程，本身就是一个生命盎然的过程，"这世界是一个后天的充满选择性的世界，使人摒除崇高的观念。而家族传说超越了人们的认识，它将世界置于'知'之上的渺茫境界之中，使敬仰之心油然而生。家族传说那种代代相传接力式的传播方式充满了欢乐的生命之情和庄严的责任感……家族神话像黑夜里的火把，照亮了生命历久不废的行程"。

因此，在《纪实和虚构》中，王安忆对"茹"姓家族历史的追寻，并不是简单地编造家族神话，而是显示个人生命历史性维度的存在。家族史，在"我"眼里，从根本上讲，是生命勃发、昂扬的历史。"茹"姓的家族史上第一人木骨闾，让家族的历史有了开端。木骨闾马术高超，精于射术。在逃跑中，他得到神秘力量的帮助而脱身，并建立起了自己的部落，因此有了"茹"姓的开始。"茹"部落经社仑又得以中兴，他虽被囚禁，但是历经艰辛，终于取得政权，让"茹"家族发扬光大。随后，"茹"姓部落虽然有渐渐衰落并几乎被人灭亡的历史，但是，在"我"看来，这种生命的沉寂，其实是为了孕育更大的辉煌。成吉思汗的横空出世，让"茹"姓家族辉煌天际。家族历史由一"茹"姓状元接续，最终抵达外祖父。虽然外祖父与英雄的祖上不同，他是一位破坏欲望特别强烈的男性，是他把祖上的家产挥霍一空。但是，"我"却认为，破坏与创造一样，都是生命张扬的形式。这样，在王安忆那里，家族史其实就是个体生命蒸腾的历史，它构成个人生命存在的一个重要维度。虽然它成了历史，但是，通过姓氏这一象征化物质形式，最终与个人的生命相接续。由于个人维度的介入，王安忆对家族神话的追溯，与一般寻根小说大相径庭。寻根小说对"史"的依赖，其目的是思考民族与历史的关系。《纪实和虚构》则将个人与历史的关系，放在生命存在的角度上来思考，勘探出了个人存在的新的维度。当王安忆把《纪实和虚构》看作"创世纪"时，她实际上认为生命的创世纪的结构与小说的结构一样，存在历史与现实两翼，对历史性维度的重视，是生命自身的需求。

《叔叔的故事》和《纪实和虚构》显示了个人与历史之间不可抹杀的关系，同时它们也显示了作为生命的个人面对时间时所表示出来的特性。这种特性，在《长恨歌》那里得到更鲜明的表现。在《长恨歌》中，历史与个体生命相交融，与历史相联系的个人生存体验，具有不可再现的特性，当个人生存的外在时空发生变化时，这种生命体验并非随之变更；与外在时空及个人生存环境的可复制性相比，个人生命体验具有无法复制的独特性。

《长恨歌》叙述了王琦瑶四十余年的生活。在这四十余年里，王琦瑶由少不更事的女中学生成长为上海"三小姐"，到年老时被人杀死。其间，她的生命历经了旧上海时的繁华、被人包养的生活，也经历过上海困难时期的生活。她爱过人，但被权势所获；她也被人爱过，却不能如人所愿。她人身自由后，也在毛毛舅、老克腊身上寄托过自己的情感，但最终这些都成过眼烟云；她生养过一个女儿，女儿却从没有继承过自己的一丁点儿什么。在时间的流逝与人事的纠葛中，王琦瑶深深地感到，她在旧上海所经历的生命体验再也没有重现过。诚然，历史场景、人事关系都曾重新显现，但是，镶嵌在她生命深处的历史切片折射出的生命光彩，从此再也没有闪现过。《长恨歌》正是通过个人的历史性生命体验的书写，展现了人的生命体验的独特性。在王琦瑶的生命历程中，旧上海时的少女时光，是她人生中最富有独特意味的生活。那时，她放射着一个优秀、出众少女的人生丰采。女伴吴佩珍、蒋丽莉从内心深处崇拜她、呵护她、追捧她，她们都以是王琦瑶的朋友而自豪。在王琦瑶成为上海淑媛和上海三小姐这些事上，她们起着决定性的作用。和她们在一起，王琦瑶过着十分惬意的少女生活。王琦瑶的少女生活中，还有一个十分重要的人——程先生，他是王琦瑶人生的一道独特的风景。是他拍的照片，让她成为上海淑媛；是他的怂恿与策划，让她顺利地成为上海三小姐。程先生爱着王琦瑶，他让王琦瑶领略到了少女的初恋，享受到初恋的激动与幸福。王琦瑶的旧上海生活中还有重要的一翼，那就是李主任。王琦瑶虽然被李主任包养，但是，李主任对王琦瑶确实负起了责任。在历史将发生巨变的时刻，他负责任地为王琦瑶安排了以后的生活，为她留下生活保障。王琦瑶的旧上海生活都具体化为在这些人事中的生命体验。从王琦瑶的整个生命历程来讲，它构成了王琦瑶生命的历史性维度。当岁月的脚步悄悄地移动时，它漠然地注视着岁月的流逝，静静地龟缩在王琦瑶生命的最深处。对王琦瑶来讲，岁月流失、空间流转、人际更替，这些只是个人生命的外壳，而生命的内核——个人历史性存在——仍如磐石，蛰伏在生命的深处。在王琦瑶以后的人生中，相似的人事关系仍在出现，但是，那独特的生命体验却从此再也无法重现。

在新的历史时期，王琦瑶曾两度面临过相似的人事，但是，在其中所蕴藏的生命体验却大相径庭。第一次是在 20 世纪 50 年代，那时，上海刚解放不久，王琦瑶的生命中，出现了同解放前相似的人事关系。严家师母代替了吴佩珍、蒋丽莉的位置，康明逊取代了李主任的位置，萨沙成为另一个程先生。但是，在相似的人事中，藏匿着的生命体验却是不同的。严家师母对王琦瑶的情感无法像吴佩珍她们那样的热烈与真挚。她对王琦瑶，是有距离的关心与交往，她远没有吴佩珍她们那般的无私与倾情，而带有一定的世故与圆滑。康明逊取代了李主任的位置，但是，他对王琦瑶远不及李主任那般负责任。他给王琦瑶留下了一个孩子，却让王琦瑶独自承担抚养责任。王琦瑶把萨沙当作康明逊的替罪羊，她对萨沙的功利，与她和程先生间的赤诚有着根本性的差别。在 20 世纪 50 年代，王琦瑶的人生中，人事关系虽然重现了，但是，在这一次的人事中，她所体验到的不是幸福，更多的是无奈，是人世的沧桑。20 世纪 80 年代，围绕王琦瑶，也出现过同前两次相似的人事关系。王琦瑶在老克腊那里找到了上海怀旧的气息和梦幻般的情爱生活。但是，对王琦瑶来说，老克腊只是把她带回到四十年前去的道具，而不是和王琦瑶一起上演四十年前戏剧的男女主角。张永红对生活的感悟与见地，像年轻时的王琦瑶。但是，她绝不是自己的复现，她身上的张狂与轻佻，难以让王琦瑶接受。张永红的男朋友长脚，在王琦瑶的人事关系中，复现了配角的位置。但是，他不像程先生和萨沙那样，给自己的人生带来值得回味的地方，恰恰相反，他是王琦瑶走完人生历程的终结力量。《长恨歌》正是通过对围绕王琦瑶的人事关系状况的描写，浮现出王琦瑶的历史性生命体验的独特性。虽然，围绕王琦瑶的人事关系能一次再一次地重现，但是，她在四十年前的生命体验，却再也没有重新出现过，生命中历史性体验成为个人在岁月长河中的磐石，标示着生命曾经的状况。在《长恨歌》中，随着时间的流失，历史场景与人物关系可以再现，但是生命体验深处的历史性，却不可能再现。个人的历史性体验具有不可再现的特征。

　　小说的叙述者由"四十年的故事都是从片厂这一天开始的"展开小说叙事。王琦瑶在吴佩珍的带领下来到片厂观看拍照。在拍摄现场，王琦瑶看到一个拍摄镜头，小说这样叙述王琦瑶的感受："最后终于躺定了，再也不动了，灯光再次暗下来。再一次亮起的似乎与前几次都不同了。前几次的亮是那种敞亮，大放光明，无遮无挡的。这一次，却是专门的亮，那种夜半时分外面漆黑里面却光明的亮。那房间的景好像退远了一些，却更生动了一些，有点熟进心里去的意思。王琦瑶注意到那盏布景里的电灯，发出着真实的光芒，莲花状的灯罩，在三面墙上投下波纹的阴影。这就象是旧景重现，却想不起是何时何地的旧景。"当时光的脚步移动到王琦瑶被长脚杀害，在她死亡的最后一瞬间，王琦瑶的眼里最后的景象就是四十年前的这幅景象："王琦瑶眼睑里最后的景象，是那盏摇曳不止的电灯，长脚的长胳膊挥动了它，它就摇曳起来。这情景好像很熟悉，她极力想着。在最后的一秒钟里，思绪迅速穿越时间的隧道，眼前出现了四十年前的片厂。对了，是片厂。"王琦瑶在死亡的最后一刻，她所感受到的、所体验到的，却是四十年前在片厂的所见所感。在这里，历史性沿着时光的隧道，最终抵达王琦瑶的生命体验。四十年前与四十年后的重叠，源于个人生命历史性维度的存在，对个人的生命存在的历史性维度的凸显，最终又显示了生命的宿命与悲凉。在王琦瑶临死的瞬间，她充分地感受生命的超越性力量。原来，自己的几十年的风雨人生历程，却为的是给生命的宿命、超越性存在作一个具体、生动的注脚。

正是因为历史镶嵌入个人的生命，成为个人生命的一翼，个人的历史性生命体验才呈现为不可重现的独特意味。同时，由于个人生命的历史性维度的存在，个人当下的生命被历史性生命情景注视着、制约着，历史性生命体验相对于当下的生命而言，具有超越性、形而上的生命意味。于是，王安忆从个人与历史的内在关联中，从个人历史性生命的独特性出发，昭示了生命的形而上层面。与王安忆同时代的北村、张承志、张炜、史铁生等作家也在小说中关注人的形而上层面，开始追寻形而上的生命存在。只不过在他们这里，形而上的生命体验都无一例外地表现为神性。在北村那里，人的神性维度体现为基督教。在张炜那里，这种超越性力量寄托在"大地"意象中。在张承志那里，人的神性之维表现为哲合忍耶。在史铁生那里，人的神性则体现为各种宗教的力量。在他们那里，神性是人的彼岸，是人的生命理想状态。而在王安忆那里，生命的形而上体现在个人的历史性维度上，是生命的此时感受，也是人的"此岸"体验。在她的作品中，个人的历史性维度，以超然的姿态凝视个人的具体的、琐碎的生活。它以强大的力量、超越时空的阻隔和纷繁复杂世事的侵扰，它的源头，最终直抵个人的生命存在。当从现世回溯到遥远的过去时，个人的生命存在的历史之维，清晰地傲然屹立在个体的天空，像透过云彩的阳光，炫亮着个人的生命旅程。

王安忆的小说改变了新时期以来文学中历史与个人之间的关系，这种关系的改变建立在她把个人当作生命个体的基础之上。她的小说显示了作为生命体的个人与历史间坚固的关系。由于生命中历史性维度的存在，生命才具有独特性；也正是历史性维度的存在，生命的形而上的探询也具有其他作家不可具备的特点，显示了独特的文学史意义。

原载《小说评论》2003 年第 3 期

叶兆言小说的历史意识

叶兆言的小说，给人印象最深的是他的那些被称为历史小说的作品，《状元境》《十字铺》《追月楼》《半边营》等。这四篇小说，连同《枣树的故事》，以及新近发表的《没有玻璃的花房》，有着独到的艺术特色。而其中最具有特色的，我以为是他对"历史"这一重要的话语所作的独到的思考。在这些作品中，《枣树的故事》《追月楼》《没有玻璃的花房》，都透出对"历史"这一话语的深刻反省。在中国现当代文学上相当长的一段时间里，"历史"是一个实体概念，它不仅有着清晰的时间界限，是确实的事实，而且还具有相当确定的价值意义。这些事实所体现出的价值，被认为具有无法怀疑的正确性，并且被认为是当下现实的价值源头。在这种历史观念的支配下，人们确信，这一实体的历史真实地存在，而且对现实确实产生着相当的作用。20世纪80年代后期以来，许多作家都对这种历史意识进行了深刻的反思。在80年代，叶兆言的《枣树的故事》，也对上述历史观开始了反思。他对这种传统意义上的历史意识的反思，一直延续到90年代写作的《追月楼》，延伸至21世纪初期的《没有玻璃的花房》中。在这些作品中，被尊称为神圣的历史被叶兆言所解构，历史的威权被肢解为虚妄的存在。被历史所遮蔽、隐藏的叙述特性、空虚的意义、虚无的目的被叶兆言的小说呈现得异常清晰。围绕这些话题，本文尝试对叶兆言的《枣树的故事》《追月楼》《没有玻璃的花房》中所表现出的独特的历史意识，展开一些分析和探讨。

叙述的历史

在人们的观念中，历史就是曾经发生的某件具体的事件，这件事情的真实性往往是毋庸置疑的。但是，这些被称作为历史的、在时间上已发生过的事件，其实都是以叙述的方式——无论是以口头方式还是文字的方式——被人们感知到它的存在的。因此，在一定意义上讲，人们所感知到的历史，并不是实际上发生的事件的本原面目，而是被语言和文字叙述出来的。但是，由于人们对叙述方式的选择具有随机性、偶然性；而且在叙述时，都有自己的价值标准。因此，人们所看重的历史的面目，其实已经失去了唯一性和权威性。实质上，历史的神圣性，建立在忽略叙述历史的叙事方式的基础上，如果注意到叙述方式对历史面貌呈现的制约性，我们所"看到"的历史，只不过是真实发生的事件的幻影。历史的、真实的面貌，我们无从知道。叶兆言的《枣树的故事》，就显示了历史是如何被叙述出来的。

《枣树的故事》解构了历史的神圣与威严，在这里，历史的面目是模糊的、捉摸不定的，甚至呈现虚无状态。在西方后现代文化语境中，历史被称为写在羊皮纸上的文字，它只是文字游戏而已，是不确定的，更谈不上价值上的范本功能了。《枣树的故事》所体现的历史意识与西方后现代语境中的历史意识，有着惊人的相似之处。

从表面上看，《枣树的故事》是描写岫云在不同的历史阶段，与几个身份不同的男性之间的故事。岫云在战争动乱年代嫁给尔汉，后来尔汉被土匪白勇杀死。成为寡妇的岫云，在相当长的一段时间内，和白勇姘居在一起。白勇死后，她给老乔家带小孩，又和老乔有了暧昧关系，并且有了一个儿子。这大致就是岫云的人生历程。但是，《枣树的故事》着重的并不是个人的生命历程的记叙，而是在对个人命运的演绎中，展示历史与叙述之间的纠葛。历史所呈现的面目与叙述历史的叙述方式紧密相关，这是叶兆言在《枣树的故事》中所要告诉我们的主要含义。在以往的历史叙述中，我们过分地相信在叙述中所呈现的历史，而忽视了叙述对历史的制约，把叙述出来的"历史"当作真正发生的历史。

《枣树的故事》首先揭示了历史怎样被叙述语法的编码所制衡。在以往的历史叙述中，叙述的线形与情节的编排的逻辑，以及隐藏在叙述逻辑背后的目的，被当作历史自身的逻辑，被人所接受和认可。《枣树的故事》在叙述岫云的历史时，并没有遵循历史的线形秩序，在这里，历史并不是以时间的先后顺序呈现的。如果从叙事的时间上看，《枣树的故事》开始叙述的，只是关乎岫云人生命运的一个重要情节：白脸被歼。

而在岫云的人生历程中，在自然时间序列上处于"白脸被歼"之前的事件，诸如岫云出嫁、尔汉被杀等，在叙述中被置后。这样处理的目的在于表明，在时间序列中的历史，并不是以因果关系为编码的逻辑动力。小说在开篇即以"选择这样的洞窟作为藏匿逃避之处，尔勇多少年以后回想起来，都觉得曾经辉煌一世的白脸，实在愚不可及"作为叙述的起点。这样的叙述语式，打破了历史叙述的线形时间规范性，这样被叙述出来的历史，充满着宿命感和偶然性。这应该是小说传递给我们的重要信息。事实上，在《枣树的故事》中，历史被叙述成充溢着宿命和偶然性。岫云父母在战争的动乱中急于早点儿将岫云嫁人，一次偶然的机会碰见了尔汉，岫云才嫁给他；尔汉的死也很偶然，白脸曾在一闪念中想给尔汉一条生路，只是尔汉没有抓住这个机会；岫云后来和老乔在一起，也只是要试一试，她是否有魅力拉他下水的一闪之念。在岫云的一生中充满变数和宿命，这就是历史自身的特征。小说在叙述历史时，以宿命和偶然作为历史编码的逻辑动力。因此，小说在叙述时，以充满宿命的叙述语句作为叙述历史的基本叙述语法。这种和常规的叙述历史的顺序不同的叙述方式在暗示我们，叙述顺序的排列本身就是和一定价值观相联系的。那种按照线形关系呈示的历史，同样是受一定价值观所制约的，是在这种价值观的指导下编码的。

《枣树的故事》中透露出叙述历史的动机和语法，同时，它还彰显了叙述历史可能性。我们不应该忽视，历史的客观性取决于历史叙述的客观性。这种客观性建立在历史叙述以排他性的面目出现。在一次具体的叙述中，叙述的展开是唯一的，它只具有一次性。叙述的这种排他性决定了历史的客观性。但是，《枣树的故事》以多维的叙述方式，瓦解了历史的唯一性、客观性，这也是《枣树的故事》向我们展示历史与叙述之间纠葛的又一重要的方面。《枣树的故事》这篇小说，其实是表现了历史叙述的多种可能性。它至少昭示了历史叙事的三种可能性。第一种可能性，历史以常见的客观冷静的面目出现。这是《枣树的故事》所体现的一种叙述方式。小说追叙岫云与白脸的纠葛、尔勇追杀白脸的事实与经过，基本上是采用这种叙述方式。这种叙述方式貌似纪实的笔法，客观地叙述着一段历史。但是，随之，这种记述方式，貌似客观的面目被揭穿。历史仅仅是事实吗？当历史被看作事件时，它是否仅只有一种叙述方式。不，绝不是这样的。在叙述岫云的人生历程和尔汉追杀白脸的历史事实时，小说所关

注的是岫云的人生的偶然性和生命的宿命。然而叙述历史的可能性绝不只
是这些。例如那位深入生活、立志创作以尔勇复仇为题材的电影的作家，
他所采用的叙述历史的视角又是一番模样。作家对这段历史的关注焦点是
尔汉的复仇故事。当以尔勇为事件的主角时，历史也就呈现为另一种面
目。尔勇与白脸成为这段历史的主要角色，而在这段历史中处于重要角色
的岫云，则被置于历史的边缘，同时，岫云与尔勇之间的一段故事，则被
叙述所忽略。正是这样，小说中才出现这样的叙述语句：

> 尔勇几次想和作家谈谈岫云的故事。
> 作家对这个话题，始终不是太用心。
> 作家后来和岫云见过几次面，都是偶然的原因。

作家对历史的关注的独特之处在于，他不仅关注历史，而且关注以何
方式出现的历史。对尔勇的重视和对岫云的忽略造成了历史的另一种面
目，这样的历史是尔勇复仇的历史，在这样的历史中，重要的是白脸和尔
勇，而处在历史中重要的一维的岫云被忽视。

在小说中还出现了另外一种叙述历史的方式：由"我"叙述的历史。
"我"对历史的叙述在一定程度上是对上述两种历史叙述方式的补充。
"我"对历史的关注不是玄想的，也并不注重历史中的人物关系，"我"
对历史的叙述能够更多依仗的是生活中岫云的细节。作为生活在岫云身边
的"我"，掌握了大量别人所不能拥有的细节，这些细节构成了对岫云人
生里程的历史面貌。而且更重要的是，"我"对岫云儿子勇勇的生活状况
的叙述，补充完整了岫云的人生面貌，从而完整了岫云的人生里程。

小说通过对不同叙述历史片段的拼贴，显示了叙述历史的奥秘：历史
不可能是完整的和连贯的，在本质上是片段的、零碎的。岫云的人生历
程，缺乏统一的叙述视角和叙述方式。第一种叙述历史的方法，瓦解了历
史的线形叙述方式，历史的时间序列被叙述所中断，历史时间被叙述时间
所代替。在这其中隐藏着深厚的宿命色彩和生与死的偶然性。而第二种叙
述方式，显示了历史叙述的另一层玄机，历史不仅仅是对事件的叙述，而
且是对事件中人物关系的叙述，对人物关系的不同倾向性，历史叙述所呈
现出来的形象也是不同的。换而言之，历史所表现出来的面貌只是被称作
某一种关系的表现，而不是所谓事实的呈现。而第三种叙述方式，则告诉

我们，在被叙述出来的历史背后，还深深隐藏着大量被忽视的细节和情节，这些细节和情节本身应该是历史本身的一部分，只是被历史叙述所忽略而已。《枣树的故事》要告诉我们的是，历史本身就是被叙述出来的，在一定意义上讲，我们所知道的，不是历史本相，而是叙述中的历史，或者是叙述在一定程度上代替了历史，成为我们所感知的对象。

在《枣树的故事》中，叶兆言显示了叙述对历史的制约性，把历史看成叙述符号的所指，从而抽空了历史的内涵。当历史只是符号的指涉对象时，它也就消解了历史的价值尺度。以往历史所体现出的价值建立在历史的客观、公正、实在的基础之上，当这一切都被符号化后，历史价值也就被虚妄为空洞的符码，对历史价值的坚守，也会成为喜剧色彩。《追月楼》中的丁先生，不幸就成为这样的人。

图腾的历史

由于叙述的参与，历史不再是一个实在的存在，而是被符号所呈示的能指。因而，附丽于历史的价值，也就成为一个可以质疑的对象。人们有理由质问，历史价值是客观的吗？它是有效的吗？它真能对现实发挥作用吗？叶兆言在《追月楼》中，拷问了历史价值的有效性。从他在小说的叙述中，我们可以看到，历史价值本身就是虚妄的，相对现实生活而言，历史的价值功能被抽空，成为空洞的、虚拟的存在。当这个空洞的能指被悬置在现实中时，它就成为现实生活的人们的图腾。

《追月楼》叙写了抗日战争时期，在南京陷落时，丁家各色人等的生活状况。《追月楼》实际上是一个双重文本。小说的潜文本是顾炎武等人恪守儒家伦理，在乱世中体现出来的气节与操守；小说的显文本是丁先生在抗日战争期间南京失守的岁月中，以顾炎武等人的文化操守为楷模，对"节""义"的坚持。小说中的丁先生为前清翰林，也是同盟会老会员，在学术界享有相当声望，它是传统文化价值的传承者和代言人。小说叙写了丁先生历史价值的形成，在这种形成的过程中，我们可以看到历史价值自身的某种脆弱性。他的人生历程，实际上，也就是作为历史价值的代码形成的过程，小说是这样叙述的：

丁先生平生的得意，都显在了科举上，虽然不曾连中三元，也是场场得胜。廪生的资格不去说他。乡试举人，会试进士，都是一锤定音。按说进士就算正途出身，大官小吏总以为吃稳了俸银，偏偏他一再赋闲，大官没份，小点的官，又不肯将就。加上他老先生天字号的榆木脾气，对上不懂得如何迎合，对下不知道怎样敷衍，硬是一辈子官运不佳。也一生不买别人的账，别人也不买他的账。到了百日维新事败，也不知道哪个乌龟王八蛋多事参了他一本，冤枉他是新党。新党时髦时可以做大官，倒霉了却得杀头。丁先生于是仓皇出走，避祸上海，又避祸日本。清朝末年，日本是中国革命的大本营。丁老先生人到了日本，他不去找革命，革命送上门来找他。有不少人看中了他的进士出身。他糊里糊涂地入了同盟会，宣了誓。摔炸弹，搞起义之类的事，他做不来，武不过参加了两次留学生地集会，文只是写了篇四六体的《驱虏檄文》，除此之外，依旧埋头傻做学问，教弟子。他那本《春秋三传正义》的初稿，就在那时完成。

在小说的叙述中我们看到，丁先生对儒家的历史价值承传更多的仍体现在文字层面——写作《春秋三传正义》《驱虏檄文》上，并没有延伸到现实生活层面中。在生活与实践上，丁先生的所体现出来的历史价值，对节义的坚持，在他的人生里程中，并不具有历史价值形成的必然性，更多的是历史的某种偶然性。因此，在日后的岁月中，丁先生所表现的历史价值，在多大程度上能和现实生活存在关联？

小说叙写日本入侵南京时丁先生的生活，但是小说的深层意思并不是单纯地叙写丁家的日常生活。对作为价值体现的历史在当下生活中的功能与境遇展开思考，才是小说的主要内容与中心所在。丁先生作为历史价值的代言者，他所看重的是顾炎武身上所体现出来的节义情操。作为历史人物，顾炎武的价值的体现是《日知录》。《日知录》把顾炎武的价值以文字的形式表达出来而作用于丁先生。同样，丁先生对历史的价值形式的表达与实践，寄寓于文字这一符码形式。他对顾炎武的价值继承的方式，是在追月楼上书写《不死不活庵日记》，在日记中，记叙南京陷落时的所思所想。在这里，历史无论是作为事实还是作为价值，它的流传与存在，都只能以文字与符码的形式进行。在小说中，丁先生就是一个作为价值的历史的符码生产者，他以符码的生产形式继承、彰显、实践历史。他书写《不死不活庵日记》是如此，与弟子少荆绝交而写作《与弟子少荆书》，同样也是以文字的形式实践历史上对志不同道不合的亲近人的绝交。

小说在此基础上阐发了一个十分重要的话题：以文字形式传播历史价值的方式是有效的吗？长期以来我们对历史意义与历史价值深信不疑，相信历史价值在现实生活的作用，把历史价值看作最高的价值源头。对以文字形式表现出来的历史价值具有深厚迷信感。历史以文字形式成为我们现实生活中一个看不见的，而又对社会与生活具有重大影响的力量。但《追月楼》粉碎了我们心中长期存在的心理定式。《追月楼》深刻地思考一个问题，历史价值在现实中是能对现实产生影响的吗？换而言之，历史是有效的吗？丁先生对历史价值的生产能对现实产生作用吗？在小说中我们看到丁先生对历史价值的仿效，在以下两个方向上受到质疑。其一，丁先生的历史价值受到来自现实生存的威胁。丁家在战争年代，生存受到极大的挑战。金钱的缺乏是以丁先生为表征的历史价值在现实中无法立足的重要原因。战争爆发，使已经败落的丁家更加窘迫，变卖家产已不足以维持丁家的日常开销，丁先生的后人不得不暗地里接受丧失气节的俸银。其二，丁先生的后人在处理个人情感问题时，也无法接受丁先生的价值规范。丁先生的女儿爱上了他的弟子少荆，然而少荆接受了伪职，这与丁先生对节义的看重是相违背的，因此丁先生拒不接受少荆，并与他绝交。但是丁先生并不能断绝女儿和少荆的结合，就在他刚刚死后，还没有安葬，他们就举行了婚礼。最终，丁先生的死预示着他所代表的历史价值的崩溃。他对历史价值的坚守，与现实生活的实际状况是分离的。他的一切作为对现实生活丝毫不能发挥作用。虽然住在追月楼上的丁先生经常受到后人的请安和问候，但是，这只是一个仪式，这并不意味着他们认同丁先生所坚持的历史价值。丁先生，连同他所坚持的历史价值，对处在实际生活中的后人那里，只是仪式完成的一部分，它和生活是分离的。丁先生，连同他居住的追月楼便成为历史价值的图腾。丁先生对历史价值的实现，也只是在追月楼上书写《不死不活庵日记》。文字最终拯救了丁先生，使丁先生的价值得以实现。丁先生对历史价值的认同、坚守，从文字开始，并以文字的形式最终结束。而在现实社会生活中，对于他的后人来说，它们只是日常生活中的图腾而已。

游戏的历史

叶兆言新近创作的长篇小说《没有玻璃的花房》，是一篇描写"文化大革命"的长篇小说。但是，叶兆言的目的并不是去反思"文化大革命"这场历史运动发生的深层次原因，而是通过对小说中各种人物在"文化大革命"中的表演，表现了一种历史意识："文化大革命"这场曾被称为具有崇高革命意义的历史运动，从本质上看，只不过是一场游戏而已。在小说中，"文化大革命"参与者摒弃了崇高的革命目的、意义，专注于个人的快感的享受。"文化大革命"中的政治斗争变成了游戏的环节与道具。事实上，这场游戏远远溢出了政治斗争的边界，社会中的各个年龄层次的人都被这场巨型游戏的向心力所吸引，成为这场游戏的参与者。同时，"文化大革命"这场政治运动，这场"革命"，也成为各种社会成员的游戏的素材与组成部分。

《没有玻璃的花房》叙写的"文化大革命"期间少年木木的所思所想，小说中的木木在"文化大革命"开始时，还只是一个 8 岁的孩子，在十年的历史运动中木木渐渐长大，小说在木木的视野中展开了十年的历史如何以游戏的方式展开。小说的开头，通过小孩们对唐老太太的批斗游戏，展开了历史的游戏的面目。在"文化大革命"的历史场景中，批斗是一件严肃的政治活动，它是掌握真理的、体现历史趋势的一方，对犯有错误的另一方进行惩戒的形式。但是，这样的政治活动，竟是孩子们游戏的一种形式：

> 我们不由分说，往唐老太脖子上挂上木牌，然后，再戴上纸糊的高帽子。由于不知道唐老太的正式名字，我们只能用黑墨汁胡乱写上"唐老太"三个字，而经过反复推敲研究的罪名，是"腐化堕落分子"，然后按照当年流行的做法，用血一般的红墨水打上叉。

这些做法虽然是"文化大革命"中批斗的常见形式，但是在孩子们的世界里却是游戏，这些游戏在组织形式与方式上，与成人世界里的批斗形式是一模一样的，甚至孩子们所喊的口号，也与成人们是一样的：

"人不投降，就要她彻底灭亡。"

"马克思主义的道理，千条万条，归根结底就是一句话。"

"就是一句话——"

"造反有理！造反有理！"

　　这场发生在孩子世界的批斗游戏似乎构成了小说对"文化大革命"历史的阐释的象征：被命名为具有崇高意义和目的历史，只不过是一场游戏。诚然，孩子的游戏本没有其他目的，唯一的目的就是在游戏中分享快感。然而，更为可怕的是这一群沉浸在游戏中的孩子，与在"文化大革命"中的红卫兵们大致属于同一年龄层次的孩子。当红卫兵们参与"文化大革命"时，他们又在多大程度上与这群戏仿"文化大革命"批斗游戏的孩子的动机与目的，有所不同呢？历史被戏谑为游戏，其目的和价值转化为快感，在一定意义上成为"文化大革命"历史的象征化概括。与孩子们世界里的历史运动成为游戏相同的是，成人世界里的历史运动也是游戏，其目的和意义也是享受快感。不同的是，成人世界里的历史游戏被披上了"革命"的外衣，而这场游戏的主导因素——快感——的来源是性。把"文化大革命"这场历史运动看作成人世界里的游戏，并且最终把这场游戏物质化为性，是《没有玻璃的花房》最重要的特点，也是它与其他类似以性作为视角反映"文化大革命"小说的最大的不同之处。

　　成人世界的游戏的表现方式在李道始的身上表现得最充分。在"文化大革命"中，李道始被抓、被批斗，被红卫兵要求写交代罪行的材料。李道始在政治上的"认罪"并不能让红卫兵感兴趣。他们感兴趣的是李道始的生活作风问题。但是，李道始在生活作风上，原本的确没有什么可交代的。最后，在红卫兵的拷打下，李道始发挥出自己的文学才华，特别是编造小说的才华，以小说的笔法，编造了自己的风流史：

　　　　李道始把认罪书当作爱情小说来写，他写自己如何爱上了唐韵梅，如何坐立不安，如何睡不着觉。每写完一部分，他便把认罪书交上去，倾听造反派的意见，如果他们满意，他就继续编造下去。情况的发展正像李道始预料的那样，年轻的造反派果然被认罪书的内容所吸引，他们脸上虽然还会作出愤怒的表情，但是显然都急着想知道后面的细节。李道始故意写得很细腻，尤其是那些心理描写，他运用了十九世纪欧洲经典小说中的爱情笔法。

　　……在李道始的认罪书中，一开始还只是些思想动机上的不健康，渐渐地便升级有了行为描写。如果说李道始叙述自己与唐韵梅的故事，用的是言情小说的笔调，他接下来描述的与保姆美芳之间的关系，便很有些色情文学的味道。在一开始，李道始坚决不承认自己与保姆有什么出格的事情，但是在连续遭遇了两顿实实在在的挨揍之后，他开始动摇，开始怀疑自己是否还能坚持得住。很快，他对坚持说老实话究竟有没有必要产生了疑问，既然革命群众都认为他与美芳有一腿，他也就觉得自己就应该有一腿。

　　李道始具有非凡的编造故事的能力，尤其是听说林苏菲已准备和他离婚，他开始变得更加肆无忌惮，想怎么发挥就怎么发挥。红卫兵小将们很想在认罪书中读到一些货真价实的东西，他便投其所好地编织了一个与保姆通奸的故事……

　　在这里对李道始的批斗不再具有政治意义，批斗转化为对李道始的私生活进行窥探的借口和手段。而在李道始那里，对风流生活史的编造，则只是逃避红卫兵拷打的方式。李道始编造的风流史给红卫兵们带来了快感，最终对李道始的政治批斗变成对李道始私生活的窥探，批斗的政治含义、价值被对李道始所编造的材料的快感所取代。被号称为严肃的政治运动最终也变成以快感为最终目的的游戏。但是，这场游戏还并不停留在文字层面，当李道始的处境缓解之后，他把在文字之中的快感变成现实与实践。这场文字游戏带来的快感，在李道始的日后生活中成为现实。当李道始的政治处境有所好转，政治地位渐渐回升的时候，他在游戏中的被动局面与角色开始发生变化。原来游戏的内容——性幻想，在生活中变成实践，李道始主动地在实践中开始了他的游戏。他从在认罪书中被动地编造色情故事与情节开始，发展到以一种主动的姿态接受来自文字的色情故事所带来的快感。当学员秦艳看黄色小说《曼娜的回忆》被他发现后，他以教育者的身份批评她，并收缴了这本书。但在背后，他抄写下来了这本书，并以极其巧妙的手段，蒙骗了秦艳，公开地烧毁了《曼娜的回忆》。他貌似革命地教育偷看色情小说的学生，只不过是掩盖自己真实行为与目的而已，"教育"这一庄严的行为，最终被李道始抽空了本来的意义，变成了堂而皇之的游戏。李道始的游戏，在"文化大革命"中后期已不再满足于停留在游戏的层面上。对性的追逐，开始成为李道始生活的重要方面，他所掌握的权力，也不过是追逐性的手段。这时的李道始正式地从"文化大革命"初期政治游戏的被动角色变成主动的参与者、组织者、快感的享受者。李道始利用手中的权力，与李无依等女性保持着性关系。这时李道始对性的攫取才从文字层面，转移到实践中。

"文化大革命"这场"革命"，由于本身就是一场游戏，其"革命"的目的并没有达到。在这场"革命"中心的李道始，由游戏中的戏谑角色到游戏组织者，历史的目的，自始至终被性的快感与欲望所取代。在这场历史运动中，被宣称为庄严的历史目的和意义，被游戏所抽空。"文化大革命"是一场巨型游戏，参与者众多。来自政治运动之外的游戏，从另一方面丰富了这场游戏的剧目。在"文化大革命"的场景中，无论是红卫兵对性的偷窥，还是李道始的性文字编造，抑或是他对性的主动参与和实践，性都是这场游戏中的媒介和道具、组织元素，它没有任何实际意义。这个游戏的道具、组织元素在游戏中的功能，在张小燕身上得到最为迅速的扩展与实践。在"文化大革命"的这场政治游戏中，张小燕的性行为也染上了政治游戏的色彩。这主要表现在，为"挽救"张小燕，居委会为张小燕组织了学习班，而且热情高涨。然而这些又和免费午餐有着必然的联系，午餐的实际性内容，实质上把这场政治活动变成了一场享用午餐的游戏。

在《没有玻璃的花房》中，张小燕与马延龄之间的性生活，并不具有情感上的爱情意义，也不具备道德上的含义。事实上，在张小燕那里，性并不具有任何意义，它只是游戏而已。即使当人们追问张小燕所怀孩子的父亲时，张小燕供出的是自己的继父张延庆，而没有把马延龄交代出来。这并不是她出于情感原因，保护马延龄，她这样做的目的，不过是有着游戏似的想法："张小燕当时最简单朴素的念头，就是不让张素芹（马延龄的妻子——笔者注）的阴谋诡计得逞。凡是张素芹拥护的，张小燕就要反对，凡是张素芹反对的，张小燕就要拥护。"从这样的判断方法着眼，张小燕只是为了不让张素芹起诉丈夫马延龄而已。小说对张小燕为何狂热地爱上马延龄并没有作出描述，张小燕与马延龄之间的性关系的价值判断，成为他们之间的性生活的盲点。这场性关系，在价值上是虚无的。甚至在伦理上，张小燕的性也不具备任何伦理意义。小说叙写了两对父子与同一女性的性关系。一是李道始与儿子木木同李无依之间存在性关系；

二是马延龄与儿子马小双同张小燕之间也存在性关系。这样，在小说中，张小燕的性关系的意义与价值被抽空，她成为一个道具，在游戏中，被扮演着不同角色的人抛来抛去。

价值与意义的虚妄，使"文化大革命"这场历史成为一个巨大的游戏，它以巨大的张力吸纳社会中各色人等，使其有意无意地参与其中。叶兆言在《没有玻璃的花房》中，通过对"文化大革命"这场历史行动的叙写，透射出一种历史观：历史本身是一场游戏，它自身并没有意义和价值，在历史场景中，个人快感等琐碎的心理取代了历史所宣称的崇高的性质与内涵。

叶兆言在《枣树的故事》《追月楼》《没有玻璃的花房》中，从不同的层面思考了历史这一重要话语的诸种特性。在相当长的一段时间中，历史这一重要的话语形式，被赋予神圣的色彩，甚至成为压制个人的强制性力量。叶兆言的这几篇小说，从不同的方面反思了停留在我们思维深处的历史意识。在小说中，他认为历史是被叙述出来的；认为历史价值对现实生活中的人们来说，只是图腾而已；甚至认为历史只是一场游戏。这些观点剔除了束缚在个人身上的枷锁，让"人"的本色显示得更清晰一些。在《枣树的故事》中，历史的叙述因素被挖掘出来之后，历史的神话色彩也就被粉碎，这构成了对"人"的命运给予关注的前提。实际上，当历史的面目被语言的叙述所模糊之后，岫云的命运与人生遭际越来越成为关注的中心。这个女人的一生，总是被宿命和偶然所摆布，悲剧性的生存成为小说叙述的中心。小说中的枣树，成为这个女人命运的象征化表述。在《追月楼》中，我们看到，生命个体的现实生存法则，总是构成了历史价值的解构力量，当我们执拗于历史法则时，历史价值的内涵被抽空。《追月楼》实际上显示了在历史过程中，个人生存的尴尬状况。《没有玻璃的花房》在披露历史的游戏本质时，也就显示了个人与历史间的角力。个人以自身的力量将历史的意义、目的等逼得落荒而逃，来自个体本身生命活动在推动、改变着历史。叶兆言的这几篇小说，让我们对历史与个人的关系展开了新的思索。

原载《小说评论》2004 年第 3 期

生命意识的逃遁

——苏童小说中历史与个人关系

在中国现当代文化语境中，历史常常不再只是简简单单地对曾经发生过的事实的指称，它被神话化为社会发展潜在的、不可抗拒的规律，被赋予最高、最有效的价值准则。在这样的文化语境中，历史成为社会个体——"人"——高不可攀的对象，它是个人的最高意义之源，皈依历史最终成为实现个人价值的根本途径；同时，历史也是个人最终的归宿。历史与个人的这种关系，在 20 世纪中国文学叙事那里，特别是在叙述历史、具有史诗意义的一些小说经典文本，如《青春之歌》《红旗谱》《创业史》等中，有着鲜明的表现。在这些小说中，历史意义与价值总是以最高、最有力的规范与标准高居于个人的头顶之上，成为个人追求意义、完成自我的价值尺度。因此，在小说叙事的逻辑演绎中，历史与个人具有同构性。这种叙事策略，一直持续到了 20 世纪 80 年代中后期才发生根本性的改变。在这一文学史重要时期，历史与个人的关系在两个方面开始发生变化。一方面，在李晓的《相会在 K 市》、格非的《大年》等作品中，历史的必然性及其意识形态的合法性受到质疑。这些作品里的个人，开始从历史的压力中探出脆弱的头颅。在对历史的质疑中，个人的生命意识、个人价值才开始有了独立性和合法性的可能。就这样，《相会在 K 市》《大年》在历史自身的必然性溃败的叙事中，奏响了个人对历史反叛的序曲。另一方面，莫言的《红高粱》开始在历史叙事的规范中，寻找到个人生命意识的合法性，把在以往的小说叙事中受到质疑的生命意识解放出来。从而，在对生命意识的张扬中，把历史与个人的关系带到了新的境地。在《红高粱》中，个人的生命意识不再是历史意义与价值排斥的对象。同时，生命意识及其象征物也具有了同历史相等的价值与意义，它也因而共享了历史的价值，并且在相当程度上，修补了历史叙事的不足与缺陷。因此，在《红高粱》的叙事逻辑中，作为个人表征的生命意识，在一定程度上分享了历史自身的意识形态的合法性。通过对历史价值与合法性的分享，《红高粱》就改写了个人与历史的关系。

但是，从根本上改写历史与个人关系的是苏童的一系列小说，如《妻妾成群》《红粉》《我的帝王生涯》等，这些小说则把个人与历史关系的叙事推向了一个崭新的高度。在这些小说中，个人与历史的关系呈现崭新的面貌：个人不再是历史忠实的奴婢，而以自身的生命律动与节奏，同历史意义及价值相分离，并最终摒弃了历史参照系，以自在自足的全新姿态，宣告了个人从历史规范中破壳而出。因此，在苏童的这几篇小说中，中国文学史上的个人与历史的关系发生了根本性的变化：个人从历史宏大的视野中走出，以个人的自在性抵抗历史的束缚；甚至个人不再是历史的同路人，而是历史的陌路者。

在苏童的笔下，个人的自主性使历史成为碎片。个人不为历史的力量所掣肘，它以自身的力量与历史展开了较量。《妻妾成群》为我们展示了个人与历史开始分道扬镳的新图景。小说叙述了知识女青年颂莲在父亲死后，中断学业，自愿做地主陈左迁的小妾，在陈家与其他几位姨太太毓云、卓云、梅珊争风吃醋的故事。这是一个十分常见的、描写中国传统旧家庭大院内的故事。这个故事本身并没有什么新鲜感。让人感兴趣的是，《妻妾成群》对启蒙历史经典叙事的戏仿。五四新文化运动掀开了中国历史叙事新篇章，在之后的诸多小说文本中，知识女青年们在新知识的启蒙下，勇敢地冲破旧礼教的禁锢，在社会中寻找属于自己的世界，并把个人的世俗幸福生活建立在对历史价值与意义的分享上。冲破旧礼教，张扬个人精神与价值，成为五四后新文学的典型叙事。在这样的叙事规范中，个人价值与历史逻辑紧密相关，二者甚至成为一个整体。随着社会现实的发展，当阶级斗争成为新文学新的叙事范式时，这种个人与历史合二为一的叙事理念，表现在个人的价值与外在的社会历史价值的一致性上。颂莲所处的时代正是一个新旧历史时期的分界点，接受知识的洗礼，成为一名新青年，是历史的趋势与走向。颂莲，虽然接受了新式教育，成了一名知识青年。但是她并不是以历史代言人的身份出现的。她的举动与历史趋势相违背：她主动地、自愿地成为陈左迁的小妾。促使颂莲作出决定性选择力量的，不是历史价值，而是个人自身的生命需求。因为父亲去世，个人生计成问题，她才决定做衣食无忧的陈家的小妾。在陈家，受到新知识洗礼的颂莲，与其他姨太太一样，为争宠而争风吃醋，为满足年轻的生命肌体的需要而偷情。颂莲在渐渐远离历史价值与意义的播撒，随着她的个人欲望渐渐膨胀，投照在颂莲身上的历史的光辉渐渐暗淡。历史的脚步声在个人日益扩张的生命节律中，逐渐远离颂莲的生活。

我们看到，历史作为潜在的、涌动的河流，与颂莲擦肩而过，这个大学一年级的学生，在她身上体现出来的做派与陈左迁的其他几位姨太太如出一辙。梅珊与医生偷情，颂莲与陈左迁的儿子飞浦之间何尝没有偷情的情感倾向与行为。卓云与梅珊，为了争夺陈左迁的宠爱，互相陷害。而颂莲对丫头雁儿的迫害，何尝又不是因为争宠。知识青年颂莲的做法，与其他几位姨太太之间，并不存在本质上的差别。知识所代表的历史河流，并没有裹挟着颂莲一起前进，颂莲身上所体现出来的生命欲求，并没有因为曾受过知识洗礼的缘故，纳入历史的轨道。她，与其他几位禁锢在被称为旧历史时代的姨太太相比，并没有显示出新的历史趋势的独特性。生命欲望充溢的个人，以它自身的特性，与历史趋势形同陌路，这是《妻妾成群》给予我们的启迪。

《妻妾成群》所体现的是，在一定的历史趋势中个人的独特性与自在性。它显示的是潜在的历史力量与个人生命特性之间的角逐与较量。在这场较量中，个人的源自生命欲求的力量最终掩盖了历史的锋芒。而这种个人与历史间的较量，即使发生在历史价值已经占据着相当的、绝对性的胜算时期，个人的自身的生命欲求同样能从历史的手掌中逃脱。《红粉》对此作了形象的阐释。与《妻妾成群》相比，在《红粉》中，苏童把历史与个人的分离关系表现得更加清晰。《红粉》叙述了喜红楼妓女秋仪和小萼在新中国成立后几年间的生活。中华人民共和国的成立标志着一个新的历史时期的到来。关于这个新历史时期如何把旧社会中的"非人"变成新社会中的"人"的叙事，是十七年的小说的常规叙事模式。陆文夫的《小巷深处》（1956）就叙述了妓女徐文霞在新社会的帮助下，经过劳动改造蜕化为新人，并获得爱情的故事。在《小巷深处》中，徐文霞（徐文霞是新中国成立后取的名字，当妓女的时候的名字叫阿四妹）旧的历史——阿四妹的妓女生活——已成为过去，新的历史以巨大的力量重新塑造了她。在新的历史环境中，徐文霞感受到了新历史母亲般的生育和养育的温暖，而蜕变为一个崭新的人。在《小巷深处》中，历史与个人是一体的，历史的意义与价值成为个人追求的最高目标，同时，它也宣告，历史具有巨大力量足以改变个人的一切。另外，历史也为个人安排了幸福的世俗生活，作为个人委身于历史的回报。小说中，徐文霞获得了技术员的爱情，正是这种意识的体现。最终，这篇小说里，个人无法逃避历史的力量，接受了历史的规范，成为历史宏大逻辑中被演绎的符码；同时，个人也分享了历史的胜利。

与《小巷深处》一样，《红粉》也是叙写历史巨变时期的妓女生活的，但是，秋仪和小萼却没有像徐文霞那样，主动地接受历史对个人的设计与规范，而从历史对人的铸造、改造中逃离。因此，与《小巷深处》宣扬历史与个人的同步于一体，进而彰显了历史的神话功能不同，《红粉》则流露出历史与个人的分离倾向。在《红粉》中，秋仪主动地逃离历史的设计，她从被送去改造的车上跳车逃走。随后，她走上了一条与当时历史轨迹相异的道路。她逃到她的常客老蒲那里。当老蒲对她移情别恋后，她遁入佛门，终因生计困顿，嫁给了冯驼子。

与秋仪通过逃跑的方式逃避历史的规范不同的是，小萼虽然没有用跳车逃跑的方式来拒绝历史的规范，但她内心深处却在逃避历史的力量。在新的历史意识场景中，小萼并没有为新的历史到来而感到幸福，她感到的只是痛苦，甚至想到要自杀。这种痛苦很大程度上来源于她对新的历史对人的改造深感恐惧。对她而言，每天缝完三十条麻袋的改造方式实在难以接受。相反，在旧的历史场景中，在妓院做妓女，让她这样无家可归、无父无母的人找到了归宿。对小萼来说，相对于个人的生存而言，个人身上所承载的社会历史价值与历史意义，与被妓院剥削相比，没有多大优先意义。因此，新的历史对她的改造的社会历史价值和意义，要远远大于她的自然生命的承受力，她无法忍受社会历史价值与意义对个人自然性生命的压抑。她觉得这种压抑性力量，与夺去她的自然性生命没有根本性的差别。因此，她曾选择了自杀来逃避改造。在小萼看来，个人对历史的评价，对历史的参与程度，取决于个人生命的承受程度，而不是历史自身的价值。因此，在小说中，当作为历史的代言者——女干部，以"历史"的形象来启迪小萼，认同历史意义、价值时，小萼却执拗地维护自然性生命意识，逃离了历史价值的招安：

　　小萼，请你说说你的经历吧。一个女干部对小萼微笑着说，别害怕，我们都是阶级姐妹。

小荸无力地摇了摇头，她说，我不想说，我缝不完三十条麻袋，就这些，我没什么可说的。

你这个态度是不利于重新做人的。女干部温和地说，我们想听听你为什么想到去死，你有什么苦就对我们诉，我们都是阶级姐妹，都是苦水里泡大的。

我说过了，我的手上起血泡，缝不完三十条麻袋。我只好去死。

这不是主要原因。你被妓院剥削压迫了好多年，你苦大仇深，又无力反抗，你害怕重新落到敌人的手中，所以你想到了死，我说得对吗？

我不知道。小荸依然低着头看丝袜上的洞眼，她说，我害怕极了。

千万别害怕。现在没有人来伤害你了。让你们来劳动训练营是改造你们，争取早日回到社会重新做人。妓院是旧中国的产物，它已经被消灭了。你以后想干什么？想当工人，还是想到商店当售货员？

我不知道。干什么都行，只要不太累人。

好吧。小荸，现在说说你是怎么落到鸨母手中的。我们想帮助你，我们想请你参加下个月的妇女集会，控诉鸨母和妓院对你的欺凌和压迫。

我不想说。小荸说，这种事怎么好对众人说，我怎么说得出口？

没让你说那些脏事。女干部微红着脸解释说，是控诉，你懂吗？比如你可以控诉妓院怎样把你骗进去的，你想逃跑时他们又怎样毒打你的。稍微夸张点没关系，主要是向敌人讨还血债，最后你再喊几句口号就行了。

我不会控诉，真的不会。小荸淡漠地说，你们可能不知道，这到喜红楼是画过押立了卖身契的，再说他们从来没有打过我，我规规矩矩地接客，他们凭什么打我呢？

这么说，你是自愿到喜红楼的？

是的，小荸又垂下头，她说，我十六岁时爹死了，娘改嫁了，我只好离开家乡到这儿找事干。没人养我，我自己挣钱养自己。

那么你为什么不到缫丝厂去做工呢？我们也是苦出身，我们都进了缫丝厂，一样可以挣钱呀。

你们不怕吃苦，可我怕吃苦。小萼的目光变得无限哀伤，她突然捂着脸呜咽起来，她说，你们是良家妇女，可我天生是个贱货。我没有办法，谁让我天生就是一个贱货。

小萼所固执己见的是，个人的生命意识与生命历程具有独立的、自在的存在，即使面对历史的力量，它也应该有自身的独立性、合法性。后来小萼在一家玻璃厂洗瓶子，所从事的劳动算是最轻松的劳动。但劳动一段时间后，她主动闲居在家。在她身上，自然性生命的标准取代了社会历史意义与价值。小萼，从形式上参加了社会改造，但是从实质上看，她抛弃了历史对她的铸造。在新的历史环境中，她的生活仍然只保持着对自然性生命的维护。她嫁给老蒲，追求物质享乐。最终，在经济的压力下，老蒲贪污犯罪。在老蒲入狱后，她为了个人的生存而抛弃儿子，远走他乡。

作为生命个体的小萼与历史之间的遭遇，显示了个人与历史之间的分离关系，在小萼看来，个人的生存境况与历史——无论这种历史被命名为新的社会还是旧社会——没有多大的关联。作为生命个体，人的存在首先是对自然性生命存在的维护，而不是追求历史意义与价值。新的历史无法改变小萼对自然性生命意识的坚持，小萼所做的一切表明了个人生命意识的独立性。个人生命意识的独立性，是作为人存在的基本法则，它与外在个人的历史法则是不相关的。在小说的结尾，从未体验过旧历史生活、生长在新的历史环境中的男孩冯新华（小萼与老蒲的孩子），对胭脂盒天然的亲近，更加显示了个人的自然性生命对历史的拒绝、与历史的疏远和与人自身的生命律动的亲和。很显然，《红粉》所表现的是：人与历史是陌生人的关系。在这样的关系里，人的生存无法以新、旧历史来划分界限，个人的生存最终不必从历史那里取得任何的证明，个人也无法获得历史的支持，历史也无法为个人的世俗生活的幸福提供保障。《妻妾成群》《红粉》彰明了个人与历史间的分离关系，它们表明，在个人的自然性生命面前，历史的尴尬与无能，历史的威严与力量被个人的生命存在的执拗所嘲弄，历史的缰绳在个人生命自主性的冲撞下，显得疲软无力。

虽然在《妻妾成群》《红粉》中，苏童极力彰显了历史与个人之间的分离关系，但是苏童的目的显然并不在此。当历史与个人的关系确定之后，他的注意力和思想焦点，集中到个人存在的意义与价值的思考上：在一定历史氛围与历史时期里，个人生命的意义并不是对历史意义与历史价值的追溯，而是对生命存在的关注，对生命体验的关怀。在这里，生命存在并不具有西方现代哲学里的意味。在萨特与海德格尔等那里，存在，与一定的形而上的价值联系在一起。在苏童的小说里，存在及生命体验显示的是：自然性生命个体在具体历史环境中的生存感受。它显示了褪除历史重轭后，个人的生命自由与冲创。在这里，历史只是时间或是事件的标示，而不是个人生命的价值源泉。颂莲上学接受教育，并不是对历史趋势自觉的回应，她所追求的价值显然不是历史价值。正因为这样，她在父亲去世后，选择"小妾"这一与当时历史价值相违背的角色，从而放弃了历史的要求与召唤。对于秋仪和小萼而言，新的共和国的诞生，只是她们个人生命的一个事件，同时也只是个人生活方式改变的一个时间标记。她们所坚持的仍是生命存在的自主性方式。历史意义与价值，在她们看来，是与个人生命毫不相关的。当历史与个人相遇时，历史的社会意义与价值被抽空，历史萎缩为个人生存时间与事件，甚至淡化为个人存在的氛围。与历史的社会价值与意义被弱化、被淡化相比，个人生命存在被凸显，个人的生存遭际受到关注。在《妻妾成群》《红粉》中，当个人被叙述成从历史神话中分离出来时，个人存在的价值和意义已经开始受到关注。个人的生命存在，浮出历史的水面，成为关注的中心。因此，在苏童的《我的帝王生涯》里，对具体历史事件的价值与意义的判断被模糊，而个人的生存状况成为关注的焦点。在《我的帝王生涯·跋》中，苏童谈到这篇小说的写作目的时说："我希望读者朋友不要把《我的帝王生涯》当历史小说来读，我在写作中模糊具体年代的用意也在于此，考证典故和真实性会是我们双方的负担。小说里的红粉鬓影和宫廷阴谋都只是雨夜惊梦，小说里的灾难和杀戮也只是我对每一个世界每一堆人群的忧虑和恐慌，如此而已。"这种突出人的生命存在，淡化历史的意图，被清晰地贯彻在小说文本中。在小说里，历史的社会意义与价值不再是超越个人、规范个人的力量，相反，在个人的生命体验面前，历史被掏空为时间和事件的符码。因而，个人不再是历史意义与价值的载体，相反，这个曾被历史重轭囚困的对象，却向历史发难，它所表现出的对生命体验的执拗，让历史步步退却为空洞的符号，在个人的生命体验的威逼下，淡化为环绕着个人的生存氛围。

《我的帝王生涯》中帝王本应作为历史意义与价值的载体，在"我"个人的生存体验面前，却总处于被动尴尬的地位。小说在帝王的历史价值被弱化，而"我"的生命意识得到强化的二元对立的叙事结构中展开。在小说的开头，"我"讨厌父亲的死，对他的去世没有一丝的忧伤。在听取司仪宣读遗旨这个重大的"历史"时刻，"我"的个人体验并没有迎合历史氛围，"我"所表现出来的只是作为一个少年的自身意识，"我"的意识被祖母腰带上垂下的玉如意所吸引；在王冠加顶的时刻，"我"的体验仍然是个人的、生理性的，而不是具有历史感的："我"感受到了情绪上的害羞和窘迫，只是感到头顶的"冰凉"。"我"的这种来自生命自身的冲动和体验常常越过历史符码——帝王——的边界，帝王这一历史角色常常被少年的生命律动所冲淡、稀释，甚至，被生命的跃动所颠覆。当"我"出巡到彭国地界上，"我"明知品州西王对自己并不友好，仍禁不住外边世界的诱惑，微服私访，和燕郎一起享受少年的快乐。在"我"看来，帝王本来就是社会历史符码，它并不能反映一个人存在的真实状况。在品州的这次微服私访的过程中，"我"和宦官燕郎做了一个换装的游戏。"我"发现，燕郎穿上帝王的服装，同样具有帝王风范；而真实的帝王——"我"却因穿上宦官的衣服，却俨然真实的宦官。苏童通过换装的描写，把帝王的标志认定为帝王的服装，充分显示了帝王只具有符码功能的真实面目。镶嵌在历史链条中的帝王只是抽象的、空洞的皮囊，其具体的内容只能等待历史的填充。但是，"我"拒绝了历史对"我"的注释，在"我"的帝王生涯中，"我"的少年生命意识的勃发，阻隔了历史意义与价值的进驻。宫廷惨烈的斗争、国家风雨飘摇的命运，并不能引起"我"的历史责任感，少年的"我"只是鲜明地感到对生命的恐惧与厌恶。"我"把更多的热情倾注在宠爱的妃子上，在与爱妃的共同相处中，感受到了作为人的生命欢娱。在小说中，苏童在帝王符码的空洞与少年生命意识的勃发的对比描写中，展开了人与历史的对话与思考。生命意识与帝王角色的对比，以及生命意识对帝王角色的扩张，都只是作为生命个体的"我"在具体历史氛围中的生存体验。毫无疑问，这种体验是超出历史规范的，同样也是历史自身意义与价值所无法涉及的。这种帝王与少年的二元对立的叙述在小说的后半部分中依然存在。虽然，这时"我"已经不是帝王了。但这种二元对立结构转化为《论语》与走索之间的二元对立。走出宫廷之后，"我"沉迷于走索。早在帝王之位上时，"我"就十分渴望成为走索的杂耍人。当"我"的兄弟成功地发动了宫廷政变后，"我"的愿望才真正实现，"我"才从帝王的人生之壳中脱身而出，找回

了真正的自身。与帝王这一历史角色的冷漠与失败相比，走索的人生才是
"我"成功的人生，也是"我"真正的人生。在走索中，"我"谛听生命
的节律，在绳索上完美绝伦地展现少年的真实的生命状态。而随身携带的
《论语》，"我"总是无法静心阅读，治国安邦的历史遗训，"我"总是无
法领会。"我"疏远《论语》，痴迷走索，最终，完成了对个人生存状况
的书写。

的确，历史与个人关系的常规叙事范式在苏童这里开始分崩离析。在
《红粉》和《妻妾成群》中，个人的生命意识开始从历史中分离出来，显
示了个人生命意识自在的、独特的特征。他进而在《我的帝王生涯》中，
展示了生命个体的人在历史氛围中的生命体验。在这里，生命的存在状态
远远地溢出了历史的疆界，成为个人存在的本真状态。当"我"还是帝
王时，作为少年的"我"，对自然性生命体验的关注，远远超过了"我"
对帝王这一社会历史符码的眷顾。当帝王这一历史外饰被抛弃后，"我"
生命的本色显示出来了。这种生命的本色的显现在小说中体现为走索。走
索集中地展示了"我"的生命律动，它表现了比帝王更为真实更为正常
的个人的存在状态。在"我"的后半生，走索一直体现了"我"的本真
生命状态。虽然，后来在"我"出家后，"我"也读《论语》。但是，这
时阅读《论语》，并不是从历史价值出发，它所显示的历史价值并不是
"我"阅读的根本目的，而只是"我"对生命体验的方式。

在苏童这里，由于生命意识逃逸了历史的法网，它的存在并不仰仗历
史的合法性，而以自身的尺度存在，它存在的功能并不是修补历史的不足
与缺陷，而是昭示和历史不同的价值尺度与规范，并最终彰示人自身的生
存状态。颂莲、小萼、"我"从历史法则中的逃离，对自身的生命呵护，
对生命存在的体认，无不都显示了这一主题。苏童在《妻妾成群》《红
粉》《我的帝王生涯》中，就这样抒写了历史与个人生命意识之间的分离
关系，进而把个人的生命意识作为个人存在的根本，探询了生命意识作为
个人存在的状态。

生命意识的书写和吟唱是 20 世纪 80 年代中期以降文学的重要主题。
个人自然性生命意识诚然是对历史理性与历史规律的解构力量，从个人生
命意识的自然性与历史理性各自运行理路来讲，二者是分离的。但是，作
为社会结构之中的个人的生命意识必然迥异于自然界中一般性的物的生命
意识。当面对社会结构中的历史时，个人的生命意识在多大程度上去拥有

自律性，在多大程度上与历史理性相对话？在历史这个社会的群体磨盘转动时，个人生命意识的叙事呢喃与之有何关联？与之有何生命意识上的纠缠和冲创？这是苏童小说从历史叙事神话走向个人生命意识神话式叙事之后面临的一个重大挑战。同时，这也是在当下，当代小说必须面对的一个具有时代意味的课题！

原载《小说评论》2003 年第 2 期

塞林格与苏童:少年形象的书写与创造

杰罗姆·大卫·塞林格（Jerome David Salinger）出生于纽约一个富裕商人家庭。他从 1940 年开始发表作品，其作品先后结集为《九故事》（1953）、《弗兰妮和卓埃》（1961）、《木匠们，把屋梁升高》《摩西：一个介绍》（1963）。长篇小说《麦田里的守望者》（1951）是他的成名作与代表作。《麦田里的守望者》在思想上给美国以巨大的震撼。沃伦·弗伦奇在《五十年代》一书中说："（塞林格）使得处于思想贫乏感情冷淡的五十年代美国人为之倾倒，这个时期完全可以被称作超于文学定义的'塞林格时代'。"[①] 同时，塞林格也被称为"被阅读得最多的经典作家"[②]。塞林格小说塑造了大量的少年人物形象，并以少年人物为小说的视角，书写了少年在人生成长阶段的困惑、彷徨、向往等复杂的心理特点与情绪反应，并从少年的立场出发来表达对成人世界的看法。这一独到的文学贡献对后世文学创作产生了巨大影响。[③]

塞林格对中国作家的文学创作也产生了深远影响，尤其是苏童，受塞

---

① Warren French, *The Fifties*, Edward, Lue, 1970, pp. 12 – 13.

② Jack Salzman, ed., *New Essays on the Catcher in the Rye*, New York: Cambridge University Press, 1991, p. 2.

③ 参见［美］保罗·亚历山大《守望者：塞林格传·序言》，孙仲旭译，译林出版社 2001年版。保罗·亚历山大列出受塞林格影响的美国作家作品有：伊宛·亨特（Evan Hunter）的《去年夏天》（*Last Summer*），西尔维娅·普拉斯（Sylvia Plath）的《钟形罩》（*The Bell Jar*），拉里·麦克默特里（Larry McMurtry）的《最后一场电影》（*The Last Picture Show*），吉姆·凯罗尔（Jim Carroll）的《篮球日记》（*The Baskelball Diari*），约翰·诺勒斯（John Knowles）的《另一片和平》（*A Sderate Peace*），威廉·沃顿（William Wharton）的《伯蒂》（*Birdy*），布莱特·伊斯顿·埃利斯（Bret Easton Ellis）的《比零还少》（*Less Than Zero*），杰伊·麦克因那里尼（Jay McIneny）的《亮灯光，大城市》（*Brndt Lights，Big City*），苏姗娜·其森（Susanna Kaysen）的《移魂女郎》（*Cirl，Interrupted*），等等。

林格影响最深。苏童曾多次坦言塞林格给他的启迪："塞林格唤醒了我。"① 在散文《寻找灯绳》中，他这样描述塞林格给他的影响："对于美国作家塞林格的一度迷恋使我写下了近十个短篇，包括《乘滑轮车远去》《伤心的舞蹈》《午后故事》等。这组小说以一个少年视角观望和参与生活，背景是我从小长大的苏州城北的一条老街。小说中的情绪是随意而童稚化的，很少有评论家关注这组短篇，但它们对于我却是异常重要的。八四年秋天的一个午后，我在单身宿舍里写了四千多字的短篇《桑园留念》，那个午后值得怀念。我因此走出第一步，我珍惜这批稚嫩而纯粹的习作。"② 从 1984 年创作《桑园留念》到 1994 年发表《城北地带》，苏童一共花了十年的时间来经营他的"香椿树街"系列小说。这也是苏童沉浸在塞林格影响的十年。塞林格对苏童的影响主要体现在少年形象的书写上。为了书写具有独立的、本真状态的少年形象，苏童从表现对象、叙述形式、价值立场、语言形式等方面，全面地接受了塞林格的影响。但是，毕竟苏童与塞林格所处的具体的文化环境、社会背景、文化传统不同，在接受塞林格影响的同时，苏童也是有自己独到的创造的。

一

塞林格的小说塑造了众多的少年人物形象：金尼（《与爱斯基摩人作战之前》）、莱昂内尔因（《来到小船上》）、十六岁的"我"（《木匠们，把屋梁抬高些》）、泰迪（《泰迪》）、霍尔顿以及弟弟妹妹（《麦田里的守望者》）、少女埃米斯和她的弟弟（《献给爱斯米的故事——怀着爱与凄楚》）、西比尔（《香蕉鱼的好日子》）、拉蒙娜（《威格利大叔在康涅狄格州》）、西摩（《木匠们，把屋梁抬高些》）等。

不过，塞林格塑造少年人物形象，并非只是为了呈示性格各异的人物。更重要的是，这些少年人物常常是塞林格小说的叙事视角。少年视角的运用，真实地呈现了少年本真生存状态。《麦田里的守望者》是塞林格

① 林舟、苏童：《永远的寻找——苏童访谈录》，《花城》1996 年第 1 期。
② 苏童：《寻找灯绳》，《寻找灯绳》（散文随笔集），江苏文艺出版社 1995 年版，第 116 页。

小说少年视角的典范之作。《麦田里的守望者》开篇是"我想告诉你的只是我去年圣诞节前所经过的那段荒唐生活……"① 以少年霍尔顿的口吻叙述他在第四次被学校开除前，在繁华的纽约街头一天两夜的生活经历、见闻、所感。

受塞林格的影响，苏童的小说，尤其是"香椿树街"系列小说，也塑造了许多少年人物形象。例如：《桑田留念》中的"我"、毛头、肖弟、辛辛、丹玉，《金鱼之乱》中的"我"、阿全；《乘滑轮车远去》中的"猫头"；《舒农或者南方生活》中的舒农、舒工、涵丽、涵贞；《城北地带》中的红旗、美琪；《刺青时代》中的红旗、小拐、天平、董彪、秋红、锦红；《回力牌球鞋》中的陶、许、秦，等等。

塞林格小说的少年叙事视角也影响到了苏童。苏童曾坦言："塞林格对我的影响很大"，"他贡献了青春期看人生的独特角度"②。苏童师法塞林格，也广泛采用了少年叙事视角。不过，20 世纪 80 年代中期，正是中国小说艺术的变革期，小说家以革新小说艺术为最高追求。在此时开始小说创作的苏童，也难免追新求异。因此，苏童小说中的少年视角，较之塞林格要显得丰富复杂。

苏童小说少年视角的第一种类型是以小说中某个少年人物作为故事的第三人称叙述者。《我的棉花，我的家园》以"书"为叙事视角。《狂奔》以"榆"作为叙述者。《被玷污的草》的叙述者是"轩"。小说情节都是在他们的"视线"中展开的。苏童小说少年视角的第二种类型是以作品中的少年"我"作为见证者来叙述故事。例如《桑园留念》《金鱼之乱》《刺青时代》。这些小说中的"我"只是事件的见证者，小说叙述的故事只是"我""听说"的或者是"我""看见"的。苏童小说少年视角第三种类型是少年"我"既是故事的参与者又是小说的叙述者。例如，《乘滑轮车远去》《我的帝王生涯》等。苏童小说少年视角第四种类型是叙述者少年"我"仅仅是故事的讲述者而已，并没有参与故事，也没有见证故事。如《舒家兄弟》等。

---

① [美] J. D. 塞林格：《麦田里的守望者》，译文出版社 1998 年版，第 1 页。
② 周新民、苏童：《打开人性的皱褶——苏童访谈录》，《小说评论》2004 年第 2 期。

二

少年视角使得塞林格的小说在关注少年成长过程中具有独特的心理症候。青春期少年成长历程中的心理、情绪成为独立的表现对象。尤其是《麦田里的守望者》对青春期的心理与情绪表现最为突出。

塞林格笔下的少年霍尔顿，寂寞又孤独。星期六，全校除了他一个人在山顶上看球，其他的人都在学校操场上看球。他与学校的老师、同学格格不入，显得非常寂寞与孤独。他曾多次意识到自己的寂寞与孤独："一霎时，我觉得寂寞极了。我简直希望自己已经死了"①；"我觉得那么寂寞、那么苦闷"②，"我觉得太寂寞太苦闷"③；"外面又是那么静寂那么孤独……我真希望自己能回家去"④；"只是心里很不痛快。烦闷得很。我简直不想活了"⑤。

塞林格还表现了青春期少年对于性的矛盾态度。一方面，霍尔顿渴望性："在我心中，我这人也许是天底下最大的色情狂。有时候，我能想出一些十分下流的勾当，只要有机会，我也不会不干。"⑥ 但是，另一方面，他又憧憬着美好的精神之恋。因此，霍尔顿常常陷入对性的渴求与压制、规范与放纵的矛盾之中："性这东西，我委实不太了解。你简直不知道他妈的你自己身在何处。我老给自己定下有关性方面的规则，可是马上就破坏。去年我定下规则，决不跟那些叫我内心深处觉得厌恶的姑娘一起厮混。这个规则，我没出一个星期就破坏了——事实上，在立下规则的当天晚上就破坏了。我跟一个叫安妮的浪荡货搂搂抱抱的整整胡闹了一晚。性这样东西，我的确不太了解。我可以对天发誓我不太了解。"⑦

另外，塞林格对青春期少年特有的死亡想象性体验的描写也十分有特点。死亡想象性体验，是青春期少年探索生命意义与价值的重要表现。正

---

① ［美］J. D. 塞林格：《麦田里的守望者》，译文出版社 1998 年版，第 45 页。

② 同上书，第 47 页

③ 同上书，第 48 页。

④ 同上书，第 75 页。

⑤ 同上书，第 84 页。

⑥ 同上书，第 58 页。

⑦ 同上。

因为如此，霍尔顿常常思考"活着还是死去"的问题。他觉得活在这个庸俗虚伪的世界中，的确很痛苦，他甚至幻想能壮烈地死去："我们发明了原子弹这事倒让我挺高兴。要是再发生一次战争，我打算他妈的干脆坐在原子弹顶上。我愿意第一个报名，我可以对天发誓，我愿意这样做。"① 但是，毕竟时过境迁，这种机会已经不再存在。更多的时候，他只能在意识中喜欢"死亡"，羡慕已经死去的弟弟，欣赏一个叫詹姆斯的跳楼自杀的学生。

塞林格对青春期少年情感与心理的描写，影响到了苏童。苏童坦言："塞林格对我的影响很大。……他对青春期本身的描写也打动了我，他描写的青春期的人的心路历程和我很像。很难说只是塞林格的文学打动了我，也许是一种关于青春期的精确描述深深打动了我。……《麦田里的守望者》对于少年心的描写散漫而无所用心，却如闻呼吸之声。除了社会环境不同，《麦田》和《九故事》中少年们的青涩心态、成长情绪、成长困难，都深深打动了我。我在80年代末有一批短篇小说都深受他的影响，我的小说集《少年血》中的一些作品，和他的影响有关。"② 在塞林格的影响下，苏童创作了以表现少年青春期情绪与心理的系列小说。

与塞林格一样，苏童的小说也表现了少年成长中的孤独与寂寞。《刺青时代》中的小拐在街头争斗中败下阵后，留给他的也是孤独的时光。他蜷缩在阁楼和室内，去看望他的只有"我"这个唯一的朋友，即使他的姐姐也无法走进他的内心。《舒农或者南方生活》中的舒工也是个孤独的灵魂，他最大的渴望是变成一只猫，能自由地在香椿树的屋顶上行走。左林（《骑兵》）从小到大就极度痴迷马，但他总不被世人理解，只有在孤独中默默地承受。《狂奔》中的"榆"也处于孤独之中。母亲无心呵护榆，父亲外出未归，奶奶濒临死亡。在对少年孤独、寂寞的心理体验的表现上，苏童与塞林格是比较一致的。

在青春期少年的性心理的书写上，苏童在效仿塞林格的同时，也有个人的思考。与塞林格小说表现少年矛盾的性态度不同的是，苏童小说中的少年对待性的态度则显得相对裸露与直白。《桑田留念》中的"我"接受了帮肖弟约会丹玉的纸条时，"我"便产生这样的心理冲动："肖弟想跟

---

① ［美］J. D. 塞林格：《麦田里的守望者》，译文出版社1998年版，第131页。
② 周新民、苏童：《打开人性的皱褶——苏童访谈录》，《小说评论》2004年第2期。

丹玉干点什么。我明白这意思，当时我已把男女约会看得很简单了。街东的石老头养了一条狼狗，老头天天牵着它在铁路线两侧打让火车惊飞的呆鸟，但是有那么几个下午我路过石码头时，发现狼狗和另外一条又脏又丑的母狗撸在一起，我在那里琢磨了老半天。……以我当时的年纪，能把那两类画面相对比相联系，真是太伟大了。"① 不仅如此，苏童小说中的少年，如：《桑田留念》中的肖弟和丹玉，《舒农或者南方生活》中的舒工和涵丽，《城北地带》中的红旗和美琪等，还直接尝试了性。他们与霍尔顿面对性的矛盾心态完全不同。

在少年想象死亡的心理表现上，塞林格表现了少年主动地思考死亡，体现了青春期少年对生命的探索，它指向生命本体。而苏童小说之中的少年大都是被动地面对死亡，他们常常"目睹"死亡发生。《我的棉花，我的家园》中少年书在寻找叔叔的旅途中，目睹了洪水肆虐与霍乱流行带来的恐怖死亡景象。《沿铁路行走一公里》中少年剑也目睹了许多死亡："剑目睹过铁路上形形色色的死亡事件，他喜欢观望那些悲惨的死亡现场。"② 少年们"目睹"死亡，与苏童小说中的少年们成长在"文化大革命"时期（他的小说中常常有"一九七〇年""一九七三年""一九七五"等时代标识）有关。因此，少年面对死亡、思考死亡，实际上具有反映特定社会历史状况的意义。

同时，苏童笔下这些成长在"文化大革命"时期的少年，他们的人生充斥着暴力与鲜血。它是苏童小说中少年形象区别于塞林格的重要的一点。《回力牌球鞋》《古巴刀》等小说都表现出了少年强烈的暴力倾向。《被玷污的草》中的"轩"，在一个乡村小学遭受了石子袭击左眼的意外，以致视力受损。此后，轩只想找到那个打弹弓的人，向他讨还眼睛，把他的眼睛也打瞎。《狂奔》中的"榆"把半瓶农药倒在木匠的碗中，企图杀死木匠。《刺青时代》给我们描述了一种另类青春少年的暴力人生。小拐和同伴在铁轨上游戏的时候，一条腿被火车轧断。而他认定致使他腿断的祸首是红旗，于是在他心里埋下了复仇的火种。在以后的岁月里，先是小拐的哥哥天平率领野猪帮和红旗所在的青龙帮发生了血拼；尔后，小拐又率领野猪帮和红旗的青龙帮发生了暴力冲突。

① 苏童：《桑田留念》，《北京文学》1987 年第 2 期。
② 苏童：《沿铁路行走一公里》，《时代文学》1992 年第 5 期。

　　《少年血》是苏童在塞林格影响下创作的小说结集，他曾这样概括《少年血》的主要内容："一条狭窄的南方老街（后来我定名为香椿树街），一群处于青春发育期的南方少年，不安定的情感因素，突然降临于黑暗街头的血腥气味，一些在潮湿的空气中发芽溃烂的年轻生命，一些徘徊在青石板路上扭曲的灵魂。"① 这"不安定的情感因素""街头的血腥气味""溃烂的年轻生命""扭曲的灵魂"，就是苏童对青春期少年情感、心理体验最贴切的描述。它们是苏童师法塞林格而创造出来的、具有鲜明性格特征的少年形象。

三

　　塞林格小说中的少年大都具有愤世嫉俗的心理特点。他们常常以审视、批判的眼光来打量成人世界。《泰迪》描写了一个天才少年对教授们的不以为然。金尼（《与爱斯基摩人作战之前》）是个敏感的小姑娘，她认为成人世界的生活无聊至极，简直让人窒息；莱昂内尔因（《来到小船上》）听到别人骂他爸爸是个"大臭 kike"（骂人话"犹太鬼"）而跑到小船上不肯下来，并拒绝成人靠近他；十六岁的"我"（《木匠们，把屋梁抬高些》）认为林肯的《葛底斯堡致词》对孩子们有害，是一篇不正直的演说词。《香蕉鱼的好日子》《笑面人》《献给爱斯米的故事——怀着爱与凄楚》都通过肯定孩子、少年世界的纯洁，来批判成人世界的污秽。此类主题在塞林格的《麦田里的守望者》中得到最为典型的表现。霍尔顿的潘西中学总在标榜把学生"培养成优秀的、有头脑的年轻人"。但事实上的潘西中学又是怎样的呢？霍尔顿认为"全是骗人的鬼话"。"在潘西也像在别的学校一样，根本没栽培什么人才。而在那里我也没见到任何优秀的、有头脑的人。也许有那么一两个。可他们很可能在进学校的时候就是那样的人了。"② 而在学校里，学生们一天到晚干的，就是谈女人、酒和性。"不少学生都是家里极有钱的，可学校里照样全是贼"，上最好的中学是为了考上名牌大学，而读名牌大学的目的不过是日后"挣许许

---

① 苏童：《〈少年血〉自序》，《小说家》1993 年第 2 期。
② ［美］J. D. 塞林格：《麦田里的守望者》，译文出版社 1998 年版，第 2 页。

多多钱，打高尔夫球，打桥牌，买汽车，喝马提尼酒，摆臭架子"。① 就连他所敬佩的唯一一位老师，竟然也是同性恋者，他谆谆教导他的是庸俗的价值观念："一个不成熟的男人的标志是他愿意为某种事业英勇地死去，一个成熟男人的标志是他愿意为某种事业卑微地活着。"②

对周遭世界的冷嘲热讽与抨击，实际上表现了霍尔顿的理想与人生向往。霍尔顿的理想是守护小孩纯真的世界，他所营造的这个世界，隔绝了少年世界和成人世界的联系，保护了少年们世界的纯洁："我老是在想象，有那么一群孩子在一大块麦田里做游戏。几千几万个小孩子，附近没有一个大人，我是说……除了我。我呢，就站在那混账的悬崖边。我的职务是在那儿守望，要是有哪个孩子往悬崖边奔来，我就把他捉住……我知道这有点异想天开，我真正喜欢干的就是这个。我知道这不像话。"③

塞林格笔下愤世嫉俗的少年形象也影响到了苏童。与塞林格非常近似，苏童的小说常常展示成人世界的虚伪，塑造了少年愤世嫉俗的心理特质。《舒农或者南方生活》中舒工的父亲居然就在舒工的身边与人偷情；《城北地带》中的父亲居然和儿子共用一情人；《乘滑轮车远去》中道貌岸然的书记与音乐老师偷情；《井中男孩》中的"我"发现："全世界都在装假，我走来走去都碰到的黑白脸谱，没有人味，没有色彩。女的装天真，男的假深沉，都在装假，谁也不敢暴露一点角落性问题。"④

但是，在对成人世界的审视与批判上，苏童与塞林格也有不同之处。苏童对成人世界的颠覆比塞林格更为激烈。他笔下的少年大都是一群无父无母的孩子，尖锐地表现了少年和成人世界之间的断裂关系。《刺青时代》中的小拐一出生，母亲就死去了；《我的棉花，我的家园》中书的父母双亡，他踏上了没有结果的"寻父"之途；《城北地带》中李达生父亲被车撞死了。小说对少年"缺父"的描写，无非是表现他们文化上的叛逆。就像《城北地带》中的李达生。李达生对自己父亲遭遇车祸而亡，表情冷漠："他知道自己对父亲之死无动于衷的态度也使母亲悲愤不已，但达生的想法就是如此客观而简洁的，人都化为一堆骨灰了，为什么还在

① ［美］J. D. 塞林格：《麦田里的守望者》，译文出版社 1998 年版，第 4 页。

② 同上文，175 页。

③ 同上文，161 页。

④ 苏童：《井中男孩》，《花城》1988 年第 5 期。

喋喋不休地引证父亲免于一死的假设？……达生常常无情地打断母亲和邻居女人们的那种冗长凄然的话题，他心里的另一半想法是秘而不宣的，父亲一去，再也没有人来以拳头或者工具教训他了。"①

塞林格颠覆成人世界的目的是表现少年理想。同样，苏童小说也是通过对成人世界价值观的批判，来表达少年向往与追求。但是，塞林格更多地强调维护少年的纯洁性，而苏童更多地表现少年自由与人生的自我价值的追求。《刺青时代》少年小拐和红旗的帮派之争，是对成人世界的斗争戏仿。不过，他们争斗的目的不是权力，而是小拐要利用帮派斗争来报复红旗的陷害，维护自己的尊严。苏童小说少年对自由、尊严、个性等价值观的坚决维护，显示了他们与成人世界迥异的价值追求。不过，这种追求也寄托在滑轮车、鸭舌帽、回力球鞋、三节棍等特殊物件上。最为系统地描述少年对成人世界的颠覆、表现少年自身价值追求的是《我的帝王生涯》。小说的开头，"我"讨厌父亲的死，对他的去世没有一丝的忧伤。在听取司仪宣读遗旨这个重大的"历史"时刻，"我"所表现出来的只是作为一个少年的自身意识，"我"的意识被祖母腰带上垂下的玉如意所吸引；在王冠加顶的时刻，"我"的表现彻底颠覆了历史的庄严与神圣："我"只是感到头顶的"冰凉"。在"我"的帝位被推翻走出宫廷之后，"我"无心承担复国的历史责任，而是沉迷于走索。《我的帝王生涯》叙写了少年对自由生命的向往，从而彻底颠覆传统主流价值观。

四

斯特劳琦（Carl F. Strauch）认为，《麦田里的守望者》的语言具有非常突出的特征：霍尔顿在面对成人世界时所用的语言是粗俗、冷漠、虚假的口头语，而在返回自己的内心世界时，所运用的语言则是文雅的书面语言。② 的确如此，《麦田里的守望者》一方面充斥着"他妈的""杂种""混账""婊子""王八""饭桶"等俚语。戴维·洛奇在《小说的艺术》

---

① 苏童：《城北地带·（一）》，《钟山》1993 年第 4 期。

② Marvin Laser and Norman Fruman, ed. , *Studies in J. D. Salinger Reviews*, *Essays*, *and Critiques of the Catcher in the Rye and Other Fiction*, New York: the Odyssey Press, 1963, p. 146.

中把它称为"少年侃"①。但是，另一方面，塞林格的语言又富有诗情画意。塞林格经常运用意象，构建了许多象征符号：霍尔顿风衣、反戴着的红色的猎人帽、麦田里的守望者、中央公园湖中的鸭子以及自然历史博物馆、香蕉鱼等。这些意象都具有特定的象征含义。霍尔顿风衣、反戴着的红色的猎人帽象征着霍尔顿特立独行的个性；麦田里的守望者象征了对少年世界价值的维护和对成人世界的抗拒；中央公园湖中的鸭子象征着霍尔顿对少年时光的眷恋；自然历史博物馆表达了霍尔顿希望拥有某种亘古的纯洁的世界；香蕉鱼则是自由自在的象征。这些意象，表达了霍尔顿的人生理想与追求，它属于霍尔顿个人的内心世界。

塞林格的语言风格，同样影响了苏童。他曾这样说："意识到语言在小说中的价值，大概是一九八六年左右或者更早一些……对我在语言上自觉帮助很大的是塞林格，我在语言上很着迷的一个作家就是他，他的《麦田里的守望者》和《九故事》中的那种语言方式对我有一种触动，真正的触动、我接触以后，在小说的语言上就非常自然地向他靠拢，当然尽量避免模仿的痕迹。"② 苏童对塞林格语言上的"学习"与继承，主要是为了塑造少年形象：他们一方面对成人世界充满了调侃、批判与颠覆，另一方面又有自己的内心世界，有个人的向往与梦想。

深受塞林格的影响，苏童小说语言也充满了"少年侃"：

"猫头你他妈疯啦？"（《回力牌球鞋》）

妞妞？陶说，你搞上妞妞了？.（《回力牌球鞋》）

姚碧珍年轻时候肯定美貌风骚，肯定使金文恺拜倒在她裙下魂不守舍好多年。（《南方的堕落》）

我的幺叔还在乡下，都说他像一条野狗神出鬼没于老家的柴草垛、罂粟地、干粪堆和肥胖女人中间，不思归家。（《飞越我的枫杨树故乡》）

肖弟差点，他老是反复地问走过桥顶的姑娘："你吃饱啦？"姑娘们一愣，自认为纯洁无邪的姑娘碰到这时都要气愤地嘟囔几句，但她们听不懂这话，我记得曾有一个高个子穿花格子短裙的姑娘听懂

---

① 参见［英］戴维·洛奇：《小说的艺术》，作家出版社1998年版，第18页。

② 林舟、苏童：《永远的寻找——苏童访谈录》，《花城》1996年第1期。

了，她回头朝肖弟白一眼，"痒啦？痒了到电线杆上去擦擦。"其实这样的回答很让人高兴，至少让人哈哈笑了一阵，很有意思。（《桑田留念》）

苏童小说这种粗俗化的口头语言，与处于青春期少年玩世不恭、勇于挑战既定秩序的心态完全吻合，是苏童突破中国僵化文学语言、探索具有鲜明人物性格特征化小说语言的一种尝试。

此外，苏童小说语言充满了忧郁、婉约、浪漫的气息，富有诗情画意。有学者指出，苏童小说这种语言特点和塞林格的影响也是分不开的："我们不难发现苏童的大量小说种能感受到塞林格……语言的规约，衍生出华丽、婉约、神秘、轻曼、柔和的语句语式。"① 但是，这种语言特性和中国古典文学语言有相通的地方。因此，我们可以看到，与塞林格小说语言的意象相对疏散不同的是，苏童小说语言的意象密度要强许多，语言的视觉效果也更明显：

> 来自品州商贾富户的蕙妃聪敏伶俐，国色天香。在我的怀中她是一只温驯可爱的羊羔，在我嫔妃群中她却是一只傲慢而孤独的孔雀。我青年时代最留恋的是蕙妃妩媚天真的笑靥和她肌肤特有的幽兰香味，最伤神的是蕙妃因受宠惹下的种种宫廷风波。我记得一个春日的早晨在御河边初遇蕙妃。那时候她是个初入宫门的小宫女。我骑马从桥上过来，马蹄声惊飞了岸边的一群鸟雀，也惊动了一个沿着御河奔跑的女孩子。透过薄雾我看见她在悉心模仿飞鸟展翅的动作，鸟群飞时她就上前跑，鸟群落下时她就戛然止步，用手指顶住嘴唇发出叽叽喳喳的鸣叫。当鸟群掠过杨柳枝梢无影无踪时她发现了我的马，我看见她慌慌张张地躲到柳树后面，两条手臂死死地抱住了树干，她把脸藏起来了，但那双粉红的颤抖的小手，以及手腕上的一对祖母绿手镯却可笑地暴露在我的视线里。②

直到五十年代初，我的老家枫杨树一带还铺满了南方少见的罂粟

---

① 张学昕：《苏童小说的叙事美学》，《呼兰师专学报》1999 年第 3 期。
② 苏童：《我的帝王生涯》，《花城》1992 年第 2 期。

花地。春天的时候，河两岸的原野被猩红色大肆入侵，层层叠叠，气韵非凡，如一片莽莽苍苍的红波浪鼓荡着偏僻的乡村，鼓荡着我的乡亲们生生死死呼出的血腥气息。①

塞林格对苏童的影响全面、深远。但是，苏童并不是简单地重复塞林格。首先，苏童在接受塞林格影响的同时，也在积极主动地表现自己的艺术追求，他的小说少年叙事视角远比塞林格要丰富。其次，我们注意到，苏童小说所表现的时代氛围与塞林格有着根本性的差异。苏童小说发生的背景是"文化大革命"时期。塞林格小说写作背景是第二次世界大战后。因此，苏童在表现少年青春期的时候，并不是机械地接受塞林格的影响，而是加入自己对于自己所处的历史、时代的思考。最后，苏童在接受塞林格的影响时，还以中国传统审美思想来主动地融化塞林格，尤其在语言上的表现尤为明显。苏童在接受塞林格富有诗情画意的语言，主动地化入了中国古典文学语言的典雅、优美、富有抒情气息的传统。正是在对塞林格的接受中有自己独到的创造，塞林格的小说思想和艺术上的营养被苏童吸收后，转化为自己的独特特征，并一直延续到后来的创作之中。

原载《外国文学研究》2009 年第 3 期

---

① 苏童：《飞越我的枫杨树故乡》，《上海文学》1987 年第 2 期。

身体：女性主体意识的建构

——论 90 年代女性小说中的身体描写

20 世纪 90 年代中后期，以林白的《一个人的战争》、陈染的《私人生活》为典型代表的女性写作，以其突兀的特征彰显了一个时期的女性写作的现象、意义和价值。这就是，她们以写女性自己的身体为突破口，建构起女性主体的自我。这一鲜明的女性写作的特点，成为女性小说独特的文学史意义。

20 世纪 80 年代以降的女性作家，与男性作家一起，在建构"人"的主体性中，做出了突出的贡献。但是，她们的写作在建构人的主体性时，却泯灭了女性的性别特征，忽视了女性主体性的自我建构。这一点从女性作家们的创作实践中可以清晰地看出来。70 年代末以来，女性作家的小说创作大致可分为两个阶段。

第一个阶段是 80 年代前后，以张洁的《方舟》、张辛欣的《在同一地平线上》、张抗抗的《夏》《北极光》等为代表。在这期间，所有作家都在高举起"人"的大旗，控诉"文化大革命"对人的伤害。在列举男性作家的"伤痕文学"如《班主任》《伤痕》时，我们亦会列举出相关主题的女性作家的作品：戴厚英的《人啊！人！》《诗人之死》，张洁的《从森林来的孩子》，宗璞的《三生石》《弦上的梦》《我是谁？》《蜗居》《泥沼中的头颅》，谌容的《人到中年》，等等。这时期女作家的小说创作与男作家的关注点基本一致。在同男性作家一起控诉"文化大革命"的历史性想象中，女性作家只是在文字的表述特点上与男性作家有所不同，她们的性别特征，大多也只是体现在小说语言风格特征上。当然，这一时期的女性作家也在小说中流露出自己的人生体验，如张洁的《爱，是不能忘记的》、张辛欣的《在同一地平线上》等。但是在这些小说中，来自女性自身的心理体验常常是社会意识的一种表现。而在所谓的"伤痕文学"之后的女性创作，也一样被抹去了性别意识。铁凝的《哦，香雪》《没有纽扣的红衬衫》、张抗抗的《夏》《北极光》等也无法从当时社会历史层面中敲开属于女性自己的天地。《哦，香雪》中，女中学生香雪成为新的历史意识的象征物；《没有纽扣的红衬衫》中的安然，《夏》中女大学生的心态则是现代社会中文明行为的一种隐喻；《北极光》中女青年对理想与爱情的追求的背后其实是对理想文明的向往。这些女性作家，无一例外地参与到了男性作家创造历史的欲望以及对未来现代化的憧憬之中。在这和谐的合唱声中，女性其实是丧失了自身。

第二个阶段是以1985年前后王安忆的"三恋"，铁凝的《玫瑰门》《麦秸垛》为代表作的时期。诚然，《小城之恋》彰显了女性的生命本体、狂热的性爱及对生命的孕育；《荒山之恋》《锦绣谷之恋》书写了女性的隐秘的性爱心理。但在《小城之恋》中，女性的生命本体打上了男性的印记，是男性造就了女性的生命状态。只有在女性的生命状态完成之后，男性才是被拒绝的对象。虽然王安忆在"三恋"中，把女性的生命意识作为女性的主体建构，然而这种建构与男性作家把性意识、生命意识作为"人"的主体性建构又有什么差异呢？由此看来，"三恋"中的性意识与其他男性作家小说中的性意识，在本质上并没有根本的不同。铁凝的《麦秸垛》《玫瑰门》则道破了"三恋"中性意识展开的背景与前提：这里的性是作为文化载体出现的。《麦秸垛》中，农妇大芝娘在和城里当了干部的丈夫办了离婚手续后，又追上去要求与丈夫再好一次，以求生一个孩子。几十年后，女知青沈小凤对并不爱自己却和自己有过一次性关系的男知青也提出了同样的要求。同样在《玫瑰门》中，性也只是文化痼疾的一种表现形式。总之，在这些小说中，性只是作为生命意识的形式，作为文化批判、文化审视的对象出现的。而在其间失去的，仍是女性自身的性别意识。

由上文的分析，我们可以看到，处于第一个阶段与第二个阶段的女性作家的创作，同男性作家的创作一起，共同构造了"人"的历史性想象。在这两个阶段，女声与男声和谐地合唱出一曲"人"的主体性之歌。无论是在历史想象中与男性作家狂欢，抑或是在文化审视中展现生命意识，这一历史时段的女性写作，其实展现的是被监视、被禁制的女性身份。在监视中，在禁制中，女性是无法确立女性主体的，这正如福柯所言："用不着武器，用不着肉体的暴力和物质上的禁制，只需要一个凝视，一个监督的凝视，每个人就会在这一凝视的重压之下变得卑微，就会使他成为自身的监视者，于是看似自上而下的针对每个人的监视，其实是由每个人自己加以实施的。"① 女性被历史、文化规定着，也即被历史与文化秩序监视着，它无法越出疆界。在监视中，女性顺从着这种历史与文化秩序，最终也失去了自己。

20 世纪 90 年代中期以来，女性作家的写作开始发生了根本性的变革，女性作家的小说文本迥异于历史上的女性小说文本及同时期男性作家的小说文本，表现出特有的姿态。这时期的女性小说开始书写自己，把自己镶嵌在文本中。女性小说家把女性写进文本的一个鲜明的特征是：女性小说文本关注的不再是社会政治、社会精神征候，而是自己的身体。正是身体的介入，使 90 年代女性小说文本发生了革命性的变化：女性主体意识在觉醒。女性小说对身体的关注及描写标志着，女性小说进入新的历史阶段。

在父权居于统治地位的社会文化中，女性的身体及其欲望始终是处于男性目光的监视与需求之中的。玛丽·伊格尔顿这样看待女性的身体与欲望，她说："女性欲望，妇女的需求在阳性中心社会中受到极端的压抑、歪曲，对它的表达成了解除这一统治的重要手段。身体作为女性的象征被损害、被摆布，然而却未被承认。身体这万物和社会发展的永恒源泉被置于历史、文化、社会之外。"② 由此看来，从身体入手，展开女性小说叙事，无疑具有重新树立被贬抑、被禁锢的女性自我的功能。对此，法国女权主义文学理论家埃莱娜·西苏有过集中明确的论述。在西苏那里，身体既是女权主义政治批判男性中心主义的焦点，也成了女作家重新认识世界、认识他人与体验自身表述自身的重要媒介。在《美杜莎的笑声》《齐来书写》等论著中，西苏明确指出："我个人而言，我以身体书写小说。……我紧依身体和本能书写……以身体构成文本"，"妇女必须通过她们的身体来写作，她们必须创造无法攻破的语言，这语言将摧毁隔阂、等级、花言巧语和清规戒律"③。在西苏看来，女性的身体并非仅仅是肉体，它蕴

---

① 转引自李银河《女性权力的崛起》，中国社会科学出版社 1997 年版，第 127 页。

② ［法］玛丽·伊格尔顿：《女权主义文学理论》，湖南文艺出版社 1989 年版，第 359 页。

③ ［法］埃莱娜·西苏：《美杜莎的笑声》，黄晓红译，载张京媛主编《当代女性主义文学批评》，北京大学出版社 1992 年版，第 201 页。

含了丰富的女性的生理、心理、文化信息，它既是人的生理属性，又是人的社会属性的呈现者。女性的身体是女性生命的丰富载体，是生命体验的领域，也是生命体验的媒介。用身体书写，是指用一种关于身体的语言去表达女性身体对抗逻各斯中心主义的全部体验。在本质上，它是一种解放等级森严的男女二元对立的文化策略，以身体全部鲜活的体验作为表现女性的生命内容。

　　90 年代女性小说的身体写作姿态对男性逻各斯的反叛，它首先体现为女性从男性社会关系中逃离，回归到女性自身。这为女性开始谛听自己的身体提供了必不可少的前提。因而，逃离成为女性小说写作的一个重要主题，它也是走近身体的一个十分重要的步骤。

　　林白的《一个人的战争》中，多米是一个逃跑主义者，她最终从男人的世界中逃离了。多米在小的时候是一个专注于自己身体的人，那时她在身体的自我抚摸中体会到自己作为一个女性的存在；在"傻瓜的爱情"中，多米由于渴望男性而跌入命运的深渊。30 岁前的多米强烈地幻想在男人中确证自我，这种想法注定了多米的失败。她说："认识 N 的时候我三十岁，这是一个充满焦灼的年龄，自二十五岁之后，我的焦虑逐年增加，生日使我绝望，使我黯然神伤，我想我都三十岁了，我还没有疯狂地爱一个男人，我真是白白地过了这三十年啊！"[1] 多米的失败之处在于她丧失了自我，把一个丰富的充满生命意识的身体降为物，以男人对女性身体的标准来取代女性主体意识。"我无穷无尽地爱他，盼望他每天都来，来了就盼望他不要走，希望他爱我。其实我跟他做爱从未达到高潮，从未有过快感，有时甚至还会有一种生理上的难受。但我想他是男的，男的是一定要的，我应该做出贡献。"[2] 在这里，多米回到了男性价值中心，把自己的身体当成别人的物。当"我"把身体奉献当作"我"的义务时，"我"的不幸就难免来临。"我"企图用婚姻来捆住 N，以维持我们的关系，甚至到了后来，为了他，"我"还打掉了腹中的孩子。但是多米在男性价值系统中确证自我的尝试，最终还是失败了。她开始逃跑，从男性价值中心逃离，这次逃离，在一定意义上是多米对自己的拯救，她尝试重新找回当年的自己。但是，在对男性的幻想中，多米失去的太多，剩下的身

---

① 林白：《一个人的战争》，江苏文艺出版社 1997 年版，第 207 页。
② 同上书，第 211 页。

体已骨瘦如柴。当多米从男性那里逃离出来，决定自己嫁给自己时，她这时才重新拥有自己的身体，拥有自己。在《一个人的战争》中，林白其实在讲述一个女人只有回归身体，才能拥有自我的故事，因而她这样来给"一个人的战争"下定义："一个人的战争意味着一个巴掌自己拍自己，一面墙自己挡住自己，一朵花自己毁灭自己。一个人的战争意味着一个女人自己嫁给自己。"① 在小说的结尾，多米终于找到自己，回到自己的身体，在自己的身体中，她重新成为一个女人。

女性的逃离，从根本上是女性从男性眼光中走出，用自己的眼光来看自己。在女性小说文本中，这个眼光的替代物常常是镜子。在这里，镜子是女性对自身的确证。在男权社会，女性的身体从属于男权文化之眼，女性的一切价值之源不是女性自己，也不是女性的身体本身，男权文化的眼睛规范了女性的一切。在男权社会里，男性的眼睛才是女性的价值之源。在 20 世纪 90 年代女性小说文本中，当女性面对镜子，从镜子中看到自己的身体时，她不是以从属地位的身份，而是以主体的身份，在感知自己，在思维自己。这时的她，既是感知的主体，又是思维的主体，同时还是话语的主体。镜子对男性目光的替代，暗示了女性开始以主体的姿态出现在男性面前。陈染的《与往事干杯》中，肖潆拿着一面镜子认识女性的身体。在《无处告别》中，黛二小姐在镜前审视着自己："她把手在自己弱不禁风的躯体上抚摸了一下，一根根肋骨犹如绷紧的琴弦，身上除了骨架上一层很薄的脂肪，几乎没有多余的东西，然而一双饱满的乳房却在黛二小姐瘦骨伶仃的胸前绽开。"② 在男性的眼光中，瘦骨伶仃的黛二绝对不可能是美的。然而，正是镜子，让黛二小姐在自己的身体上看到了美。《私人生活》中，"禾寡妇的房间，在我的记忆中始终有一种更衣室的感觉，四壁镶满了无形的镜子，你一进入这样的房间，就会陷入一种层见叠出、左右旁通的迷宫感"③。镜子对于禾寡妇来说，是自己的另一半，在她寡居的日子里，正是镜子让禾寡妇自己独立成为一个封闭而又安全的世界。在《一个人的战争》中，镜子具有极其重要的意义，它与多米的生命具有神秘的联系。在多米幼年时，镜子是多米的想象：

---

① 林白：《一个人的战争》，江苏文艺出版社 1997 年版，第 225 页。
② 陈染：《无处告别》，时代文艺出版社 1993 年版，第 45 页。
③ 同上书，第 56 页。

　　因此处于漫长黑暗而孤独中的多米常常幻想被强奸，这个奇怪的性幻想是否就是受虐待的端倪？想象被追逐，绝望地逃到一处绝壁跟前，无路可去，被人抓获，把衣服撕开，被人施以暴力，被人鞭打，巨大的黑影沉重地压在身上，肉体的疼痛和疼痛的快感。在疼痛中坠入深渊，在深渊中飞翔和下坠……

　　想象与真实，就像镜子与多米，她站在中间，看到两个自己。

　　真实的自己，镜中的自己。①

　　镜子使多米的幻想在一定程度上得以实现，它使多米认识到了自己。镜子因而成为象征，成为多米发现自己、实现自己的仪式中不可或缺的物品。如果说幼年时的镜子是幻想的实现，是多米的身体成为自己的身体的一种可能性；那么，当多米长大后，独居者梅琚的房间里的镜子则是对多米命运的一种启示、一种召唤，它像深渊等待着多米的来临。当多米来到梅琚的房间，她这样描写这个房间：

　　镜子很多。

　　一进门正对着的墙上就是一面半边墙大的镜子，如同剧场后台的化装室。

　　落地的穿衣镜。

　　梳妆镜。某个墙角放着巴掌宽的长条镜子。②

　　梅琚独身居住，她是她自己的，这个女人年龄在 40 岁到 50 岁之间，容貌、身材都保养得很好。对梅琚来说，镜子是自己人。当站在房子中间，梅琚感到有许多双眼睛看她，通过镜子，她不感到孤独，也不需要别人的眼睛来看自己。镜子使梅琚自己拥有自己的身体，使自己拥有自己的生命。梅琚房间的镜子曾召唤多米去拥有自己的身体。但是那时的多米，不可能听到镜子的召唤，她没有在镜子中留住自己。她走了出来，与男人恋爱，把自己的身体交给了 N。当多米失望后，从 N 处逃离时，她已经骨瘦如柴，她失去了青春，失去了自己。逃到北京的多米已经失去了灵魂。

---

①　林白：《一个人的战争》，江苏文艺出版社 1997 年版，第 22 页。

②　同上书，第 109—110 页。

在地铁口流浪的多米，遇到了梅琚，她把多米带回了自己的家。在梅琚的家中，多米重新看到了镜子：

> 梅琚家中的镜子依然如故，仍是那样地布满了各个房间，面对任何方向都会看到自己。多米在这样的房间里心里觉得格外地安宁，一种多米熟悉的青黄色光从镜子的深处逶迤而来……她想这种布满了镜子青黄色光线的房间也许正是一种特别的时光隧道，只要心会念咒语，就能到达别的时光中。①

历经磨难的多米，这时才从梅琚房间的镜子中领悟到，把身体交给别人的失败。从镜子中，她发现了找回自己的可能，当年镜子对多米的召唤，多米现在听到了。当梅琚房间的镜子把多米带到走向自己的通道后，多米在镜子中发现了重新找到自己的可能性：

> 这个女人在镜子里看自己，既充满自恋的爱意，又怀有隐隐的自虐之心。任何一个自己嫁给自己的女人都十足地拥有不可调和的两面性，就像一匹双头的怪兽。②

在镜子中，多米看到了自己嫁给自己的可能，也看到了自己重新回到了自身的可能。在镜子中，她重新完成了自己，也重新回到了自己的身体当中。

女性从男性社会中逃离之后，在"镜子"的召唤中，女性找回了自己的身体。在镜中，女性发现了自己身体的无穷魅力。当女性发现自己的身体时，女性的身体不再是男人的，只是女性自己的。没有了男性，女性从女性那里发现了身体的美。这诚然具有同性恋倾向，但的确是女性对女性自身自然化的表现，是把女性从男性的规范权力中解放出来的方式与途径。对此，玛丽·伊格尔顿有过精辟的论述："女同性恋的存在，不是作为一种'性选择'或'另一种生活方式'，甚至不是作为少数人的选择，

---

① 林白：《一个人的战争》，江苏文艺出版社 1997 年版，第 224 页。
② 同上书，第 225 页。

而是一种对统治秩序的最根本的批评，是妇女的一种组织原则。"① 在女性小说文本中，表现女性从男性眼光中走出来，发现和表现女性身体，的确是一个较为普遍的文学现象。林白的小说《致命的飞翔》《瓶中之水》《回廊之椅》都描写了女同性恋倾向。而陈染的《私人生活》则对这种女同性恋作了较为清晰而又集中的描写。

在《私人生活》中，陈染描绘出了男人与女人间的身体接触，有同女性与女性身体接触的不同的意味。小说中，T 先生是倪拗拗的老师，他在倪拗拗眼中是虚伪的化身。他喜欢倪拗拗，但是在公众场合，他表现出十分厌恶倪拗拗的样子；在课堂上，他一本正经，在私下，他显示出对倪拗拗"私部"的攻击性。而禾寡妇，这位在倪拗拗年少时就接触的女性，对她的态度迥然不同。和禾寡妇在一起，倪拗拗享受到了母亲般的爱欲。禾寡妇对倪拗拗的爱，是母亲般的自然，令她心里涌满感激和喜悦之情。诚然，禾寡妇与倪拗拗之间也有身体的抚摸。但是在倪拗拗看来，这种身体接触完全不同于 T 先生对她的攻击与伤害。T 先生只是关注倪拗拗的私部，而禾寡妇给予她的是全身心的爱抚。即使禾寡妇与倪拗拗的身体接触，有性欲发泄的成分，但这也是一个女性应有的身体需求。奥古斯特·倍倍尔曾说过："人有各种自然的欲望，其中，除了为生存而吃喝的欲望之外，最强烈的是性欲，繁殖种类的欲望是'生存意志'的最高表现。这种欲望深深地蕴蓄在每一个正常发育的人体内，在其成熟以后，满足这一欲望是其身心健康的基本条件。"② 对于禾寡妇而言，性的生殖功能在现实中不存在了，但是这并不意味着禾寡妇不存在宣泄性欲的必要。作为一个女性，禾寡妇有性欲，同样有满足性欲的必要。

但是，异性恋与同性恋在发泄性欲上存在本质的不同。男性身体是以阴茎为中心的集中化了的身体。而女性的身体则不同，她们的身体是完整的，她的眼、舌、耳、鼻、皮肤及口等都充斥着性欲。换而言之，男性的性欲发泄的渠道是单一的，而女性则是多方面的。禾寡妇对倪拗拗的爱抚、亲吻，符合有生命的人的生理需要和特征。

---

① ［英］玛丽·伊格尔顿：《女权主义文学理论》，胡敏等译，湖南文艺出版社 1989 年版，第 39 页。

② ［德］奥古斯特·倍倍尔：《妇女与社会主义》，葛斯、朱霞译，中央编译出版社 1995 年版，第 90 页。

　　这些对于年幼的倪拗拗来说，自然是一个谜。当她长大成人后，她渐渐地发现了并寻找着这种女性对女性的依恋。在 T 先生与禾寡妇之间，倪拗拗渐渐有了自己的认识。她与 T 先生之间，只是一种欲望关系，只是一部分身体与器官间的关系。而她与禾寡妇之间，则是一种更加深沉的关系，是一种母女般的关系。在情感上，倪拗拗十分需要禾寡妇；与禾寡妇的身体接触，使倪拗拗感到更加全面地回到自身；在与禾寡妇相拥时，她们找到天然的默契与和谐。倪拗拗与禾寡妇间的关系，意味着女性与女性的全面拥有，也展现了女性身体返回女性自身的方式与途径。因为，女性与男性的性别差异的根本出发点就在身体上，而女性与女性的联盟则是女性在男性社会中寻求性别空间的一个十分有力的措施。

　　男性对女性的控制不仅仅体现在男性对女性身体的控制权上，而且他还控制着女性对身体的认识和了解。男性控制了社会道德律令，把女性对自己的身体认识和了解不是看作一种知识行为，而是看作一种道德评价。通过道德评价，女性被剥夺了对自己身体了解的权利，尤其是女性的性器官。在 90 年代女性小说中，由身体入手对性及其体验的描写，成为小说中的一大景观。《一个人的战争》中，林白对年幼的多米对身体认识冲动的描写，显示了女性从父权阴影中走出来，认识自己身体、找寻自我的一种努力。年幼的多米，尚在五六岁时，便显示出了对身体认知的冲动，在幼儿园，多米躲在蚊帐中，自己抚摸自己，体验其中的快感；6 岁左右，她长久地在阁楼上冲着生殖器模型瞪眼睛；8 岁时，她开始抚摸自己的乳房……除了对自己身体的关注外，多米还对别人的身体充满关注。对儿童这种身体认知活动，埃莱娜·西苏有过精辟的议论："我曾不止一次地惊叹一位妇女向我描述的一个完全属于她自己的世界，从童年时代起她就暗暗地被这世界所萦绕。一个寻觅的世界，一个对某种知识苦心探索的世界。它以对身体功能的系统体验为基础，以对她自己的色情炽热而精确的质问为基础。这种极丰富并有独创性的活动，尤其是关于手淫方面，发展延伸了，或者伴随着各种形式的产生，一种真正的美学活动，每个令人狂喜的阶段记载着幻境，一部作品，美极了。美将不再遭禁止。"①

　　在西苏看来，女儿童专注于自己的身体不存在道德上的羞耻，相反它

---

　　① ［法］埃莱娜·西苏：《美杜莎的笑声》，载张京媛主编《当代女性主义文学批评》，北京大学出版社 1992 年版，第 189 页。

是美的。女性对身体的关注及对快感的体验体现了未被社会权力、文化禁锢的人的天性。这种关注人固有之，它是人的天性，在对身体的关注中，性别方面的伦理道德特征被消融，人的天性被凸显。

儿童对身体的关注体现了人的固有欲求，同样，成年女性的自慰也不能和道德相联系。女性的性欲不应该是功能性的，只能用来生育或满足男性。它应该是生理性的，是女性自己生命中的一部分；即使没有男性，或当男性成为女性回避的对象时，女性的自慰仍是对女性身体的关心，它同样是女性正常的生理活动。

在 90 年代的女性小说中，关于女性自慰的描写成为一个较为普遍的现象。在《一个人的战争》中，结束了"傻瓜爱情"后，在梅琚的住处，多米的自慰使她终于明白了女性的命运掌握在自己的手中。自己掌握自己的身体，是重新回到自己的唯一方式。她的自慰，让她感受到了自己的存在，这个存在让她感到她曾经把自己交给一个男人是一件愚蠢的事。多米在自慰中最终完成了一个女性对于人生道路的总结以及对于自己的确证。同样，在《私人生活》中的倪拗拗看来，她的自慰是对禾寡妇的怀念，是她对拥有自己身体的岁月的怀念，也是对伊楠的怀念。在自慰中倪拗拗完成了一个人对于自己的体认与把持。

90 年代的女性小说的身体叙事，由"逃离"开始，通过多种方式，最终返回女性自己的身体。在身体中，女性完成了一个独立于男性之外的女性主体的确认。其积极意义是值得肯定的。伊莱恩·肖瓦特在评价以西苏为代表的法国女性主义者的女性美学时指出："法国女性主义者关于女子性欲/文本的理论以显露出美杜莎的面貌而大胆地冲破父权制禁忌，她们的理论不论是基于女性器官如阴蒂、阴道或子宫，还是集中研究记号学的脉动、分娩或女性的愉悦，都是对菲勒斯话语进行令人振奋的挑战。"但是对于西苏女性小说美学思想的弱点，伊莱恩·肖瓦特也一针见血地指出："女性美学强调女性生理经验的重要性非常危险地接近性别歧视的本质论。"① 同样，90 年代中国女性小说中的身体叙事，对于中国女性文学

---

① ［美］伊莱恩·肖瓦特：《我们自己的批评：美国黑人和女性主义文学理论中的自主与同化现象》，载张京媛主编《当代女性主义文学批评》，北京大学出版社 1992 年版，第 257—258 页。

来讲，仅是女性寻求主体的步骤之一，女性要真正地完成主体性建构，还必须从身体出发，再次转向历史、社会、政治、经济等阔大的现实层面，在"人"的背景上展开女性文本，才能真正寻找到出路。

原载《贵州社会科学》2004 年第 2 期

第二辑

长篇小说纵横谈

近二十年长篇小说乡村现代性叙事规范的拆解

  在马克思看来，传统乡村是封闭、愚昧的代名词，阻碍了历史前进的步伐，"我们不应该忘记：这些田园风味的农村公社不管初看起来怎样无害于人，却始终是东方专制制度的牢固基础；它们使人的头脑局限在极小的范围内，成为迷信的驯服工具，成为传统规则的奴隶，表现不出任何伟大和任何历史首创精神。"① 马克思以唯物主义历史观来观照乡村，认为静止、封闭的传统乡村与现代历史格格不入。依据马克思主义观点，阶级斗争是人类社会前进的动力，人类社会的历史就是一部阶级斗争的历史。因此，文学叙事要把乡村纳入现代历史前进的轨道，必须以阶级斗争为叙述立场，"从历史唯物主义的观点来整理、分类、评价过去的事件"②。中国"十七年"乡村叙事，正是体现了上述"规范"。梁斌曾这样概括《红旗谱》的主题："我写这部书，一开始就明确主题思想，是写阶级斗争。"③ 柳青在谈到《创业史》的写作宗旨时也说，"《创业史》这部小说要向读者回答的是：中国农村为什么会发生社会主义革命和这次革命是怎样进行的。回答要通过一个村庄的各阶级人物在合作化运动中的行动、思想和心理的变化过程表现出来。"④ 在阶级斗争的现代性叙述立场观照下，传统乡村无疑是"病态"的。对此，孟悦曾作出比较深入的论述："乡土的社会结构，乡土人的精神心态因为不现代而被表现为病态乃至罪大恶

---

  ① ［德］马克思：《不列颠在印度的统治》，《马克思恩格斯全集》第 9 卷，人民出版社 1961 年版，第 148 页。

  ② ［匈］卢卡契：《历史与阶级意识》，杜章智等译，商务印书馆 1992 年版，第 305 页。

  ③ 梁斌：《漫谈〈红旗谱〉的创作》，《人民文学》1959 年第 6 期。

  ④ 柳青：《提出几个问题来讨论》，《延河》1963 年第 8 期。

极。在这个意义上，'乡土'在新文学中是一个被'现代'话语所压抑的表现领域，乡土生活的合法性，其中可能尚还'健康'的生命力被排斥在新文学的话语之外，成了表现领域里的一个空白。"①

20世纪80年代中期，中国传统文化开始受到重视。韩少功的《文学的"根"》、阿城的《文化制约着人类》、郑万隆的《我的根》等相继发表。这些文章反思了20世纪中国反传统文化思潮，显示了重视传统文化的理论自觉。阿城认为："五四运动在社会变革中有着不容否定的进步意义，但它较全面的对民族文化的虚无主义态度，加上中国社会一直动荡不安，使民族文化的断裂，延续至今。'文化大革命'更其彻底，把民族文化判给阶级文化，横扫一遍，我们差点连遮羞布也没有了。"② 郑义也反思了20世纪激烈的反传统文化思潮："'五四运动'曾给我们民族带来生机，这是事实。但同时否定得多，肯定得少，有隔断民族文化之嫌，恐怕也是事实？'打倒孔家店'，作为民族文化之最丰厚积淀之一的孔孟之道被踏翻在地，不是批判，是摧毁；不是扬弃，是抛弃。痛快自是痛快，文化却从此切断。儒教尚且如此不分青红皂白地被扫荡一空，禅道二家更不待言。"③ 重审中国传统文化，传统乡村"'健康'的生命力"被重新发现，使得20世纪80年代中后期出现了一批肯定传统乡村的中短篇小说。随着20世纪90年代以来文学界、思想界重估中国传统文化思潮深入发展，以《白鹿原》《马桥词典》《受活》《圣天门口》《笨花》等为代表的长篇小说，不再以批判、否定的立场来叙述传统乡村，因而体现出鲜明的拆解乡村现代性叙事规范的特征。以"十七年"长篇小说乡村叙事规范为参照，《白鹿原》《马桥词典》《受活》《圣天门口》《笨花》等拆解乡村现代性叙事规范的特点，显得更加清晰。本文将对此作出深入的论述。

一

巴赫金认为，传统乡村最突出的特征是循环性，"生长的肇始和生命

---

① 孟悦：《〈白毛女〉演变的启示——兼谈延安文艺的历史多质性》，载《再解读——大众文艺与意识形态》，北京大学出版社2007年版，第66页。

② 阿城：《文化制约着人类》，《文艺报》1985年7月6日。

③ 郑义：《跨越文化断裂带》，《文艺报》1985年7月13日。

的不断更新都被削弱了，脱离了历史的前进，甚至同历史的进步对立起来。如此一来，在这里生长就变成了生活毫无意义地在一处原地踏步，在历史的某一点上、在历史发展的某一水平上原地踏步"①。在巴赫金看来，传统乡村的循环性与相对静止的文化特性，迫使叙述乡村融入现代生活秩序的长篇小说，必须充分发挥"文学形象"的"时间性质"，把一切静止的、空间的东西，"纳入所写事件和描述本身的时间序列之中"②。《红旗谱》《创业史》等长篇小说即遵循了这样的叙述规则。《红旗谱》所叙述的故事依照时间先后顺序为"朱老巩大闹柳树林""反割头税斗争"和"二师学潮"。《红旗谱》的叙述起点与故事起点一致，从"朱老巩大闹柳树林"开始，遵循故事的自然时间顺序，终结为"二师学潮"。《红旗谱》构筑了非常明显的线性叙事形式：小说的叙述起点就是故事的起点，叙述终点就是故事的终点，叙述时间遵循故事发展的自然时间顺序。《创业史》围绕成立互助组到组建初级合作社的历史过程，叙述了"活跃借贷""买稻种和分稻种""进山割竹子""新法栽稻"等事件。《创业史》叙述上述事件时，也严格遵循故事发展的自然时间顺序。这种建立在时间关系基础上的叙事形式，常常被称为"时间形式"。当"文学成了别的什么的载体的时候，当作品后面有一个明确的概念或意思的时候"，"时间形式"就"使那个概念得到戏剧化的表现"③。《红旗谱》通过"时间形式"的构筑，表现了中国农民从自发地抗争到自觉地反抗阶级压迫的历史过程。《创业史》则表现了乡村在共产党领导下走上合作化道路的历程，彰显了合作化道路的历史必然性。《红旗谱》《创业史》依仗"时间形式"，完成了乡村现代性叙事。

小说"有两个时间的序列"，这两个时间序列常常被称作"被讲述的事情的时间和叙事的时间"（"所指"时间和"能指"时间），被讲述的事情的时间，常常被称为故事时间，叙事的时间即叙事时间，是安排故事时间的叙事顺序。小说时间的"这种双重性不仅使一切时间畸变成为可能"，更为根本的是，所谓叙事，就是"把一种时间兑现为另一

---

① ［苏］巴赫金：《巴赫金全集》第 3 卷，河北教育出版社 1998 年版，第 430 页。
② 同上书，第 453 页。
③ ［美］约瑟夫·弗兰克等：《现代小说中的空间形式》，北京大学出版社 1991 年版，第 59 页。

种时间"①。如此说来，所谓"时间形式"，其实就是小说依据叙事需要，遵循故事自然发展时间先后顺序来展开叙述。这是小说叙事处理故事时间的一种方法。当小说叙事不遵循故事时间的顺序，叙事时间发生"畸变"，故事时间被肢解，就可能产生"空间形式"。"空间形式"就是"试图克服包含在其结构中的时间因素"的形式。"空间形式"的对象被"当作一个整体来表现，其对象的统一性不是存在于时间关系中，而是存在于空间关系中；正是这种统一的空间关系导致了空间形式的发生"②。《马桥词典》以词作为叙述单位，词与词之间缺乏必要的时间先后关系，只是空间并置关系。很明显，《马桥词典》具有"空间形式"特征。"空间形式小说在它们对现实主义的追求中，在最低的程度上抛弃了因果性和年代表的传统"，"承认我们的存在并不是线性的"③。由于"空间形式"抛弃了因果关系，《马桥词典》所收录的词与词之间的关系就变得比较松散，词序也就具有偶然性，阅读《马桥词典》就可以变得相对自由而随意。因此，我们可以将《马桥词典》所收录的词语做如下分类：

描述马桥村地理状况的词语：江　罗江　枫鬼　贱　荆界瓜　官路

展现马桥村历史状貌的词语：蛮子　马桥弓　老表　觉　公家　满天红　煞

表现马桥村民俗的词语：三月三　同锅　放锅　撞红　公地　散发　不和气　结草箍　白话

显示马桥村物产、动物、植物的词语：军头蚊　红娘子　黄皮　豺猛子　洪老板　三毛　挂栏　黑相公　放滕　朱牙土　黄毛獐

描述马桥村人物的词语（【】内是前面词语主要描述的人物——笔者注）：乡气【希大杆子】　神仙府　科学　隔锅兄弟【马鸣】　觉觉佬　哩咯啷　龙　下【万玉】　贵生【志煌的儿子雄狮】　梦婆【志煌的妻子】　九袋【本义的岳父】　马疤子　打醮　打起发　马庄子（续）　一九四八（续）【马文杰】　台湾【盐早父亲茂公】　汉奸　冤头　渠道学【盐早】　晕街　颜茶　话份　宝气　宝气（续）　放转生【本

---

① ［法］克里斯蒂安·麦茨：《电影涵义论文集》，转引自［法］热拉尔·热拉特《叙事话语　新叙事话语》，中国社会科学出版社1990年版，第12页。

② ［美］约瑟夫·弗兰克等：《现代小说中的空间形式》，北京大学出版社1991年版，第Ⅱ页。

③ 同上书，第165—166页。

义】　双狮滚绣球【志煌】　神　不和气（续）背钉　根　打车子　走鬼亲　火焰【铁香】　呀哇嘴巴　马同意　栀子花　茉莉花【仲琪】红花爹爹　茹饭　模范　打玄讲　嘴煞【罗伯】　黑相公（续）　魔咒三秒【牟继生】　津巴佬　破脑　怜相　朱牙土　罢园　飘魂　懈【兆青】　民主仓　亏元　开眼　企尸【魁元】　狠　怪器【盐午】　嗯【房英】

描绘马桥村现状的词语：压字　懒　泡皮　天安门

通过上述对《马桥词典》收录词语重组与阅读，我们可以发现《马桥词典》"以完整的艺术构思提供了一个地理上实有的'马桥'王国，将其历史、地理、风俗、物产、传说、人物等等"，"汇编成一部名副其实的乡土词典"①。

《上塘书》也是一篇具有"空间形式"的长篇小说。《上塘书》共有九章："上塘的地理""上塘的政治""上塘的交通""上塘的通讯""上塘的教育""上塘的贸易""上塘的文化""上塘的婚姻""上塘的历史"。这九章之间并没有时间上的先后关系，只是空间并置关系，它们共时地呈现了上塘村完整的状貌。《上塘书》的每章还分成了若干小节，这些小节之间也是空间并置关系。例如"上塘的教育"部分，小说把上塘的教育划分为上塘小学的历史与状貌、上塘小学的教育方式、上塘"无声"的教育、上塘孩子受教育的心态、上塘的"城市"教育等。这五类"教育"之间也是空间并置关系。《上塘书》所叙述的当下中国乡村，已经受到了城市化进程的影响。但是，由于使用了"空间形式"，这些城市影响下的乡村生活只是乡村众多生活样式的一种，从而瓦解了"城市与乡村"相对照的乡村现代性叙事模式。

由于使用了"空间形式"，《马桥词典》《上塘书》缺乏首尾完整的故事时间，它们所叙述的乡村不再是历史发展进程中的乡村，而是"在历史的某一点上、在历史发展的某一水平上原地踏步"的乡村，从而体现了传统乡村"安、足、静、定"（钱穆语）的特性。

---

① 陈思和：《〈马桥词典〉：中国当代文学世界性因素之一例》，《当代作家评论》1997 年第 2 期。

二

　　梁斌在酝酿、创作《红旗谱》的整个过程中，曾经"反复学习毛主席的《湖南农民运动考察报告》《中国革命战争的战略问题》《新民主义论》《论持久战》《论联合政府》等著作，认真学习了党的各个时期的政策和文件"①。以"阶级斗争"作为重组乡村生活的思想资源，显然不是梁斌的个人之举，而是"十七年"长篇小说乡村叙事的共同追求。关于《山乡巨变》的主题，批评家这样阐释："（农业合作化运动）要求农民们抛弃那长期相沿的私有制的经济基础，排除自己头脑里那种根深蒂固的私有观念。这个转变，自然更困难，也更深刻。立波同志在《山乡巨变》里，就用力地描写了这个转变，以及由这个转变所引起的，例如农民们的家庭生活和爱情生活等各方面的人与人之间的关系的转变。"② 乡村固有人际关系，农民自身的文化观念、趣味等，按照是否是私有制的思想、观念与趣味，被重新评价。浩然创作《艳阳天》时，"把毛泽东思想中有关阶级斗争和斗争哲学的理论真正引入他作品的结构中来，并成艺术结构的哲学基础"③。"十七年"长篇小说乡村叙事，乡村社会被社会历史（阶级斗争理念、哲学）"同质化"。有学者把这种艺术现象概括为乡村"整体性"叙事："自延安时代起，特别是反映或表达土改运动的长篇小说《太阳照在桑干河上》、《暴风骤雨》等的发表，中国乡村生活的整体性叙事与社会历史发展进程的紧密缝合，被完整地创造出来。此后，当代文学关于乡村中国的'整体性'叙事几乎都是按照这一模式书写的，《创业史》、《山乡巨变》、《三里湾》、《红旗谱》、《艳阳天》、《金光大道》等概莫能外。"④ 乡村"整体性叙事"就是把乡村看作中国社会历史发展的载体与象征，通过乡村历史变动的叙事来表现社会发展历史进程。

　　叙述乡村被整合进社会历史的"整体性"叙事，是"十七年"长篇

---

　　① 梁斌：《谈创作准备》，《春潮集》，上海文艺出版社 1980 年版，第 64 页。

　　② 王西彦：《读〈山乡巨变〉》，《人民文学》1958 年第 7 期。

　　③ 雷达：《旧轨与新机的缠结——由〈苍生〉反观浩然的创作道路》，《文学评论》1988 年 1 期。

　　④ 孟繁华：《怎样讲述当下中国的乡村故事——新世纪长篇小说中的乡村变革》，《天津社会科学》2011 年第 5 期。

乡村小说重要的叙事规范。然而，从 20 世纪 90 年代初期开始，乡村"整体性"叙事受到了挑战。陈忠实对柳青等作家所建立的乡村叙事模式的怀疑，即是最好的证明。陈忠实在乡村生活了很长一段时间，并担任乡村基层干部达十年之久。与柳青一样，陈忠实也是一位对乡村生活极为熟悉的作家。但是，他还没有写出像《创业史》一样的巨著。他原以为是因为艺术表达上不如柳青。但是，陈忠实最终明白，其根本原因是忽视了乡村的传统性，以致无法深刻理解乡村。他说："恰是在蓝袍先生家门楼下的一瞅一瞥，让我顿然意识到对乡村社会的浮泛和肤浅，尤其是作为标志的 1949 年以前的乡村，我得进入 1949 年以前已经作为历史的家乡，我要了解那个时代乡村生活的形态和秩序。我对拥有生活的自信被打破了。"①陈忠实意识到，柳青所代表的乡村叙事规范遮蔽了传统乡村，而忽视传统乡村，就无法真正深入地理解中国乡村。陈忠实的思考意味着，乡村现代性叙事已经无法把传统乡村与社会历史彻底地整合在一起。《白鹿原》体现了陈忠实这种"崭新"的乡村体验。

《白鹿原》呈现了辛亥革命、北伐战争、国共斗争、中华人民共和国成立等重大历史事件波及下的白鹿村。中国近现代革命在白鹿村引起了震荡，尤其是辛亥革命后的国共斗争。黑娃、白灵、鹿兆鹏、鹿兆海、白孝文等白鹿村儿女以各种方式参与到现代革命进程之中。《白鹿原》叙述了他们在中国现代革命进程中的命运。从《白鹿原》所叙述的历史事件与历史进展来看，它颇有"史诗"整体性特质。但是，正如丁帆所言，"史诗"结构在《白鹿原》这里，只是道具而已②。究其原因在于，《白鹿原》所叙述的白鹿村历史与社会历史之间存在缝隙。因为《白鹿原》的叙述目的不是要表现中国现代革命进程中传统乡村的现代转型，而是要表现传统乡村在中国现代革命风云中的"稳定性"伦理价值。这一叙述目的，《白鹿原》是通过塑造朱先生和白嘉轩两个人物形象来实现的。

朱先生是关中大儒，在革命激荡的时代，他仍坚守儒家伦理。辛亥革命时期，朱先生奔走在革命派与保皇派之间，承担起保护乡民的责任。朱先生对革命持伦理立场："对明君要尊，对昏君要反；尊明君是忠，反昏君是大忠。"此后在国共两党的争斗中，朱先生依然秉持伦理立场，认为

---

① 陈忠实：《寻找属于自己的句子》，《小说评论》2007 年第 4 期。
② 参见丁帆《乡土小说的多元与无序格局》，《文学评论》1994 年第 3 期。

两党之争只是"翻鏊子"。按照新儒家梁漱溟的说法，"阶级对立正是集团的产物，不发生于伦理社会"①。毫无疑问，朱先生是儒家文化价值观的体现者。白嘉轩则是白鹿村民间伦理的化身。他坚持耕读传家，严格遵循"仁义"的价值规范。在动荡的岁月里，他以族长身份带领村民们诵读体现儒家文化精神的《乡约》。他把《乡约》作为自己和乡民的规范，即使儿子违反了《乡约》，白嘉轩也依《乡约》严惩。《白鹿原》叙述了由辛亥革命至中华人民共和国成立这段社会历史的变动，而借由朱先生和白嘉轩这两个人物形象的塑造，表现了乡村伦理的稳定性。于是，外在社会翻云覆雨式的动荡与乡村伦理价值的"稳定性"形成了鲜明的对比。《创业史》等构建的乡村"整体性"叙事就这样被《白鹿原》颠覆了。

毫无疑问，《白鹿原》是重估中国传统文化思潮的产物。不过，《白鹿原》只是局限于从伦理层面来反观中国革命史，而不是从"文化史观"②来反思中国革命史。下文论及的《笨花》《圣天门口》《受活》等长篇小说，与《白鹿原》一样，也都是从伦理层面来反思中国革命史，文中不再赘述。

其实，并非仅《白鹿原》瓦解了乡村"整体性"叙事。《笨花》《圣天门口》等延续了《白鹿原》的叙述策略，也成为瓦解乡村"整体性"叙事的典型。

《笨花》的故事时间开始于 1895 年，终结于 1945 年抗日战争结束。小说叙述涉及甲午海战、辛亥革命、军阀混战、抗日战争等重要社会历史事件。另外，《笨花》还以向喜、向文成的人生历程来叙述笨花村的"村史"。向喜原本是笨花村的一名小商贩，靠卖豆腐脑维持生计。1895 年中日海战失败后，清政府在笨花村征募新兵，向喜报名投军。此后，向喜多次参加战役，屡建战功。不过，向喜尽心参战、屡建奇功的原因，并不是宏大的、明确的政治目的。向喜把参加这些战斗比作"干活"。他卖力"干活"的原因，只不过是不想辜负主人的一份工钱罢了。向喜所秉承的是自然村村民意识，也是自然村村民的基本道德。向喜还崇尚孟子的

① 梁漱溟：《梁漱溟全集》第 3 卷，山东人民出版社 2005 年版，第 189 页。

② "文化史观"认为，是文化而不是经济推动了社会的发展。这是新儒家解释社会历史发展的基本出发点。它从根本上否定了唯物史观。

"中和"之道。"中和"之道，是中国传统文化的重要组成部分，强调人
与自然、人与人之间和谐共处。"中和"之道是向喜闯荡多年的人生信
条。军阀之间的尔虞我诈与向喜的人生准则相悖，即使被授中将军衔，他
还是退隐归乡。后来，日军多次来威逼、利诱向喜出山，向喜都拒绝了。
纵观向喜的人生，支撑他的基本信条是传统伦理道德，而不是宏大的现代
革命理念。《笨花》也以伦理道德立场来叙述向喜儿子向文成的人生历
程。向文成幼年随向喜，在外接受过良好的教育，因为眼疾而回乡。他为
人开明，在笨花村开办医疗所，救治乡民。乱世之中，向文成是笨花村的
良心，维系着笨花村的安危。向喜和向文成的人生历程构成了笨花村自
1895 年至 1945 年抗日战争结束期间的历史。但是，依上文所述，《笨花》
遵从传统道德价值标准来叙述乡村历史和乡村人物，并没有把乡村纳入近
现代中国社会历史巨变的叙事视野。《笨花》叙述乡村的艺术策略与《白
鹿原》是一致的：一方面，以传统伦理作为叙述乡村的立场；另一方面，
依然遵照现代革命立场来叙述社会历史变革。于是乡村历史叙述与社会历
史叙述之间出现了缝隙，形成了乡村自我的历史——"村史"与社会历
史之间的分离。通过这种方式，《白鹿原》《笨花》等颠覆了"十七年"
长篇小说乡村叙事的"整体性"叙事规范。

三

农历是中国传统历法。它是通过十天干和十二地支相配合组成的一种
纪年方式，每六十年为一个轮回。为了农事的需要，农历还配有二十四节
气。农历是一种基于天体与自然季节循环更替经验而确立的历法。20 世
纪伊始，世界上大多数国家使用公历纪年。民国初年，中国开始普及公
历，同时也采用中华民国纪年。到新中国成立时，通过了使用"公历纪
年法"的决议，完全采用公历纪年。使用公历纪年，是中国为了与国际
社会接轨的一项举措。公历与农历不仅仅是两种不同的纪年方式，还体现
了两种时间观。公历与现代性相联系。而现代性"首先是一种时间意识，
或者说是一种直线向前、不可重复的历史时间意识，一种与循环的、轮回
的或者神话式的时间认识框架完全相反的历史观"①。《三里湾》《红旗

---

① 汪晖：《汪晖自选集》，广西师范大学出版社 1997 年版，第 2 页。

谱》等长篇小说均使用公历纪年，体现了自觉地融于现代性社会秩序的努力①。21 世纪长篇小说乡村叙事的纪年出现新变化，阎连科的《受活》、刘醒龙的《圣天门口》、郭文斌的《农历》纷纷使用农历纪年。

《受活》不乏如下农历纪年表述："戊寅虎年闰五月""过了己丑牛年到了庚寅虎年""农历壬戌年""丙子年秋""己丑年民国完结后，有了新中国"等。即使是记载现代革命之父马克思的人生历程，柳鹰雀的养父也使用农历："马克思戊寅虎年立夏生于德国莱茵省特利尔城""庚寅虎年刚过十一岁，马克思进入特利尔的威廉中心""癸未羊年不到七十三岁，于雨水与惊蛰间逝世"等。在受活人眼里，农历是唯一的纪年方法。《受活》采用农历纪年，与小说内在精神密切相关。《受活》中的受活庄本是一个世外桃源，圆全人和残缺人在这里相安无事，过着与世无争的田园生活。受活庄的历史在茅枝婆到来之后发生了变化。茅枝婆是革命烈士后代，历经过草地、爬雪山，最终到了延安。后来队伍被打散，茅枝婆流落到受活庄。茅枝婆是受活庄的第一个外来者。新中国成立了，茅枝婆发现外面的世界已发生了翻天覆地的变化，其他村庄都已经"入社"。于是，她辗转几县，请求"入社"。最终，双槐县接纳了受活庄，受活庄终于"入社"。受活庄"入社"标志着受活庄开始迈入现代生活秩序。令茅枝婆意想不到的是，受活庄"入社"竟是受活庄遭受欺负的开端。于是，茅枝婆开始谋求"退社"。茅枝婆所追求的"退社"，是要让受活庄从现代性社会中脱序，重归田园。《受活》所体现的时间观，显然不是线性时间观，而是循环时间观。这就是《受活》采用农历纪年的重要原因。

《圣天门口》叙述了发生在天门口的革命事件，包括辛亥革命、国共两党斗争、抗日战争、"文化大革命"等中国历次重要革命事件。但是，《圣天门口》的主题不是再叙乡村革命史，而是反思现代革命忽视个体生命的遗憾。具体而言，《圣天门口》从革命的逻辑、传统文化与个体终极

---

① 与"十七年"文学作品普遍使用公历纪年不同的是，《创业史》仍保留了农历纪年。这显然是特例。然而，《创业史》农历时间体现了乡村的复杂性：旧有价值观念仍然有着生命力，而新的价值观念在推行进程中受到了旧价值观念的挤压。《创业史》保留农历，目的在于显示乡土革命的必要性与紧迫感。参见邵明《时间的意义——"十七年"文学现代性价值的时间维度》，《文艺理论与批评》2006 年第 2 期。

价值等三个角度来反思现代革命。笔者曾有专文论述①，在此不再赘述。同时采用公历与农历两种纪年方式，从时间观的角度来反思现代革命，也是《圣天门口》的重要叙事策略。

何为革命？邹容曾说："革命者，去腐败而存良善者也。革命者也，由野蛮而进文明者也。革命者，除奴隶而为主人者也。"② 革命以其对未来的承诺，显示出了鲜明的线性时间观。因此，《圣天门口》在叙述天门口的革命事件时，使用公历计时，以彰显革命的线性时间观："一九一八年十一月十六日""一九三一年十二月最后几天""一九三七年夏秋之交""一九四零年五月的最后一个夜晚"等。这些公历纪年基本上对应了相应的革命事件。为了从反思线性时间观入手来反思革命，《圣天门口》还使用了农历纪年，小说中不乏如"腊月二十七""正月十五""二月花朝""清明前后""中秋节前夕"等农历纪年。和农历纪年紧密联系在一起的是天门口的日常生活。农历纪年表明：独立于现代革命进程之外的天门口，还有着另外一种生活方式——一种更为常态和稳定的生活方式。为此，《圣天门口》常常出现与农历紧密联系在一起的循环时间表述："年年都是由雪大爹带头杀猪""总是要到正月十五以后"。《圣天门口》同时使用公历与农历两种纪年方式，打破了公历的整体性和统一性。两种纪年方式并存也意味着：革命的现代风云并没有彻底覆盖天门口，天门口依然保持中国传统乡村的生活常态。

因为时间无休止地往复循环，没有起点或终点这种明确的界点，所以"循环时间观被认为是无法区分神话和历史的，而且排除了惟一事件的存在可能性，而这种惟一事件是历史观的前提条件。往复循环意味着事件的重复，这无疑极大地削弱了人类行为的意义"③。《受活》《圣天门口》以农历的循环时间观来消解公历的线性时间观，也消解了"十七年"长篇小说乡村叙事的"历史"之魅。

费孝通曾说"中国社会是乡土性"的："人同土地结合在一起，生于斯，死于斯"。同时，"土地生产四季循环不已"，使传统乡村具有循环

---

① 参见周新民《〈圣天门口〉：对激进主义文化的多维反思》，《当代文坛》2007 年第 6 期。

② 邹容：《革命军》，华夏出版社 2002 年版，第 8 页。

③ ［印度］罗米拉·塔帕尔：《早期印度循环时间观和线性时间观》，载［英］里德伯斯主编《时间》，华夏出版社 2006 年版，第 24 页。

性，"构造了乡土社会人的特点"①。这种循环特性造就了传统乡村人与神、人与自然、人与人之间和谐共生的生存理念。长篇小说《农历》即展示了这种和谐的生活图景。

顾名思义，《农历》是一部以农历纪年的长篇小说。《农历》共有十五节，各节依次采用的标题都是农历的节日名称："元宵""干节""龙节""清明""小满""端午""七巧""中元""中秋""重阳""寒节""冬至""腊八""大年""上九"。《农历》通过五月、六月两个孩子的视角，描绘了农历节日人与神之间、人与自然之间、人与人之间和谐、安详的生活图景。《农历》叙述了节日祭祀死去先人的情景。五月、六月一家在"元宵""清明""送灯""寒节"给先人做彩衣等。五月、六月一家还给无人祭祀的孤魂野鬼、乱人坟送灯、挂纸。他们敬畏的，不仅是自己的祖先，而是一切故人。《农历》展示了中国传统乡村与神秘的鬼神世界之间力求和谐共处的思想观念。《农历》还表现了人和自然之间和谐关系。五月、六月一家对自然心怀尊重。在他们眼里，自然万物和人一样，也是有生命的。五月、六月认识到，动物有生命，树木也有生命。干节，五月、六月外出打干，他们只打干树枝，而不折活树枝。正是出于对自然生命的尊重，在八月十五下梨子时，六月决定把最后一只梨留给梨树。人与人之间和谐、融洽的关系是《农历》书写的重点。五月、六月一家，父慈子孝，家庭关系融洽。父亲、母亲和外嫁女儿、成家单过的儿子之间有着深厚的感情。这一家人和和睦睦、快快乐乐地生活在一起。这一家人和乡亲之间关系融洽。中秋节，梨子成熟丰收，五月、六月的父亲安排五月、六月一家一家地送梨。姐弟俩一家一家地送完满满一袋鲜梨后发现，自己的收获却比先前还要丰富。不仅是各家各户回赠了各种糕点、果实，更重要的是，姐弟俩还又收获了浓浓的人间情。《农历》详细地叙述了农历节日乡村生活图景，呈现了和平、安宁的乡村生活，描绘了一幅幅乡村田园画卷。

四

现代文学时期，方言写作曾受到鼓励。方言文学被看作"可以和国

---

① 费孝通：《农村调查自述》，《费孝通选集》，天津人民出版社 1988 年版，第 161 页。

语文学平行，而丰富国语文学"①。毛泽东的《在延安文艺座谈会上的讲话》提出了作家必须"大众化"的要求，他还提出了"大众化"的具体含义与作家"大众化"的方法："什么叫作大众化呢？就是我们的文艺工作者的思想情绪和工农兵大众的思想情绪打成一片。而要打成一片，应从学习群众的言语开始。"② 此后，中国掀起了方言剧、方言诗的创作热潮，方言文学的理论探讨也如火如荼。然而，新中国成立后不久，方言写作就受到质疑，"'方言文学'这个口号不是引导着我们向前看，而是引导着我们向后看的东西；不是引导着我们走向统一，而是引导着我们走向分裂的东西"③。

　　方言受质疑的时代氛围，使作家们对方言写作持谨慎态度。叶圣陶在《关于使用语言》一文中，专门阐释了"要避免使用方言土语的成分"的问题："有一点咱们应该注意，就是敏感地辨别普通话和方言土语，要依照普通话的语法，使用普通话的词，不要依照方言土语的语法，使用方言土语的词。推广普通话，汉民族使用统一的语言，在社会主义建设高潮的今天，是作为一种严肃的政治任务提出来的。文艺工作者跟其他文化工作者一样，应该而且必须担当这个任务。"④ 叶圣陶的这段话表明，方言退出文学创作已经无法避免。梁斌修改《红旗谱》的经历即是例证。为了体现作品的"民族气魄"，《红旗谱》大量使用保定方言。不过，梁斌很快作出了反省："在创作《红旗谱》过程中，在运用语言方面的另一个较明显的缺点是，有些地方用了过于狭隘的地方语言，使有些地区的读者不大容易读懂。"⑤ 因此，在修订过程中，梁斌将方言改为普通话。即使是增加文学作品的地方色彩，方言也成为不重要的"技术"要素。茅盾曾这样评价周立波的《山乡巨变》："作者好用方言，意在加浓地方色彩，但从《山乡巨变》正续篇看来，风土人情、自然环境的描写已经形成了

　　① 郭沫若：《当前的文艺诸问题》，载《郭沫若佚文集》下册，四川大学出版社1988年版，第212页。

　　② 毛泽东：《在延安文艺座谈会上的讲话》，解放社1949年版，第4页。

　　③ 邢公畹：《谈"方言文学"》，《文艺学习》1950年第2卷第1期。

　　④ 叶圣陶：《关于使用语言》，《人民文学》1956年第3期。

　　⑤ 梁斌：《漫谈〈红旗谱〉的创作》，《人民文学》1959年第6期。

足够的地方色彩，太多的方言反而成了累赘了。"① 方言写作为何在新中国成立后受到限制？显然是追求普遍性的现代性叙事对于"地方性知识"叙事的压制。因为，中华人民共和国成立后，"整个国家进入一个崭新的文化现代性建构时期。这种文化现代性建构的迫切任务之一，是找到并确立一种能整合全国亿万各阶层民众的思想和行动的统一的基本形式。这就产生了一种全体民众的政治整合需要。政治整合的目的是使过去彼此疏离、涣散的各阶层民众，能一律自觉地按一个统一意志去思想和行动。而语言正是这种政治整合的有力和有效的'工具'"②。

　　不过，从 20 世纪 80 年代开始，方言受压制的命运出现了逆转，普通话写作开始受到质疑。阿城认为："普通话是最死板的语言，作为通行各地的官方文件，使用普通话无可非议，用到文学上，则像鲁迅说的'湿背心'，穿上还不如不穿上。"他还说："方言永远优于普通话，但普通话处于权力地位，对以方言为第一语言的作家来说，普通话有暴力感。"③20 世纪 80 年代，中、短篇小说的方言写作取得了较大成就。近二十年来，长篇小说方言写作成果丰硕。《白鹿原》使用关中方言，《马桥词典》多用湖南方言，《圣天门口》频现鄂东方言，《笨花》有大量冀中方言，《受活》主要运用了豫东方言。

　　而在众多使用方言的长篇小说中，《马桥词典》是一部重要的作品。《马桥词典》选取马桥村使用的词作为叙述对象，用普通话讲述与该词相关的故事，对词的含义加以说明。这样的结构方式，使方言成为《马桥词典》的叙述主体与中心。把方言作为小说的叙述中心，颠覆小说"普通性知识"叙事规范，是韩少功的自觉追求。韩少功认为："从严格的意义上说，所谓'共同的语言'，永远是人类一个遥远的目标。如果我们不希望交流成为一种相互抵消、相互磨灭，我们就必须对交流保持警觉和抗拒，在妥协中守护自己某种顽强的表达——这正是一种良性交流的前提。这意味着，人们在说话的时候，如果可能的话，每个人都需要一本自己特有的词典。"④ 正是对"共同语"的怀疑，韩少功才把方言作为"良性交

---

① 茅盾：《反映社会主义跃进的时代，推动社会主义时代的跃进》，《人民文学》1960 年第 8 期。

② 王一川：《近五十年文学语言研究札记》，《文学评论》1999 年第 4 期。

③ 阿城：《闲话闲说——中国世俗与中国小说》，作家出版社 1998 年版，第 165 页。

④ 韩少功：《马桥词典》，人民文学出版社 2004 年版，第 377 页。

流"的根本。

《马桥词典》收录的词语，有些甚至只限于马桥个别人使用，像"三月三""碘酊""神仙府""科学""打车子""开眼"等。虽然普通话中也有这些词语，但是，在马桥村这些词语有着独特的意义。如普通话中的"科学"一词，常常是指反映自然、社会、思维等客观规律的分科的知识体系。但是，马桥人却是这样理解"科学"："什么是科学？还不是学懒？你看城里的汽车、火车、飞机，哪一样不是懒人想出来的？不是偷懒，如何会想出来那样鬼名堂？"因此，马桥人眼里的"科学"是贬义词，有着浓厚的道德色彩。因为在马桥经常使用"科学"这个词的人，是被人瞧不起的懒汉马鸣。因此，作为普遍性知识的"科学"一词，在马桥就变成了"懒惰"的代名词，成为马桥人的"地方性知识"。

与韩少功一样，阎连科也深入地反思了普通话写作："当下写作，方言遭受到了普通话前所未有的压迫，似乎已经被普通话挤得无影无踪了。这样说也许有些夸张，但方言在语言审美上已经显得不那么重要确是真的。如萧红、沈从文、汪曾祺的语言魅力，已经在当代写作中很难找到。汉语写作是伟大的，可如果没有方言的存在，不知道汉语写作会是什么样子，会不会像一间空的房子，而空荡无物。"① 在阎连科眼里，方言不仅是重要的叙述语言，还是小说的叙述内容。他说："采用方言写作，语言就不仅仅是表达的工具，而是内容，是故事不可分的一部分。"② 《受活》是阎连科践行方言写作思想的代表性作品。《受活》可以划分成两个组成部分：一部分是小说的叙述部分，还有一部分是"絮言"部分。而"絮言"主要是解释叙述中方言的含义。通过设立"絮言"的方式，方言成为小说叙述的对象和内容。《受活》中的"絮言"，有些是作为"注释"，附骥于小说章节的末尾，有些独立成章。单独成章的"絮言"有"死冷""入社""红四""天堂日子""铁灾""敬仰堂""大劫年""黑灾、红难、黑罪、红罪""花嫂坡、节日、受活歌"等。

值得注意的是，《受活》中的"絮言"并非仅简单地解释方言所对应的普通话语义，而是详细地叙述了方言词语所包含的受活庄特有的历史、风俗、人物等。《受活》第一章叙述中出现了方言"受活庄"。紧接着

---

① 李陀、阎连科：《〈受活〉：超现实写作的重要尝试》，《南方文坛》2004 年第 2 期。

② 同上。

"絮言"部分,叙述了受活庄的来历与传奇。关于受活庄的"地方性知识",还在"花嫂坡、节日、受活歌"等"絮言"中体现出来了,这些"絮言"表现了受活庄的历史文化与民情风俗。而《受活》众多"絮言",则表现了受活庄人对革命历史的独特记忆,也构成了受活人的"地方性知识"。"铁灾"是受活庄人对大炼钢铁历史的理解。"黑灾、红难、黑罪、红罪"则表达了受活庄人对"文化大革命"独到的理解。由于这些革命历史记忆打上了受活庄人独特情感的烙印,因而与宏大革命历史叙述有着较大的差异,无疑属于"地方性知识"。

"十七年"长篇小说乡村现代性叙事,书写了传统乡村在历史蜕变时期的种种征候,是乡村"变"的历史情形的写照。近二十年来,由于中国传统文化受到重视与重估,传统乡村的价值得到肯定,于是,形成了长篇小说拆解乡村现代性叙事潮流。近二十年长篇小说乡村现代性叙事规范的拆解,彰显了乡村被现代性叙事遮蔽的层面,裸露出了传统乡村的种种特性,从而显示了乡村的"常态性"。总体上看,近二十年长篇小说乡村现代性叙事规范的拆解,无疑是当代长篇小说乡村叙事艺术的丰富和发展。

原载《文学评论》2013 年第 5 期

《圣天门口》:现实主义新探索

自20世纪80年代以来，变化着的文学形势逐渐突破了传统现实主义的规范。为了给这些突破赋予新的意义，文学批评家创造了形形色色的现实主义文学名称，诸如"表现现实主义""体验现实主义""文化现实主义""人文现实主义""新现实主义""批判现实主义""结构现实主义""魔幻现实主义""心理现实主义""形式现实主义"等。这些命名隐含着现实主义内涵两个方面的新变化：一方面，随着社会生活的变化，现实主义的文学创作在不同程度上突破了传统现实主义的规范；另一方面，现实主义的形式因素得到了一定程度的重视。批评家对现实主义新变无疑是敏锐的。的确，现实主义从它一诞生起，就不是一个本质的、固定不变的概念。

对现实主义的产生和发展过程，伊恩·P. 瓦特有着独特的见解，他认为："'现实主义'一词首次公开使用是1835年，它被作为一种美学表述方式，指称伦勃朗绘画的'人的真实'，反对新古典主义画派的'诗的理想'；后来，它被杜朗蒂主编的杂志《现实主义》1856年创刊号作为一个特殊的文学术语献诸公众。"这个术语后来又在福楼拜及其后续者那里指"用作'理想主义'的反义词"。① 通过对现实主义概念的梳理，伊恩·P. 瓦特认为现实主义是一个历史性的产物，是和当时的社会文化历史紧密联系在一起的，而不是个孤立的、普泛性的概念。的确，现实主义本身是一个发展的概念，社会生活的发展为现实主义的内涵提供了丰富的拓展空间。在和社会文化语境的对话中，现实主义拓展了自身的文化内涵和规定性。在长达一个半世纪的时间里，现实主义的内涵一直在扩展与丰

---

① ［美］伊恩·P. 瓦特：《小说的兴起》，三联书店1992年版，第2页。

富。因此，我们不能够仅仅抓住它曾经有过的内涵来框框当下的社会生活，而是应该依据当下的现实生活来发展现实主义，让现实主义始终能和鲜活的现实社会保持紧密的联系，维持自己对鲜活的现实生活的发言权。

此外，现实主义还是一个关于形式的概念，这一点被我们长期忽视。我们太在意现实主义文学与现实社会的关系，过分看重现实主义文学的社会效果，而作为形式的现实主义被我们遗忘了。在一些批评家看来，现实主义形式的重要性甚至超越了它的社会功能性："所有的现实主义小说都是通过维护一种与现实的特权关系来获取其权威性的。然而，这一诉求不仅仅简单地是一种消极前提，它也是一个举足轻重的形式因素，在现实主义模式的所有样本中都留有运作的痕迹。每一部新作都有权重构这一诉求，由此显示它对现实的独特把握。因此，可能的思路或许是，悬置那些不可捉摸的认识论问题，转而将再现行为当作一种智力劳作来考察……其蛛丝马迹可以从文本中发现。现实或许可以看作为——至少是暂时的——仅是想象的产物。如此理解'现实'（我将用大写的方式强调其修辞的而非本质的意义）可以使我们摆脱有关现实与文本之关系（反映论）的狭隘论辩，腾出手来探讨小说的创造性生成（发生论）、它的接受和社会效用。……通过对最后两个范畴的详尽考察……我们能够越过现实主义的真实性诉求当中的认识论盲区，开始将它理解为一种美学形式的实践。"①将现实主义作为一种美学形式来理解，不仅能让我们能更深刻地理解现实主义的内涵，更重要的是，它提醒着人们，现实主义形式具有多种的可能性。它应该越过现实主义社会功能的禁锢，展现出自身的独特的美学意义。

正是从以上两个方面来讲，长篇小说《圣天门口》显示出了其独特而跨越性的意义。它充分体现了中国当下现实主义文学的新内涵。它突破了传统现实主义的规范性，高扬了个体生命的价值，提出了"人"是社会变革的基本准则的文化理念。同时在文学形式的探索上，《圣天门口》也呈现崭新的特质，构造了空间形式这一不同于传统现实主义的文学形式。这两个方面的变化，预示着《圣天门口》给中国现实主义文学带来了新高度。

---

① ［美］安敏成：《现实主义的限制》，姜涛译，江苏人民出版社 2001 年版，第 8—9 页。

"人"：《圣天门口》的内涵

自 20 世纪 90 年代以来，世俗社会生活逐渐显示出了其巨大的吞噬力：人们被金钱和欲望的魅力所迷惑，陷入物质的狂欢之中；人的理想以及人的终极性关怀丧失，人的精神被物质挤压并萎缩。而文坛上也陷入一片喧嚣和躁动之中：变幻不定的各种写作旗帜、商业性的炒作以及对欲望写作的盲目崇拜等。这一切都昭示了人的信仰危机、精神丧失。

同时，就现实主义自身来看，从 80 年代开始，中国现实主义文学的发展遇到了挑战。一方面，现实主义文学要求再现现实生活，把时代思想情绪的表现作为现实主义文学的最高追求。在这种艺术追求中，小说中的人物仍然难以脱离工具性的地位。另一方面，在文学思想上，随着文学对"人"的价值探讨的深入，传统现实主义文学规范受到了普遍质疑。因此，现实主义文学陷入对现实生活的再现和对"人"的价值表现的两难困境中。在"现实主义冲击波"文学口号提出之后，对现实主义的诘难，彻底揭示出了中国现实主义文学的困惑。其中，又以现实主义对人的关怀的迷失最受质疑。① 现实主义在对人的价值和精神表现上陷入尴尬。

在这样的社会文化状况中，现实主义应该重新出发寻找自己新的起点，它的内涵应该随着我们当下的社会文化现实而发展。我们今天的现实主义不应该只是对社会生活的真实反映，对沉迷在物质欲望中的人的精神拯救应该成为现实主义的第一要素。人以及对人的终极性关怀应该成为我们这个时代现实主义的出发点。

对"人"的关怀，成为刘醒龙解开现实主义文学死结的主要思想武器。在谈到《圣天门口》的写作时，刘醒龙谈道："文坛上对所谓现实主义文学的评价也似是而非，而我又不喜欢用檄文发起论争"，"只好写这样一部小说来为现实主义文学正名"。对于现实主义，刘醒龙有着自己独特而清醒的认识："看一个作家或作品有没有对现实功利的不屑与反叛，

---

① 参见童庆炳、陶东风《人文关怀与历史理性的缺失——"新现实主义小说"再评价》，《文学评论》1998 年第 4 期。

有没有对现实的个性梦想与人文关怀，决定着他们现实主义身份的真伪。"① 在刘醒龙夫子自道式的语言中我们鲜明地感觉到，在他这里，现实主义文学的含义发生了根本性的变化：现实主义文学从对现实生活真实的反映，调整为对现实功利价值的反叛，注重人文关怀，张扬理想主义情怀。

个体生命的尊重和仁爱之心的张扬，构成了《圣天门口》的现实主义文学精神。在对激进主义革命文化的反省和对人的神性价值张扬的对照中，《圣天门口》提出了放弃暴力和杀戮、尊重人的生命价值的文化理念，倡导人类社会和谐发展的文化命题。这样的文化理念意味着：现实主义文学不再把人作为社会和历史的工具和手段，"人"彻底成为现实主义文学的精神基础。

《圣天门口》首先反思了革命与暴力的关系。在激进主义革命文化那里，革命与暴力是不可分割的，暴力本来就是革命的应有之义。傅朗西在发动革命时就指出："请大家记住我的话，温情脉脉代替不了革命！暴动免不了杀人，免不了要人头落地！失败的教训太多我们再也不能重复过去的错误。虽然不能大开杀戒，但也不能只是小开杀戒！依我看中开杀戒是很合适的！"（205 页）在这里，以摧毁人的生命为目的的暴力成为革命的首要手段，它显示出了激进主义革命文化价值对人的生命的蔑视。

在小说中，这场由暴力开始的运动并没有随时间和革命的发展而改变暴力的本色。在革命和反革命的角力中，随着革命双方的势力和时势的变迁，暴力、杀戮成为天门口的主题。革命势力和反革命势力拉锯战式的杀戮，在这长达六十来年的革命活动中，每一次革命运动都是以屠杀开始，以屠杀告终。革命在个人欲望和非理性的推动下，在暴力的泥沼中愈演愈烈，正如杭天枫所说："管他什么革命，其实都是打扑克牌，前一盘打完了，就要重新洗一次牌。"（1144 页）神圣的革命变成了暴力游戏，个人的生命价值成为毫无意义之物。

但是，建立在杀戮和暴力基础上的革命是不会给人们带来幸福的。《圣天门口》让我们看到暴力革命最终并没有带给人们幸福，留给人们的只是痛苦和悲伤。在天门口，甚至一户人家"为独立大队先后死去了六个人的特殊烈属，婆媳三代共有四个寡妇"，他们最终也没有等到革命者

---

① 卜昌伟：《刘醒龙称批评者盲人摸象》（http://www.yuesky.net/6/102944.html）。

曾经许下的幸福远景诺言的实现。

《圣天门口》展示了在漫长的暴力革命过程中，人的生命价值和意义的消失。在对革命与暴力关系的反思中，《圣天门口》显示了对生命的尊重，对暴力和杀戮的批判。

在反思暴力革命的同时，《圣天门口》张扬了神性救赎。"人"是雪家价值的核心。"用人的眼光去看，普天之下全是人。用畜生的眼光去看，普天之下全是畜生。"（63页）在梅外婆看来，所有的生灵，作为生命存在都具有不可否认的平等价值，道德、意识形态的评价都不是生命自身的负载。当一直和雪家作对的杭九枫性命危在旦夕的时候，张郎中和撒播神性的梅外婆之间，就表现出了世俗的人性和神圣的人性之间的分野："不是他（张郎中）不想救杭九枫，而是救了杭九枫一条性命，往后不知会伤害有多少性命，梅外婆应该明白，应该在救一个人和救许多人之间取舍。梅外婆的态度依然坚定不移：救人就是救人，与任何害人的事无关，更不能去想这个人该不该救，值不值得救。今日能救一人而不救，来日才会留下无穷祸害。"（860页）在梅外婆看来，不论是谁的生命都是珍贵的，不应该有任何超出生命之外的意义来判断其价值。

梅外婆、雪柠等对人的生命超出意识形态和道德判断的尊重，质疑了漠视个体生命的革命价值观。个体生命在革命者看来，只是达到革命目的的手段和工具，因此革命对社会的改造和拯救的方式是暴力，通过暴力革命消灭敌方肉体的方式来达到建立新的社会秩序的目的。与革命者的拯救方式不同，雪家拯救的方式是仁爱和宽容，着重人的心灵的改造。在梅外公看来，"任何暴力的胜利最终仍要回到暴力上来"，"革政不如革心"。（49页）梅外婆也认为："很多时候，宽容对别人的征服力要远远大于惩罚，哪怕只有一点点的体现，也能改变大局，使我们越走越远，越站越高。惩罚正好相反，只能使人的心眼一天天地变小，变成鼠目寸光。"（692页）

以梅外婆为代表的雪家人，以不同于暴力革命拯救世人的方式，几十年来一直以宽厚和仁爱之心默默地拯救着天门口人。当天门口经历了数十年的杀戮后，人们恍然大悟：也许只有这种拯救的方式才更符合人伦道德。

梅外婆们所代表的神性，正是对生命的敬畏。生命是人世间最珍贵的，它超出了任何现实功利的制衡。神性作为一种恒定的价值，不为任何世俗力量所左右。建立在暴力基础上的革命，应该受到神圣生命的审视。在神性对革命暴力的审视中，《圣天门口》表达了对个体生命的尊重和敬畏。

通过对暴力革命的颠覆和对神性的张扬，《圣天门口》确立起了"人"的价值观念：敬畏生命、远离暴力和杀戮。《圣天门口》由此传达出在新的历史时期现实主义文学内涵变迁的趋势。

田园诗：空间形式

当现实主义文学确立了"人"的思想基石之后，现实主义文学的规范也随之发生了变化。传统现实主义文学无论在情节的提炼和环境的描绘还是在人物性格的塑造上，都追求时间形式。在时间序列中延展的情节的因果关系和事件，是对时间形式的依从；人物性格的渐进变化也是时间形式的一种主要体现。同样，环境描写，包括作品中的地方风景、风情、民风民俗的展示都没有自身独立的审美意义，只是人物性格变化的一种依据和说明，被纳入时间形式的系列中。传统现实主义倚重时间形式，是因为它要复制"现实"，而当文学从对社会、自然的再现中走出来关注"人"的时候，空间形式就成为主导。这正如约瑟夫·弗兰克所言："复制一个自然和社会现实的经验方面，比起描绘个体精神的主观作用来，显得既无趣味，又不重要。这个新的中心转过来又要求其他小说形式的产生。正如罗伯-格里耶在《为了新小说》中所论证的那样，巴尔扎克的小说对于表现后弗洛伊德学派的现实来说是一个不精确的，甚至是不相关的工具……它的线性结构、外部视角和经验定位，所有这些都妨碍了对精神状态的研究。这一问题，加上后浪漫主义对创造性的要求，导致了对现实主义小说的背离：空间形式。"①

当《圣天门口》把思想的重心集中在"人"的表现的时候，它的形式规范也就发生了巨大的变化，它放弃了传统现实主义的时间形式，而追求空间形式。《圣天门口》构造空间形式最主要的一个方面是：极力保持田园诗的自身空间形式，让它极力从革命历史叙述中独立出来。

---

① ［美］约瑟夫·弗兰克：《现代小说中的空间形式》，北京大学出版社 1991 年版，第 167 页。

　　把风景描写纳入时间的序列中，显然是世界性现实主义的传统规范，即使是对田园诗的表现也不例外。对此巴赫金曾发表过真知灼见。在他看来，"田园诗"对立的世界是所谓的"历史时间"以及由"历史时间"这一概念派生出的诸如"现实主义"等现代性范畴。"现实主义"对空间化的"田园诗"的升华，正是对保持着不可分割的联系的传统生活方式的暴力性分割。因为"文学中乡土性的最根本的原则就是世代生活过程与有限的局部地区保持世世代代不可分割的联系"，这"原则要求复现纯粹田园诗式的统一。……这里不存在广阔而深刻的现实主义的升华，作品的意义在这里超越不了人物形象的社会历史的局限性。循环性在这里表现得异常突出，所以生长的肇始和生命的不断更新都被削弱了，脱离了历史的前进，甚至同历史的进步对立起来。如此一来，在这里生长就变成了生活毫无意义地在一处原地踏步，在历史的某一点上、在历史发展的某一水平上原地踏步"。[①] 正因为田园诗呈现和现实主义的时间形式不同的空间形式特点，传统现实主义文学就要执拗地把它纳入时间形式的系列中。例如李扬在分析《红旗谱》时，就认为梁斌通过种种方式，完成了革命叙述、阶级斗争叙述对田园诗的置换，坚持把《红旗谱》中的田园诗置于时间系列来描写。[②]

　　《圣天门口》摒弃了传统现实主义文学对待田园诗的方式，它坚持对天门口的风情民俗作出了细致而独立的描绘，从而确立了自身的空间形式美学风范。《圣天门口》通过不同的方式，维护了田园诗的空间形式。

　　首先，《圣天门口》运用了两种纪年方式，区分革命历史叙述和天门口田园诗的表现，从而让田园诗游离在革命历史叙述之外。

　　《圣天门口》在记叙革命历史的时候，使用的是公元纪年的方式，具体到月份甚至是天。如"一九一八年十一月十六日""一九三一年十二月最后几天""一九三二年十月十九日黄昏""一九三七年夏秋之交""一九三七年十二月二十四日的黄昏""一九三八年十月二十五日""一九三八年十二月二十五日""一九四〇年五月的最后一个夜晚""一九四五年八月十一日"等。精确的时间标记着事件的发生和变化，革命历史在线性时间历程中得到了清晰的展现。

---

① 钱中文主编：《巴赫金全集》第 3 卷，河北教育出版社 1998 年版，第 429—430 页。

② 参见李扬《50—70 年代中国文学经典再解读》，山东教育出版社 2003 年版，第 139 页。

除了公元纪年外,《圣天门口》还有一套农历纪年纪时方式。小说在叙述中,经常出现农历纪年的标记,如:"腊月二十七""正月十五""二月花朝""清明前后""中秋节前夕"等。这种记载时间的方式一方面为小说增添了民俗风情的味道,同时也在一定程度上冲击了线性时间。如果说公元纪年是线性的,那么农历纪年则是循环的。《圣天门口》对民情风俗的描写缺乏时间的线性特征,因为民俗总是在时间循环中发生,如"年年都是由雪大爹带头杀猪""总是要到正月十五以后",它以循环时间方式区别于革命的线性时间形式。这意味着,《圣天门口》中的民俗风情以巨大的力量游离在革命历史发展之外。

此外,《圣天门口》表现革命历史与田园诗相碰撞的时候,注意让田园诗依然表现出相当的独立性。巴赫金认为,典范现实主义文学,"确立了文学形象所具有的时间性质。一切静止的空间的东西,不应作同样静止的描写,而应该纳入所写事件和描述本身的时间序列之中"[1]。因此,面对田园诗,传统的现实主义文学为了呈现革命力量对田园诗的改造,把田园诗中纯粹的民间、民俗打上了阶级的烙印。根据梁斌回忆,在酝酿、创作《红旗谱》的整个过程中,他曾经"反复学习了毛主席的《湖南农民运动考察报告》、《中国革命战争的战略问题》、《新民主主义论》、《论持久战》、《论联合政府》等著作,认真学习了党的各个历史时期的政策和文件"[2],因为他相信"只有自己思想革命化才能有希望写出革命的英雄形象"[3]。于是在《红旗谱》中,阶级斗争、阶级的观点成为改造田园诗的关键点:自然的乡村被分为阶级对立的两个阵营。而《圣天门口》却不同,阶级的甚至敌对的思想都消隐在田园诗背后。刘醒龙曾说:"小说从头到尾写了那么多的斗争、争斗、搏杀和屠杀,但我非常注意不让任何地方出现'敌人'这种措辞。"[4] 这实际上消解了田园诗中的阶级意识,让田园诗保持自身的相对独立性。因此,《圣天门口》中天门口的民情风俗受到革命活动的影响并不显著,革命活动对天门口的影响主要表现在人数的增减上,而不是民情风俗的变更上:

---

① 钱中文主编:《巴赫金全集》第3卷,河北教育出版社1998年版,第434页。

② 梁斌:《谈创作准备》,《春潮集》,上海文艺出版社1980年版,第64页。

③ 同上文,第139页。

④ 周新民、刘醒龙:《和谐:当代文学的精神再造》,《小说评论》2007年第1期。

隔年的麦子和油菜全熟了。

与往年不一样，新熟的麦子与油菜上多出了一层橘子皮的颜色。从天堂吹下来的风，跟在一起觅食的麻雀后面蹿来蹿去。田畈上的人比往年少。由于前一阵子死的人太多，像段三国家那样幸免的人屈指可数。……辛苦半年，盼望收获的人们，懒得冲着这些伸手就能抓到的东西吃喝。年年都是这样，每到割麦插秧，就将所有的力气往心里攒……

从这段话可以看出，革命并没有找到"对象化"，天门口的田园诗并没有得到根本的改变，而是徘徊在革命门口之外。

最后，田园诗和革命历史对应的表达方式是描写和叙述。典范现实主义文学排斥描写，倡导叙述。卢卡契认为，叙述总是把往事作为对象，从而在一种时间距离之中逐渐呈现叙事者的基本动机，因此，叙述是一种时间形式。而描写的对象则是无差别的眼前的一切，描写把"时间的现场性"偷换成"空间的现场性"，是空间形式。[①] 在卢卡契看来，叙述和描写具有浓厚的意识形态意味。他认为叙述手法揭示的是"人物的命运"，"描写则把人降到死物的水平，叙事结构的基础正因此而消失"。"叙述要分清主次，描写则抹杀差别"。由于描写的突出，将导致"细节的独立化。随着叙述方法的真正修养的丧失，细节不再是具体情节的体现者。它们得到了一种离开情节，离开行动着的人物的命运的独立的意义"[②]。叙述和描写的这种区分导致了传统现实主义文学偏向于叙述这种线性时间形式。

《圣天门口》广泛地存在天门口地区的田园诗式的描写。小说中多次写到天门口的民风民俗和农事活动，这些描写和小说的时间序列无关。它是天门口人的自然生活，和革命历史的发展基本无关；它是天门口人的日常生活，具有重复和循环的意义；它是天门口人的生活空间的展现，和外在的时间变化无关；它是天门口人自己的生活历史的表现，独立于外在的

---

① 参见胡经之主编《西方文艺理论名著教程》（下），北京大学出版社 1989 年版，第 411 页。

② ［匈］卢卡契：《卢卡奇文学论文集》（一），中国社会科学出版社 1980 年版，第 56—63 页。

革命的历史潮流。

因此，《圣天门口》通过把天门口的田园诗从革命历史的叙述中分离出来的方式，让田园诗游离于小说情节的发展，也游离于小说人物的塑造，并独立于小说的故事时间，以自身的空间形式被编织在小说的叙事中。这和传统的现实主义文学有着根本性的区别。由于《圣天门口》执拗地对田园诗作出动情的描绘，从而和传统现实主义文学的时间形式分道扬镳，并最终构造了《圣天门口》的空间形式，建造了现实主义文学崭新的形式特征。

多维文化视野:空间结构

传统的现实主义小说大多在线性的叙述中展开。因此在结构情节时，它追求情节的完整性，尽力展示情节的开端、发展、高潮和结局，"一个故事或小说，它本身是一个矛盾的统一体。故事有头，有尾，有高潮，有变化穿插，这就说明了它的本身有发展。情节的变化穿插表现出故事的发展过程，同时也表现出这过程实在是交织着必然与偶然。……小说有发展，是由于所表现的现实有矛盾，说得直白一点，是因为小说中有斗争，象戏剧一样。在小说中，我们把那些比较显著的斗争进行叫纠葛，纠葛的进行也就是情节的变化发展"①。

完整的、集中的情节成为传统现实主义形式上的重要规范。这样的情节安排的目的是要通过叙述过程，描摹外在的世界，传达一个具有寓意的含义。因此，在这样的目的之下，时间形式获得了重视，空间形式受到了限制："一个与任何情节一样都依靠时间上的表现的观点，变成了艺术的特点。……与对形形色色的事件的描写一样多地成了线性小说的素材。……人物转过来被挪用来完成某个行动，全部行动编成一个情节，情节转过来阐明某个普通真理，或曰概念。但文学成了别的什么的载体的时候，当作品后面有一个明确的概念或意思的时候，其结果就是：通过故事使那个概念得到戏剧化的表现。一旦那种情况发生，空间的可能性就受到

---

① 姚雪垠：《小说是怎样写成的》，载姚北桦《中国当代文学研究资料·姚雪垠研究专集》，黄河文艺出版社 1985 年版，第 98 页。

了限制。"①

《圣天门口》从一般性的寓意的表达中走出来，要呈现的是"人"的价值。因此，它并不注重情节的演绎。小说的主要叙述线索是从20世纪10年代到60年代中国革命的历史进程。但是，小说的主要目的不是呈现中国革命历史，而是在多维的文化视野中反思激进主义革命文化伦理，由此确立"人"的价值观念。

汉民族史诗《黑暗传》以说书人说书的方式，自始至终穿插在《圣天门口》中，它从传统文化的角度来反思中国激进主义革命文化伦理。革命这一现代性思想，建立在个人欲望膨胀的基础上，是现代性线性思维的具体表现。小说以《黑暗传》所体现的中国传统的历史循环论、"天人合一"的思想来观照现代革命，质疑革命的文化偏激性。它构成了整个《圣天门口》叙述的深刻背景。此外，以梅外婆为核心的雪家基督文化价值观，追问除了革命文化伦理之外，是否能够通过注重人的生命价值方式来改造社会。它构成了对激进主义革命文化伦理反思的又一层面。

天门口的革命事件和以梅外婆为代表的"神圣家族"构成了《圣天门口》的展开线索。但是，结合二者的不是社会整体性面貌，小说要追求的也不是史诗性品格。小说的叙事动力也不是对社会面貌的深入剖析，而是在具体的事件描述中，展现革命的暴力、杀戮与神性的救赎之间的对峙。以傅朗西为代表的革命力量（包括反革命力量）对生命的漠视以及梅外婆们对生命的尊重，成为小说反复展开的基本构成力量。

这样，《圣天门口》的这三条线索之间，并不存在主要线索和次要线索等级上的差异。在小说中，当革命历史叙述向前每推进一步，它就受到来自中国传统文化和基督文化的诘难。对革命历史的再现已经不能成为小说叙事的目标。因此，《圣天门口》叙述的中心是三条线索构成的三种文化伦理之间的对话和杂语。围绕三种文化伦理的对话和杂语，三条线索平行发展，共同构成了一个立体的话语空间，生成了空间结构。小说的叙述也就不可能是线性的时间形式，而是空间形式，从而使《圣天门口》突破了经典现实主义文学的时间形式。

由于受到多维文化的审视，《圣天门口》的基本叙事单位不是完整的

① ［美］约瑟夫·弗兰克：《现代小说中的空间形式》，北京大学出版社1991年版，第59页。

故事或事件，而是叙述片段。事件的演绎在小说中不再具有决定性的意义。组织三条主线的不是完整的故事、事件，而是在事件中对个体生命的思考。虽然，小说的确是在一个比较长的时间段内展开的，小说有关于革命的比较完整的叙述，但是，对个体生命的思考统摄着事件的叙述，小说中事件与事件间的逻辑力量、因果关系等都被肢解，革命历史事件于是构成了漂浮在个体生命河流上的碎片。

在21世纪的今天，我们仍然对现实主义文学充满了信心。不过这种信心不是建立在现实主义概念的普泛性上，而是建立在现实主义概念的发展上。值得注意的是，这种发展是两个方面的：首先，现实主义是一个和正在进行着的社会文化思想具有密切关系的概念，它的意义要从它所处的特定历史时期的社会思想中去寻找。在今天这样一个物质和欲望泛滥的社会，高扬"人"才是现实主义最根本的选择。其次，现实主义还是社会文化思想的形式化表达，它是一个形式概念。在探讨今天的现实主义的发展时候，我们也不应该忽视现实主义形式上的变革，束缚现实主义的形式内涵。如果把《圣天门口》放在这样的视野中去考察，它无疑是这个时代现实主义文学的高峰，启示着我们探索现实主义文学的道路。

原载《小说评论》2007年第1期

《张居正》论

　　《张居正》不同于戏说的历史小说，它把历史真实当作最高的追求。对于历史真实的内涵，熊召政认为它应该"有三个方面：一、典章制度的真实；二、风俗民情的真实；三、文化的真实。前两个真实是形而下的，比较容易做到，第三个真实是形而上的，最难做到。前两个形似，第三个是神似。形神兼备，才可算是历史小说的上乘之作"①。熊召政在《张居正》中践行了他的真实观。《张居正》中的典章制度，如官职沿革、官府的官职设置以及各种仪式直至皇帝诏书的十种体例、天子十三方印鉴的不同用法，均有翔实精确的描写；另外，小说中精彩的民俗描写，真实地再现了明代社会生活状况。诸如京都棋盘街的市井风情、白云观燕九节的盛况、紫禁城内声势浩大的鳌山灯会、大隆福寺的非凡气势，等等，都达到了较高的艺术真实水准。"典章制度的真实"和"风俗民情的真实"，其实还只是一个特定时代的文化表象的真实。而熊召政所追求的"文化真实"则是一个时代文化心理和文化哲学、文化逻辑的真实表现。这是他最看重的小说的"神"。因而"文化真实"成为《张居正》的最终追求。在熊召政看来，"文化真实"就是"明万历年间，中国文化到了烂熟期"②。"文化烂熟"一针见血地指出了万历年间中国传统文化存在的真实图景。

一

　　帝王形象自始至终贯穿了《张居正》。它刻画了隆庆皇帝、万历皇

---

① 熊召政：《让历史复活》，《文艺新观察》2001 年第 1 辑。
② 熊召政：《儒者从来作帝师》，《南方周末》2005 年 5 月 12 日。

帝和李太后等三位帝王（后）形象。《张居正》塑造的帝王形象，不再是中国传统文化典范的象征，而是表征着中国传统文化的腐朽、堕落、溃败。

隆庆皇帝是《张居正》塑造的第一位帝王形象。隆庆皇帝疏于朝政，沉溺于个人享乐，信奉道教，召延道士炼制丹药。他受太监孟冲的蛊惑，宠幸娈童，烧制淫器，满足淫欲。他崇信道士王九思所鼓吹的"阴阳大补丹"，甚至封王九思为钦差大臣到民间广泛搜罗童男童女。隆庆皇帝是一位典型的荒淫昏庸的帝王。

隆庆皇帝驾崩后，万历皇帝继位。在张居正主政期间，他还是有所作为的。但是，从本质上讲，他生性昏庸放荡。大婚之后，他一离开李太后的监管，就寻思淫荡。他性格多变，薄情寡义。对于张居正这位恩师、救世重臣，万历对他恭敬有加，言听计从。张居正病逝时，万历皇帝还追封他为上柱国，谥号文忠。但在张居正病逝不到十个月的时候，万历皇帝就连下十几道圣旨，诏夺张居正上柱国、太师，再诏夺文忠公谥；跟随张居正的人一个个被贬黜，反对张居正的人纷纷得到了重用；他还下旨抄没张居正的家产，使张居正人亡家破。张居正也差点儿要落下个死后被万历皇帝鞭尸的命运。万历皇帝贪恋权力，能力低下，不仅张居正本人被清算，连同张居正所创立的万历新政也一并被废除。张居正为万历新政操劳十年，最终落了个人政俱废的苍凉结局。万历皇帝的昏庸无能、薄情寡恩可见一斑。

《张居正》除了塑造了隆庆皇帝和万历皇帝的形象外，还塑造了李太后的形象。李太后在万历皇帝幼年时期实际上掌控了皇权。张居正认识道："以往他只知道李太后是一个端庄贤淑虔敬事佛拘法守礼课子甚严的女人，方才的这番话却让他暗暗吃惊，原来在这位年轻太后美丽的外表之下，竟然藏了如此之深的城府和卓然独立的主见。他顿时意识到，今天坐在这云台内的三个人，实际上都是他的主人。尤其是这位李太后，更是他主人中的主人！"[1] 总体看来，李太后识大体，对万历管教十分严格，也充分信任张居正。但是，一旦涉及她自己的切身利益，她的自私与狭隘就表现出来了。她为了个人享乐，接受冯保的贿赂，在自己的父兄利益与张居正的改革方针大计发生冲突时，她情感的天平毅然倾向家族利益。在李

---

① 本文所引用的《张居正》内容均出自长江文艺出版社 2003 年出版的四卷本《张居正》。

太后心里，最重要的是儿子的帝业和家族利益。当张居正的新政能为万历皇帝巩固皇位时，她断然鼎力支持；如果他的改革触动了皇室的利益，她对张居正的支持就会动摇。维护皇室的利益，这是从她当初支持张居正而罢黜高拱的原因，并一直延续在张居正的整个改革历程中。因此，从根本上讲，李太后仍然是自私、专制的皇权的象征符号。

帝王、皇权在中国传统社会中占据着社会的主导地位。在汉代以前，帝王、皇权的合法性主要建立在武装暴力的基础上，直到董仲舒才给帝王、皇权提供了文化上的合法性。董仲舒指出了"王"字的含义："古之造文者，三画而连其中，谓之王。三画者，天地与人也，而连其中者，通其道也。"（《春秋繁露·王道通三》）在董仲舒那里，"王"是贯通"天、地、人"三条横线的那一竖。不论是为上的天、在下的地，还是中间的人，都由一个人"王"来连接着。他是自然界和社会里最高的权威，是"天子"，对一切均有统治的权力，因为这是上天所赋予的。"王"于是就被董仲舒赋予了自然和社会中的最高权威。天子的职责就是上承天意、下治人民。董仲舒赋予帝王、皇权的文化规范，成为帝王、皇权合法性的根源。在传统社会，它成为帝王统治社会最基本的文化根基。是否上承天意，能否下禀民意，成为衡量帝王是明君还是昏君的重要价值标准，并成为中国传统儒家文化中一个重要的组成部分。

中国历史上虽然也有一些帝王有所作为，顺应了历史潮流，维护了民众的利益，推动了社会的发展。但是，绝大多数帝王在历史长河中如过眼烟云，无所作为。《张居正》对隆庆皇帝、万历皇帝、李太后形象的刻画，颠覆了中国儒家文化赋予帝王的文化合法性，暴露了皇权的腐朽、堕落与自私的本质。占据着统治地位的皇权文化的腐朽、堕落、自私，就是万历王朝的"文化真实"的根本所在。

二

儒家文化的最高理想是治国平天下，帝王是儒家文化理想的具体体现。但是，《张居正》通过帝王（后）形象的刻画，揭示了皇权的虚伪与自私的本质，也批判了中国皇权的文化合法性。《张居正》对中国传统文化的批判并没有止步于此，《张居正》还通过塑造张居正这个改革者形象，揭示了法家文化在明朝走向崩溃的"文化真实"境况。

整个封建时代，封建王朝一方面标榜并倡导儒家文化，另一方面也推行法家的治国之术。所谓"外儒内法""明倡儒经，暗行法术"。法家文化和儒家文化一道构成了中国传统社会运作的主导性文化。张居正信奉"先天下之忧而忧，后天下之乐而乐"的忧乐观，他拥有"齐家治国平天下"的政治抱负，他怀抱富国强兵的理想。这些都体现了一个儒家知识分子的价值追求。但是，循其文化内核，从根本上看，他也秉承了法家文化精神。在用人上，他"只用循吏，不用清流"。他所重用的部院大臣以及各镇总兵，都是相关领域的专门人才。如工部尚书是水利专家潘季驯，户部尚书是财政专家王国光、梁梦龙，刑部尚书是法律专家王之诰，蓟镇总兵戚继光和辽东总兵李成梁都是军事专家。张居正的改革也充分体现了法家的变革精神和热衷建立规章制度的法治理念。成为首辅后，政治上，张居正"首先是整饬吏治，裁汰冗员。再就是让六科监督六部，内阁稽查六科。如此考核制度的建立，使内阁真正成为了权力中枢，首辅也就能理直气壮地担负起替皇上总揽朝局调理阴阳的责任"。经济上，"兹后，从万历二年开始，首辅又整顿驿递、税关、盐政、漕政与马政，一直到子粒田征税，事无巨细一一厘清。将过去许多不合理的制度一一改正，几年下来，国家财政已是根本好转"，随后，实施"一条鞭法"，完成了中国财税体制上的重大变革。

张居正变法所倚仗的是"李太后—冯保—张居正"所组成的权力"铁三角"关系。四卷《张居正》把张居正的变革和权力三角关系紧密地联系在一起。第1卷《木兰歌》主要叙述在高拱、张居正、冯保之间的争斗中，权力"铁三角"逐步成形，奠定了变法的基础。第2卷《水龙吟》写权力"铁三角"在主要人物的相互冲突、试探和协调之中逐渐趋向稳定，张居正逐渐建立起了人事与官员任免制度。第3卷《金缕曲》叙写权力"铁三角"的进一步稳定运行，保障了张居正各项改革措施的执行。第4卷《火凤凰》描写万历皇帝亲政并逐步收回皇权，权力"铁三角"随之瓦解，随后张居正的变法被废。

张居正倚仗后宫、内廷，本为儒家知识分子所不齿。但是，为了变法他不得不倚仗他们。他清醒地认识到，为了变法，他不能开罪以李太后为代表的皇室。在《荐贪官宫府成交易，获颁赐政友论襟怀》中，他对朋友大发感慨道："古今大臣，侍君难，侍幼君更难。为了办成一件事情，不得不呕心沥血曲尽其巧。好在我张居正想的是天下臣民，所以才慨然委蛇，至于别人怎么看我，知我罪我，在所不计。"他清醒地认识到，只有取得李太后的支持，变法才有可能成功。因此，一旦变法和皇权发生冲突时，他也只能委曲求全，即使违章，也只有照办。例如，国库空虚，不得已采取苏木折奉的方法，但是，当李太后为万历的初次出席经筵开口十万两时，他也只有照办；李太后绕过内阁直接下旨让户部给有功重臣奖赏，虽然违背了制度，张居正也设法照办了。此外，像李太后修佛寺、万历做袍服、武清伯修坟山等事件，虽然或有违制度，或过于铺张，但是，张居正顾忌涉及皇室利益，也都一一违心办妥。

"张居正—冯保"权力关系的建立，也是为了推行变法的需要，也是明朝特殊的权力体制使然。明朝的司礼监设立于洪武年间，最初只是一个为皇帝生活起居服务的管理机构。明中叶以后，司礼监因负责"掌章奏文书，照阁票批朱"，而与内阁形成直接的权力互动关系。皇帝、内阁、司礼监组成了一个权力三角关系，其中皇帝高居于顶端，内阁和司礼监位于底边的两端。内阁主要通过"票拟"加强皇权的统治效能，而司礼监则主要通过代皇帝"批红"来监督和制约内阁的权力。因此，张居正的变法要能实施，让变法的思想转化为王朝的行政行为，无法绕过司礼监掌印太监冯保。因此，和冯保建立并保持良好的关系，也成了张居正变法成败的关键要素，为此，他不惜违心办事。例如，他虽然清楚胡自皋向冯保行贿买官，但是又不得不重用胡自皋。当受到友人的责难时，他反问道："如果用一个贪官，就可以惩治千百个贪官，这个贪官你用还是不用？"并说："为了国家大计，官府之间，必要时也得作点交易。"

因而，从总体上看，"李太后—冯保—张居正"的"铁三角"权力关系，明显是张居正为了推行变法而做的变通，和儒家知识分子所尊崇的气节完全不同，也是明朝专制体制下的怪胎。在这样的体制下，主宰着变法命运的其实是皇权。但是，由于皇权的腐朽与堕落，由于明王朝专制体制的钳制，法家文化无法发挥它应有的功效。张居正最终落下个人亡政废的悲剧命运。这不仅是张居正个人的悲剧，也是文化专制时代、中国法家文化的悲剧。

三

张居正的法治精神及在法治精神推动下的一系列改革，在专制、自私的皇权钳制与窒息下，最终走向崩溃。不仅如此，皇权所代表的专制文化还渗透到了其他类型的文化中，吞噬着多样化的传统文化。最终，各类传统文化在专制皇权文化的裹挟下，纷纷溃败，坠入深渊。

神秘文化是中华文化的边缘文化，它不同于经世致用的主流文化，其精髓之处乃是以"天人感应"的体验生命的方式，倨傲于儒家文化之外。但《张居正》中的神秘文化对生命独特的体验方式被消解，其价值仅体现为对权力之争胜负的预测上。李延的命运早由三年前被抽的签文预示了，不管李延是否乐意接受所抽的签文。而张居正则是另一番景象。张居正三十二岁时从翰林编修的官位上退下，在衡山遇见沈山人。沈山人是一位来无影、去无踪的神秘人物，二人相见十分投缘，沈山人成为张居正再度入仕的一股神秘力量。而张居正在福严寺中所抽的签文，暗示了他四十八岁即可位居宰相（即当时的首辅）。李延的贬谪、张居正的升迁都被神秘力量所预示。神秘文化由此进入权力之争的轨道。这并不是神秘文化应具有的特质，但是，在传统社会主流文化与神秘文化之间的空间被挤压，神秘文化只能以介入权力纷争的方式才能显示出价值。

神秘文化不仅以其准确的预测力介入权力纷争，连理解人生、表达人生的独特方式的禅语，在名利场中也无法保持自身的超脱。宝通寺的无可大禅师的禅语预示张居正必将登上首辅之位，这多少包含了故人对张居正的感情。而一如大师完全是一位跳出三界外的出家人，他与张、高权力之争毫无瓜葛。《张居正·木兰歌》的二十五回"哭灵致祭愁壅心室　问禅读贴顿悟天机"中的禅语："造佛珠的人是隔山打牛，献佛珠的人是骑牛找牛"，本义只不过是佛家的一段公案，强调人心向佛。而在处于权力场中的李贵妃看来，一如大师的禅语提醒了冯保对他的忠心是最重要的，使陷入"驱冯还是驱高"的艰难决策中的她，作出了保"冯"的决定。神秘文化，如签文、禅语或揭帖，本是表达人对世界、对生命的独特感受方式。其内容、思维方式是超脱于世俗的权力之争的。但正是这场权力之争，让神秘文化难以以本身的生存方式存在。神秘文化自身的丰富性、创造性、独立性因而也无从得到体现。

神秘文化只是间接地介入权力纷争，江湖侠文化则直接介入了权争。邵大侠是高拱政治生命中不可或缺的人物。他曾帮助被排挤在家的高拱重回内阁，登上首辅高位。当高拱受到张居正的挑战，首辅之位出现危机，邵大侠再度出马，为高拱除去后患。在南京，散播冯保接受贿赂、为李贵妃所买的佛珠是假佛珠的消息。但是邵大侠帮助高拱，个人从不索取权势钱财。每帮完高拱，立即隐身江湖，从不声张。高拱失势后，他又改换门庭，投奔到了武清伯的门下，并最终与冯保、李太后牵上了关系。侠文化最终也被激烈的权争异化了，它作为维系社会安全运作的润滑剂功能也随之丧失殆尽。神秘文化、侠文化介入权力纷争，表明了整个社会各种文化都被皇权所异化。

四

在传统文化"烂熟时期"，其实文化创新并没有停止，王阳明的学说是最重要的文化创新的结果。但是，在明王朝的专制思想的钳制下，中国多样形态的传统文化走向崩溃，文化创新还能有怎样的生命力？它能拯救走向崩溃的王朝吗？对此，《张居正》也作了深刻的回答。

王阳明着眼于明王朝的没落趋势，创立心学，张扬"心即理""知行合一""致良知"。何心隐是王阳明心学的承传人。何心隐在江西吉安，办聚和堂，主持族里事务，凡赋税等大小事务一切全族合一，互通有无。这是何心隐由思想创新走向制度创新的表现。何心隐曾向张居正提出过自己的主张。何心隐认为，要想政治清明，必须清除朋党；用循吏少用清吏；遏制皇权。何心隐的学说代表了那个时代的最高思想水准，是拯救没落王朝的文化创新的表征。

但是，何心隐的"心学"所代表的新思潮，也与正在走向末路的儒家文化有着纠缠不清的关系。当张居正没有回家守制为亡父尽孝时，何心隐和其他儒家知识分子一样，也是站在儒家礼教的立场上来批判张居正。因此，这些思想异端分子，骨子里并没有走出传统儒家文化的桎梏。同时也应该看到，何心隐的"心学"所提倡的个性自由，也导致了士子们既拘泥于僵化又空疏狂热的做派。他们不仅没能和传统文化彻底决裂，相反，还和它们纠结在一起。这正如何心隐所说："这些人讲求操守，敢与官场恶人抵抗，这是好的一面。但他们好名而无实，缺乏慷慨任事的英雄侠气。"在"讲学"热和"救援"何心隐等一系列运动中，士人们的这种矛盾秉性得到了充分的展示。因而，从整体上看，何心隐的"心学"并没有超越当时的传统儒家文化，而是与它们纠葛在一起，以致形成了官员中的清流传统与民间的讲学风气同声相和的状况。这让张居正感到了极大的威胁："嘉靖以来，讲学之风盛于宇内，如果只是切磋学问探求道术，倒也不是什么坏事。但如今各地书院之讲坛，几乎变成了攻讦政局抨击朝廷的阵地，这不仅仅是误人子弟，更是对朝局造成极大的危害。……书院为何能够如雨后春笋般兴起，说穿了，就是当道政要的支持。讲学之风，在官场也很兴盛，一些官员对朝廷推行的各种改革心存不满，自己不敢站出来反对，便借助何心隐、罗近溪之流的势力，来与朝廷对抗。讲学讲学，醉翁之意不在酒啊！"

何心隐及他所代表的新思想的命运与遭际，表明了在专制的皇权制约下，文化创新也只能是局部的和细微的。

五

从五四时期开始，中国传统文化基本上处于受压制和受打击的状况，直到中国 20 世纪 80 年代兴起"文化热"，传统文化的命运才有所改观。而到了 90 年代，中国掀起了文化保守主义的文化热潮，一些文学作品正面地肯定中国传统文化，重估中国传统文化。更重要的是，这些文学作品并不满足于简单地肯定中国传统文化的价值，而是把它看成中国社会中稳定不变的价值系统。《曾国藩》《康熙大帝》《雍正皇帝》《乾隆皇帝》《白鹿原》等小说，即是其中的代表作。当《曾国藩》把曾经被称为刽子手的曾国藩，看成中国传统文化孕育的杰出人物的时候，当《康熙大帝》《雍正皇帝》《乾隆皇帝》把康熙、雍正、乾隆描绘成中国杰出帝王的时候，当《白鹿原》把儒家伦理看作超越政党之争的稳定价值规范的时候，这些作品的历史观就陷入了文化史观。这种历史观，把文化看成社会历史唯一起作用的力量，夸大了文化在社会历史发展中的作用，最终陷入脱离社会历史实际情形的陷阱之中。毕竟社会经济基础是第一性的，作为意识形态的文化才是第二性的。正如马克思主义所强调的："不是在每个时代中寻找某种范畴，而是始终站在现实历史的基础上，不是从观念出发来解释实践，而是从物质实践出发来解释观念的形成。"[①] 在马克思看来，人类社会的发展和观念的产生，是现实的物质

---

① ［德］马克思、恩格斯：《德意志意识形态》，《马克思恩格斯选集》第 1 卷，人民出版社 1995 年版，第 92 页。

生产实践的产物。人类社会历史的发展是建立在生产力和生产关系的矛盾运动上的，文化只能是一定社会政治经济的产物。因此，文化史观只是提供了观念的历史，而这种历史显然是脱离了社会现实的。

　　《张居正》并非是单纯地叙写张居正的改革及其悲剧性命运，而是寄予着作者对中国传统文化深刻的思考。它对中国传统文化不是采取简单的肯定和歌颂，而是采取了冷静的分析态度。《张居正》认为帝王、皇权所代表的中国儒家文化的合法性，值得质疑。隆庆皇帝、万历皇帝、李太后并不是上承天意、下顺民意的代言人，他们身上所代表的是专制的皇权文化的自私、腐朽与堕落。这些帝王并不关心社会的发展与进步，也不心系国计民生，他们甚至是中国传统社会和中国文化进步与自我完善的最强大、最顽固的阻力。与《康熙大帝》《雍正皇帝》《乾隆皇帝》所刻画的秉承天意、顺应民生的帝王形象截然不同，《张居正》深刻地暴露了专制、自私的皇权是阻碍中国社会、文化前进的最根本的问题。

　　通过对张居正所呈现的法家文化的艰难救世历程的描绘，《张居正》进而思考了这样的一个问题，在中国专制的皇权文化的钳制下，企图通过文化自救来拯救社会的行为，最终也是要失败的。张居正的改革不可能超越皇权，皇权是制约张居正政治改革最核心的问题，虽然他所秉承的法家文化从根本上是为了维护皇权的利益。但是，在思想观念上和专制的皇权有抵触的法家文化，最终也不得不窒息而死。同时，中国传统社会的文化生态也受到了极大的破坏，像江湖文化、游侠文化、佛教文化等，也被权力所裹挟，他们无一例外地寄生于皇权。《张居正》认为，在文化专制的时代里，文化的自我更新也是不可能的，即使有像何心隐所主张的新生文化，最终也只能被阉割、被窒息而亡。显然，《张居正》所体现出来的历史观，肯定了文化无法超越具体的社会情景而存在，它是对1990年以来中国历史小说文化史观的超越，具有独特的文学史意义。

　　本文题目有所改动，原载《湖北大学学报》（哲学社会科学版）2008年第 5 期

"河"与"岸"

——论《河岸》的意象结构

迄今为止，苏童已有二十余年的小说创作历史，他的那些小说常常被冠为"先锋小说""新历史小说"等名称。苏童在小说的语言运用、女性人物形象的塑造，以及小说与历史之间关系的处理上，赢得了普遍赞誉。但是，苏童的小说给人印象最深的还是叙述故事发生在江南小镇的"香椿树"系列和"枫杨树"系列小说。这些小说中的江南小镇、"文化大革命"时期动乱的时代背景，还有那些闪烁在小说字里行间的意象，在一定程度上构成了苏童小说的标志。虽然，苏童后来创作了长篇小说《蛇为什么会飞》《碧奴》，但是，读者还是非常怀念苏童早期创作的小说。尤其是苏童小说中那些意象，像"桑园""石拱桥""河流""青棕叶""竹林""罂粟花""白鸽""金鱼"等，总能让人难以忘怀。在阅读《河岸》时，我们非常强烈地感觉到，苏童又重新回来了。《河岸》有太多苏童早年作品的痕迹：故事还是发生在江南小镇，故事发生的时间仍然是"文化大革命"时期，《河岸》仍然漂浮着众多的意象："岸""告示""铁皮灯""高音喇叭""船""河""纪念碑"等。的确，《河岸》让我们发现了我们所熟悉的苏童。《河岸》这部小说在故事发生的空间和时间背景以及对意象的运用上，似乎是又回到了原来的"香椿树"系列小说和"枫杨树"系列小说。但是，《河岸》对意象的使用，和他的那些早期的小说相比，要更加深入，它们已经不再是简单地传达创作主体的情思，也不是单纯地营造某种诗意氛围。《河岸》中的意象，与小说情节的展开、结构的构筑，甚至是小说思维方式，都建立了紧密的联系。

《河岸》中意象虽然众多，但是，这些意象其实都是围绕着"岸"与"河"两个主导性意象而展开的。《河岸》和"岸"相关的意象有"告示""铁皮灯""高音喇叭""纪念碑";与"河"意象有关的是"跳板""船""鱼"等。为了深入阐释《河岸》意象使用上的独到匠心,我们以"岸""河"两个意象为论述对象,来探讨《河岸》营造意象的艺术。

《河岸》正如它的标题一样,是一部讲述和"河"与"岸"有关的小说。具体而言,小说主要是叙述邓少香、库少轩、库东亮、江慧仙等人河里岸上的人生。邓少香是一位革命者,借助家里开棺材铺的有利条件,利用棺材做掩护,给游击队运送枪支弹药。然而在一次执行任务的过程中不幸被捕,英勇牺牲。邓少香的人生似乎止于"岸",而与"河"无关了。但事实是,邓少香的身后人生和"河"结下了不解之缘。邓少香最后那次执行任务,带着自己的儿子。在她牺牲后,她坐在箩筐之中的儿子随着河水涨潮,一路漂流,直到被人救起。从这个角度讲,邓少香的人生也和"河"与"岸"紧密联系在一起。库少轩因为被认为是革命烈士邓少香的儿子,当上了镇党委书记,成为小镇权力的核心,也成为小镇女性追逐的对象。库少轩在岸上的人生可谓风光无限。但是,"文化大革命"时期的一次调查,否定了库少轩是烈士遗孤的身份,随即他的镇党委书记的职位被罢免,还被查出和多位女性保持着不正当两性关系。他的妻子也和他离婚了。人生发生了巨大变故的库少轩,离开了"岸",来到了金鹊河上的向阳船队,开始了河上人生。库东亮的人生也和"岸"与"河"紧密相关。库东亮是库少轩的儿子,因为库少轩离婚了,他就跟着库少轩来到了河上。不过,与库少轩从此不再上岸不同的是,库东亮常常在岸上与河上穿梭。江慧仙的人生也和"岸"与"河"的命运相关。江慧仙的父亲失踪,母亲带着她来找父亲,然而在找她父亲的过程之中,她的母亲也失踪了。她是向阳船队的人集体把她养活的。她的人生开端应该是河上。但是,一次一位导演来选拔扮演李铁梅的演员时,看中了她。于是她离开了船,也就离开了"河",开始了在岸上的人生,再也没有回到河上。邓少香、库少轩、库东亮、江慧仙的"河"里与"岸"上的生活,构成小说的主要内容。在这个层面上,"河"与"岸"编织了小说情节发展的网络,完成了人物性格的展开和社会生活的观照。因此,我们可以说,"河"与"岸"深入小说的情节之中,推动了情节的发展。

《河岸》叙写了邓少香、库少轩、库东亮、江慧仙等四人不同的"河"与"岸"的人生旅程:邓少香的人生止于岸上,她的儿子代替她完成了河上的人生里程;库少轩是由岸上迁移到河里;库东亮在岸上与河上之间游走；江慧仙人生指向是由河上到岸上。对四人的河里岸上的生命旅程的反复叙述之中，"河"与"岸"已经从简单的物质与地理空间，演化为小说的意象。因此，《河岸》中的"河"与"岸"具有不一般的含义指涉。

《河岸》中的"岸"与"河"具有相当明确的象征意义。对于邓少香来说，她所从事的革命工作是一种十分隐秘的工作，也是被当局禁止的事业。当她最后一次执行任务命丧棋亭的时候，"岸"所具有的隐秘的狰狞面目，完全暴露出来了。她的生命最终也是在岸上终结的；而"河"则拯救了她儿子的生命，以另外一种方式延续了她的生命。因此，对邓少香来说，"岸"则意味着暴力与禁忌，是生命的禁区；而"河"则是生命的延续。对于库少轩来说，"岸"是一种权力的象征。当他被认作邓少香儿子的时候，他在岸上享受权力的快感。一旦烈士遗孤的身份被否认，他就得离"岸"，从此生活在来往于金雀河上的向阳船队。他也安然地生活在"河"上，并剪断象征着权力和欲望的阳具。最后，库少轩选择了背碑跳河的方式，完成了确认邓少香之子的仪式。因此，"河"对于库少轩而言，是生命价值的完成与肯定；对于库东亮来说，"岸"虽然是他向往的地方，但是，他却总是感觉到排斥的力量。首先，他和向阳船队在岸上的活动受到了监视，他们在岸上的活动并不自由，随着情节的发展，库东亮最终被岸上的人所拒绝，他的活动范围逐渐缩小。最后，他甚至被岸上的人们所驱逐，并被下了从此不得上岸的禁令。因此，对于库东亮来说，"岸"是权力甚至是禁忌的象征。而"河"则是库东亮的避难所，他在船上安然成长，可以欣然谛听河水的秘密。然而，对于江慧仙来说，"河"是接纳，是生命的滋养。江慧仙在成长阶段先后失去父母，是向阳船队养活了她。"岸"则更多的是权力，是诱惑，是生命的异化。她在一次游行队伍展览中，成功扮演了李铁梅之后，就被岸上的人们当成小"李铁梅"。于是，扮演李铁梅成为她唯一的愿望，她也彻底地丧失了自我。随后，她成为权力俘获的猎物。江慧仙的人生被"岸"所重新铸造，她最后也没有回到"河"上。她再也无法回到船上，等待扮演李铁梅，等待官员的青睐，成为她最主要的工作。一旦权力场失势，她就成为和众人无所区别的普通人。因此，对于江慧仙来说，"河"是家园，是生命的自由挥洒，而"岸"则是权力的陷阱、欲望的网络和自我的迷失。

从总体上看，"岸"与暴力、权力、欲望相关，而"河"则与希望、宽容、接纳、自由等含义紧密相连。因此，小说里的"河"和"岸"已经超越了故事层面的具体意义，开始走向象征，具备了丰富的象征含义，承载着一定的精神指向。至此，"岸"和"河"完成了作为意象的建构。于是，我们发现"河""岸"在《河岸》之中，不再是简单的小说情节发生的场景，而具有了丰富的象征含义，已经构成了小说的重要意象。不过，由于《河岸》中的"河"与"岸"两个意象与小说的情节发展建立起了紧密的联系，因此，它们不再是苏童早期小说那种漂浮在小说情节和场景之上的局部意象，而是深入小说情节与意义之中，它的触角已经触摸到小说的主题与形式，成为小说的整体象征，初步完成了意象结构的构筑。

苏童在处理"河"和"岸"的意象时，从不同的方面把二者作为对立的两极来设置。因此，"河"与"岸"两个意象又具有中国传统哲学的阴阳两极对立互补的思维特征。"岸"在小说之中具有历史场景的具象意义。在岸上的历史可以是十分具体的历史表象。清查库少轩的身份、建设样板小镇等历史活动是"岸"最真实的写照，显得热闹而又喧嚣；而"河"被叙述成游离于历史事件之外，与岸上的喧嚣构成了鲜明的对比。"岸"还指向不确定人生与世事，邓少香从事革命的动机、儿子、籍贯、革命历程等问题，一直被岸上的人们反复清查，以至无法形成定论。因此，"岸"是变幻的时世与人事。而河上的向阳船队则有着和岸上迥然不同的景象，无论一个人在岸上的历史如何，它都不在意，都被它接纳。因此，"河"呈现恒定的、宽容的姿态。同时，苏童也把个人与"河"及"岸"的命运，当作对立的两极来设置。对于邓少香来说，"岸"是生命的终结，而"河"则是生命的延续；对于库少轩而言，岸上的人生是欲望的华章，而河里则是生命的本真；对于库东亮来说，岸上的世界是人世的尘器，而河上人生则是精神的家园；对于江慧仙来说，岸上的人生是权力和异化的猎物，而河上的生命则是生命的滋养与真爱的乐园。"河"与"岸"两个意象作为对立的互补两极，支撑起了小说的结构。因此，"河"与"岸"两个意象已经深入小说的深层结构方式，支配了小说对于人生、对于历史的深层思考。

《河岸》对于苏童来说，是一次重要的历史飞跃，它继承了苏童早期小说建立起来的重视意象的写作传统。但是，它又把苏童的小说创作推向一个新的高度，苏童把意象和作家的创作思维方式、小说的结构紧密连接

在一起，构成了别具一格的意象结构。这种独具匠心的艺术构思，在长篇
小说艺术探索近乎停顿的今天，显得格外有意义。

原载《文学教育》2010 年第 1 期

私人化叙述与重构革命

——解读《风和日丽》

　　《风和日丽》叙述了尹泽桂和杨小翼父女两代人的情感冲突，演绎了半个世纪的人世沧桑。小说叙述时间跨度大，空间广阔。但是，小说的内在肌理却很清晰。小说采用了"父—子"结构，围绕"寻父"—"认父"—"审父"—"弑父"—"认父"而展开。杨小翼的父亲尹泽桂是一名很早就投身革命的老革命者，而在中国当代小说中，"父"常常指向革命和政党，是精神价值的源头。因此，《风和日丽》又不是简单的一部叙述"父"与"子"关系的小说。它在"父"与"子"关系的叙述中，深入地思考了革命。因此，小说还具有另外一层结构：革命的"认同"—"反思"—再"认同"。《风和日丽》把对革命的思考，置于"父"与"子"的结构之中。因此，《风和日丽》叙述上的突出特点是：以私人化叙述为切入点，深入地表现了反思革命与认同革命的主题。

　　杨小翼父亲尹泽桂在上海养伤期间和杨沪相爱，生下了杨小翼。返回延安后，将军奉组织之命重新组织了家庭。于是，杨小翼成了一名私生子，和母亲杨沪生活在一起。"寻父"是杨小翼童年直至少年时期的人生梦想。她时常在思考自己的亲生父亲是谁，盼望有一天亲生父亲来认领自己。后来，她终于得知父亲是赫赫有名的将军尹泽桂。当杨小翼知道了亲生父亲的真实身份后，便坚定了"寻父"的决心。到北京去找父亲于是成为杨小翼的人生梦想。这是小说的"寻父"。得知自己的父亲是一名著名将军，杨小翼对革命充满了向往和冲动。她一个人跑到农村，和农民同吃同住同劳动。因而，小说的"寻父"情节里还包含着认同革命的情感立场。

　　后来，在将军部属的帮助下，杨小翼来到了北京大学学习。在北京她认识了同父异母的弟弟尹南方。尹南方把杨小翼带进了家门，认识了将军，从而有了"认父"的机缘。虽然尹泽桂不知道杨小翼的真实身份，但是，他还是十分喜欢杨小翼，还留杨小翼在家里住下。杨小翼由此获得了和他接近的时机。和尹泽桂相处的幸福促使杨小翼决定公开自己的真实身份。杨小翼本身就像母亲杨沪，她穿上母亲当年和尹泽桂相恋时的服饰，站在尹泽桂面前，上演了"认父"仪式。然而，杨小翼的做法激怒了尹泽桂，并把她赶出了尹家大门。杨小翼"认父"失败。"认父"失败，深深地打击了杨小翼，她认为尹泽桂为了个人利益而拒绝接受她，在她眼里，尹泽桂只是个虚伪和不近人情的人。由此，杨小翼开始转向"审父"。

　　对于杨小翼而言，"审父"不仅是个人情感的表现，还是理智的选择。她开始从事学术研究，专门探讨像她这样被遗留的革命者子女问题。在杨小翼看来，革命者对子女的抛弃，反映了革命"父亲"的残酷和冷漠。杨小翼的学术研究彻底颠覆了心目中小时候想象的父亲温情形象。杨小翼在里昂参加学术会议期间则深化了"审父"心理，直至"弑父"。杨小翼在里昂的学术会议期间，了解了尹泽桂在里昂的人生经历。她了解到尹泽桂在里昂求学时，爱上了一位法国女孩，写下了缠绵悱恻的情诗。为了独享这位女孩的感情，他手刃同学。因为担心被判刑，便远走他乡。对尹泽桂早年人生经历的了解，使杨小翼更加强烈地把父亲尹泽桂置于审判者位置。特别是经历了丧母、丧子和前夫葬身海外的人生打击后，杨小翼对父亲的恨意更深，并且在自己的心灵深处抹杀掉了父亲的形象，她决定从此不再见父亲。这是杨小翼的"弑父"心理。

　　杨小翼和年迈的将军之间的访谈，是杨小翼的"弑父"心理的集中表现，也表现了杨小翼彻底反思革命的决心。杨小翼把"革命"解读为私人化的行为，也正是抱着这种想法，她诘问将军早年的革命行为。但是，她这种解读"革命"的方式遭到了将军坚决的反对和回击。在将军看来，"革命"就是一种历史活动，它和个人情感没有任何关系。将军执着地维护革命的纯粹。在杨小翼看来，将军的这种行为是要抹杀历史，也是要剔除作为女儿的自己。因此，它深深地激怒了杨小翼。她决定从此不再见将军，从内心深处把将军抹掉。由此，杨小翼完成了她的"弑父"，也完成了对革命的彻底诘问。

　　但是，当得到尹泽桂离世的消息后，杨小翼突然发现，将军的逝世并没有让自己彻底轻松。她突然感到她的内心充斥着巨大的虚无感。她发现"父亲"的形象在她的内心中从来没有消灭过，这一形象一直蛰伏在她的心中，并成为她的人生中不可或缺的一部分。她突然意识到自己对于父亲产生了太多的误解。尤其是后来了解到，父亲还是很爱她这个女儿的，他在托人带给杨小翼的照片上，充满感情地签上"我女儿的照片"几个字。当杨小翼的儿子伍天安葬身边陲，是他把伍天安的尸骨找到，并且在北京安葬了他，在伍天安的墓碑上刻上他最喜欢的诗句，而且为了不让杨小翼伤心，一直隐瞒伍天安已死的消息。杨小翼认识到，这个她曾经被认为伤害了自己的父亲，原来还是爱着自己的。她也忽地明白了在自己人生的每一步，父亲其实一直站在自己的身边。他让和他感情最好的老部下照顾她们母女二人。在杨小翼人生的多个关口，父亲其实也一直在关注着她，即使是杨小翼在研究论文里，反思、批评他以及他的同志们的行为时，他也高度表扬了她。杨小翼的心理于是发生了微妙的变化，她重新认识到自己的父亲已经融进了人生之中。这时的杨小翼可以说是重新找回了自己的父亲。至此，历经了"寻父""认父""审父""弑父"之后，杨小翼最终又"认父"了。

　　在小说最后的再"认父"阶段，也是小说重新思考革命的部分。杨小翼发现一心从事革命的将军内心并不是一个没有个人爱欲的人。早期在里昂留学时，他和法兰西女郎的浪漫爱情，养伤时和杨沪相恋，这些爱恋是真诚的。甚至在杨小翼的母亲去世后，将军还来到她的旧所居住月余，完成《革命转型》的著述。同时，将军对杨小翼这个女儿的关爱，还有对外孙天安的爱，也是真挚的。但是，将军作为一名革命者，他整个人生包括他的爱，都是属于革命的。因为，在将军那里，革命就是个人信仰，它具有超乎一切的至高位置，需要将军不断地超越个人私人化情感，一步一步地提纯自己，完善自己。正因为如此，在将军的人生之中，在他的个人情感深处，最深厚的感情和最神圣的位置是留给革命的。因此，在他即将告别人世时，他妻子问他这辈子最爱的人是谁时，他很清晰地、很坚决地回答，他最爱的人是毛主席。杨小翼对父亲的重新认识，表现了对革命的重新理解，包括对革命的再认同。

　　"寻父"—"认父"—"审父"—"弑父"—"认父"和革命的"认同"—"审视"—"再认同"两重结构相耦合，《风和日丽》便浮现出从私人化的视角来思考革命的叙述方式。但是，这种视角并没有走上颠覆革命的旧有叙述套路。相反，它却成就了《风和日丽》以私人化叙述的方式建构革命的叙述策略。

这种叙述策略，表现了《风和日丽》反思"后革命"时期子辈如何对待革命的主题。《风和日丽》的叙述表明，革命是不可复制的。将军作为那一代革命者，已经完成了他们的革命。杨小翼包括其他后来者，都只能是革命的"消费者"，他们已经无法复制革命。杨小翼从私人感情角度来"消费"革命。只不过，这种"消费"方式最后宣告失败。除了杨小翼"消费"革命的方式外，刘世军把父辈的革命当作超越的"敌对物"，因此，他报名参加了对越自卫反击战，企图建功立业，最终为此付出了惨重的代价。伍思岷则从"权力"的角度来消费革命，他把革命当作"权力"的炫耀，最终却害死了自己的亲生儿子，自己还落下了葬身海外的悲剧。而在世纪转型时期的经济"消费"革命的方式普遍存在。世纪转型时期，杨小翼发现许多事物都成为娱乐和商品，包括将军和母亲杨沪的爱情也成为旅游资源。杨小翼家里已经被开辟为旅游景点，而将军和母亲的照片则挂在墙上，成为人们的谈资。在导游和游客的眼里，将军和母亲的故事只不过是一场革命与爱情的演义。在这场演义里，人们看到的只是故事的悲欢离合。而参与这个故事的人，包括杨小翼，他们所经历的人世间的磨砺，这期间的痛苦、快乐，包括委屈与辛酸，全然被掩盖，或者被消费。《风和日丽》对"消费"革命的方式的反思，实际上也让我们重新思考革命。无论是杨小翼，抑或是刘世军、伍思岷还是游客们，都把革命看作超越时空的存在，这种"消费"革命的方式，最终是无法理解革命的，也无法走进革命。因为，半个世纪前的革命，它的发生有着具体的历史时空背景，包括革命历程中个人的琐碎情感和欲望，也都是在具体时空中发生的。

当代小说叙述革命大致上经历了两个阶段：一是神化革命的叙述方式，红色经典等小说把革命看成超越个人，包括肉身的神圣行为和精神；二是20世纪80年代中后期的小说则消解了革命的崇高，从此，中国当代小说走上了瓦解革命的叙述狂欢。在瓦解革命的叙述狂欢之中，以私人化来颠覆革命的崇高、神圣是最常见的叙述模式。《风和日丽》也采用了从私人化视角来聚焦革命的方式，但是，它的本意不再是消解革命，而是重建了革命。不过，它不再是为了仅仅叙述革命的崇高与神圣。在《风和日丽》的叙述之中，革命的神圣里，又多了份爱，多了份人间烟火，同时，革命的"本色"仍然熠熠生辉。

原载《文学教育》2010 年第 4 期

书写"说得着"的终极价值
——解读《一句顶一万句》

　　《一句顶一万句》是刘震云倾心写作的一部长篇小说，它的人物繁多，故事复杂琐碎。从内容来讲，它分为上部"出延津记"和下部"回延津记"两个部分。从叙事学的角度来看，《一句顶一万句》的叙事可以划分为表层叙事和深层叙事两个层面。其表层叙事是一层层地剥离附着在中国人身上的传统道德伦理规范，裸露出"说得着"的意义；而深层叙事则是演绎"说得着"的终极价值。从叙事功能来看，"说得着"连接了《一句顶一万句》的表层叙事与深层叙事；从叙事意义来看，"说得着"的价值与意义则是《一句顶一万句》的深层叙事动力。

　　杨百顺出生在一个卖豆腐的家庭。上过一段时间的私塾后，杨百顺的父亲决定让一个儿子去上新学，但是他考虑的不是儿子的前程，而是自己的豆腐生意。当杨百顺和杨百利两兄弟都愿意去上新学时，老杨打定主意只让一个儿子去。为了将来能有人卖豆腐，在抓阄过程中，老杨用作弊的方式让杨百顺留在家里了。显然，杨百顺父亲考虑的不是儿子的前程，而是有人继承他的豆腐铺。杨百顺知道了抓阄内幕后，离家出走。中国传统的"父慈子孝"的父子伦理就此被颠覆。不仅如此，《一句顶一万句》也颠覆了传统师徒关系。杨百顺后来跟着老曾学杀猪，师徒二人感情融洽。但是，当杨百顺开始一个人独立杀猪后，杨百顺和老曾的续弦过分地看重物质利益，在分配报酬上相互计较。为此，老曾和杨百顺之间也产生了隔膜，最终杨百顺被老曾逐走。中国传统师徒（生）伦理规范也被消解。与父亲有隙、与师傅有隔膜，使杨百顺认识到，靠伦理道德规范建立的人际关系并非牢固可靠。不久，杨百顺出于对稳定生活的渴望与吴香香结婚，并改名为吴摩西。但是他们的婚姻生活并没有达到杨百顺的期望。吴香香名为杨百顺的妻子,实际上她和邻居老高多年来一直暗中往来。最后,吴香香干脆和邻居老高一起私奔。在这里,传统夫妻之间"互敬互爱"的伦理关系显得如此脆弱。《一句顶一万句》对传统伦理规范的解构并没有止步于此,它还进一步解构了兄弟情谊。小说中的杨百顺和弟弟杨百利之间,姜家三兄弟姜龙、姜虎、姜驹之间,都演绎了一场场兄弟争利的图景,手足之情被各种利害关系所遮蔽。总之,《一句顶一万句》的"出延津记"部分从根本上颠覆了父子、师徒、夫妻、兄弟传统伦理关系。

不仅如此,《一句顶一万句》还彻底颠覆了中国传统的朋友关系。"有朋自远方来,不亦乐乎",是中国传统文化对朋友之道最经典的概括。朋友之情也是构成中国人最值得依靠的人生体验之一。但是,传统的朋友之"道"被《一句顶一万句》的"回延津记"部分彻底颠覆了。老韩和老丁是二十多年的朋友,但是为了意外之财,二人最终分手成为陌路人;因为老韩交还了老曹失落的钱,老曹主动和老韩结拜,并且常常来看望老韩,二人也因此成为好朋友。但是,老韩最后还是欺骗了老曹,使老曹的女儿曹青娥嫁给了牛书道。杜青海是曹青娥的儿子牛爱国在部队时最好的朋友。但是,他们复员后,当牛爱国向他讨主意的时候,杜青海给牛爱国出的竟是馊主意。随着时间的流逝,牛爱国的好朋友一个个地离开了他。相好二十多年的朋友冯文修也和他彻底掰了,其他的朋友李昆、崔立帆、曾志远等,一个个也没有尽朋友之道,最终都基本上逐渐沦为普通关系。"回延津记"就这样彻底地颠覆了中国传统的朋友之道。

中国传统伦理道德规范,都有着相应的温情脉脉的情感内涵,这些情感让人在传统社会中获得心理依靠和支持,也使人获得基本的社会归属感。而《一句顶一万句》一点点地剥离了附着在人身上的父子、师徒、夫妻、兄弟、朋友等伦理关系,也完成了它的表层叙事。随着《一句顶一万句》表层叙事对传统伦理规范的消解,我们不得不思考:人将在何处找寻自我?人在哪里去寻找归属感呢?《一句顶一万句》的深层叙事回答了上述问题。

《一句顶一万句》的深层叙事把人和人之间的关系指向更加内在的关系,即人和人之间的关系不再依靠外在的伦理关系来界定,而是依靠个人心灵和心灵之间的融合与沟通,也就是人和人之间"说得着"。杨百顺发现,妻子吴香香和他虽然讲不到一起,但是和邻居老高"说得着";同样,牛爱国也发现妻子庞丽娜和自己讲不到一起,但是却和摄影的小蒋

"说得着"。而牛爱国与妻子庞丽娜讲不到一起，却能和情人章楚红"说得着"。在这里，"说得着"最终成为人和人之间最根本性的关系，它超越人和人之间的一切表面伦理关系。例如，改名为罗长礼的杨百顺独独和孙子罗长江能讲到一起；而曹青娥和七岁的小孙女柏慧能讲到一起，也就是最有力的证明。能讲到一起，或者"说得着"，在《一句顶一万句》中具有超越性的意义，从某种意义上讲，它超越了人和人之间的一切表面的伦理关系，直抵达人的内心世界。因此，从某种意义上讲，"说得着"实际上是人为了寻找自己的本我而作出的抉择，是人确证自我的一种重要方式，也是拯救世俗人生的重要方式。因此，《一句顶一万句》从根本上剔除了人和人之间的一切外在关系，直抵人的精神与灵魂的核心，也是超越了现实功利的价值准则。《一句顶一万句》的深层叙事就这样开始演绎"说得着"的终极性价值。

　　《一句顶一万句》的终极性价值和詹牧师紧密相连，詹牧师也因此成为演绎"说得着"终极性价值的重要环节。詹牧师是意大利人，在延津传教五十多年。五十多年来，詹牧师在延津传教态度虔诚、敬业，但是收获并不显著，他在延津一共才发展了八个信徒。延津人并不信仰宗教，詹牧师和上级教会会长的教义有分歧，关系紧张。不仅如此，詹牧师传教活动也受到了地方官的制约。他的教堂被几任县长长期霸占，拒不归还。这些都掣肘了詹牧师的传教事业。栖身在破庙之中的詹牧师传教热情并没有受到影响，五十多年如一日地坚持传教。即使到了晚年，詹牧师也并没有因为客观条件的限制而放弃传教，仍然规划着延津的宗教事业。他曾画了一幅教堂的草图。那是个哥特式教堂，教堂高八层，教堂雄伟，教堂中的摆设件件精美，其中摆设都有仔细的说明，非常讲究。在这个草图背面，他工整地写下了"恶魔的私语"几个字。教堂草图是詹牧师传教热情的象征，也是詹牧师对宗教事业热爱的体现。詹牧师以自身的行为演绎了"信"的含义。虽然延津人不信教，但是不得不为詹牧师所折服，不得不相信"信"确实存在的。从这个意义上讲，詹牧师确实是最成功的牧师。

　　显然，《一句顶一万句》中的詹牧师是"信"的代言人，也是终极价值的鲜明体现。当然，《一句顶一万句》不是要劝导人们像詹牧师一样信仰宗教，而是针对道德沦丧的日常伦理现象展开的思考，企图指引人们走向有信仰的人生。小说中的杨百顺和牛爱国两人就是得到了这种指引，他们从人生纠结中走出，回归到"说得着"的人生道路上了。"说得着"也因此具有了终极性意义。因此，接受詹牧师的指引，成为演绎"说得着"的终极价值的过程。

杨百顺曾拜詹牧师为师傅，改名为杨摩西。但是，他并不信教，他是为了能讨生活而拜师的。杨百顺发现了学习宗教的辛苦和传教的艰难，最终脱离了詹牧师。吴摩西的妻子吴香香和人私奔后，吴摩西带着养女巧玲四处寻找，在寻找过程中养女巧玲丢失了。人生至此，吴摩西陷入茫然之中。自己是谁？从哪里来？到哪里去？这些现实问题已经超越了他所面临的困窘，而具有宗教意义。在詹牧师去世后，跟随詹牧师时没有领会到的宗教教义，顿时变得那样清晰和深刻。历经磨砺，他终于走近了詹牧师。此后，他珍藏了詹牧师的那张教堂草图，心中也珍藏了一份人生信念。在曾改名为杨摩西、吴摩西之后，杨百顺再次改名为罗长礼，在咸阳生存了下来。杨百顺曾先后更名为杨摩西、吴摩西，这两次更名纯粹为了生存。而再次更名为罗长礼则是处于对人生信念的坚守。罗长礼就是他少年时代曾经非常向往的喊丧人的名字。对于杨百顺来说，喊丧就是"说得着"，是人生最惬意的生命状态。

杨百顺受到詹牧师的指引，把"说得着"作为生命的最根本的状态，牛爱国也是在詹牧师的指引下，领悟到了"说得着"的人生价值。牛爱国的母亲是曹青娥，曹青娥就是被拐卖至曹家的巧玲。因此，牛爱国也就是杨百顺的外孙。牛爱国和妻子庞丽娜关系一直紧张，后来庞丽娜与人私奔。本来牛爱国和庞丽娜已经没有感情，但是由于二人并没有离婚，他仍然是庞丽娜法律上的丈夫。也许是为了挽回个人脸面，也许是为了避免他人闲话，他踏上了寻妻之路，这一点和当年吴摩西一样，都是假找私奔的妻子。但是，在假找的过程之中，牛爱国不经意来到了吴摩西寻妻的出发地延津，于是牛爱国决定到母亲的出生地来寻找母亲的家人。可是，时间已经过去太久，当年的家人已经淡忘了母亲，吴摩西也一直没有回到延津，而是在咸阳娶妻生子。于是，牛爱国只好来到咸阳寻找到了吴摩西的孙子，了解到了吴摩西与巧玲分手后的人生。也看到了吴摩西一直珍藏着的詹牧师的教堂草稿图。正是这幅草图点亮了牛爱国的人生，让他看到了自己人生的纠结所在。原来牛爱国和一名叫章楚红的女子"说得着"，二人建立起了深厚的感情。但是，牛爱国怕出事，没有履行带章楚红出走的诺言。不仅如此，他还因为怕出事，断绝了和她的联系。经过这一番折腾，牛爱国发现了在人生中能有人和自己说得上话，才是最重要的。为此，他决定，无论如何一定要找到章楚红。牛爱国终于抛开了烦琐的人生纠结，彻底彻悟了。他终于放下了那些纠结，决意按照自己的人生信义来生存。

原载《文学教育》2010 年第 5 期

罪与赎罪

——解读《蛙》

  《蛙》是莫言新近发表的一部长篇小说。小说的前四部是蝌蚪写给日本友人的几封书信，第五部分则是一部话剧。小说虽然在形式上花样翻新，但是，姑姑一直是小说的叙述中心。姑姑是一名技术高明的妇产科医生。一方面，她是生命的天使，通过她的手，众多生命顺利地来到人间；另一方面，她又是一名计划生育政策坚定的支持者，前后有两千八百多个不符合计划生育政策的生命扼杀在她手上。《蛙》对姑姑作为接生技术高超的妇产科医生，并没有太多的叙述，整个小说把叙述的重点集中在姑姑作为计划生育政策执行者上。中国的计划生育政策执行以来，虽然在降低人口出生率、减少人口方面做出了贡献，但是，也饱受了各方面的质疑，其中来自人权领域的质疑更多。在人权主义者看来，生命孕育了就有生存下来的权利。这种自然生命观和计划生育政策所秉承的社会生命观之间产生了巨大的冲突与对立。而姑姑就是计划生育政策的坚定执行者。因此，她也是一名坚定的生命的社会属性主义者。在她看来，计划生育就得坚决地贯彻执行。小说中的姑姑为了贯彻计划生育政策，做出了种种极端的行为。她为了逼出违反计划生育的侄媳妇，不惜牺牲他人利益，动用国家机器，最终怀孕已达8个月的侄媳妇死在流产的手术台上。同样，为了抓住超生而又怀孕的王胆，姑姑无所不用其极，甚至把抓住王胆当作一场战役来准备。最后，在姑姑的追击下，王胆在逃亡的路上，生下了女儿，丢掉了性命。在姑姑严厉的监控和追击下，有两千八百多个超生胎儿死在姑姑手里。在此，姑姑充当了一名政治权力的符号，我们看到的姑姑有坚定的立场、雷霆的手段和断然的措施。在姑姑眼里，没有个人的情感，即使自己的侄媳妇怀孕，她也毫不徇私。就是在王胆处于生命攸关即将生产的关头，她也绝不心慈手软。姑姑的这个形象，充分体现了作为权力符号与象征的姑姑在面对违反国家政策时，对待生命的态度。这些行动本身就违反了生命的自然法则，从这个角度来讲，姑姑在这里是自然生命的异化力量的象征。

扼杀自然生命无形之中成为姑姑的罪孽。事实上，姑姑对于生命的扼杀还并非停留在这个层面上。生命的异化不仅是自然生命权利的丧失，同时也包含生命伦理功能的摒弃。市场经济体制确立后，生育还被拖入经济利益的轨道。商业利益于是成为生育异化的崭新渠道。袁腮开办了代孕公司。进入老年的姑姑为了弥补侄子蝌蚪的妻子王仁美的过错，把自己的徒弟小狮子嫁给了他。同时，为了弥补小狮子不能生育的遗憾，姑姑通过袁腮让陈眉代孕。陈眉成功怀孕，生下儿子。但是，这个儿子被说成小狮子和蝌蚪的儿子，从而彻底剥夺了陈眉的养育权利。在这个事件中，生命被异化为商品符号，成为可以买卖的商品。同时，生命本身所附着的伦理也被剥夺了。首先，陈眉怀孕是人工受精的方式，孩子的生物学父亲成为无法确定的具体存在，受孕过程所包含的人间爱情、亲情等情感要素被剥离；其次，陈眉生下儿子，但是被剥夺了养育儿子的权利，她作为生物学意义上的母亲地位也被剥夺。最终，我们看到陈眉生下的这个儿子，不是作为一个生命而存在，而是一个纯粹的商品。最终，这个孩子只是作为一个纯粹的自然生命存在，而生命之上附着的伦理意义被强行剥夺。

显然，姑姑成为生命异化的重要推手。小说通过叙述把姑姑摆在生命的对立面。至此，我们渐渐明白莫言以"蛙"作为小说题目的匠心所在。蛙，是中国文化传统中生殖崇拜对象，是初民对生命崇拜的显著表现。蛙，语音既同"娃"，又同"娲"。"娃"是生命的象征，而"娲"自然和"女娲造人"相关联。无论是"娃"还是"娲"都是生命的代称。同时，"蛙"产卵众多寄予了初民对于生命的膜拜。在形状上，"蛙"又形同女性生殖。于是，我们可以看到在中国传统文化中，"蛙"成为生命崇拜的图腾。与"蛙"相反的是作为生命异化而存在的是姑姑。于是，姑姑就同"蛙"摆在对立位置上。

事实上，小说在情节的叙述上也显示了这一点。姑姑最害怕的生物就是蛙。一个月夜，姑姑独自行走，感觉到蛙声如哭，她被众多青蛙追赶围攻，"姑姑一边嚎叫一边奔跑，但身后那些紧紧追逼的青蛙却难以摆脱。姑姑在奔跑中回头观看，那景象令她魂飞魄散：千万只青蛙组成了一支浩浩荡荡的大军，叫着，跳着，碰撞着，拥挤着，像一股浊流，快速地往前涌动。而且，路边还不时有青蛙跳出，有的在姑姑面前排成阵势，试图拦截姑姑的去路，有的则从路边的草丛中猛然跳起来，对姑姑发起突然袭击"。姑姑的衣衫被青蛙撕扯干净，几近赤身裸体。这个情节的设置把姑姑彻底摆在生命的对立物位置上，直接推动了姑姑明白自身的罪过，也使她走上了赎罪的道路。

被众多青蛙围攻，害怕青蛙的姑姑走投无路，慌乱之中一头撞入民间艺人郝大手的怀里。在郝大手的怀里，姑姑得救了。郝大手是一名捏泥人的民间艺术大师，他的泥人栩栩如生，这些泥人虽然是没有生命的泥巴所塑造，但是，却具有生命的气息与生机。正因为出神入化的艺术塑造力，郝大手被冠以民间工艺大师的称号。郝大手偶然救了姑姑，也娶姑姑为妻。他是姑姑生命的拯救者，不仅如此，他还是姑姑灵魂的救赎者。进入晚年姑姑突然意识到，自己使两千八百多个小生命丧失了来到人间的权利，觉得自己罪孽深重，觉醒后的姑姑萌发了赎罪的愿望："一个有罪的人不能也没有权利去死，她必须活着，经受折磨，煎熬，像煎鱼一样翻来覆去地煎，像熬药一样咕嘟咕嘟地熬，用这样的方式来赎自己的罪，罪赎完了，才能一身轻松地去死。"为了赎罪，也为了拯救自己的灵魂，姑姑让郝大手把那些逝去的生命，通过艺术的方式重新活了过来。在姑姑的房间里，那些没有来得及来到人间的生命，经过郝大手的鬼斧神工般的手一个一个重新"活"过来了。姑姑把他们摆放在房间中，她一一点出他们的出身，也还原了这些小生命的容颜。姑姑和他们对话，就好像他们真的来到了人间一样。通过这个艺术的方式，姑姑救赎了自己，也赎回了自己的罪过。

姑姑深知自己的罪，也在力求赎罪。然而小说并没有停留在这个层面上，而在进一步深入思考，姑姑的罪过到底在什么地方？莫言在进一步地思考。仅就姑姑作为计划生育的执行者而言，姑姑显然谈不上有什么罪过，她个人似乎不应承担扼杀生灵的责任，她只是一名国家权力的忠实执行者而已。正因为如此，我们看到，莫言的书写重心也不在计划生育的反思上，而在姑姑在执行计划生育政策过程中体现出来的立场与行动本身上。

　　姑姑有着不一般的家世。姑姑的父亲是一位名医，和白求恩一起是当时抗日敌后的著名外科大夫，他创建了八路军的地下医院。即使是日军也非常仰慕他的医术，他和姑姑一起被日军抓走。这段经历使姑姑蒙上了传奇色彩，也使她的人生打上了特殊的烙印。她在某种意义上就成为正统价值观的一种代表，是正义的化身。姑姑后来被送进学校学习妇产科，掌握了新式接生术。姑姑医术高明，为家乡的人顺利接生了众多的新生儿，成为家乡富有盛名的妇产科医生。因此，姑姑在众多蒙昧的群众中又是科学的代言人。不仅如此，小说中的姑姑还是人格操守的坚定维护者。在"文化大革命"时期，姑姑受到不公正评价，上台批斗。红卫兵给她罗列了特务、反革命、破鞋等罪名。对于其他枉加在她身上的罪名她都可以忍受，唯独破鞋的罪名她坚决不认。

　　政治、文化、伦理、人格上的优越性使姑姑丧失了作为人的正常、平常心态，在执行计划生育政策的过程中，她表现得盲从、偏执、狂热，动辄动用国家机器，忽视公民私人财产，漠视人的生命，才是姑姑罪过最根本的根源。在小说的字里行间，莫言冷静地对此作出了深刻的剖析。正是基于对于姑姑罪过的个人原因的深入分析，莫言才设置了姑姑在晚年以艺术的方式来赎罪的情节。而这一情节让小说从简单的反思计划生育的社会学主题之中延宕开去，去寻找罪孽的主体性因素。

　　通过姑姑形象的塑造，《蛙》力透纸背地让人置身于莫言对罪与赎罪的思考之中。曾有学者比较了中西文化后，认定中国传统文化是乐感文化，而西方文化是罪感文化。乐感文化和罪感文化最根本的区分是，前者更多地看重人身之外的客观世界，而罪感文化更多的是从人自身出发去看待世界。莫言的《蛙》探讨姑姑的罪过的时候，巧妙地规避了归罪于外在的客观世界与他人的"认"罪方式，更多地从人自身来"认"罪。在莫言看来，计划生育作为国策具有历史合法性，无法回避，同样在市场经济时代万物都附有商品价值也是无法逃避的历史宿命，而作为个人如何去面对历史才是最根本、最重要的。《蛙》在叙述中巧妙地把姑姑个人推上审判台，通过姑姑的罪感与赎罪，把对人的批判推向历史的高度。而《蛙》把"罪"与"赎罪"作为小说的中心，显然具有相当的现实意义。在物质高度发达的今天，我们陷入物质世界凯歌高进的时代，我们更多地把眼光放在外在世界上，我们习惯于用外在的价值尺度来打量、分析人。回归人自身的尺度，这是莫言的《蛙》最终想传达给我们的价值理想。正是这种价值取向使我们在纷繁的世界里更加注重我们人本身，从人自身出发来理解外在世界，这也许就是莫言的《蛙》最终所要表达的主题吧。

原载《文学教育》2010 年第 6 期

虚妄的爱情与俗套的叙述

——读《山楂树之恋》

　　《山楂树之恋》发表后，引起了较大的反响，读者广泛。《山楂树之恋》深受读者热捧，甚至产生了"山楂"迷。随后，它被导演张艺谋拍成同名电影。《山楂树之恋》来源于真实的爱情故事，故事情节较为简单，叙述了城市平民女子静秋在下乡调查村史的过程中，结识了在当地地质勘探队工作的"老三"。"老三"爱上了静秋，并给静秋许多帮助。在静秋回城后，为了不影响静秋的留校和转正，"老三"和静秋暗中往来。后来，"老三"患了胃癌，在弥留之际见上了静秋最后一面。小说充斥着的是纯情的爱情氛围。也许是因为当下功利主义盛行，爱情也无法逃离功利的算计，清纯、不计较结果的纯情之恋便成为人们内心的渴望和追求，《山楂树之恋》因此引发了人们热捧。然而冷静仔细思考，我们不得不警惕《山楂树之恋》。它所宣扬的爱情是虚妄的，而为了叙述这虚妄的爱情，小说采取了多种俗套的叙述策略来弥补思想与内容的不足。

　　首先值得怀疑的是，"老三"和静秋相爱的基础是什么？小说中的静秋还是一名高中学生，据小说情节推断，"老三"已经在地质勘探队工作了多年，两人年纪悬殊比较大，社会阅历差距更大。从家庭出身来看，静秋生活在城市底层，家庭比较贫困；"老三"出身于高干家庭，父亲是军区司令员。因此，两人所受的教育不同，成长的环境完全不同。"老三"为何爱上静秋，一直是一个谜团。"老三"是爱慕静秋的美丽？还是静秋的才华吸引了"老三"？小说中的静秋仅是一名高中学生，小说并没有展示她的美丽，她也没有什么过人的才华，只会按照当时的套路去写作村史而已。那么"老三"为什么爱上静秋？小说对此避而不谈。同时，家庭环境比较优越的"老三"，在生活中也不乏有人给他介绍女朋友，但是，

"老三"一直是孤身一人。他的择偶标准是什么，小说也没有透露。因此，"老三"为什么会爱上静秋，这是一个很耐人寻味的问题。从小说中来看，"老三"爱上静秋是一件非常勉强的事：两人没有情感的基础，甚至连接触的时间都不长。

而从静秋这方面来说，她对"老三"的爱情似乎也很勉强。从小说的叙述来看，"老三"在静秋眼里，具有"代父"功能。静秋的母亲是一名接受改造的高中教师，静秋脚下还有年纪非常小的妹妹、弟弟，而父亲在外地接受改造。这样的家庭，最缺失的显然是父爱。同样，静秋还只是一名成长中的孩子，她需要的是父亲的关爱与帮助，但是，她又不得不承担养家的重担，虽然这个重担应该是由她父亲承担的。然而，静秋的父亲偏偏在生活中缺失了。因此，对静秋来说，她的人生是"缺父"的。"老三"正好充当了父亲的角色。小说中"老三"总是在不断地给予静秋物质、精神上的帮助。他给静秋买钢笔、游泳衣、胶鞋，给静秋的母亲买核桃、冰糖，帮助她治病。"老三"给生活中处处艰难的静秋以精神、金钱上的帮助，常常在静秋处于危难的时候，及时地出现，帮助静秋化解危机。他甚至还给予静秋父亲的力量，帮助静秋完成艰巨的体力活儿。对静秋和她的家庭实际而言，"老三"其实发挥了父亲的功能。

对于静秋而言，她还不是一位长大成人可以品尝爱情的女子，而是一位需要继续成长的女儿。首先，我们看到，静秋对于自己的身体认知仍然处于懵懂无知的状态中。她不知道男女之间的亲热，甚至不知道基本的生理知识，以为男女之间只要牵手了，只要躺在一张床上就可以怀孕生子。静秋对于自己的身体缺乏起码的理解，她还停留在前青春期，也基本上不具备爱情的生理条件。从静秋的人生来看，她还是一位需要庇护的女儿，而不是一名能主宰自己人生的青年女性。静秋高中毕业后，为能留校工作，她不得不压抑自己，以便稳妥地留校，留校后，为了能顺利地转正，她又不得不隐藏自己的情感。从这个角度讲，静秋是没有"资格"恋爱的。于是，在小说中，当静秋母亲撞见了"老三"和静秋在一起的时候，静秋母亲要求"老三"和静秋暂时不要见面，以等待静秋平稳转正。"老三"接受了静秋母亲的意见，从此果然不再见静秋。在这里，"老三"是以静秋庇护者的身份出现的，而不是以静秋的恋人身份存在的。从小说的叙述来看，静秋一直把"老三"当作父亲来看待。然而，"老三"又是以静秋恋人的身份出现的，所以对静秋来说，如何称呼"老三"是一件很尴尬的事情，这也是静秋从没有称呼过"老三"的重要原因，即使在"老三"弥留之际，静秋也没有称呼过老三，只是再三地说"我是静秋"。静秋其实无法给"老三"以恰当的位置，他是以静秋恋人的身份出现的，然而，在生活和精神上又充当了"父亲"的角色。对于静秋来说，她还没有长大，她需要的是一名父亲，而不是恋人。

对于"老三"而言，他不具备爱上静秋的可能性。对静秋而言，她还不具备获得爱情的生理基础和人生基础，她也不具备吸引"老三"的可能。然而小说偏偏"安排"了"老三"和静秋之间的爱情，显然，这场爱情是虚妄的。因此，我们看到，"老三"像父亲一样不断地给静秋以帮助，精神的、物质的，甚至是力气上的。而对于静秋而言，她对于"老三"的给予采取默默接受的态度。他们之间的爱情也排除了身体的接触，化解了静秋对于生理的无知。即使在"老三"住院期间，他们借宿高护士宿舍的一段可能产生肉身之恋的描写，也被干净地处理了。因为如此，《山楂树之恋》对爱情的叙述与描写止步于理性，这也是它的爱情被称作清纯的主要表现。

为了掩饰这场爱情的虚妄，小说采用了一系列的修辞手段。

首先，小说把故事发生的时代背景设置为"文化大革命"时期。"文化大革命"是一个特殊的时代。这场时代变革为"老三"这样的高干子弟流入社会底层提供可能，也为制造静秋"缺父"的精神征候，为造成"老三"和静秋之间的爱情提供了可能。更重要的是，"文化大革命"时代是一个个人欲望高度被压抑的时代，和小说所宣扬的止步于精神之恋的主题之间存在某种契合。《山楂树之恋》的主题与时代背景之间巧妙嫁接。

其次，小说还套用俗套的叙事成规。20世纪80年代琼瑶小说中的常见要素在《山楂树之恋》中得到了充分的展现。纯情的爱，疾病或者意外灾害让有情人终不成眷属。这是琼瑶小说的基本叙事路线。《山楂树之恋》复制了琼瑶小说要素与叙述规范："老三"和静秋之间的爱情被描写成纯情，"老三"因为身患胃癌，最终和静秋阴阳两隔。当年沉浸在琼瑶小说中的少男少女今天已经成为社会的中年男女，在他们接触这个故事的时候，不由自主地唤醒了他们早期琼瑶小说的阅读经验。在琼瑶式叙事成规的"启发"下，读者不知不觉与这样一个"琼瑶式"小说产生了共鸣。

《山楂树之恋》还企图用诗化的意象来表达"老三"与静秋之间纯洁

的爱情。山楂树开着白色的花朵，它是纯洁、质朴的象征。小说以山楂树为题，并在小说中多次出现山楂树，从而建构了"山楂树"的意象，以此来赋予"老三"与静秋爱情的纯洁性。而在 50 年代从苏联传唱而来的歌曲《山楂树》，原本是一首爱情歌曲，它描写了工厂青年生产、生活和爱情。这首歌韵律起起伏伏，流转着浓郁的纯真、优美、浪漫的风情。它随着大量的俄罗斯歌曲传入中国，立即被广为传唱。特别是当时的年轻人，更为它倾倒和痴迷。作为果树的山楂树和作为苏联爱情歌曲的《山楂树》，都赋予了山楂树纯洁爱情的象征意义，并以此来强化"老三"和静秋之间纯洁、美好的爱情。然而小说中的山楂树似乎是硬塞进小说的象征物。山楂树基本上和小说的情节相游离。山楂树既不是二人的信物，也非二人相恋的地方。说到底，它只是他们相识的一个由头。山楂树，连同歌曲《山楂树》，都没有走进二人的情感世界，因此，山楂树之于《山楂树之恋》仅仅是一个飘浮的语词而已。

自从 90 年代市场经济确立后，中国社会日益世俗化，人文精神萎缩成为时代的精神病痛。除了张承志、张炜、史铁生等作家在写作中张扬终极价值外，一些文艺作品也注重精神的宣扬，以拯救、医疗这种精神的病痛。非常明显，《山楂树之恋》延续了推崇精神贬抑物质主义、功利主义价值观的写作路线，它力图叙述纯洁、美好的爱情来对抗现实的功利。然而，"老三"和静秋之间的爱情的成色显然不足以支撑如此厚重的主题。为了弥补思想不足，为了强化小说的主题，《山楂树之恋》采用多种修辞手段。然而，在采用这些艺术手段的时候，又不知不觉地落入俗套。可以说，虽然有一个美好的愿望，但是思想的先天不足、艺术手段的俗套却无法让这个爱情乌托邦得到圆满的展现。

原载《文学教育》2010 年第 10 期

重建乡土中国

——读《末代紧皮手》

　　20世纪80年代，李杭育的"葛川江"系列小说，刻画了"最后一个"人物形象系列。这些人物形象表现了某种风俗习惯、生活方式在历史变革时期的遭遇，表现了"最后一个"无可奈何地告别历史的命运。这些"最后一个"的悲剧命运，呈现了历史进程无比巨大的威力，也展示了历史前进方向。李杭育笔下的"最后一个"人物形象系列，是80年代启蒙思想的产物。李杭育所塑造的"最后一个"系列人物形象，代表了中国当代文学在叙述传统生活习惯、风俗习惯时普遍所持有的价值尺度。它显示的是传统中国日渐转型为现代中国奋进的形象。然而，当下的社会文化氛围与80年代有着迥异的差别，今天的作家在刻画传统中国形象时的价值标准也悄然发生了变化。当下中国社会变革面临复杂的局面，80年代启蒙思想所许诺的美好愿景并没有到来，这让中国人对当下社会现实产生了回避与怀疑心态。而一些并不太令人满意的社会现象被屡次披露，加剧了国人对于现实的审视态度，80年代产生的改革雄心与信心遭受到了极大的打击。社会变革初期对于启蒙价值观所代表的那种奋进、昂扬的情绪已经不复存在，取而代之的是曾经给人带来温馨记忆的传统中国。反映传统中国渐渐形成一股重要创作潮流。历史题材小说兴起，乡土文学再次焕发出青春活力，恐怕就是最有力的证明。因此，在表现历史上"最后一个"人物形象时，作家的心态也发生了根本性的变化。"最后一个"也不再是前进的历史可以随便"抛弃"的异物，而是具有顽强的生命力，是现实社会发展逆向存在物。它寄托了国人对于传统的依恋，甚至是对于当下的审视与批判。90年代初期的《白鹿原》，开启了重构乡土中国的叙事潮流，李学辉的《末代紧皮手》是其中不可忽视的一部优秀之作。

《末代紧皮手》所提及的"紧皮"，是甘肃西凉的特有民俗。它源于中国古代的土地崇拜和土地信仰，也是农耕文明的突出表现。"紧皮"作为一种习俗，显示了特定的文化心态：只有鞭打土地，给土地以武力威胁，土地才不偷懒，作物才能丰产。它也表明，只有鞭打土地，农民才能敬畏土地。紧皮手就是承担给土地紧皮责任的人。被挑选为紧皮手的男子，经过"激水""拍皮""入庙""挨鞭""改名"等程序，才能正式成为一名紧皮手。紧皮手承担着紧皮重任，受村人供养，没有紧皮任务时段，紧皮手吃住在凉州城里。虽然享受供养，但是，紧皮手也有许多禁忌，比如，不能结婚、不能碰女人、不能洗澡（只能在雨天、雪天洗天澡）。给土地紧皮时，紧皮手要鞭鞭有力，全村的土地要一气呵成地紧完。紧皮手所承担的是极为繁重的体力劳动，所以历代紧皮手寿命都不长。《末代紧皮手》的叙述从20世纪40年代开始。巴子营村第28代紧皮手过世，挑选第29代紧皮手成为巴子营村主事何三最重要的工作。经过挑选，余大喜成为第29代紧皮手，按照习俗更名为余土地。但是，与前代紧皮手命运不同的是，余土地所处的时代已经发生了根本性的变化，现代性力量已经侵入传统乡土社会。不久，中华人民共和国成立。随后，巴子营也和中国其他地方一样，迅速地转入新的历史阶段。"土改""互助组""人民公社""大炼钢铁"等带有极强政治色彩的词汇所代表的激进现代化，无可避免地侵入传统的巴子营村。在强大的政治运动威力下，巴子营村也发生了巨大的变化，何三被迫自杀，余土地作为被供养的紧皮手，被划为地主。余土地和何三的女儿菊花、王秋艳，一起组织了互助组。在"文化大革命"来临之际，巴子营村也被席卷。

从表面上看，巴子营村已经被激进现代性所裹挟，已经卷入现代化的洪流之中。但是，政治运动对于中国乡村的改变，毕竟只是表面现象，传统中国农村的内在精神并没有消失。作为中国乡土社会象征的紧皮手，仍然在巴子营村延续着强有力的生命。余土地恪守历代紧皮手的规矩，不管社会风云如何变幻，余土地总是按时给土地紧皮。而巴子营的乡亲们仍然一如既往地采取多种方式"供养"余土地，对他采取"明斗暗保"。作为乡村外来政治力量的代言人——袁皮鞋，也就是后来的袁主任，是企图以现代性秩序来改造巴子营村的代表。于是，《末代紧皮手》在以袁主任为代表的改造乡村的现代性力量与以余土地为代表的传统乡村秩序之间，形成了紧张的二元对立结构，展开了现代性力量与传统乡村之间的角力。袁主任是现代性的代言人，在巴子营村，他掀起了一波又一波的当代中国现代性改造运动，企图改造巴子营村。他把余土地当作封建余孽来斗争，他甚至动用国家力量，来监视余土地防止他去给土地紧皮，他甚至没收余土地紧皮的龙鞭，摧毁巴子营村的土地庙。但是，余土地和巴子营村村民们仍然坚持着"紧皮"的规矩。余土地仍然一如既往地按照传统"紧皮"程序、规则，给土地紧皮。而巴子营村的村民们仍然采取多种方式"供养"着余土地。在分掉地主何三土地后的第一个收获季节，村民们把最好的小麦装进口袋，一袋袋地扔进余土地的院子。而巴子营村的支书，也与袁主任虚与委蛇，多次保护余土地。巴子营的何菊花、王秋艳自觉地承担了"供养"余土地的责任。何菊花原是地主何三的女儿，从余土地成为紧皮手之日起，就崇拜他。为此，何菊花终身未嫁。后来，社会变革发生后，何菊花一直守候在余土地身边，照料余土地的日常生活，帮助余土地完成紧皮任务。为了守护龙鞭不被袁主任抢走，何菊花怀抱龙鞭跳进地道，以自己的生命保护了龙鞭。守护着余土地的还有王秋艳。王秋艳本是烈士何立民的遗孀。但是，新中国成立后，她放弃了烈士遗孀该有的政治尊荣，成为保护余土地的重要成员。也因为这样，她在袁主任眼里是一个坏人。在何菊花死后，她干脆搬进余土地的院子，承担起照顾余土地的责任。"文化大革命"期间，袁主任为了彻底破坏紧皮手的规矩，从根本上铲除历史上最后一个紧皮手，强令余土地结婚。为了保护余土地，王秋艳不惜牺牲自己的声誉，和余土地结为"一家人"，继续保护着余土地。多年来为紧皮付出的繁重体力，周遭社会环境的变化与政治重压，最终彻底摧毁了余土地，紧皮手最终成为历史的绝唱。而王秋艳则延续了紧皮手的责任，她在雪地裸体洗天澡，以自己的身体为龙鞭，给土地紧皮，继续哪怕是羸弱的传统乡土中国的命脉。

历史是冷酷无情的，虽然末代紧皮手最终谢幕。然而，末代紧皮手谢幕的过程，给我们另外一种启示，在现代社会急剧转型期，传统中国仍然有着强大的惯性。《末代紧皮手》这样来描述转型期的乡土中国，似乎回应了80年代中国文化界有关封建文化有着超稳定的文化结构的论断。不过，启蒙精神是80年代中国社会主导价值取向。对传统中国文化超稳定的文化结构的认定，目的是彰显启蒙重任。不过，今天的文学作品重新叙述中国传统社会的稳定结构，其目的显然不在于要批评中国传统社会，而在于反思当下社会现实，警醒社会变革诸多问题。《末代紧皮手》在重构乡土中国时，显然有两个要素被放大。一是对社会权力滥用的抵制。《末代紧皮手》在重构传统中国时，依托的是以余土地为代表的乡土伦理与袁主任之间的权力对抗。在这个二元对立结构里，传统乡土社会体现了对于现代权力泛滥的对抗。袁主任对余土地的步步紧逼，既有时代历史的大环境因素，也有袁主任个人权力欲望作祟的缘故，其中，当何三持县长的手笔，证明自己是爱国进步人士时，袁主任依然严厉处置何三。这就是权力滥用最重要的表现。因此，《末代紧皮手》在构造传统乡村社会中，显然有反思社会权力滥用的现实意义。二是叙写了有约束的性。紧皮手有诸多禁忌，不碰女人是其中重要的一条。余土地作为紧皮手，恪守规矩，不碰女人。虽然后来历史风云发生了巨变，何菊花与王秋艳，这两位巴子营村众人所垂涎的绝色女人与余土地相处一院，余土地仍然谨遵紧皮手不得碰女人的规训。何菊花与王秋艳也是尊崇性禁忌的人物形象。何菊花终身未嫁，一心守候余土地。王秋艳虽为烈属，也是终身不嫁，护卫余土地。即使后来迫于政治形势压力，王秋艳与余土地结为夫妻，那也是徒有夫妻名分。余土地、何菊花、王秋艳三人恪守性禁忌，以至成为巴子营村的传奇。《末代紧皮手》借助紧皮手的性禁忌叙述，显然是有反思当下欲望社会的考量。

原载《文学教育》2011 年第 12 期

第三辑

聚焦“文学鄂军”

"文学鄂军"的精神气质与艺术风度

——20世纪90年代以来湖北文学巡礼

20世纪90年代随着市场经济体制的确立，中国文化也开始发生了转型。占据中国文化主导地位并风行了近百年的文化激进主义，受到了广泛的质疑。无论是海外学者，还是中国本土学者，都在反思中国的文化激进主义。长期受到激进主义文化压制的文化保守主义，渐渐引起了人们的注意。因而，与五四时期和80年代不同的是，人们不再认为传统文化是阻碍中国现代化道路的障碍，而是现代化需要参照的对象。传统文化的价值被重新激活。始自20世纪90年代的"人文精神"大讨论，预示着中国文学将掀开新的序幕。其时，作家们的思想情趣也开始发生变化，苏童、叶兆言、余华等风头正健的先锋作家纷纷转向，宣告了激进的艺术试验暂告一段落。同时，陈忠实、贾平凹、王安忆、史铁生、张炜、张承志、北村等实力派作家文学创作的基本主题不再是对现代化的憧憬和想象，而是从这一宏大的历史性主题中抽身，开始反思现代化给个体带来的困惑。陈忠实的《白鹿原》告别了"革命"，以传统文化来反思革命；贾平凹关注传统文化、农业文明的价值，其作品张扬传统士大夫气息；《长恨歌》叙写怀旧主题，张炜以农业文明对抗工业文明；史铁生高扬个体生存价值和意义；张承志、北村倡导宗教终极价值。理论批评家们把上述作家、作品所表现出来的，与80年代迥然不同的精神气质和艺术风范的文化精神，概括为"文化保守主义"。

文化保守主义是和文化激进主义、文化自由主义并驾齐驱的文化潮流，是现代文化的三种表现之一。在中国现代文化地形图中，文化激进主义、文化自由主义往往和政治联盟，又有相当规模的作品作支撑，它们在百年中国现代化进程中大行其道。而文化保守主义基本上处于受压制的地位。90 年代，借助对工业文明、商业文明的反动情绪，文化保守主义得以受到认可和重视。由此，文化保守主义浮出水面，第一次成为显学。90年代学者们开始集中研究文化保守主义，探讨文化保守主义的性质、特点与功能。何谓文化保守主义？王岳川作出了这样的界定："文化保守主义主要以一种反现代性的、反美学的和文化民族主义的方式出现，是 20 世纪范围内反现代化思潮中的主潮。文化保守主义……强调自由道德的传统价值，其根本意向是对'现代性'的反动。就价值取向而言，文化保守主义崇尚传统文化中优美的、人性的、具有人文主义精神的东西，同时也基本承认和认可西方的物质文明成果，希望将中国精神文明成果与西方物质文明成果整合起来而拒绝西方（尤其是现代和后现代）的精神文化和宗教道德观念，坚持在中国传统文化的地基上开启中国文化甚至人类文化的未来。其骨子里是一种浪漫主义，为葆有人生的诗意和人生内在的魅力，而反对人性的异化和人的工具化面具化。"[①] 90 年代中国主流作家的文学创作，大都呈现上述文化保守主义价值取向，和 90 年代整个中国社会由激进向保守转轨的路向基本保持了一致。

90 年代以来，湖北文学屡屡在全国引起较大反响，如刘醒龙、方方、熊召政、陈应松、刘继明、邓一光等作家的文学创作，屡获好评。"文学鄂军"渐渐形成。在中国整体文化精神都发生了转型的时代，"文学鄂军"也毫无例外地呈现出和中国主流作家一致的文化价值趋向。但是，相比较其他兄弟省份的文学，文化保守主义对于"文学鄂军"的意义更为重要。文化保守主义不仅仅是湖北文学精神气质和艺术风度的内在涵养，同时也远远超出了对湖北文学的内容和形式的一般意义的解读。湖北文学的思想、艺术价值，湖北文学获得的认可程度，都和文化保守主义有着密不可分的关系。文化保守主义成为"湖北"这个特定地域文学的某种独特的标志。

一　时代精神与文化传统的合流

在一个比较长的时段里，相比较全国接二连三兴起的文学浪潮而言，批评家们认为湖北文学总是"慢半拍"，没有能够在一波又一波的文学浪

---

① 王岳川：《当代文化研究中的激进与保守之维》，《文艺理论研究》1999 年第 4 期。

潮中占据着潮头的位置。因此，湖北文学思想上的滞后和艺术探索上的疲软，一直为人们所诟病。事实上，新时期以来湖北文学的确如此，很少有前瞻式的作品。从"伤痕文学"到"反思文学"直至"寻根文学"，湖北文学鲜有能在文学史上占有一席之地的作品。同样，湖北文学也没能在20世纪80年代中后期的现代派文学和先锋文学中找到自己的位置。从这个角度来说，湖北文学"慢半拍"的说法的确成立。但是，这个判断截止时间只能到1987年。1987年是湖北文学的拐点。这一年，随着池莉的《烦恼的人生》和方方的《风景》的发表，一改湖北文学"慢半拍"之颓势，而领全国文学之风骚。

80年代和90年代之交，正是中国文化开始发生转型之际。80年代中前期，中国文化是激进主义文化主导的时期。从功能上看，中国文学为现代化提供了精神支持；从态度上看，彻底否定传统文化，全盘接受西方文学文化，成为中国文学的基本原则。不用说"伤痕文学""反思文学""寻根文学"直接为现代化的历史远景鼓号，现代派文学和"先锋文学"，在中国作家那里，也同样是现代化的一种表现，是中国文学加入世界文化潮流中的重要举措。这股激进主义文化潮流，在80年代末期开始发生蜕变，激进主义文化独尊的局面被打破，文化保守主义开始质疑、反思、批判激进主义文化。

中国当代文学史上，最先表现文化保守主义和文化激进主义对话与交流的，恰恰是湖北作家方方和池莉。池莉的作品《烦恼的人生》《不谈爱情》《冷也好热也好活着就好》非常清晰地表现了文化保守主义和文化激进主义之间的对话。尤其是《不谈爱情》《冷也好热也好活着就好》，彻底地表现了文化保守主义和文化激进主义的较量。在这两篇作品中，文化激进主义无可奈何地退出了，它的领地被文化保守主义占领了。方方的《风景》干脆就是一部文化激进主义败退史，理想等价值观念，被以七哥为代表的世俗、实用精神彻底击溃。这种讲究实用、注重现实和世俗的精神，都是文化保守主义的价值体现。一个以方方、池莉为代表的文学流派——"新写实主义"——开始被命名，这也是新时期湖北文学开始在全国独领风骚的头一遭。于是，湖北文学"慢半拍"的魔咒被打破。

湖北文学能在文化保守主义时代独领文学风骚，和湖北现代文化传统密不可分。湖北现代文化本身就有着文化保守主义的传统。如废名、闻一多、余上沅、曹禺的文学创作和文学主张，无不具有文化保守主义的倾向。现代文化史上的徐复观、熊十力也是新儒家思想的重要代表。湖北文学的文化保守主义的传统，著名文学评论家於可训先生曾下过定论。① 这种文化保守主义的文化传统在激进主义文化当道时期，无形之中受到了抑制，湖北文学无法找到适应自身的文化突破口，当然也就无法创作出在全国有影响的作品。当激进主义文化思想退潮，文化保守主义登上历史舞台后，"文学鄂军"在全国领军的地位开始确立了。

湖北文学的文化保守主义的性质，既有湖北文化的历史传统，也与湖北自身的地理位置和现实因素相关。湖北是内陆省份，也是农业大省，有着深厚的农业文明根底。地理位置和文化传统决定了湖北文学对激进主义文化持有一定的免疫能力。当商业文明、工业文明在中国汹涌而来的时候，面对现代化的历史逻辑，湖北作家天然地、本能地对现代商业文明、工业文明产生了反应，审视和批判商业文明、工业文明正是湖北作家生活经历、情感经历的自发表现。事实上，湖北文学的文化保守主义的根本来源，也就是湖北作家以传统文化来应对商业文明、工业文明。刘继明对个体精神的强调其实是传统文化中重精神轻物质、重审美轻实用等思想的转化和利用。邓一光等对英雄主义情愫的推崇，实际上也贯穿了传统农耕文明的沉淀。这些英雄从出身到价值规范，无不和农民有着千丝万缕的联系。正在此意义上，他曾激愤而不无尖刻地说："我们已经被工业革命驯养成一种狡猾的会思想的动物。我们已经萎缩成了人类的阑尾。""人类的退化实在是很厉害的，为此我很悲哀。工业时代有方便的生存空间，有严明的组织纪律，但是它使人的个性退化，越来越没有责任感、荣誉感。我是工业时代的受益者，在物质上也享受到它的好处，可为什么又对这时代有一种抵制？有时想想，觉得自己是不是不大对劲？"② 这几乎可以成为90年代湖北文学思想纲领性表述。陈应松也对现代文明保持着警惕心理，他在作品中反复渲染的神秘色彩，无非是对自然和生命的敬畏，为工业文明、商业文明去魅的世界再度寻找意味；对现代文明的谨慎态度的重要表现是，他的作品一再叙写回望乡土的主题。方方对现代社会工具理性的反思，寄托在对传统知识分子精神气节的褒扬上。

---

① 参见於可训《主持人的话》，《小说评论》2007年第1期。

② 邓一光、韩小蕙：《关于长篇小说〈我是太阳〉的对话》，《当代作家评论》1997年第3期。

对现代文明的工具理性的质疑，使湖北文学专注价值理性的书写。个体价值的推崇，终极性价值的呼吁，无不是对价值理性回归的一种表达。对工具理性的反思，对价值理性的建构，也都是人类社会理性主义的现代性的反拨。这种反拨，往往指向了传统文化价值，以传统文化作为现代文化逻辑的参照。湖北文学对传统文化价值的重新解读，正是文化保守主义的精髓之所在。

湖北文学对现代文明的自觉思考，反思、批判了现代文明病，重建了时代文化精神。这种反思、批判、重建的精神态度，无疑是 20 世纪 90 年代以来中国文学的主要精神价值取向，是中国文学走向精神自觉和思想自觉的重要特征。但是，对于湖北文学而言，这种精神价值不仅仅是时代精神的表现，也是湖北文化精神传统的一种自觉的延续，为湖北文化保守主义思想传统注入了新的时代要素，也最终使湖北文学在文化传统和时代精神的交汇中找到了自身的文化品格。正是文化保守主义使湖北文学得以寻找到适合自身的文化定位，这也是 90 年代以来"文学鄂军"领文学风骚的根本原因。

二 充盈丰富的精神内涵

文化保守主义激发了湖北作家的创作激情，提升了湖北文学的地位和影响，引爆了湖北文学的精神世界。90 年代以来"文学鄂军"的精神内蕴的图画，似乎是一张浓缩了中国文学精神的文化地形图。充盈丰富的文化保守主义精神内涵，体现出了"文学鄂军"的独特性。90 年代以来的"文学鄂军"的文化保守主义丰富精神内涵主要有以下几种表现。

1. 个体精神的高扬

工业文明、现代商业文明的物质至上、功利至上价值抉择让人沦丧为物的工具。因此，对个体精神的书写，作为对工业文明、商业文明的反思和批评，是 90 年代以来文学的基本主题。刘继明的一系列作品，如《歌剧院咏叹调》《海底村庄》《走向黄村》等都高扬了个体精神。在 90 年代这个物质主义上扬、商业趋利趣味被推崇、体制管理规则日渐形成的时代里，刘继明把对美的推崇推向极致，把个人的精神追求放置在商业、物质和体制的制高点上。刘继明的小说作品不惜虚构出特定的场景，来体现在现代物质文明高度发展的时代里，个体精神萎缩、生命的虚无、美的丧失等时代悲哀。为了拯救时代中的个体生命，他的小说把个体的精神法则推向了极致，呈现强烈的对人的精神关注的特点。这也是他的小说被称为"文化关怀"小说的主要原因。与刘继明相类似的是邓一光，他的小说也把人的精神推向极致。在《我是太阳》《走出西草地》《红孩子》《挑夫》《兄弟》《战将》《父亲是个兵》《遍地菽麦》《我是一个兵》《远离稼穑》等小说里，对英雄主义精神的张扬是其共同的主题。尤其是《我是太阳》，它把个体的精神推向无以复加的地步。主人公关山林在战争年代是一位出生入死的英雄，在战场，他冲锋在前，取得了一场又一场的胜利。但是，关山林取得的一系列胜利，基本上是倚仗精神而不是技术。不仅如此，关山林的英雄主义精神还超越了时空约束，在他的爱情生活、家庭生活上，他的英雄主义精神仍然是其全部。即使在和平年代，这种英雄主义般的精神仍然是关山林的人生支撑。《我是太阳》是一部物质主义时代的英雄主义、个体精神的神话。

2. 道德理想的重塑与终极性价值的拷问

道德理想的重塑和终极性价值的拷问，是作家站在精神高地，对物质化的、功利化的现代社会发出的审判。正因为它与现实的市场经济体制之间的紧张关系，因此成为90年代以来中国作家探索人的价值和意义的重要地带。刘醒龙和陈应松自90年代以来的文学价值主要集中在此。

陈应松的《黑艄楼》《黑藻》等早期代表作品，表现了漂泊者的心灵。这种漂泊无疑是对时代反抗的隐喻。他的小说反复叙写着漂泊的主题，表现了远离乡村而又在城市中无所适从的心态：在乡村的观照下，城市的病态显露无遗，但是，历史的车轮已经碾过乡村，人们无可奈何地漂泊到城市，"我们"却丧失了精神的家园。他的小说沿着对城市的精神审判的道路，进一步展示了对功利社会的审问。《沉住气》《雪树琼枝》等小说表现了一个价值崩溃、正义缺席的生存图景，表达了道德价值已经无法挽救的悲哀。虽然重建那个道德理想国的梦想，隐隐地藏在他的心中。

与陈应松艺术化地叙写道德不同的是，刘醒龙对道德的表现似乎更加直接和尖锐。道德成为90年代以来刘醒龙创作的核心问题。他在《威风凛凛》《村支书》等作品中显示了在历史逻辑上处于劣势的群体，在道德上依然具有无法抹杀的价值；在《大树还小》等作品中，道德成为对不公平社会的审视力量，也是对现实社会存在的批判法则。《凤凰琴》等则构筑了一幅时代道德理想图画，为道德沦丧的时代树立了虚幻的远景。刘醒龙不是一般地表达道德，而是把道德推向了社会价值的最高点，因此我们看到，饱受批评的《分享艰难》，实际要表达的是，在当下社会分化与冲突成为尖锐社会问题的时代，道德应该成为社会裂痕的缝合剂。至此，刘醒龙已经把道德推向了远远超越文学的审美领域，从社会政治意义上，呼吁道德的意义。

当陈应松已经看到当下社会中道德原则陷入困境，无法救赎迷途的人们；当刘醒龙需要整体性地以道德来解决时代问题的时候，他们的文学作品已经迈向了一个新的境界。终极性救赎似乎要成为他们的文学下一个主题。他们寄予终极性价值来解决他们的精神困境和道德忧患。

陈应松的小说，尤其是他的"神农架系列"小说充斥着丰盈的宗教救赎精神，这一点常常为批评家所忽视。受地域文化的影响，陈应松的早期小说已经叙写神秘的自然。不过，"神农架系列"小说最终要表达的主题是，人类应该敬畏自然，而不是以工具性的态度来利用自然。"神农架系列"小说一方面展现了自然的神秘、敬畏的宗教般的感情力量；另一方面还通过对苦难、灾变的宗教母题的叙写，展示了超越于世俗的彼岸世界。在他的笔下，自然已经不是物质性的存在，不是人类生存的实体性环境，而是一种精神向度。它意味着人类超越物质性的、超越工具性的生存意愿，是一种超越现实彼岸的精神存在。

与陈应松表达的终极性价值意义不同的是，刘醒龙在《圣天门口》中通过对基督教精神的叙写，表达了对激进主义文化的审视和批判。《圣天门口》中的神性人物雪家对暴力革命这种激进主义文化持有谨慎的态度。在肯定个体生命的基础上，雪家主张以超越意识形态与伦理道德的态度来看待生命，呼吁以宽容、慈善而非怨恨的态度面对时事，强调以改变人的内心，而非从肉体上消灭人的方式来改良社会。雪家在风云急剧变幻的年代，总是以基督胸怀来面对人生。这种承受苦难、坚韧救世的基督教精神，贯穿了整部小说，成为小说的主线，表达了宗教救赎的主题。

3. 对人与自然关系的重新思考

人和自然的关系在激进主义文化中占据着中心位置，激进主义文化采取的是人类中心的思想，它把人和自然摆在相对立的位置上，以人的功利需要来处理人和自然的关系。这是典型的工具理性的表现，其后果是自然环境日益恶化，人类屡次遭到自然的报复。20世纪90年代以来，中国文学开始重新思考人和自然的关系，反思对待自然的工具理性态度。胡发云的《老海失踪》是近年来表达人和自然关系的代表性作品。小说表现了老海对人类无休止地利用自然的思想的批判，抒发了对自然日渐被开发的现实忧思。这篇作品在表现人和自然关系上的思想深度和艺术水准，在中国当代文学中无疑具有一定的重要性。湖北文学对人和自然关系的思考最系统、最具有深度的是陈应松。陈应松的"神农架系列"小说，多角度多层次地反思了人和自然的关系。在这些作品中，自然成为人类应该遵循的尺度和法则，自然也是人类生存的伦理规则。陈应松通过"自然—农村""农村—城市"的二元对立结构，提出了人类应该重新回到自然的尺度上来建立人和自然的关系、人和人的关系，倡导以人和自然和谐共生为基本价值尺度，重新清理激进主义文化所衍生的功利性价值关系。

4. 重返传统文化

激进主义的基本文化策略是反传统，但是，当现代化像脱缰的野马肆意践踏传统文化时，当社会道德沦丧，世风日下，人们又渴望重新返回传统文化，寻找传统的文化价值，以修补激进主义文化的漏洞和弊病时，湖北文学在重新思考传统文化，发掘传统文化的价值和意义上，也有多方面的成就。与90年代以来的知识分子小说，在"公共知识分子"和"专业知识分子"之间的差异上建立叙事空间不同，方方对当下知识分子批判的立足点是传统知识分子价值。中国传统知识分子的精神气节，成为方方臧否三代知识分子的立足点。方方小说中的"祖父"成为"父亲"，甚至"我们"这一代知识分子的精神和道德的楷模。中国传统知识分子的人文精神，在方方笔下得以重新复活。与方方类似，刘醒龙也发掘了传统文化的价值。《圣天门口》以《黑暗传》代表中华传统文化，来反思激进主义的革命文化。《黑暗传》是中国传统文化的集大成之作，它透露出中国传统文化对历史、对天人关系的看法。它以"历史循环论"来质疑激进主义文化的历史线性观，以"天人合一"来反思激进主义文化在人对自然的关系中的对立与功利态度。《圣天门口》对传统文化的再解读，深入传统文化思维的深处，在反思激进主义文化上具有独特的意义。湖北文学体现传统文化价值的另一个重要收获是，熊召政的《张居正》对传统章回小说体式的借鉴。章回小说曾是中国民族传统小说形式，也是中国小说的主流样式。在五四新文学的欧化思想的打压下，章回小说基本上沦落为通俗小说体式，被逐出纯文学领域。虽然在"十七年"文学中，章回小说以传奇小说的面目出现过，虽然新时期以来，也有少数作家借鉴过章回小说体式，但是他们仰仗的也仅仅是章回小说的通俗文化价值。《张居正》借鉴传统章回小说体式，尝试在现代思想表达和传统形式之间寻找沟通的可能性。它对传统文化的借鉴，超越了内容与主题，而从审美形式上体现了中国传统文化的价值，极大地丰富了中国 90 年代以来文学重新思考传统文化的路径。

三 "本色"而"开放"的现实主义

长期以来湖北文学在经典现实主义方面缺乏经典之作，一部《李自成》聊作安慰。同样，在现代派文学、先锋文学等探索性文学领域，湖北文学也鲜有作为。这似乎具有某种文化上的隐喻意味。因为，无论经典现实主义还是现代派艺术表现方式，无不都是激进主义文化的一种征候。湖北文学在激进主义文化时代的文学困境，应该引起我们深思。湖北文学艺术上的优势并不是什么现代主义、先锋文学，也不是经典现实主义。强迫湖北文学以它们为价值取向，无疑是一件削足适履的事情。

当文化保守主义时代来临，湖北文学找到了自己的文化归宿，也发现了突破点。湖北文学的艺术风度——创作原则和创作方法——在文化保守主义中找到了自己的位置。文化保守主义降临之后，现实主义身上负载的激进主义文化退潮了，裸露出现实主义的"本色"，因此"本色"的现实主义成为湖北文学艺术风度精确的写照。

湖北文学"本色"的现实主义的突出特点是，湖北文学忠实作者的生命体验，而不是以超越作者个人人生体悟的宏大意识来支配文学的艺术表现。因而，作家的个人经验成为文学酵母。从文学发生学的角度来看，湖北文学十分倚仗作家的个人人生体验。邓一光的军队大院生活与他的"兵系列小说"，方方的知识分子家庭出身与她的知识分子系列小说，刘醒龙的农村生活经历与他的乡土小说，陈应松的水手生活经历和乡村记忆与他的"水手系列""神农架系列"小说，这些作家的生活体验和他们的小说世界之间，无不存在直接的映照关系。诚然，文学是一个虚构的世界，但是，它无法成为超越作家个人经历和个人经验的再现与书写。这种对经验的倚仗写作，阻隔了宏大思想对作家思想、情感的阉割，使作家的思想、感情能"原生态"地表现出来。从价值批判的角度来看，湖北作家的生活经验，直接影响了他们对现代文明的评判。湖北文学对现代文明病的应对，隐含着农业文明、传统文明优越的论调。这也是由作家个人的生活经历所决定的。在面对和自己生活经历完全不同的都市生活经验时，湖北作家普遍地返回到农业文明中去寻找价值判断尺度。因此，这种选择既是个人情感的慰藉，也是对工业文明、商业文明的应对。在生活、情感经验基础上形成的赤诚的态度、激烈的情感、鲜明的价值立场，构成了湖北文学突出的群体特征。

湖北文学的"本色"的现实主义，还体现在对细节的重视和描写对象的现场感的复原。由方方、池莉开创的、被命名为"新写实"的文学流派，其实就是"本色"的现实主义的滥觞。在"本色"的现实主义那里，宏大思想被规避，和作家人生体悟相关的细节成为表现的中心。陈应松对法国自然主义艺术表现的接受和运用，从源头上回归了"本色"现实主义的艺术方法。对现场感的重视，让陈应松的小说细节具有震撼人心的力量。《张居正》《圣天门口》也是"本色"现实主义的优秀之作。《张居正》对历史真实的复原，主要借助细节和民俗风情场景的描写。《张居正》对典章制度真实性的刻意追求，对官职沿革、官府的官职设置以及各种仪式直至皇帝诏书的十种体例、天子十三方印鉴的不同用法等，均有翔实精确的描写。《张居正》也对民俗风情场景作了精彩的描写，诸如京都棋盘街的市井风情、白云观燕九节的盛况、紫禁城内声势浩大的鳌山灯会、大隆福寺的非凡气势，都有栩栩如生的写照，增强了小说的现场感。《张居正》的努力拯救被"戏说"的历史文学，也把现实主义文学从宏大叙事的逼仄境况中拉出来了。刘醒龙的《圣天门口》的宏大革命叙事被田园诗所肢解，乡村民情风俗脱离了宏大的历史感，呈示出本色的乡村风情。同时，革命发展的历史逻辑也被田园诗的细致场面所阻隔，乡野情调淹没了革命风云。虽然对现代以来中国革命历史的叙述是《圣天门口》的主线，但是作者的志趣却在民间趣味的呈现上，民间的生活细节、现场取代了革命宏阔的场景与意义，从而完成了对现实主义的一种新探索。①

正是激进主义文化的消退，文化保守主义的涌入，湖北现实主义文学不再追求细节、场景之外的意义。现实主义作为一种创作方法，开始回归到作者和对象之间直接的关系，宏大的激进叙事从中隐身，表现对象仅仅

---

① 参见周新民《现实主义的新探索》，《小说评论》2007 年第 1 期。

作为对象进入作家的视野。细节、现场，不再倚仗外在的历史意识来获得价值，它本身就表现出强烈的艺术魅力。这就是"本色"现实主义的艺术风度。

然而有必要强调的是，湖北文学的"本色"现实主义，并不是封闭的现实主义，而是以开放的胸怀接受了多种艺术表现方法的影响。陈应松应该是湖北实力派作家中最典型的代表。他的文学创作艺术手法灵动多变。对魔幻现实主义、象征主义的艺术手法的借鉴和探索，使他的小说总是给人以惊艳的感受。刘继明对现代派文学表现方法如象征、反讽、隐喻的运用，为他的小说增加了艺术魅力。他们的努力使湖北文学"本色"的现实主义增添了开放与多元的意味。

湖北文学虽然和中国 90 年代以来文学保持着一致的步伐，体现出了文化保守主义的价值取向。但是以文化保守主义来观照湖北文学具有的重要意义，超出了对地域文学内涵阐释的一般意义。文化保守主义虽然具有时代的意义，但它更是湖北现代文化传统的承接。从而引发了湖北文学思想、精神的爆破，闪耀着精彩纷呈的光电火花。文化保守主义也让湖北文学在艺术表现上找到适宜的形式，开创了"本色"而又开放的现实主义文学新天地。但是，我们也应该警惕，文化保守主义的价值和意义是对当下工具理性的现代化进程的反思和审视，并非是对现代化历史过程的否定。湖北作家要避免简单地反对现代化历史进程，要提防单纯地沉醉于传统文明。湖北文学要在物质层面、历史逻辑层面对现代化的认同而在精神层面上对现代化的质疑的张力中，获得思想深度。湖北作家也要思考如何超越经验而进入艺术想象世界里，创造性地利用生活经验，创作出更具有艺术气质的作品。这些应当是"文学鄂军"在 21 世纪面临的新问题。

原载《小说评论》2007 年第 4 期

现代性视阈中的缺失

——对近年来湖北文学的一点思考

现代性重新出发

20 世纪 90 年代以来，中国全面进入市场经济时代，开始了新的现代化历史阶段。新的历史阶段给中国作家带来了一个全新的世界，也给作家带来了新的困惑。经济飞跃发展、物质生活改善的同时，人的精神在滑坡，道德伦理在沦丧。对中国作家来说，呈现在面前的现实，是一个全新的世界。作家应该如何回应？该如何面对现代化的新的历史阶段？作家的经验世界无法给他们提供对现实的解读。从知识层面来讲，外来的知识系统同样也不足以给作家提供有效的读解。中国当代文学在 20 世纪 80 年代中期开始进入西方"后学"视阈，"解构"成为中国当代文学的核心语词，在"解构"的知识谱系中，一切宏大的叙事被肢解，丧失了合法性。其中最明显的是历史宏大叙事向小叙事转向，在历史叙事中起支撑作用的历史理性被彻底否定。

作家的思想观念受到多方面的冲击。现代化，一方面，对传统乡土中国来说，仍然是当下的主要社会趋势，现代化的历史诉求仍然是中国人的追求；但是另一方面，先发现代化的西方在现代化过程中所遭遇到的问题，似乎给中国的现代化历程提供另外一种解读。在现代化的历程中，我们该借鉴什么样的思想资源，传统中国的，还是纯粹西方的？这些复杂的问题连同作家所遭遇的现实困惑和思想的多重困惑，使中国作家在创作时面临难题。

毫无疑问，现代化作为人类文明的前进路径，是无法回避的。我以为，作家要写出优秀的作品必须回归到历史理性的视阈中来思考问题。所谓历史理性是人们对历史、社会、现实的理性的认识，它主要是指在对人类社会的物质、制度、经济等的认识基础上形成的对社会发展与进步的肯定性的评价。

人类进入现代社会以来，历史理性意识是人类社会发展的基本动力。在人类的精神层面，在文学层面的现代意义上的价值观念——现代性——也是在历史理性基础上生长的。现代性——文学中的现代性——主要是指人主体性生命意识的诸种体现。主体是在现代历史理性中确立的，但是随着人类社会的发展，文学的现代性、主体的生命意识与生命形式已远离历史理性的物质性逻辑，但是，这并不意味着现代性的滋生远离历史理性的土壤。

在文学中，虽然历史理性是现代性滋生的土壤，现代性的基础却是历史理性；但是，历史理性本身并不能为文学的现代性提供直接的写作主题。因此，当下的文学创作，面临巨大的挑战。一方面，历史理性是文学必须坚守的根基，在现代社会，一切在历史理性方向后退的文学，无法为文学提供现代价值标准和精神理想。虽然在历史理性的支配下，人类社会发展的现实又给人类的生存带来了诸多的挑战，环境问题、人类社会问题日益成为现代人的生存困惑。但是，另一方面，历史理性支配的生活现实并不能给作家的创作提供直接的写作的主题、创作的思想，文学创作又必须和历史理性的向度保持一定的紧张关系。因为，文学的现代性思想所承载的毕竟并不是历史理性本身的内容，而是面对历史理性所产生的人的生存意识。人类文明发展累积的问题和中国社会发展的现实困境，给中国作家的创作带来了机遇和挑战，如何面对历史理性发言，面对历史理性，作家又该说什么，是当下中国文学应该思考的重要问题。

湖北是内陆省份，自20世纪以来，相比较沿海开放地区，湖北的经济并不发达，文化上一直偏重于保守，传统文化价值观念对湖北作家的影响一向比较重。因此，湖北文学相对缺乏文化和思想、艺术上的探索。自进入20世纪90年代以来，湖北的经济渐渐融入中国现代经济的快车道，湖北的文化也较快地驶入现代文化序列。湖北作家的文学作品中更多地呈现现代思想和意识。湖北文学在面对历史、面对乡村、面对都市时渐渐显示出了更浓厚的现代思想和意识的锐气。

对于湖北作家来说，这个告别了传统文化思想，充满浓郁的现代文化气息的时代，的确难以作出更加深刻的判断。

湖北作家陈应松对乡土世界的观照、池莉对都市的写生、熊召政对历史的沉思，都在中国文学中占据重要的地位。他们的作品典型地代表了湖北作家在现代化进程中的思考：对传统文化、对现代物质化的世俗生活、对历史的反思。本文旨在通过对这几位作家作品的分析来探索湖北文学在未来发展中提高的方向。

历史理性的漠视：暧昧的现代性

毫无疑问，中国当下的社会现实给人带来了生存的困境，物质层面的发展以及制度本身并非十分完善，让我们不得不重新思考，现代社会改善人生活目的的社会变革的初衷，是否在现在得到休现。人在自然中的主体地位受到冲击，人际交往在物质化的社会中也难以令人满意。人，在现代社会开启之初，曾自豪地宣称为主体的这个词语，在现实面前显得有些无可奈何。但是，这并不意味着人可以后退，面对当下，人应该重新寻找作为人的生命意识和形式，现代人的内涵——主体——应该重新定义，从傲立于自然和他人那样的确立主体的方式中退出，寻找主体新的内涵。

陈应松的"神农架系列"小说带给我们的冲击是，作为主体的人的现代含义是应该到了再定义的时候。他的小说中体现了人对自然的主体地位的质疑，精英文化对乡村社会的主体地位的质疑。在这里，建立在权力基础（一方建立在另一方沉默的基础上的）上的主体性得到了重新思考。但是，我们不无遗憾地看到，他的小说在思考现代性的主体的时候，却不自觉地沿着历史理性的相反的方向后退。他给我们树立的主体的现代新形象在后撤的历史理性中变得暧昧不清。

陈应松的"神农架系列"小说显然是中国现当代小说中的乡土小说叙事类型，但是他的"神农架系列"小说与中国现当代小说史上的乡土小说有非常明显的不同。在中国现当代文学史上，乡土小说大致上分为三种类型：第一种是以鲁迅为代表的启蒙理性意义上的乡土文学，在其中，"乡土"代表着落后的传统文化和被批评的对象；第二种是以沈从文为代表的审美意义上的乡土文学，在这里"乡土"是人类精神世界的寄托；第三种是以赵树理为代表的权力意义上的乡土文学，在这里"乡土"是社会权力对象的象征。如果把陈应松的"神农架系列"小说放在乡土的历史背景中，我们发现，他为乡土文学提供了新的审美因素。在陈应松的小说中，作为自然意义上的乡土不再是作为主体的客观对象。神农架的神秘正是作为主体无法再以主体的尺度把握的重要体现。在他的小说中，自然和人的二元对立的主客关系开始分离。现代性的视阈中，主体和作为客体的自然是二元的，自然是作为主体的对象化而存在的，在主体和自然的关系中，主体占据着绝对的主动性。陈应松通过对神农架的神秘与魔幻的描写，显示了主体和自然的特殊关系：自然在向主体发出了主体地位呼吁。在他的小说中，神农架的神奇景象显示了人无法理解和把握的趋向，大旱、疯狂的天狗、吃人的松鸦、天边的麦子、险峻的环境，无一不是自然对人的主体地位的挑战。在《望粮山》中，多次出现人的动物形象的还原，余大滚一直强调人一天中有两个时辰是牲口，金贵杀死老树时说了一句："我杀死的是一只獐子，这个时辰他正是獐子。"这个貌似荒诞的细节正表明了在自然和人之间，并不存在绝对的界限，主体与自然之间并不等级的差异。

从这个意义上讲，陈应松的小说为乡土文学提供新的审美素质，但是，我们发现在陈应松的小说中，这种意识还并不处于自觉状态。我们知道，作为主体的人和自然的关系的调整，并不意味着要让人退回到动物和自然的水准上，自然（包括动物）和作为主体的关系的调整并不意味着自然作为人的尺度而存在，而是把以往处于主体对象的客体地位的自然，作为和主体的人的同等地位存在。在这种新型关系中，自然也是作为主体的形式和作为主体的人的平等存在。但是，在陈应松的小说中，人，作为主体形式的人，则在自然面前，失去了主体的地位。人在向自然后退，在他的小说中，出现了人向自然后退导致的人类文明的退步，在《火烧云》中，出现了烧旱魃、祈神求雨的事件，并把它作为审美对象来看待。这样处理的方式显然违背了历史理性的基本价值尺度。

陈应松的"神农架系列"小说在处理人的关系上也同样显出了独到的思考，在中国现当代文学史上，乡土文学中，作为知识分子的精英人物和乡土世界的人物的关系也出现了变化。在中国现当代乡土文学叙事类型的第一类乡土文学中，农民作为国民劣根性的代表，是启蒙知识分子的批评对象；在第二类乡土文学中，农民是理想人性的化身，是知识分子的精神寄托；在第三类乡土文学中，农民是社会权力的象征，是知识分子学习的对象，二者是权力关系。但是在陈应松的小说中，农民与知识分子的关系，农民和权力主体（在小说中主要表现为干部）之间发生了重大的变化：二者交往陷入困境。

在人类现代性的历程中，主体的确立和个性的张扬被认为是现代社会价值的核心。这种价值原则的确立最终使人摆脱了传统社会的人身依附关系，为人类的现代社会的发展提供文化和哲学的支撑。但是，人类社会发展表明，相对于他者确立的主体性的产生使现代社会中的个人陷入孤独及与人隔膜的生存状态中，并诞生了系列的时代病。对人与人之间关系的调整显然是现代社会发展的必然要求。陈应松的小说所选取的题材是乡土题材，但是，我更愿意把它当作对现代社会中人与人之间的现代关系的调整的一种思考。陈应松的小说中，"神农架"还是人际关系的角力场，知识分子与民众的关系、城里人与乡下人的关系、"富人"与穷人的关系在这里集体上场。20 世纪中国乡土文学中，人际关系在这里都得到了表现。无论是哪一种关系，在陈应松的小说中，"恶"成了人际关系最集中的表现，中国现当代乡土文学所宣扬的温情、关怀、理想等价值观念全部都被抛弃掉了。

陈应松的小说在人际关系叙述上的独到表现，其实是对 20 世纪中国现代化的社会历程的反思。其实，人总是存在于一定的社会关系之中，马克思把社会关系的总和看作人的本质特征，"社会关系的含义是指许多人合作"，合作也是交往。"人对人的作用"的含义是指许多个人合作中的相互作用，亦即相互交往，它包括个人、社会团体以及国家间的物质交往和精神交往。主体间的这种交往特征是人的生产活动不同于动物生产的一个重要特征，是人的生产活动赖以进行的必要前提。这是马克思从社会实践方面对人的主体性的总结。叔本华从生存论的角度探讨了主体性的特征，他说：人最大的悲剧是，你诞生了。人一诞生，就被抛入一种关系中，就被关系所制约。这就规定了人的主体性是有限的主体性，而不是无限的主体性；也规定了人的自由是有限的自由，而不是无限的自由。但人总是要争取最大限度的自由。人生活在关系之中，自我与他者打交道，因此，主体性就衍化为交互主体性，而不是孤立主体性。这才有社会，才有社会存在。把他者考虑进去，才是完整的主体性。

但是，20 世纪中国的现代化进程是建立在对人际关系的破坏基础之上的。无论是知识分子和民众之间的启蒙与被启蒙的文化关系，还是城里人和乡下人、"富人"与穷人的经济关系，或是村干部和村民之间的权力关系，都建立在对被启蒙者——穷人、村民是沉默的、忽视的对象的基础之上的。现代化的主体（知识分子、城里人、富人）其实建立在一个虚幻的空洞的客体基础上。这种虚幻的、空洞的关系在陈应松的小说中开始崩溃。从这个意义上讲，陈应松的小说反思了中国现代性的生成，在主体的建立上开始了新的思考。

但是，遗憾的是，在陈应松的小说中，现代性主体的思考被纳入道德伦理的范畴，现代性主体身份变得暧昧不清。《马嘶岭血案》等小说中，知识分子、城里人、富人被置于道德上的恶的位置，在恶的道德审判中，为农民对知识分子、城里人、富人仇视甚至被杀害提供道德依据。但是，我们无法否认的是，这些向知识分子、城里人、富人发出审判意愿的农民在历史理性发展的逻辑上，本身就是恶的体现，对知识的无知与漠视，自身的劣根性仍然需要现代化的拯救。在调整现代化的方案中，并不是要否认现代化本身。

陈应松的小说在表现人和自然、人和人的关系方面有新的思考，但是，无论是现代性的人与自然的关系，还是现代性的人与人之间的关系，都必须建立在承认现代化的历史理性的基础上。陈应松的小说中流露出对现代化的历史理性否定的倾向，使他的小说对现代性的思考变得暧昧不清。

历史理性的同构：现代主体的迷失

在对陈应松小说的分析中，我们强调了历史理性的重要性。但是，对历史理性的直接表现，并不意味着就是对现代性的拯救。也许从历史理性对人的解放和救赎的角度来看，历史理性的确确立了现代人的主体性。但是，当人类文明发展到一定阶段后，历史理性并不能再为人的主体性提供确立的思想资源。现代化的语境中，文学的现代性却背离了历史理性的物质、制度的束缚与规范，沿着人的生命意识与生命存在的向度向前滑行。这才是文学的现代性的真正生成。从文学现代性生成的历史来看，历史理性是文学现代性生成的前提，但是并不是文学现代性本身。

池莉的成名作《烦恼的人生》呼吁了历史理性对人的解放。在中国正欲跨入新的现代化历史阶段，这篇小说从一个侧面显示了历史理性与人的救赎的同一关系。它对当时正在憧憬着现代化的人们来说，无疑提供了巨大的精神动力。

但是现代化发展到今天，已经失去了成为文学现代性直接表达的可能。今天的主体也不是当年那个物质就能救赎的印加厚。现代化发展到今天，人们发现，现代化导致的结果不是主体的对象化，而是主体的异化。在这样的文化语境中，作家理应作出相应的调整。事实上，进入 21 世纪以来池莉的小说有了较大的变化，以《水与火的缠绵》《小姐你早》《有了快感你就喊》《看麦娘》等为代表的作品，出现了崭新的面孔。与先前注重叙述与精细描写的小说不同的是，池莉的小说开始注重心理活动的展示，而且心理活动的展示在小说中占据了大量的篇幅。心理活动的展示被对社会生活的精细描写代替，表现了池莉在创作上的探索和思考。但是，从这些小说的分析来看，这些探索出现了较大的偏差。主要体现为池莉的小说开始背离了文学现代性的思想倾向。

近几年，池莉的几篇小说有着基本一致的主题：小说中的主要人物大致经历了一个变化的过程。这种变化大致上有两种类型：一类是《小姐你早》和《看麦娘》中的女性意识的觉醒主题，在这两篇小说中，主人公认识到男性的虚伪、庸俗之后，在姊妹情谊中确立了自身的价值和意义，充分彰显了女性意识；另一类就是在小说《有了快感你就喊》和《水与火的缠绵》中，表现出的主人公的生活觉醒过程，展示了她们寻找人生定位和价值的过程。但是，从小说所描写的历史轨迹来看，这两类小说都有一个共同点：小说中的人物大都经历了从改革开放到当下市场经济的历史过程。外在于人物的社会历史经历了延续和展开的过程，应该说在这样一个广阔和较长时段中，最能充分地展示人物的历史内容。在这样的一个时段中，无论从经验上还是从理性上，社会历史也具有一个内涵转换的过程。从池莉小说中的人物来看，人物大都经历了从青春年少到人到中年的自然时间过程。如果我们把审视小说的目光移到小说的人物身上，从小说中人物身上沉淀的思想意识来看，这些小说大都是成长小说，因为小说的主人公都建立了一个在社会中受"教育"的过程，而且在最后都成长了起来，无论这个成长的结果如何，是女性意识的获得还是对人生意义的领悟，小说都表现了这种成长的过程和成长的方式。在成长小说的叙事中，小说中的主人公在成长的道路上必须面对历史。在池莉的这些小说中，历史意识体现较为清晰，大约从中国 20 世纪 80 年代迄今为止的历史变迁。在这样的历史过程中，社会历史明显经历了从注重历史意识到注重个人价值的转换过程。从池莉的小说来看，这些主人公也大都经历了与外在历史相同的人生历程。这是从人物的人生过程和社会历史外在的形态来看，池莉的小说中的主人公似乎成为小说典型的人物形象。因为在成长小说中，"在这类小说中，人的成长与历史的形成不可分割地联系在一起。人的成长是在真实的历史时间中实现的，与历史时间的必然性、圆满性，它的未来、它的深刻性的时空体性质紧紧结合在一起"①。

从历史理性的角度来看，中国 20 世纪 80 年代和 90 年代的历史并不具有断裂性特征，都是在现代化的历史逻辑中演绎，20 世纪 90 年代的历史逻辑显然是 20 世纪 80 年代的历史逻辑的延伸和深化，体现给我们的消费性、商业化等社会现象并不能遮蔽这样一个历史理性的逻辑。而池莉小说中的人物成长的契机大多是市场经济的因素，这似乎在表明：人物的成长明显是当下的社会变革、市场经济带来的，市场经济作为历史理性的实体性存在，带来了人物的性格和人生命运的裂变。

我们知道：市场经济的历史理性逻辑并不能给人带来主体性的确认。市场经济并不具备主体确证的因素。虽然市场经济的某些要素如货币、人的自由劳动也给人带来一定程度的解放，但是，市场经济所体现的价值并不是主体成长的根本原因。在"印加厚"时代，经济也许是人的解放的力量，是主体确证的重要力量，是作为主体的对象化的存在而存在。但是，在当下，市场经济、消费文化的逻辑已经构成了主体的异己力量。主体的确立恰恰是建立在对市场经济和消费文化的否定基础上的。作为成长小说的叙事，在市场经济、消费文化主导的时期，主体确立自己和成长的方式是以自我、相对于社会的逻辑原则展开的。在这里主体为了确证自我，必然要和社会的历史理性价值划分界限，以主体性原则显示自身价值。很显然，在池莉的小说中，以市场经济、消费文化作为主体生成的逻辑起点是没有区分在这样历史语境中主体生成的方式，没有注意到主体价值尺度和以市场经济、消费文化核心的价值尺度之间的对立与相反相成的关系。

在这种情况下，我们看到，近几年池莉力图在小说叙述上的努力探索也进入一个困境。从上述几篇小说中，我们看到这几篇小说和池莉在 20 世纪八九十年代的几篇小说相比，在艺术探索上作了较大的调整。但是，

---

① ［苏］巴赫金：《巴赫金全集》第 3 卷，钱中文主编，河北教育出版社 1998 年版，第 232 页。

由于池莉没有区分清在市场经济和消费文化时代主体生成的文化逻辑，这些大篇幅的心理活动描写并没有提升小说的艺术水准。

池莉的这几篇小说中大都叙述了小说主人公从 80 年代到 90 年代近二十年的生活，20 世纪 80 年代的生活甚至延伸到 90 年代的社会生活，是在回忆的心理活动中展开的，这就是小说主人公成长之前的人生历程。本来心理活动描写是现代小说中展现主体形象非常重要的方式，心理活动的尺度是作为外在的历史理性的逻辑而展开的，正因为如此，心理活动描写和叙述是 20 世纪世界文学的基本主流，也是 20 世纪世界文学主体生成的基本方式。但是，在池莉的小说中，心理活动并没有成为主体尺度表现的载体。在她的小说中，小说主人公的心理活动并没有体现出心理活动的叙述特色。因为在她的小说中，心理活动的对象并不是按照心理活动自身的逻辑来展开的，心理活动只是机械地被动显示外在历史活动和人物的人生历程，外在的社会历史只是作为事件在人物的心理中展开，而不是作为人物意识到的对象和逻辑来展开的。如果把池莉的这几篇小说中的心理活动叙述和描写的标志性段落与语词删除掉，其他内容不作任何改动，也丝毫不会影响这几篇小说的叙述和故事的展开。

无论是池莉的小说中混淆了历史理性尺度与主体性尺度的关系，还是没有明确地区分外在的事件和心理活动的差异，这些表现都体现了外在的历史内容对主体的压制和排斥，在这样的逻辑关系中，池莉的小说就不自觉地迷失了主体性这一当下文学的核心价值。

历史理性单向度的回归：遮蔽的现代性

历史理性对作家创作的重要性，并不只是存在于反映当下社会生活的文学中，在历史文学的创作中，历史理性仍然是反映历史事件和历史人物的基本尺度。

当代湖北文学中有两部重要的长篇历史巨著：姚雪垠的《李自成》和熊召政的《张居正》。《李自成》以小说的形式，史诗性地反映了明、清、大顺的社会图景，更重要的是在小说中贯穿了对农民起义的历史理性的审视。《张居正》在当下文化语境中能获得较好的评价，与它对历史的独到评价和对历史的独到表达有重要的关系。

自 20 世纪 80 年代以来，中国的历史小说创作出现了重大变化，以

《李自成》为代表，小说中的阶级本位历史观被瓦解，取而代之的是人本主义历史观。于是新历史主义小说创作潮流成为当前中国历史小说创作的主流。新历史主义小说回避传统历史观，与传统历史观忽视个人生命本体的截然不同，它把主体的自由尺度凌驾于历史理性尺度之上。

当历史理性意识被人本自由尺度压制后，有些新历史小说滑向了戏说的极端，在戏说中，历史理性和人文价值双重失落。当下的历史小说如何走出历史理性和人文价值失落的雾障，成为历史小说家不得不思考的时代命题。《张居正》就是在这样的文化语境中诞生的。熊召政在创作《张居正》的时候，力反新历史小说戏说历史的创作趋向，追求历史真实。他对历史真实有自己的看法，"所谓历史的真实，简单地说，有三个方面：一、典章制度的真实；二、风俗民情的真实；三、文化的真实。前两个真实是形而下的，比较容易做到，第三个真实是形而上的，最难做到。前两个形似，第三个是神似。形神兼备，才可算是历史小说的上乘之作。"①的确如此，在《张居正》中，典章制度的真实，如以官职沿革、官府的官职设置以及各种仪式直至皇帝诏书的十种体例、天子十三方印鉴的不同用法，均有翔实精确的描写。小说中一些精彩的民俗描写，诸如京都棋盘街的市井风情、白云观燕九节的盛况、紫禁城内声势浩大的鳌山灯会、大隆福寺的非凡气势等，达到了较高的艺术水准。难能可贵的是《张居正》透视着对历史的理性审视，作者从文化的角度切入小说，分析了在这个中国文化到了"烂熟期"必然走向崩溃的文化逻辑。《张居正》充满了真实的历史时代感和雄辩的历史理性力量。因此，从小说中我们可以看到作者对当下改革的历史理性的思考。

《张居正》所体现出来的这些特征，在当下戏说历史的文学法则中显得格外引人注目，也是《张居正》走向成功的重要原因。但是，《张居正》在恢复"历史"的面目时，以小说反映正史的时候，无意忽视了另外一个方面：历史不仅是当代的历史，还是主体的历史。

新历史主义小说中，主体价值是历史理性意识的解毒剂，历史理性被主体尺度冲击和瓦解。《张居正》正是对历史理性的救赎，在小说中，历史理性披上"真实的历史"外衣，回归到了小说的温床。在一定程度上

---

① 熊召政：《让历史复活》，载《〈张居正〉评论集》，长江文艺出版社 2004 年版，第 263 页。

回到了《李自成》的创作路数上，只不过在《李自成》中，历史理性狭义地表现为政治色彩，而《张居正》是以文化理性更加深刻地阐释了当下这个时代。

但是，进入现代社会的文学最根本的、最深层次的要求是要以主体的尺度来打量世界、打量历史。在文学中，历史只不过是主体走过的栈桥而已。《张居正》的成功只不过是为历史理性找到了一条我们可以接受的中介而已。文化这一连接主体和世界的尺度，为《张居正》在当下的历史小说找到了广泛的认同。文化相对于历史理性而言，它是"客观"的，对于主体而言，它最终又是"人"的尺度。

"文化"成就了《张居正》，其实也遮蔽了主体。文学中的主体毕竟不是文化哲学意义上的知识学主体而是价值意义上的主体。在《张居正》中，我们无法从小说内在内容中发现面对历史的主体性思考。张居正和张居正的改革在小说中只是作为文化存在，而作为主体和主体关照的对象的维度被取消。张居正式的改革诚然为明朝江山的延续立下了汗马功劳，但是，他的改革由于建立在悖论基础之上：依仗落后文化而企图建立的改革，最终依然被这种文化所葬送①。在透视张居正这个人物时，应该是悲剧性的。当今天重新塑造张居正这个人物形象的时候，应该是被主体精神所灌注的张居正。在现代文明的烛照下，在现代主体价值的参照下，张居正其实是一个被中国传统文化所异化的形象，在改革的旗号下，张居正从头到脚透出的仍然是旧文化的本质。

今天，虽然我们不可能让张居正有超越时代的文化与精神，但是文学作品中的"张居正"，却是今天的"张居正"。现代文化仍然是透视几百年前的张居正的重要价值尺度。张居正改革的文化基础与他的对手的文化基准基本一致。张居正的改革并不具有文化上的积极意义。张居正的改革面对时代文化精神采取的打压策略，如何表达张居正整个改革的文化分裂性，以及在这种文化分裂基础上的作为主体形象化的张居正的悲剧性，应该是小说整体的走向和核心所在。很显然在熊召政的构思之中，作为现代性的判断出现了偏差。在他那里，张居正的改革本身就是中国文化的自救，他曾说过："明万历年间，中国文化到了'烂熟期'。'烂熟期'的文

---

① 参见周新民《权力　文化与王朝的命运——读熊召政的〈张居正·木兰歌〉》，《小说评论》2001 年第 4 期。

化要想保持新鲜，必须进行改革。"① 显然这是对张居正这一人物形象和历史在现代性价值上的偏差。在小说中表现为，作家在处理张居正的改革时，并没有把其放在代表着当时具有现代意味的知行合一的心学思想文化坐标中去审视。小说描写张居正和代表这些学说的思想家的冲突时，只是在事件和人物的冲突层次上展开，还没有上升到落后文化和先进文化之间的较量上来。小说的悲剧性也并不应该体现在张居正个人的悲剧性结局上，应该是一场建立在对新生文化的扼杀基础之上的改革，代表着落后文化价值改革在耗尽王朝的能量后，最终也走上失败的归途。张居正的悲剧表明：对历史理性肯定，并不能挽救王朝走上崩溃和灭亡的命运。忽视了对于主体价值萌芽的思想和文化最终无法为历史理性提供支撑，文化的沦丧，才是张居正和他的时代的悲剧。

因此，《张居正》是一部充满悖论的作品，在历史理性维度，作者以文化理性回归到历史"真实"的描写和叙述，这是小说在当下文化环境中的胜利。但是，在现代性的价值尺度层面，作者对张居正和他的改革的评判出现了偏差，作者并没有在更深刻的层次上对张居正作出价值判断，这就是在现代价值上迷失的重要表现。历史理性遮蔽了现代性的价值立场，这是《张居正》留给我们的遗憾。

一点思考：面向历史理性的现代性

作家在面对现实生活时，在表达对人生的看法时，在表达人的生存境遇时，必须坚持历史理性尺度。历史理性尺度是当下作家写作的基本价值尺度。虽然现实生活给人们的生存带来了种种困惑，但这不是作家要在历史理性方向上后撤的理由。作家要面对现实思考当下，应该寻找如何确立现代性的方式，而不是否定现代性自身。在这一点上，"神农架系列"小说显然显示了对历史理性的偏见。但是，历史理性本身并不是作家写作的直接对象，只是作家观照生活的基本尺度而已。在当下，历史理性已经远离了成为作家直接构造现代性的可能。无论是面对物质和经济飞跃发展的现实，还是面对远离我们的历史，作为价值尺度的现代性、现代主体意识

---

① 陈一鸣：《儒者从来作帝师——专访茅盾奖得主熊召政》，《南方周末》2005 年 5 月 12 日。

仍然是作家观照现实和历史的根本。在池莉的小说中，历史理性直接成为主体意识生成的力量，这显然是对历史理性直接的、简单的认同的结果。历史理性只是主体意识产生的历史前提，但是并不能导致主体直接生成。同样在《张居正》中，作为历史理性展现的文化理性力量成为小说的主导力量，但是却忽视了也应该把现代意识灌注下的文化作为小说的价值判断，也应该在现代主体意识的烛照下，分析出历史事件和历史人物的现代性的缺失，从而显示出主体之思。

本文所分析的是湖北文学的代表作家和代表作品，这些作家、作品显然是十分优秀的。只是希望在这样的理论的阐释中，湖北文学在将来能够得到更好的发展，在表达现代人的生存意识和困境的文学走向中能走得更加出色。

原载《文艺新观察》2006 年第 4 期

《蟠虺》:文学的气节与风骨

——刘醒龙访谈录

　　周新民（湖北大学文学院教授，博士生导师）：您是第八届茅盾文学奖五位获奖作家中，获奖后第一个创作出版长篇小说新作的。（刘震云的《我不是潘金莲》和获得茅盾文学奖的《一句顶一万句》是姊妹篇，虽然是获奖之后出版，但是获奖之前已经进入了实质性的创作阶段。）《蟠虺》主题宏大，对楚文化的神秘和庄严，对"国之重器"出土后的真伪之辨，都有淋漓尽致的表现，承载着大历史宏阔宽悯的气量，所有这些，驾驭起来顺利吗？能否说，在某种程度上也体现了您文学创作的胸怀？写作这部长篇的契机是什么？

　　刘醒龙（著名作家，鲁迅文学奖、茅盾文学奖获得者）：《蟠虺》的写作初衷有很多种，最重要的还是被曾侯乙尊盘的魅力所吸引。2003年夏天之前，我与太多的人一样，理所当然地将同一地点、同一时间出土，像明星一样身姿显耀的曾侯乙编钟当成文化崇拜。那年夏天，发生了一件事，让我赫然发现原来还有不只是藏在深闺人未识，而是在博物馆中展示也未被人识得的国宝中的国宝。那一刻里，心里就有了某种类似小说元素的灵感，并一直将曾侯乙尊盘给人的况味供奉在心头。因为博物馆就在家的附近，或自己去，或带朋友去，每隔一阵总会去寂寞的曾侯乙尊盘面前怀想一番。最终促成《蟠虺》是近些年打着文化旗号的伪君子们横行霸道而带来的文化安全问题。虺五百年为蛟，蛟一千年为龙。当今时代，势利者与有势力者同流合污，以文化的名义纠集到一起，不好预判他们是要为蛟或者为龙，唯其蛇蝎之心肯定想将个人私利最大化，而在文化安全的背后还隐藏着国家安全的极大问题。对青铜重器辨伪也是对人心邪恶之辨，对政商奸佞之辨。商周时期的国之重器，遗存至今其经典性没有丝毫减退。玩物丧志一说，对玩青铜重器一类的人是无效的，甚至相反，成为一种野心的膨胀剂。

周新民：说实话，我很吃惊，也听到一些熟悉您写作资源的同行，公开或者私下里表示惊讶，实在没有料到，您能跨出颠覆性的一步，写出如此令人震撼、足以倾覆您既往文学印象的作品来，因为在人们印象中的刘醒龙，是以乡村叙事为特长。而《蟠虺》与您以往的小说题材是那样的不同。乡村是您熟悉的生活领域，而《蟠虺》显然与您熟悉的生活大相径庭，涉及的专业内容很多，您是否也作了相当的文学和专业准备？

刘醒龙：十几年中，总在有意无意地找些关于青铜重器方面的书读，粗略地盘算了一下，从 20 世纪 50 年代油印的小册子，到最新的大部头精装典籍，仅是购买直接相关的书籍与材料，就花费了三千多元。有些专业方面的书真的太难读了，能够读下来，还得感谢中国的高速铁路，感谢武汉成了中国的高铁中心。从离家很近的高铁车站出发，去往下一个目的地，大多要四小时左右。往来八个小时的孤单旅途，正好用来读一本平时难得读进去的专业书。

周新民：王蒙曾在 20 世纪 80 年代就提出"作家学者化"的倡导。其本意是要求文学创作有厚实的知识储备。我想，《蟠虺》能吸引这么多批评家的注意和读者的好评，和《蟠虺》丰赡的知识涵养有密不可分的关系。相关的知识储备需要耗费大量时间和精力，创作过程也必定需要较长的时间吧。这本书您创作了多长时间？为什么会起名《蟠虺》？虽然这两个汉字看上去很有神韵，毕竟它们太不常用，从事古典文学研究的没事，停在现当代文学一般水平上的人，很难马上认识。

刘醒龙：我必须先将王蒙的话补齐，王蒙在说"作家要学者化"后，特别加上一句"作品不能学术化"。

从 2012 年底到 2014 年元月脱稿，前后花费十几个月。实际上，交稿之后还在不断地修改，直到出版社都出清样了，还改动了一些。与我的其他作品的名字改来改去不一样，《蟠虺》是从一开始就定下来的。因为这两个字不好认，女儿就读的学校组队参加"汉字听写大会"，老师号召全校学生多找一些"变态"的字词刁难一下集训队的学生。女儿就将这两个"变态"的字词报到学校去。不知道这两个字有没有难倒想要去北京"汉字听写大会"现场的学生，但在小说出版之初，我所碰见的成年人，都得翻字典才能认出来。在流行语横行的当下，老祖宗留下的看家本领，还是需要我们不时地重温一番。尽管还可以构思一些更加通俗、更加惊悚，也更能吸引眼球的小说名，那却不在我的选项中。毕竟这两个字所表示的是青铜文化中最具代表性的图腾，同时也是现代化进程中贯穿数千年历史的一种象征。

"蟠虺"的突出使用，还可以判定为文学价值的选择，是古典与经典，还是流俗与落俗，文学价值的分野，在任何时代都是不容忽视的。有人曾建议，如果将《蟠虺》改名为《鬼尊盘》，起码要多卖二十万册。此话很让人无语。不是道不同不相为谋，也不是自己不了解这个世界有多么喜欢混淆，而是发现坚持一种所有人都明白的价值，比同样被所有人明白的利益要艰难太多。唯一令人宽慰的是，文学从来都是在艰难时世中体现存在意义的。

周新民：《蟠虺》完全超出了对您作品的阅读经验。无论构思还是叙述，都有很大的变化。我相信，只要是阅读过您的文学作品的读者都有这样的感受。有些评论用"突破"一语来形容《蟠虺》带来的变化，不知用"突破"一词是否准确？一般情况下"突破"是针对某种困境或者说是某种界限而言的，比如对中国当代文学某种壁垒的突破。这种突破对您来说是否也有一定的难度？

刘醒龙：与某些壁垒的对峙是当代文学的重大使命，而且这种对峙是只许成功，不许失败。事实，无论何种对峙，文学都没有失败的记录。那些与文学过不去的力量，可能强悍一时，但在时间的长河里，文学的优势太明显了。

面对新的写作，从来不会没有难度。这也是我从 2000 年起彻底放弃中短篇小说写作的重要原因。在那之前，所有的中短篇小说写作对我来说实在不是一件难事。即便是像《大树还小》这样被评论界指为"知青小说"中的另类，在写作时也无法让自己使出全部才情，甚至还有一种憋闷的感觉。写作的天敌是惯性和类型化，私人性质的惯性，一个人的类型化也是不被允许的，除非想成为文学史中失败的典型。比如我们很少能从王安忆、韩少功和莫言的写作中发现依附在惯性上的雷同。一个人重复也是重复，这样的写作只要有一部就够了，再写就是多余的。像是将汽车停在马路上，发动机不停地转，人也一直坐在驾驶座上，却拉手刹，挂 P 挡，不向前走，如此下去是要吃罚单的。生活当中的坏习惯是总是质疑别人，不时检讨自己、质疑自己却是比较好的习惯。及时出现的自我怀疑，使我作出全力写作长篇小说的选择。《蟠虺》的难度明显摆在那里，仅是书中小学生楚楚用来刁难成人的那三十个与青铜重器相关的汉字，能认识一半就很不容易了。况且还将考古界自身都没有结论的重大悬疑贯穿始终，这也是小说的魅力所在。小说的使命之一便是为思想与技术都不能解决的困顿引领一条情怀之路。

周新民：《蟠虺》中的曾本之、马跃之、郝文章等几个人物形象是近些年长篇小说的重要收获。我注意到，近些年，一些小说乐于暴露知识分子的负面形象。老实说，这些小说并不了解知识分子的生活，人物形象也显得很干瘪。相比较而言，曾本之这一人物形象很饱满，在他身上寄托着中国传统知识分子的诸多美德和良知。

刘醒龙：一个向上修养自己的人，总在不断探索前行，能够与人相伴相随的唯有文学，因为文学从不说对，也不说错，只将一切的启迪和启发安放在情怀之中。

《蟠虺》的开篇便说：识时务者为俊杰，不识时务者为圣贤。写这句话时，脑子里联想到的另一句话是："实践是检验真理的唯一标准。"这么联想看起实在有些奇怪，其实不然。原来多么有意义的一句话，这些年来，却被弄成只顾"实践"，不要"标准"，或者是只看到识时务的俊杰们的实践，而看不到不识时务的圣贤们的标准。特别是某些有影响力的公众人物，太计较眼前蝇营狗苟的小利益，只顾肉体享乐的实践，不管安妥灵魂的标准。人类如果对自己的灵魂不管不顾，那些日新月异的科学技术就会变成无视科学的名利赌博，变成披着科学外衣、没有人伦天理的技术暴徒。

作品是一个作家的气节，文学是一个时代的气节。这就像上战场，每个人都应当将自己把守的那段战壕当作最后防线进行死守，每个人都要将自己当作战场上最后的勇士与恶势力决斗。

周新民：与曾本之相比较，郑雄是作为异化的知识分子形象出现的，他身上有着这个时代的种种阴影。功利、势力、唯利是图是他身上最突出的特点。总听到有读者在问，郑雄这个人物形象的原型是确定存在的吗？

刘醒龙：记录这个世界的种种罪恶不是文学的使命，文学的使命是罪恶发生时，人所展现的良心、良知、大善和大爱。记录这个世界的种种荣耀不是文学的任务，文学的任务是表现光荣来临之前，人所经历的疼痛、呻吟、羞耻与挣扎。

这个时代的文学外表有些弱小，如果丧失了起码的气节，就只能沦为他者的玩物。一般情况下，我的写作都没有具体的原型。至于《蟠虺》，在我的写作过程中同样没有也不需要原型。作品出版后，别人爱怎么说，那是别人的事，我不爱听，也不想听。

周新民：虽然《蟠虺》充满了时代感，在阅读中体会到针砭时代的快感，但是，阅读难度还是比较大的。因为，相比较您既往的作品，《蟠虺》涉及了更多的专业知识，情节也更复杂，叙事难度更大，我想读者在阅读时肯定要面临更多困难。您是否担心读者会因为阅读障碍而放弃阅读？

刘醒龙：在文学中太过炫技，是一种愚弄，还可以看作愚昧。文学需要叙事技术，又从来都不是靠叙事技术立世的。在一部内容与人物底气十足的作品面前，叙事技术往往会变得微不足道。那些到处与人讨论叙事技术的人，听他们说小说，令人哭笑不得。正如前往珠穆朗玛峰，只关心穿什么牌子的衣物，上山后如何用微博，如何上微信，不去考虑自己的身子骨有没有这个能耐攀上世界最高峰。再好的衣物，穿在木乃伊身上，不仅了无风采，而且奇丑不堪。

长篇小说与专业考古相遇，必然导致险象环生，稍有不慎，作品就会全军覆没。在森严沉寂颠扑不破的青铜重器面前，风险更是成十倍百倍增加。空前大的风险当然是长篇小说写作的巨大难题，反过来也是巨大的机遇，一旦处理得当，叙事魅力同样会十倍百倍地增加，也更容易使人进入作品意境之中。

迄今为止，在我的写作历程中，《蟠虺》是最具写作愉悦的一部作品。阅读此类作品的挑战性是存在的，特别是之前对青铜重器缺少基本了解的人更是如此。日常阅读中，凡是经典作品，哪一部、哪一篇不是对读者文学素养的挑战？没有挑战的写作和阅读是伪写作和伪阅读，这样的写作与阅读是无效的。作为写作者，我相信读者，一如自己对《蟠虺》的信任。反过来，作为一名读者，我不会信任那些有意用作品来讨好读者的作家。就像社会生活中，那些一味阿谀奉承、只知溜须拍马的家伙都不是好东西。天下想当官的人，不全都是想为老百姓做事。在菩萨面前烧香叩头的人，也不全是大慈大悲的善良之辈。文学之事也不例外！出版界有句口头禅：读者是上帝。这句话主要是为资本吆喝。对文学来说，有些读者是上帝，有些读者却是魔头，有些读者是智者，还有一些读者是智者的反义词。作为一名写作者，最应当信任的还是自己的内心。真正的写作是为了内心的悲悯、宽容、忧郁和仁爱。

周新民：我注意到，您在《蟠虺》这部小说的叙事过程中，常会使用"巧合"的方法。在我看来，《蟠虺》中的巧合不仅是叙事和推动情节的需要，也是您表现对世界、人生的思考的需要。我隐约中感觉到，《蟠虺》中的"巧合"有着复杂的含义，似乎寄托着您对历史、社会与人生的思考。

刘醒龙：巧合是一个人面对复杂人生的自信，也是一个人在纷繁的世俗中作出的正确选择。对作家来说，巧合是灵感的一种来源。比如这部《蟠虺》，如果不是当初在博物馆被一位在武汉大学读夜大班的某女作家的同班同学认出来，并热心地客串讲解员，将藏在太多青铜重器深处的曾侯乙尊盘介绍给我，或许就不会有这样一部关于青铜重器的长篇小说出现。巧合是人生之所以美好的重要因素，天下男女，哪一段爱情的出现不是因应着巧合，大千世界，茫茫人海，只要错过一次相见，或许就是永远的陌生人，偏偏在某个时刻两个人带着爱情相遇了，然后相守白头。匠心独运和肆意编造的分野还是说得清楚的。我喜欢这种名叫巧合的事情，巧合的出现证明时间、地点、人物、事件全部选择对了。小说人物的名字是小说趣味性的重要索引。近二三十年，中国作家中，很有一些人因为无人知晓的极其乡俗的本名与声名远播的十分优雅的笔名，成为文学界美谈。事实上，人的名字是人来到世上遇到头一件必须较真的事，传统中，姓氏后面的第二个字必须是辈分的标字，非传统中，双胞胎兄弟哥哥叫了大双，弟弟便叫小双，这些都是来不得丝毫马虎的。在男女情事中，姓欧阳的男孩总是更招女孩喜欢。有些事情之巧，真的让人无法理解，《蟠虺》中在长江与汉江交汇的龙王庙溺亡那位，确认其人其事，过程就是如此，因为太真实了，才让人在难以置信中体味出难以言说的人生意味。还有夜晚在墓地遇上灵异的情节，我是不想多费笔墨去解释，这种在日常生活中人人都有体会的现象，本无须在小说里作太多的啰唆。写作时，自己也不明白，这个城市的地名委员会为何要老早给我留下这绝妙的小说素材，这样的巧合很能让人兴奋，也很让人无奈。有一阵，那些有头有脸的人中就曾盛传和氏璧在某个地方再现了，还有传言说谁是21世纪的楚庄王之类的。说者未必无心，听者未必有意，到头来这些都成了天赐的小说元素。《三国演义》开篇就说天下合久必分，分久必合。"文化大革命"时期最流行的话是天下大乱达到天下大治。诸如此类的历史巧合，总是包含在历史进程的必然当中。对作家来说，需要做的事情是将真实生活的巧合，关进叙述艺术的笼子里，不使它太过汪洋肆意。

《蟠虺》的写作使我对自己有了新的认识。在此之前曾以为无论体力、年岁还是兴趣，都到了快要金盆洗手的时候了，《蟠虺》的写成，令我对小说写作有了全新境界的兴趣，甚至在脱稿后的习惯性疲劳恢复期时，就有了新的写作灵感与冲动。很高兴文学的活力在我这里还没有变异，没有变成假文学之名、实为非文学的东西。这也是《蟠虺》已成为自己偏爱的重要原因。长篇小说写作，注定会成为写作者标记人生的高度。

周新民：您在《蟠虺》创作手记中写到，细节的叙述是小说的核心机密。事实上，优秀的小说家除了在情节与叙事手法上下功夫外，还得在细节上下功夫，而细节的捕捉与表现往往更难。您能谈谈您对小说细节的理解吗？您在《蟠虺》中是怎样去提炼细节的呢？您觉得有哪些细节是您非常看重的？

刘醒龙：细节是天下小说的共同秘密。没有细节就没有小说，丢弃细节就是丢弃小说。叙事艺术的关键不是故事，而是充填故事框架的细节。故事是梅树的树干，细节则是梅树上一年当中只开放几天的灿烂花朵。赏梅其实是在赏花，谁会在意没有花的梅树？

周新民：《蟠虺》中写到几处地名，比如"两个黄鹂鸣翠柳"中的黄鹂路和翠柳街，"一行白鹭上青天"中的"白鹭街"，是真有这地名，还是为了引出没有"青天路"而虚构的？无论真假，这样的描写真是神来之笔。

刘醒龙：这些没有丝毫虚构，全是真实的，还有小说中一再提及的老鼠尾，更是东湖景区最美的地方，可以在百度地图上轻易搜索到。都在我家附近，因为单行线的缘故，只要出门就得经过翠柳街或者黄鹂路，再走远一点儿，便到了白鹭街。写作之初对此我并没有什么想法，有天夜里都熄灯睡觉了，却忽发奇想，便重新爬起来，拿起便笺将这个稍纵即逝的念头记下来，一边写一边还笑。夫人很好奇，听我说过后，她也忍俊不禁地笑了起来，还要我感谢地名委员会的人，人家专门为我预备了小说素材。这也应了那句老话，艺术无所不在，就看谁有灵感。

周新民：非常喜欢《蟠虺》中的一段话："曾小安说郑雄很伪娘是有

几分道理，像我们这样纯粹搞研究，只对历史真相负责。自打当上副厅长，郑雄就不能再对历史真相负责，首先得对管着他的高官负责。所以，但凡当官的，或多或少都有些伪娘。就像昨天下午的会上，郑雄恭维庄省长是二十一世纪的楚庄王，就是一种伪娘。只不过这种伪娘，三分之一是潘金莲，三分之一是王熙凤，剩下的三分之一是盘丝洞里的蜘蛛精。"读起来既美妙玄幻又横空穿越，最过瘾的是像新加坡的鞭刑那样的批判。在《蟠虺》中这样令人会心的文字比比皆是。

刘醒龙：小说的力量是与其趣味相关联的，一旦失去趣味，剩下来的枯燥，哪怕再肃然也无法令人起敬。或者是相反，那些索然无味的辞藻会使人觉得华而不实。这个杀手不太冷，这也是能够"杀人"的小说魅力之一。

周新民：的确如此，《蟠虺》的细节非常考究。尤其《蟠虺》以丰富的楚文化细节，让青铜重器成为读者关注的焦点。能谈谈您认为楚文化中最迷人的部分是什么吗？"公元前七〇六年，楚伐随，结盟而返；公元前七〇四年，楚伐随，开濮地而还；公元前七〇一年，楚伐随，夺其盟国而还；公元前六九〇年，楚伐随，旧盟新结而返；公元前六四〇年，楚伐随，随请和而还。"小说中的这段话，无疑出于史实，为什么要写这些？似这类从故纸堆中翻出来的东西，在当下还有意义吗？

刘醒龙：《蟠虺》写了"楚"，却非是为"楚"而写"楚"。小说的意义是从小地方小人物着手，放眼与放怀的总是更大的世界。"楚"的文化精神，在时下有着特别的意义，小说反复提到"楚"与"随"的关系，深入描写真的楚学者与伪的楚学者的学术伦理与人格操守的不同，除了对楚文化浪漫情怀的表达，更强调了中国文化中关于"仁至义尽"的那种精髓。

春秋战国的争斗，颇似旧欧洲贵族之间的战争，看似天下大乱，实际上仍存在相当程度的社会伦理底线。"仁者无敌""仁至义尽"等文化经典皆出自这个时期。公元前506年，吴三万兵伐楚，楚军六十万仍国破，吴王逼近随王交出前往避难的楚王，随王不答应，说随僻远弱小，楚让随存下来，随与楚世代有盟约，至今天没有改变。如果一有危难就互相抛弃，随将还用什么来服侍吴王呢？吴王觉得理亏，便引兵而退。随没有计较二百年间屡屡遭楚杀伐，再次歃血为盟。这才有了后来楚惠王五十六年做大国之重器，也许就包括旷世奇范曾侯乙尊盘，以赠随王曾侯乙。制度固然重要，如果没有强大的社会伦理基础，再好的制度也会沦为少数人手中的玩物。引领势如破竹大军的吴王，只因理亏便引兵而退，便是这种伦理约束的结果。老省长和郑雄，还有熊达世的所作所为，则是反证，在视伦理为无物者面前，制度同样如同虚设。"非大德之人，非天助之力，不可为之。"小说中老三口说的这话，不仅仅是"人在做，天在看，心中无愧，百无禁忌"，大德与无愧，都是向着社会伦理的表述。与制度相比，伦理防线崩塌的危害更大。

在文学中，中国文化中"仁者无敌""仁至义尽"的精髓，自《三国演义》中"七擒孟获"之后，缺席了几百年。在这一点，当代文学显然要重新有所担当，不能再任由暴力与血腥的文字泛滥下去。

周新民：《蟠虺》在很多方面颇有讲究。除了上文提到的几处之外，楚学院的门牌也很有意思："楚弓楚得""楚乙越凫""楚越之急"……这样的安排，是否暗示了主人性格命运？

刘醒龙：如果觉得有这种意境，那就是的吧。写作需要忽发奇想，既然外面的酒店与KTV包房经常用名城、名胜做房号，为什么楚学院就不能如此呢？关于"楚"的成语有那么多，那么精辟精彩，而我们却知之甚少。能用上的时候尽量多用，也算是对先贤们的一种崇敬与感怀，同时也是对互联网时代像洪水猛兽一样泛滥的垃圾语言的反拨！

周新民：在《蟠虺》中您创作了两首别致的赋，其中一首《春秋三百字》："别如隔山，聚亦隔山，前世五百次回眸，哪堪对面凝望？一片风月九层痴迷，两情相悦八面爽朗，三分江山七分岁月，四方烟霞六朝沧桑，生死人妖五五对开，左匆匆右长长。二十载清流，怎洗涤血污心垢断肠？十万不归路，名利羁羁，锦程磊磊，举头狂傲，低眉惆怅。憾恨暗洒，从雁阵来到孤雁去。潮痕悲过，因花零落而花满乡。江汉旧迹，翩若惊鸿。佳人作贼，丑墨污香。千山万壑难得一石，五湖四海但求半觞。漫天霜绒枫叶信是，姹紫嫣红君子独赏。觅一枝以栖身，伴清风晓月寒露，新烛燃旧情，焉得不怀伤？凭落花自主张，只温酒研墨提灯，泣照君笑别，岂止无良方！宿茶宿酒，宿墨宿泪，今朝方知昨夜悔。秋是春来世，春是秋重生，留一点大义忠魂，最是重逢，黄昏雨巷，朦胧旧窗。"赋作为古典散文，在当下越来越受重视，这是文字的一种出路吗？

刘醒龙：我写这些文字，只是想试试自己的笔锋。它在小说中的出现另有特别的理由，文学是一根硬骨头，骨头再硬也不能不要智慧。古典文学的春秋笔法，在现代汉语中丢失得格外彻底。不是写作者不想用，实在是现代语言太过直白，字里行间藏不起许多情，也藏不起许多恨。"二十载清流，怎洗涤血污心垢断肠？十万不归路，名利羁羁，锦程磊磊……"如果写成"从一九八九到现在，二十多年了……"如此等等，力量与情怀都会不尽如人意。"江汉旧迹，翩若惊鸿。佳人作贼，丑墨污香。"这些话如果用现代汉语来描写，很容易变成"大字报"或者"革命口号"。中国文学在当下的发展注定由现代汉语引领前行。不过，多一点儿传统经典底蕴，斯时斯地地恰到好处地尝试古典之风，肯定是件好事。文章有限，天地很宽，别说一点儿古典元素，就是再多一些，也应当容得下。写作的佳境，一切想融入其中的元素都应当没有障碍。

周新民：浮躁的社会里，越来越多的人静不下心来读书和思考。您希望通过《蟠虺》，引发读者怎样的思索和启迪？或者关注哪些他们正在忽略或淡忘的东西？

刘醒龙：小说开头有一句话："识时务者为俊杰，不识时务者为圣贤。"如果说，写这本书有什么目的，这句话就是：希望天下少一些追势利的俊杰，而多一些真正有理想的圣贤。

周新民：我想，正是您本着严肃、认真的态度来写作《蟠虺》，才使《蟠虺》具有非常积极的社会意义和价值吧。上海《解放日报》的"解放书单"是全国首个以党政机关领导干部为目标受众的读书专刊，这是为贯彻习近平总书记 2014 年 5 月在上海考察时要求领导干部"少一点应酬，多用一些时间静心读书、静心思考"而推出的。中央政治局委员、中共上海市委书记韩正亲自为该书单撰文，由沪上数位资深出版人、理论界专家、文艺界人士、媒体代表，秉持"价值、高度、前沿"的取向，从茫茫书海中精选而出。作为小说作者，您认为《蟠虺》入选这份书单的原因何在？

刘醒龙：我也是从媒体上见到这个书单，说实在话，以往一些行政领导或部门提供的所谓书单，并不是真的让人读书，而是为了表明某种政治态度。读书一定要读好书，要读让人心灵启蒙的可以长久受益的书。要读良师益友般的经典之书。上海方面提供的这个书目，不仅让人眼前一亮，更是有理想、有追求的，读书正是如此，看上去是读书，实则是探求理想，发现生活，让人生道路走得更正确。

周新民：您曾提到"读书一定要读好书，要读让人心灵启蒙的可以长久受益的书，要读良师益友般的经典之书"。《蟠虺》入选"解放书单"表明它已经被看作启迪心灵的"经典之书"。我一直觉得您是一个有风骨的作家。我注意到 2014 年的 7 月 16 日《人民日报》以一整版的篇幅摘录了《蟠虺》，这是少有的现象。您认为这表明了《人民日报》什么样的态度？

刘醒龙：与政治在某些方面交集是文学的魅力之一。这些年人们下意识地想将文学与政治做彻底切割，原因在于某些写作者的骨头太软。如果人活得都像《蟠虺》中的曾本之、马跃之、郝文章，不仅是政治，整个社会生活都会变得有诗意和更浪漫。文学与政治交集时，一定不要受到政治的摆布，相反，文学一定要成为政治的品格向导。

中国文学的悲壮在于，文学时常成为政治的祭品。我不用"悲哀"，而用"悲壮"，是在表明文学是有力量的。有些人感到恐惧，又不能痛下杀手，便阴谋暗算。《蟠虺》问世才两个月，就有阴风嗖嗖而起。即便不去谈论这些，就这件事本身而论，也能看出一种归还给普通公众的意味深长的文学理想。

周新民：和您谈完《蟠虺》，我还想与您谈些文学创作相关的话题。我接触到的很多年轻的有志于小说的写作者有一种危机感。他们为了写作花费了很大力气，耗尽心血，但是，遭遇了出版艰难和读者寥寥无几的窘境。有些写作者为了获取金钱和名声，去写吸引眼球迎合读者的流行文学或网络文学的文字。作为一名功成名就的作家，您认为文学在这个时代面临危机吗？您觉得作家该如何作为？

刘醒龙：有时候，所谓的危机是庸人自扰。只要我们还记得遗传的概念，只要人类还得仰仗人文精神的传承，作为这个世界上最重要的文化载体的文学就不应当绝望。古往今来，将文学作为获取功利的工具之人从来不在少数。好在文学的生生不息与那些人不存在利害关系，不是由那些利欲熏心的家伙说了算。有人想当写作明星，想天天活在媒体娱乐版上；有人渴望通过写作成为有钱人，夜夜泡在花天酒地里。那就让他们按自己的想法去做好了，真正的作家是《天龙八部》中的"扫地僧"。

周新民：一个作家的创作和他的阅读、文学观、生活经历密切相关。其实，作家的日常生活也会影响到作家的创作。我知道您每天早起，游泳一千米，再去做其他事，很多年这样坚持下来。您把写作当作一生追求的最为重要的事情，当然，写作也改变了您的命运。那么，写作的最大的意义，写好的小说，对您来说，意味着什么？您又怎么定义什么是"好小说"？

刘醒龙：写作对于我，早期是因为我明白自己不可能适应商界与官场，文学则是一种全凭自身才情，可以独辟蹊径、独善其身的事业，所以才有了这样的选择。事实证明我对自己的了解没有犯错。人做任何一件事都要做得尽可能的好。年轻时当车工，年年都是先进生产者。将小说写好，写得让读者喜欢，差不多就是回到当年的车间，力争当上先进生产者。对作家来说，写出好小说，是天经地义的，就等于日常生活中普通人做好每件琐事。好小说经得起岁月的消磨，也经得起世俗的尘封，等到白发苍苍时，还能轻言细语与孙辈不时提起，且不觉得愧疚。

原载《南方文坛》2014 年第 6 期

构筑精神理想国

——陈应松小说论

　　陈应松原本是一名颇有成就的诗人。在武汉大学作家班学习的时候，他开始转向小说创作，迄今已有二十余年。他的小说常常被批评家按照题材划分为"船工小说""异乡人系列小说""生态小说"等类型。近些年，陈应松又被称作底层写作的代表作家。但是，近二十年来喧嚣的文学环境，严重制约了读者对陈应松小说的接受，并在一定程度上影响了陈应松的文学声誉，以至著名文学评论家於可训先生不得不为陈应松"叫屈鸣冤"："而今的社会是一个大众的社会，而且是由所谓大众文化所培植的趣味，在左右读者的阅读选择，这样，陈应松在一段时间的被冷落，也就是情理之中、也是意料之中的事。实事求是地讲，陈应松这时候的创作，已经到了一种境界，只是尚未被普遍认可。"① 的确，整体观照陈应松的小说，其艺术上的独特性和思想深度都值得我们去探讨。

一

　　陈应松出生地湖北公安，处于北纬 29°与 31°之间，属于北纬 30°地带。按照他的说法，北纬 30°实质上是一个神秘文化圈。那里有太多的神秘事件与现象，比如说像百慕大三角、金字塔、野人等都出现在这一带。受地域文化的影响，陈应松小说弥漫着神秘主义色彩，神秘事物常常闪现其中：一现身就会有人死亡的黑藻（《黑藻》）、到处窜来窜去充满灵气的猪（《失语的村庄》）、一部高深莫测叫作《溺水时代》的手稿（《乡村记

---

① 　於可训：《主持人的话》，《小说评论》2007 年第 5 期。

事》)、能呈现历史事件的神奇炮弹（《牺羊》）、让人感到深不可测的樱桃拐（《樱桃拐》）、死者的电话（《寻找老鳜》）等。其后"神农架系列"小说中出现了更多神秘事物与现象，如人一天有两个时辰变成动物（《望粮山》）、能预示未来的傻子和"起蛟"的传说（《吼秋》）、只开花不结籽但是六月一开花是年就有洪水的千年老树（《马嘶岭血案》）；其他神秘物体如棺材兽、软骨人、天书、天边的麦子等，不胜枚举。

陈应松小说中的神秘主义，其实已经超越了地域文化。它不再仅是地域文化简单、客观地再现，还灌注了陈应松的个人主观情感与哲思。他这样看待自己作品中的神秘主义："我们现在不要谈它（发生在陈应松故乡的神秘事件——笔者注）的真实性吧，即使它是空穴来风，可恐惧感是实在的，它影响了你，它伴随你。"[1] 看来，使人产生恐惧感，才是陈应松制造神秘主义气氛最根本的目的。于是，那些黏附着陈应松主观意愿的神秘事物，就转化为神秘意象。这些神秘意象，或直接与死亡紧密相联系，如黑藻（《黑藻》）、电话声（《寻找老鳜》）、山谷不断闪现的神秘之光（《马嘶岭血案》）；或不为人力所掌控，如飘在天空的齿轮（《归去来兮》）、天空中出现的麦子（《到天边收割》）、亘古以来无人能解读的天书（《松鸦为什么鸣叫》）；或怪诞而超出常理，如能拐弯的目光（《目光会拐弯的人》）、呈示历史的炮弹（《牺羊》）；或预示着灾难的降临，如"起蛟"传说（《吼秋》）、疯狗（《狂犬事件》）、岩洞（《独摇草》）；等等。种种神秘意象，播撒在陈应松小说里，使陈应松小说弥漫着神秘的气息。更重要的是，这些神秘意象提醒着人们：宇宙与自然并非是人类理性所能彻底理解和完全把握的。因此，面对宇宙和自然，人类必须心怀敬畏与恐惧。

敬畏，以及由于敬畏而引起的恐惧感，本是人类发展所必须具备的伦理情感。中国传统伦理哲学对此多有深入论述。孔子曰："君子有三畏，畏天命，畏大人，畏圣人之言"（《论语·季氏》）；朱熹在对《中庸》进行诠释时，特别强调对"道"和"天理"的"敬畏"："道者，日用事物当行之理，皆性之德而具于心，无物不有，无时不然，所以不可须臾离也。若其可离，则为外物而非道矣。是以君子之心，常存敬畏，虽不见闻，亦不敢忽，所以存天理之本然，而不使离于须臾之顷也。"（《中庸章

---

① 陈应松：《大街上的水手·跋》，长江文艺出版社1999年版，第314—315页。

句·一章》）孔子、朱熹都把敬畏看作人类建立伦理道德情感的基础。这是先哲为了使人能和宇宙万物达到共荣共生、"天人合一"的生存境界，约束和规范自身言行的律令。不过，随着科学的进步、知识的累积，人类坚信完全可以掌握自然和人类社会的客观规律，并让它为人类服务。而曾经面对宇宙万物的敬畏、恐惧情感，被看作愚昧无知的表现。在启蒙主义乐观情绪驱使下，现代人日渐疏离了敬畏感、恐惧感。

但是，我们不无遗憾地发现，缺乏敬畏感、恐惧感的现代人在推动着历史前进的同时，也使人类社会染上了物欲横流、道德沦丧的现代文明病。面对现代社会病，西方哲学家企图通过强调敬畏感与恐惧感的方式，使人类摆脱功利主义的桎梏，最终达到根治的目的。因此，德国哲学家海德格尔把敬畏提升到世界本体的高度："畏之所畏就是世界本身。"[①] 法国哲学家保罗·里克尔则把敬畏看作伦理的根本："经由害怕而不是经由爱，人类才进入伦理世界。"[②] 哲人们褒扬敬畏感，并不是要宣传愚昧与迷信、抹杀人的主体能动性，而是主张对人的主体性加以适度限制，找寻回失落的道德伦理。

陈应松也敏锐地洞察到了现代社会病相。"恐惧——假如她也叫敬畏，是人类的美好的精神生活的重要部分……如果人类什么都不敬畏与恐惧，为所欲为，那就是他的末日，事实上，这个时代已经来到了。"[③] 因此，陈应松也把唤醒人类的敬畏感、恐惧感看作根治文明病的良方。为此，他营造了众多神秘意象。

陈应松小说中的神秘意象常常暗示、提醒人们，要有敬畏感、恐惧感，否则悲剧随时降临。但是缺乏敬畏感、恐惧感的现代人，丝毫不理会、不接受暗示与提醒，终遭惩罚。这是陈应松小说经常叙述的主题。最具有代表性的是《吼秋》。《吼秋》里神秘意象众多，例如：预言崩岩的傻子、大蛇、龙蛋、软骨人、"起蛟"的传说等。这些神秘意象，预警了毛家沟即将发生崩岩的灾难。但是，小镇领导为政绩，决意要继续举办蛐蛐节；镇民们为了经济利益而奔忙，也丝毫不理会神秘意象的暗示。就在

---

① ［德］马丁·海德格尔：《存在与时间》，生活·读书·新知三联书店1987年版，第226页。

② ［法］保罗·里克尔：《恶的象征》，上海世纪出版集团2005年版，第27页。

③ 陈应松：《大街上的水手·跋》，长江文艺出版社1999年版，第314—315页。

蛐蛐大集举办的时候，灾难终于降临：

> ……小镇像画片一样折叠起来……山像一张晾在竹竿上的竹席被狗的爪子抓了下来，它慢慢地、坚定地、沉重地向下矬着矬着，大家看到那山隆隆作响地冲进街上，巨大的碎石尘埃吞没了古把根的儿子。大梁子，高高的大梁子，晃眼间就只剩下半边了，像屠夫的剁骨刀剁去了一半，齐刷刷的。那山梁上一股泉水冲腾出来，顿时，一条巨大的瀑布垂挂下来，就覆盖了那个叫毛家沟的小镇。①

自然规律与社会规律，有其必然性和不可抗拒性，人类应该去遵从，而不是一味地僭越与抗拒。面对自然与人类社会，人类要心怀敬畏，有所为有所不为。正是基于上述考量，陈应松通过小说中数量众多、形态各异的神秘意象，来唤起现代人的敬畏感、恐惧感，力求找回现代人失落已久的敬畏、恐惧心理，以期重塑现代伦理道德。

二

陈应松小说常常运用引用的互文性策略。引用是指一个文本对其他文本直接的、直白的、逐字逐句的借用。被借用的文字一般都以打上引号或用特殊的印刷方式凸显出来。小说文本直接引用其他文本的语句，具有重要的意义："引用总是体现了作者及其所读书籍的关系，也体现了插入引用后所产生的双重表述。引用汇集了阅读和写作两种活动于一体，从而流露出了文本的写作背景，或者说是为完成该文所需的准备工作、读书笔记以及储备的知识。"② 陈应松小说广泛使用引用的手法，其目的直指当下社会精神价值匮乏的现实。在陈应松眼里，现实就是"灵魂灾荒"充溢："二十世纪的最大的灾荒是人的灵魂的灾荒，所有的旱灾、水灾、虫灾、火灾、兵灾、交通之灾、环境之灾，都源于人类的灵魂之灾，它荒芜、糜烂、死亡在个人的内心。因为人的自欺，人们掩饰了，并且绝不承认。"③

① 陈应松：《吼秋》，《钟山》2006 年第 1 期。
② ［法］萨莫瓦约：《互文性研究》，邵炜译，天津人民出版社 2003 年版，第 37 页。
③ 陈应松：《世纪末偷想》，武汉出版社 2001 年版，第 171 页。

陈应松认为，产生如此严重的心灵灾荒的根本原因，就是精神价值的缺席。因而陈应松通过引用的方式，给现实提供了神性价值。

直接引用《圣经》等宗教语录，是陈应松小说召唤神性最主要的方式。《雪树琼枝》引用了《圣经》里耶稣借先知约珥的口说的话："你们要撕裂心肠，不要撕裂衣服。你们要触及灵魂。"① 《老铁路》也直接援引了宗教语录："读着一本韩彼得牧师写的《佳美的脚踪》，在读到第九十九页，我看到了这个牧师疾恶如仇的滚滚句子，正合我心，他说：'揭露这世界上的一切不正义的非，我们对于侵略，对于剥削、奴役，对于种族歧视，对于欺诈、骄傲、自私……是坚决不能赞同的，我们要反对这些！因为它们是与《圣经》中神的真理不合，与人类的良心也不合。'"② 《雪树琼枝》和《老铁路》都通过引用宗教教义的方式，找寻到了神性价值。《雪树琼枝》以神性价值为尺度批判了沉溺于肉体抛弃精神操守的社会现象；而《老铁路》则以神性价值为基准来斥责那些放弃正义不敢和邪恶作斗争的心灵。

陈应松的长篇小说《魂不守舍》先后共计四十余次引用了《圣经》。大量引用《圣经》，使《魂不守舍》产生了双层结构。小说一方面描绘了纷繁复杂的社会乱像；另一方面通过引用《圣经》，构造了一个神性世界，为堕落的现实、混乱的社会树立起了神性价值尺度。

《魂不守舍》引用《圣经》，或诅咒堕落的世界，或审视混乱的现实，或预示命运。小说的开篇就引用《圣经》的诅咒来提醒人们，作恶最终是要遭受惩罚的："愿他们的筵席在他们面前变为罗网，在他们平安的时候变为机槛。愿他们的眼睛昏蒙，不得看见；愿你使他们的腰常常颤抖。……愿他们的住处变为荒场；愿他们的帐篷无人居住……"③ 随着小说情节的展开，《圣经》始终审视着正在发生的社会乱象。小说以《圣经》语录"地上悲哀衰残，世界悲哀衰残，地上居高位的人也败落了"④ 来审视马总等人的纸醉金迷的生活；以"他们心中图谋奸恶，常常聚集要争战。他们使舌头尖利如蛇，嘴里有虺蛇的毒气"⑤ 来揭露打着光明的

① 陈应松：《雪树琼枝》，《钟山》1999 年第 6 期。
② 陈应松：《老铁路》，《北方文学》2000 年第 12 期。
③ 陈应松：《魂不守舍》，花山文艺出版社 2003 年版，第 4 页。
④ 同上书，第 90 页。
⑤ 同上书，第 64 页。

旗号来做污浊勾当的行为。作恶多端的孙科最终断了五根肋骨，右腿骨断裂为三截。它应验了《圣经》教义"恶人的亮光必要熄灭，他的火焰必不照耀""祸患必猎取强暴的人，将他们打倒"。① 小说的结尾，"我"在《圣经》的感召下，终于看清了自己的罪责："我看到了《圣经》。我吃力地翻开并且吃力地辨认，那个约伯在遭受苦难后怎么抱怨他虔信的神的。我捧着《圣经》，我读着约伯的回答：'我本完全，不顾自己，我厌恶我的性命，善恶无分，都是一样，所以我说：完全人和恶人他都灭绝。若忽然遭杀身之祸，他比戏笑无辜的人遇难。……我厌烦我的性命，比由着自己述说的哀情……你的日子岂像人的年岁？我追问我罪孽，寻察我的罪过吗？我若犯罪，你就察看我，并不赦免我的罪孽。我若行罪，便有了祸；我若为了义，也不敢抬头，正是满心羞愧，眼见我的苦情……'"② 这段引文，是"我"在反省自己的罪责，也应验了《圣经》的咒语。总之，小说在描写人世间种种"灵魂灾荒"的同时，以《圣经》语录构筑了神性世界，并以神性的价值尺度来质疑、斥责、审判世俗乱象。

通过引用诗歌来召唤神性，同样是陈应松小说普遍使用的修辞方式。他的许多小说，如《无所依托》《别让我感动》《失语的村庄》《旧歌的骸骨》《豹子最后的舞蹈》《云彩擦过山崖》《猎人峰》等，无一例外地引用了诗歌。《旧歌的骸骨》引用 R. S. 汤玛斯的诗句："那么停住吧，村子，因为围绕着你／慢慢转动着一整个世界，／辽阔而富于意义，不亚于伟大的／柏拉图孤寂心灵的任何幻想。"《别让我感动》引用的是 A. E. 豪斯曼的诗句："与我一同走，向同一的方向，／有那幽美而将死去的年华……"《云彩擦过悬崖》引用了叶赛宁的诗句："守卫在凌霄的人啊，为我打开蓝色的天门。"陈应松小说引用的诗歌，大都是歌颂田园与自然的美丽、神圣的浪漫主义诗歌。浪漫主义诗歌常以自然来抵抗工业革命兴起后涌起的物质主义、实用主义价值观。这些诗歌中的自然，具有超越现实的神性意义。

陈应松将这些引用的诗歌作为小说的题记，从而特别突出了小说的价值取向和作者的情感立场。由于这些诗歌的价值源头是神性，通过引用的方式，陈应松小说所呈现价值被引领到了神性的高度。总体来看，陈应松

---

① 陈应松：《魂不守舍》，花山文艺出版社 2003 年版，第 223 页。
② 同上书，第 249 页。

小说的题记，或者把小说的主旨提升到神性高度，如《豹子最后的舞蹈》《云彩擦过悬崖》等；或显示了作者用神性价值的标准来审视世界，如《别让我感动》《魂不守舍》等。

呼请神性是陈应松小说最鲜明的特点，这和他的文学观紧密相连。他认为：“文学就是一种宗教。我们在文学的巨川里向最圣洁的地方迈进，拖着一切羁绊，伤痕累累。远遁于文学的丛林，像一种被世俗和物质围猎的孤兽，寻找着文学这种神灵的庇佑，抚平惊恐成烦躁的心，体验然后诉诸于白纸黑字，对于作家和诗人来说，那就是宗教般的心血文本。”① 虽然陈应松十分推崇神性价值，但是，他并不是要劝导人们皈依于某种宗教。他对宗教有着清醒的认识：“如果不能剔除神话般的诺言（如神的再次复活、人的升天）以及对神的超自然力量的崇拜，恢复某种理性，其命运是堪虞的。”② 实际上，陈应松借鉴宗教，是呼吁人们要有信仰：“我们要有信仰，你不管信什么。在这个价值观、道德体系、精神世界都处于一种溃滑和迷茫的时代，心灵面临着巨大的不安和惊悸的时代尤其如此。”③ 因此，陈应松小说对宗教思想的借鉴，最终旨归并不是神学，而是对人的终极价值的思考，是对人类精神理想的追问。

三

城市和乡村的二元对立是陈应松小说最富有典型特征的深层结构。陈应松早期小说《乐园》《龙巢》《牛蹄扣》《大寒立碑》等就以城市为参照，表现了乡村的道德理想。随后，《抽怨》《归去来兮》《寻找老鳜》等小说中的城市和乡村，开始作为对立物被叙述。而《人瑞》《松鸦为什么鸣叫》《别让我感动》等小说，就形成了非常典型的二元对立结构。它们从不同的角度，表现了城市和乡村的对立，从而体现了陈应松对于人类理想生存境界的构想。

《人瑞》表现了城市与乡村所代表的两种不同价值观念的对立。人瑞是一位乡村老人，据说有 105 岁。他按照神农架的自然规律生活，抽旱

---

① 陈应松：《世纪末偷想》，武汉出版社 2001 年版，第 76 页。
② 陈应松：《大街上的水手》，长江文艺出版社 1999 年版，第 312 页。
③ 陈应松：《世纪末偷想》，武汉出版社 2001 年版，第 163 页。

烟，穿脏衣服，长时间不洗澡。但是，现代文明的侵入，彻底改变了他的命运。在功利主义价值观的驱使下，他成为被都市人窥视的对象、传媒猎奇的谈资、旅游社的卖点。不仅如此，为了攫取更多商业利益，人瑞被重新包装：给他洗澡，给他穿漂亮的衣服，给他抽过滤嘴的香烟，甚至给他喝保健品。人瑞原本和神农架融为一体，和神农架大地同声相息、同气相连。但是，以功利主义为价值导向的现代文明，无情地剥夺了人瑞与自然间的天然联系，终结了人瑞的生命。由此可见，《人瑞》所叙述的城市与乡村的二元对立，实质上是功利主义与自然主义两种价值尺度的对立。

陈应松小说中的城市还是"恶"的代称，而乡村则是"善"的象征。《松鸦为什么鸣叫》对比叙述了乡村的"善"与城市的"恶"。伯纬和王皋同为一村的修路人。伯纬承诺，如果王皋死了，他就把他的尸体背回家。后来，伯纬果真兑现承诺，把摔死的王皋从工地上背回了家。虽然旅途漫长、寂寞、恐惧、危险，但是，最终他历经千辛万苦，终于把王皋背回了家。而后，当公路修到伯纬家门口的时候，他又自发地充当了车祸发生后背死人的角色。无疑，伯纬是大善的化身。相比较而言，城市就是"恶"的象征。在公路上丧命的城里人，有来神农架盗伐森林的木材商人，有偷情者，有制造假车祸以诈骗保险费的汽车司机，也有携带巨款嗜财如命的"局长"。因此，陈应松小说中城市和乡村的二元对立，其实就是"恶"与"善"两种不同伦理之间的对立。

陈应松小说城市与乡村的二元对立结构，源于他对城市和乡村迥然不同的评价。他这样看待城市："城市的膨胀是人心的缩影。金钱像肮脏的树叶一样卷起人心的深秋。人们不再传递着季节的喜悦，唯一关心的是行情。"① 物质欲望膨胀、道德沦丧，是陈应松对城市的基本看法。而乡村被陈应松看作人类的精神家园："记得桑椹吧，记得红薯吧，记得碗堆的清汤和一把对夏天发言的蒲扇吧，记得父亲的驼背和庙宇的青苔吧。乡村……已与诗十分近似，差不多都走进了诗里。因此乡村是我们精神的归途。"② 陈应松对城市和乡村的评价是如此截然相对立。这态度饱含了他对城市物质主义生存状况的批判，也体现了对乡村诗意生存的向往与歌颂。

---

① 陈应松：《世纪末偷想》，武汉出版社 2001 年版，第 173 页。
② 同上书，第 164 页。

长篇小说《别让我感动》在批评城市的同时，也把乡村推为诗意生存的栖息地，形象地体现了城市与乡村两种生存状态间的对立，从而彰显了城市与乡村二元对立结构的深层意蕴。李樯在少年时代的人生理想就是走向城市，他努力地一步一步地挣脱乡村奔向城市。但是，他最终发现城市是物质欲望的熔炉，并不是人生理想的栖息地。于是，他决定从城市后撤，踏上了返回乡村的旅途。他在城市开了一个"守护者酒家"，来自乡村的蔬菜，成为他走近乡村的纽带，也是他寻找诗意人生的重要体现方式："重要的是菜。这里的菜好像与山有关，与一座深山靠得很近，似乎在餐桌上就能碰到山谷里腾起的雾气，从垭口吹来的风。当你咀嚼着碧生生、脆嘣嘣的小竹笋炒肉，吃着有山泉间苔藓味的石鱼时，你对人生的感慨会是另一种滋味。这些菜与城市无关，这些菜不是那些脑满肠肥的城里人能够构思出来的。"① 李樯对山间泉水、雾气浸润的蔬菜的亲近，表现了陈应松小说探询人类诗意生存的努力。

此外，陈应松小说还有另外一种二元对立结构：人类和自然的二元对立。作为自然中的一部分，人类只有依赖自然，与自然融为一体，才能得以生存。但是，现代社会中人和自然的和谐关系被破坏。人类被看作宇宙的主宰，按照主观愿望来改造自然、支配自然。相比较人类的主观能动性，自然被看作被动的客观存在物。于是，人类和自然的关系，成为改造与被改造、支配与被支配的二元对立关系。对人类和自然间的二元对立关系的深入揭示，造就了陈应松小说新的二元对立结构。它是陈应松通过对人类与自然关系的思考，来进一步探询人类生存状态的表现。

陈应松小说《神鹭过境》，叙述了人类和自然之间改造与被改造、利用与被利用的二元对立关系。"号"是一只在迁徙途中掉队的神鹭，被丁连根抓获。丁连根企图通过熬鹭的方式来改变鹭的生活习性，使鹭成为丁连根捕捉其同类的诱饵。最终如其所愿，丁连根熬鹭成功，"号"的叫声呼唤来了过路的鹭，它们被丁连根一一捕杀。这篇小说中的自然，是被人类按照主观意愿随意改造的对象。它所叙述的人类和自然的关系，是典型的二元对立关系。《豹子最后的舞蹈》《牧歌》对人类和自然的二元对立关系的叙述更加深入。它表现了当人类把自然当作支配对象的时候，自然也在以自己的方式来反抗和报复人类。《豹子最后的舞蹈》中豹子的母

---

① 陈应松：《别让我感动》，群众出版社1997年版，第306页。

亲、妹妹、情人红果、情敌石头都被猎人老关杀死。豹子家族最后一只豹子，最后也死在猎人的手下。但是，人类与自然的关系并非仅是人类对自然的支配与利用的单向关系。豹子家族命运在走向灭亡的悲剧过程中，也残酷地惩罚了人类。老关的儿孙们在最后一只豹子的报复下，也走上了死亡之旅。《豹子最后的舞蹈》表明，当人类在无情地改造自然、利用自然的同时，自然也在报复着人类。《牧歌》从另外的角度反省了人类与自然的对立。小说指出，自然并非只是从肉身上来报复人类，它也在精神上惩罚着人类。《牧歌》中老猎人张打狩猎一生，杀死动物无数。最终，他醒悟了。他意识到自然其实是人类生存所不可或缺的精神伙伴："人和大地的亲密关系早就不复存在了，我们之间带着深深的狐疑、猜度和敌意，在对大地的凌辱中，以为大地不会说话而忘记了被施暴对象的存在，其实这种施暴，像迎风泼水，那水会飞回到你自己的头上。沉默的山冈愤怒无声。我们人类罪孽深深。被施暴的结果不是通过呻吟和愤怒还给我们，而是透过那些慢慢秃顶的山峰，透过越来越岑寂、干旱和没有滋味的日子表现出来。"① 老猎人张打最后觉醒：自然，其实还是人类心灵的慰藉。

《豹子最后的舞蹈》《牧歌》从不同的角度表现了人类和自然二元对立关系。它们共同阐明：当把自然当作单纯功利对象的时候，人类其实并没有得到幸福，相反会受到来自自然的抵抗、制约、报复。它体现了陈应松对人类和自然二元对立关系的深深忧虑，也透露出陈应松要化解人类和自然二元对立关系的愿望。

如何化解人类和自然之间的对立？陈应松提出了人类和自然要和谐共生的观点。在陈应松看来，作为自然一部分的人类，固然要依赖自然才能生存。但是，这并非意味着人类可以肆意地利用自然改造自然。人类，包括人类社会组织，应该和自然建立起和谐共生的关系。《云彩擦过悬崖》是陈应松小说表现人类和自然和谐共生的代表作。在苏宝良眼里，自然充满着生命气息，山上的植物、云朵、动物都是他的邻居和伙伴。即使他的女儿被动物咬死，他也认为动物一般的时候是不与人为敌的。正是怀有这样的信念，他在山上从不猎杀动物。在自然中建立起的伦理尺度，也帮助苏宝良和人们建立了和谐的人际关系。他和周围的乡民、过路客都建立起了相互信任、相互关照的良好关系。在临下山的那一刻，他决定放弃来之

---

① 陈应松：《牧歌》，《红豆》2005 年第 3 期。

不易的下山机会，长期据守在瞭望塔中。陈应松通过《云彩擦过悬崖》阐明，只有像苏宝良那样，和自然建立起和谐共生的关系，人类才能获得理想的生活。

总之，陈应松小说的城市与乡村、人类和自然的二元对立结构，表现了对人类理想生存状态的憧憬。它表明，诗意地、和谐共生地生存于万物之间、天地之间，才是人类的最高生存境界。

现代人被功利主义所驱使，陷入物质主义的泥沼之中，难以自拔。这一严重的时代危机引发了陈应松的关切。陈应松小说通过神秘意象，召唤现代人要对宇宙怀有敬畏感、恐惧感；运用引用的修辞手法，试图确立起人类生存理想价值规范；而二元对立结构，则表达了对人类生存境界的思考。他的小说通过各种方式，构造起了一个独特的艺术世界，并由此构筑起了精神理想国。陈应松小说的精神理想国，进射出坚守道德理想，对物质主义和功利主义保持警惕，甚至批判、否定的思想光芒。它最终指向是：人类应该非物质地、非功利地、诗意地栖居在大地上。

原载《文学评论》2009 年第 4 期

自然:人类的自我救赎

——陈应松"神农架系列"小说论

人类的堕落、罪恶，文明的虚伪构成了人类面临的最大问题，这是陈应松前期小说的基本主题。但是，他自己也面临无法解决的困惑：人类的自我救赎之路在哪里？在这些小说中，他激愤地表达了对人类文明病的批判，但是并没有找到人类切实可行的出路。这一困惑在"神农架系列"小说中得到了解决。陈应松"神农架系列"小说通过对神农架地区自然、人文风情的描绘，寻找到了人类救赎之路：建立起合乎自然的人伦规范和生命价值观。陈应松认为，人类不仅要善待自然、珍爱自然、敬畏自然，更重要的是在人和自然之间建立起伦理价值关系。这种关系的核心是人类和自然的和谐共生。陈应松并没有止步于此，而是由此出发，走上了敬畏生命之路，倡导了神圣的终极价值观，以此寻找到在现代化的历史逻辑中人类的精神出路。现代化的历史征程也许无法避免，但是，人类应该去极力避免现代化所引起的精神困惑。自然为人类在现代化道路上的自我拯救提供了价值参照。自然因而成为陈应松"神农架系列"小说拯救人类的根本路径和方法，也成为陈应松小说的价值核心，"神农架系列"小说完成了陈应松小说创作的历史性蜕变。

围绕自然，陈应松的"神农架系列"小说建构了一个特点鲜明的等级世界，城市—乡村—自然构成了这个等级世界的三个梯级等次。城市作为现代化的标志，是彻底和乡村、自然脱离的世界，是现代化的典型象征；这里的乡村，主要是神农架地区的行政、自然的区划，是一个连接城市和自然的世界。它相对城市是自然化的，相对自然又是人化的，带有现代化的某些征候。自然，是指和乡村、城市完全不同的有着自己的生命律动的区域，它由植物、动物、山川组成。陈应松通过这样的结构方式，阐明了一个主题：对自然的漠视、扭曲、利用只能给人自身和社会造成灾难。自然不应单纯是外在于人的客观存在，它也是人的价值性对象和伦理对象。

为了体现自然的意义，阐发上述主题，陈应松的"神农架系列"小说构造了两个等级系列：一个是城市（人）/乡村（人）系列，另一个是乡村/自然系列。在这两个系列中，以自然因素的多寡构成了对立的两极。城市和乡村是对立的，因为城市是邪恶的，它漠视乡村，排斥乡村，单纯地利用乡村。在城市/乡村的对立项中，乡村充当了自然的象征。但是在乡村/自然的对立项中，乡村在自然因素上不及自然，因此，在自然的观照中，乡村又是邪恶的，它无视自然法则的存在，最终要受到自然的惩罚。这两个对立项中，自然构成了"神农架系列"小说最重要的核心。陈应松通过上述两对对立项的构造，最终指出要以与自然和谐共生的方式，拯救现代文明病。

一

陈应松的小说创作一直贯穿着城市和乡村对立的主题。他的前期小说基本上都表达了在城市和乡村的对立中，对城市的唾弃，对乡村的热爱和留恋等感情倾向。他曾这样看待城市：

> 在城市，连寂寞也充满虚伪。城市的膨胀是人心的缩影。金钱像肮脏的树叶一样卷起人心的深秋。人们不再传递着季节的喜悦，唯一关心的是行情。①

在他看来，城市只有罪恶、虚伪和算计。而他对乡村则又是另外一种记忆："记得桑椹吧，记得红薯吧，记得碗堆的清汤和一把对夏天发言的蒲扇吧，记得父亲的驼背和庙宇的青苔吧。乡村是往事的海洋。已与诗十分近似，差不多都走进了诗里。因此乡村是我们精神的归途，是人生苦恼的伟大歌手。"② 与对城市的印象不同，陈应松认为乡村远离了城市的腐

---

① 陈应松：《世纪末偷想》，武汉出版社 2001 年版，第 163—165 页。

② 同上。

朽与堕落，充满了诗意。对城市和乡村这种截然相反的看法，源于陈应松对现代都市的情感困惑，是他对现代人的生存困惑的表达。在小说中，这种生存困惑建立在城市诗意丧失的楚痛中，而乡村是作为都市人生存困惑的救赎存在的。

在陈应松"神农架系列"小说中，城市与乡村对立的结构模式依然存在，但是这种对立的基本点已经从诗意转向自然因素上面了，城市获得了更加清晰的对应点，乡村也获得更明了的内涵。

《松鸦为什么鸣叫》讲述了一个城市和乡村对立的故事。伯纬为了兑现承诺，把修公路摔死的王皋从工地上背回家。此后，当公路修到伯纬家门口的时候，他就充当了车祸发生后背死人的角色。在伯纬那里，背死者、救伤者是他自发的动力，没有任何外在的目的和要求，就像松鸦看到了死尸要鸣叫一样自然。但是在城市人看来，伯纬的背死尸和救人一定有利益的驱动。小说中，自然的自发性和城市的自觉性就这样展开了较量和对比。在这里，自然的特性和都市的习气出现巨大的吊诡空间，从而让我们看到了城市和乡村的巨大分野。

城市和乡村的分野在更大意义上体现为生命态度和生命规约的差异，《人瑞》对此作出了精彩的写照。《人瑞》展现了自然和城市的对比。人瑞是乡村的一个年纪很大的老人，据说有 105 岁。这个老人是神农架大地孕育的生命。他按照神农架的自然规律生活，抽旱烟，穿脏衣服，长时间不洗澡。他和神农架融为一体，成为神农架不可分割的一部分。但是，随着现代文明、城市文明的入侵，他的生命就渐渐枯萎。在商业化的现代文明逻辑中，他成为被都市人窥视的对象，成为传媒猎奇的谈资，成为旅游社的卖点。不仅如此，现代文明开始深入人瑞的日常生活，人们按照现代文明来规范他，给他洗澡，给他穿漂亮的衣服，给他抽过滤嘴的香烟，甚至给他喝在现代社会常见的保健品。在现代文明的侵袭下，这个和神农架同气相吸的生命最终走向了枯萎，即使是现代医学也无法留住他的生命。这是个自然生命和现代文明遭遇的悲剧。在这种对照的描写中，我们发现现代文明、城市其实是建立在对个体的自然生命阉割的基础上的。

在陈应松看来，城市和乡村的对立主要体现为城市对生命的漠视，超越和忽视了自然。这也是城市罪恶产生的主要原因。《望粮山》中儿子到城市寻找母亲，但是已经成为有钱人的母亲并不看重和儿子之间自然的血缘关系，以 5000 元了断了和儿子的关系。《太平狗》对城市和乡村的对立表现得更加尖锐。城市—程大种—太平狗三者体现了城市和乡村的对立与冲突。程大种到城市谋生，但是这个城市一步一步地剥夺了他的生命。首先，他被城里的姑妈抛弃，这是城市给他的第一个教训，让他明白在城市并不存在自然的血缘关系，只存在利益关系。这种利益关系是城市后来不断馈赠给程大种的礼物。他被要求干各种重体力劳动，甚至危险的劳动，他最终被工厂折磨致死。太平狗在城市的遭遇和程大种的遭遇构成了对应关系。它被主人拒绝带入城市，被城市的屠宰厂所关，差点儿被杀。它成为宠物，但是最终被人所抛弃，并险些丧命。为了营救主人，它曾陷入生命的危机。最终，太平狗回到了它生活的村庄。但是在城市的遭际让它面目全非。一只健壮的、精神抖擞的狗，回到乡村的时候已经骨瘦如柴。无论是程大种还是太平狗，作为曾经在乡村自在而富有生气的生命，都被城市践踏和抛弃。城市就像一个巨大的怪兽无情地吞噬着所有的生命。

城市是现代化的主要体现，也是建立在去自然的基础上的。从物质基础上来说，城市是优于乡村的。但是从精神上讲，城市是乡村的自然价值观念的异化。通过城市和乡村的对照性叙述，陈应松建立起了城市和乡村的价值对照。在二项对立的结构中，陈应松在价值倾向上执拗地走向乡村。这意味着自然构成了这个二项对立结构的支点。作为人类的精神价值趋向，城市被否定，而乡村得到了肯定。城市的扩张建立在对乡村的掠夺基础上，自然被城市所抛弃。陈应松提醒我们警惕建立在对乡村和自然的摧毁与掠夺基础上的现代化，自然、乡村构成了质疑现代化的对象。

二

如果说在城市和乡村对照性叙述中，陈应松确立了乡村在对自然的尊重上的优先性，确立了反思现代化的价值支点，那么，在人（乡村）与自然的对照性叙事中，自然以巨大的力量超越了乡村，显示了回归自然的必要性和充分性意义。

神农架地区的人生活在几乎与世隔绝的环境里，在和城市的对照中，他们具有较多的自然本性，因此在神农架地区人的参照下，都市的险恶、卑鄙得到了鲜明的展现。但是，陈应松的小说所关注的并不仅是在城市与乡村的对比基础上展开对城市的批判，而是以此为出发点，彰显自然力量、价值甚至伦理意义。因此，他的小说又构筑了另一个对照系列：乡村和自然的对照。在这个对照中，乡村又丧失了优先的价值意义。

这个对照系列展开了对自然价值和意义的追问。这个系列中的神农架人不再在外面闯天下，是神农架地区一般的猎人等，他们不与外界发生关系，直接和神农架的动物、植物、自然界发生关联。神农架人对自然的态度是工具性的，在他们看来，动物以及自然界的一切只是他们满足生活的必需品。他们忽视了自然本身也具有生命，也有尊严；忽视了自然和人类之间其实也存在一种伦理关系。当人类把自然当作工具的时候，人类必然要面临惩戒和惩罚。人类的尊严和伦理意义也必然要受到自然的拷问。尊重自然，尊重自然的生命意义，构成了人类重要的伦理原则。这是陈应松在"神农架系列"小说中要表达的核心。

《神鹜过境》告诉我们，人类对自然的改造只是人类利己的自私行为，但是对于自然来说它是残酷的虐杀，是对生命的无情毁灭。号是一只在迁徙途中掉队的神鹜，被丁连根抓获。丁连根通过熬鹜的方式，彻底地改变了鹜的生活习性。熬鹜的过程就是人类改变自然、把人的意志强加给自然的重要表现。最终丁连根熬鹜成功，鹜成了丁连根捕捉其同类的诱饵，号的叫声呼唤了过路的、迁徙的鹜，它们被丁连根一一捕杀。被改造了的自然，体现出的是人贪婪的物质欲望，这种欲望建立在对生命的粗暴掠夺和对生命意义的漠视上。

按照人类的方式改造自然、扭曲自然的本性，受到伤害的并不只是自然自身，这种伤害最终要还归人之身。在《醉醒花》中，巴安常养了一只小熊，并且和熊建立起了非常深厚的感情，熊和人之间出现了和谐的关系。但是最后吃了醉醒花的熊失去控制，吃了巴安常。这个非常简单的悲剧故事蕴含着复杂的内涵。一方面，熊和它主人关系的友好源于熊的自然性情被改变，从这个角度来说，人对自然的改造是成功的；但是另一方面，也正是这种改造导致了悲剧的发生，因为也正是人，与熊建立起了友好关系的人——伐木队的冉二贱让熊吃了醉醒花而失去控制。人对自然的改造，带来好处的同时也许就埋藏了不可见的危机。《神鹜过境》《醉醒花》显示了当人把自然当作工具的时候，必然要受到来自自然的制约和惩罚。从而自然显示出了自己的生命逻辑。

《豹子最后的舞蹈》《牧歌》呈示给我们的是价值理性意义。自然和人之间并不是简单的工具关系，还具有重要的伦理意义。当人将自身的伦理态度强加给自然时，自然会把同样的伦理态度反作用于人类。于是自然和人类之间就形成了一种价值交互关系。

《豹子最后的舞蹈》描写了豹子家族走向灭亡的命运。人类对自然环境的破坏让豹子失去了生存的环境，使豹子无法觅食。豹子家族最后一只豹子，最后也死在猎人的手下。但是命运走向灭亡的何止仅仅是豹子家族。在豹子家族走向灭亡的同时，打猎者的家族也同样走向灭亡。豹子的母亲、兄弟、妹妹、情人红果、情敌石头都被猎人老关杀死。豹子家族的死亡激起了豹子复仇的欲望。于是在豹子家族走向灭亡的过程中，猎人老关的一家也付出了惨重的生命代价。他的儿子们和孙子最后在豹子的报复下，走上了死亡之旅。

《牧歌》同样也描述了自然和人类之间的搏斗。老猎人张打狩猎一生，杀死动物无数。张打的小儿子张侠违反了正月不打猎物的禁忌，把野猪的猎物拖回来了，从此，张家开始交上厄运。野猪来报复，毁坏了张家的房屋。在一次打猎中，张打莫名其妙地把张侠给打死了。把四只小老虎拦腰砍断的大儿子张胆，被虎妈妈追杀，被吓疯了。孙子张番因为洗了泉水，双眼在晚上也能打猎，但最后被他父亲抠瞎了。张打最终明白，人类对自然的掠夺，虽然暂时增长了物质财富，解决了物质上的匮乏，但是人类也因此付出了惨重的代价：

> 因为，当我们付出后，竟没有回报，土地和岩石一点都不仁慈，对我们板起千万年的面孔，以拒绝的方式换下了与我们的生死合约，那么财富究竟去了哪儿？变作浑浊的流水和云彩流向了山外？只有不停地砍树和偷猎才能使人稍微变得滋润一些吗？可是，对斧头和猎枪的操作是危险的，它危险万分。也是繁重的，压得你抬不起头来，就好像在岩石上挖一眼泉；树木和野兽都被这块土地吃掉了，不再让它们蓬勃地生长和发育，这块土地因失望而吝啬。对在这片山冈上生活的人们来讲，山冈是并不欢迎我们的，视我们为仇敌。因此，我们对世代生活的这块地方只会越来越感到生疏、沮丧和绝望。人和大地的亲密关系早就不复存在了，我们之间带着深深的狐疑、猜度和敌意，在对大地的凌辱中，以为大地不会说话而忘记了被施暴对象的存在，其实这种施暴，像迎风泼水，那水会飞回到你自己的头上。沉默的山冈愤怒无声。我们人类罪孽深深。被施暴的结果不是通过呻吟和愤怒还给我们，而是透过那些慢慢秃顶的山峰，透过越来越岑寂、干旱和

没有滋味的日子表现出来。

在自然和人类的搏斗中，由于人类违背了自然的意志，最终遭受到了惨重的教训，付出了沉重的生命代价。在乡村和自然的二项对立结构中，陈应松的态度倾向了自然，显示了对人化的自然的一种谨慎态度。自然并不是任由我们随意处置的对象，它具有自身的生命价值和伦理倾向。外加于自然的价值准则和伦理意义最终会被自然还给人类。

三

陈应松在"神农架系列"小说中通过构造城市/乡村、乡村/自然的结构方式，让人一步一步地退回到自然，回归到无人化自然的目的地。陈应松并不是要让人在自然面前放弃主体性，而是强调要和自然寻求和谐的、自在的关系。这种建立在对自然价值基础上的人和自然的关系、人和人之间的关系，体现出了不一般的社会伦理意义。笔者以为，在陈应松的"神农架系列"小说中，自然成为找到人类出路的重要通道。回归自然，自然不仅是人类的生活对象，它还是人类的生活价值尺度。这应该是陈应松的"神农架系列"小说的重要主题。

自然并不是人类、现代化进程能完全把握的对象，自然的存在自然有着自身的价值。在陈应松的小说中，我们可以看到许多神秘的景象，如棺材兽、软骨人、天书、天边的麦子等奇异景观。有些细节甚至表现出人和自然之间并不存在必然差异的情感倾向。《望粮山》多次出现人的动物形象的还原，余大滚一直强调人一天中有两个时辰是牲口，金贵杀死老树时说了一句："我杀死的是一只獐子，这个时辰他正是獐子。"《乡长变虎》描写了乡长身上长满了虎毛，差一点儿变成了老虎。这些个貌似荒诞的细节表明了在自然和人之间，并不存在绝对的界限，主体与自然之间并不具有等级的差异。

自然并不是可以任意由人类来处理的对象，它有着自己的尊严，甚至是生命。在《牧歌》中，打猎一辈子的张打幡然醒悟，自然其实和人类一样充溢着生命的情趣："回家的那个傍晚天象依然很怪，好像真有什么要别离似的，晚霞黛青，红鳞变成了卷云，一阵又一阵的大风把山冈都快吹歪了，河水拱起的浪涛像鱼背一样闪闪发光。各种树木因为大风的长驱直入到处响起折断的喀嚓声，仿佛在过一队大兽阵一般。真撩拨人啊，让人一下子就想起了过去野猪、鹿子挤满森林的情形，那些神秘的动物，它们有着鬼鬼祟祟的尊严，当你要打死它们时，它们跑得比风还快，真像是一群云精风神。可一忽你又觉得它们是本不该打死的，它们的徜徉极其优雅，一个个如绅士，行走的皮毛绚烂至极，多肉的掌子踏动山冈时无息无声，抬头望山望云时充满着伤感。你就会觉得它们真像你家中的一员，它们的情绪伸手即可触摸。"

于是，我们发现，自然充满着生命的光辉，有着无上的生命尊严。在这里，陈应松在自然和人类之间建立了伦理关系。我们知道，自从文艺复兴以来，人类中心主义的思想影响甚为广泛。伦理关系、生命意义只存在于人与人之间，自然只是人类的工具，是人类欲望满足的对象。这种思想的盛行最终构成了人和自然的冲突，人类生存的环境日益恶化。这就是陈应松小说中人和自然的二项对立结构所折射的图景。在对这个二项对立结构所引起的悲剧性结局的思考中，他最后表达了人类应该尊重自然的理念。

《云彩擦过悬崖》阐释了在人和自然之间、人和人之间能够建立起和谐关系的理念。苏宝良是瞭望塔上的火情观察员，独自生活在山上。在长期和自然的独处中，他和自然建立起了和谐的关系。在他眼里，自然充满着生命气息，山上的植物、云朵、动物都是他的邻居和伙伴。即使他的女儿曾被动物咬死，但是在他看来，动物一般不与人为敌。正是这样的信念，他在山上从不猎杀动物。在自然中建立起的伦理尺度，帮助苏宝良和人们建立了和谐的人际关系。他和周围的乡民、过路客建立起了相互信任、相互关照的良好关系。在临下山的那一刻，他决定放弃下山的机会，长期据守在瞭望塔中。

《云彩擦过悬崖》树立了人和自然、人类社会的伦理尺度。在人和自然、人和人之间的关系中，人和自然的关系是最基本的关系，因为人本身首先是自然物。在马克思看来，人本身就是自然的存在，"说人是肉体的、有自然力的、有生命的、现实的、感性的、对象性的存在物，这就等于说，人有现实的、感性的对象作为自己本质的即自己生命表现的对象；或者说人只有凭借现实的、感性的对象才能表现自己的生命"。作为自然中的一部分，人类只有依赖自然，与自然融为一体，才能得以生存。功利性的思想、欲望的膨胀让人和人类社会的发展遭遇到了空前的危机。陈应松的"神农架系列"小说中的人和自然的二项对立结构，所要体现的就是人在向自然索取的时候，人把自然当作单纯的功利对象的时候，人类并没有因此获得幸福，相反受到了来自自然的抵抗、制约，甚至是报复。人类在自然面前并不能获得自由，也无法得到自在的生活状态。因而要像《云彩擦过悬崖》中的苏宝良那样，和自然建立起和谐共生的关系，甚至是伦理关系，才是最为重要的。

另外，对于人类社会组织来讲，人和人之间的关系，其实是人和自然之间关系的另一种重现。自然的伦理意义也体现在这里。在陈应松的"神农架系列"小说所表现的城市和乡村的二项对立结构中，城市对乡村的功利性的掠夺，不也是人对自然的工具性态度的翻版吗？从这个意义来讲，人、自然、人类社会其实是一个整体。马克思早就对此下过断言："全部所谓世界史不外是人通过人的劳动的诞生，是自然界对人来说的生成。所以，在他那里有着关于自己依靠自己本身的诞生、关于自己的产生过程的显而易见、无可辩驳的证明。"因此，马克思认为人和自然其实存在整体性，人和人类社会的发展离不开自然的交换，同时，自然也在改变着人、人类社会。马克思据此认为自然是人的对象化存在。

因而自然和人之间存在一种伦理的价值关系。人不是自然的主体，同样，自然也不应该是人的主体。因为人毕竟是按照人的尺度来生活的，而不能按照自然的尺度来生活。但是，自然、人自身、人类社会应该寻找到共同的价值尺度和伦理原则。三者的和谐共生就构成了宇宙的最高价值准则。自然、人、人类社会的和谐共生的伦理关系，是个人对自由自在生活的完成，同样也是自然存在的最有意义的体现方式。它也是人类社会的最高的理想——共产主义社会的原则："共产主义是私有财产即人的自我异化的积极的扬弃，因而是通过人并且为了人而对人的本质的真正的占有；因此，它是人向自身、向社会的即合乎人性的人的复归。这种复归是完全的，自觉的和在以往发展的全部则富的范围内生成的。这种共产主义，作为完成了的自然主义＝人道主义，而作为完成了的人道主义＝自然主义，它是人和自然界之间、人和人之间的矛盾的真正解决，是存在和本质、对象化和自我确证、自由和必然、个体和类之间的斗争的真正解决。"在马克思看来，人、自然、社会统一于三者的价值、伦理中，只有在三者完全回复到同一的价值基本点上，人才能作为完全的人存在，社会才能寻找到完美的社会存在，自然也才能成为人、社会的自然。马克思对自然的强调，对我们重新思考社会与人的意义和价值体现方式不无启迪。陈应松的"神农架系列"小说的可贵之处正在于找到了人类社会和谐发展的主要支点：自然。

"神农架系列"小说对人、自然的和谐关系的强调，显然具有强烈的社会伦理意义，它突出了我们这个时代应该具有的价值观念和价值理想。人类社会组织形式建立的标准应该考虑到自然的因素，甚至人类社会的理想的实现，也应该考虑到自然的价值和意义。人类的伦理关系，不应该仅仅体现在人类社会中，也应该体现在人和自然之间。只有当人和自然的关系以及人和人之间的关系，体现出对自然应有的尊重的时候，人类社会才能寻找到福祉。

四

当然，陈应松小说中自然的伦理意义并不只停留在此。因为我们不能仅把他小说中所描写的自然看作实体性、物质性的存在。在我看来，它是一种精神符码。陈应松在小说中执拗地要返回到自然中来寻找世界的伦理秩序，应该有更加深层次的精神拷问。这种精神追寻就是寻找人类生存的形而上的意义和价值。

陈应松"神农架系列"小说不仅仅是具体生活细节和现场的呈现，自然也具有丰厚的生存论的价值意义。在生存论视野中，人和自然和谐共处，人和自然之间并非一种算计、利用的关系。固然，人类的生存离不开自然，人类也要借助自然来维持生命，但是人和自然的关系是平等的，同时，人也应该小心地维护着自然的神圣性。一个中世纪的农民在劳作时尽管也使用了诸如兽力、风力和水力等一些技术，但同时他也被"一个这样的认识所占据，即在神圣的创造委托中去行动；他在造物的名义下去开始并结束他的工作，对他来说，他的动物是减轻他的工作的惟一的'力量源泉'；他知道土地、植物和动物本身都是由神创造的，并且得自神；对他来说，生长过程还是一个秘密，是某种不可制造的东西，而且只能加以支持；他把他的收获品看作仁慈的上帝的礼物"。自然和人类在神的共同看护下，平等相处，并且对自然的情感中包含有神圣的敬畏之情。

因此，人类应该从功利中走出来，对自然保持着神圣的感情，这是人寻找精神家园的主要途径。在陈应松的"神农架系列"小说中，他对于反复叙写的自然，也寄予着一种宗教般的情感。他曾说："宗教感情是对大自然的感情的延续，如果缺乏这种感情，人和人之间就只剩下盘算了。"（普里什文）宗教对大自然充满了敬畏与仁爱之心，而宗教的感情或类似于宗教的感情正呼啸着离我们远去，或者说当它来的时候，我们走远了。人在自然的迷失使他们内心狂躁、变态，时刻想君临一切、敌视一切，这多么可怕。人在互相排斥就像人以强盗的眼光恣意要折磨自然一样，他们除了掠夺就是算计。在算计中掠夺，在掠夺中算计。

宗教意识很早就在陈应松的生活中留下了影响。他所生活的地域就充满了神秘的色彩，这种地域特征被他概括为北纬 30°。在他成长的岁月里，他就深深感受到了神秘的生活现象。他在自传性文字中屡次提到青少年时期所遭遇到、所听说的神秘事件。在他成为作家后的岁月里，这些神秘事物的影响仍然伴随着。他夫子自道地说："我相信命运，相信冥冥之中的主宰。我并没有皈依一种宗教，但这并不排除我对佛教典籍和基督教典籍的疯狂嗜好，它里面的所有禁忌和终极真理使我与教徒们一样充满了敬畏感。"青少年时期的生活体验和以后对宗教的思考，使陈应松的小说形成了一个独特的现象：在他所描写的生活现实上，存在一个高高在上的世界。这个世界以神秘的、不可测的面目审视着世俗的社会生活。在《松鸦为什么鸣叫》中，这个神秘的力量是人们无法解读的天书。在《望粮山》中，它是天边出现麦子的传言。《吼秋》中则是傻子对未来的预示和"起蛟"的传说。《马嘶岭血案》中只开花不结籽，但是六月一开花是年就有洪水的千年老树。这些神秘之物超越了现实世界，构成了一个超越性的世界。对世俗的现实世界来说，它是神圣的。它在预示着世俗生活，审视现世人生。

和其构筑的自然的、超越性的神秘世界相对应的是，陈应松反复叙写了人世间的苦难和死亡。因此，陈应松的"神农架系列"小说还存在一种二项对立结构：超验/现世。不同前两种是具象的二项对立结构，超验/现世是抽象存在的，它隐藏在城市/乡村、乡村/自然的二项对立结构之中。在上述对神农架的两项二项对立结构的描述中，即自然和乡村、乡村和城市的对立中，自然以超越的、高据乡村和城市的姿态构成了对乡村、城市的审视和批判。正因为乡村失去了纯粹的自然特性，打上了人类活动的烙印，正因为城市抛弃了乡村的自然生活形态，最终导致了人类社会的灾难，苦难、死亡时时来临。从而完成了自然神圣性的构造，完成了超验/现世的二项对立结构。

陈应松的"神农架系列"小说充斥着大量的死亡、灾变的叙述。几乎他的每一篇小说都有死亡。他如此频繁地写死亡，显然有着他自己的用意在里面，它体现了超验世界对现实世界的惩罚。在"神农架系列"小说中，《狂犬事件》和《吼秋》最具有这种形而上的意义。

《狂犬事件》在表面上看，并没有写到自然，但它是自然的反题，描述了人间的非理性的生活状况。小说在"一只疯狗进村了"中展开叙述，这也成了村庄发生变化的重要原因。一只疯狗进村引起了乡村的混乱。乡村的狗一只接一只地疯了，乡村的牛疯了，乡村的人死了。在灾变面前，乡村的生活秩序大乱。我们仿佛看到了一只手在背后制造了乡村的死亡和灾难。它没有出现在具体的事件现场，但是它的确存在，左右着乡村的命运。而《吼秋》则是一幅世纪末图景。山村面临着崩岩，一场巨大的灾难即将来临。但是，对于即将到来的灾变，生活在这里的人们并没有在意。生活秩序还在继续。镇上的领导为了举办蛐蛐节而忙碌，人们为了经济利益而奔忙。就在蛐蛐大集举办的时候，灾难降临：

> ……小镇像画片一样折叠起来……山像一张晾在竹竿上的竹席被狗的爪子抓了下来，它慢慢地、坚定地、沉重地向下矬着矬着，大家看到那山隆隆作响地冲进街上，巨大的碎石尘埃吞没了古把根的儿子。大梁子，高高的大梁子，晃眼间就只剩下半边了，像屠夫的剁骨刀剁去了一半，齐刷刷的。那山梁上一股泉水冲腾出来，顿时，一条巨大的瀑布垂挂下来，就覆盖了那个叫毛家沟的小镇。

毛家沟的这场灾难，显然是隐藏在背后的自然神对这些无视自然神的人的一种惩罚。在灾难中显示了自然的存在和力量。也表现了陈应松对人类生活的担心和焦急。

陈应松"神农架系列"小说对自然的坚定皈依，充分地表现了他对超越世俗、拯救世俗生活的一种设想和努力。陈应松不是宗教徒，但是他的小说最后由自然指向宗教意义，显然是对当下生存的一种思考。他的"神农架系列"小说中的自然，具有一定的宗教意味，但是，他所要表现的不是宗教本身。借助宗教母题，他所要思考的是在现代化境遇中的人的终极性命运。终极性价值的关怀，才是陈应松构造的自然精神家园最终的指向。它预示着对当下世俗生活的批判和反省，也是对当下浮华、堕落社会生活的尖锐批判。当然，也寄予着对当下人类生活的救赎的理想情怀。

陈应松的"神农架系列"小说在所构造的"神农架"形象中，完成由艺术形象—伦理价值—生存论的思考。在陈应松的"神农架系列"中，自然是他全部小说艺术的支点，围绕着自然完成了小说结构、形象的塑造。由此出发，陈应松还深入地思考了自然的伦理意义，提出了具有价值的思想。更主要的是，他的这些小说还走向了更抽象的世界，把具体的社会和人生的问题引入一个更加具有普遍性的追问上：人类该如何拯救自我？

现代化是人类无法回避的道路，同样，现代化所引起的思想困境也无法逃避。自现代化之路在古老的中国不可避免地展开时，中国的思想界和文学界就展开了无穷尽的思考、探索和追问。对于中国这样一个有着悠久的农耕文明的国度而言，"天人合一"的思维理路曾经是中国思想的核心。现代化的到来，意味着对传统农耕文明的抛弃、对自然的生活形态的摒弃。在现代化锐不可当、高歌猛进的征途中，回望农耕文明，构成了世界范围内反现代化的主要道路。就中国现当代文学史而言，沈从文对湘西世界的描绘，痴情地对"希腊神性小庙"的构造，甚至在后期的小说《看虹录》中对自然神性的深情礼赞，开始表现出"自然"从现代化的轨迹中脱落的思想。原始性包括自然构成了沈从文对现代化历史道路的反思和审视。陈应松在对神农架的"自然"进行多层次的拷问时，是否接通了沈从文反现代性的文化和文学的思维理路？我深以为是。这也就是陈应松小说根本性的思想和文学的意义所在。

原载《小说评论》2007 年第 5 期

消解线性时间

——晓苏小说时间艺术论

　　小说发展历史告诉我们，小说和故事之间有着紧密的关系，但是，小说又超越了故事。小说对故事的超越，主要体现在对事件安排的时间关系上。故事是按照时间先后关系来排列事件的。而小说对事件的安排，则超越了单一的时间先后关系。如何处理故事时间，则是小说艺术的全部奥秘。因此，叙事学经典理论认为，小说是时间的艺术。中国当代小说以其处理时间的方式不同，呈现不同的艺术形态。"十七年"时期的小说，基本上依据时间先后顺序来安排事件，时间上的先后关系构成了具有因果关系的情节，而情节又是这个时期小说的骨架。而20世纪80年代是一个小说革命激情膨胀的时代。其革命意义在于，这个时期的小说在小说时间处理上显得多姿多彩。有抒情小说，致力于"淡化情节"，即淡化小说事件的时间之间的关系。而先锋小说显然以拆解时间先后关系为主要旨趣。在先锋小说作家那里，扭曲、肢解小说的事件与事件之间的时间关系，是一件非常有艺术修养的事情。而到了90年代先锋精神退潮，在苏童、叶兆言、"新写实"小说家那里，故事重新回归。苏童、池莉、王安忆甚至宣称故事是小说存在的本体。无论是尊崇故事抑或是消解故事，小说时间的处理艺术，显然是一个小说家的全部看家本领。晓苏是崛起于80年代后期的著名小说家，在故事回潮的时代里，晓苏的小说呈现重视故事的特点。而在重视故事的过程之中，晓苏在如何处理小说时间的艺术上，也积累了丰富的经验，成为出色的小说家。通观晓苏的小说创作，体现出独到的处理小说时间的艺术。

一

　　阅读晓苏的小说，一个非常明显的感觉是，晓苏以"空间化"的艺术策略来处理时间问题。本来时间与空间是小说相辅相成的一对范畴。但是，相比较而言，时间和空间还是有着比较明显的差异。所谓时间的"空间化"，是把本来处于线性的时间关系链条切断，以空间并置的关系来处理。以"今天"与"昨天"空间对照的方式来处理"今天"与"昨天"的线性关系，是晓苏小说时间的"空间化"主要的方式。

　　"昨天"与"今天"本是非常常见的时间表达概念。这种表达把时间划分为两个不同又具有线性、连续性的阶段。与一般把"昨天"与"今天"看作时间线条上两个节点不同，晓苏小说并没有把"昨天"与"今天"看作一个线性关系，而是看作空间并置关系。

　　《花被窝》是晓苏的一篇重要代表作。小说叙述的故事无非是乡村婆媳两代人的情感故事。婆婆秦晚香代表时间上的"昨天"，而媳妇秀水则代表时间上的"今天"。小说把笔墨集中在媳妇秀水与人偷情而又害怕被婆婆告知给丈夫的紧张心态的铺陈上。有意思的是，在小说的结尾，叙述者披露了秦晚香在年轻的时候和秀水一样，也有个"相好"。于是，我们看到，"昨天"与"今天"之间并没有线性的关系，而是空间并置关系：媳妇与婆婆一样，心中都有一颗骚动的心。围绕这颗骚动的心，把"昨天"和"今天"泾渭分明的时间并置在一起。为了把"昨天"与"今天"组合在一起，小说使用了"花被窝"这一空间意象。通过"花被窝"这个意象，把"昨天"和"今天"两个时间并置在一起。这样处理时间，显然是循环时间观，不是线性时间观："昨天"并没有消失，随着时间的推移，"昨天"在"今天"重新出现。

　　值得注意的是，《花被窝》不是简单地叙述"昨天"与"今天"的循环关系，而是把"昨天"镶嵌在"今天"的时间之中。小说主要叙述的是秀水骚动的心理体验，但是，这不是晓苏的叙述重点，为此，他在叙述时，不经意地把婆婆"昨天"骚动的心镶嵌其中，从而破坏了小说的线性时间安排。这种镶嵌时间的方式，是晓苏小说处理时间的一种常用的"空间化"策略。与《花被窝》一样，《帽儿为什么这样绿》也是把时间划分为"昨天"与"今天"两个阶段，也是把"昨天"镶嵌在"今天"

之中。"我"是一名高校教师，在"我"评副教授时，遇到了困难。然后，"我"老婆陈早为了让"我"破格当上副教授，在桃花山庄二楼豪华套房，被职称评审小组组长申组长给睡了。从此，"我"戴上了绿帽子。此后，"我"与陈早离婚，人生陷入低谷。五年过去了，"我"找到了爱情，和研究生陈晚建立起了恋爱关系，只等陈晚毕业即可组织家庭。然而，"我"所在的学院又要评教授职称了。"我"去找系主任龚阳，请求帮助，遭受了龚阳的冷遇。为了帮助"我"评上教授职称，陈晚约龚阳吃饭。与上次前妻被评审组组长拉上床一样，这次，龚阳也把"我"的未婚妻拉上了床，仍然是在桃花山庄二楼的那间豪华套房。《帽儿为什么这样绿》故事也许不甚新奇，但是，其中所包含的时间观念却很有意思。虽然"今天"在时间序列上处于"昨天"的后面，但是，小说通过"我"前妻和未婚妻先后因为"我"评职称而出轨的叙述，呈现了"昨天"与"今天"并非是线性关系，而是循环关系。

《暗恋者》是晓苏的一篇重要小说。《暗恋者》叙述了三对暗恋者。第一对暗恋者是傅理石和温老师，傅理石暗恋自己的老师温老师；第二对暗恋者是李柔和傅理石，李柔暗恋老师傅理石；第三对暗恋者是李柔和王川，学生王川暗恋老师李柔。在叙述三对暗恋者的事件时，前一对暗恋者被处理为"昨天"的事件，后两对暗恋者被处理为"今天"的事件。不过，"昨天"的暗恋和"今天"的暗恋内容与实质有天壤之别。傅理石和温老师属于"昨天"的暗恋者，他们之间是纯洁的师生之情。傅理石还是学生时，温老师非常喜欢傅理石，带傅理石去参加作文竞赛。本着节约的想法，温老师和男学生傅理石在宾馆只开一间房。也是由于傅理石暗恋温老师，在晚上，傅理石不自觉地走到温老师的床前。虽然，傅理石并没有任何杂念，只是一个少男对老师的爱慕与欣赏。然而，即使是纯洁的感情，却也引起了温老师的误会。从此，她不再理会傅理石。"昨天"的这对暗恋者，他们之间只有纯洁的感情。然而，"今天"的这两对暗恋者，虽然也都是师生，但是，已经不再纯洁，而是充满较多的功利色彩。李柔喜欢傅理石，对他有暗恋之情。傅理石对李柔也有感情，但是，一方面，傅理石在精神上把李柔当作温老师的替身；另一方面，傅理石对漂亮的李柔充满了肉欲的向往，并且有实质性的占有李柔的行动。而李柔和王川这对师生之间，也无法剔除功利色彩。李柔爱护学生王川，并且给予他温暖和帮助。学生王川对李柔也充满感激与感情。不过，这种感情带有一定的功利色彩，他居然给李柔的丈夫写信，要他同李柔离婚，然后自己娶李柔为妻。从上述三对暗恋者的情况来看，傅理石暗恋温老师，他们之间只有纯洁的感情。而傅理石和李柔之间、李柔与王川之间的暗恋关系，则充满功利主义色彩。在时间序列上，傅理石和温老师之间的纯洁暗恋情感属于"昨天"，而傅理石与李柔之间、李柔与王川之间的功利的暗恋关系，则发生在"今天"。《暗恋者》在"今天"的叙述之中，不断地插入"昨天"的时间，从而阻隔了"今天"与"昨天"之间的线性关系。通过三对暗恋者的两种情况的对照，把"昨天"与"今天"作对照，从而改变了"昨天"与"今天"的线性关系，使二者呈现空间关系。

二

以空间位置标示时间的变化，是晓苏小说时间艺术中极为重要的一个特征。现代性时间是线性的，时间具有明确的先后关系。但是，以空间表示时间就不一样，由于空间关系具有偶然性，因此，以空间位置变化来表示时间的变更，就能比较随意地切割时间，也就打破了时间线性特征。

《我的丈夫陈克己》也是一篇并置处理"昨天"与"今天"时间的小说。《我的丈夫陈克己》叙述的中心时间是"今天"，即腊月二十九这天的故事。"我"是副教授陈克己的妻子，在大学校园靠捡垃圾补贴家用。小说叙述了"我"在教授楼捡垃圾时，看到陈克己的老师洪山老师被急救车拉走的情景，以及随后由教授楼回到自己家的一路境况。但是，小说并没有局限于仅仅叙述腊月二十九下午的生活，还通过回忆的方式不断补充陈克己"昨天"的生活。不过，在补充"昨天"的生活时，常常以空间位置的变迁来标明时间。对陈克己"昨天"生活的叙述从"我"捡垃圾的教授大楼开始，以行政楼、文学院大楼、出版社大楼这几个空间位置为标记。

经过行政大楼，"我"碰见人事处分管职称工作的副处长孟娇。见到孟娇，"我"补充了陈克己的大学生活情形。孟娇和陈克己是大学同学，在和陈克己交往的过程中，孟娇爱上了陈克己，并且主动向陈克己示爱。孟娇表示，只要陈克己接纳这份爱情，时任市领导的父亲就能让陈克己留校工作。然而，陈克己上大学前就已经和"我"订婚，为了遵守婚约，陈克己回到家乡的学校当了一名中学教师，后来考入工作的这所大学读研究生，并得以留校任教。"我"经过文学院大楼，碰到了丈夫陈克己的师弟顾全之。而文学院大楼这个空间则和陈克己把教授职称让给顾全之一事联系在一起。五年前，陈克己和顾全之都参加了教授职称评审，而且陈克己比顾全之的条件更优越。但是，那一年，顾全之的妻子和他离婚了。顾全之恳求陈克己放弃教授职称。念及同门师兄弟的情分，也是因为同情顾全之的遭遇，陈克己放弃了教授职称，顾全之顺利地当上了教授。"我"经过出版社大楼，则交代了陈克己评不上教授的原因。原来，在把当教授的机会让给顾全之之后，评审教授就要出版一本专著。而陈克己已经写完了一本专著。但是，这本专著从学术上批判了导师洪教授的观点。正是不想让洪教授生气，陈克己才一直没有出版这部学术专著。也一再错失当教授的机会。陈克己这几段人生阶段，体现了高尚的道德风格：无论是对自己的妻子、同事还是自己的老师，陈克己宁可牺牲自己的利益也要维护他人的利益，坚守个人道德立场。这几个片段有着共同的主题：陈克己是一位道德高尚的人。

上述三个空间——行政大楼、文学院、出版社，一一对应了陈克己的几个人生节点。在叙述过程之中，晓苏隔断"昨天"与"今天"的线性关系，把"昨天"陈克己的生活镶嵌在"今天"的时间之中，且以空间位置来作为陈克己"昨天"的人生历程中关键事件，从而把陈克己的人生切割成几个重要片段。晓苏通过空间位置的变化来对应陈克己的几个人生阶段，通过空间标记的方式，把陈克己处于线性阶段的人生历程，改变为空间并置关系，最终达到了重复叙述与强调陈克己道德高尚的人生，为当下社会伦理丧失唱出了一首悲歌。

《保卫老师》是一篇叙述学生处心积虑护卫老师形象的小说。"我"的父亲十分尊重老师。他不仅十分尊重自己念私塾时的老师，还十分尊重"我"的老师。在"我"的老家，给老师送麂胯是表达对老师的尊重最重要的方式。"我"成为林伯吹的研究生后，父亲总是惦记着要给林伯吹送麂胯。然而，在"我"看来，林伯吹不值得父亲如此尊敬。因为，在"我"看来，林伯吹是一位不学无术的老师，而且，他只爱钱。"我"担心父亲如果把麂胯送给他，他会给父亲难堪。然而，父亲事先并没有告诉"我"，突然带着千辛万苦才买到的麂胯来到了学校，要给林伯吹送麂胯。小说叙述的中心是，为了不让林伯吹伤害父亲的自尊，也不让父亲了解到林伯吹的为人，"我"所作出的种种努力，阻止父亲认识到林伯吹的真实面目。表面看来，《保卫老师》是按照时间先后顺序来叙述故事的，不过，小说并没有去编织情节的因果链，而是呈现了一幕幕学生维护老师形象的场景。

为了瓦解线性因果关系，《保卫老师》以空间位置作为时间的标记，然后依托空间场景，构筑一幕幕学生保卫老师形象的场景。《保卫老师》的第一个场景是伦理学教研室门口。父亲突然从乡下来到"我"上课的教研室，带着麋胯要送给林伯吹。而此时，林伯吹正在教研室给"我"上课。为了不让父亲接触到林伯吹而遭受羞辱，"我"谎称上课的老师不是林伯吹。这是"我"第一次保卫林老师的形象。紧接着的空间场景是校园的十字路口，这是"我"第二次保卫林伯吹。父亲认出了从十字路口路过的林伯吹，要把麋胯交给林伯吹。此时的林伯吹为抬高讲座报酬在和同事祁波交谈，为了不让父亲接近林伯吹，"我"只好把麋胯送给林伯吹，林伯吹果然对我送的麋胯不屑一顾。为了维护父亲的尊严，也为了不让父亲知道林伯吹是一位世故的老师，"我"请求林伯吹暂时收下父亲的礼物。"我"第三次保卫林伯吹的形象是在寝室。在寝室，同学刘波谈到了林伯吹和自己的博士生争夺著作第一作者的事情。林伯吹的一位博士生和林伯吹合作写了一本著作，那位博士生写作了大部分内容。为谁署第一作者，林伯吹和他的博士最后对簿公堂。为了维护林伯吹的形象，"我"故意混淆视听，最终使父亲没有觉察到林伯吹不道德的行径。第四次保卫林伯吹的形象是在樱桂楼餐厅。"我"与父亲吃饭的地方和林伯吹吃饭的地方中间隔着一个屏风。父亲听到了林伯吹要找学生来陪他唱歌的声音，而后又听到了因学生有事不能来，林伯吹破口大骂的声音。由于父亲非常相信林伯吹作为一名教授不会骂人，因此，不相信骂人的是林伯吹。林伯吹的形象再次得到了保护。第五次保卫林伯吹的形象是在樱桂楼五楼"我"和父亲住宿的房间。"我"和父亲住的房间隔壁就是按摩室。林伯吹来过按摩室，父亲看到过他的背影，认出了林伯吹。然而，"我"以林伯吹有一名双胞胎弟弟也在武汉工作为借口，掩盖了过去。再次保卫了老师的形象。《保卫老师》发生的五次保卫老师形象事件，有较为明细的时间先后关系。但是，此五次保卫老师形象的事件之间并没有严格的因果关系，也缺乏必要的逻辑关系。《保卫老师》以伦理学教研室门口、校园十字路口、寝室、樱桂楼餐厅、樱桂楼"我"和父亲居住的房间五个空间环境，代替时间关系，适应了小说肢解线性因果关系的需要。这五次保卫老师形象的事件，也挣脱了因果线性关系的束缚，以并列关系而存在。也因为空间环境造成的并列关系，使保卫老师形象的行为显得滑稽而无奈，强化了小说保卫老师的喜剧效果。

三

线性时间观是现代重要的时间观念。它承诺美好的未来，是现代重要的启蒙价值。线性时间观认为，现在比过去好，未来比现在好，在时间的线性序列上，处于后面的时间总优于前面的时间，于是，随着时间的推进，价值越来越高。然而，晓苏的许多小说反驳了启蒙的现代线性时间观。《堵嘴记》即是这样的一篇小说。林知寒教授家的保姆邬枣偷了林知寒老婆尹琛的一串项链。邬枣很后悔自己的一时糊涂，求林知寒不要把偷拿项链的事情说出去。然而，尹琛已经把邬枣偷项链的事情告诉了介绍邬枣来做保姆的秦文高。为了维护邬枣的声誉，林知寒去找秦文高，请秦文高保守秘密。然而，事情发展并不以林知寒的意志为转移。林知寒迈上堵嘴的历程之中，随着时间的推移，堵嘴行动一再失败。当他找到秦文高时，秦文高已经把邬枣偷项链的事情告诉了左小芹。为了堵住左小芹的嘴，林知寒又去找左小芹，请她不要把邬枣偷项链的事情传出去。然而，左小芹告诉林知寒，她已经把邬枣偷项链的事情告诉了张玖。为了堵住张玖的嘴，林知寒乘长途汽车，赶往南漳，准备堵住张玖的嘴。等林知寒见着张玖的时候，张玖正在高声告知他人：邬枣因为偷了项链，被人解雇了。聚集在一起的乡邻，都知道了邬枣偷项链的事情。随着时间的推移，知道邬枣偷项链的人越来越多。知道邬枣偷项链的人越多，邬枣的尊严丧失得越多。关乎个人尊严的价值，并没有随着时间的推移而增加，相反是在减少。这样处理时间的方式，我以为是线性时间的"衰变"叙事。这种叙述方式，在晓苏的小说中广泛存在。

晓苏还有一篇小说，名为《主席台》，也体现了这种线性时间的"衰变"。一般而言，主席台是权力的象征，只有手握权力的人，才能坐主席台。倒着说也同样成立，坐上主席台的人自然是重要的人物。因此，对许多人来说，能不能上主席台，自然是关乎脸面的事情。朱自明也是这样一位看重主席台的人。朱自明是一位大学的副教授，他之所以看重主席台，倒是和一般人看重主席台的原因不一样。他之所以看重主席台，是因为他的儿子希望朱自明能坐一回主席台。朱自明的儿子常看学校新闻，发现其他同学的父亲常坐主席台，而朱自明一次也没有坐上。从这个意义上讲，朱自明看重主席台是为了维护儿子的自尊。

一次，朱自明的教研室主任告诉他，只要他能请专家来讲学，他就能坐主席台。朱自明终于抓住一次机会，邀请了专家来讲学。这次，朱自明终于有了坐主席台的机会，邀请到了专家，订好了机票。这是小说真正叙述的开始，也是小说即将发生的一系列事件的开头。这件事情也处于小说线性时间的开端。然而，并非随着时间的推移，事件发展的"正面"价值在增加。相反，和《堵嘴记》一样，线性时间的"衰变"叙事在这里再次体现出来了。

当朱自明信心满满地去向文学院院长汇报请了专家讲座的时候，朱自明明显遭受到了文学院院长的羞辱。由于已经定好了出游的计划，文学院教师无法出席讲座，这意味着朱自明的讲座计划面临流产。与叙事开端邀请到了专家相比，遭受文学院院长的怠慢，显然又让朱自明遭受了打击，其尊严受到了践踏。然而，时间显然还在继续。当研究生学生会主席出现时，朱自明又看到了希望。但是，由于研究生们已经有活动安排，朱自明再次陷入危机，其自尊又再次遭受到打击。文学院分管学生工作的肖书记出现，又燃起了朱自明的希望。然而，不凑巧的是，就在朱自明要举办讲座的这天晚上，刘德华来开演唱会，文学讲座自然没有学生问津。朱自明的自尊再次遭受损害。最后，朱自明迫不得已，放下尊严与脸面，请求食堂的工人来参加学术讲座，以挽回脸面。好在工人们给了朱自明以尊严，讲座得以举行，朱自明终于坐上了主席台。不过，小说在叙事的线性时间中继续滑行，朱自明的尊严再次受到践踏。讲座虽然得以举行，但是，要在学校电视台播放新闻，得请校电视台的工作人员录像。而请电视台工作人员录像，就得给他们付一千元的报酬。朱自明实在无法筹集一千元，只好把儿子储存的零钱拿走。讲座举行了，电视新闻播放了朱自明坐主席台的画面。然而，由于动用了儿子储钱罐中的零钱，使儿子无钱购买心爱的礼物，使儿子反感。朱自明维护儿子尊严的行为，在线性时间中不断"贬值"，最终，遭到儿子的厌烦。

《堵嘴记》《主席台》都在线性时间的累积与增加过程中，展现了个体精神价值不断地衰减的现象。显然，这种叙事，体现了人的尊严与价值，与线性时间的增加之间呈现相反相成的现象。晓苏小说对于个中现象的观照，显然是对当下社会精神价值萎靡的不满。线性叙事时间的"衰变"，寄予了晓苏对精神价值的回望。

原载《小说评论》2015 年第 1 期

想象八十年代

——读《像天一样高》

　　姚鄂梅的《像天一样高》勾勒了 20 世纪 80 年代的生存图景，在"作者寄语"中，她把它献给 80 年代。中国历史上的 80 年代也是一个充满理想的时代，是一个思想自由、激情四射的时代。现代化建设像一个金光璀璨的金苹果，熠熠生辉地等待着人们。这个充满激情的时代，是产生诗歌的时代，也是个人欲望开始膨胀的时代，人们在改革开放的社会环境里充分地迸发自己的才智。《像天一样高》无意对 80 年代社会作出总体性的概括和描述，它所要表现的是对这个时代精神的体会和想象。姚鄂梅这样描述她对 80 年代的理解："20 世纪 80 年代，是诗歌的黄金时代，除了那些我们熟悉的名字，还有更多星星一样铺展在大地上的无名诗人，他们像热爱生命一样，莽撞而纯真地热爱着诗歌，诗歌成为了他们的生活方式。在诗歌的光芒中，他们度过了一生中最可宝贵的年华。"（《像天一样高·作者寄语》）看了姚鄂梅对 80 年代的理解，我们可以用诗意的生存来归纳她对 80 年代的理解。

　　诗意的生存成为 80 年代的思想精髓，也成为 80 年代芸芸众生生活的重要内容。诗意的生存成为 80 年代最高的精神巅峰，在朝向精神高峰迸发的道路上，汹涌的人群中并非尽是朝圣者。他们和诗歌之间建立起来的联系，也是多种多样的。在这复杂的关联中，演绎着作者对于人生的理解和探索。

一

　　虽然诗歌从远古一路走来，有几千年的历史，但是，到了现代社会，诗歌的意义已经超越了一般性的文学体裁、文类本身的内涵，成为价值理性的代名词。它是对现代社会工具理性的反叛，是对陷入物质化社会人类的救赎，从荷尔德林到海德格尔再到中国当代的海子，无不秉承着这样的理念。现代社会的物质急剧膨胀，人沦陷为最大限度地赚取物质财富的工具。而诗歌成为把人从物的奴隶命运中拯救出来的力量，诗意地栖居，成为现代人最大的梦想。

在物质发达的现代社会，诗歌能给人带来精神上的安慰与享受。但是，在有些人那里，诗歌的意义并不是生活的意义，也不是生活的终极价值的体现，它只是现代人在追求物质利益时的安慰剂。在他们的生活中，诗歌并不是人超越此岸的精神力量。在接受了诗歌的安抚之后，他们继续膨胀着物质欲望。作为价值理性的诗歌，被异化为工具理性。这种分裂人物的刻画是《像天一样高》的重要内容。《像天一样高》塑造的阿原和宴子即是其代表。

阿原曾是诗歌爱好者，后来投身商界，但是他仍然对诗歌抱有热情。他是诗歌和生活典型的分离者。一方面，他在商场上打拼，坚持着商战的逻辑，以追求利益最大化为根本目的，拼命地扩大公司的市场份额。但是，另一方面，他仍然对诗歌、对昔日的诗友饱含热情，对诗歌的热爱并没有熄灭。他在小西、康赛来新疆生活无着落的时候，无私地帮助他们，经常从物质上援助他的这些爱着诗歌的朋友。阿原是一个物质和精神、内心和行动上彻底的分裂者。在追求物质利益最大化的时候仍心系诗歌，在他那里，诗歌只是他抚慰内心在商战中留下的伤口的一个工具。但是，当他要在物质最大化和精神理想之间抉择的时候，他会抛弃精神理想去追求物质利益。当他只要和一位他并不爱而且年纪比他大许多的女人结婚，就会扩大公司、发展事业的时候，他虽然心有不甘，仍然和她结婚了。虽然，在物质利益上，阿原获得了成功，但是，他失去了他所爱的小西。无法否认的是，阿原对诗歌、对精神生活、对爱情仍然抱有向往，只不过，这些在他那里，是对物质追求之余的一点儿补充和心灵的慰藉，尚没有上升为他的人生价值和生存方式。这个陷入工具理性和价值理性的分裂者，挣扎着，以分裂—挣扎—堕落延续着自己的人生："小西，你总是搞得我很难受，先是玩得好好的突然要回去，好不容易留下来，又不肯生活在城市里，要去找一个陶乐，每当我在城市里面对一桌桌盛宴，想到你可能正在煮野菜或者什么根本不可能吃的东西，我就心疼。其实我是很欣赏陶乐的，但我欣赏的只是概念上的陶乐，从这点来讲，我欣赏你，又嫉妒你，你一点一点地接近理想中的生活，而我却堕落了，你不知道，我真的堕落了。"

阿原对理想、诗歌的欣赏，停留在"概念"上，他的价值观念与行动仍然停留在商战中，这成为他的痛苦甚至是堕落的主要原因。对他而言，诗歌还不能成为救赎他分裂人生的力量，虽然他知道陷入堕落之中，需要拯救。

而宴子则是另外一种分裂人生的代表。与阿原对诗歌的热爱停留在"概念"上不同的是，她把对诗歌的热爱与追求赋予实践之中。宴子原本是印刷厂的一名工人，是一名诗歌爱好者。她热爱着康赛的诗歌，把康赛发表在各地的大大小小长长短短的诗歌，自己排版，印刷为一本独特的诗集。这本诗集没有出版社没有版权页没有定价，印数就是这一本。在一次诗歌颁奖仪式上她把这个独特的诗集献给了康赛，并获得了康赛的爱情。宴子是热爱诗歌的，她也热爱康赛，她"欺骗"家人，和康赛一起来到新疆。然而，她把诗歌当作通向财富的阶梯。在她眼里，这个诗歌才华出众的男人应该在物质上比较富有，她爱着康赛，爱着诗歌，希望能通过诗歌的方式获得物质的丰富。但是，她失望了，康赛对物质财富不感兴趣，也缺乏追求物质财富的欲望和动力。当她发现她对康赛的爱，对诗歌的爱换不来物质财富之后，她打掉了康赛的孩子，回到了家乡。

阿原和宴子把对诗歌的热爱当作人生的工具，在他们看来诗歌是达到功利目标的一种手段，而不是人生的一种生活方式。他们的人生陷入分裂之中，自然，诗歌最终也无法成为拯救他们的力量，他们得到的只能是伤害，陷入痛苦与堕落之中。事实上，对物质利益最大化的工具理性和对人本身的关注的价值理性的分裂，是现代人的最大悲剧。阿原和宴子只不过是其中的代表而已。他们的境况是对现代人生存境遇的象征和表达。

二

与阿原和宴子不同，康赛和诗歌建立起了另外一种关系，在他那里，诗歌是纯粹的精神需要，是他个人生活的全部。诗人康赛热爱诗歌，他的感情、才智都贡献给了诗歌。与阿原、宴子用功利的眼光来看待诗歌不同的是，康赛把诗歌当作个人的全部精神需要。他写诗不是为了发表，也不是为了获得个人名利。他把诗歌看成精神的需要，是和现实世界格格不入的存在。实际上，康赛代表了一种生活态度：精神生活和物质生活的脱节。

　　这个生活在诗歌中的人，沉浸在对诗歌的狂热的爱之中。他的人生和诗歌一样是彻底的无功利的与现实生活无法融为一体。他无法忍受当售货员的工作，辞职不干；他无法接受家人安排的生活，远走新疆。他最初来到新疆找阿原的时候，为了解决生计问题，阿原为他联系了一家刊物，只要康赛为一企业写广告文学，就能获取丰厚的金钱回报。但是，他拒绝了，在他看来，以诗歌、文学来换取物质利益是可耻的行为。由此，我们可以看到康赛的生存就是纯粹的诗歌生活了，他只是写诗，全然不去考虑生计问题，彻底依赖阿原的接济和小西、宴子的劳动。他坚信："仅仅为了生存而奔波，那太简单太乏味了，我们应该为了一种信念而活。"在城市之中，康赛找到了一片小树林，这片小树林成为他写作和发表诗歌的最佳园地。他每天来到这片小树林，把写好的诗歌制成小纸片，挂在树枝上，过上了惬意的诗歌人生。在这片小树林里，他结识了诗歌爱好者，而且他的诗歌也感染了民众，熏陶了人，有更多的人加入了他的行列中。这是康赛最成功的诗歌人生，也对诗歌有了新的感悟和独特的认识："诗歌就像宗教，不能指望它会报偿你什么，它什么也不能给你，但它会让你像个人一样地活下去，即使你不劳动，它也会让你活下去，比如我，我不工作，但诗歌让我认识了我妻子，我妻子把她的工资分给我花，让我活下来。诗歌还让我认识了最好的朋友，我们相爱至深，我们将相爱一辈子，这使我内心平静，每一天都过得无比幸福。"

　　但是，社会的发展留给诗歌的空间越来越小，城市的建设使康赛赖以生存的小树林最终被砍伐了。康赛的诗歌乐园消失了，世俗生活也袭击了这位沉浸在诗歌王国的诗人，宴子怀孕了，康赛感觉到了生命的沉重，他选择了自杀。虽然最终他的生命被拯救了，但是，他的灵魂永远无法被救赎。重新活过来的康赛，恢复生命的只是肉体，他的灵魂已经死去了。他回到了老家，在税务部门过起了凡俗的生活。

　　"诗人之死"是现代社会一个沉重的话题。现代社会是一个物质极大丰富、人的欲望急速膨胀的社会，在这个工具理性至上的社会里，精神王国的诗歌和现实之间的确存在鸿沟。这条鸿沟成为许多诗人无法越过的障碍，80年代至90年代初期，中国优秀诗人骆一禾、海子、顾城纷纷自杀，绝不是偶然的，和中国现代化进程加速前行、物质膨胀有着密不可分的关系。我在小说中深切地感觉到康赛的身上有着诗人顾城的影子。宴子和小西与谢烨和英儿之间也存在对应关系，而小说主要发生的地点陶乐和急流岛之间何尝没有相似之处呢？对康赛的人生经历的叙写暗合着顾城的命运，强化了对诗人之死的主题表达。不过，我们也看到作者对诗人之死的反思。诗歌和生活的脱节是诗人之死的根本原因。在康赛看来，诗人只要写诗就行了。而诗人的世俗生活则由家人、朋友来承担。这种缥缈的人生是诗人死亡的主要原因。

三

阿原、宴子把诗歌看作工具，康赛把诗歌看成纯粹的精神。阿原、宴子陷入人生的分裂之中；而康赛演绎着诗人之死的时代悲剧。诗歌、文学在当下社会何为？难道在现代化社会，就不可能有理想的环境、理想的生活方式提供给诗人、作家吗？《像天一样高》作出了探索，它在勘探诗人在当下社会应当如何生存，也在思索在物质日益发达的社会中诗歌有何作为。

阿原、宴子、康赛面对诗歌的方式失败了，小西承担着继续探索诗歌、文学在当下社会发展的责任，也思考着诗人在当下的生存状况。阿原、宴子、康赛对待诗歌的态度有一个基本的一致性，那就是在他们那里诗歌和他们的生活是脱节的，对于阿原和宴子来说，诗歌是他们追求功利的一种手段，而康赛则把诗歌看作脱离社会物质生产的纯粹个人的精神生活。显然，物质生活与精神生活的分裂、个人和社会的对立，是他们失败的根本原因。和他们不同，小西选择了另外一种诗歌人生。她过的是写作和生活相互兼容的日子，她一方面在写作，另一方面则通过陶乐的生产来满足基本的物质需要，达到维持写作的基本目的。小西和康赛一起在新疆的生活让她感觉到，写作需要有基本的生存条件作为保障，前期他们生存的基本物资基本上靠阿原的资助，而后来她发现了陶乐。这位《瓦尔登湖》的信徒找到了信仰的栖息地，读书、写作、农耕成为她个人生活的全部内容。

然而小西绝不是在寻找一个世外桃源："我在寻找一个世外桃源？我觉得这四个字大大降低了我的未来生活的品位，我不喜欢世外桃源这四个字，我从来就不喜欢……我永远不接受世外桃源这个词，我也不喜欢归隐和回避，无论如何，我从来没有对生活采取消极的态度，我只是喜欢躲到一边去独自逍遥，所以我不仅不消极，我甚至是积极的。你不能说热爱生活仅仅是努力工作和挣大钱。"她在寻找的是契合人自身的生存方式。现代社会虽然物质极大地丰富了，但是在物质欲望面前，人失去了自我，人和自然、人和人之间的关系全面异化，建立在人和自然、人和人之间的和谐关系被异化为功利关系。人不仅失去了传统社会里的诗意生存，也失去了自我完善的可能。正是看到了资本主义社会人被异化的悲剧性命运，马克思把人的全面复归看成共产主义实现的根本路径。

有必要强调的是小西在陶乐的"边耕边读"生活，意味着人的生存只需要满足基本的物质生活需要，而超出了人的基本需求的生活是没有意义的，也是没有必要的。她所坚持的生活信念与 20 世纪世界范围内的反现代化思潮有着内在的联系。为了反抗日益扩大的现代化潮流，自 20 世纪以来东西方许多思想家都将农业文明作为反抗现代化的有力方式。而将"耕"与"读"结合起来的思想实践，主要是 20 年代兴起的"新村"运动。"新村"运动把知识分子的精神劳动和普通大众的体力劳动结合起来，以纠正体力劳动和脑力劳动脱节的社会状况。

小西所倚重的陶乐，自然是将读书、写作和劳动结合在一起了。与那些借农业文明来反抗现代化的思想家和"新村"运动的倡导者不同的是，小西在陶乐中所体现出来的，是一种价值观，这种价值观把物质的需要看作维护人类基本生存的需要，而不是满足个人膨胀欲望的需要。在此前提下，追求诗意的生活才是个人最重要的存在方式。小西和阿原的不同在于，阿原需要诗意的抚慰，但是，诗意的抚慰并不能阻止他停下追求物质财富的脚步。而宴子则把诗意的生存转化为追求物质财富的路径。阿原和宴子实际上违背诗意生存的内质，他们的选择事实上与诗意是背道而驰的。康赛的问题就在于，他把诗歌看成和实践、社会生活相隔离的，甚至丧失了基本的生存能力，这种割裂物质和精神的做法，显然是无法最终维护诗意生存的。与他们相比，小西选择的是将个人精神生活与物质生活结合在一起，而物质生活是个人诗意人生的基本条件，而诗意人生则是建立在满足基本物质需要基础上的个人生活的根本目的。

四

　　显然，姚鄂梅把和诗意建立联系的几种方式呈现给我们，让我们去思考它们的价值、意义。在她看来，阿原、宴子、康赛他们的诗歌人生，是扭曲的，必然陷入悲剧的结局中，而小西的诗意人生是她着力创建的。姚鄂梅的用意还并非是简单地比较几种诗歌人生的优劣和价值，她以 80 年代的几种诗歌人生反思当下社会。在《献给 80 年代》的寄语中，她作了非常明确的表述："站在新的世纪，望着新一代的年轻人，我常常会抑制不住地回想起那些朋友的身影，我不知道谁更丰富，谁更有力量，也不知道谁更幸运，我无意去进行比较。我只觉得，也许再也不会有那样的年轻人了，今天的年轻人，他们有更多的喜爱，更多的选择，更多的追求，诗歌将不再具有风靡大众的能力，薄薄一本诗集，几句铭刻在心的诗句，早已不足以改变一个人的生活。"从姚鄂梅的寄语里，我们能感觉到她写作《像天一样高》的目的是反思当下的物质社会。现代化飞跃发展，促使了物质生活极大的丰富，但是给人带来的精神失落也日趋严重。如何反思现代化历史进程？自 20 世纪 90 年代以来，回归中国传统文化成为中国反思现代化历史进程的根本方式，中国文学也一再叙写中国传统文化的精粹。但是，我们不无忧虑地看到，在返回中国传统文化的同时，传统文化的精髓被吸收的同时，传统文化的沉渣也在泛滥。另外，社会在发展，现代社会和传统社会毕竟有着根本的区别，以传统价值观来评价当下社会是否有点刻舟求剑的意味？

　　姚鄂梅把 80 年代的诗意生存作为反思现代化的尺度，重新找到反思现代化的方式，其重要意义也在这里。

原载《文艺新观察》2009 年第 2 期

漫谈湖北青年作家的小说创作

　　21世纪湖北作家的版图发生了重要变化，一批20世纪50年代出生的作家继续保持着旺盛的创作生命力的同时，一些年轻作家的创作也日益引起重视。姚鄂梅、李榕、郭海燕、王芸、王君、苏瓷瓷、宋小词、喻进等小说创作更是湖北文学的重要收获。这些年轻的作家已经不局限于继承前辈的文学传统，他们敢于突破、尝试，在小说的主题、题材以及小说的艺术性上，这些年轻的小说家表现出不俗的实力。

　　姚鄂梅的小说在人性探索上取得了重要成绩。她的小说《一面是金一面是铜》充分地写出了人性的深度与复杂性。马三翔和他的恩人廖明远之间，既有温情的私人情谊，也有见不得阳光的个人私欲。在他们之间，不乏感人的情感，然而也存在看不见的刀光剑影，甚至你死我活的杀机。高尚的道德、脉脉温情、自私、贪婪、狭隘、阴暗、不择手段等，相伴而生，构成了人性的复杂性。姚鄂梅的《罪与囚》也深刻地表现了善恶相随甚至相互转化的人性复杂性。男孩因为幼年的过失，让弟弟成了残障，又因为害怕责罚，隐瞒了事情发生的经过。此后漫长的日子里，他从一名悔罪者，成长为一名自律者和有心灵洁癖的人。正所谓无心插柳柳成荫，他成了大家眼中最爱弟弟的人，成了著名的好学生，收获着无数的赞誉。最后却因为杀死对弟弟出言不逊的同学而领刑赴死。没有绝对的善，也没有绝对的恶，善与恶交错共生。姚鄂梅的写作彻底颠覆了善与恶、美与丑界限鲜明的评判标准，彰显了人性的复杂性。

　　李榕的小说创作，观照人性的"交叉地带"。她的小说《深白》《爱上爱》《水晶时间》《马齿苋》等，即是书写人性"交叉地带"的优秀作品。小说《深白》围绕高飞和前夫欧阳锦程、丈夫黄成之间的感情纠葛展开。《深白》使用限制叙事视角，使读者很快陷入高飞的情感立场与价值判断之中：欧阳锦程与黄成被打上了虚伪、不忠的道德与情感标签。但是，《深白》的成功在于，随着叙述的进一步推进，这种标签式的符号渐渐退出，露出了人物的另外一面。欧阳锦程不愿意给高飞透露一晚未归的原因，是因为那晚他和高飞的闺密沈心在一起。沈心暗恋欧阳锦程，为此还割腕。但是，为了高飞，欧阳锦程拒绝了沈心，也正是因为沈心和高飞是闺密，也是为了不影响高飞的生活，他才拒绝吐露那晚的实情。而黄成虽然在个性与修养上和高飞之间有差异，也有些小小的恶习。但是，黄成还是深爱着高飞的。为了保护高飞，黄成牺牲了自己的生命。我们已经难以用人性的善与恶泾渭分明地定义欧阳锦程、黄成。显然，在他们身上，人性的善与恶纠葛在一起。不仅欧阳锦程、黄成是如此，沈心、黄成的母亲、高飞的父亲，哪一位不是如此呢。这些凡夫俗子，为了生活、个人利益，都有着自己的小算盘，但是，他们在特殊情境下又都表现出人性的善与美。李榕的《马齿苋》延续着《深白》的主题，继续在人性的"交叉地带"深入探索。《马齿苋》中的韩老师不是一个十足的市侩，她身上有很多善与美的追求。中学生苏林也不是混迹于学校的顽劣学生，他身上有着在艰难中自强的坚韧人性力量。疤子早就改邪归正，重视亲情。韩老师、苏林、疤子这些人物，无法用单一、类型化的性格来概括。李榕的小说在表现领域上侧重"人性交叉"地带，是对传统小说关于人性善与恶泾渭分明的一种挑战。

苏瓷瓷小说在非理性生存状态的表现上也很有成就。苏瓷瓷的《杀死柏拉图》《蝴蝶的圆舞曲》等小说，深入书写人性中的非理性层面，她把被人们所忽视的疾病等非常态生活作为小说的主要表现对象，从而超越了既有的文学创作陈规。中国现当代文学史上，虽然也有像郁达夫这样的作家，关注疾病，注意从疾病中去开掘社会问题。但是，苏瓷瓷的小说摒弃了从疾病着眼去探究社会与文化问题的写作规范，而是用她那细腻的笔触去发现人性。苏瓷瓷通过一系列精神病患者的书写，窥探了人性的善与恶。这种艺术探索，显然很有价值。

在小说艺术的探索上，湖北青年作家亦有上佳表现。郭海燕的小说对于传统现实主义小说叙事规范的反叛，显然具有标志性意义。郭海燕小说常关注的是幻觉与梦境。《指尖蝴蝶》所叙述的表姐的生活，缺乏鲜明的真实与虚幻的界限。表姐和表姐夫的生活是幸福还是不幸福？表姐和表姐夫离婚与否？表姐和安然之间是否有过爱情？"我"所观察到的表姐的生活与表姐所叙述的生活，到底哪种生活是真实的？哪种生活是虚幻的？在叙述者"我"的叙述之中，真实与幻觉参差出现。值得注意的是，无论真实还是虚幻，抑或梦境，都是郭海燕小说中人物语言叙述的产物。郭海燕的小说告诉我们：制造幻觉或真实的决定性力量是语言。《秋分》的主题是柳卡听公公与他人吵架，根据吵架的语言，柳卡"还原"了丈夫方杰不道德的生活。郭海燕的小说借助"语言"，编织"事实"。而这"事实"是否真实，这是郭海燕给读者的思考。值得注意的是，在郭海燕的小说中，你无法看到首尾完整的故事情节。那种完整的叙述被梦境、幻觉冲击得七零八落，你无法找到那种生活逻辑与叙述逻辑完美地编织在一起的状况。

80后作家宋小词的小说在叙述上别具一格。例如，她的代表作《声声慢慢》不再追求故事叙述的完整性，也没有所谓的中心情节，整部小说以鸡毛蒜皮的家长里短的小细节作为小说的支撑。琐碎的细节叙事取代了故事情节，因而，弥漫的细节、琐碎的叙事溪流，严丝合缝地编织在一起，织就了宋小词小说的艺术锦绣。这种艺术探索显然走在中国当下小说艺术革新的前沿。

曾有学者认为，现实主义是湖北的文学传统，经验现实主义是湖北作家的创作资源。这种概括也成了学术界、评论界的共识。但是，湖北青年作家的创作，有力地改变了湖北文学传统。我认为，这些青年作家的创作是湖北文学的生机和未来的希望。

原载《湖北日报》2014 年 2 月 16 日

第四辑

对话的诗学

打开人性的皱褶

——苏童访谈录

周新民：1987 年，您以《一九三四年的逃亡》和洪峰、格非等一起，成为先锋小说的领军人物之一。小说别具一格的叙事方式、叙述语言，成为先锋小说的代表作。同样，这篇小说也在您的创作历程中，具有十分重要的意义。您还能回忆起您创作这篇小说时的情况吗？

苏童：《一九三四年的逃亡》是我的"枫杨树系列"的第一个中篇小说。写作这篇小说时，我身边好多朋友是南京艺术学院搞美术的学生、老师，平时和人的交流好多与画面及图像有关。这篇小说的写作是突发奇想的，触动我创作的来源很奇怪，大概是几幅画。现在不清楚的是，具体是哪一幅画触动了我，想写这么一个中篇小说。记得我没有具体的创作大纲，自己画了几幅画，这几幅画提醒了我人物线索、小说的主要情节。我就顺着这几幅画来写。这样的写作本身可能就具备实验性，画面图像用来作为想象的翅膀了。

周新民：《一九三四年的逃亡》是您的一篇实验小说，小说被称为实验小说的代表作，这篇小说呈现和以前的当代小说迥异的小说观念，小说的传统要素都发生了变异，如人物不再是小说的叙事中心，完整的情节也没有了。同时，小说虽然是描写了一个家族的命运，但是，又和典型的家族小说有着明显的差异。您能否谈谈您在创作这篇小说时的一些设想？

苏童：这个小说的创作在我的写作历史中比较奇特，也比较重要。当时，马尔克斯和爆炸文学像风暴一样席卷中国文坛，年轻的写作者大多难逃其影响。关注人的"根"，从而引发了一批以家族史为素材的创作文本。《一九三四年的逃亡》中有一些比较流行的家族小说的痕迹。但是它其实又不是真正意义上的家族小说，因为我完全抛弃了一些家族小说中的重要因素，如描写两代甚至几代人物的命运，提取一个或几个家族成员，作肖像式的、细致热情的描写。我似乎没这么做。我把材料抽空了，只借了一个叙述轮廓。抽空了这些家族小说的重要内容后，小说几乎全部是碎片。小说由一组组画面的碎片、一组组杂乱的意象组成，而小说的推进动力完全靠碎片与碎片的碰撞，意象与意象之间的碰撞。传统小说的人物、情节等重要的因素在这篇小说中找不到了，因此，这个小说在我的作品中，实验痕迹确实比较重。

周新民：现在看来，这篇小说对您以后的小说有着什么样的意义和影响？

苏童：这是我第一篇引起舆论关注的作品，与当时其他一些青年作家的作品在一起，形成了一批实验或者先锋小说的具体文本。我不能说它是一篇多么成功的作品，但是一个开始，对我最大的暗示是，写小说可以一边破坏一边创造，破坏和创造有时候具有一致的积极意义。

周新民：在小说《一九三四年的逃亡》中，枫杨树是一个重要的意象，这个意象后来反复出现在您的"枫杨树系列"小说中，看起来小说中的"枫杨树"不是一个简单的物象，而是具有更复杂的象征意味，您能谈谈它的象征意义吗？

苏童：枫杨树乡村是我长期虚构的一个所谓故乡的名字，它也是一个精神故乡和一个文学故乡。在它身上寄予着我的怀乡和还乡的情结。

周新民：怀乡和还乡的情结应该是您"枫杨树系列"的主题，它在您的小说创作中占据着非常重要的意义，您能谈谈怀乡和还乡的具体含义与意义吗？

苏童：所谓怀乡和还乡是文学理论在背后阐释的结果。我们这些写作者大多生活在城市，其实城市人的心态大多是漂泊的，没有根基的。城市里由于人口众多和紧张忙碌的生活方式，导致人对土地、河流甚至树木的情感割裂，一切都是公共性的，个人对自然缺少归属感，怀乡的情绪是一种情感缺失造成的。在文学创作中，所谓的还乡和回乡其实有一个文学思潮在背后推动。我写这个其实是"寻根"文学思潮比较热闹的时期，"寻根"文学思潮推动了我对我自己的精神之根的探索。因此，"枫杨树"的写作其实是关于自己的"根"的一次次的探究，这探究不需要答案，因此散漫无序，正好可用小说来完成。通过虚构可以完成好多实地考察完成不了的任务。

我在创作谈中也写道，人会研究自己的血脉，这是一种下意识。中国处于农业社会的时间太长，大多数城市人口，它的血脉一边在乡村一边在城市，这血脉两侧可以很近也可以很远。一个人在精神上，也是站在这个世界的两侧跳跃，他没有中心，这个中心是不存在的，只有通过写作来调和它。比如我的祖父、父亲是在乡村长大的，我是在这个所谓的城市长大的，那么我是在哪一边的，我认同什么样的文明什么样的价值观？精神和血脉联系的结果是分裂的、矛盾的，我难以找到一个统一的、和谐的点。这种困难也让你的处境复杂化了。复杂的个人处境对作家就是一种具体的写作对象，至少是一种出发点。历史上好多作家都利用自己的处境写作，前提是你对所谓的"处境"必须有"无事生非"的能力。从这个意义上说，我的枫杨树乡村这个系列就是在对处境"无事生非"的探究下应运而生的，包括《米》。

周新民："枫杨树系列"小说有着重要的实验痕迹，在小说艺术层面上，您抛弃了传统小说的艺术表现方式，如故事、情节、人物等；在小说艺术的精神层面上，您更多关注的是精神的怀乡和还乡问题。在"枫杨树系列"之后，您的创作又有了一个十分明显的变化，这主要表现在，从《妻妾成群》开始，您又重新开始在小说中写故事了。这种跨度比较大，我想请您谈谈您当时怎么想到这样调整自己的想法。

苏童：在《一九三四年的逃亡》之后，我在考虑，在实验意味比较强的作品之后，我该怎样写下去。我自己在这方面有一个最大的恐惧，就是怕重复自己的作品。继续写下去的方式大概有两种：一种方式是向前走，另一种方式是向后退。关键在于你怎么理解向前和后退。其实小说手段的使用上从来不存在先进落后之说，我这里说的后退具体是指故事和人物的运用。我退回来把它们又拾起来了。这说到底也是我的写作惯性，在语言的表述上，在故事的选择上，我渴望表现出独特性。例如，打碎故事，分裂故事，零碎的、不整合的故事，都曾经是我在叙述上的乐趣，但后来我渐渐地认为那么写没有出路，写作也是要改革开放的，要吸收外资，也不能丢了内资。

从《妻妾成群》开始，我突然有一种讲故事的欲望。从创作心态上讲，我早早告别了青年时代，从写作手段上说，我往后退了两步，而不是再往前进。我对小说形式上的探索失去热情，也意味着我对前卫先锋失去了热情。而往后走是走到传统民间的大房子里，不是礼节性的拜访，是有所图的。别人看来你是向传统回归，甚至是投降。而我觉得这是一次腾挪，人们常说退一步海阔天空，这不仅是人生观的问题，也是解决写作困境的一个方法。我要看看，退一步有个什么样的空间。

因此在写作《一九三四年的逃亡》《罂粟之家》以后，我是有意识地撤退了。重新拾起故事，重新塑造人物。同时，我要寻找写作来源，我当时寻找到的最丰满的东西恰好就是最传统的、最中国化的素材。如《妻妾成群》，一个封建大家庭，男权屋檐下的女子的身影，我看见它背后潜藏着巨大的人性空间，够我写的了。

周新民：这种调整意味着您的小说进入了一个新的阶段，在这样的思考背景中，您又开始了一个新的系列小说，借用常见的名称就是"新历史"小说系列，它包括您的《妻妾成群》《红粉》《我的帝王生涯》《米》。在这个系列小说中，传统的小说艺术表现方式重新浮现在小说中。但是，叙事方式的回归，并不意味着您的小说的探索痕迹的消失。我以为，在这个系列中，对历史与个人关系的探讨，对个人生存状况的勘察，依然可以成为一个文学时代的标尺。我想就这个问题探讨一下。首先，我们来看《红粉》，在《红粉》中，我看到了一个十分重要的现象。在以往的小说中，人是龟缩在社会历史的阴影中的，而且是社会历史的力量在带动人物运动。但是，在您的《红粉》中，个人从社会历史的轨道中脱轨而出。您这样看待社会历史和个人的关系，具有十分重要的意义，它标志着，在当代文学中，具有独特意味的"个人"在诞生。我想知道，您是怎样从这样的一个独特的角度来展开小说的叙事的。

苏童：《红粉》的故事发生在中国社会历史的一个十分重要的转型期，这是一个十分明显的具有社会标签时代特性的小说。但是，在写作时，我试图摆脱一种写作惯性，小心地把"人"的面貌从时代和社会标签的覆盖下剥离出来。我更多的是讲人的故事。

小说中的解放、妓女改造运动是人物活动的背景，必不可少。但解放和妓女改造等社会历史运动，你可以通过别的途径作更详细的了解，不是我要完成的任务。我在《红粉》中，是借助两个女人和一个男人之间的情感纠葛，来拓展我小说中的那个"人性空间"。我觉得这个故事是一个传统的故事，人物的历史背景天生造成了它的沧桑感，天生地造就了人物的悲欢离合。悲欢离合中的人群是天生为文学艺术而生的，值得写。虽然这是一个传统故事，但是它反而使我有了创作它的欲望。

我赞同那时很流行的一句话：老瓶装新酒。我那时候的小说，都想着老瓶装新酒。所谓的新酒当然不能沿用老的酿制方法，首先要摆脱的是对人物的主观批评，尤其是要摆脱泛泛的社会评判和道德评判。《红粉》涉及了人生活中的压力。我放大的是日常生活或者是私生活中的那部分压力。以前的小说文本通常是将人物潜藏在政治、历史、社会变革的线索的后面，表现人的处境。我努力地倒过来，将历史、政治的线索潜藏在人物的背后，拷问人物不一定要把他们倒吊着，可以微笑着伸着懒腰逼供。我想我自己认为的新酒就在这里。

写作当然也要以人为本。任何优秀的小说都是关注人的问题。人的问题之大，可以掩盖政治变革、社会变革的问题。在小说之中，人性的细枝末节纵贯整个历史长河，也纵贯整个文学史，它的作用是不言而喻的，是明确的。但是许多人写作的时候会犯糊涂，他追求庞大的，追求恢宏的叙述体系，人们都说《战争与和平》伟大，是史诗，但要知道托尔斯泰所做的是让一个个人物粉墨登场，然后让他们充分表现后离开舞台。常见的批评话语也有一种错误，就是重大题材、宏大叙事、小众文学、边缘题材等。我觉得文学中，没有大和小之分，更没有中心边缘之说，对"宏大"和"重大"的追求是寻找另一种奇装异服。创作问题好多时候是看人的态度问题，态度决定一切。"人"是写不光的，作家一辈子都在实际生活和文字生活中，双管齐下地与人相处。能够以文字与人打交道，避开社会的潜规则，本来就是幸运，如果能在写作中学会与人相处，是更大的幸运。所以我理解的小说好坏第一是"人"写得好不好的问题。人写好了一切大的问题都解决了。而我的创作目标，就是无限利用"人"和人性的分量，无限夸张人和人性的力量，打开人生与心灵世界的皱褶，轻轻拂去皱褶上的灰尘，看清人性自身的面目，来营造一个小说世界。

周新民：小萼和秋仪的命运是悲剧性的，如此说来，小说《红粉》其实在叙写一个悲剧性的故事。您认为，这种悲剧性的东西是否和社会、历史相关？

苏童：所谓的悲剧命运在文学中，以前习惯的目光是要寻求一个黑手，一个谴责对象，创作思路大都是搭好一座悬崖绝壁，然后把人物生拉硬扯地推下去。其实一个人物好好地在沙滩上度假，却要挖个坑把自己活埋了，这才叫悲剧。好的悲剧没有模式，悲剧性是探索人性时候的衍生物，所以应该心平气和地出现。比如关于说到堕落、悲剧性、喜剧性都有得写，说到生与死，生不一定就是新生的喜悦，死也不一定是灭亡的伤悼。作家的目光可以迷惘但不可以庸俗。《红粉》里小萼和秋仪的命运如果是悲剧性的，那后面的黑手也是无法寻找的，和历史、社会有关，也无关，和人性有关，但那不是人性的错。作家不可能全知全觉，你所塑造的东西也是未知数，我在写作时尽量挽起人物的手，剩下的只能说是雄心壮志了，就是像孙悟空那样变成一个虫子，潜进人物心灵世界，一番巡游之后，耳聪目明，他说的想的爱的恨的我全知道。

周新民：对社会、历史的忽略，对人自身的关注和重视，是您小说的主要创作主题，应该说在《红粉》中，这个主题得到非常明显的表现。这个主题在《我的帝王生涯》中继续出现，只不过，它要显得抽象一些。它又是怎样出现在您的脑海的？

苏童：这个小说完全是一个天马行空的东西。我那时的小说希望每一篇和上一篇都不一样。《一九三四年的逃亡》有一定的写作潮流影响，和当时的文学思潮有关，是当时的思潮和中外的相关文本在背后影响着我。《我的帝王生涯》却不知从哪儿开始，是我自己都想研究的。

写作这篇小说时，我完全处于一种冥想之中，冥想对象是一座雨中或雪中的宫殿。当时我的脑子里，有无数的文学意象在打架，甚至有一些诗句。有一天我的脑子里突然想起小时候听的那些评弹，《狸猫换太子》《长生殿》什么的。我是苏州人，"文化大革命"后期没有受到什么正统文学的熏陶，那么文学熏陶来自哪里呢？来自有线广播。这个广播是非常单调的，但是因为在苏州，所以一打开广播，除了天气预报、时事新闻外，每天就是无始无终地、慢悠悠地讲一些长篇评弹。其中，有很多是宫廷故事。我觉得这种不急不忙的、天马行空的语调，那些经过民间口口相传的东西，用来叙述我脑子里这座宫殿再好不过了。在写作时，我当然用普通话，但我的耳边似乎是有一个评弹艺人在那儿帮助我舒缓地叙述下去，现在我对这篇小说的想法是，如果用苏州话来写，会不会比现在的好。

周新民：那么，在这个虚构的历史故事中，您寄寓着什么？这个小说在表达着什么？

苏童：我觉得我的这个小说是人生的一夜惊梦。但惊醒之前之后都是梦。为什么这样说呢？我把帝王的一生分成两半，前半生在宫廷里，极尽奢华荣耀的假帝王，后半生是从高峰到谷地的一个平民生活，而且是一个杂耍人——走索人，都不真实，都有点夸张，悲喜交加，两种人生，而且是变化幅度最大的两种人生，是对比，也是融合的，让一个人去品尝。

在这个一夜惊梦中，我试图对人生的符号进行思考：人生其实在印证某种符号。这是一个抽象的"人"的命题。在小说中，端白的第一个符号是错的，比如说，他是一个假皇帝。那么他怎样去摆脱这个符号？这次摆脱是被动的，他是被宫廷政变撵出宫流落江湖的。落魄使他寻找新的人生，这是第二次，他寻找新生活的过程也是去寻找一个符号，他寻找到了杂耍人这个符号，但是，杂耍人也不是这个人真实的人生归宿。僧人觉空教他做开明的皇帝却没有教他做底层百姓。端白的人生是对符号的寻找和摆脱。最后，其实，他是自我放逐在社会之外，最终成了一个与社会无关的人。

周新民：《我的帝王生涯》虚构了一个历史场景，在小说中这些场景是抽象的、不确定的。在它之前的《米》却要具体得多。小说写了许多具体的历史场景，有了具体背景。您在创作《米》时，是否有您的一些考虑？

苏童：《米》是我的第一部长篇小说。它的写作思维是由《一九三四年的逃亡》发展下来的。经过细节的整合，铺开了对家庭的叙述线索，人物面目变得清晰可见。我最初并没有有意识地把笔墨集中在米店家庭中，只把那里作为某个现场，如此去展开写人性当中最溃烂的区域。最初，我想写的是关于城市的新兴产业工人的生活。他们大都是离乡背井的农民，在上半个世纪，他们如何到了城市。他们到了城市多半成了产业工人，成为城市贫民、城市无产者。同时，我想的是，失去了家园之后他们能否拥有新的家园。新产业工人如何与城市的先来者共同生存，构成城市不伦不类的城市文化，我最初是这样的一个大的设想。

但是，这个设想不符合我的写作轨迹。我写作时经常推翻设想。最终我还是回归到写"人"，还是变成了写人的境遇，人与人之间的关系。只是人的背景身份是来自一个乡村的农民。他突然出现在城市里，面对陌生的世界、陌生的文化和价值观。五龙这个人物出场以后动作幅度始终很大，对他的描写停不下来，最初那些设想的主题，于是都隐藏在"人"的背后。

周新民：回顾您的创作，"新历史题材系列"的小说，所占据的分量要比"枫杨树系列"的小说重，和您的现实题材的小说相比，更要引人注目一些，出现这种现象，是否意味着您对历史非常感兴趣？

苏童：我不是对历史感兴趣，而只是对一些"发黄"的东西感兴趣。比如说，一张今天的报纸，我并不感兴趣，但是如果茶水倒了上去，弄得很脏了，我一定拿出来看一眼。对我来说，我的兴趣并不在于历史本身。在我所有的小说中，具体的历史事件在小说中是看不见的，是零碎，只是布景。因此，我对历史表达从来是不完整的，甚至有时是错误的。

所谓的历史的魅力，对我而言，只是因为它是过去时态，它是发黄的，它是一大堆破碎的东西。我对它感兴趣，只是我觉得过去时优美，非常文学化，对我叙说的热情有无比的催情力。除了《武则天》是一个例外，在我的写作中，始终回避史料和历史记载，但是我可能拿一张旧照片来写作。

是历史的纸屑对我有吸引力。我的小说当中，人物不是当下的，而在历史中。但是在历史中，每个人都在顺着人性的线索，拼命地从历史中逃逸。我在这个层面上，会更多地关注人性问题。而历史在这里只是一个符号。当小说中的历史成为符号时，历史和"人"其实就分不开了。但是，在"人"的叙事中，我们还是可以窥见历史的影子，当人性无比柔韧地展开时，历史的面貌就呈现在人们的眼前。因为，"人"的痕迹铺就历史，从这个意义上倒过来讲，表达"人"就是表达历史。

周新民：现在我们回到现实题材的创作。您的小说大致可以分为三个大的系列："枫杨树系列"、"新历史系列"、现实题材系列。您对写现实题材的小说，有什么样的体会？您满意的现实题材小说有哪些？

苏童：我写实的作品其实写得不够好，所谓写实要对现实生活背后隐藏的东西挖掘，挖什么要明确，要舍得扔。想要的东西太多，结果可能是两手空空。我比较满意的写实小说是《桂花连锁集团》《肉联厂的春天》。

当下题材的危险性在于具有真实感，人人都可能有体验。一个作家如果只是满足读者的认知程度，那就是失败的，作家应该远远超出别人对此的认知。当下题材和历史题材最大的区别是，想象力失去了作用，在当下题材的作品创作中，作家应该像外科医生和魔术师。像外科医生要刀刀见血；像魔术师，指东画西，障眼法过后必须令人惊喜，超越读者的认知。

周新民：写历史或者是您所说的"发黄"的题材中，对"人"的关注，是您小说的主题。在写实题材中，您的主题是否变了？

苏童：不，在我的写实题材中，其实一直在表达人的处境。这是文学万变不离其宗的主题，从托尔斯泰、陀思妥耶夫斯基一直到卡夫卡，"人"仍然是现实的中心，"人"不仅表现在历史中，也体现在现实中，毕竟，"人"是小说的万花筒。

周新民：谈到现实题材或者当下的题材，我不得不说到《蛇为什么会飞》，总的来看，这篇小说和以往的小说相比，显得有些突兀，我想知道您怎样看待这篇小说？

苏童：这篇小说与以前的小说保持了一种隔断。这种隔断主要体现在两个方面，首先，在这篇小说中，我第一次将小说在当下进行，并且模拟了对现实生活的打包集装箱式的处理。小说里出现了集中场景——火车站。我让火车站成为叙述的靠山，也成为人物的靠山。情节人物以火车站广场为中心，向四周发散。其次，在小说中，我试图摆好直面现实的态度，并和现实平等说话。小说中有许多当下日常生活的符号，我企图把一个微型的社会景观放在小说中，然后让作家和读者的评判自然发生。

周新民：《蛇为什么会飞》的主题和以往的小说的主题相比，有什么变化没有？

苏童：虽然这篇小说在写作场景和写作姿态上，和以往的小说相比，有一些隔断。但我的兴趣仍然是写"人"，只是人物更具动态。在"人"的动态中表现"人"。千禧年、世纪末这个特定的时间，火车站这个特定的场景，人的高速流动意味深长，目的变得简单、单纯，行为却变得更加疯狂。世纪钟的钟声中，人主动地放逐自己，不是心灵需求导致的结果，是生存的本能引起的大规模的随波逐流，这样一个令人窒息的背景，我们不得不思考，现实社会与人群的面和心不和的复杂关系。和小说中的火车站一样，人们听见"城市"的召唤而流向城市，每个人都认为自己是城市的主人。但事实上，"城市"其实谁也不记得，城市在激进的发展改造之后也失去了记忆，自己都不知道自己属于谁。最终，每个人一无所获，解决问题等待的是时间，所有人的未来其实都维系在广场的世纪钟上，那里留着人们和"城市"命运的悬念。如果让我解释，我对这个小说只能说这么多。

周新民：《蛇为什么会飞》的出现，是否意味着，您的创作会发生一些变化？

苏童：是的。在《蛇为什么会飞》之后，我的创作要拥抱现实，拥抱现实其实不是一个浮夸的口号，是对作家胸怀的一个很好的倡导，当然怎么个拥抱法，拥抱哪儿，这对一个作家更加重要。

周新民：《蛇为什么会飞》除了意味着您的创作目光投射到现实之外，我想，还是否意味着您创作心态也发生了变化？

苏童：人的成长对于作家有利有弊，作家的创作冲动和年龄有一定的关系。年轻有年轻的优势和力量，人到中年以后往往想的比写的多。什么山头唱什么歌，我有时想，如果现在把以前那些作品重写一遍会怎样。大概会匀称漂亮好多，但是野草地经过修整之后就是花园了，不是一回事。所以要我说自己的创作心态，一言难尽。我不认为年龄的老少能够决定写作质量。保持年轻是不可能的，但保持一个虔诚的文学青年的心态是可以的，那就是相信文学，相信写作，相信下一部作品是你最好的作品。

到了一定的年龄，人不一定就变得成熟，但一个写作者的胸怀和眼界应该变得宽阔。写作与做人一样，脚踏实地更加安全。这有两层意思：首先，你写什么都要先挑逗自己，别先想着挑逗读者或者文学界。其次，心平气和的同时要意气风发，一个作家最害怕的是，他的眼光对社会不够热情，切不可给自己规定一个作家的生活内容。我从来不知道作家的生活应该是什么样的，只是强迫自己胸怀天下、耳听八方，如果街上卖豆腐的和卖茶叶蛋的小贩为了什么事吵起来，我一定会听个明白，然后给他们评个理。

周新民：在开始写作《一九三四年的逃亡》时，您以先锋小说家的姿态登上文坛，由《妻妾成群》开始，您的小说开始回归传统小说的叙事方式，到最近的《蛇为什么会飞》，您开始关注当下社会现实和社会心理。应该说，您的小说创作经历了非常大的变化。回顾您的小说创作历程，您有什么样的体会？

苏童：我的写作非常复杂。二十来岁，我是反叛的，反叛常规，那时，我认为，按照常规写作是可耻的，按照这个意义来说，先锋就是反常规。按照常规写作，历史的事件要有一个线索；人在历史中运动，人物要刻画性格；故事情节要有节奏；小说的叙述是线形的。但是，那时，我的小说全部是碎块，是泼墨式的，这就是我反叛常规后的叙述方法。到了《妻妾成群》之后，我对传统小说方法有了兴趣。做一个永远的先锋作家不是我所追求的。我觉得一个作家的创作道路应该很长很长，我希望我与众不同，而且与自己不同。这种心态使我觉得往前走是一种进步，往后走也是一种进步。有时向传统妥协、回归传统也是一种进步，如果往回走，世界又大了，那为什么不往回走呢。在《蛇为什么会飞》中，我开始了新的探索，尝试对现实的立体把握，恨不能长六双眼睛注视，长六张嘴说话。这对我是个新的挑战。一个作家写得得心应手了就应该警惕，对作家来说，最柔软的圈套是自己的圈套。因此我相信折腾，折腾是革命。

周新民：我们刚才对您的一些重要作品作了一个比较翔实的了解。现在，我想和您谈谈您的小说中，所表现出来的一些比较抽象的问题。这些问题涉及您小说的一些重要话题。首先，我想和您谈谈语言问题。您的小说的语言很好，您让我们感觉到一种富有抒情格调、具有绘画质感的语言。您能谈谈您对文学语言的看法吗？

苏童：我从来不觉得我的语言有什么特别。但是我认为在成为一个作家之前，语言一定要先百炼成钢，要锤炼。我最初的诗歌写作，对于锤炼语言十分重要，所以我一直建议在写小说之前，写一段时间的诗歌，这对语言有很大帮助。

语言是一个载体，真正好的语言是别人看不出语言痕迹来的，它完全化掉了，就好像是盐溶解在水中一样。这种最好的小说叙述语言，其实是让读者感觉不出语言本身的铺陈，只是觉得它的质地好，很柔顺或者很毛糙，似乎摸得到它的皱褶。

现代小说语言都使用现代汉语言写作，只有少数方言作家用方言写作，而有着独特的标签。对于我们这些南方作家来说，用现代汉语写作，对我们是巨大的挑战。因为我们生下来说话的语言和写作的语言是不一样的。但是，在写作时，我们必须克服这种语言上的差别。让人们感觉不到这种语言上的差别的存在。

周新民：在 20 世纪 80 年代，您的小说，比如"枫杨树系列"十分注重意象的运用，河水、罂粟、枫杨树等构成了您小说中十分醒目的意象。您后来的小说似乎不再注重小说意象的营造。您能谈谈您的创作上的变化吗？

苏童：在 80 年代，意象的大量使用是我写作的一个习惯，也许来自诗歌。在写作中，塑造人物形象也好，推进情节也好，都注重渲染意象的效果。意象背后潜藏的东西是有主题的，如孤独和逃亡、迷惘和苦闷等。这是意象涉及的某一种主题。但是后来，我渐渐抛弃这样的一种写作方法。尤其从《妻妾成群》开始，我开始使用传统白描手法，意象在我小说中的存在是越来越弱。以前的小说看不出是什么画，现在的小说看得出是国画，而且是白描的、勾线的，不是水墨的。这几种创作方法，我不觉得哪种更适合我，我的创作变数还很大。以后还会变，创作还要折腾。

周新民：阅读您的小说，我发现，您的小说大多关注的是社会中的小人物。您能谈谈您对这些小人物的看法吗？

苏童：小说多写小人物，是因为对小人物的兴趣所在。判断人物是否是小人物，不能以社会分工标准来判断。其实一个部长一个省长也可能是小人物性格小人物命运。小人物之所以"小"，是他的存在和命运体与社会变迁结合得特别敏感，而且体现出对强权和外力的弱势。对小人物的关注也是中外古今文学遗产留给我们的，其实不只是权力、财富、地位这些细节造就小人物，对于一个强硬的以文献记载为准则的评判体系来说，未有记载的，都是小人物。那么小说就来记载他们吧。

周新民：我觉得您的小说在人物形象的关注上，除了小人物之外，还有一个形象写得很成功，那就是女性形象。作为一个男作家，您为什么这样关注女性形象？而且您为什么写女性写得这么好？您写女性的着力点是什么？

苏童：虽然男性作家写女性心理上有一点儿难度，但是，你必须去挑战这个难度。我觉得并不是我写女性写得多么好，而是有些男性作家不负责任，不肯好好地写好一个女人。其实一个好作家，男性写得来，女性一定要写好，像福楼拜《包法利夫人》中的爱玛。包法利夫人就是他。福楼拜这么说，其实是在点出作家与他所创造的人物的关系。就像创作在塑造一个作家，小说人物也在塑造一个作家。

周新民：写了这么多年的小说，您对自己哪方面的作品比较满意？这种喜欢程度和小说的题材有没有关系？

苏童：我只喜欢自己的短篇小说，我的中长篇小说，完全满意的没有。我对题材没有特别的偏向。

周新民：在您心目中，有没有一个好小说的艺术标准？它是什么？

苏童：没有一个固定的好小说的艺术标准。好小说的标准太多了。比如说长篇小说就有《包法利夫人》《百年孤独》《喧哗与骚动》《我弥留之际》《城堡》等，这些都是好小说的艺术标准，我觉得，我还没有一部小说能达到这些小说的标准。

周新民：您关于好小说艺术标准的说法很有意思，您能否以这些作品为例，来谈谈好小说的艺术标准？

苏童：行。我们可以一一分析。《包法利夫人》告诉我们，作为一个作家笔下的人物，具有足够的耐心、同情心，就可以了，但是福楼拜拥有的比这还多。你写不出来一个堕落的女人让人疼痛的味道来，让人感觉到情感是深渊，深不可测，让人在爱玛死前就对她的前途充满恐惧。这篇小说让人触摸到人类情感生活中几乎所有的肌理，而爱玛的自我沦丧就像人在狂风暴雨中走钢丝，最终就掉下来了。这就是一种写法的好小说。

《百年孤独》的好，不在于它被人夸赞得颠来倒去的叙述手法，在于它是一个关于运用想象力的最佳小说文本。当然它是关于孤独的小说，但伟大的是它让你看见，一个人可以用天天给自己织裹尸布来对抗死亡，一个人可以带着毯子飞上天来抵御孤独。马尔克斯说，孤独的反义词是团结，说得好，我在这里跟着他胡说吧，想象的反义词是真实。也许这部小说就是一个反义词，是飞翔的反义词，飞得美，飞得远，当然是一个好的小说的标准。

《喧哗与骚动》是另一种好小说的艺术标准，心理流和意识流是评论家的赞美语汇，它让我感觉到的是五官享受到文字的狂欢，白痴昆丁和他的妹妹都在五彩缤纷之中，你有各种幻觉。比如在小说中，作者提到了忍冬，我从来不知道什么是忍冬花。但是通过文字，我感受到了它，我的感官享受到了忍冬的气味。

《城堡》大概是所有作家心目中的好小说，它要你全身心地投入。所谓卡夫卡的哲学不是表达出来的，而是天生的，它只会这样写。他对哲学的运用，是他把他的哲学藏在他观察世界的目光中，城堡与人的距离是亘古不变的法令，这法令是卡夫卡颁布的，有谁能够逾越？这样好的小说，它不给你感官的享受，而是给你智慧的享受，这也是好小说的一种标准。

《我弥留之际》也是好小说的一个标准。它的每一个章节就是一个人物。情节线索非常简单，围绕一个非常简单的情节，替母亲送葬，一路的跋山涉水支撑了一个非常庞大的人性内容。亲情的后面是背叛，温情的后面是冷漠，让你为一部小说所能容下的空间感到惊喜。

周新民：您这一代人在开始文学创作的准备阶段，就适逢改革开放的年代，接触了大量的外国文学，塞林格、博尔赫斯、马尔克斯、福克纳、海明威等作家，对中国作家产生过很大的影响，您的创作受过他们的影响吗？

苏童：在这些作家中，塞林格对我的影响很大。他的《麦田的守望者》是我在大学时读的。他的贡献不仅在于他贡献了青春期看人生的独特角度，而且他对青春期本身的描写也打动了我，他描写的青春期的人的心路历程和我很像。很难说只是塞林格的文学打动了我，也许是一种关于青春期的精确描述深深打动了我。好多文学作品打动他人，就是从情感上来打动。《麦田的守望者》对于少年心的描写散漫而无所用心，却如闻呼吸之声。除了社会环境不同，《麦田的守望者》和《九故事》中少年们的青涩心态、成长情绪、成长困难都深深打动了我。我在80年代末有一批短篇小说都深受他的影响，我的小说集《少年血》中的一些作品，和他的影响有关。我只是在写作时竭力控制，远离他的阴影。

博尔赫斯，我很喜欢，但在所有喜欢他的中国作家中，我敢说我是没有受他的影响的作家之一，在我的作品中没有他的影子。至于马尔克斯，用想象力统治一切的写作手法，对一大批作家的影响都很大，与其说迷信马尔克斯，不如说是迷信想象力，但恰好想象力是与生俱来的，怎么模仿？你谈到的福克纳，我很喜欢他，他作品的变化很大，每个时期作品的变化都很大，学习福克纳是可行的，学习一种对写作品质的要求，模仿是不行的，因为他无法模仿。大家喜欢的海明威，也是被认为最容易模仿的，许多文学青年都喜欢模仿，但我在警惕他，有意识地避开他，因为你一学海明威，别人就看出来，说你的文字上贴着胸毛。

周新民：您的作品中是否有传统文化的影子？

苏童：我觉得在写作的初期，读外国作家的作品比中国作家的作品读得多，这和我所处的时代相关。那时开放突如其来，我们还来不及接触中国传统文化，西方的作品就先进来了。我们那一代人，传统文化是隔断的，我现在对传统文化的了解是在后天补课学到的。

周新民：那现代作家呢？您怎样看待现代文学史上的著名作家？

苏童：关于现代作家，我个人对三个作家的评价很高，他们在中国文学史上是举足轻重的。他们是鲁迅、沈从文、张爱玲。

鲁迅对我们而言，值得学习的是他的姿态和胸襟，他的伟大在于他的精神，他在教育我们为人为文的品格。在我心目中，与创作的影响相比，他更是一座德行的山峰。沈从文的写作别开生面，他对湘西的描述时隔多少年后仍然鲜活生动。不光是文学目的的清洁，他的小说语言在其中也立了功，是真正的清新自然的，最简洁的三四十年代的汉语。在现今作家那里，许多三四十年代的作家，小说观和我们有着十分明显的隔阂。尤其在语言方面，许多作家的语言在今天看来，十分别扭，而沈从文却不同，他的语言直到今天还有许多值得我们学习的地方。张爱玲近年来忽然变成了一个时尚的作家，也不知道是好事还是坏事，就我的理解她的好处是最大限度地张扬了个人感受对群体世界的抵触，而且是通过汉语文字本身的张力和遣词造句的方法。我不知道怎么形容他们对我写作的启迪，启迪一定是有的，但我所关注的世界与他们的作品距离比较远，没有可以对应的文本来分析或者坦白。

周新民：您是作家中"触电"较早的一位作家，也是"触电"十分成功的一位作家，您的《妻妾成群》改编成电影非常成功。您的小说《米》改编成了电影《大鸿米店》，《妇女生活》正在改编成电影《茉莉花开》。您怎样看待您的小说被改编成电影这件事？

苏童：电影的写作其实和我的写作没有关系，我是被牵扯着进进出出的。从某种意义来说，电影改写了我的形象，甚至有记者说我很商业。其实，我认为，电影和作家经常发生关系，这是一种非常简单的供求关系，供求双方都不可能为对方改变自己的创作生活。作家永远为文学写作，不是为电影文学写作，这是常识，也许不用多说。

《妻妾成群》被改编成电影，一炮走红，因为这个原因，我被更多的人们认识。很多作家的作品被影视改编后，走出了文学小圈子。电影改编，对作家来说，不是好事，也不是坏事，全看你怎样和它保持距离。而且这距离没必要人为造成，去拉长或者缩短。对待改编，大致来说，有两种办法。有的作家为了保持小说自身的艺术特性，为了自己的小说不受伤害，拒绝改编，这是一种比较好的选择。我觉得我的做法也比较好。把小说托付他人，改成电影，看成我的小说的一种再生产的形式。改编成电影之后，就和我没关系。我的小说永远是我的，一旦改成电影之后，它就不属于我了，我和电影之间只属于亲戚关系。

周新民：电影和电视的受众面非常广，作家的作品改成电影和电视剧是否有助于作品的传播？你是否很赞同您的作品的改编？

苏童：如果我的作品改编成电视剧，我就要挑选编剧。我的小说改编成电影，运气比较好，电影的导演如张艺谋、李少红、黄健中等都是非常好的导演。如果要改编成电视剧，我得选择编剧。

周新民：最后，我想了解一下您创作上的打算。

苏童：我的写作从来没有什么打算。最近我在改动我的一个短篇小说，可能要一段时间。我现在希望，不要把我的小说写坏。这种心态不一定好，但一直是我对创作的一个要求。

我从来不去找小说，而是小说找我。一个作家，写作只是他生活中的一部分。其余的都是精神世界，这个精神世界很可能就是小说世界，但不一定非得是小说世界。干什么都有干什么的难处，总之，作家的生活是艰辛的，这其中的艰辛只有他们自己能体会。

和谐:当代文学的精神再造

——刘醒龙访谈录

周新民:刘老师,您好!非常感谢您在繁忙的工作中抽空接受我们的采访。您走上文学创作的道路比较早,在小说创作领域取得了很好的成绩。这么多年了,您还记得您发表的第一篇作品是什么吗?

刘醒龙:《黑蝴蝶,黑蝴蝶……》是我的第一篇作品,发表在1984年第4期《文学》上,这个杂志在1983年叫《安徽文学》,1985年以后也叫《安徽文学》,就这一年叫《文学》。

周新民:您还记得它的具体内容吗?

刘醒龙:《黑蝴蝶,黑蝴蝶……》写了几个年轻人的事情,思考了人应该如何认识自己,如何实现自己的价值。表现了对前途、命运、青春的思考,也认定和思考了个人价值。现在看来这部小说还有些有趣的地方,有些可取的地方。小说中的一句话"机遇是只有少数人才能享受的奢侈品",到现在还经常看到有人在引用。

周新民:您的作品一下就切入了"人"的问题,基本奠定了您以后文学创作的大致走向。但是这样的思考在当时还是很"前卫"的,与当时主流文学创作的主旨有很大的不同。我想,当时的编辑发表您的这篇小说,也许是看中了您的这篇小说的其他方面吧!

刘醒龙:文学这个东西还得信点儿缘。我觉得我写这部小说就是缘分到了。1984年我把小说给《文学》杂志寄过去,编辑苗振亚老师马上就给我回信了,随后还专程来湖北看我。他喜欢我的小说,主要原因就是他看重我的写作中透露出的和皖西一带完全不同的小说气质,所以他想来看一下。《黑蝴蝶,黑蝴蝶……》虽然有些幼稚吧,但怎么说总还是有些生命力的。

周新民：在发表《黑蝴蝶，黑蝴蝶……》之前，您就没投稿？

刘醒龙：不，不是这样的！前些天，我在浙江青年作家讲习班上提到，早发表不一定是好事。如果我要急于发表，1981 年就可以发表作品。当时我给一家刊物寄出一篇小说，编辑部也是马上回信了，说可以发表，但提出了四条修改意见。我只接受了一条意见，我还写信过去驳斥其他三条意见。这当然让对方很生气，一生气就直接把我的稿子"枪毙"掉了。如果我遵照他们的意见修改了那篇作品，那就发表了。但是，那会让我在心里建立起一根并不完美的标杆，认为文学就是这样的。我没有按照编辑的意见去修改，因为我的文学观念和他的文学观念不同。当时很多有名的小说如《班主任》《在小河那边》《我应该怎么办》，我的那篇小说就是模仿他们的，现在看来都是一种笑话。这篇小说没发表倒是催促我继续思考文学的问题。《黑蝴蝶，黑蝴蝶……》只能算是我的习作，之后我写了《卖鼠药的年轻人》《戒指》等，然后就迅速转向了"大别山之谜"系列的写作。

周新民：看来您很坚持您的文学观。"大别山之谜"系列充满魔幻的色彩，充溢着浓郁的地方风情，您的创作是否和当时的"寻根"文学一样，都受到了拉美魔幻现实主义文学的影响？您的文学启蒙教育源自哪里？

刘醒龙：我的文学启蒙教育，更多的是受到了民间传说的影响。小时候，每到夏天，在院子里乘凉，爷爷就会给我讲很多的民间故事，有《封神榜》这样的民族文学，也有当地的民间故事，这才是我的文学启蒙教育。

周新民：除了民间文学的教育外，您应该也接受过正宗的文学教育吧！

刘醒龙：尽管小时候我也读过《红岩》《红日》《红旗谱》，但是这些小说并没有在我的记忆中留下什么印象，只是为了阅读而阅读。我后来的写作和这些阅读简直就是毫不相干。根本原因就在于，一个人，特别是一个有艺术气质的人，他的艺术特征恐怕早在童年时就形成了。因为童年没有经过后天种种训练，童年时的认知主要是直觉，是无邪的，喜欢和不喜欢是没有来由的。艺术也就是这样，艺术本应不受任何其他东西影响。一切了不起的写作者，他的高峰写作一定是和童年经历有关的。艺术的选择在童年就完成了，至于你能达到什么境界，那才是后天的修养问题。

周新民：您觉得"大别山之谜"系列还有哪些地方到现在您还比较重视？

刘醒龙：我看重的是这种小说充分地展示了我个人对自然、对艺术、对人等一切通过文字来表现的那种想象力。在这种小说里，个人的想象力完全被发挥了。但是问题也出在这里，就是想象力过于放纵了。毕竟写小说的目的还是要给人看，过分放纵自己的想象力，而不考虑别人怎样进入这种想象中，不考虑别人怎样去理解你的想象力。这就形成了后来人们所说的读不懂。几乎没有人跟我说能读懂我的"大别山之谜"。这些小说，也许连我自己都不懂。也许这种写作是任性的，我在创作中完全展示了我的想象力。在后来的写作中，我就慢慢意识到了这一点：最好的文学，只有在相对收敛、相对理智的背景下写作才能把它写好。否则无论自己认为写得怎么好，但结果可能适得其反。

周新民：您认为您的整个文学创作经历了哪几个阶段呢？"大别山之谜"应该是您的创作的第一个阶段吧。那么第二个阶段的创作有哪些作品呢？

刘醒龙：我的文学创作明显地存在三个阶段。早期阶段的作品，比如《黑蝴蝶，黑蝴蝶……》、"大别山之谜"，是尽情挥洒想象力的时期，完全靠想象力支撑着，对艺术、人生缺乏具体、深入的思考，还不太成熟。第二个阶段，以《威风凛凛》为代表，直到后来的《大树还小》，这一时期，现实的魅力吸引了我，我也给现实主义的写作增添了新的魅力。第三个阶段是从《致雪弗莱》开始的，到现在的《圣天门口》。这个阶段很奇怪，它糅合了我在第一、第二个时期写作的长处而摒弃了那些不成熟的地方。

周新民：《威风凛凛》是第一个转折，也就是第二个阶段的开始，如果说第一个阶段您的文学创作过多地依赖于一种想象力的发挥，那么从《威风凛凛》开始探讨人的精神问题，这也是您以后创作的一个非常重要的线索。那么请您谈谈您对这部小说的一些看法。

刘醒龙：我同意你的说法，这个时期小说是对于个人精神状态的探讨和表达。"大别山之谜"写到后来，就陷入了迷惘状态。我突然不明白写作究竟是怎么回事了，我不明白这样写下去的意义何在，我如何接着写下去。所以写到"大别山之谜"中后期的时候，也就是写到《异香》的时候，我很苦闷，我发现不能再写下去了。

周新民：是的，写作完全依赖个人想象力，是很难继续下去的。写作毕竟是一个复杂的过程。最终是什么一件事情，让您的创作出现了新的转机？

刘醒龙：有一个契机，大约是 1988 年。在红安县召开的黄冈地区（就是现在的黄冈市——访谈者注）创作会议上，省群众艺术馆的一位叫冯康兰的老师，讲到一首小诗《一碗油盐饭》："前天我放学回家/锅里有一碗油盐饭/昨天我放学回家/锅里没有一碗油盐饭/今天我放学回家/炒了一碗油盐饭/放在妈妈的坟前。"在场的人数有一百左右，这首小诗对其他人也许没有任何影响。而我却感动至极，泪流满面。在听到这首诗的那一瞬间我突然明白艺术究竟是怎么回事了，原来就是用最简单的形式、最浅显的道理给人以最强烈的震撼和最深刻的启示。一首小诗只有三句话，三个意境，它所表达的东西却太丰富了。年轻时藐视权威，甚至嘲笑巴金先生"艺术的最高技巧是无技巧"的箴言。是这首诗让我恍然大悟，并且理解了巴金先生的太深奥和太深刻。

周新民：在《威风凛凛》中，您曾提到了"百里西河谁最狠"这一暴力主题，谈谈您对它的认识。

刘醒龙：暴力是我们民族的历史习惯，历朝历代的人，都喜欢用暴力手段解决问题，在精神上征服不了对方时，就会情不自禁地实施消灭肉体的办法。殊不知对肉体的消灭会带来更大的精神灾难。《威风凛凛》是个承前启后的作品。后来，从《村支书》《凤凰琴》《秋风醉了》到《分享艰难》《大树还小》，总体上有一种一以贯之的东西，那就是对人的关怀，对生命的关怀。具体一点就是对人活在世上的意义的关怀。人活在世上的真正意义也许找不到，也不是小说所能解决的。小说的写作只是提供一个路径，引导你去运作，引导你去尝试。如果小说最后加个结论，告诉别人应该怎么做，就像当年的《金光大道》《艳阳天》等，硬去加上一些未卜先知的内容，就会无法避免地成为日后的笑料。

周新民：那您怎么解决这个问题？

刘醒龙：成熟的文学作品往往还是表现有一定程度的迷惑状态。比如后来的《村支书》，作品出现的时候引起了很大反响。尽管多数批评家认为，在当时到处都是"新写实"那种灰暗基调风行的时候，《村支书》却表达了一种光亮、一种理想。就小说来说，它究竟表达了什么光亮什么理想，并不知道，也说不清，通常会将其认识为表现人性美的一面。其实并非如此简单。《村支书》这篇小说中，老支部书记是那么的可爱，深受当地人欢迎，但相对于时代来说，却又是明显落伍。然而这种落伍，并没有妨碍他的非常强大。我并非想通过这样的人物来表达自己的理想，而是为了在变化太快的现实面前，提醒时代关注，除了生存的舒适度外，还应该有更为紧要的人格强度和生命力度。

周新民：是否可以说您开始树立了一个道德理想主义者的形象？

刘醒龙：这个是你说的，我确实没想过这个问题。

周新民：您的作品开始涉及了一个道德救赎的问题：人要在历史困境、现实困境中，用精神力量、用信仰来拯救个体，实现个体的价值，彰显个体的力量。市场经济时代，是个人的精神、信仰受到冲击，个体的精神开始萎缩的时代，您在作品中却致力于塑造在现实、功利面前有着自己坚定的价值趋向的主题，我想，这是您的小说深受欢迎的主要原因。

刘醒龙：是的，我作品中的人物大都面临精神和利益的对峙。像《凤凰琴》，所有人都为转正名额明争暗斗，但当以转正名额为象征的利益突然来了之后，大家一下子都在想：它有什么意义，既然我不能离开这个穷山沟，这样的利益又有何意义？其实，拿到转正名额和没拿到转正名额，这里面并没有可以办成铁案的对与错。小说因此提供了一个极大的思索空间。一个人在一生中都会遇到这类问题，在道德上选择对了，以日常人生的标准来衡量却是错的。还有完全相反的一种选择，道德关乎人生，利益关乎日常。一定含义的对与错，免不了总在其间逆转，并且关乎到人的一辈子。

周新民：在您的小说中，除了个人的价值与现实环境的冲突之外，还隐含了个人的精神价值、人格尊严、道德问题和历史趋势之间的矛盾与冲突，是不是呢？

刘醒龙：对。很多人把《凤凰琴》当作是写教育问题。这种认识没有看到文学的发展，其文学意识还停留在 50 年代。用旧的文学意识来套当下的文学，就像研究如何让神话里的千里马在高速公路上奔跑。不要以为当代中国文学只在现代主义上有了长足进步，现实主义文学同样进步非凡，在艺术性与思想性诸方面，其进步幅度甚至还超过现代主义在同一时期的表现。

周新民：您的作品开始关注在历史发展中，个人的尊严和价值问题，个人在面对历史和现实的趋势时，如何从精神层面来应对现实和历史趋势。《分享艰难》这部作品遭受了很多批评，您如何看待这些批评？

刘醒龙：我是不赞同这些批评的。实际上，批评这部作品的批评家，不久之后就开始表示对自己当初批评的不认同，认为自己误读了。

周新民：您也这样认为吗？

刘醒龙：的确是误读了。这部小说本身写的有种焦虑，批评家应当比我更理智。腐败等一系列早已存在的社会问题，仿佛是在1996年前后的一夜之间突然爆发的，在此之前，大家好像都对改革充满了理想，以为只要今天改革了，幸福就会在明天早上降临。但在那一段时间里，人们才真正意识到，也许还不仅仅是意识到，而是不得不接受改革是不可能一蹴而就的这样一种事实。改革带来的大量后遗症压迫着我们，文学界对《分享艰难》表现的焦虑远远超过我自己在这部作品中表现的焦虑。

周新民：这么说来，您认为对《分享艰难》的批评，在很大程度上是社会普遍存在的焦虑的缘故？

刘醒龙：分歧最大的其实不在于我的文学观，而在于通过这部作品所表达的社会意识。那个时候，很多批评家尽管批评了这部作品，所使用的武器却是落后的。比如说他们之前一直批评的所谓"清官政治"，在此背景下的"清官文学"，早就被大家所抛弃了。这时候又突然情不自禁地重新捡起来。写这部小说时，我并没有直接的意识，是大家的批评让我清醒过来，思索自己为什么会这样写，然后我才明白，其实内心有另外一种想法。我一直对庸俗的清官文学很唾弃。清官文学喜欢解民于倒悬，实际上只是一剂虚妄的心灵鸡汤。那些清廉的文学形象更是当年所谓"高大全"的盗版。如此我才明白，我的小说最大的不同点就在于，我懂得了人要活下去，社会要向前发展，必须对特定事物进行一定程度的认可，包括对那些也干坏事的乡村政治家，因为他也会做一些好事。

周新民：我想问您一个问题，《分享艰难》要说的是谁分享谁的艰难？

刘醒龙：这也是批评家后来一直在纠缠的问题：作为老百姓的我们为什么要为贪官污吏分享艰难？确实是这样的，没错，我们不应该为他们分享艰难，这是毫无异议的！但是，我们也还要想到另外一点，就是在这个社会上，我们是否应该承担一定的社会责任，我们不能只想享受改革带来的大量社会福利。

周新民：您就是说，我们也应该分担改革的艰难。

刘醒龙：对一个负责任的人来说，如果不是由每一个社会人去共同分担改革带来的艰难，这个世界上还有哪些人能够替代呢？不改革，国家就完了，民族就完了。而改革就会出现大量的问题，那么谁来分担？靠官员，他们承担得了吗？其实，清官文学也是一种负担、一种灾难。清官文学所赞美的清官政治对我们的民族改革也是一种灾难，为什么我们民族一直无法建立现代政治体制，其原因就在于我们自己放弃了某些责任。我想表达的是，既然我们选择了，我们就要承担。但是，在当时，社会普遍处于焦虑中。改革开放初期福利好，让人们只看见改革带来的好处、带来的福利，没有想到改革也会带来那么多痛苦。所以当理想一旦破灭，就把责任推到某些人身上，认为是某些人带来的。这就带来了一种全新的矛盾：我们该不该在以改革名义犯下可以谅解或者不可饶恕的种种错误的管治机制面前，承担时世的艰难？其实，这部作品表达的正确意思应当是，作为社会人的我们，在分享改革带来的成果的时候也应该分享改革的艰难。这才是现代的、健康的人格。

周新民：有批评家认为，《分享艰难》缺乏人文关怀，您怎么看待这个意见？

刘醒龙：我跟几个批评家讨论过，其实他们不是说我的这个作品缺乏人文关怀，而是一说到《分享艰难》，就把这一类作品都包括了，就针对这一类作品统一来谈。如果读细一点，就会发现《分享艰难》与他们总在类比的一些有着根本的不同。在那些小说中，有些细节虚构得太离谱。比如，老干部用好不容易到手的一点儿养老金，去保释因嫖娼而被派出所抓了起来的前来投资的外商等。这种事即便是真的发生过，也是有违文化与传统的。说《分享艰难》缺乏人文关怀的批评主要来自小说中的一个细节：洪塔山把孔太平的表妹给糟蹋了。所有的人都认为，不应该原谅洪塔山，我们怎么应该原谅这样的人呢？有批评者曾经著文说：孔太平的舅舅给孔太平跪下来，要孔太平放过洪塔山。在我的小说中，正好相反，是舅舅不打算公开追究洪塔山后，孔太平"扑通"一声跪了下来。从文化心理及太多的日常事实来看，这样处理是极为真实的。在中华文化渗透的每个地方，谁家出了这种事件愿意张扬呢？这是和批评者眼里属于同类小说里根本不同的情节，遗憾的是，处在比小说家更为激愤状态下的部分评论家混淆两类完全不同的写作立场。

周新民：看来我们在阅读小说的时候要细致一些！

刘醒龙：写作粗糙不得，阅读小说更粗糙不得。

周新民：您的《大树还小》也引起了争议，您怎么看？

刘醒龙：针对这部小说的争议是最浅薄的。如果说《分享艰难》的争议还有它的社会意义，这一次的争议真的没有意义。其实根本就没有过争议，只有一方在骂街，我懒得同这些将文学常识丢在一旁的人说什么。

周新民：主要分歧在哪里？

刘醒龙：我在作品中，是要解释一个精神层面的问题。我想在还原那个时期乡村真实的同时，借助"下乡知识青年"这样的群体来表达一种想法：有一类人总在控诉曾经受到了磨难，但斯时斯地那些同样受着磨难，至今仍看不到出路的另一类人，他们的出路，他们生命的价值又何在呢？我其实要表达的就是这点。但他们却认为我在丑化"下乡知识青年"。

周新民：的确，您的追问确实很有意义。

刘醒龙：他们最恨的是小说中四爹说的一番话：你们知青来这里受过几年苦，人都回去了，还要骂一二十年，我们已经在这里受了几百年几千年的苦，将来也许还要在这里受苦，过这种日子，可谁来替我们叫苦呢？只要稍有良知的人都不会挑出这块地方来进行批判。小说其实是在提醒历史与社会注意这样一个伪真理：知青生活再怎么苦，几年后就离开了这个地方，然而，土生土长在这个地方的人，就该如此祖祖辈辈在这里受苦受难吗？

周新民：可惜，有这种思想和情怀的人太少了。您创作了许多优秀的中篇小说，您知道我最喜欢您的哪部小说吗？您可能想不到的，我最喜欢的是《挑担茶叶上北京》。

刘醒龙：那确实是没有想到。

周新民：《挑担茶叶上北京》有历史的与现实的内涵，同时包括政治思想与个人意志的较量。在思想、艺术、叙述和情感控制上都超越了您以前的作品。

刘醒龙：比较《挑担茶叶上北京》和《分享艰难》，应该说在艺术上，《挑担茶叶上北京》更成熟一些。《挑担茶叶上北京》和《分享艰难》是同时期的作品，是姊妹篇。

周新民：这两篇小说您怎么看？

刘醒龙：《挑担茶叶上北京》比《分享艰难》的小说味道重些，艺术气息更浓。

周新民：谈谈您的长篇小说，您在1996年出版的长篇小说《生命是劳动与仁慈》，好像反响不是太强烈，在您看来，它是一部怎样的作品？

刘醒龙：有评论家说它是"打工小说的发轫之作"。《生命是劳动与仁慈》与我有很多的亲密性，属于精神自传吧。我把我在工厂生活、工作十年的所见、所闻、所想、所接触的问题在小说中都表现出来了。在小说中，其实我表现了我的困惑：普通劳动者的个人价值如何体现。对普通劳动者的价值认定问题，很多时候是很无奈的。从个人感情来说，具体到所说的，就是工人作为一个阶层在当下所面临的困境。我们到目前为止，对普通劳动者没有应有的认识，从1977年恢复高考以来，我们所有的教育都是精英教育、精英意识。我在1996年写了这么一部不合时宜的作品。

周新民：但出版社似乎还很高调，人民文学出版社是以"探索者丛书"的名义出版的，出版社大概也意识到您的这部作品在某些方面的超前性吧！

刘醒龙：这部小说出版时，有人用所谓先锋性来怀疑我是否写得了探索小说。《生命是劳动与仁慈》在社会、在人的精神状态层面上的追问，也许比现代主义旗号下的探索者走得更远。属于终极关怀的问题当然需要探索。那些被忽略了的我们所处时代的小问题，同样需要探索，因为这样的探索更能昭示某种大方向。一个小人物，尤其是一个社会地位低下的小人物，一类人，尤其是一类处在社会底层的人，他们的精神状态与生存状态，从来就是一条贯穿我的全部小说的命定线索。

周新民：《生命是劳动与仁慈》和其他那些只是拘泥于探讨人的终极性关怀的作品相比，也是一种探索。其实，您的这篇小说中也有一些很有意思的细节。

刘醒龙：小说中有个细节，有人在名叫武汉的大城市里开了个乡村风格酒店，有斗笠有蓑衣有水车等东西。当时很多人认为是笑话。他们说，这怎么可能呢，人们还没有享够幸福，怎么会怀念那些苦日子呢？我是毫不怀疑，在城市的现代化过程中，人心中那种与生俱来的怀旧心理，特别是对乡村怀念，肯定日甚一日。所以，写作时，我想象了这样一座酒店。现在，一切都印证了。小说不可能是预言，但小说家一定要有预见。

周新民：您是哪一年到武汉的？

刘醒龙：1994年。

周新民：您到武汉后，创作题材发生了某种转变，开始创作《城市眼影》《我们香港见》这些都市题材的小说。

刘醒龙：当时有种心境，想换个脑子写一写。但这不是我的兴致所在，只是一种尝试，是为了表明另一种能力。这是一种性情文字，它不代表什么，我也不想向别人证明什么。

周新民：我们集中地谈一下《圣天门口》吧。我认为，《圣天门口》在当代长篇小说史上是一部集大成的小说，也是你个人创作历史上集大成的作品。有些人认为这部作品完全超越了您以前的作品。而我个人认为，这部作品和您以往作品的联系还是很紧密的，谈谈您怎样认识这部作品与您以往作品的联系？

刘醒龙：《圣天门口》与我以往作品是有内在联系的。同我第一、第二阶段作品相联系比较的话，我认为它是取了二者之长的，它继承了我第二阶段对写实风格的痴迷执着和第一阶段对想象、浪漫的疯狂。可以说它综合了我第一、第二阶段的写作风格，而又在二者之上。

周新民：请您在革命历史题材小说的视角坐标上谈谈《圣天门口》！

刘醒龙：在刚刚结束的第七次全国作代会上，《文艺报》记者曾就文学如何创新问题采访了我。在我看来，在建设和谐社会的历史背景下，写作者对和谐精神的充分理解与实践，即为当前文学创作中最大的创新。中国历史上的各种暴力斗争一直为中国文学实践所痴迷，太多的写作莫不是既以暴力为开篇，又以暴力为终结。《圣天门口》正是对这类有着暴力传统写作的超越与反拨，而在文学上，契合了"和谐"这一中华历史上伟大的精神再造。

《圣天门口》相对于以往写近现代史居多的小说，一个重要的分歧就是它不是在相互为敌的基础上来构造一部作品，来认识一段历史。而是最大限度地、最有可能真实地接近那个时代的历史状态。比如就《圣天门口》来说，小说从头到尾写了那么多的斗争、争斗、搏杀和屠杀，但我非常注意不让任何地方出现"敌人"这种措辞。《圣天门口》从汉民族创世到辛亥革命这条虚一点儿的线索，从辛亥革命到60年代"文化大革命"高潮这条实一点儿的线索，通过这种虚实结合的写法，来求证我们对幸福和谐的梦想。写任何一部小说都应有一种"大局观"，这是很重要的。从国共两党斗争开始后大半个世纪以来，种种文学作品一直纠缠在谁胜谁败、谁输谁赢、谁对谁错，在这些问题上，如果用发展的眼光来看，我们一百年之后再来纠缠对和错、输和赢就显得一点儿都不重要了。

周新民：你认为文学家和历史学家对历史的写作有什么区别？

刘醒龙：作为文学家，在写历史时，必须用现在的眼光而非当时的眼光来看待历史事实，应该有新的视角、新的意识。否则就很难超越，那样我们无非是只能模仿别人、刻录别人。

周新民：最初触动您写《圣天门口》的机缘是什么？

刘醒龙：对我而言，那是内心的一种情结、感觉。从我出生的那一天开始就有一种东西在积淀，多年的写作，一直没有很好地表达出来，所以，我一直想写一部能够表达成长至今的经历中最为纯朴、深情和挚爱的作品。

周新民：《圣天门口》素材的积累？

刘醒龙：从我一出生的那天开始，很多东西仿佛就在那里等着我去收集，等着我去发现，还有一些民间流传的东西。具体讲，比如说我小说写到的那个小曹书记——曹大骏，这个人是有真人原型的，当时鄂豫皖政治保卫局局长兼任红山中心县委书记，"肃反"时杀人如麻。小时候，大人都用"曹大骏来了"吓唬我们。那时候，我们总觉得这个人是个十恶不赦的家伙。后来却发现，他竟是一位在革命纪念馆里挂有大幅照片的烈士。在写作《圣天门口》之前，这类可以化作文学元素的东西，可以说是早已在血液中流淌着，而无须临时抱佛脚。

周新民：《圣天门口》标志着您的创作进入了一个崭新的阶段。由发表《黑蝴蝶，黑蝴蝶……》开始，您的小说开始就延续着对人的精神和生存的关注。并在此基础上生发出道德救赎的主题。而从《圣天门口》开始，对人的救赎转向神性救赎，就是对人的生命的敬畏。小说中的一系列人物都体现了这个观点。请您谈谈对作品中梅外婆、阿彩、马鹞子、杭九枫等人物的感想？

刘醒龙：在谈梅外婆之前，我想先打个比方。我认为，一部好的作品应该是完整的，就好像我们说的一杯水，它应该是一个整体。它由水、杯子以及杯子中没有水的空的那一部分组成。而我们往往会忘记杯子中无水的空的那部分，不去写这一部分，而好的小说应该是完整的，应该包括这三个部分。《圣天门口》中梅外婆就是杯子中没有水的空的那一部分，就是需要去充分想象、完善和提炼的，它提供了一种艺术的空间让你去展开想象。中国小说以往的问题就在于把这些都割裂了，你要写什么就得写什么，不能写什么就不能写什么。其实，藏在"实"的背后的应当是一个时期的理想、梦想。梅外婆就是被作为这个民族过去、现在、未来的一种梦想来写的。想想我们在以往作品中所见到的那么多暴力、苦难、血腥、仇恨，如果仅仅是这些东西，我们民族怎么能延续几千年？我时常在想，说中国人的阿Q精神，有人被处决了而我们还在拿着馒头蘸那个血吃。汉民族如果仅仅就这样，那他们绝对延续不到现在。我们的文学，缺乏对一只杯子的整体表现与深究。杯子本身以及杯子里的水，普通人都能看见。文学除了这样的看见外，还要发现杯子中那些确实存在的无形部分。比如总让马鹞子和杭九枫感到敬畏的梅外婆，那才是脊梁所在。写这部作品时，我怀有一种重建中国人的梦想的梦想。我并不知道要做什么，但我觉得中国人有些梦想是要重建的，我们不应该继续采用暴力的方式解决问题，不能再崇尚以血还血以牙还牙。小说中，我写到巴黎公社那一笔，我以我的梦想来看这段历史，我认为巴黎公社没有失败，它是换了一种方式，不是用暴力的方式，而是用和平的方式，实现了其理想。

周新民：很多人喜欢拿《圣天门口》和《白鹿原》相比较，您对《白鹿原》这部小说是如何看待的？

刘醒龙：《白鹿原》写得很好，它是一部很诱惑人的小说。从小说本身来说，它将陕北气质表现得淋漓尽致，从头到尾贯穿得非常好。它肯定会是中国小说的一种标志。

周新民：您的创作从文学题材来看，主要是表现社会底层人的生活，有很强的"底层意识"，您对"底层写作"有何看法？

刘醒龙："底层"这个词语对我不合适。用"底层"这样一个充满政治倾向的词汇来说文学更不合适。我认为，用"民间"两个字更合适一些。我所有的写作，正是体现了来源于民间的那些意识。

周新民：为什么您的作品有那么强烈的民间意识？

刘醒龙：除了我的文学启蒙教育主要是民间文学外，还有两点决定了我的作品充满民间意识。首先，我从小生活在这种地方，我没有见过大世面，既不知道主流是什么，也不知道大地方的人关心什么，大地方的生活状态是什么。我是1990年5月第一次去北京，那时已经30多岁了。武汉我也是20多岁才第一次来的，就连县城在我们少年时期也是不常去的。当时的这种环境使我们无法接触到"精英"和"主流"。且不说非正规的茶余饭后，就连正式的乡村课堂，也不过是一种换了模样的民间。其次，我的成长经历决定了我和主流思想、精英思想保持了一段距离。在别人眼里，"文化大革命"是天大的灾难，可"文化大革命"对我的最大影响，是让我成了实实在在的自由人。这种自由自在很容易使我处于无政府、无组织和无主流的民间状态。所以"文化大革命"时的主流成分，在我成长的关键时期，也无法对我施以特别大的影响。正是这样的无拘无束，使得我习惯于当一种"主流"产生时，基本上下意识地先表示一种不认同，回头再说其理由。真正的写作确实需要和一己之经验，与外界保持距离。

周新民：您被看作乡土文学的代表性作家，您是如何看待乡土文学的？

刘醒龙：乡土是我个人的情感所在。乡土在不同时期有着不同的调整、不同的意义。只要人在这个世界上生存，只要人还对自然、对田野、对山水怀有深深的留恋，乡土和乡土文学就一定会沿着它既定的模式发展下去，我对这一点深信不疑。

周新民：这就是您的文学作品一直弥漫着乡土气息的主要原因吧！您认为好的乡土文学应该是什么样的？

刘醒龙：中国乡村小说有几大败笔。第一种败笔是刮东风时写东风、西风来了写西风的应景之作，其间生硬地安插一些投城里人所好的所谓乡村的变化和极为媚俗的所谓人性觉醒之类的情爱，还美其名曰敏感。这类写作态度不诚实，有人媚俗，有人媚上，这种人是在媚自己，其笔下的乡村，只不过是个人作秀的舞台。第二种败笔是所谓时代的记录员，经常带着笔记本下乡，记到什么东西回来就写什么。当年的现实主义冲击波本是由主编《上海文学》的周介人联手雷达先生一起提出来的，但周先生却明确说过，他其实不喜欢有些人的写作。还有一种败笔，那就是将乡土妖魔化，还硬要说成是狂欢式写作，我对这样的小说总是感到深深的恐惧，读到最后很害怕，因为我所读到的全是仇恨，没有一点点爱与仁慈。

周新民：那么你认为真正的乡土写作是什么呢？应该站在什么立场上去看待乡土？

刘醒龙：首先不是上面说的三种。在乡土越来越处于弱势、边缘化的局面下，必须有一种强大的、深沉的爱和关怀，它既不应该是乡土的浅俗的"粉丝"，也不是乡土的指手画脚者。应把乡土当作自己一生的来源之根和最终归宿。具体怎么去写，那是个很宽泛的话题。

周新民：您刚才说的关怀和爱怎样理解？关怀什么，爱什么？

刘醒龙：这是个很简单的道理。当然这不是我们所说的爱心。爱乡村，不是要给乡村、乡村人提供多少物质援助，这种物质援助可能是一种恩赐，是一种居高临下，真正的爱乡村是一种由衷的爱，你可以不给它任何东西，但是你的心应该和它在同一位置。回到写作上，我说的这种爱这种关怀，应该是一种对乡土的感恩。没有乡土，哪来的我们当下的文化和当下种种的一切。

周新民：最后我想请您谈谈您的小说观。

刘醒龙：从长篇小说来讲，它应该是有生命的。在小说当中，中短篇小说确实很依附于一个时代，如果它不和时代的某种东西引起一种共鸣，它很难兴旺下去。但长篇小说不一样，长篇小说是一个独立的生命体，它可以不负载当下的任何环境而独立存在，可以依靠自身的完整体系来充实自身。比如这几年一些好的长篇小说《白鹿原》《马桥词典》《尘埃落定》，它们和时代没有什么关系，但它们都有自身的丰富性，构造了一个完整的生命体。

原载《小说评论》2007 年第 1 期

灵魂的守望与救赎

——陈应松访谈录

周新民：陈老师您好，感谢您接受采访。我想了解一下您的文学启蒙教育。

陈应松：这真的是一个非常复杂的问题。我最早的时候是学画画的。小时候很喜欢画画，但我作文又很好，在高中的时候开始写诗。高中的时候我的老师，他写诗又画画，对我影响非常大，于是我开始写诗。

周新民：在您离开学校走上社会后，有哪些契机促进您继续文学创作？

陈应松：离开学校后，我下放当知青，到了一个水利工地锤石头，因我会画画，就被借到指挥部政办。我在那里主要办墙报，写写画画，写的是鼓舞士气的快板诗之类。就这样写了大量的"诗"。

周新民：离开学校进入社会后，您仍然有从事文学创作的机会，这对于一个喜欢文学的青年来说，很难得。我想在这样的氛围里，您一定很努力地创作。一定还有什么，即使是偶然的事件，也帮助您在文学创作的道路上坚持下去。

陈应松：是的，促使我继续坚持文学创作的是一件很偶然的事情。我写了一些诗歌寄到文化馆，但后来就没有回音了。我又到县城的电厂当"亦工亦农"，相当于现在的打工仔。有一次回小镇，在车上和一位同学遇到，高谈阔论，后面一个中年人听到我们的谈话，问我是不是陈应松，因为我和同学谈话时互呼了名字，并且谈的是文学。我说我是，然后他说他是文化馆的，叫陈善文，他说他们的《革命文艺》发表了我两首诗，是我在电排工地写的，后来寄过去又打了回来，说是查无此人。他就叫我赶快到文化馆去拿。其实我工作的电厂离文化馆很近，不足百米，但因为工作很累，我从来没有进去过，当他跟我说的时候我已经忘了寄的几首诗。然后去拿刊物，看到了自己变成铅字的作品。就这样认识了文化馆的老师，然后认识了县城的很多业余作者，这就继续写诗了。确实很偶然的，文学创作它真的很偶然，当然与你自身素质也很有关系，因为我本来就爱好写作，但因为我认识了文化馆的文学老师，就放弃了画画。到现在我还是非常喜欢画画，仍难割舍，不过一心不能二用。

周新民：这是一个很重要的机缘，它让您产生文学创作的成就感。这种感觉对于一个文学青年来说还是很重要的，它给了您信心和希望。我想探讨下，除了这些看来很偶然的事件外，还有哪些因素直接影响了您的文学创作。首先，我想地域因素很重要，尤其您出生和成长的公安县具有优良的文学传统，这个地域因素对您的文学创作是不是有什么潜在的影响呢？

陈应松：现在回想起来肯定是有影响的。从较大的地域因素来讲，我的出生地公安，甚至整个荆州，是楚地的中心，这块地方文风深厚，楚文化的博大使你不想受熏陶也不可能。公安又有"公安派"。公安派的"独抒性灵"，跟这块土地也有关系吧。此外，这个地方有浓郁的民间文化，对我的文学创作的影响比较大，我的外祖母很能讲故事，我熟悉的乡人都能讲，特别是鬼故事，楚人好巫，在我的家乡尤其如此。从小我感受到的巫鬼气氛，激发了我的想象力，那种记忆是对文学最好的滋养。

周新民：您具体生活的环境，比如您成长的村庄、小镇对您的文学创作也有一些影响吧？

陈应松：我出生于一个非常小的小镇，小镇对我的文学创作有很大的影响。这个小镇里有一大批读书人，读书的氛围很浓厚，可以读到很多小说，当时的很多小说我都能看到，什么《青春之歌》《小城春秋》《红岩》《铁道游击队》《红旗谱》《清江壮歌》等。我家里很穷，我是一个左撇子，当时有一种游戏叫"打波"，就是打分子钱，我这个左撇子非常准，总是赢钱。赢了钱，我除了买颜料画画，就是买书。小镇的供销社里有卖书的，鲁迅的书全有，那时的书很便宜，都是一两毛一本，我现在还保存着那时买的一套鲁迅的书。鲁迅潜移默化地影响了我，而且对我的影响很深。我起初写的一些散文都是模仿鲁迅的《野草》，现在我小说的语言里面一样看得到鲁迅语言的影子。

周新民：看来影响您的文学道路的因素还是很复杂的。

陈应松：是的。地域的影响只是一种潜在的影响，但是直接的影响有以下几个:一是高中时老师写诗;二就是我认识了文化馆的陈老师,我写过一篇文章怀念他,发在《湖北日报》上,他带过我县一大批的作者;三是小镇的影响,小镇的文化氛围对我有很大的影响。

周新民:在您写小说之前,您主要是以诗歌闻名,那时您写过小说吗?

陈应松:在那写诗的十年中,我也写过几篇小说,但那时写得很差,不多。真正写小说是在武大读书的时候,是 1985 年,从那时就慢慢退出诗坛。1986 年 6 月开始在大刊物上,如《人民文学》和《上海文学》上同时发表了两篇小说《枭》和《火鸟》。

周新民:您写了十年的诗歌,您怎么又转到小说创作上?其中变化的原因是……

陈应松:还是受到了刺激。当时我们是武汉大学的插班生,一个班里大家都在写小说。他们很瞧不起写诗的,他们认为写小说可以得到大名,有几个人跟我这么说过。但我认为小说不能算作文学,我认为最纯粹的文学是诗歌,小说所表现的生活太芜杂了,它不纯粹。我是酷爱诗歌的。但是他们刺激我,总觉得我不会写小说,好像说我只能写那么几首小诗。当时,一个寝室有四五个人,都在写小说,所以我也就开始写小说了,并且相信我一定比他们写得更好。果然,我发的小说刊物比他们的大。

周新民:除了人际交往方面对您的创作有很大的影响以外,其他方面对您的创作有没有什么影响呢?

陈应松:应该说学校的氛围对我转向写小说没有任何影响,主要还是别人的刺激。想自己为自己争口气。我写的第一个中篇《黑舴楼》也发在《上海文学》上,1987 年第 3 期。当时《上海文学》是非常有影响的。

周新民:您文学作品中经常提到"北纬 30°",在您心目中它有什么特别的意义吗?

陈应松:"北纬 30°"是后来发现的,后来发现我的故乡小镇穿过北纬 30°。我是个神秘主义者,我相信我们荆楚人或多或少都有一种神秘倾向。我发现北纬 30° 很有意味,与我追求的东西不谋而合。刚好它是一个非常神秘的地域,所谓北纬 30° 神秘文化圈,是从北纬 29° 到北纬 31°,那里有很多神秘的东西,我是一个比别人更加相信神秘的神秘主义者。

周新民:具体而言,您发现北纬 30° 有哪些神秘的东西呢?

陈应松:太多了,像百慕大三角、金字塔、野人,关于这方面的书我看了很多，也写了一些关于这方面的文章。比方说中国四大佛教圣地就有三个在这个纬度上：普陀山、九华山、峨眉山。再就是名山大川，比如黄山、庐山、峨眉山，包括神农架、珠穆朗玛、拉萨等都在这个纬度。它还是许多大河的入海口，比如：密西西比河、长江、尼罗河、幼发拉底河等，它穿过的河流如印度河、底格里斯河、拉萨河，包括前面说的那些河流又全部是宗教的河流。在我们周围穿过这条纬度的也有很多神秘的现象，如鄱阳湖的老爷庙沉船区、洞庭湖水怪和呼救石、洪湖的水怪。我们公安和松滋有一种吵闹鬼，是一种很小的隐形人，它还会说话。这事在前年松滋的一本刊物上还登过一篇长文：发生在新中国成立初，是还没破译的一个奇怪案件。就是发现有人在屋梁上讲话，却见不到人。梁上的腊肉移动，有个武装部长不信，拿手枪打，怎么也没打到。这个吵闹鬼在湖北又叫"宵神"。神农架的神秘现象就更多了。

周新民：北纬 30°算是一种神秘文化的符号，神秘文化在您的小说创作中反复出现，不仅在"神农架系列"小说中有很多神秘景象、事物和事件，在您早期的小说中，神秘文化也大量存在。看来它对您的创作影响很深。

陈应松：确实如此。我的神农架小说中的神秘事情不是我编的，是大量真实存在的。写神农架，你不想神秘都不行，这与我喜欢魔幻现实主义无关。我早期的小说如《将军柱》《火鸟》《枭》《黑藻》《赎羊》等，这又与我童年的记忆很有联系。我童年遭遇过许多无法解释的事，巫啊鬼啊，这不能不反映到我的小说中。从一定意义上说，小说就是童年的记忆。我见到过"鬼"，见到过飞碟。在我们那个小镇，人与"鬼"没什么界限，人人都声称见到过"鬼"，且天天发生。我认为，这个"鬼"，与北纬 30°有极大关系。所谓楚人好巫鬼，说不定就是地域自然神秘现象的一种表现。

周新民：从您小说创作的整体来看，您认为有没有什么阶段性的特点？

陈应松：这肯定还是有的，还是很不同的。刚开始，我还是比较喜欢莫言的小说，最喜欢的国内作家是莫言。我有些小说有他的影子，我给莫言讲过，但他说看不出来。还有一些"先锋文学"的小说，不喜欢当时的一些现实主义小说，从来没喜欢过这类小说。刚开始是写船工生活，因为我在水运公司做过五年，像《黑艄楼》《黑藻》之类的作品，但没有得到文坛的普遍认可。到后来又写过一些农村题材的，但还是没有什么起色。因为我老是在现代派和现实主义之间徘徊，因为我不喜欢现实主义，但现代派的很多东西我也不喜欢，于是就处于一种非常矛盾、徘徊的状态。那时我并没有什么明确的写作目的，是典型的文学的流浪汉。就是你写什么都不被承认，只是在省内得到承认。到了 40 岁以后，就是去神农架，那里的生活给了我很大的触动。我喜欢那个地方，那里有很多朋友。刚开始去的时候也没有什么明确的目的，就是还没有想写什么、怎么写的这种目的，回来以后才慢慢明白了，心里就有个谱儿了。在过去，我是游走在现实主义和现代主义之间的状态，现在我非常明确向现实主义前进半步，向现代主义后退半步。后来在北京我的研讨会上，《小说选刊》的副主编秦万里说，陈应松的成功是向现实主义后退了半步，他这话是对的。可就我本人过去的创作来讲，今天我是向现实主义前进了半步。而结果是在当下流行的现实主义里后退了半步。但是我这种现实主义不是惯常的现实主义，与现实主义是比较松散的、若即若离的关系，谈不上貌合神离，貌不合，神也离得很远。到神农架去彻底改变了我。

周新民：您早期的小说中您最看重哪些作品？为什么看重这些作品？

陈应松：我觉得还是《黑艄楼》和《黑藻》。原因是我喜欢这种表现方式，是比较诗意的，找到了一种语言的感觉，为我后来写小说增加了自信。不以故事的连贯性取胜，主要以情绪、人的感觉为主。从诗歌转向小说，是一个非常痛苦的过程，但是我觉得我的这种转换还是很有意思的，既不像诗也不像小说，但就我来说，这些作品还是很值得怀念的。

周新民：我觉得您早期的小说，如《黑艄楼》起点很高，它直接加入了 20 世纪 80 年代先锋文学的对话中。它没有明显的故事情节，只有对生活事件的心理反应，它注重碎片化的叙述，侧重对个人内心的深入开掘，等等，都使它接上了 80 年代文学的风头。

陈应松：《上海文学》当时就是先锋文学的一个重要据点，我当时的心态也比较贴近先锋文学，但我没有进入先锋文学的主要阵营里，还是与我的功力有关，而且边写诗边写小说，分散了精力，也不刻苦。

周新民：与其他人关注您小说的侧重点有所不同，我觉得您的小说最大特点是注重人的心理世界的表现，对人的心灵的勘探进入了很深的层次。尤其是以"神农架系列"为代表的小说里面隐藏的一种与当下现实完全不同的价值体系，您呈现给我们看的，是一种现实，是一种神农架，是一个自然的或农村社会；而隐藏在文字里面的是热衷于对终极性价值的追问，对宗教、信仰的思考。

陈应松：应该还是有的。我看了大量关于宗教方面的书，必须思考一些具有永恒意义的东西，比如生和死、灵魂之类。

周新民：您为什么会突然关注宗教的东西呢？

陈应松：我首先关心的是佛教，一直和寺庙也有着联系，收到许多寺庙的内部刊物。我较多的是受佛教文化的影响。我看到这些刊物上许多往生故事，就是死去时的故事，死者们都十分安详，天上还出现一些异兆。皆因死者信佛。我还看到没信仰的人死时会十分痛苦和恐惧，当想信点儿什么战胜死亡的恐惧时已经晚了。人总要信点儿什么。宗教是愚昧的，但是没有宗教是不行的。宗教就是信仰，信仰是没有什么是非的。人的灵魂是需要安慰的。随着年龄的增长，会使人想到很多问题。我相信人总得信点儿什么，需要寻求一种灵魂的安宁。当然我信与不信这是另外一回事。我也经常买基督教方面的书。但我从来不做什么祷告之类。很难说我信基督教或是什么，但是我还是有一种强烈的愿望，我们要有信仰，你不管信什么。在这个价值观、道德体系、精神世界都处于一种溃滑和迷茫的时代，心灵面临着巨大的不安和惊悸的时代尤其如此。

周新民：您觉得他们与您的文学创作之间有何种联系？

陈应松：有巨大的联系。我为什么要到神农架去呢？并不是领导叫我去的，而是我自己要求去的，但最简单的想法就是城里太嘈杂了，我想寻找清静，我想改变一种生活方式。寻找清静，这个清静里面本身就包含着宗教的因素，是寻找精神存在的方式，倾听自己的方式。

周新民：我突然发现，您的一些小说除了在精神上和宗教有一些联系外，在故事上也有宗教故事的痕迹。

陈应松：我的小说里有极强的善恶报应的道德说教和模式，对生命终极意义的追寻。再就是寻找模式，这是《圣经》故事的一种基本模式，就是不停行走中的寻找，寻找水源，寻找母亲，寻找幸福。基督教对这个有一个说法，叫"灵程"，灵魂之旅，就是寻找天国的路，佛教叫作往生，去向西方的极乐世界。

周新民：我发现大家普遍认为"神农架系列"小说是农村题材小说，是您深入生活的重要收获。但是我却发现了另外一种东西，就是一种精神信仰和精神寄托方面的内涵。我认为在"神农架系列"里面，有两个二元对立的结构，一是城市和农村；二是农村和自然。更有意思的是城市和农村的二元对立里面，农村的价值是优于城市的；在农村与自然的对立里面，自然又是优于农村的。最终我发现了，城市—农村—自然，它们三者里面，价值在最终是向自然倾斜的。我想知道，这种自然到底包括哪些东西呢？为什么您对自然界包括动物有一种痴迷的感情呢？

陈应松：这应该与我们内心所渴望的东西有关。这种自然应该是一种内心的自然，是一种精神向度的东西。它是一种精神存在，它不光是一种大自然，它也是一种符号。说不定它是一个精神的高度，或者是一个精神的坐标，我们的一切必须到那里去。这不是一般的旅游者所想象的那种大自然，它是我，作为一个写作者所想象的大自然。它的世界，也有人，也有树木，也有石头，也有野兽，整个大自然的那种生机勃勃，那种非常陌生的境界，这是真真切切能够慰藉和安抚我们的一个世界。虽然它未必就是精神，但它和精神有关，是有一种信仰在里面，有一种感情在里面。

周新民：很多时候评论家认为，因为您到神农架去体验生活，深入生活，所以您的文学创作与前期有了很大变化。对这种评论您有什么看法？

陈应松：我还是不太在意这些评论，有些时候也没有仔细去想，对这些评论，我也只是默认罢了。你问的也是一个很深入的问题。当你得到什么的时候，有时可能是意外的收获。当我写完《世纪末偷想》以后，我发觉我很能写这种思想随笔，有思想的、很精练的、并且是更深一层的东西。过去写诗就是写的这样一些东西，我还真想写一些关于森林啊，或动物啊，这样一些随笔，写上了瘾，我这就去了神农架。不过去了以后，我发现森林并不是我所想象的森林。大自然是非常残酷的，这是我没有想到的。我第一次到神农架的时候，那真是太美了。高山草甸就像神仙种的，那些箭竹排列得非常漂亮，有规则，就像人工种植。但也产生了另一种感觉，那就是非常贫瘠。农民那么贫穷，动物那么稀少，当你明白是怎么一回事的时候，你去那儿的初衷就变了。

周新民：了解到真实的神农架后，您会有自己的一些思考。

陈应松：是的。千年的树木都被砍伐了，砍伐了以后就很难再生，就长了这些草甸。而且它这种草盘根错节，即使树籽掉进去，都不能生长——已经没有了生长的空间。我发现了自然界的生存法则真的是非常残酷的，我们对大自然的破坏也是非常严重的，不可逆转。然后我就回来写《豹子最后的舞蹈》。我是怀着义愤，讲最后一只豹子是怎样死亡的。

周新民：看到了神农架的真实境况之后，您对神农架原有的看法完全发生了变化，脑海中诗意的自然被严酷的自然所代替，是这样吧？

陈应松：这种思想上的冲击，使我的想法发生了很大的变化。我也有了许多的反思。我们过去讲的那些山村的农民，那些非常美丽的村庄、村落、村寨啊。我们在少数民族作家的小说中经常接触到这种浪漫主义的山村生活，什么山里妹子多么漂亮啊，山里汉子多么强壮啊，什么村村寨寨欢歌笑语啊！那些很美的民俗啊，说得像诗一样美。其实全是谎话，我过去并不知道，我们这些写作者也是被文学所欺骗。像《五朵金花》《刘三姐》等，多浪漫的。但事实不是这样，山里的生活非常的艰苦，农民穷得不可再穷。那么我思考的问题就是非常实在的，没有什么虚幻的东西，它改变了我生活的态度。那时流行的一些小说写农村的，写农村应该怎么改革，村长怎么带领大家致富啊，等等，都是写这样一种东西，至少有一半的东西是虚伪的。从神农架回来以后，我就突然改变了看法。

周新民：您去的时候是带着寻找一种精神寄托、一种想法去的。但是去后突然发现那里带给您的是一种现实的、很强大的冲击力，促使您有了新的看法。因此在您的小说中出现了很多对农村、对神农架地区人的生活贫穷、精神贫穷的关注。是不是也有这样一种想法在里面呢？

陈应松：对神农架我是满怀敬意的，我现在想起来我最大的兴趣还不是贫穷而是他们那种生存的坚韧度。人在那种地方生存下去是不可想象的。山区在一般的旅游者眼中还是很美，山寨啊，山上有人在那里耕耘播种啊！但是他们就没有想过在那么高的地方，人们是怎么生存的，这是城市人无法想象的。比方说他们的小孩怎么读书啊？假如生病了怎么办啊？要是得了病，他怎么到医院里去？他要走多少天？他怎么下来？怎么把病人背下山？他每天吃什么？他有没有水有没有电？就是他怎么生存，想到这些具体的问题，它就给我造成一种巨大的冲击。人类真是太伟大了。我们说的一些不能生存的地方，这些人能够生存下去。我觉得生存的坚韧度是最值得赞美的。回来以后我写的这些小说就是关于他们怎么生存下去的东西。这些与我们的精神生活有关，它是另外一种生存方式。

周新民：您觉得它是怎样一种生存方式呢？在那样一种环境里面他们是靠什么信念生存下去的呢？

陈应松：我认为他什么都不靠，就是靠他的本能，是靠人的韧性生存下去。甚至说句不好听的，人就跟野兽是一样的。你想啊，野兽它慢慢地脱离平原，从低山到高山，它先是在低山生活的，它被人们追杀以后，慢慢跑到高山，高寒地带。它能生存下去，人也能生存下去，作为人来讲，这是非常艰难的。

周新民：在您的"神农架系列"小说中，我比较喜欢这么几篇。首先是《松鸦为什么鸣叫》，这是这一系列当中比较早的一篇。小说主人公伯纬背死人，善待死人。对他来说，这是一种本能，也是一种很自发的行为，没有任何外在的目的在里面。但是在现代文明看来，背死人肯定不是一种自觉的行为，有某种目的在里面。这一点给我的感受很强烈。

陈应松：我当时的初衷还是想冷静地写一种死亡，以一种幽默的笔调，例如他背死人，跟死人不停地说话。当时还是有宗教的考虑，生与死，例如公路带来的大量死亡。《豹子最后的舞蹈》也是这样。

周新民：在您的"神农架系列"小说里面，频繁地写到死，几乎每一篇都有死亡。我觉得这是很有意味的东西，这是您反反复复地在思考死亡的问题。

陈应松：我觉得生死在宗教中就是一个永恒的话题。死亡在宗教、艺术、哲学上都是永恒的话题，特别是在宗教中。我认为，宗教它就是解除人们对于死亡的恐惧。因为基督教说得很明白，它解决人类三大问题：罪、忧伤，第三个就是死亡。但我认为死亡是永难解决的，特别是在文学中。

周新民：您频繁地写死亡，是不是在深入地思考死亡的核心问题呢？

陈应松：我喜欢写生死，我觉得它可能更有意义一些，这是我从神农架回来以后，刚开始的出发点。还是老话：它从现实后退了半步，它不直接关注到现实的某个问题，什么腐败、贫穷、贪污、改革，它不直接关注这些问题。我觉得那些非常好的小说，那些杰出的小说家，最好的小说就是写死亡的。

周新民：这又有另一个问题了，在您的小说里面，您把死亡问题当一个精神问题来对待，您在追求一个抽象的有意义的东西。但是您把死亡放在一个具体的环境中，最典型的代表就是《狂犬事件》。在《狂犬事件》中有频繁的死亡，一连串的死亡频频袭来。在这里面您在思考死亡的什么意义呢？我想您绝对不是简简单单地写乡村的一个具体生活事件和社会事件。

陈应松：《狂犬事件》我自己非常喜欢。因为在这里面我花了巨大的功夫，这是一般的人无法了解的，也没有看到过这个评价。关于像这种用象征的，用一种瘟疫袭来或是什么其他的，比如《鼠疫》啊，还有很多这样的小说，某一个事件所蕴含的道理。包括卡尔维诺的《阿根廷蚂蚁》等，某一事件所造成的威胁。但是假如我没到神农架去，我就写得像《阿根廷蚂蚁》，没有生活的实感，仅仅是一个象征小说，一个寓言小说，这又有什么意思呢？但是我在这里面花了大量的功夫，我写成了一个非常实在的小说，村长、村长的家里人，这里面的所有人，像现实主义小说里面的一样，就是把寓言和现实结合起来了，表达了一种抽象的死亡问题。有了我在神农架得到的这样一些生活，使我能够——有能力考虑到把一部象征的小说写得像生活一样真实，这是非常之难的。过去我写过象征小说，但是你要想写得非常有生活味道，非常有实感、丰富、真实可信，这是不可能的。但是很多写得有生活实感了，又没有那种寓言色彩，没有那种象征性了。就写个生活，什么狗咬人啊，没有任何意义。在这方面，我觉得我付出了巨大的努力。你所说的死亡的意义，在这里，我一下子很难说清。

周新民：《豹子最后的舞蹈》也是一部让人看了很受感动的小说。

陈应松：我觉得我比一些作家多了一些东西，我在生活中得到了很多东西。昨天我在网上搜索出一个网友是这样说的"陈应松的想象力奇绝"。我想，我没有这些生活，我无法想象到这么多东西，我觉得还是生活赐予我的。当时我去访问，去调查，走了那么多路，豹子与人，与其他动物的搏斗，我都听说过，有许多故事是从山民口中听来的，靠我自己完全的想象是不可能的，这是不可想象的。这个小说，我写豹子的心理，那种孤独，感到得心应手，充满感情。

周新民：神农架的确给您提供了很多生活细节，这些生活细节和一些抽象的话题之间取得了联系。使您的思想出现了爆发的机会。

陈应松：这的确是一个爆发的机会。刚好有一个引爆点，有了一个引信，有了火药，正好能够爆发。

周新民：《牧歌》这部小说，题目看了都很美。读到前面让人感觉这个小说很美，后来突然一个事件，使整个小说发生逆转。《神鹜过境》也是如此，和《牧歌》类似。《神鹜过境》刚开始写丁连根准备把它送到动物保护站去，尔后他又把神鹜拿过来把它驯服了，充当抓鹜的工具。这样看来让人感到很意外，很有冲击力，在这个转折里面，您思考了什么问题呢？

陈应松：《神鹫过境》这部小说是我到神农架之前写的，过去我还是喜欢写些这种东西的。写人类的一种残忍，带有一种寓言性。通过驯服这只鹫，利用它去征服它更多的同类，所谓神鹫在他这个地方就是一堆肉了，在另外一些地方是神。神性在这里被一种报复心理给打败了。

周新民：人比动物残忍，《牧歌》这部小说，虽然题目是《牧歌》，但它是一种反牧歌的写法，它所表现的是人和动物的冲突。在这种冲突里面，人和动物两败俱伤。其中让我感到非常有意思的一段话就是张打说的，他是个老猎人，打猎是出了名了。他到老了才发现原来自然界是那么生机勃勃，他认为动物应该也有自己的尊严，也应该有它自己的神性，人和动物的生命应该都一样，人应该敬畏这个动物，敬畏自然，敬畏生命。

陈应松：对，我觉得这个世界应该保持一种平衡，一个没有动物的森林是非常寂寞的，死气沉沉的，对大自然我们还是应该有一种敬畏，它有它自己的平衡方式，人类不应对自然进行过度的干涉和索取。

周新民：在您的小说里，我发现有这样一种观点，您既反对人类对自然贪得无厌地索取，也反对过度的环保主义。我们暂且把前一种叫"人类中心主义"，把后一种叫"自然中心主义"，这两种观点您都是反对的。您还是认为，人与自然应该有一种关系，那么您认为人与自然之间应该以一种什么样的尺度共存呢？

陈应松：这个问题我真的还没有想好。我只能这样说，我写的东西，包括人对动物野兽的猎杀，野兽是否应该有它的空间。我的小说里，当然像在《豹子最后的舞蹈》里，我是怀着一种义愤。实际上，我不能说有一般的是非评判，我把这些写出来，把这些残酷的现实，人与自然、动物与自然之间的紧张关系也好啊，把这种真实的状况写出来，我认为是最好的，不做某种偏执的评判。

周新民：您通过对动物、自然界的严酷的描写，表达了对自然中心主义的否定。人是不能按照自然的价值尺度来生活的，否则也是人的异化。

陈应松：我自己也是一个环保主义者，但是作为小说家进行创作的时候，就不能把这种思想带进去。大山里的现实是非常残酷的，人与动物之间，动物与动物之间，充满了搏斗，到最后人还是要猎杀动物，否则你没法生存。人要生存的话，必须猎杀动物，你不能说我在大山里耕耘的时候，周围全是豺狼虎豹啊，那多可怕，必须得把它们打死，要生存下来嘛。生存是很不容易的，充满了尔虞我诈、你死我活。你不能说把一只老虎放到神农架去，那肯定是要打死它的，没有办法。

因此，我从来不写哪个动物很可爱，你发现没有，从来不写。我们看到许多小说一写到动物，就把它们写得很可爱、憨态可掬，像童话一样，那样我觉得有些不真实。生活本来是一种严酷的现实，你不能说我们的周围山上到处是鸟语花香啊，到处都跑着野兽，这个肯定是不行的。到处都是动物啊，我们和动物友善相处，这肯定是不可能的。浪漫主义的诗人可以这样，儿童文学家可以这样，小说家千万不要这样写，这样写是很不负责任的。我尽量写出这种严酷的现实来，自然是非常严酷的。人与动物，动物与动物，人与人，人与自然界，人与整个森林、大山，都是非常严酷和紧张的。我就是写神农架这种严酷的、严峻的生活，不管人也好，动物也好，他们之间的关系也好，充满着猎杀与被猎杀。人猎杀动物，但野兽它也猎杀人类，我的那些小说里也写到这点，比如人被熊咬死，在山里失踪，夏天遇冰雹冻死，在山上耕地摔下来摔死，等等。

周新民：我觉得更可怕的一点是，人用一种工具性的尺度对待自然：我要占有自然，利用自然。最终，这样一种价值尺度也被用在了人类社会中。那就是人和人之间，充满了一种利用和被利用的关系、算计与被算计的关系。因此，人和人之间，很难达到一种和谐，寻找到沟通的渠道。最终引发的结局是什么？是血案，我认为《马嘶岭血案》要表达的就是这一点。

陈应松：谢谢你的发现。

周新民：您想过这个问题没有？

陈应松：还真的没有深入想过。

周新民：《马嘶岭血案》最大的价值也就体现在这里。知识者和乡村人之间寻找不到沟通的方式。他们遭遇的事件其实很简单，问题就是达不到沟通。知识者只是说，你不要把我的东西弄坏了，我的东西都很贵重的。但是没想到的是，挑夫想到的是什么呢？你的东西既然很贵重，我抢到手里，一辈子都发了。这里就是一种思想的分歧，没建立一种很好的沟通关系。这种不能沟通的关系，工具性的利用心理，正是人与自然之间的关系在人类社会中的应用。这点你可能在写作的时候没有明确地意识到。在《马嘶岭血案》里，我读出的是这样一种味道。包括在其他你的许多小说里，都是人和人之间无法沟通的一种悲剧。《云彩擦过悬崖》传达人和自然之间的和谐关系。在这篇小说里，我读到人与自然之间互相理解、互相沟通的状态。

陈应松：可以这么说。

周新民：山上的观测员因为长年累月看守山林，看守瞭望塔，他的女儿也被野兽残害了，而不被妻子所理解，最后他们离婚了。但是，他对自然还是怀着理解的态度，很有感情，与自然和谐相处。他和人之间也有着非常和谐的关系，过路的人到他那里去落脚，他给他们吃的，和附近村庄的人关系非常好，义务为他们看护庄稼。即使是对和他离了婚的妻子，他也没有半点怨恨心理。单位因为他在山上工作了那么多年，问他有什么要求可以提出来，帮他解决。他提出的要求是给自己的前妻安排工作。总体上看，这部小说里，体现了一种人与自然、人与社会的和谐关系。我认为您所有的小说，最后要表达的观点，就集中在这里。

陈应松：对，充满了一种和谐的、互相理解的关系，一种"相看两不厌，唯有敬亭山"的状态。这也是一种很有价值的发现。

周新民：我就是需要您说得更透一点儿。

陈应松：一种理想。当然你这样分析是对的。《云彩擦过悬崖》也是我自己比较喜欢的一篇小说。写的时候我充满了感情，特别是在写云彩的时候，有批评者说，在一个中篇小说里，用如此大的篇幅，两三千字去写云彩，是一种失误。但这恰恰是我最喜欢的，饱含感情。那种状态我觉得非常令人感动，这种状态也是我需要争取的，但很难得。守塔人宝良与周围自然环境搏斗多年，然后得到自然环境的认可，他也把自然当作自己的家一样。

周新民：开始上山时，他老想退缩，想回家，想临退休了让他回去，来接他的车到了山下，他突然又觉得不愿意回去，这是由于他和自然之间达到了一种非常好的状态。谈完了这些小说，还有一个问题，您是否认为，您的神农架小说和以前的小说完全没有关系？还是对前期的小说有所超越？

陈应松：肯定是有关系的，一个人的道路多半不会出现断裂。我这次到北京开会，有一个湖南的作家，以前不认识的，在一起吃饭的时候，他说，陈应松啊，你到神农架去了后可真是脱胎换骨啊。这个说法我觉得蛮正确，虽然有一些关系，比如说，还是同一个人在写嘛，语言风格方面还是跟以前差别不大。但我现在对生活本身包括对现实体悟更深，关注更贴近了，胸襟更开阔了。写得也比过去更加凌厉和残酷，这是我自己认为的，不知道你们作为批评家是怎么看的。相比于过去，现在写的东西有更强的实感、现场感，这是我过去的小说欠缺的。使小说充满现场感，像真的发生一样。但同时又是一个具有象征意义的、虚构的东西。要像生活，但不能完全写的是生活。

周新民：很多人都把您当作底层叙事的主要作家，关于"底层意识"和"底层叙事"，对这个问题我想听听您的看法。

陈应松：有评论说我的《马嘶岭血案》是底层叙事的重要作品，把我当作底层叙事的代表作家之一。不过我对这个不是很关注的，作家自己写自己的东西就完了嘛。说到底层叙事，明年3月，四川文艺出版社将推出一套"底层叙事小说丛书"，加入的是曹征路、刘庆邦、罗伟章和我。而《天涯》的主编李少君也编了一本《底层叙事小说选》，这其中包括我的一些短篇。

周新民：收了您哪些小说？

陈应松：像《马嘶岭血案》《太平狗》《母亲》《松鸦为什么鸣叫》等。

周新民：对于很多人都把您当作底层叙事的主要作家，对这种评价您认不认可？

陈应松：我还是认可的，因为我从来都是在写底层的。过去有些作品，虽然也描写了社会底层的生活，但是很不真实，它并没有什么底层叙事。比如说伤痕文学它是底层叙事吗？寻根文学也是底层叙事吗？现实主义冲击波、新写实都可以称得上吗？搞错了，角度不同，底层叙事非常真实地去写底层人的生存状态，写得非常严酷。像"现实主义冲击波"里面，写到一个村长啊，一个厂长啊，他要改革，遇到了什么问题，这些问题当然也是很尖锐的。底层叙事不这样写，它不管典型化，它就写生活中的一点，它写一个社会问题，它没把它典型化，它就站在底层这个角度，农民、打工仔，或者它不以他们的身份写，它也是非常向下的，向下向下再向下，它是身处在下面，而不是以一种俯视的姿态。而且对这种生活不再作道德和时代意义的评判；它不对改革的得失用简单的两分法标准打分，完全以真实作为基础，没有任何浪漫主义和粉饰的成分。它的源头不是新时期文学，而是左翼文学。

周新民：您认为底层叙事，一是一种真实的坚守；二是站在底层人，如农民、打工仔的角度；还有哪些？

陈应松：底层叙事的兴起和繁盛是抵挡不住的，在这个浪潮之下，肯定还会有更好的小说出现。因为，我认为它的出现有深层次的原因。我自己是这么想的：（1）它可能是对真实写作的一种偏执实践。这就是：小说必须真实地反映我们的生活，哪怕是角落里的生活。（2）底层叙事是对我们政治暗流的一种逆反心理的写作活动，它的作品，可能是21世纪小说创作收获的一个意外。（3）它是一种强烈的社会思潮，而不仅仅是一种文学表现方法。（4）它是当下恶劣的精神活动的一种抵抗、补充和矫正。我们如今的社会，我们的精神虽然遭受到伤害、陷入困境，但还没有到崩溃和绝望的地步，我们灵魂虽然迷失、变态，但还没有到撕裂和疯狂的地步。我们社会的富人越来越多，穷人越来越少，这更加凸显了穷人的悲哀和我们对贫穷与底层的忽略。何况，穷人在如今依然是一个庞大的、触目惊心的群体。我认为，怜悯，仍然是作家的美德之一。在我们的社会变得越来越轻佻、越来越浮华、越来越麻痹、越来越虚伪、越来越忍耐、越来越不以为然、越来越矫揉造作、越来越顾左右而言他的时候，总会有一些作家，自觉或不自觉地承担着某一部分平衡我们时代精神走向的责任，并且努力弥合和修复我们社会的裂痕，唤醒我们的良知和同情心，这难道有什么错吗？另外，就算作家醉心于底层的苦难，就算是写苦难，我想一个作家写苦难，总比不写苦难好。要我们在这么巨大的贫富差别面前写中产阶级？写底层人的莺歌燕舞？写那种酒馆进、宾馆出，商场进、情场出的生活？我认为我已经写不出来了。

周新民：苦难一直是您文学写作的一个核心问题，除此之外，还有死亡、痛苦。

陈应松：对，因为生存对他们来说，充满了痛苦，轻松的生活不属于劳苦百姓，他们很多人还在为温饱和生存而挣扎着，在贫困山区尤其如此。

周新民：您的作品，如果要贴标签的话，第一个标签是"底层叙事"，第二个是"乡土文学"。

陈应松：我还听说，我的作品被称为打工文学的最重要代表（笑），比如《太平狗》，讲的是一个农民工进城打工的故事。因此被人称为最优秀的打工文学，在《中篇小说选刊》2006年第2期就有这么一篇文章。

周新民：不仅如此，其实您在底层叙事上早就作出了探索。您的长篇小说《失语的村庄》，很有特色。您能不能谈一谈这部长篇小说？

陈应松：这部小说也没有引起太多的关注，但我自己还是很喜欢的。我感觉到这样一种写作方式，我现在是很难进入了。写得那么沉醉，写人的内心，大段大段地描写人的内心，我自己还是花了很多心血的。但是非常遗憾，没有引起什么注意。这部小说还是和后来的作品有很多联系的，写人的贫困、人的内心，还有那种语言的基调，以及我内心想表达的东西，都和现在的小说有很大的关系。

周新民：我觉得这部小说在艺术探讨上也是走得比较远的，您觉得呢？

陈应松：是啊。可惜它的命运不好，一共只印了几千册。因为在过去我也没有什么名气，而且又是一个小出版社出的。

周新民：在这部小说里，有一个非常独特的地方，每个人说话都是用自己的内心来说，恰恰小说又名叫《失语的村庄》，您要让村庄说话，怎么说？每个人用自己的内心说，这种视角具有很深远的探索意义。在我们的印象中，农村题材的小说是传统意义上的小说，没有人用这种叙事模式写过，在这一点上，这部小说非常有探讨价值。

陈应松：我在《世纪末偷想》中，有几处写到了"失语"，不知道你有没有注意到，就是对这部小说的回应。失语是一种生理现象，但它也是一种时代疾病。不光是城市人失语，农民更失语，他们没有说话的地方。

周新民：现在还是失语的。

陈应松：对，他们是没有话语权的，最没有话语权的是农民。文学界讨论什么"底层叙事"，说底层叙事，那么底层能不能自己叙事呢？不可能的。他们本身就是处于失语状态，我们说底层叙事，是从知识分子的角度，代替底层来叙事，帮他们叙事。你能让那一群书都没读、生活问题都没有解决的农民去写小说？不可能吧。甭说是写小说发表，就是写一封信给县里、报社，也没人理他们。知识分子是很可笑的，而且迂腐，讨论底层自己写自己，除非是江青，搞小靳庄，人人赛诗，这证明是个闹剧。失语是我们时代一个巨大的精神疾患，在《失语的村庄》后面有个后记，对这个问题谈到了一些。

周新民：能谈一谈外国文学对您的启迪吗？哪些外国作家是您比较欣赏的，他们对您有没有一些启迪和影响？

陈应松：我欣赏的基本都是外国作家，中国当代文学的小说我不是太喜欢，主要是受外国文学的影响。像我们这一代作家，包括后面的六七十年代的作家，都受过外国文学的影响。我受中国文学的影响真的是很少，在现代作家中，除了鲁迅外，其他对我几乎没有影响。我主要是喜欢拉美和法国作家。拉美文学主要喜欢魔幻现实主义，法国文学则是自然主义对我影响最大。

周新民：一般意义上，20 世纪 80 年代以来，中国作家主要是受现代主义文学的影响，您如何来看待现代主义文学。它和自然主义文学的差别在哪里？

陈应松：我现在觉得现代派作家很轻，并不是我狂妄，瞧不起他们，绝对不是这样，而是觉得他们写得很轻。而自然主义写得很重，分量很重，他们写一种坚实的生活。像吉奥诺的《庞神三部曲》、卡里埃尔的《马鄂的雀鹰》以及其他的一些作品，他们会告诉你什么叫真实，什么叫现场感，他们写实写得非常实在。比如卡里埃尔写那种山区生活，四季的景色，是十分沉醉地写的，细得不可再细，那种功夫让人折服。但这种写实又不像法国的另外一批作家，像巴尔扎克写这个房子，就写这个房子有些什么东西，一件一件道来，有些啰唆，甚至索然无味。自然主义不这样写，他们写得很诗意，语言很有味道，很有象征和寓言色彩。比如"秋天紫色的风""放荡、下流的乌鸦""在雨燕的鞭子一样的尖叫声中""在这深邃、清澈的天空中，人们的欲望会越走越远"……总的来看，自然主义文学强调的现场感、真实感，以及诗意的语言和有意味的形式对我的文学创作的影响很大。因此我很喜欢左拉、卡里埃尔、吉奥诺等自然主义作家。

周新民：拉美的魔幻现实主义对您的启发主要体现在哪些方面？

陈应松：拉美的魔幻现实主义对我的启发主要是他们的魔幻色彩和寓言性质。那种魔幻色彩正好契合了我对神农架的感情，神农架本来就是一个很魔幻的地方，刚好我喜欢魔幻现实主义；他们的语言也是很有诗意的，所有的魔幻现实主义作家的语言都充满着跳跃性，开阔而富有穿透力，这是我非常喜欢的；而且，他们的故事都是精心选择的有意味的故事，并且把生活写得非常丰富多彩，令人目不暇接。用一个中性词来形容魔幻现实主义，那就是"芜杂"，非单纯或单薄，芜杂恰恰是生活的本质，写得如此眼花缭乱，深邃难测，充满意外，这是需要本领的。

周新民：您能不能归纳一下您的小说观？

陈应松：小说应该用充满寓言意味的语言来表现具有强烈现场感的、真实的生活，要使小说充满着力量。小说一定要强烈，对现代麻痹的读者要造成强烈的刺激。一定要复杂，不能单薄，要丰厚、丰富、丰满、丰沉，所谓"四丰"。要真实，令人感动，还要让人疼痛！现在写小说跟20世纪80年代真的不一样了，现在是一个很难出作家的年代，这个时代不是一个文学的时代。也许，这就是作家和小说的宿命。

周新民：谢谢您的访谈，期待您更优秀的作品面世。

原载《小说评论》2007 年第 5 期

向人性深处开掘

——王跃文访谈录

周新民：王老师您好！谢谢您接受我的访谈。我想请您谈谈您的文学启蒙。

王跃文：我的文学启蒙应该始自我的奶奶。我奶奶目不识丁，却总是出口成章，能背诵很多诗词，开口就是四六八句。我生长在乡村，我的童年和青少年时代除了课本几乎无书可读，心目中根本没有文学的概念。我从小跟奶奶睡，奶奶讲的故事应该就是我最早的文学启蒙。我才四五岁，奶奶就教育我说："六儿啊，你要读书啊。少壮不努力，老大徒伤悲啊。"我哪里听得懂？我心想，我又不是老大，我为什么要伤悲。我在兄弟姐妹中排行老六，大哥才是老大。我至今仍没弄明白，奶奶一个字都不认识，出口尽是文言。

周新民：大学生活对您的文学创作的影响有哪些？

王跃文：我上的不是名牌大学，只是家乡的一所专科学校，当时叫怀化师专，现在改名升了本科，叫怀化学院。我去怀化师专上学，最兴奋的是见到了图书馆。记得入学第一天，老师发给我们一个长长的必读书单。看着那个书单，我真是幸福得胸口直跳。心想：我将读这么多书！三年间，我读完了书单上的所有书。学校的图书馆图书很有限，谁借到一本书同学们就预约，轮着看完了才退回去。学校背后有座小山，长着并不太茂密的松树。每天一大早，我就会钻进松林里背书。直到今天，只要想到当年背书的场景，鼻子里仿佛就充溢着松树的清香。我当时并没有真正开始文学创作。我那时候写过一个短篇小说，发在同学们办的油印文学刊物上。小说名叫《山娘娘》，很叫同学们刮目相看。

周新民：我就是想请王老师谈一谈，您是在什么情况下走上创作之路的。

王跃文：怎么讲呢！也没什么很特别的。大学毕业后，我在老家溆浦县政府办公室做一个普通的干部。当时从事的工作就是写公文嘛！我当时写的有两块：一是领导讲话，二是调研材料。县长的所有讲话稿，都是我起草。虽然我过去也喜欢写作，但是机关公文自有它一套规范，你必须认真地去学。大学中文系都有公文、应用文写作的课程，但党政机关里的材料写作，大学课本上是学不到的。所以有那么几年，文学梦想就放弃了。一直到写机关材料已经非常熟悉了，就有业余时间，才开始想着文学创作。

周新民：行有余力了，文学梦想又逐渐萌发了。

王跃文：就像《论语》里讲的："行有余力，则以学文。"这个时候，文学梦想又迸发了。另外，那时候我就是一个二十五六岁的年轻人，尽管在官场里面干，但是，根本就不知道自己以后会怎么样，也有一点儿迷茫。写作，就成了我的精神寄托。

周新民：当时，您是否有职业规划？

王跃文：这方面怎么讲呢，一直都是有一点儿单纯。单纯在哪里呢？就是说，我总觉得只有自己好好地工作，而且我这个人工作也还卖力，同事之间的关系也好，领导也很喜欢。总会有一天会按照这个正常的途径往上走。因为，在官场上所谓体现事业成功与否，就在于你做到好大的官。讲白了就是这样的。但是，那个时候，各种迷茫还都有。不知道以后自己去干什么。在这个时候，文学梦开始重新复苏了，我就开始写一点儿散文。

周新民：您最初写散文？

王跃文：对，是写散文。我发的第一篇散文，我现在想起来，开玩笑，那就是做生意开张的非常吉利的日子，1988 年 8 月 8 日《湖南日报》的文艺副刊。作品名叫作《书房小记》。那个文章现在我都找不到了。在此之前，我从来没有发表文学作品嘛！这个文章在溆浦小县城的文坛引起震惊，有人说：从来没有看见过你写文学作品，怎么写得那么好呀？我当时根本没有书房，只是把我那个不到九平方米的小居室叫作书房，其实就是：一床，一桌。我的那些书都放在那些纸箱子里面，塞在床底下，也没有书架，这些东西都是没有的。就写我在这个书房里面的，怎么样生活，怎么样一些想法。就写这些东西，不到一千字，就八百多字，写得很精致。

周新民：精品版。

王跃文：那时候，我在文学界一个熟人没有，就投到《湖南日报》，不到几天就发表了。哟！我发现我还可以写作呀！于是马上又写了两篇。从8月起到年底，我又在《湖南日报》连续发了三篇小文章。一个不为人们所熟悉的作者，在省报的文学副刊上这么频繁地发表作品，在那个时候很不容易。不过，我的散文创作，也没有完全坚持下去。后来我意识到，我哪怕是写散文，不像有的人散文文字很空灵。我很佩服他们，从头到尾看完了好像没写什么东西，但文字写得很美。我的散文总有点儿故事，也就是所谓的……

周新民：叙事散文。

王跃文：对！叙事散文。笔法就是开头很淡，但还是有点味道。这时我觉得我可以写小说。于是我就开始写小说。说实话，最初我也没有琢磨出一条自己的路，不管题材也好，写法，还有结构也好。尽管是学中文的，但没有具体研究过这些东西。虽然我心中有怎样的小说是好小说的标杆，但是怎么样去把一个小说作为文本分析，怎么去模仿去写呀！我从来没有做过这事。我忘记了，发表第一篇小说之前，写了多少，应该有七八篇半途而废的，就是说开头写个几千字，没意思，不写了。一直到了1989年，我才有了第一篇成品的短篇小说《无头无尾的故事》。

周新民：这是您的小说处女作。

王跃文：对！处女作。《无头无尾的故事》我写完了以后就给当时我们县里的文联主席看。看完了以后，他就拍手叫绝："这个好！"我当时连正儿八经投稿的线索都没有，不像现在有网络，我至少可以查一下地址，对吧？我就向他要一个地址，我就寄到当时《湖南文学》编辑部。现在我们省作协文学杂志《文学界》的黄斌，他从自由来稿中看到了，觉得这个小说写得很好呀！但是不知道是哪里的人。然后就用了，用了以后才写信告诉我。

周新民：您的小说创作之旅就这样开始了。

王跃文：在《湖南文学》上一两年就连续发了三个短篇小说：一个就是《无头无尾的故事》，一个叫作《望发老汉的家事》，还有一个叫《花花》，发了三个短篇小说的时候，有两篇被《小说月报》选载了。

周新民：您的早期小说创作，您最看重的是哪一篇？

王跃文：《秋风庭院》吧。这篇小说 1995 年发表在《湖南文学》7、8 月合刊，被《小说选刊》选载，并被评为优秀小说。当时全国优秀中短篇小说评奖中断，鲁迅文学奖尚未设立，"《小说选刊》奖"也是在全国范围内评选的，质量不低于现在的鲁迅文学奖。甚至可以说，当时无任何不正之风，评出的作品更纯粹。我很尊敬的陈建功先生第一次见到我就说："跃文，像《秋风庭院》这样的小说，你只要写十个到二十个，你在中国文坛的地位就不会动摇了，你就是一个著名作家了。"我开玩笑说："那我就努力吧！"那是在石家庄开青年作家会，我记忆深刻。

周新民：您怎么会想到写《国画》呢？

王跃文：因为我在《当代》连续发中篇小说，就引起了人民文学出版社当代文学编辑室一位编辑的注意。一位叫刘稚的女编辑，她跟在《当代》的责编周昌义说："我们可不可以约王跃文写个长篇？"然后她就试着和我联系。其实多年以后，周昌义跟我讲："我们也是想试一下。为什么呢？你的中篇小说跟其他人的不一样，但你的小说完全靠一种味道支撑。我们有疑问，这种味道支撑一个中篇可以，这样写长篇行吗？"

周新民：您的小说的确写得很精致！

王跃文：用他们的话说，就是味道很足！我并不像有的人那样讲故事，里面有很多很多曲折的故事。我的小说并不以故事取胜。我要写的是一种官场生态，那个特殊的官场关系。但是用这些东西去支撑一个长篇行不行？他们也是在担心。周昌义在《文坛往事》里面就说到了这一点：原来担心王跃文，他的那种注重氛围渲染的写法，能不能支撑一部长篇小说。当时我有一个很自觉的把握，就是《国画》主要写官场的八小时之外，写八小时之后的生活。八小时之内的开会、批文件，那些也没一点儿意思。那些东西你要把它做得很文学化也做不出来。我认为反映官场文化与人性，主要是官场八小时之外。

周新民：您关注的是八小时之外的官场。

王跃文：对！八小时之外的官场。我很敬佩人民文学出版社的那些编辑，他们一方面对文学有很职业的把握，另一方面对所谓的政治底线、政治风气也有非常明确清晰的认识。在这个情况下，仍然把《国画》推出来。《国画》出版后，有一些评论家看了，认为《国画》令他们耳目一新，写官场也好，写中国现在的政治生活也好，写得那么的好！有些批评家认为，《国画》颠覆了旧有塑造官员光辉形象的叙事模式。

周新民：请王老师解释下《国画》标题的意思。

王跃文：我写这个《国画》的时候就抱定一个宗旨：把官场八小时之内的工作全部留白，我就写官场之外的生活，八小时之外的生活。我的这个设想来自国画的技法，国画很多时候都留白吧！

周新民：您的《国画》有个续集《梅次故事》。

王跃文：《梅次故事》其实当时不叫《梅次故事》。《国画》与绘画有关，《国画》的续集也应该和绘画有关，我给它取了个很雅的名字叫《五墨》。国画讲究墨分五采，所谓"韵墨而五采具矣"。编辑一看这个名字，觉得有点儿费解。当时我写了很好的一个题记，题记一看就明白"五墨"是什么意思了。但在出版的时候，出版社领导就站在一般的读者角度来讲，可能觉得别人会误解，"墨"是黑色。让我改个名字，我说我想不出来，随你怎样想啦！最后编辑给我想了一个书名。因为我小说里写的那个地名叫梅次，于是《国画》的续编就叫《梅次故事》。

周新民：《苍黄》是什么时候写的？是什么样的机缘促使您创作了这部小说？

王跃文：2009 年写的。《苍黄》是一部被动的长篇。最初，有一个编辑约我写一个中篇，他想出我的一个中短篇小说集子。这也是当时文化公司操作的，他们认为加一个中篇进去就会卖得好一点儿。结果写的时候，写了七万字了还不知道头在哪里。我说："算了，我写长篇算了！"

周新民：《苍黄》是《当代》发的吧？您觉得您这个《苍黄》与您以前的一些小说有什么区别？

王跃文：要说起来就是，《苍黄》我自己觉得有点仓促。这也是被出版社催的缘故。如果以后有机会的话，我会做一些修订和完善。如果说《苍黄》有什么不同的话，可能是因为年龄的原因，到写《苍黄》的时候……

周新民：写得沉稳了一些。

王跃文：对！少年时代生活的那种郁愤也好，悲愤也好，愤怒也好，那种火气也罢，这些纠结在我心里的一些东西，不像过去写作那样太外化。我在写《苍黄》的时候，心态要平稳一点儿，写得要从容一点儿。

周新民：像您的小说里的那些人物，有没有一个相对的原型呢？比如说《苍黄》里的那些人物。

王跃文：原型，应该说一个都没有。

周新民：我很奇怪呀，《苍黄》中的疯子和县委书记都叫刘星明，有何寓意？

王跃文：其实，创作之初，我是要有点儿寓意的，但是我没有把它处理好。我可能想把它处理一下，处理太仓促了，后来就算了。疯子和县委书记都叫刘星明，其实说是一个人的两个面。它要反映的是中国官场的残酷性：现实的游戏规则可以让你的人格完全分裂。

周新民：我觉得这就是您的意图。

王跃文：我是有意图的，但是我的文字没有交代好，我想后面再交代一下。

周新民：请您解释下《苍黄》题目的意思。

王跃文："苍黄"语出《墨子·所染》："染于苍则苍，染于黄则黄；所入者变，其色亦变。"后因以"苍黄"喻事情变化反复。这一书名的含义应该是一个隐喻，我想读者略加思考就能懂得。

周新民：您被称为"官场小说第一人"，我发现您好像对这个称呼有些个人意见。

王跃文：所谓"官场小说第一人"，完全是拜媒体所赐。曾有评论家说，《国画》的问世引发了当代中国官场小说热。也许是从这个意义上讲，媒体界可爱的"标题党"就把我称为"官场小说第一人"。当然，也有读者认为，目前官场小说虽然很多，但在思想性、艺术性方面尚无超越者。我自己很警惕这种评价。第一，我没有能力阅读所有官场小说，无法把自己的小说同别人的小说做比较；第二，当面说好话也是人之常情，未必就是真实的评价。中国有句老话，文无第一，武无第二。所以，说谁的小说排第一，本来就是件不可信的事。

周新民：在我看来，您的小说没有停留在官场世相的描绘上，而是把笔触深入人性深处，您的创作极大地推动了官场题材文学的发展。

王跃文：一位作家的文学贡献，也许要交给后人去评价。文学经典是时间追认的。作为文学研究专家，您因为阅读量大，因为专门的学术训练，自然比常人眼光高远许多。但是，我仍然相信今人对作家文学成就的评价是有局限性的。所以，评论家们的褒扬之词，我听着虽然很高兴，内心其实很明白。我所能意识到的是，自己进行所谓官场人物刻画时，会尽量摒弃所有概念化的束缚，真正听从内心的感受，把真实的人物形象呈现给读者。我习惯在小说中探究人性最幽微隐秘之处，这样写的客观效果就是撕掉概念化中某类人物的面纱。有种指责，说我的小说丑化了某类人，也许原因就在于此。其实，我不过是把生活还原罢了。单纯在这个意义上，我只是做了一件事，就是说出了国王没有穿衣服。

周新民：您的小说创作历程大致可以划分为三个阶段：第一个阶段以《国画》为代表，包括《梅次故事》《朝夕之间》（又名《西州月》）；第二阶段的代表作是《大清相国》；第三个阶段的代表作则是《苍黄》。您能谈谈您在这三个阶段的艺术和思想追求吗？

王跃文：我在文学创作过程中一以贯之的思想艺术追求应该说是清醒的现实眼光和现实主义精神。作家肯定是会成长的，他对人和世界的认知会有变化，对艺术的观念会有变化，他的创作必然也会有变化。说到底，一个作家的创作风格变化，既有作家的个性因素，又有时代和现实环境变化带来的影响。有些作家这种变化非常明显。比如余华，从早期形式上的先锋实验探索，到后来人们说的现实主义回归。但我在创作时的思想艺术追求并没有太大变化。《国画》是我的成名作，但很多评论家认为我的创作一开始就表现出比较稳定的思想艺术特征。孟繁华先生曾对我的小说有过这样的评价："王跃文的小说在世俗欲望日渐膨胀并在官场过之不及的现实生活中，在权力争夺与情欲宣泄高潮迭起的丑恶出演中，在卑微沮丧踌躇满志惴惴不安小心谨慎颐指气使的官场众生相中，作家不是一个冷眼旁观或兴致盎然的看客，也不是一个投其所好献媚市场的无聊写手。在王跃文的官场小说写作中，既有对官场权力斗争的无情揭示与批判，也有对人性异化的深切悲悯与同情；调侃中深怀忧患，议论处多有悲凉。"我觉得，"悲凉"这两个字可能更接近我作品的底色。但我更觉得，这种"悲凉"还有一个更深层次的底色，是对官场人性缺失的悲悯。因为悲悯，所以还有温暖。当然，我的官场题材小说更有对国民性的揭示和批判。我的小说创作虽然在不断往前走，也许艺术表现上越来越丰富成熟，但这一创作基调并没有变。我个人觉得，《朝夕之间》是我写得最从容的小说。而《苍黄》则由个人命运的沉浮刻画，更转向注重当下的社会现实，转向对社会生态诚实的观察和思考。

周新民：您的小说人物形象设置很丰富，除了一些给人印象深刻的不守规则的官员外，还有丰富的人物形象类型：一是知识分子人物系列，《国画》中的记者曾俚、贺教授、画家李明溪；二是还塑造了富有良知的官员，《漫天芦花》里德高望重的知识分子苏禹夫校长、《朝夕之间》中的农业局局长朱来琪、《国画》的郑才刚、《苍黄》中的舒光泽等；三是塑造了些复杂的社会人员，像一些特异功能的人士等。由于人物形象丰富，您的小说富有艺术感染力和逼真感。您能谈谈您在人物形象塑造上的追求吗？

王跃文：小说的第一要务当然是要塑造生动立体而又富含意蕴的人物形象。我们读到的所有经典小说，无一不是因其塑造了个性鲜明、血肉丰满的人物形象。《红楼梦》中究竟写了多少人物？据清朝嘉庆年间姜祺的统计，有名有姓的共四百四十八人。可是，千人不同面，人物之间既有对照，又有参差。比如，林黛玉与妙玉都孤高自许，但一个是入世的热，一个是出世的冷；凤姐与探春同是泼辣，但一个狠毒狡诈，一个严正直爽。对照的人物就更多了，林黛玉和薛宝钗是对照，尤二姐和尤三姐是对照，贾赦和贾政是对照，焦大和刘姥姥是对照。我也许在塑造小说人物时很受《红楼梦》的影响。一是写人物更多地用心理活动，用细节；二是人物形象的塑造既有鲜明的对照，又有参差的映衬。比如曾俚和李明溪，一个是勇敢的斗士，一个却是无法理解现实中的黑暗而最终被黑暗所吞噬的艺术家。两人有共性，更有差异性。比如朱怀镜和李济运，朱怀镜是在无奈中不安地堕落，最后终于有自我救赎般的最后一搏。严格来说，朱怀镜为自己命运的临阵一搏算不上是自我救赎，只是世俗意义上挽回人生败局而已。李济运是在清醒中调和，在调和中坚守住自己的原则。又比如皮德求和刘星明，一个深谙所谓领导之道，颇懂领导艺术，含而不露；一个凶狠自私，专制武断。这些年来，我的一系列小说确实塑造了较为丰富的人物群像，他们可以分成某些具有共性的类型，又各具特性。文学归根到底是人学。写好人物是文学表达作家创作意图最直接有效的手段，也是一个小说家最起码的责任。

周新民：我注意到您小说创作的主要艺术手段是反讽，您的小说《天气不好》《头发的故事》《国画》《蜗牛》《秋风庭院》等都广泛运用了反讽的手法，您为什么比较偏爱反讽的手法呢？

王跃文：米兰·昆德拉在《小说的艺术》中说："根据定义，小说是一门反讽的艺术，它的真实是隐蔽的，不公开且无法公开的。"我理解，反讽即文本与文本内涵的背离，言不由衷，这在某种程度上就造成了荒诞效果。坦率地说，我爱用反讽并不取决于我习惯的艺术表现手法，更不是受到昆德拉的教导，而是我们的社会现实。你仔细想想，我们当下这个社会，到处都可见表面庄严神圣之下的庸碌世俗，冠冕堂皇之下的阴暗卑劣，一本正经之下的滑稽可笑，你想不反讽也难，想不荒诞也难！

周新民：您说过，您的小说注重表现"官场亚文化"。您能总结下，您的作品中表现了哪些"官场亚文化"？

王跃文：亚文化是指在某一主流文化背景下的次属文化，由某一特殊群体共同形成其游戏规则、生活理念、价值观等。中国是一个有特殊文化传统的国家。中国政治的主流文化当然是理想主义的忠君爱国、敬德保民、以民为本、鞠躬尽瘁等儒家文化，人与人之间的关系也提倡礼、义、廉、耻。但是，中国几千年来的封建专制社会使得官场等于权力场，官员即代表权力，权力的异化导生出权力崇拜和官场异化。生活在所谓官场这一生态圈中的人，其人与人之间的关系因其职位的高低和权力的大小，而形成一种人身依附关系，甚而就是主子与奴才的关系。在这一生态圈内，有很多形成共识了的潜规则。比如我在小说《国画》和《梅次故事》中写的："围绕权力人物，都会形成一个生态圈，衍生各类物种。权力人物一旦失势，生态圈就不复存在了，那些赖以生存的物种就会退化、变种、迁徙、绝迹。其实也没有必要描述得这么复杂，老话一句就够了：树倒猢狲散。"还比如"看法大于宪法"，"如今这世道，不怕你吹牛说自己同领导关系如何的好，甚至不怕暴露你如何在领导面前拍马，就怕让人知道你没后台"，"官场上不是被抓了就倒霉了；而是倒霉了才被抓"，等等。这些都是上不了台面、入不了主流话语的共识，但却是在官场生态圈中大家心照不宣的行为准则。这些就是我小说中揭示出的所谓官场亚文化。我一直想说的是，我的作品常常遭到误读，有些人指责我的作品因为写得太真实精辟而成了"官场教科书"，我只好苦笑。我的目的是揭示出这一官场亚文化的病态及从中折射出的国民性，其意义在批判和警示。

周新民：现在官僚体制很厉害！

王跃文：其实，中国整个是一个大官场。为什么现在的官场小说那么流行？现在所讲的官场在老百姓眼里也不局限过去那种党政机关，把一切公权部门都叫作官场。党政机关、公检法，包括所有公共服务的那些部门、机构，都是官场化、泛官场化了。我们把这种文学冠名为官场文学本身就存在问题，因为官场在词典里面的准确解释是：官场，旧时指官吏阶层及其活动范围，贬义，突出其虚伪、逢迎、欺诈、倾轧等特点。

周新民：说得好！

王跃文：就这些东西，那么多的作家在写，而且读者愿意看，要说起来是不正常的。这个社会不正常，人们才会那么去关注官场，所以有人说……

周新民：其实每个人在日常生活中也有身处官场的感觉。

王跃文：一个地方的媒体采访的时候，就讲到知识分子。为什么知识分子总容易愤世嫉俗？因为任何一个社会它都是有矛盾、有问题的，而知识分子因为他思考能力强、目光敏锐，所以他就会对社会、对现实有所批判，有时会觉得生不逢时。当然也有的知识分子任何时候都会混得很好。曾经有一位通过公考考到一个省里面当了副厅长，他说："王老师，我也是读书人，我也是知识分子，你小说里面写得所有的东西，你所批判的东西，也是我所痛恨的。但是我现在在官场我没办法，我还是要按照游戏规则玩。我只有到了一定的份上，我只有手上有权了以后，我就会怎么怎么地……"当时我就说了一句："这个话，你不要说吹牛了！"

周新民：那实际上做不到！

王跃文：对！也是做不到的。官场的人身依附关系，就像我们在《西游记》里面看到的，大妖小怪一样的，没有一个官员他不是有来历的，没有一个官员他是没有后台的。

周新民：您怎么理解"官场"？

王跃文：官场本身就是一个贬义词。官场在词典里的解释是：旧时指官吏阶层及其活动范围，贬义，突出其虚伪、欺诈、逢迎、倾轧等特点。这样一个贬义词放在某种类型文学的前面，叫人感慨万千。1949年以后，我们是用具有革命意义和进步意义的"干部"取代了官这么一个称呼。我们后来就不讲官了，就讲干部。尽管毛泽东讲过"官民一致"，但是这是他在旧时代讲的话。到了1949年以后，我们也不讲解放军官兵，而讲指战员，不是指挥员和战士。但是这后来，慢慢又用到了"官"这个词。我还讲过，我刚参加工作的时候，听到下面的局长叫县长为老板，我就觉得很奇怪！我觉得这个社会发生变化了。20世纪90年代以来，中国的公权部门，也就是宽泛意义上的官场，越来越显示出其词典意义的官场特点，被民众密切关注。老百姓眼里，官场的边界比传统意义上范围大得多，从党政部门和国家机关，到公检法，到军队，以及所有承担公共服务的部门、行业和单位，甚至国有企业和公办学校的领导层，都被看作官场。也就是说，凡是拿纳税人的钱发工资的部门、行业、单位都被老百姓看作官场，其间的从业人员都被看作官员。我认为这不是老百姓在概念上犯了糊涂，而是这些吃财政饭的部门、行业、单位及其从业人员越来越暴露出其官场面目。

周新民：你刚参加工作的时候就听到这种叫法了？

王跃文：对，我刚参加工作的时候，是 1984 年。1984 年、1985 年的时候，听到下面的局长叫县长叫老板。"老板"过去也是贬义词，指私有财产所有人、私有企业主，是剥削阶级，是贬义的。为什么现在叫领导叫"老板"呢？

周新民：人际关系异化了！

王跃文：异化了！再就是说，最近这些年，更厉害了，叫领导叫老大了。老大过去通常都是指黑社会的头子。

周新民：一般一把手就是老大。

王跃文：对！这是我们老大！这是我们老大！所以说，这个社会异化了。老百姓是不懂得什么叫"春秋笔法"的，但自然而然地他就用上了，就一字之间见褒贬。

周新民：对官场生活敏锐观察和对中国传统文化的深刻认识，促使您在"官场小说"创作上花费了较多精力。其实，叙述官场人和事，是中国文学的一个传统，《诗经》中的《伐檀》《北山》《左传》《国语》《战国策》《史记》等不乏官场生活写照。唐传奇有大量真正的官场小说，例如《枕中记》《南柯太守传》《王维》等。自宋至清，中国官场小说创作不乏优秀之作，大家都非常熟悉的名著有《三国演义》《水浒传》《金瓶梅》以及"三言二拍"等，都属于比较典型的官场小说。只不过，在这些小说中，官场还不是小说叙述的中心，因此人们常常不从官场文学的角度来解读它们。尤其到了晚清时期，官场小说可以说出现了规模效应，出现了《官场现形记》等长篇，中国的典范官场小说才开始形成。

王跃文：我曾调侃说，如果所谓官场小说这种简单武断的类型划分成立的话，那么《悲惨世界》是犯罪小说，《老人与海》是渔业小说，《红楼梦》是青春小说，《西游记》是玄幻小说。我还说过，《史记》就是伟大的官场小说，司马迁写古人的事，有故事情节，有人物对话，有心理刻画，这不是小说是什么呢？诚如您所列举的，中国古代很多文学经典都可以贴上官场文学的标签，但并不妨碍其成为伟大的文学经典。具体说到《官场现形记》，我的评价则是不高的。清代以来的官场小说，我较推崇的是《儒林外史》（普遍看作士林小说）和《老残游记》，而《官场现形记》《二十年目睹之怪现状》等，确实像前辈学人所鄙薄的那样，辞气浮露，笔无藏锋。也许蔑视官场是中国文化的传统，文学作品多易用批判的眼光描写官场，反讽成为作家自然而然的笔法。但是，使用同样的手法，作家之间也是见高低的。《儒林外史》也反讽，但它做得很艺术；《官场现形记》更反讽，却流于漫画化了。也许，客观地看，《官场现形记》的风格同时代风尚密切相关，中国官场似乎到清末以后日见不可收拾的败坏，江河日下，不可逆流。作家对官场痛恨越是深切，笔法越是辛辣。情绪不受节制，文字则易流于简单粗糙。

周新民：现代文学史上有许多经典作品是官场文学，如沙丁的《模范县长》、张天翼的《华威先生》、陈白尘的《升官图》等，都是非常优秀的官场文学。您认为这些官场文学的特点有哪些？

王跃文：中国现代文学史上，应该没有成气候和成潮流的官场文学。从辛亥革命推翻帝制，到1949年新中国成立，作家们的主要注意力一直放在抗日救亡和夺取政权上，民族矛盾和阶级矛盾成为社会的焦点。虽然也有作家揭露国民党制下官僚的腐败，揭露他们对人民的巧取豪夺，也产生了非常优秀的作品，但还是作家们较为零散的个人创作行为，没有集中成为一种文学现象。张天翼的《华威先生》塑造了一个所谓的抗战官僚，是一个热衷于攫取权力、带有几分流氓气息的人物形象；沙汀的《模范县长》塑造的是一个巧取豪夺、横行无忌的小城镇官僚形象；陈白尘的话剧《升官图》则通过两个遭到通缉的强盗躲进一座古宅所做的黄粱一梦，揭露了当时社会背景下官僚们普遍地对百姓的敲诈勒索、贪婪卑劣。这些作品共同的特点都是极尽讽刺挖苦之能事，人物形象大多具有漫画式的夸张，语言犀利。但我认为，无论是从主题的深刻还是从艺术的成熟，都与当代的官场题材有很大的不同。

周新民：50年代出现过许多优秀的官场小说，王蒙的《组织部新来的青年人》即是其中的典型。您喜欢《组织部新来的青年人》吗？谈谈您对这篇小说的理解。

王跃文：上大学时读过这部小说，印象有些模糊了。总体感觉是小说所描写的那个时代，风尚是积极向上的。林震到组织部后，遇到的是种种不适应，看到的是种种不理想，他敢于对领导和机关作风提出批评。小说对当时就已经很严重的官僚主义者作了细致的刻画，似乎除了那位叫赵慧文的女干部，从区委书记、副书记兼组织部长，到组织部两位副部长，都有或多或少的官僚主义，而那位麻袋厂的王厂长则是那个时代的腐败分子。印象格外深刻的是那位起初是组长，后来提拔为副部长的韩常新，一天到晚声音洪亮地讲着溜熟的官场套话，写着空对空的官样文章，玩着滴水不漏的官场游戏。面对密不通风的官场氛围，面对逻辑缜密的官场套话，林震常常感到无助和失语。那个时代，王蒙先生敢于这么大胆地写小说，我向他表示敬意。

谈论王蒙先生的《组织部新来的年轻人》的时候，我突然联想到自己的短篇小说《很想潇洒》。这部小说发表于 1992 年，距《组织部新来的年轻人》发表时间整整三十六年。诚实地说，我写作《很想潇洒》的时候，一丝也没有想到早年读过的王蒙先生的小说。但是，这两篇小说的内在气脉几乎是同构的，差别只是时代风尚完全变了。《很想潇洒》里的汪凡大学毕业分配到市政府办工作，报到那天遇到的不是不收车费的车夫，而是神色警惕的传达室老头。这个时候的官场时刻处于戒备状态，提防每一个上门的群众，哪怕你是新来报到的大学毕业生。群众同官场的关系，完全不同了。三十六年，换了人间。汪凡初进官场也不适应、不理想，但不像林震那样是因为看到组织部的官僚主义同社会主义高潮不协调，而是不能呼吸官场里陈腐的官僚气息，不习惯官场庸俗的游戏规则。但是，现实的强大令个人十分渺小，无法选择。三十六年前，林震经历种种挫败之后，听说区委书记正在找他，马上跑来敲书记办公室的门。三十六年后，汪凡经历了种种挫败，突然想起领导约他晚上打麻将，马上离开了冷饮店。

也许，中国文学如果关注现实，永远都存在《组织部新来的年轻人》叙事模式，我的《很想潇洒》逃脱不了，今后还会有人不能逃脱。区别只是有意，或者无意。因为年轻人走向官场，走向社会，都是不同时代的林震或汪凡，他们面临共同的人生课题。

周新民：新时期蒋子龙的《乔厂长上任记》、柯云路的《新星》轰动一时，这些小说汇入了"改革文学"的洪流，充分表现了中国改革开放的锐气，一扫以前官场小说的阴霾。作为 20 世纪 60 年代出生的作家，当时您应该注意到了这些作品了吧？

王跃文：蒋子龙的《乔厂长上任记》和柯云路的《新星》所描述的所谓新时期，我们可以看作 1949 年之后的一个难得的中兴期，经济、政治与社会朝开放和进步的方向变化，导致文坛理想主义情怀复苏。作家怀着可贵的社会责任对生活作出积极回应，涌现出一批"改革文学"作品。但是，正像当时的改革未能彻底有效地解决中国的社会和经济问题一样，作家凭单纯的理想主义情怀所创作的文学作品也未能回答诸多社会和经济问题。改革文学成为中国当代文学史的一个不可忽视的重要环节，但却未能继续往前走，原因也许就在这里。这些作品是光明的理想主义的，同时也是虚妄的。改革文学的式微还印证了另外一个文学常识，即文学贴近时代固然不是过错，但文学如果试图功利地回答现实问题会导致文学意义浅薄化倾向，因而其生命力也是短暂的。

周新民：90 年代以来官场小说风起云涌，出现了许多叙述官场生活的小说，像刘震云的"官场小说系列"，像张平、陆天明、周梅森等作家，都创作了大量的官场小说。这种现象值得思考。您认为 90 年代以来中国官场小说井喷的原因有哪些？

王跃文：90 年代以来，描写政治生活领域的小说被冠以官场小说之名，单就其命名意义就是耐人寻味的。时代呼唤文学，文学回应时代，这是一条基本的文学规律。一大批作家投入官场文学创作，并拥有前所未有的众多读者，原因也许就在此处。中国是个政治为主导的社会，官场状态关乎每个人的生活。因此，人们关注官场文学，就是关注自己的生存空间。当然，官场文学受到读者喜爱之后，出版机构非常注重出版此类文学作品，客观上也起到了推波助澜的作用。但是，这不是官场文学繁荣的本质性原因。一句话，官场文学的流行并非过错，但它的流行却又是社会不正常的表现。这同清末流行暴露文学，也许有相同的原因。

周新民：您认为理想中的官场小说应该具备哪些要素？请详细谈谈。

王跃文：官场文学的显著特点是其充满批判精神，这是非常可贵的，尽管它并不讨巧；哪怕打着暴露的旗号，也是值得嘉许的，尽管还很不够。但是，也有些官场文学一味地展示官场黑暗和游戏规则，甚至流于玩味官场套路，则是不可取的。我一直认为，文学是人类观察和思考生活的重要方式，官场文学更不能例外。文学能够思考，就担负了它应有的使命。夸大文学的功能是没有意义的。有一种对官场文学的指责，认为官场文学仅仅流于对现实生活的批判，缺乏建设性的社会理想表达，甚至要求官场文学指出美好社会的蓝图。这显然是希望作家越俎代庖，把思想家和政治家的事都干了。我认为，好的现实主义作家可以在作品中写人性的美好，写生活的美好，但不应该虚构虚幻的社会理想。否则只能导致艺术的粗糙和思想的肤浅。哪怕是思想家和政治家们用其学说大致勾画未来是可行的，但如果要求所有文学作品用艺术形象细致地描绘理想社会则是非常可笑的。人类文学史上，发下宏愿试图描绘未来社会美好图景的文学作品并不多见，著名的托马斯·莫尔的《乌托邦》放在现实生活中就是非常幼稚的。《礼记》中关于大同社会的描写，《桃花源记》中关于太平盛世的梦想，都可以看作中国式的乌托邦，这些都只能是美文而非可以实施的社会蓝图。

周新民：通过上述交流，我觉得您对中国"官场文学"谱系掌握得十分清晰，也理解得很透彻。我想这是您能创作出优秀的"官场小说"的重要原因吧。您已经创作了一批受人喜爱的"官场小说"，您以后还会继续创作"官场小说"吗？

王跃文：我还会写官场题材小说。我觉得这个领域里的人性的幽微深暗还没有写尽，我还有话要说。但我肯定还会写别的题材。我觉得，对于一个作家，以什么为题材并不是决定作品优劣的主要因素。

周新民：《文学界·湖南文学》2012年第1期发表了您的中篇小说《漫水》，受到了读者广泛的好评，小说被多个刊物转载。小说中的余公公、慧娘娘等乡村人物刻画得栩栩如生，有一种沈从文《边城》中的诗性气韵。这篇小说别具一格，出手不凡，与您的"官场小说"形成了一个鲜明的对照，也给读者带来了意外之喜。《漫水》是否意味着您开始了创作上的转型？

王跃文：我不承认有转型之说。其实我的作品中已经有一定数量的历史题材和乡土题材的作品，比如我的长篇小说《大清相国》。这本小说一出来，也有人说我的创作转型了。我的乡村题材小说也早就有一些数量，比如《乡村典故》《我的堂兄》《桂爷》等。其实我的创作，无论是官场题材还是乡土题材，或者是别的题材，我关注的对象都是人，是人在特定历史和现实环境中表现出来的人性。这种人性或是优美健康的，或是扭曲缺失的，我只是贴着人物来写而已。不同的人性特征会表现出不同的审美风格。但我的创作一直是紧贴现实的，一直是从容绵密的。

周新民：我也注意到，在"官场小说"之外，您也有一些其他题材的小说。这些作品也很有特点。比如您早期乡村题材的小说。您说过您有很深的乡村情结，您会沿着《漫水》的路子，写出一系列这样的小说来吗?

王跃文:我装在心里的创作计划很多,乡村题材是我目前最感兴趣的写作方向。我一直想创作一部与故乡有关的长篇小说,故事和味道就是《漫水》这种风格的。其实《漫水》中的人物和故事,我原本是要用来写长篇小说的,只是 2012 年省作协创办《文学界·湖南文学》需要一个打头的中篇小说,主编约我写的稿子,我责无旁贷,只得从命。我对创作乡村题材小说非常有信心。但是,回到前面的话,我身上不存在转型一说,那是访问作家时通常会提到的一个很偷懒的问题。

周新民:您的出生地溆浦,应该属于湘西吧?

王跃文:大湘西!

周新民:屈原的作品中就提到了溆浦。有人说您的作品缺乏地方特色。从您的创作看,您似乎没有去刻画独特的湘西。

王跃文:没有!我后来写《漫水》的地域风貌也好、方言也好,包括那种民间表达,我自认为还是做得很好的。

周新民:也是溆浦的风俗?

王跃文:对!溆浦的风俗,包括语言。但是我写这种现实,官场也好,基本上是一种南方普通话写作。因为这个东西,我觉得,怎么讲呢?在中国的官场,天南地北,故意突出所谓地方性,没太大意义,我觉得。因为它跟民风民俗无关。

周新民:对!像《漫水》在追求某种真实性和乡土情怀。

王跃文:写《漫水》这样的小说时,我深切地体会到,毛泽东讲向人民群众学习语言,这确实有道理!我常常感到惋惜:我们现在使用的文字没办法把民间语言的韵味百分之百地记录下来。作为一名出生在农村的作家,他心里总装着一个农村,真是一个福气!因为现代化程度越来越高的城市,生活已经被格式化了,没什么意思了。但是有一个农村作为你的故乡,那就是一个文学的故乡,我觉得那个非常好!老百姓的那种思维方式,是读书人一辈子想不到的。他们那种处世方式、情感方式、世界观,也是跟你们一般的人都不一样,你想象不到的。特别是语言,他们要表达一个什么东西呀,非常生动,惟妙惟肖!对那种民间语言的仔细描摹,描摹出来以后,就连情态、情绪都有!

周新民:《漫水》中农民对待生活的方式,确实是比较达观。

王跃文:乡下老人对待生死那种感觉,非常通达。像我的奶奶,从我记事时候开始，我就知道在堂屋的一个角上放了一副棺材。隔一段时间，她就把上面盖的什么破棕衣拿开，然后非常爱惜地抹一遍。我看到那个东西就怕！我晚上从堂前面走过，堂屋的门还没有关的话，我走到那个地方，我就跑，跑过去，觉得阴森森的！但是老人家非常严肃地、很庄严地，也很坦然、也很淡然地对待这个事情。他们看上去好像乐呵呵地谈论死亡，说什么死了以后怎么怎么地。

周新民：这个作品写得很宁静。

王跃文：一些乡下人，就说谈论别人的死亡。他们也说哪里死了人什么的，也不可能像我们城里人的话，什么节哀呀！都是客套话。他们有时候可能没有这么一套，有时候还调侃，还开下玩笑。任何一家人有人去世了，也许会因为家庭条件不一样，有的简朴一点儿，有的可能奢华一点儿，但是没有一家不会很庄严地对待。古人讲死生亦大。就在这一点上，好像不像我们城里人搞的形式上的那些。

周新民：您的出生地溆浦给了您深厚的文学滋养吧，湖湘文化对您的创作有何影响？

王跃文：曾国潘把湖南人的性格归结为四个字：血诚、明强。我认为这也是湖湘文化的精髓。我是湖南溆浦人，那里曾是屈原的流放地，家乡人对屈原有非常特殊的感情。我性格中的血性刚强有湖湘文化荆楚蛮民的烙印，湖湘文化中的务实与担当精神也是我的做人理念和性格特征。我创作的最大特征应该是冷峻地批判现实主义精神和社会担当。在这一点上，我觉得是与湖湘文化精神相吻合的。

周新民：您最喜欢的中国作家是哪些？他们怎样影响了您的创作？

王跃文：我喜欢的中国作家和外国作家作品很多，不同时期会喜爱不同的作家作品。我多次说过我的创作受《红楼梦》的影响。我十一二岁的时候得到过一本没头没尾的书，其实就是残破的《红楼梦》。我翻了很多遍，但很多看不懂。比如那本书里，无论指称男女人物，都是用"他"。我就犯迷糊：实在这个黛玉是个女孩子，怎么又是个男的呢？我成年后还是喜欢《红楼梦》。外国作家我喜欢托尔斯泰和巴尔扎克。我受这些中外作家作品的间接影响也许有，但我自己并未有意为之。相反，我常常心存警惕，刻意回避。比如前面你提到我擅用"反讽"，其实我只是本能地刻画现实，现实本身就是很反讽的、荒诞的，我绝不是受了昆德拉的启示然后再反讽。

另外，唐诗宋词我很喜欢看，平时翻一翻，我觉得那个找语感是非常好的！

周新民：西方文学对您的创作有何影响？

王跃文：怎么讲呢！基本上，我过去对文学的阅读，还就停留在我当时上大学时候读的那些东西。后来就是出来以后，慢慢地就注意到这些东西了。能够注意到的，我长期订阅《世界文学》等刊物。我就是从那里面知道一些信息，掌握些我感兴趣的东西。作家的书翻译过来的话，我会去看一看，但是呢，可能是我的一个偏见，我自己骨子里面喜欢的还是我们传统的一些东西。我觉得读我们传统的一些东西，我们自己国家的，中国古典的一些，我读到的可以是很精髓的东西，可以把精、气、神都读到。我读国外的文学作品，它那种叙事方式也好，结构也好，我不会笼统地去模仿。这对我也没有什么太多的帮助。我从不作这种外在形式的模仿，没意思。

周新民：感谢王老师，祝您创作出更多优秀的作品。

原载《芳草》2012 年第 2 期

附 录

学院批评与史家情怀

——记湖北大学周新民教授

叶立文

　　纵观今日之湖北学界，年少成名者可谓不乏其人，而周新民教授正是这批青年学者中的一位杰出代表。仅以治学成就而论，他的理论批评和长篇小说研究，皆在学界有口皆碑。而更令人印象深刻者，则是新民以其未及不惑之年便已展开的批评史研究。《世纪转型期的湖北文学理论批评研究》一书，自出版之日起就广受关注。究其原因，固然有该著对于湖北文学理论批评史的清晰爬梳与理论整合，但作者借此书所展现出来的学术素养和史家情怀，却更令人称道于他的"少年老成"。一般而言，专治中国现当代文学的研究者，大多从个性鲜明、创造力十足的文学批评起步，唯有经过常年的学术历练和思想积淀，才有足够的学术勇气涉足文学史或批评史这样的研究领域。要而言之，若无天赋与勤奋这两样东西，治史之说便往往沦为学术空谈。那么，新民教授究竟何德何能，不仅能于群星璀璨的湖北学界谋得一席之地，而且就目前的发展趋势来看，竟还有股自成一家的隐然气象？

　　从学术训练来看，新民出身文艺理论专业，扎实的理论素养决定了他的批评实践也具有一种学院派风格。与那些才华横溢的新锐批评家相比，新民的小说批评殊少逸兴遄飞时的激扬文字，亦乏舍我其谁式的价值评判。反倒是那种谨守学术规范，以知识谱系为本、以理论思辨为据，让现象本身自我显现的批评方式，更能映衬其独树一帜的学术思想。譬如在《近二十年长篇小说乡村现代性叙事规范的拆解》一文中，新民从辨析"十七年"小说的乡村叙事起步，在研讨其现代性叙事的同时，也为讨论新时期小说的解现代性问题奠定了叙述之源头。而如此重视研究起点的思想理路，自然颇能折射其言必有据的知识谱系学素养。而后在分析一系列的长篇小说时，新民行文亦多从现象入手，或以巴赫金理论，或以语言分析哲学为武器，条分缕析，环环相扣，终能详解现代性叙事的衰落之谜。值得注意的是，由于秉承了学院派批评固有的知识学色彩，故而新民行文几无论者的自我现身。在我看来，这种隐匿批评者主体意识的批评方式，不仅能够揭示研究对象的理论内涵，而且也在无形中具有了某种为文学批评正名的意味。须知在当前媒体批评一家独大的格局下，文学批评正因其准入门槛的匮乏而日渐凋零。那些看似大胆率真的媒体批评，常常以过于自我的写作风格和简单随性的价值判断，在极力呈现批评者"我"之意图的同时，也忽视了批评作为一门学科所应具有的知识学内涵。就此而言，新民这种无一字无来处的批评方式，其实具有某种为文学批评重新设定知识学背景的特殊价值。

与此同时，新民在常年的批评实践中，也逐渐意识到了重建批评话语的学术价值之所在。近年来他从批评实践到批评史研究的学术转向，实际上正是希冀以批评史研究为契机，在提炼批评经验的基础上，重构文学批评的话语谱系。这显然是一种以史为镜的史家情怀。在其主编的《中国新时期小说理论资料汇编》的导言中，新民纵论了三十余年来小说理论的发展流变：从王蒙、高行健等人的小说理论，到80年代中期的形式本体论，再到90年代以来的小说修辞学，种种小说理论的历史渊源、知识基础以及发展趋向，皆得到了史学意义上的理论整合。与此前学院派批评的无我之境类似，新民仍以理论资料的梳理为主，殊少对某一理论作出简单的价值评判。但就是这样一种客观中立的叙述立场，却能让读者在纷繁芜杂的历史资料中，一窥批评理论的演变轨迹。我以为新民的这一史家情怀，注定了会让自己与喧嚣繁华的学术圈有所隔膜，因为按他的性格禀赋，雅不愿以故作惊人语去谋得大名。不过话说回来，但凡深具史家情怀的学者，又哪一个不以皓首穷经、甘坐冷板凳为道德自律？在这一点上，新民的学术胸怀实已超越了诸多同侪之上。

新民为人，敏于行而讷于言，每每老友聚会，他都静坐一隅，聆听满座高朋的奇谈怪论，偶有发言，也常常是点到即止，隐而不发。但若是有涉治学原则之事，新民却也不遑多让，言辞之间颇能展其浠水人的倔强本性。我常常想，新民的这种倔强，或许正是他能十年如一日，专注于学术事业的原因之所在吧！

原载《湖北日报》2014 年 5 月 10 日

学院风格与审美拓展的有机融合

——周新民文学批评的一个观察视角

吴投文

进入 21 世纪以来，文学的潮涌目不暇接，文学理论与批评也呈现一派新的气象。究其因缘，一方面，与 21 世纪社会政治环境的变化和互联网语境下文学传播的多渠道具有直接的联系；另一方面，也与文学自身发展的规律具有内在的关联。21 世纪的文学状况很难进行清晰的整体性描述，这显然与 20 世纪 90 年代以来所形成的多元化文学格局直接相关。面对 21 世纪这种自由多元、开放纷繁的文学写作盛景，文学理论与批评也在与时俱进中努力贴近和把握文学的真实状态，呈现充满活力的创新意识和复杂的探索进路，"新世纪文学批评的建构必将是在多元格局中展开，在广泛吸纳中外古今丰富的文学理论资源的背景下去完成，开放性、包容性与建设性当是它的基本属性"①。21 世纪以来的文学批评是一种正在进行中的理论与批评实践，百家争鸣，此起彼伏，一批中青年批评家坚守文学前沿阵地，他们卓有成效的文学批评实绩是 21 世纪中国文坛不可分割的重要部分。大致而言，21 世纪文学批评分为学院批评、媒体批评和主流批评三种类型。其中学院批评具有某种相对的独立性，大概也是 21 世纪文学理论与批评中最富有特色和影响最大的一部分。在当前学院批评的新锐批评家中，周新民教授是正在产生较大影响的一位，他的治学成就表现在文学理论、文学批评和长篇小说研究等多个方面，以富有个性的批评话语在学界有口皆碑。总的来看，

---

① 彭金山：《新世纪：文学批评如何建构》，《文艺争鸣》2008 年第 12 期。

他的文学批评是一种学院派风格，但却在严谨的理论话语的外壳下有着特别敏锐的审美拓展，既关注以作家创作为基点的文艺美学，也对文学史研究有相当深度的介入，这使他的批评实践具有开阔的视野和成熟的理论表述形态。

周新民的学术训练相当完整，硕士阶段研习文艺理论专业，尤其对创作美学做过比较系统的研究，这一阶段是他打下扎实理论素养的时期。博士阶段就读于武汉大学，师从著名学者於可训先生，这是他真正进入文学批评领域并初露头角的时期。他并没有就此止步，在博士后阶段他的研究领域有进一步的拓展，并整合为一个以当代小说批评为研究核心的学术远期目标。周新民的博士论文《"人"的出场与嬗变——近三十年中国小说中的人的话语研究》是一个富有挑战性的选题，原因在于"人"的问题始终纠结着中国当代文学中的深层症结，作家的主体性在相当长的一段时间里也是一个敏感的话题。卡西尔指出："人之为人的特性就在于他的本性的丰富性、微妙性、多样性和多面性。"①"人"的特性在文学表现中有其特殊性，需要通过形象化的途径转化为具体而生动的人物形象，这不仅是作家在创作中面对的难题，也是批评家和研究者面对的难题。周新民迎难而上，他敏锐地意识到在这一难题后面潜藏着重要的理论价值："在新时期文学发展的三十年时间里，文学中的'人'本身是一个无法统一的理念。在'人'的空洞概念统摄下，各种人的观念，如生命意识、存在、神性、身体等，无法得到详尽而充分的理论阐释，同时，我们也无法解释新时期文学中的'人'的理念发生变化的根本原因。"② 他通过对中国当代文学的用心梳理，在三十年的时段中呈现话语分析下的"人"的轨迹，将各种"人"的观念统摄起来，进行整体上的观照，从独特的理论视角牵出对"人"的新的理解，并充分挖掘中国当代文学中对"人"的艺术表现及其背后的深层复杂性。这既需要相当扎实的理论功底，也需要一定的理论勇气。实际上，在新时期以来的文学中，"人学"的确立并不如想象中的那样顺畅，而是始终包含着对"人"的深层困惑，因此，"人学"理论

---

① ［德］恩斯特·卡西尔：《人论》，上海译文出版社 1985 年版，第 15 页。

② 周新民：《"人"的出场与嬗变——近三十年中国小说中的"人"的话语研究·导言》，中国社会科学出版社 2008 年版。

上的澄清不仅非常必要，而且需要在新的文学现实中抽绎出新的维度，这也是周新民这部著作的价值所在。

这种学术追求使周新民的文学批评追求文学演变的历史感和文学生态的现场感的统一。我注意到，在他众多的论著中，实际上贯穿着一条文学本体论的主线，他对文本本身的重视程度似乎要超出大多数评论家之上，但他所选取的文本又并非孤立的，而是作为历史链条中的一环又呈现文学生态的现场性内涵。这是他作为一个批评家显得比较特别的地方。众所周知，文学本体的回归是新时期以来文学最为深刻的变化。20 世纪 70 年代末到 80 年代初出现的所谓"伤痕文学""反思文学""改革文学"等文学潮流，不管是从其命名，还是从其表现的内容来看，都显示出浓厚的政治性色彩。不过，这一时期文学最为显著的变化，恐怕还是在于文学向自身的回归，在于文学精神的失而复得。评论界与研究界对这一时期的各种文学现象，包括文学潮流的变动都进行过广泛而深入的研究，取得的成果是极其可观的。大约在 20 世纪 80 年代中期，文学在前一阶段发展与变化的基础上，开始酝酿新一轮的重大变化，自 80 年代末期起，"实验小说"与"新写实小说"几乎同时并起，形成一股极具冲击力的文学潮流，以一种新异的文学姿态出现于文坛，成为 90 年代各种文学新潮的先导。与此前的文学相比，这一阶段的文学在内容与形式上，特别是在文学观念与艺术追求方面都给人以眼花缭乱之感，以致评论界与创作界对这些文学现象的命名莫衷一是，无所适从。不过，就大体而言，还是存在某些共识的，有研究者试图用"后新时期文学"这一概念来概括这些文学现象，就其与前一阶段所呈现出来的差异而言，应该说是有几分道理的。不过，这一阶段的文学现象确实纷繁复杂，任何理论上的命名都难免显得捉襟见肘，不足以概括这一阶段文学潮流所呈现出来的丰富性与复杂性。也许正是因为这一原因，对这一阶段文学新潮的研究同样显示出丰富性与复杂性，众多的评论家与研究者涉入其间，开掘这一值得探索的研究领域。周新民恰恰在这一领域的研究显示出相当突出的特色，他追索新时期初期小说中的"知识"话语，探讨 20 世纪 80 年代初小说中的"理想"叙事，勾连路遥的《人生》与 80 年代的文学史叙述，解析先锋小说叙事模式的形式化，等等。他有时把视点前移，探讨"十七年"第一人称叙事小说，有时又把视点后推，探讨近二十年长篇小说乡村现代性叙事规范的拆解，实际上他的研究是有一条内在的理论道路的，这就是历史感的凝结和穿越在现场感中的文本定位。周新民往往是在文学史的视野中来展开文本分析的，就显得有一份特别的说服力。比如，他在论析先锋小说叙事模式的形式化时，虽然涉及的作家不少，有莫言、余华、刘震云、池莉、王安忆、苏童、格非、叶兆言、刘恒、马原、扎西达娃等人，但在精当的文本分析中却显示出一种内在的秩序，繁而不乱，从容自如，往往一语中的。这就是在文学史的整体视野下所获得的史家眼光。

周新民并不是一个惯于追逐文学新潮的人，但在新的文学事实面前不趋附，也不拒绝，而是始终保持理性的态度，用一种相对"客观"的态度去潜入复杂的文学现实中。这表现在他的文学批评中，就是理性的归位和对审美的敏感。自80年代中期以来，"回归文学自身"和"文学自觉"成为文学界的响亮口号，并在创作实践中卓有成效地表现出来，"文学性"开始成为文学批评与研究的一个基本标准，单一的社会政治批评似乎已经退出批评家与研究者的视野。这一时期的文学创作尽管已失去轰动效应，与社会政治的联系变得模糊起来，不再成为社会瞩目的中心事件，但文学新潮的更迭似乎更为频繁，批评家与研究者在纷繁的文学现象面前很容易产生炫目之感，因而迷失其中，这就要求批评家与研究者具有敏锐的艺术感受力和理论概括力。应该说，周新民对80年代中期以来的文学新潮是有敏锐认识的，这在他的很多论著中都有所表现。他不被纷繁的文学现象所迷惑，也没有落入他人的思维模式与研究套路，而是匠心独运，自成格局，另辟一条新的研究思路。在周新民的文学批评中，涉及"新写实小说""新乡土小说""新历史小说""女性主义小说"等文学现象，尤其对21世纪以来的文学现实和小说潮流有非常深入的观察，他往往在结合细致的文本分析的基础上，深入论析每一文学潮流的生成演变、文学观念、美学特征与历史贡献等相关环节，但却不是分而论之，而是在一个宏观的文化背景下，以文学性为标尺，探讨这些文学新潮之间的生成演变与内在联系，同时廓清人们在这方面认识上的迷误，表现出从文本深层把握研究对象的主体自觉。这就显出一种别致的眼光来。我们可以从周新民的长篇小说研究窥见一斑。

长篇小说研究是周新民文学批评的一个重头戏，也最能看出其文学批评的特色所在。一般认为，长篇小说是代表中国当代文学实绩最重要的一部分，也是批评家和研究者最关注的文体。但从另一方面来看，也是长篇小说研究的难度所在，由于研究者众多，出新不易，要拥有宏阔的视野尤难。周新民的长篇小说研究却自有其特点，概而言之，就是宏观把握与微观透视相结合，理论概括与作品分析相结合。这说起来容易，做起来却很难，一方面需要做大量细致的前期工作，阅读巨量的长篇小说；另一方面需要深入长篇小说的内在肌理中去，真正把握现代长篇小说的艺术特质。周新民的长篇小说研究注重建构当代长篇小说艺术的内在流变规律，既从整体研究的视角切入自 80 年代中期以来出现的重要文学潮流和重要作家作品，又对每一文学潮流及其作家作品进行深入细致的探究，因而显示出研究方法上的新异与所达到的深度。也就是说，一部长篇小说需要在一个完整的系统中才能确立其价值，而不能只进行孤立的脱离历史链条的分析。比如，周新民对刘醒龙长篇《圣天门口》的分析就是一个相当成功的个案。他把《圣天门口》在艺术上的成功定位为"现实主义新探索"，认为《圣天门口》"充分体现了中国当下现实主义文学新内涵。它突破了传统现实主义的规范性，高扬了个体生命的价值，提出了'人'是社会变革的基本准则的文化理念。同时在文学形式的探索上，《圣天门口》也呈现出崭新的特质，构造了空间形式这一不同于传统现实主义的文学形式。这两个方面的变化，预示着《圣天门口》给中国现实主义文学带来了新高度"①。这是一个高屋建瓴的概括，无疑是非常精当的，道出了这部长篇在艺术上的实质性贡献。但从另一方面来看，也是相当冒险的，因为现实主义在某种程度上是一个大而无当的标签，这就需要对现实主义在新的语境下进行追问和界定，同时要在中国当代文学历史发展链条中深入把握《圣天门口》所展现出来的独特美学意义。恰恰在这里，周新民用一种发展的眼光预见了现实主义的新变化，"现实主义是一个和正在进行着的社会文化思想具有密切关系的概念，它的意义要从它所处的特定历史时期的社会思想中去寻找"②。

周新民的长篇小说研究还有一个重要的特点，就是在 20 世纪 80 年代中期以来的文学流变中确立一个历史与现实交织的坐标系，视野开阔，阐述到位，既有历史的梳理和立足于现状的感性描述，又有放眼未来的理性

---

① 周新民：《〈圣天门口〉：现实主义新探索》，《小说评论》2007 年第 1 期。
② 同上。

审视，而且能在文本细读的基础上有机地结合起来。由于周新民对 20 世纪 80 年代中期以来出现的长篇小说进行过较为系统的梳理，应该说，他对这一阶段纷繁复杂的长篇小说形态烂熟于心，因而在研究中能多角度、多层次地论述长篇小说的审美特征与创作策略，能真正深入当代长篇小说的繁复肌理中去，这使他的研究既具有来自文学现场感的鲜活精彩，又具有厚实的学理色彩。《白鹿原》《马桥词典》《受活》《圣天门口》《笨花》等长篇小说在当代文坛深有影响，周新民以"十七年"长篇小说的乡村叙事规范为参照，同时置入现代性的观察视野，指出这些长篇具有拆解乡村现代性叙事规范的特点，认为"近二十年来，由于中国传统文化受到重视与重估，传统乡村的价值得到肯定，于是，形成了长篇小说拆解乡村现代性叙事潮流。近二十年长篇小说乡村现代性叙事规范的拆解，彰显了乡村被现代性叙事遮蔽的层面，裸露出来了传统乡村的种种特性，从而显示了乡村的'常态性'"①。这一见解持之有据，言之成理，给人以启发。周新民在作宏观把握与理论概括的同时，并不作放空之言，而是紧紧地与微观透视和作品分析结合起来，由于作者出色的文本细读功夫，能从作品中寻察当代长篇小说演变的轨迹与文学观念的流变，这样，既有俯瞰全局的宏观审视，又有披沙拣金的独到发现。这使他的理论概括符合实际，令人信服。

周新民对文学理论与文学批评的当代进展非常关注，这显示出他研究视野非常开阔的一面，对一位中国现当代文学研究者来说，殊为难得。值得提到的是，他长期对湖北本土的文学理论与文学批评进行跟踪式的梳理和深度挖掘，他的《世纪转型期的湖北文学理论批评研究》就是一部用心结撰的专著。该书在体例上值得注意，从文学理论、文学史、文学批评三个维度呈现世纪转型期湖北文学理论批评的整体格局，把湖北本土众多学者的研究成果归纳为文学理论研究、文学史研究、各文体研究与文学批评研究等四个大的方面，具有全面清理和系统评估的性质。有学者认为，该书"在研究特定地域学者的文学理论批评史上具有开创性和典范性。作为第一部研究特定地域学者的文学理论批评成就的著作，周著的尝试性成就乃至不可避免的草创性不足，都将会给其他地域学者的学术史编撰提

---

① 周新民：《近二十年长篇小说乡村现代性叙事规范的拆解》，《文学评论》2013 年第5 期。

供很好的借鉴与启迪。因此,它的首创性,无论对于湖北还是全国的文学理论批评史界而言,都具有独特的历史意义与不可低估的历史地位"①。确实,该书对于一个特殊时段湖北文学理论批评的清晰爬梳与理论整合具有开风气之先的意义,可以给相关的研究带来有益的借鉴。与《世纪转型期的湖北文学理论批评研究》相呼应的是,周新民把文学批评置放在批评史的视角中,始终追求文学批评的学术史立场。他曾先后发表过《新时期中国式形式批评的创建》《叙事学与近三十年中国小说理论批评形式观念的嬗变》等梳理当代文学批评史的研究文章,还主编了《中国新时期小说理论资料汇编》一书。表面看来这些文学批评史的研究著述和文学批评不相关,实际上是他在为自己的文学批评寻找历史背景与历史关系的一种努力。值得注意的是,周新民在追溯文学批评史时,始终坚持文学性的原则。他主要从事小说批评,因此,他所返观的小说理论、批评的历史进程的核心,是小说的"文体"特性。这种着眼于"文学性",为当下的文学批评寻找批评史视野的努力,是当今文学批评实践中难得一见的创举。

文学批评需要严谨的专业精神,这就是独立的见解、智性的表达和创造性的思维方式。文学批评实际上也是一种充满创造性的写作,需要真诚的付出和持久的定力。这是周新民教授在一直努力追求的。周新民教授的文学批评在广泛吸收、融化学术界已有研究成果的基础上,力求突破陈说,有所创新,力戒武断和偏执,应该说,他具有敏锐的文学史眼光和自觉的批评意识,这使他的文学批评呈现学院派批评的严谨与精准,已经初步显示出不凡的格局。时至今日,周新民已经取得一系列富有特色和深度的研究成果。这些研究成果都来之不易,凝聚着他的心血和汗水,是他在将近二十年的学术生涯中一步一个脚印地走出来的。如果按照代际划分,周新民教授属于"70后"批评家,他的这些研究成果在同龄人中是相当突出的,有同道称许他的研究成果具有"少年老成"的持重和严谨②,确非虚言。这也从一个侧面说明,他的研究成果已经初步形成一种学院批评与史家情怀兼容为一体的风格形态。对周新民来说,这也可能是他作为一

---

① 李遇春、王艳文:《地域文学理论批评史的有益尝试——评〈世纪转型期的湖北文学理论批评研究〉》,《湖北大学学报》(哲学社会科学版) 2014 年第 1 期。

② 参见叶立文《学院批评与史家情怀》,《湖北日报》2014 年 5 月 10 日。

位有影响的批评家所孜孜以求的。可以说，他是一位值得期待的批评家，他的文学批评拥有一个开阔的前景。

原载《文艺新观察》2014 年第 6 期

以"人学"为本的批评家（代跋）

於可训

近三十年来，随着文学的发展繁荣，文学批评也异常活跃，其中的一个重要标志，就是批评家辈出，代有传承，从"文化大革命"结束后担任主力的"中年批评家"，到 20 世纪 80 年代崛起的"青年批评家"，中经一批被称为"后现代"（多数是 60 年代出生）批评家的过渡，到 20 世纪 90 年代，文学批评虽然有过短暂的"缺席"和"失语"，但进入 21 世纪以后，又有一批"70 后"或称 70 年代出生的批评家接踵而出，周新民就是其中有个性、有特色且有影响的一位。

据我粗浅的观察，"70 后"批评家大都是文学专业出身，都有一个学院派背景，且大都在从事教学和研究工作，在某些领域有自己的学术专长。新民也不例外。他于 21 世纪初在武汉大学获得博士学位，又在华中师范大学博士后流动站做过两年研究，出站后即执教于湖北大学文学院，现在是该院教授、博士生导师。这样的身份和经历，决定了新民的文学批评不可能是专职的，只能是兼职的，不可能是专业的，只能是兼业的（不是业余的），他的文学批评工作因而也不纯粹是为了创作的，而是与他的文学教学和文学研究有关。

这几乎是这一批"70 后"批评家的一个共同特点，但较之同辈批评家，新民自有他的不同之处，这个不同之处，也就是我上面讲到的个性和特色。这种个性和特色，归结起来，我以为有如下两个方面。

第一个方面是，新民的文学批评是以他的"人学"研究为基础的。文学批评需不需要一定的理论作基础，在文学批评史上，虽然没有明显的分歧和争论，但在理论和实践中，实际上是存在不同偏向的。就一般意义而言，文学批评从语源学上说是一种判断，根据别林斯基的说法，判断需要理性，或曰要听命于理性，而不能听命于个别的人。这所谓理性，见之于一种表现形态，便是某种理论观点。这种理论观点，在批评实践中，往往作为一种判断的尺度在发生作用，所以又存在文学批评的标准问题。美国文学理论家韦勒克·沃伦说，"没有一套课题、一系列概念、一些可资参考的论点和一些抽象的概括"，文学批评是"无法进行的"①。可见，文学批评离不开一定的理论基础。但这个理论基础又不仅仅是韦勒克·沃伦所说的文学理论和文学批评的理论，同时也是更广泛的人文科学、社会科学，甚至某些时候也包括自然科学和技术科学在内的理论知识。就连偏重感性经验的批评，如印象派批评，也不完全排斥对批评家所得的感觉印象作逻辑梳理和理性分析。可见，一定的理论基础对文学批评来说，是不可或缺的。

这就要说到与文学有关的一些理论问题了。在文学所属的人文科学范围内，与文学关系最为直接、影响最大的当属研究人本身的科学和理论。这种科学和理论，不是研究上帝所创造的人，即生物学意义上的或种族学意义上的人类学，也不是研究人所创造的历史和文化，以及各种物质的文明和精神的文明，即社会学意义上的或文化学意义上的人类学，而是研究用文学的方式所创造的人，及其据以创造或借以显现的有关人的观念和思想。因而它研究的不是实体的人，而是想象的人；不是人的实在的生活，而是人的虚拟的存在；不是人的真实的命运，而是人的命运的种种可能。虽然这样的人也有某种现实的依据，甚至被认为是现实的反映，但终究是作家想象和虚构的产物，是不能与现实中的人画上等号的。新民所研究的就是这样的一门有关人的理论和学问。

研究这样的学问很难。因为它不像人类学研究那样，有成型的学科格局，有较长的学科历史，有较多的研究成果可资学习和借鉴。对文学中的人的问题的研究，其主要理论依据，是高尔基关于"文学是人学"的论断，而高尔基的这一论断是在特定情况下，具体针对方志学而言，并不是一个严格的学科概念。甚至连"文学是人学"这个说法，也是好事者的综合和归纳，并非完全合乎高尔基的原意。这就给此后的研究带来了很多困难，也使这一研究从一开始就带有很大的随意性。但文学中的人的问题，又确实是一个不容忽视的存在。因为人毕竟是文学的主要书写对象，

① ［美］韦勒克·沃伦：《文学理论》，三联书店1984年版，第32页。

是文学的中心和主体，也是它赖以存在的基础，是它的全部丰富性和复杂性，包括形式的审美意味的外在表现和内在依据。对文学中的人的研究，可以着眼其普遍性范畴，诸如文学中的人的属性、特质、形态、类别，以及生理、心理、思想、情感、人格、个性等诸多与现实的人对应的问题，也可以着眼于历史的具体的表现，研究人的形象在不同时期文学中的变化，和与之相伴随的人的观念在不同时期文学中的发展，等等。而后者的研究，更接近文学史和文学批评。

新民的研究是取后一种方法。他清醒地意识到研究文学中的人的问题的理论局限，认为此前的研究，"在'人'的空洞概念统摄下，各种'人'的观念，如生命意识、存在、神性、身体等，无法得到详尽而充分的理论阐释，同时，也无法解释，新时期文学中的'人'的理念发生变化的根本原因"。为此，他找到了福柯的话语理论这个"新的切入点"，既不是从人类学的意义上，也不是从形象学的意义上研究文学中的人，而是把文学中的人作为一种话语实践，将其置放于近三十年中国社会政治、经济、文化变革的历史语境中，通过各种影响因素，研究近三十年文学中人的话语的生成、发展、演变，及其在不同阶段所呈现的特质与内涵，以及在文学作品中的具体表现。以下，是他对近三十年中国小说中人的话语的发生、发展和演变过程所作的描述。他说：

> 首先是 20 世纪 70 年代末，"四人帮"的覆没与"文化大革命"的结束，这一政治性事件直接决定了"人"的话语的出场；其次，在 20 世纪 80 年代中期，中国掀起了文化热，这一文化潮流直接改变了 70 年代末出场的"人"的话语形态；最后，在 90 年代初期，中国市场经济的崛起，又使人的话语发生了一次新的嬗变。

他的研究就是根据这样的描述具体展开的。对人的话语在上述不同阶段上的特点，他以历史意识的消长为主要线索，进行了较为系统的考察，得出了这样的结论，认为在上述第一个阶段，"'人'的话语体现为鲜明的历史意识，'人'的内涵由历史意识所决定，对现代化的向往和追寻的历史冲动，铸就了'人'的话语的全部内容，甚至可以说，这一时期的'人'实质上是历史的镜像"。而在上述第二个阶段，"'人'的话语全面消解了历史意识的表现内容、表现形式、价值标准。但是，历史意识仍是隐性的存在"。到了上述第三个阶段，"历史意识已经从'人'的话语中全面退却……它被纯粹的私人性、个体性的生存体验所取代"。如此等等。这样的结论是合乎实际的，有很强的说服力。

我不想在这里具体评价新民这项研究的意义和价值，因为作为他的博士学位论文，这项名为《"人"的出场与嬗变——近三十年中国小说中的人的话语研究》，在答辩时已获得广泛好评，著名学者洪子诚、孙玉石、曹文轩、曾镇南、吴秀明作为评审专家或答辩委员，均给予了很高的评价。我只想说，这项研究对新民日后从事文学批评工作，具有决定性的作用和影响。证之他以后的文学批评活动我以为这种作用和影响，主要就在于新民的文学批评活动，不但因为有这项研究的训练而十分注重理性分析，有自觉的方法论意识，而且也因为有这项研究的积累，掌握了丰富的"人的话语"资源，有从"人的话语"的角度解析近三十年小说的丰富经验，而在批评实践中能发人所未发，见人所未见，把他对于文学中人的问题的研究成果，广泛应用于他的批评实践，形成了自己的批评个性和特点。这是我要说的第一个方面。

第二个方面，新民的文学批评是以"人"为尺度的。在中外文学批评史上，任何批评家的批评活动，都与他的知识准备和理论兴趣或思想、艺术倾向有关。新民因为有这样的知识准备和理论兴趣，所以"人"的问题，自然而然地就成了他的文学批评关注的主要对象，从批评对象中发现和发掘与"人的话语"有关的思想及艺术信息，也就成了他的文学批评的主要猎获目标。鲁迅曾说："我们曾经在文艺批评史上见过没有一定圈子的批评家吗？都有的，或者是美的圈，或者是真实的圈，或者是前进的圈。没有一定圈子的批评家，那才是怪汉子呢。""我们不能责备他有圈子，我们只能批评他这圈子对不对。"① 如果把鲁迅所说的"圈子"理解为文学批评所持的标准和尺度的话，那么，新民的"圈子"就是"人"。他是以"人"为本位，从"人"出发，把"人"的意义和价值作为文学批评的判断标准和尺度的。如果要对新民的这个"圈子"作一点儿"批评"的话。我以为，这种评价的标准和尺度，既是"返本"的，又是"开新"的。说它"返本"，是因为它回到了"文学是人学"的本义，尤其是在 20 世纪 50 年代昙花一现，到七八十年代之交得到发扬光大

---

① 鲁迅：《批评家的批评家》，《鲁迅全集》第 5 卷，人民文学出版社 2005 年版。

的人情、人性和人道主义。说它"开新",是因为近三十年文学批评在经历了去政治化的时期和向西方学习的时期,包括短暂的"缺席"和"失语",在演练了各种新观念、新方法之后,在新民这儿,又以这种"返本"的方式,在一种新的意义上,开始了一种新追求。我想举出几例,来说明一下他在文学批评中对"人"的尺度的具体运用。

第一例,是以人的道德尺度反思暴力革命,评说《圣天门口》。所谓人的道德,简言之,在中国文化传统中,即是所谓天道人伦。在西方文化中,则是所谓人道主义及与之有关的社会、宗教思想。新民在对刘醒龙的长篇小说《圣天门口》的评论中,交互融汇了中西文化中这两种既有联系又有区别的"人道"思想,发现了刘醒龙笔下的暴力革命,包含了自我肯定和自我拆解的双重因素。用作品中一个人物的话说,是"革命是必要的,也是必需的,不革命中国必将灭亡。但革命的手段也要合乎人伦道德,如果因袭李自成、洪秀全等无所不用其极的方式,中国只会灭亡得更快"。基于这样的发现,他从作品中普遍存在的琐碎的个人欲望对革命的神圣和崇高构成的"反讽",从穿插于作品中的《黑暗传》所代表的"历史循环论"对革命的线性历史进化论的"考问",以及怀有基督教理想的以梅外婆为首的雪家人,对生命的尊重、对人心的"救赎"等角度,具体分析了这种二重性的主要表现。这对于揭示《圣天门口》深邃复杂的历史文化内涵,无疑具有极为重要的启发性。由此,他得出结论说:

> 一种社会实践是否能借鉴人类多种文化价值观,能否把全人类的文化都纳入我们的视野之中?革命这种激进主义文化席卷中国大地,为我们建立了民族国家共同体,也为我们留下了许多的遗憾。如果我们在坚持激进主义文化的时候,也能在保守主义文化和具有普适价值的自由主义文化价值立场上,以宏观的、多维的文化来审视现实、着眼未来,我们是否会少付出一些代价?①

这无疑也是新民借评论《圣天门口》,对激进主义和暴力革命的一种历史反思。这种反思既承接了 20 世纪 80 年代中期以后反思革命历史的余绪,又对其中的过激倾向进行了"反拨",因而具有一种辩证意识。笔者

---

① 周新民:《圣天门口:对激进主义文化的多维反思》,《当代文坛》2007 年第 6 期。

曾以雨果在《九三年》中表达的思想 "在绝对正确的革命之上，还有一个绝对正确的人道主义" 来阐释《圣天门口》，正是对新民的这种评论的一种呼应和认同。

第二例，是以人的自然尺度反思现代化进程，评说 "神农架系列" 小说。所谓人的自然尺度，一方面是说人是自然之子，是自然的产物；另一方面是说自然是人的生存和生活的对象，人的一切都是自然给予的；人的文明是对象化了的自然，是自然的人化，或人化的自然。新民认为："自然、人自身、人类社会应该寻找到共同的价值尺度和伦理原则，三者的和谐共生就构成了宇宙的最高价值准则。自然、人、人类社会和谐共生的伦理关系，是个人对自由、自在生活的完成，同样也是自然存在的最有意义的体现方式。" 基于这样的认识，他以这种属人的自然尺度，深入解析了陈应松的 "神农架系列" 小说，指出在这个系列小说中，存在两个 "等级系列"：一个是城市（人）/乡村（人）系列，一个是乡村/自然系列。他认为："在这两个系列中，以自然因素的多寡构成了对立的两极。城市和乡村是对立的，因为城市是邪恶的，它漠视乡村，排斥乡村，单纯地利用乡村。在城市/乡村的对立项中，乡村充当了自然的象征。但是在乡村/自然的对立项中，乡村在自然因素上不及自然，因此，在自然的观照中，乡村又是邪恶的，它无视自然的法则存在，最终要受到自然的惩罚。"① "神农架系列" 小说所表现的，就是由人所创造并生活于其中的城市和乡村，在与自然的 "对立" 中所造成的种种矛盾、冲突，以及自然作为一种超验的、神秘的和某种充满神性的力量，对人所实施的惩罚与拯救。在人们热衷于从 "神农架系列" 小说中搜奇猎艳，寻找那些原始的、野性的和另类的生活传奇的时候，新民的评论却从 "崇尚自然" 的角度，显示了这个系列小说独特的 "反现代" 意味，而且他把这种所谓 "反现代" 的理念，与沈从文等现代作家的创作 "对现代化的历史道路的反思和审视" 联系起来，指出作者的这种思考接通了 "沈从文反现代性的文化和文学的思维理路"。确实别具只眼，有独到的发现。同时也表明新民对社会的现代化和人的现代性问题，确有较深刻独到的思考。

第三例，是以人的主体性的尺度反思艺术革新，评说小说形式变迁。近三十年来，小说的形式变化很快。与之相伴随的，是小说理论批评的形

① 陈应松：《自然：人类的自我救赎》，《小说评论》2007 年第 5 期。

式观念，也在不断发生变化。作为一位当代文学研究者，新民也像其他许多学者一样，对这种变化进行了系列的跟踪研究和理论分析，写出了诸如《叙事学与近三十年中国小说理论批评形式观念的嬗变》《文学现代性的时间形式与空间形式》等学术论文，表达了他对小说艺术形式及其理论批评观念变化的一些看法。例如他在研究了西方叙事学对近三十年中国小说理论批评形式观念的影响后，得出结论说："不仅关注形式技巧，也关注人的主体精神、道德、世界观等意识形态层面的内容，已经成为近三十年中国小说理论批评界自觉的理论追求。"① 在研究了文学现代性的时间形式和空间形式后，得出结论说："文学现代性的基本出发点体现在对人的价值的肯定和张扬，人作为尺度而不是作为工具呈现在文学世界里。……时间形式蕴涵了人是世界的主宰的现代性含义，空间形式显示出了人是外在世界的尺度的现代性特征。"② 由此可见，即使是叙事学和文学形式问题，在新民眼里，也是具有"人学"意味的，也是一种"人学"的形式观，而不是工具的形式论。

他把这种认识运用于对具体作品的形式分析，认为刘醒龙的《圣天门口》以多维的文化视野，营造一种空间形式，是因为"小说的主要目的不是呈现中国革命历史，而是在多维的文化视野中反思激进主义革命文化伦理，由此确立'人'的价值观念"③。认为叶兆言的小说对历史的叙述，强调叙述人和叙述本身的主体作用（解构或建构），"剔除了束缚在个人身上的枷锁，让'人'的本色显示得更清晰一些"，"让我们对历史与个人的关系，展开了新的思索"④。凡此种种，在这些判断和评价背后，虽然新民所持的观念，皆有所本，如现代性理论和新历史主义等，但就他从事文学批评的社会文化语境看，他是置身于一个告别了工具化的人转而高扬主体的人的时代，因而他的这些批评理念就打上了很深的主体性烙印，带有鲜明的时代色彩。

新民是由文艺学转向当代文学的，这种学缘结构，给他带来的优势是，他的文学批评常常能从宏观入手，从大处着眼，逼近本质，提要钩

---

① 周新民：《叙事学与近三十年中国小说理论批评形式观念的嬗变》，《湖北大学学报》2009 年第 6 期。

② 周新民：《文学现代性的时间形式与空间形式》，《学术研究》2007 年第 4 期。

③ 周新民：《〈圣天门口〉：现实主义新探索》，《小说评论》2007 年第 1 期。

④ 周新民：《叶兆言小说的历史意识》，《小说评论》2004 年第 3 期。

玄，具有很强的理论穿透力，且有较强的思辨色彩。给他带来的问题是，有时难免从理念出发，或流于粗疏，失之艰涩。他要编一个评论集，我以对他多年的了解，写下了上面的话，是为跋。

2014 年 8 月 2 日写于珞珈山两不厌楼